エアー3.0
AIR 3.0
Norio Enomoto
榎本憲男
小学館

主な登場人物

中谷祐喜　財団法人まほろば代表。「エアー」認証人、ペイマスター。

市川みどり　財団法人まほろば副代表。元国土交通省官僚。

福田義雄　財団法人まほろば副代表。元財務省官僚。

岸見伶羅　記者。民間放送テレビ局TBC所属。

張本苺子（張苺心）　俳優。中谷の幼馴染み。

飯塚卓　衆院議員。保守党の政調会長。元官房長官兼財務大臣。

陳明　飯塚の政策担当秘書。

杉原知聡（チサト・ゴールド）　「エアー」発明者。数学者。哲学者。

装幀　　高柳雅人

カバー写真　　Gregory Adams,Lori Andrews ／ Moment ／getty images

エアー3・0

第一章　旅立ち

1　あれとあれ

列車が大野《おおの》駅を出てしばらくすると、アナウンスが聞こえた。

――まもなくこの列車は特別自治区まほろば駅に到着いたします。当駅でお降りになられるお客様は、被《ひ》曝《ばく》放射線量が政府の定める基準値を超えている場所があることをご理解の上、下車されますようお願い申し上げます。

カメラマンの後藤《ごとう》が、広げていた新聞をばさりと閉じて隣の空いている座席に置き、うーんと伸びをした。

「いいですか」

岸見伶羅《きしみれいら》は用済みになった新聞を指さして言った。

「どうぞ」

後藤は、通路を隔てた隣の席から新聞を突き出し、

「悪党どもが陰謀をめぐらせてるよ」

と言った。なんのことかわからなかったが、とりあえず礼を言って取った。

〈国葬、世論割れたまま　カナダ首相は欠席〉の見出しが躍る社説では、明日執り行われる国葬儀につい

て、税金の無駄遣いを筆頭に、批判的な意見が並んでいた。

けれど、岸見はむしろ、元首相の死因のほうをずっと気にしていた。特発性心筋症による突然死。いや、その前から、体調不良を理由に政権を次の世代に渡して一国会議員に戻ったことも不自然だったし、体調不良による退陣にしては、その後の運動がいやに精力的だった。報道ナイト23の飛田美千香《とびたみちか》編集長に話すと、そんなこと言ってると陰謀論者にされるよ、と笑われた。ただ、たしかにおかしいと言っている人もいるね、と飛田はつけ加えた。誰が？　と尋ねると、私の個人的な参謀がねと言った。その人から色々と情報を仕入れているんだそうだ。ひょっとして昔交際していたワシントン支局長？　などと思いながら岸見は新聞をめくる。

ロシアは、ウクライナ東部ドンバス地方に大規模な攻勢をしかけ、アメリカやヨーロッパ西側諸国は、非難とともに追加制裁を発表した。春先には、ヨーロッパが、国外送金システムからロシアを閉め出すと宣言し、ＥＵ史上最大規模の制裁になると力んではいたけれど、ロシアの動きが鈍くなったようには見えない。岸見の目はその下の記事に移った。アメリカが、台湾海峡での有事への対処を想定した演習を実施していた。これじゃ中国も黙っていないだろう。今年の夏に、アメリカの下院議長が台湾を電撃訪問したことに中国はかなり腹を立てているからね。飛田はそうも言っていた。これもまたその参謀に聞いた話なんだそうだ。

経済欄は、ウクライナ戦争の影響で、原油や小麦の価格が高騰して、諸物価が上昇している、賃上げの見通しも暗い、と伝え、その下の小さなコラムは、カンロの流通量の増加を報じた上で、物価高に喘《あえ》ぐ国民が円をカンロに替えて、カンロ決済で物品を購入するケースが増えているからだと解説していた。

まほろばは、物価高に合わせ、カンロの新規ユーザーに対して大盤振る舞いしている。「物価高を生き抜け」というキャンペーンを張り、たとえば、一万円分のカンロを購入した新規利用者には、五千カンロを付加し、〝お財布〟に一万五千カンロを生成させている。一カンロは一円だ。カンロでの決済を受けつけている店舗では、一万円が一万五千円に化けたことになる。断然お得だ。しかも、クレジットカードは受けつけないが、カンロならOKという店舗もめずらしくなくなってきた。ただし、このようなウケ狙いのキャンペーンはインフレを招き、市場を混乱させかねない、と筆者は警鐘を鳴らしている。ただ、根拠は曖昧《あいまい》だった。岸見はまたページをめくった。

先日開催された上海《シャンハイ》協力機構の首脳会議で、ロシアの大統領と中国国家主席が話し合ったことを知らせる記事が目についた。

この組織はユーラシア大陸の国家連合だ。あくまでも地域協力組織、ご近所の寄合所帯である。ウクライナが加盟を望んだNATOのような軍事同盟ではない。ただ、反NATO的な色合いは明白だ。

実際、この春先に、ロシアが、北はベラルーシとの国境から、東はドンバス地方から、南はクリミア半島から、ウクライナへと一斉に侵攻を開始すると、国連安全保障理事会では、「ウクライナに侵攻したロシアを非難し即時撤退を求める議決案」が共同提案された。もちろん本案は、ロシアが拒否権を行使して、否決された。

四日後、国連総会は緊急特別会議を開き、「ロシアによるウクライナ侵攻に最も強い言葉で遺憾の意を表し、ロシア軍の即時かつ無条件の撤退とウクライナ東部の親ロシア派支配地域の独立承認の撤回も要請する決議」を採択した。この国連非難決議には、ロシアをはじめとした五ヵ国が反対し、三十五ヵ国が棄権したのだが、さて、このときこの採決に棄権をもって賛成しなかった中国、インド、さらにカザフスタン、キルギス、タジキスタン、パキスタン、また欠席したウズベキスタンもこの上海協力機構のメンバーだ。

そして、この組織を構成しているのは民主的とは言えない国ばかり。ただし人口規模はでかい。加盟国の総人口は三十億人を超えている。世界人口の約四割を占め、面積と人口では世界最大の地域協力組織となっている。

——世界は非民主的な色に染まりつつあるのかもしれない。

記事の最後はそんな警鐘で締めくくられていた。悪党どもが陰謀をめぐらせてるよ、と後藤がつぶやいていたのはきっとこの記事だ。

彼らはなにを話し合ったのだろう、と岸見は思った。議案の中には、〝まほろばの封じ込め〟も入っていたのではないか。まほろばはこのところ中国から敵対視されている。

「昔はなんて言ってたっけなあ」

ひとり言のようにつぶやきながら、後藤が重そうな黒いバッグを下ろしはじめた。駅名のことだと気づくまですこし間《ま》が必要だった。岸見も、大野駅の次はまほろばだと覚えてしまっていて、思い出せない。

ホームに降り立った人影は多かった。服装や身のこなしや雰囲気から、同業者だとわかる。取材陣たちはぞろぞろと自動改札を抜け、タクシー乗り場に列を作った。

「岸見さん！」と呼ばれて顔を上げた。前方で、同じ局のアナウンサーが笑って手招きしている。夕方のニュース番組・イブニングセッションでサブキャスターを務めている麻丘恵子《あさおかけいこ》の背後には大型ワゴンタクシーが停まって、スタッフらしき男が荷台に機材を載せていた。

「一緒に行こ。岸見さんと一緒のほうが安心だから」

報道ナイト23の機材も一緒に積ませてもらい、岸見は麻丘とカメラマン二名とワゴンタクシーに乗り込んだ。

車が駅前のロータリーから街路に抜ける時、

「だけど、このへんも変わったわねえ。ちょっと前まではゴーストタウンだったのに」

と出入り口に掲げられた〝特別自治区　まほろばにようこそ〟のアーチを見上げながら、麻丘がつぶやき、

「なんだかずいぶんお洒落《しゃれ》になっちゃって……」

と線路沿いの通りを眺めながら、また言った。

特別自治区まほろば、あるいは単に、まほろば特区とも呼ばれるこの界隈《かいわい》がにわかに活気づいたのは、ここ数年のことだ。

あの日、東北東海岸一帯を襲った大津波は、悠々《ゆうゆう》と堤防を越え、福島第一原発の建屋を水浸しにして地下の補助電源を無力化した。冷却装置を失った四基の原子炉は崩壊熱を出し続け、やがて、高熱に耐えきれなくなった格納容器がメルトダウンを起こし、放射線が漏れた。

発電所周辺は、想定される年間被曝量が国際放射線防護会議の基準値を超えたことを理由に、帰還困難区域として取り扱われることになった。指定されたエリアから離れるよう、住人すべてに実質的には命令が下った。

以来このあたりはしばらく、通りをさまようのは野良となって餌を求める犬ばかりの、廃市のようなありさまになっていた。住まいも店舗も、埃《ほこり》と湿気を吸い込み、よどんだ時間の中で、静かに朽ちていこうとしていたのである。

そんな時、男がひとりやってきた。老齢の紳士は廃校になった中学校に〝財団法人まほろば〟のエンブレムを掲げ、本来は居住が認められていないこの土地で暮らしはじめた。すると、灯《あか》りに誘われた虫のように、人が戻りはじめ、最初こそ緩慢だったその勢いはすぐに加速し、通りには若く先進的な企業家たちのオフィスが並びだした。明るい雰囲気の飲食店が軒を並べるようになり、美容院、スポーツジム、さらに土産物屋までが看板を出した。

「被曝とか気にしてないのかな」

クレープを食べながら通りを歩く若い男女を眺め、後藤がつぶやいた。

「線量はいまはもう落ち着いているみたいですよ」

岸見の口ぶりには弁護するような調子があった。

「だけど、場所によっては赤くなっているところもある」

麻丘は手元のタブレット端末を見ている。たぶん〝福島県放射能測定マップ〟だろう。

「一部除染がおこなわれていないところは高くなっていますが、そういうホットスポットに長時間いなければ問題ありません」

そう言ってから、語調が強すぎたかな、と岸見は思った。やはり麻丘は意外そうなまなざしで岸見を見た。ただ、すぐその後で、ここまで来てそんなに気にしてもね、と言ってタブレットをしまった。

「代表の中谷祐喜《なかたにゆうき》は出ないって聞いたけど」

麻丘が話題を移した。

「みたいですね」

「なんだか、代表と側近がうまくいっていないんだって……。岸見さん聞いてない？」

へえ、そうなんですか、と恍《とぼ》けることにした。

「なあんだ、まほろばオーソリティの岸見さんが知らないんじゃしょうがないや」

「私、別にオーソリティなんかじゃ」

そう言うと、隣で後藤が笑った。

「謙遜することないって。まほろばがスタートした時、取材に来てたのうちらだけだったんだから」

「そうそう、このまほろばって団体にはなにかある、取材したほうがいいとゴリ押ししたって、もっぱらの噂《うわさ》だもの」と麻丘も言った。

その噂に真実が含まれていないわけではなかった。当時、ディレクターとしてうまい企画が出せずに悩んでいた岸見は、まほろばのテレビスポットを見て、取材してみたいとなんとか上を説得して、第一回投資説明会にやって来た。ただ、取材に来ていた報道関係者は岸見だけだった。上司に連絡すると、ニュースバリューのないところにのこのこ出かけやがって、と悪態をつかれた。けれど、一回目の投資説明会から取材していることと、中谷祐喜に個別インタビューした実績は、やがて岸見の株を上げた。ただ彼女の評価はその一点に集中していて、このことに岸見は満足してなかった。

「側近というのは誰のこと？」

「私が聞いてるのは、元財務官僚だった福田義雄《ふくだよしお》ってのと、会見でしょっちゅう出てくる美女がいるじゃない」

「市川《いちかわ》みどりさんですね」

「そう。市川・福田が中谷に続くツートップなんでしょ。で、いまはもう、まほろばの実権はこのふたりに移っているって話がちょいちょい出るんだけど、知らない？」

この噂は岸見の耳にも届いていた。そして、ひょっとしたらそうかもと疑ってもいた。いまのまほろばには、岸見の知っている中谷らしさが薄れている気がするから。

昨今のまほろばは、事業拡大のピッチを急激に加速させている。発足当初の目標は、福島の帰還困難区域、加えて県全体、さらには東北を復興するぞという手堅いものだった（この目標だってたいへんに野心的だけど）。けれどいまは、桁違いに大掛かりなものに向かって猛進している。その大胆さは、岸見が知る中谷のイメージにそぐわない。だから、中谷は肩書きとしてはまだ代表ではあるけれど、まほろばの運営はすでに副代表のふたりに任されているのではという噂は、岸見にとってリアリティがあった。

「聞いたことある？　中谷の肝入りでスタートした事業がまったくダメなんだって」

岸見はうなずくだけにした。

前にインタビューしたとき中谷は、投資先にはすぐに成果を求めない、と太っ腹なところを見せていた。けれど、物事には限度がある。このことが中谷の統率力を弱める原因になることはじゅうぶんあるだろう。

タクシーは細い山道をうねうねと上り、二十分ほどでまほろば本部に到着した。最初に来たときは校舎の面影がまだ残っていた建物は、セキュリティ強化のために入念に手を加えられ、いまは堅牢《けんろう》な石の箱のような面持ちに様変わりしている。

「すいません、カンロのみなんですよ」

運転手に言われ、麻丘が慌てている。じゃあここはうちが、と岸見は自分のスマホをカンロリーダーの端末に当てた。

「特区に入ると、カンロしか受け付けていないところが結構あるから、いくらか持っていたほうがいいですね」

カメラマンふたりが後部ハッチを開けて荷下ろししている時、岸見はそうアドバイスした。

まほろばは、カンロというデジタル通貨で、投資や貸付をおこなっている。まほろばはとにかくカンロにこだわる。カンロはまほろば特別自治区の基軸通貨だ。カンロなんかで支払って社の経理から叱られないかなと不安そうな麻丘に、大丈夫ですよと岸見は請け合った。

レートは１カンロ＝１円に固定されている。昔１００円と交換した１００カンロがいまは１５０円に化けているラッキーはない。なので、カンロは投機の対象にはならない。だが、財団法人まほろばは、気前のいい投資も、担保なしの貸付もしてくれるが、それらはかならずカンロでおこなわれる。当然、そんな野良マネーで材料を購入したり、設備を整えたり、人を雇ったりできるのか、と疑いたくもなろう。

カンロでの支払いを拒否されれば、カンロ元手の事業はあっという間に行き詰まる。これをまほろばは、すこし面倒な方法で乗り越えた。

取引先がカンロでの支払いを受け付けない場合、事業者はいったん財団法人まほろばにカンロで支払う。財団はそのカンロを日本円に換えて取引先に支払って納得させる。とにかく財団法人まほろばは、必ずカンロを使えと投資先に強く指導した。そして、こうした〝地ならし〟をくり返しつつ、特典などで刺激しながらカンロ決済を確立させていったのである。

もちろん、こんな芸当は、相当な資金力がなければできない。ではまほろばの資産はいったいいくらなのか？　これがわからない。どうやってそんな大金をこしらえたのかについても、まほろばが寄越すのは、

「金融取引で」という大雑把な説明だけだ。

そういうこともあり、エコノミストたちはまほろばの評価を留保しつづけた。ヘタに持ち上げて、とんでもないところから資金が流れてきていたなんてことが明るみに出ると、自分のキャリアの終わりにさえなりかねない、と恐れているかのようだった。

そんな中、報道ナイト23に出演したある評論家が、

「しかし、カンロっていうのはどことなく中央集権的ですね」

とコメントした。その口調には否定的なニュアンスがあった。

たとえば、投資されたカンロを使って、よからぬ商いをおこなった（なんだかは忘れた）と、中谷の逆鱗《げきりん》に触れてアカウントを抹消され、まほろばからの資金提供を打ち切られた企業があった。この時、当の社長はおとなしく引き下がらず、

「中谷の鶴の一声で決まった。あまりに一方的だ」

と騒ぎ、さらに、

「まほろばは王政を敷いている、帝国みたいだ」

と語った。この件を、週刊誌の記者に問い詰められた市川みどりは、

「でしたらまほろばは中央集権的、帝国ということで結構です」

と答え、ちょっとした物議を醸した。

「しかしすごいなあ。いまや世界のマネー、カンロだからな」

カメラバッグを肩に担ぎながら後藤がつぶやく。

カンロは国境を越え、東南アジア、アフリカ、中東、南米でも、鉄道、ダム、水道、スタジアムなどの建設資金として使われはじめている。借り手にとってありがたいと思える条件で貸し付けられるからだ。これをきっかけに開発を請け負いたい日本のゼネコンがカンロを受け付けはじめ、カンロが市場に出回る

スピードががぜん増した。

「そうそう。岸見さんって、市川みどりにもインタビューしたことあるって聞いたけど」

「じゃなくて、彼女がまほろばに採用になった日にたまたま私がここに来ていて、同じ電車で帰ったので、東京駅の近くでちょこっと呑んだってだけです」

岸見の脳裏にあの夜がよみがえった。「呑んべぇです」と自己紹介して、市川はスコッチのダブルをぐいぐい呷《あお》った。死に急いでいるような呑み方をしていると言われたことがあると笑ったので、誰に？　と訊《き》くと元カレだと答えた、そんな東大出の美女。

「へえ、むしろそっちのほうがすごいわよ。市川みどりと呑んだ人なんていないんだから」

そんなことありませんよ、と言って岸見は足を出入り口に向けた。実際、まほろばについてなにを知っているのだろうかと自問すれば、はなはだ心許《こころもと》ない。

そもそも岸見は経済が苦手だ。貨幣の流通量が増えると、金利は上がるのか、それとも下がるのか、ということさえ、「えーっと、世の中にたくさんお金が出回りはじめると、人々はモノを買いやすくなるでしょ。それでモノを欲しがる。すると、モノの値段は……えっと、上がる。上がるのよ。つまりインフレになる。あまり物価が上がるのは困るから日銀はお金を減らす操作をするわけよね。それで――」と順を追って確認していかないとわからなくなる。日銀の公式ホームページ内の子供向けページ「にちぎん☆キッズ」を、なるほどねえと見ているのは、あまり人に言えない事実だ。

岸見は入館ゲートで足を止め、まほろばから配布されたＱＲコードを読み取らせて通過した。

館内の床には、天井のプロジェクターから投影された緑色の矢印が浮き出ている。

「第十二回まほろばファイナンシャル定期説明会にお越しのマスコミ関係者の皆様は矢印に沿ってお進みください」

くり返されるアナウンスがゆったりしたＢＧＭとともに流れる中、岸見はほかの取材陣たちにまじって進み、いつものホールにたどり着いた。

大学の大教室といった趣《おもむ》きの会場は、すり鉢状になった底にステージが見える。後藤は麻丘が連れてきたカメラマンと一緒に、三脚を設置するため、機材バッグを両手に上の縁《ふち》まで上がって行った。

会場にスタッフの姿はなかった。まほろばはコンピュータや情報技術による自動化や無人化が得意で、ここにうんとこだわる。その一方で、まほろばの住人の後期高齢者にはタブレット端末を無料で配布し、スタッフを大量動員して一軒一軒巡回させ、〝まほろば通信〟が読めるよう手引きしている。目の悪い人には音声ガイドをつけ、タブレットでは字が細かくて読みづらいという要望には、備え付けの大きな液晶パネルを持っていって取り付けるなんてことまでやっていた。まほろばの住民はみな、特区の決まりごとや行事の情報などを簡単にまた確実に知ることができなければならない、技術が住民を置き去りにするなどもってのほか。そんな人がいたら、すぐに事情を聴きに行き、扱えるようになるまで改良ならびにサポートしろ、という方針が徹底されているらしい。

アナウンスが流れた。

――第十二回まほろばファイナンシャル定期説明会にお越しいただき誠にありがとうございます。定刻通り十三時よりスタートさせていただきます。どうぞお席についてお待ちくださいませ。また、各テーブルのパネルを開けていただければ、音声の出力端子がございます。後方の床にもご用意しておりますので、どうぞご利用ください。

岸見は前から三列目のやや左寄りの席を取った。麻丘がやってきて、

「やっぱり岸見さんの隣がいいや、心強いから」とわざわざ言って腰かけた。

お昼《ひる》膳はすませたのと訊かれ、まだですと答えると、自分もだけど、今日の会見をすぐまとめなければならないから、帰りの電車の中で食べるつもりだ、などと言っている。岸見はなにも答えなかった。

キラキラした分散和音のチャイムに耳をくすぐられ、気がつくと周囲がうっすら暗くなっている。客席

の照明が落ち、前方のステージにはたっぷり光が注がれていた。舞台袖から白いスーツを着た女性が現れ、中央に歩み出ると、口元に寄せていたマイクの位置を直してから、喋《しゃべ》りはじめた。

「本日は、第十二回まほろばファイナンシャル定期説明会にお越しいただきまして、誠にありがとうございます。副代表を務めさせていただいております市川みどりと申します」

よどみなく喋る市川の背後、舞台奥にスクリーンが降りてきた。

「かつて帰還困難区域となっていたこの福島の地でスタートしたまほろば特別自治区は、その後、各自治体からうちもぜひ誘致したいという要請を受け、まほろば和歌山、まほろば岩手、まほろば鹿児島、まほろば島根、と新たに自治区を運営して参りました。そして今年、北海道と沖縄にも自治権を賜り、まほろばを運営させていただくことになりました。これまで以上に日本の繁栄、日本経済の活性化に取り組んでいきたいと存じます」

スクリーンに、各自治区の様子を捉えた写真に続いて、大平原とそこに建設予定のまほろば北海道の建屋が映し出された。

続いて市川は、北海道では、酪農や農業を中心とする新規事業を育成していくと発表し、それらのイメージ映像がスクリーンに躍った。さらに、自然エネルギー、とりわけ風力発電の事業育成には力を入れていきたい、と述べた。

やはり、と岸見は思った。代表の中谷は当初からクリーンエネルギーにご執心だった。太陽光発電、洋上風力発電、地熱発電、バイオマス燃料と、さまざまな自然エネルギーによる発電技術の開発と事業化につぎつぎと投資してきた。これは、中谷が福島第一原発の作業員だったことと、3・11の事故を経験して、原発は撤廃すべきと考えを改めたことの反映だというのが通説になっている。

「さて、まほろば北海道では更なる取り組みも模索中です。また、皆さんご存じのように、オーロラ・プロジェクトという通信衛星システム事業もすでに進行しています。まほろば北海道の詳細は、また機会をあらためて発表させていただきたいと存じます。まほろば沖縄のプロジェクトはこれから方針を決め、事業プランを募集してまいります」

そう言って市川は新しい自治区の紹介を締めくくった。

さらに発表は、海外での投資や貸付に及んだ。

いちど頓挫していたサハラ砂漠の緑化計画を再始動させるために大規模な投資をおこなう。

アフガニスタンのタリバン政権に水道施設の敷設のためのカンロ借款《しゃっかん》と一部援助をおこなう。

インドネシアの公共事業省水資源開発総局に、ダムの建設費用のためのカンロ借款をおこなう。

タイの国鉄にバンコクと北部チェンマイを結ぶ新幹線敷設費用として、カンロ借款をおこなう。

ただし、ミャンマーでの諸々《もろもろ》の開発資金は現政権と協議の上、すべて中止することとした。

発表が終わり、

「それでは、ここで皆様方からのご質問に答えたいと思います」

と市川が言うと、スクリーンに格子模様が現れ、そこかしこの枡《ます》にいくつもの数字が点灯した。これらの数字は、記者たちが座っているテーブルに付属しているマイクの番号を示している。記者らは挙手の代わりにマイクスタンドについたボタンを押す。すると、スクリーンの黒い数字がブルーに変わり、指名されるとオレンジ色になる。スクリーン上のあちこちで数字がブルーになった。

「それでは3番の方、座ったままで結構です。質問の前に所属とお名前をお願いいたします」

――朝陽《あさひ》放送局の前島《まえじま》です。アフガニスタンのタリバン政権への貸付が発表されましたが、こちらの政権は女性に教育を受けさせないなどの問題が指摘されています。この点についてはどのようにお考えですか。

「はい、もちろん女性の教育は大切です。しかし、アフガニスタンの人々にいまなによりも必要なのは清潔な水ではないでしょうか。日本人医師・仲村鉄《なかむらてつ》さんをリーダーとするカブール会がヒンドゥークシュ山脈の雪解け水を使ったカレーズという水道施設を建設しておられました。残念なことに、仲村さんが武装勢力に襲撃されて命を落とされたことは皆様もご存じかと思います。外国での活動ですから、仲村さんらはアメリカの傀儡《かいらい》政権だった前政権とコンタクトを取って活動の認可や協力を仰ぐ必要がありました。仲村さんの死は、このことに反発した武装勢力の襲撃によるものだという見方が濃厚です。つまり、もっと早く、タリバン政権が樹立していれば、仲村さんらは死ななかった可能性が高いということです。タリバン政権になった現在もカブール会はアフガニスタンで活動を続けていますし、現政権はこれらの活動を積極的に受け入れています。まほろばはカブール会を支援し続けます。一番大切なのは、どの政権を支持するかではなく、そこに暮らす人々に医療と水を供給しようとしているこの組織の信念をサポートすることだと考えております」

市川はステージの上から質問者を見て、リベラルと言われる放送局のレポーターがかすかにうなずくのを確認した。

「また、現在のアフガニスタンは前政権より統治が安定していると私たちは判断いたしました。前政権がアメリカによる傀儡だったことはいまや誰の目にも明らかで、アメリカの後ろ盾をいいことに、国民間の格差、地方農村の貧困、都市と農村の格差を放置したばかりでなく、欧米諸国からの援助を、政権内部とその周辺の軍閥や部族長で着服していたことが明らかになっています。これらのことを鑑みて、まほろばはタリバン政権に対する開発援助をおこなうことを約束しました。また、これまでおこなわれてきた欧米諸国からの援助とは異なり、我々がおこなうのはカンロでの投資と貸付です。皆様もご存じのように、カンロは流通プロセスがすべて可視化され、タリバン政権に渡った資金がどのように使われるのかはこちらで1カンロまで把握することができます。――よろしいでしょうか。では次、22番の方」

――東日本新報の遠山《とおやま》です。いまのお話に関連してなのですが、ミャンマーでの開発事業から手を引いたのは、現在の軍事政権の政策を懸念してのことでしょうか？

「はい、そうです」

──どちらも民主的とは言えませんが、タリバンには資金を投入し、一方でミャンマーからは引き上げた。これはどのような理由によるものですか。

「私たちは民主的であるからよい、民主的でないから悪いという判断は致しません。世界的に見れば、民主主義というものは我々が思っているほど普遍ではないからです。そもそも、我々財団法人まほろばも、ときおりご指摘をいただくように、民主的とは言えない側面を持ち合わせております。投資するしない、あるいは貸付するしないの最終決定権は、代表でありペイマスターの中谷祐喜に委ねられておりますので。ただ、ミャンマーの現政権は自分たちが権力を掌握することを優先し、国民の幸せを真剣に考えていない、と判断致しました」

──それはどなたの？

「資料を収集して幹部会議に提出したのはスタッフです。最終的な判断を下したのは、ペイマスターの中谷になります。よろしいでしょうか。それでは57番の方」

──アジア経済新報社の沢渡《さわたり》です。先ほど、まほろばは必ずしも民主的ではない、という発言がありましたが、昨日、中国共産党の報道官が「財団法人まほろばはカンロによる帝国主義的侵略をおこなっている」と記者会見で発言いたしました。これについて市川副代表からなにか一言ございましたらお願いいたします。

「たしかに先ほど、まほろばには民主的でない側面があると申し上げました。また、帝国を連想させるような要素もあるでしょう。けれど決して、帝国主義的侵略者ではありません。カンロでの資金援助や投資、貸付を海外でおこなっている私たちと、〝一帯一路〟の大方針の下《もと》、デジタル人民元借款を進めている中国とが、カンロvsデジタル人民元といった具合に、競合する場面が起きていることは事実です。ただ、我々はカンロを選択するよう強要してはおりませんし、そんなことはできません。最終的にどちらのマネーを選ぶのかは、各国の政治的判断にお任せするしかないのです」

――それでは、インドネシアの西スマトラ州での水力発電用のダムの建設費用や、タイのチェンマイとバンコクを結ぶ新幹線の敷設で、両国ともにカンロを選んだ理由はなんだと思われますか？　中国政府は、相手国の窓口となっている高官を買収しているのではないか、と懸念を表明しておりますが。

「では、海外で我々がおこなっているカンロ借款の一般的な手続きを説明させていただきます。まず、建設費用の見積もりを、我が国の企業数社に出していただきます。それを先方に提出するわけですが、同時におそらく中国も、うちならこのぐらいで請け負いますとプレゼンしていることでしょう。その値段は私たちには知らされておりません。私たちと中国側のそれぞれの見積もりのどちらが高い・安いかについてはお答えしようがありません。ここまではよろしいですね」

質問者は、ええと言ってうなずいた。

「次に我々は、その見積もりの費用、10億カンロなら10億カンロを貸し付けるにあたって、どのような条件なら無理なく受け取れますか、とお尋ねします。基本的に私どもは、担保を取りません。また無利子です。こちらに都合のいいような法整備等も求めませんし、ワシントン・コンセンサスのように、王制を廃止して共和制にしろ、政教分離を徹底しろ、民主的な国家体制に移行せよ、などとも要求しません」

おそらく質問者がツッコみたかったのはここだ。まほろばが海外に進出するすこし前だが、アフリカ某国の高官らが中国の賄賂と接待攻勢で完全に攻略され、かなり無理のある契約を交わした結果、返済が追いつかずに国家全体が中国のコントロール下に置かれてしまった。まほろばはそれ以上の餌《えさ》を仕掛けているのでは、と言いたかったようだが、そういう手を使っているのはむしろ中国だと市川は皮肉ったのだ。

「私たちが相手政府に求めるのは、国民がカンロを使用することについて規制しないで欲しいということだけです。それさえ飲んでいただければ、無利子・無担保です」

会場からはどよめきが漏れた。これでは勝負あったも同然だ。

「タイの新幹線とインドネシアのダムに関しては、どちらも貸付ですが、まほろばの提示した条件が相手にとってより好ましかったからではないでしょうか。民主的かどうかという視点も結構ですが、借り手にとっての受け入れやすさに着目していただければ幸いです。以上です。――それでは次、13番の方、どうぞ」

――中部新聞《ちゅうぶしんぶん》の坂上《さかがみ》です。これまでになんどもお尋ねしておりますが、まほろばの財源についてはさまざまな憶測が飛び交っています。この点についていまいちど副代表からコメントをお願い致します。

「我々の財源は金融によって蓄えたものです。金融市場という情報空間で膨らませたマネーを、それに見合った有効需要を作り出しながら、適切な量だけ、実体経済に流し込んでおります」

――いや、お答えいただきたいのは、まほろばがなぜそこまで金融で金を稼ぐ力に長《た》けているのか、なにか秘訣があるのか、それとも大きな組織の後ろ盾があるのか。一説によると、中谷代表はフリーメ……

急に無音になった。おそらく、マイクを切って喋れなくしたのだろう。このあたりが民主的ではないと言われる所以《ゆえん》だな、と思いながら、岸見はマイク台に手を伸ばし、質問の許可を求めるボタンを押した。

別室で市川の受け答えをモニター画面に見ていた福田は、13番のマイクをミュートするよう、隣のスタッフに指示した。

「また同じこと訊いて。財源についての質問はノーコメントだとなんども発表しているのに」

まほろばがなぜ莫大な資金を蓄えているのか。これについて真相を知っている者は、財団内部では代表の中谷、副代表の市川と福田、政府では総理大臣をはじめとする選ばれた政治家と官僚たち、そして日銀のごく限られた人間しかいない。つまり、マスコミには一切漏らさないよう、厳重な箝口令《かんこうれい》が敷かれているのである。

財団法人まほろばの資産はエアーという人工知能が生み出している。エアーは海外の金融市場でひっきりなしに売りと買いをくり返し、雪だるま式にマネーを増やして、まほろばの資産を膨張《ぼうちょう》させている。

エアーが市場の予想を外すことはない。それはなぜか？　複雑な金融工学に加えて、世間の空気《エアー》をも含めて計算しているからだ。さまざまな状況やアトモスフィア、このような行動の原因となる心理的要素をひっくるめて〈空気〉と呼ぶとすれば、この空気《エアー》も取り込んだ上で、最適解を算出する人工知能がエアーである。

エアーは当初は日本政府に提供された。政府はエアーによって莫大な利益を得て、それまで積み上がっていた財政赤字を着々と埋めつつあった。そこまでの経緯《いきさつ》をかいつまんで話せば次のようになる。

東京オリンピック開催を翌年に控えたある日、財務省に一通の分厚い封書が送られてきた。福田は事務次官からこれを渡され、精査して報告するよう言いつかった。都内の高級ホテルの封筒を裏返すと、差出人欄は空白だった。

中身は、断定的な調子で書かれた国内と海外の市場予測だった。やたらと細部にまで踏み込んで直近一週間で起こる市場の変化を語っていた。一週間後、その予測の正確さに福田は戦慄した。封筒には、今後もこのような情報を受け取りたければ連絡が欲しい、と書いたメモが同封されていた。

福田は自分の所感を事務次官に報告し、事務次官は財務大臣兼官房長官の耳に入れた。大臣は事務次官と福田を呼び出し、この予測の信憑性《しんぴょうせい》とこの申し出をどう取り扱うべきかについて、率直な意見を聞かせろと言った。福田は検討するに足る事案だ、と答えた。福田は財務大臣のお供をして、ホテルのラウンジで相手側の代表に会った。それが中谷祐喜だった。

中谷からは、エリート官僚のような鼻持ちならなさも、学者特有の浮世離れしたところも、金融マンが発散している金の匂いも感じられなかった。中谷は、ざっくばらんな態度で、財務省に送った市場予測はエアーという人工知能が弾《はじ》き出したものだと種明かしをした。その上で、運用益の15％をくれれば、エアーを政府に提供する、と提案した。

政府と日銀の限られた上層部で検討を重ね、政府はエアーの運用に踏み切り、このことによってエアーはさらに進化してエアー2・0となった。しかしなぜ中谷らはエアーを自分たちで使用せず、政府に提供したのか。ひとつは、政府が秘密裡に収集している情報（電話の盗聴など）と合わせたほうがエアーの予測がさらに正確になるからであり、これが2・0という呼称の由縁となった。もうひとつの意外な理由は、電気代だった。シロナガスクジラが大量のプランクトンを食らうように、エアーが膨大な情報を飲み込み、すさまじい勢いで計算するためには、地方都市ひとつぶんくらいの電力が必要で、この莫大な電力を民間団体が調達するのは不可能だったのである。

そして、紆余曲折《うよきょくせつ》の末、ある事件が起こり、日銀の地下に設置されたエアー2・0は停止した。まほろばは活動停止を余儀なくされ、多くのスタッフがまほろばを去り、残ったのは中谷と市川とあとほんの数名だけという状況にまで追い詰められた。しかし突然、エアーは3・0となって劇的な復活を遂げ、それ以降、消費電力を分散させながら動き続けているのである。

日本政府の関与なくエアーが動くようになり、まほろばはエアーが稼ぎ出してくれる金を独占できるようになった。ただし、まほろばは、この一部を政府に送金することに決めた。これまでは政府が運用益の15％をまほろばに支払っていたが、現在はまほろばから政府に金が流れるようにしたわけである。それはなぜか。

カンロのシステムでは、特別自治区の居住者が、自治区に登録されている事業所で売り買いした際には、自動的に20％の消費税が徴収される。その代わり、まほろば特区の住人には所得税や住民税の支払い義務はなく、医療費も無料だ。つまり、国税は一切納めなくていい。しかも、国の行政サービスはあますところなく受けられる。財団法人まほろばが、日本政府に〝まほろば特別自治区総合税〟という特殊な税を納めているからだ。当然、この額は、和歌山、岩手、鹿児島、島根、北海道とまほろば自治区が日本の各地に生まれるごとに増える。通常より大きな額をまほろばは納税しており、特別自治区ができるたびに、政府にとっては財源が増えることになる。上乗せした金額の実態は〝みかじめ料〟である。まほろばに強固な自治権を認めることを約束させる〝ショバ代〟だ。

かつてエアーを動かしていたのは日本政府だったが、3・0にバージョンアップされてからは、国家権力をもってしても、まほろばからエアーを取り上げることができなくなった。エアー3・0はまほろばに置いてこそ動く仕組みになっているからだ。福田の粘り強い根回しと交渉が功を奏し、最終的に政府は、エアーを取り上げた挙句に停止させるよりも、まほろばに動かしてもらい、そこから税を吸い上げるほうがよいと判断した。

また、まほろばが日本経済を活性化させている事実もあった。福島では、帰還困難区域に、多くの若い起業家が事業プランを持って集まり、スタートアップした。このことに勇気づけられ、土地を離れていた人たちも戻りはじめた。さらに、和歌山、岩手、鹿児島、島根の各まほろば自治区でも、過疎に苦しむ村の家屋が古風な趣味を醸し出す洒落たオフィスに改築され、事業家たちの新しい住居も建ち、飲食店がオープンし、バスの便が増え、高齢化で踊り手がいなくなって久しかった獅子舞《ししまい》は、また威勢よく踊り出した。

たとえまだ華々しい成功が見られないにしても、各自治区内では、まほろばから与えられたカンロで売り買いがなされ、商取引は前よりずっとホットになり、雇用も生まれている。まほろばがカンロによって進める海外の建設事業が日本のゼネコンにもたらす収益は、これがなくなってもほかから穴埋めできるという規模ではなくなっていた。

政府がまほろばを潰《つぶ》す理由を国民に説明するのは難しかった。また潰してしまえば、まほろばからの莫大な〝贈与〟も失うことになる。

しかし、やはり恐れてはいた。まほろばの経済力が国を凌駕《りょうが》することを、カンロという仮想通貨が日本円に迫るほどに信用を得ることを。よってまほろばと日本政府との交渉は常に緊張を孕《はら》んだものになった。現政権の重鎮たちに多額の献金をするよう、福田が提案したのは、緊張緩和のためである。

けれど、本当に恐ろしいのは外国だと福田は思っていた。しかも最近は超大国の中国を刺激している。まほろばの海外展開は、中国の一帯一路政策にとってははなはだ目障りなものになっていた。

「まあ、中国を怒らせるのはまだいいよ」

官僚時代に一緒に勉強会をやっていた経産省の堺《さかい》はそう言った。

「中国進出の防波堤になってくれてありがたいと言う先生がたもいるからね。けれど、アメリカは怒らせるなよ。どんな屁理屈をつけても潰しにくるぞ」

それで独立国家と言えるのか。福田は苦笑した。

〈ＴＢＣの岸見伶羅です〉

聞き覚えのある声に福田は我に返る。モニター画面に映る質問者には見覚えがあった。まほろばの第一回投資説明会を取材した唯一の報道関係者だ。その後もずっとまほろばに通い続けている。「お久しぶりです」という市川の声が続いた。

――まほろばは、被災地の復興を目標に掲げてスタートしましたが、いまや日本経済全体の活性化に貢献するまで発展したと思います。さらには、海外にも活動を広げています。

「ありがとうございます」

――そこでお尋ねしたいのですが、まほろばの最終的な目標とは一体なんでしょう。

「と言いますと？」

――まほろばの本質というか、理念というか、究極的な目標を教えていただきたいのです。あの、たとえば共産主義は革命によって資本主義を打倒し、共産主義によって世界を覆うことを目指していました。でも、まほろばは資本主義を否定していないんですよね。

「否定しておりません。我々の目標は、中谷とともにまほろばを立ち上げた杉原知聡《すぎはらちさと》の言葉を借りれば、『資本主義をやり直す』ということになります」

それでいい、と福田はモニター画面の市川に向かってうなずいた。

「ただ、本日の説明会は今後の投資計画についてのものですので、まほろばの理念などについては、また機会をあらためたいと思います」

そんな機会は作らないぞ、と福田は思った。


一方、ステージでは、岸見の質問をかわした市川が、今日はこのへんで終わろう、終わったほうがいい、と考えていた。

「それでは、予定しておりましたお時間も過ぎておりますので、これにて第十二回まほろばファイナンシャル定期説明会を終了させていただきます。本日はお忙しい中、まほろば特別自治区福島までお越しいただき、誠にありがとうございました」

自分が立っているステージが闇に吸い込まれていき、明るくなった客席で岸見が立ち上がるのが見えた。

――なお、より詳しい内容につきましては、まほろばのホームページより資料をダウンロードすることができますので、参考にしていただけると幸いです。

アナウンスが流れる中、舞台袖に引っ込んだ市川は、イヤフォンとマイクを待機していたスタッフに渡して、モニタールームに向かった。

「お疲れ。上出来だったよ」

ドアを開けると、福田がペットボトルの水を差し出した。受け取って市川は、ソファーに座って福田と向き合った。

「岸見さんの質問にはまいったな」

岸見？　と福田が尋ねる。

「岸見伶羅さん、ＴＢＣの。ほら、最後に質問した」

「ああ、まほろばは資本主義を否定しているのかってやつ？」

「そう、今日の説明会の趣旨からは外れているけれど、答えにくいよね、ああいうのって。調子っぱずれではあるけれど、不誠実ではないし、どこかで本質をついているんだから」

「まあ、うまく答えてたさ」

「そうかな」

「資本主義を否定しない。資本主義をやり直そうとしている。あれ以上の答えはない」

「杉原さんの名言。ただ、私は最近、その意味がよくわからなくなっているんだ」

福田はかすかにうなずきはしたけれど、黙っていた。

「少し前に、中国から批判されたじゃない」

「ああ、『まほろばは資本主義を毀損《きそん》している』ってやつな」

東南アジアとアフリカへの融資コンペに立て続けに敗れた中国は、そう言ってコンペティターを批判した。

「どう思う？　中国側の言い分については」

「党中央が開発独裁している国が資本主義を説教するなんてのはおかしいよ」

「だけど、こっちが中国をイラつかせているのは確かよね。中国人民元も流出してるし」

ああ、と福田は憂鬱そうにうなずいた。

中国では人民元でカンロを買う富裕層が増えている。このことを中国政府が気にしていないはずがない。

「中国の富裕層にとっては、カンロのほうが信用できるのかも知れないな」

「だけどある意味、カンロで持つってのはリスキーじゃない」

1カンロ＝1円なので、外国通貨をカンロに換えるときは、外国通貨と円の為替《かわせ》レートでカンロを購入する。換金システムはカンロのアプリ内で完璧にでき上がっていて、ドルやユーロや人民元でカンロを購入するときもまごつくことはない。しかし、そうしていったんカンロに姿を変えると、前の通貨に戻すことはできない。

カンロはカンロの情報システムの中でのみ使うことができる、不自由でリスキーなマネーだ。それでもカンロ経済圏が拡大しているのは、まほろばの〝ばら撒《ま》き〟でカンロの恩恵に与《あずか》る人々が増えているからだ。けれど、このカンロの恵雨《けいう》が降らない中国本土で、人民元をカンロに換えようとする動きが徐々に活発になりつつあるのはどうしてだろう。

「まあ、いくら大金を稼いでも、党中央に目をつけられて没収されるとか、銀行口座を凍結されるなんてことがないとは限らない。特にいま中国はデジタル人民元を加速させているから。党に自分の売り買いが監視されているのは気持ち悪いんだろう」

「やりとりが透明になっているのはカンロも同じでしょ」

「まあ、そうだけど、まほろばがそこまで強権的なことをするとは思ってないさ。うちは甘く見られているんだよ」

それはいけないことなんだろうか、と市川は思った。この場合、甘く見られているというのは、見くびられているのとはすこしちがう、気を許している、にむしろ近いのでは。それこそがカンロの魅力ではないか。市川はもうひとことつけ加えた。

「ただ、中央政府にしてみたら、人民元からカンロへの動きは看過できないわよね。なにか仕掛けてくるかもしれない。手を打たなくて大丈夫かな」

中国は明朝《みんちょう》の末期以降ずっと官民乖離《かんみんかいり》という問題を抱えている。中国政府がなにより恐れるのは、下層の人々が党中央の言うことに耳を貸さなくなり、富裕層が外国に興味を示し、中国という国家から離れていくことだ。人民元をカンロに換えるという行為はその兆候とみなすことができる。

「手を打ったって、カンロのシステムはいじれないだろ」

たしかに、カンロシステムを駆動しているエアーは、プログラムの変更を一切受けつけない。そもそも、エアーのプログラムは完全なブラックボックスになっている。

「ただ、中国はカンロが憎いだろうな。国外では〝一帯一路〟政策の邪魔をされ、国内の富裕層まで取り込もうとしているのだから」と福田は続けた。

「中国がもっと敵意を剝き出しにしてきたらどうする」

「日本政府に守ってもらうしかない」

福田はそう言ったあとでため息をついた。


説明会場を出た岸見は、麻丘と一緒に出入り口に向かっていた。通路の片側の壁は広く切られて大きな窓が並び、かつては校庭だった場所が見渡せた。

「私、もうすこしこの辺を取材していきます」

驚いている麻丘に、今日ここに来たのは、継続的な取材の一環で、急いで今夜の放送に間に合わせるものではないのだ、と説明した。

「え、困っちゃうな、帰りのタクシー、またカンロでないとダメなんて言われないかな」

またまたほろばに来ることもあるでしょうから、麻丘さんもいくらかカンロで持っておいたほうがいいですよ、と岸見は説明し、それに、東京でもカンロを使える商店や事業所が増えていますから、と言い足して、アカウント作りましょう、スマホ貸してくださいと手を差し出した。一万円ぶんをカンロに換えて、麻丘は本部の前で客待ちしていたタクシーに乗って去って行った。

「昼飯どうする」

坂を下っていく車の影を見送りながら、横から後藤が声をかけてきた。

そうねえ、と岸見はつぶやきながら考え、

「後藤さん、私ちょっと中を見てきますから、ひとりでどっかで食べててください」

と結論を言った。

後藤は不思議そうな顔をこちらに向けながら、

「じゃあ、一時間ほど休憩をもらうよ。そのあとは?」

「折を見て電話します」

こうして岸見は後藤と別れ、まほろばの本部内に戻り、キャンパスという通称の、コテージが建ち並ぶ敷地へと抜けた。

「あったあった」

思わず口に出してつぶやいた。校庭だった面影が煤《すす》けてしまっていたけれど、前の場所に鉄棒はまだ残っていた。そのあたりだけ土のままになっている。

はじめてここに来た時、取材に来ているのは自分だけだと上司に電話したら、こっぴどく叱られた。その時の岸見は、この鉄棒の上に尻を乗せて足をぶらぶらさせながら携帯を耳に当てていた。今日穿《は》いていたのはそのときのデニムだった。岸見は背負っていたリュックを鉄棒の支柱に引っ掛け、一番高い棒にジャンプして飛びついた。ゆらゆらと身体《からだ》を振ってから、えいやと腕を曲げて足を振り上げ、すかさず腹部を鉄棒に巻き付ける。

「できた」

上半身が鉄棒に対して垂直に出て、下に伸ばした腕の間で腹部は棒に密着していた。ジム通いが疎《おろ》そかになっていた岸見は、まだ逆上がりができると知って喜んだ。足を片方ずつ棒の上から前に出し、棒の上にお尻を乗せる。視点がまたすこし高くなった。岸見は様変わりした校庭を、はじめてここに来た日と同じ視界に収めて見直した。

地面はアスファルトで固められ、瀟洒《しょうしゃ》なコテージが住宅展示場のように建ち並んでいる。投資を受けたベンチャー企業にまほろばから提供されたインキュベーションオフィスの群れだ。これらを縫うように伸びる通路を、三十代、四十代の若い事業者がノートPCを小脇に抱えて歩いていた。

視線を持ち上げると、連なる小屋の屋根の向こうに、かつて体育館だった屋舎《おくしゃ》が見えた。なんどかあそこでファイナンシャル説明会をやったことがあったっけ（当時は投資説明会と呼ばれていた）。まほろばが忽然《こつぜん》と勢いづきはじめ、教室では収容しきれなくなって、体育館に会場を移したのだった。中谷に代わって、副代表の市川がはじめてステージに立ったのもあそこだった。

いまはどうなっているのだろう。閉鎖されているのかな。岸見は、棒から飛び降り、支柱にひっかけていたリュックを取ると、背負って歩き出した。

若い事業家が行き交うキャンパスを、体育館のほうに歩いて行くと、幼い元気な声が聞こえてきて、それはだんだん大きくなった。イチ、ニ、サン、シ、という掛け声だった。いまでも体育館として使われているのかしら、と思いながら中を覗《のぞ》くと、表衣《うわぎ》と股下を着て帯を締めた幼い子らが、握った拳《こぶし》を交互に突き出し、声を発していた。整列している子供たちの前には、指導者らしき男の姿があった。

「イチ、ニ、サン………腕が下がらないように。イチ、ニ、サン、シ………はい、気持ちを握った拳に集めて突き出す………イチ、ニ、サン………いいぞ、うん」

中谷祐喜だった。

「はい。終了。今日はこれで終わりです。最後に礼」

ありがとうございました！　子供たちは細く高い声を精一杯はり上げ、中谷に向かって頭を下げた。

「じゃあ、お友達にも、礼」

子供たちは横と後ろを向いて、「ありがとうございました」をくり返した。そして、中谷の前を、また「ありがとうございました」と叫ぶように言いながら頭を下げて通過し、出入り口近くに立っていた岸見の脇を抜けて屋外へと走り出て行った時、

「あれ」

と中谷が岸見に気がついた。

「おひさしぶりです」

と言ってみた。覚えてくれているだろうか、と案じながら。

「ほんと、ひさしぶりですね。今日は……？　ああそうか、説明会の日だったな。その取材で来られたんですか」

「ええ、まあ」

「まだＴＢＣにおられるの」

「ええ、性懲りもなく」

「お元気ですか？」

「はい、おかげさまで」

没交渉だった期間が長かったせいか、中谷の言葉遣いや態度は、ずいぶん丁寧なものになっていた。

彼女が中谷にはじめて会った時、ファンだったと言われた。アナウンサー時代にやったクイズ番組の進行役が好きだったそうだ。不正解を言った芸人が、大砲の筒に詰め込まれ弾《たま》のように飛ばされたり、高さ六十メートルの展望塔からバンジージャンプさせられたりして、最後に岸見がマイクを握ったまま「きゃあ！」と叫びながら海に放り込まれて終わる、というくだらない番組だった。あの恥ずかしい自分を「好きだった」とあっさり打ち明けてくれる気さくさが、昔の中谷にはあった。岸見は中谷に単独インタビューした唯一のジャーナリストだが、そのチャンスを得られたのは、相手が自分を好ましく思ってくれたことが大きいと考えていた。けれど、いまの中谷からは、そんなちゃらんぽらんな気さくさはもう影をひそめていた。重要なポストがそうさせたのだろう、と岸見は思った。

「代表が空手の指導をしていることを知らないなんて迂闊《うかつ》でした」

岸見はとりあえずそう言った。

「うん、ちょっと思い立ってはじめたんですよ」

「でも、指導できるってことは、心得はあるんですよね」

「高校までやってました。これでも全国大会で結構いいところまで行ったんですよ」

「へえ、すごい。それで、どうして子供に教えてみようと思ったんですか」

中谷は、そうだなあ、とつぶやいてから、

「岸見さん、お昼はもうすませましたか」と尋ねてきた。

「……え、まだですけど」

「じゃあ、一緒にランチどうです」

やった！　岸見は喜んだ。けれど、単なるランチの誘いなのか、ランチの体裁で取材に応じてくれるつもりなのかは曖昧だった。じゃあ行きましょう、と中谷はキャンパスを歩きだす。岸見はすこし間をあけてついていきながら、スマホを取り出した。

——もしもし。もうそちらに行った方がいいですか？

後藤はまだ食事中だったらしく、もごもごした声を出した。

「後藤さん、今日、あのソニーのカメラ持ってきてますか？」

——いや、今日はさっき三脚に載っけた一台だけです。

「そうか困ったな、実は中谷代表と会えたんだけど」

——えっ！　すぐ行きます。

「いいのいいの。まだカメラ回せるかどうかもわからないから。撮れるとなったらあの小さいやつで撮っちゃいたいなと思っただけで」

——ああ、俺がカメラ担いで行くと台無しになるかもって雰囲気なんですね。

後藤は勘がいい。がさつなようで気が利く。あと、愛妻家で一緒にいても変な気を起こす素振りがないのも楽だ。

――だったらスマホで撮るのが一番かな。岸見さんのスマホは最新型なので画質は大丈夫です。問題はむしろ音ですね。ライトニングコネクタに突っ込む小さいマイクとスマホ用の三脚は持ってるので渡しましょう。入り口正面の天ぷら屋にいるのですぐ行けます。エントランスに入ったら連絡しますよ。

お願い、と言って岸見はスマホをポケットにしまった。前を行く中谷は、キャンパスですれちがう人と明るく挨拶を交わしている。「こんにちは」と声をかけられると、「こんにちは」と返し、「どう、成果は出てる?」と尋ねる。すると相手は、「あとすこしです」とか、「ええ、がんばります」などと答えたりしている。「どう、オーロラは見られそう」という不思議な問いに、「任せておいてください」と胸を張る者もいた。

また、すこしバツの悪そうな笑みを浮かべる者も。

「いい天気だからね、磐梯山《ばんだいさん》にでもハイキングに行きたいだろうけど、ここは踏ん張ってください」

そう声をかけられ、恐縮する相手の顔には見覚えがあった。

「あの人、太陽光発電で投資を受けた人でしたよね」

「ああ、サンドッグの光村《みつむら》君です、よく覚えてますね」

「第一回の説明会の時に見かけてちょっと話を聞いたんです」

「ああ、一回目に来てくれたの岸見さんだけでしたよね、あれは嬉《うれ》しかったなあ」

と言ってくれたが、実はこのとき岸見は、中谷のことを詐欺師《さぎし》ではと疑っていた。岸見は、会場にいた何人かを捕まえ、本当に中谷から投資を受けられると信じているのかを問い質《ただ》そうとカフェに誘った。その中のひとりが光村だった。

一方、モニタールームでは、まだ福田と市川が話していた。

「ただね、俺はやっぱり無利子で貸し付けるって言うのはいくらなんでもやりすぎだと思うんだ、あれじゃ中国が怒るのも無理はない」

福田は疲れた表情でそう言って、ペットボトルからひとくち飲んだ。

たしかに、中国は、インドネシアのダムの建設の入札でまほろばに敗れた時、「まほろばは、ほとんど利子を取らない金融行為によって資本主義を毀損している」と非難した。

「それを聞いたときね、私、中国の言ってることがいまいちよくわからなかったの」

福田は驚いた顔を市川に向けた。

「おかしいな、君がわからないはずないんだけどな」

「わからないと言ったのは、私たちが資本主義にしていることは毀損なのかってこと」

「うん？　逆に僕は君の言ってることがわからなくなったぞ」

「だから、まほろばは資本主義を毀損してるんじゃなくて再起動させてる可能性だってあるんじゃないかって言いたいわけ」

「おいおい、マックス・ヴェーバーを熱心に読んでた君がそんなこと言うなんておかしいな。資本主義は利子が認められて起きたわけだろ。簡単に言えば金が金を産むことを神様が喜ぶって考え方が定着して出てきたんだ」

たしかに、その学説からすれば福田の言う通りなのだった。

「俺なんか中世ヨーロッパで利子を取るのを禁じてた理由なんて忘れちまったよ、なんだったっけ」

「キリスト教の隣人愛の精神に反するから」

「そう、それだ。隣人愛。けれど、近代に入ってヨーロッパ人の精神に劇的な変化が起きる。働くことが、利潤を得ることが神様を喜ばせるって考えるようになり、やがて利益追求が自己目的化して、資本主義が生まれるって理屈じゃなかったっけ」

かなり粗いが福田の要約ははずれてはいなかった。

「だけど、それを放置してたら、お金がお金を産むことを利用してあぶく銭を稼ぐ一部の人間と、どれだけ働いてもお金を持てない人間との格差がどんどん開くようになっちゃったわけでしょ。別の資本主義というものも考えなきゃいけないんじゃないの」

福田は苦笑した。

「別の資本主義か。それこそ杉原さんが言ってた、『資本主義をやり直す』だな」

「じゃあ、ヴェーバーを引き合いに出してもうちょっと言わせてもらうと。マルクスは経済って下部構造が上部構造、政治とか宗教とか芸術とかを規定してるって言ったわけでしょ」

「ああ、そうだったな」

「かたやヴェーバーは、プロテスタントの禁欲精神が資本主義を産んだって言った。つまりこれは上部構造が下部構造を規定する例だよね。つまりヴェーバーは、下部構造が上部構造を規定するという説に反対はしなかったけど、その逆もあり得るって言ったわけ」

「まあ、そうなるか」

「じゃあ、そんな例外があるんだとしたら、精神を変革すれば、資本主義もまた新しくなるってことにならない？」

福田は、口をすぼめておおっ、と驚いた顔をした。それがどこか芝居がかって市川には見えた。

「なるほど。面白いよ、話としては。ただ、中谷代表はそこまで考えて、利子を取るなと言ってるんだろうか。まさか、と僕は思うんだけどな」

無利子・無担保は中谷の方針だった。最初この案を聞かされた時、確かにこれなら中国の一帯一路政策を封じ込める、と市川は思ったが、同時にそんなこととしていいんだろうか、と不安にもなった。そんな不

安を煽《あお》るように福田が、

「だって、巨大店舗がオープン時に極端な安売りを仕掛けて、周辺の小売業者を潰すようなやり口じゃないか」と言った。

「中国は地域の商店街じゃないよ」と市川は笑ってみせた。

「まあ、そこは正確な比喩になってないけどさ、相手がやれないことを強引にやって有無を言わせずねじ伏せちゃうと遺恨を残すぜ。中国人はメンツを潰されることを異常に嫌うって言うし」

　福田はそう言ったあとで、深いため息をつき、ふたたび口を開いた。

「杉原さんの方針を受け継ぐんだそうだ」

「え、杉原さんの意向なの？　無利子ってのは」

「ああ、少なくとも中谷さんはそう解釈したんだな」

「だとしたら、なにか深い意図があるのかもしれない」

「深い意図ね。杉原さんにはあったのかもしれないが、すくなくとも中谷さんがそれを理解しているとは思えないね」

「……でも杉原さんは、なぜそんな常識外れな貸付や投資をしろと中谷さんに言ったんだろ。いや、言ってないかもしれないけど、中谷さんがそう解釈しうるようなことを伝えたのはなぜ」

「そうなんだよ、とにかく無利子なんて箆棒《べらぼう》な話だからな。ただ、代表が杉原さんと出会った頃、聖書をもらったってことは聞いてるよ」

「杉原さんってクリスチャンだったの」

「まあ、アメリカ人だからなんら不思議はないだろう」

「中谷さんは？」

「ちがうらしい」

「らしい？」

「助手の谷口《たにぐち》が聞いたんだってさ。世間じゃ〝第一期まほろば〟って呼ばれている時代、まだ2・0が動いてた頃だよ」

「クリスチャンじゃないのなら、なんだって言ったの」

「自分は選ばれた。——ただそう言ったそうだ」

「選ばれた……」

「まあね、杉原さんが3・0を中谷さんに残すと言って死んだのは確かだよ。そして、中谷さんの認証なしにエアーは動かない」

3・0にバージョンアップされて以降のエアーは、中谷の指紋と虹彩《こうさい》を定期的に認証させてやらないと動かなくなる。日本政府が喉から手が出るほどエアーが欲しいと思っても没収できないのはこのためだ。

「ああ、それから中谷さんは人間を超えるものを信じてるんだってさ」

「人間を超えるもの？　それって神のこと？」

「まあ、普通はそう思うよな」

「でも、クリスチャンじゃない。だとしたら代表は、個人的に強烈な宗教体験があったのかもしれないね」

福田はなにも答えない。あろうがなかろうが彼にはどうでもいいのだろう。

「でも聖書には、利子を取るなとはっきり書いてあるところはないと思うんだけど」

「だったら、代表がそう解釈したんだろ」

「今度ちゃんと訊いてみようよ」

福田はうつむき加減にうなずいたが、不意に顔を上げると、

「そんなことより、エアーの認証権を分散して欲しい」

と吐き出すように言った。

金融取引で莫大な金を生み出すエアーなくして、まほろばの活動ははじまらない。そして、エアーを動かせるのは中谷ひとり。けれど、中谷は特別なにかをやっているわけではない。定期的に指紋と虹彩をエアーに認証させ、ペイマスターとして金をばら撒いているだけだ。元エリート官僚である福田の不満は徐々に大きくなっていった。

「まほろばは中谷独裁下にある。一般企業のように取締役会もなければ、株主総会もない。大株主に断りを入れることもない。社外取締役もいない」

「だけど中谷さんは、私たちの意見をよく聞いてくれるじゃない」

「たしかに邪険《じゃけん》にあしらうことはしないよ。売店《ばいてん》のおばちゃんの意見までよく聞いてる。けれどあの人は聞くことは聞くが、独断で決定する。中国がまほろばに対して敵意を剝き出しにしはじめたのも、こっちが止めるのも聞かず、中国が狙っている開発途上国にカンロをドボドボ流しはじめたからだ」

「たしかに」

カンロ流通圏の海外への拡大案を中谷が口にした時、福田も市川も反対した。けれど中谷は、最初だけはふんふん聞いていたが、ある日を境に「やはりやる」と宣言するように言い、それからは聞く耳を持たなくなった。

ため息が聞こえた。福田の表情は暗澹《あんたん》としている。どうしたの、と市川は笑いかけた。

「俺は最近、代表の言ってることがうまく飲み込めないんだ」

「たとえば？」

「急にそう言われると困っちゃうな。まあ考えてもみなよ、俺たちはすごいことやってるんだぜ。いまや、まほろばの世話になりたい一心でいろんな人間が連絡をよこしてくる。それなのに、代表は、マホロビアンは会ったらかならず挨拶しろとか、地域の祭りへの参加は義務だと思えとか、集団清掃に参加しない企業は投資を見直すとか、まほろば内で葬式があればできるだけ葬儀に参列しろとか、どうでもいいことばかり言ってやしないか」

「どうでもいいとは思わないけれど」

「だけど、代表の肝いりでゴーサインを出した事業のほとんどが見通しさえ立っていないことはどう思う?」

「〝オーロラ〟はいけそうじゃない」

「あれは、後乗《あとの》りさ。ほぼ技術的に完成しているのに出資元の企業が破綻して、プロジェクトが頓挫しかけたのをうちが金を出して救済しただけじゃないか。中谷さんの目利きが鋭かったわけじゃないさ。問題なのは自然エネルギー事業だよ」

　確かに、中谷がご執心の自然エネルギー事業はことごとく停滞している。と同時に、まほろばは自然エネルギーにはいくらでも金をつぎ込む、長い目で見てくれる、などの噂が立って眉唾ものの事業プランがひっきりなしに持ち込まれていることも確かだった。市川と福田は相談して、どちらかというと自然エネルギーに対して厳しい意見の持ち主である専門家を雇い、これらの事業計画を精査させて、いかがわしいものは次から次へと却下し、中谷の目に入らないようにさえしていた。

「それでもサンドッグの光村君みたいに、初期の段階で投資を受けたところは、ふんだんにもらった投資でのうのうと食っているわけだろ。長い目で見てやるったって、もういい加減に見切りをつけたほうがいいようなのがいっぱいあるぜ」

「ただ、注入したカンロで取引が行われるぶんだけ経済が活性化しているわけでしょ。それにまほろばの金庫が枯渇しているって訳でもないし」

　実際、まほろばがかかえる資金は投資先が見つからなくて困るくらいに有り余っている、と福田本人が言っていた。

「とりあえずいまのところはね。でも、どうして切らないんだろう」

「前に個人的に話したときには、マホロビアンは全員食わしてやるんだって言ってた」

福田は呆《あき》れた顔つきになり、そしてやれやれと首を振った。

「それじゃあまるで社会主義だ」

「じゃあ、中国はお株を奪われて怒っているのかな」

「冗談はよせ。とにかく、ゾンビ企業を養う財団になっちゃまずいよ」

考えすぎじゃないの、と市川は言った。福田はいやこのままじゃそうなるよとまた首を振ってから、ペットボトルを摑《つか》んでひとくち飲み、中谷さんはね、と言って、黙り込んだ。

「中谷さんがどうしたって」と市川が先を促す。

「中谷さんは……変わったよ」

たしかに、と市川も思う。けれど彼女は、中谷が攻略しやすいお人好《ひとよ》しになったとは見ていなかった。実はここ数年で中谷の知識量は膨大に増えたと感じていた。部屋に閉じこもって毎日なにか読んでいる。本を読む習慣ができたのは杉原さんがきっかけだったそうだ。ふたりが暮らしていた高級ホテルに、書物が大量に届けられ、それを片っ端から読むように言いつけられたと言う。

杉原さんはコンピュータサイエンスの第一人者であり、数学者、哲学者でもあったので、〝杉原選書〟にはスティグリッツの経済学から新渡戸稲造《にとべいなぞう》の『武士道』まであったそうだ。そのことも影響してか、中谷はかなり幅広く読んでいる。

ある日、中谷は『新しい天下と普遍』なんて難しげなタイトルの本を小脇に抱えていた。市川が聞いたことのない中国人が書いた中国現代思想の本だった。

「よくそんな難しいの読めますね」

「日本語だからね」と中谷は笑った。「わからないところもあるけど、辞書や事典を引きながらゆっくり読んでいけばそれなりにわかった気にはなれるんだ。英語ができればもっといろいろ読めるんだろうけど、その点、市川さんはすごいよね、羨《うらや》ましいなあ」。そして中谷はすこし恥ずかしそうに、「実は勉強しはじめてるんだ」とつけ足した。

「そうなんですか。ならトレーナーをつけましょうか」と市川は尋ねた。「英語ができるのはうちにはたくさんいますよ。アメリカ英語のほうがいいですか」

「いや、むしろ非英語圏の人間にも聞き取りやすい英語を話せるようになりたいな」

意外な返答にすこし驚いた。

「英語ができるだけじゃなくて物理と東洋史に詳しい人ならなおいいんだけど」

探してはみたものの、見つからなかったので、とりあえず英語のできる者を手配しますと報告した。すると、ならば学習用のアプリで独習する、とすげなく言われてしまった。

たしかに、中谷は変わった。かつてのように、ただやさしくて愛嬌《あいきょう》があって、

「え、それってどういう意味なの、教えてよ」

となんの恥じらいも見せずに尋ねてきた男はもういない。ところが、ではどう変わったのか？　を考えると、うまい言葉が見つからない。当たらずとも遠からずな言葉で間に合わせれば、「複雑になった」というところだろうか。

「それに近所の子供に空手なんか指導して……。あれはいったいなんのつもりなんだろう」

不服らしい福田の口調に市川は我に返った。

「理解に苦しむよ。これも助手をしていた大楽《だいらく》が言ってたんだけど、昔、代表とおなじ道場に通っていた同級生が仕事をくれと泣きついてきて、うちで警備を担当させてたんだってさ。あまり使えないんで辞めてもらったそうだけど。もういちど呼び寄せて、任せちゃえばいいじゃないか」

「じゃあ、私からそう言ってみる。たしかにそんなことしている時間はないはずだから」

「もう言ったよ」

「言ったの？」

「ああ」

「で、なんて？」

「なんて言ったと思う？」

市川は黙って先を促した。

「教えたいのは空手じゃないんだとさ」

「どういう意味？」

福田は、訳のわからないこと言われちゃ、それ以上追及する気にもなれないよ、とこぼした。たしかに、とだけ言って市川も黙る。するとノックの音がした。

「すみません、こちらまだ使いますか？　清掃作業に入りたいそうなんですが」

スタッフが顔を出して言った。

「ううん、私らももう出るから」

と市川は返事して、

「気を取り直して、お昼膳《ひる》に行こうよ」

と励ますように福田に声をかけた。


通路を食堂に向かって歩いていると、向こうから噂の主が歩いてきた。

「こんにちは。説明会はうまくいきましたか」

とにこやかに声をかけてきた中谷の後ろには、ＴＢＣの岸見が立っている。この絵はちょっと気に入らないな、と思いつつ、

「ええ、なんとか」と市川は言った。

「そう。まあ、市川さんに任せとけば安心だね。これからふたりでランチですか」

「はい。――代表はこれから？」

「うん。岸見さんとマスターズルームで。あ、こちら岸見さん。こちらは福田と市川。市川とは前に会ってるよね」

「もちろん」

と市川は答え、

「先ほどはどうも」

と岸見に微笑《ほほえ》みかけた。

「こちらこそ、ありがとうございました」

と相手も軽く頭を下げる。市川は中谷のほうを向いた。

「代表、岸見さんは、まほろばの究極的な目標を教えて欲しいんだそうです」

そう言うなり、では失礼します、と会釈して、福田を置き去りにして歩き出した。

「わざわざなんであんなこと言うんだ」

追いついてから福田が怪訝《けげん》な顔を市川に向けた。

「訊くななんて言えないでしょ。どうせ向こうは訊くんだろうけど、迂闊《うかつ》には喋らないでってメッセージ」

と答えると同時に名前を呼ばれた。足を止めて振り返ると、いま別れたばかりの中谷が立っていたので驚き、

「ちょうどいいから言っとくよ。折り入って三人で話したいんだ」

藪《やぶ》から棒にそう言われ、市川は言葉を失ったが、

「ええ、それはもうぜひ」

と福田が答えた。

「終わったら連絡するから、マスターズルームに来てくれないかな」

「あ、今日このあとですか」

「うん、今日。スケジュール、詰まってる？」

「ええ、今日はもうパンパンです。たぶん彼女も」

「だったら一緒に夕飯はどうかな。それも無理ならしょうがないけど」

「私は大丈夫です」

先に市川が言った。

「ああ、僕のほうはちょっと遅くなっちゃいますが。九時からなら調整できます」

「市川さんの胃袋が持てば、それでいこう」

中谷が冗談めかして言ったので市川も、

「頑張ります」

と茶目っ気を見せた。

「そう。じゃあ、なにかリクエストありますか」

「どこか店に行くんですか？」

と福田が尋ねる。

「マスターズルームで。今日は警備のスタッフを横に置いておきたくないんだよ」

いったいなんの話だろう、と市川はいぶかった。

「昔みたいに、部屋でなにか取るか作るかしようと思うんだけど、それじゃダメかい」

「むしろそのほうがいいと思います」

と市川は言った。

「冷蔵庫にはいま、すき焼き用の牛肉があるけど」

「大好物です。では九時に」

「なんだろ話って」

声が届かないところまで歩いてから、福田が言った。

さあ、と市川は首をかしげた。

「地熱発電にもっと投資するなんて言い出したら、アイスランドと行ったり来たりで大変になるぞ」

と福田は言って、市川をさり気なく指さした。

火山国である日本はもっと地熱発電の可能性を開発すべきだという声は時折聞かれる。まほろばはこの方面にも投資しており、一年ほど前、温泉町の蒸気を使った発電に成功した。しかし、この開発を手がけ、成果を報告に来た地家《じげ》社長に中谷は、祝辞の後に、このままじゃだめだ、もっと頑張れと激励した。どちらかと言うと、後者のニュアンスが勝《まさ》っていた。

「あと十年で国の電力の10%をカバーするくらいの気合いで開発して欲しい。そのために金が足りないのなら相談に乗ります」

などと言い、祝勝ムードに水を掛けた。その時、地家がもらしたひとことが、

「アイスランドと同じにされちゃかないません」

だった。

北極圏のすぐ南に位置するこの国では、全電力の20%を地熱発電から調達している。地熱エネルギー源全体の66%の活用にも成功し、その結果、一般家庭の暖房の約90%が地熱を利用したものだ。なので、地熱の事業者はアイスランドを引き合いに出してなにか言われることが多い。このときもそうだった。

「ですが代表、日本でそれなりのエネルギーを取れそうな場所は国立公園などに指定されているところがほとんどで、そこを掘削しようとすれば、国の許可が必要になるんです」

と市川は助け舟を出した。

「なら、早急に許可をもらって進めましょう」

「もちろん交渉はすでにやっています。ただ、ハードルが高いんです。なのでまずは小さなところから実績を積みあげようという方針を立てました。今回の九州のN村での発電でさえ、温泉協会や地元住人などから強い反発がありましたので。そこを丁寧に説明しながらなんとか発電にこぎつけたわけです」

「そうですね。これはこれで立派な成果だとは思います。ただやっぱり発電量は増やしたいよなあ。なんとかならないかなあ。市川さん、お願いしますよ」

中谷がそう言って、さらりとボールをパスしてきた時、あれ、この感触は昔のままだ、と市川は懐かしがった。出会った頃の中谷は、改革に燃える心は熱いが、それでいて無邪気で、世事には疎く、嫌みにならない遠慮がちな仕草でほんのすこし甘えてきたと思ったら、すぐに離れていくようなところがあった。けれど最近では、

「ハードルが高い理由は色々あるとは思いますが、いちばん厄介な問題はなんですか。金で解決できるなら使ってください」

くらいは言うようになり、以前の印象とはずいぶんちがう人物になってしまった。成長したと喜ぶべきか、それとも汚れてしまったと嘆くべきだろうか。

そんな風に迷ってしまうのは、出会った当初の中谷に、自分の周辺にいる男性にはないなにかを感じて、そこに惹《ひ》かれてもいたからだ。両親ともに東大出身で、小学校から私立の進学校に通い、東大を目指すのが当たり前の環境で生きてきた彼女の目に、物《もの》を知らない、知らないが故に実直で、それでいてどこか勘が鋭く、けれど人間がふっくらでき上がっている、敏捷《びんしょう》そうな肉体を持った男は新鮮に映った。けれど、このときの市川は不満を意図的に表に出して言った。

「大臣に献金してすむのならとっくにやっています」

環境保護団体からの反応も気にしなければならない、風光明媚《めいび》な国立公園でショベルカーなどの大型重機が動きはじめれば、自然破壊だ！　のシュプレヒコールは必ず起きる、という説明も足した。

すると中谷はふと、

「自然かあ……」

とつぶやいた。

「自然ってなんだろう」

禅問答を吹っ掛けられた気がして、市川は返答に窮した。

「自然って英語でなんて言うんだっけ」

なんだ、やっぱり英語の家庭教師は必要だなと呆れつつ、

「ネイチャーです」

と馬鹿正直に答えた。

「そうそうネイチャーだ」

と中谷は言って、

「ネイチャーってラテン語のナートゥーラから来てるんでしょ」

と予想外の台詞《せりふ》を続けた。驚いた。でしょ、と言われてもそんなことは知らない。

「で、このラテン語はギリシャ語のピュシスが由来なんだよ」

聞いたことがある。たしかノモスって語と対になる言葉だ。ノモスは人為的なものという意味ではなかったか。であれば、ピュシスが人の手が加わる前を指して、自然の意味になるのはおかしくない。

「で、このピュシスって動詞由来の語なんだよね」

知りませんと首を振って、

「どういう意味の動詞ですか」

と思わず尋ねた。

「生み出す」

中谷はその意味だけを口にした。

「で、これに〝生み出されたものの本性〟とか〝性質〟って意味も加わった」

「ああ、ネイチャーって言葉には本質って意味もあるんですが、そこから来ているんですね」

「かもね。それからその本性が外に現れる〝見かけ〟を意味することもあって、次にはその〝秩序〟だとか〝力〟って意味もある。ついでにつけ加えると、水や空気や火、それから原子みたいなものまでピュシスに含まれるみたいだよ」

「……どうしてそんなこと知ってるんですか」

「本に書いてあった」

と中谷はさらりと言ってから、

「日本語で僕らが呼んでる〝自然〟ってのはもともとは中国語なのかな」

とまた新たな疑問を口にした。

自信がなかったので、市川は「たぶん」とだけ言った。

「調べてみよう」

中谷はそう言ってから、

「それはともかく」

と改まった。

「地家社長だけじゃなくて、洋上風力の喜多島《きたじま》社長や太陽光の光村社長にも言ったんだけど、まほろばが自然エネルギーの開発に力を入れているのは、地球環境にやさしいことをアピールしたいためじゃないんだ」

地家社長の顔は引きつった。

「だから頑張ってほしい」

結局、厳しい激励でこの報告会はお開きとなった。

「なんにする？」

福田がタッチパネルのメニューを手にして言った。

食堂に設けられた福田専用の個室で、ふたりはテーブルを挟んでいた。

まほろばがスタートしてからしばらくは、福田も市川も、食堂の空いている席を探してトレイを運んでほかのスタッフと一緒に食べていた。ところが、まほろば経済圏が拡大するにしたがって、ふたりは時間に追われるようになり、ランチタイムを打ち合わせに充てることが頻繁になった。話している内容がまわりに洩《も》れるとまずいので、福田と市川は食堂内にそれぞれ個室を作り、そこにスタッフを呼んで食べながら打ち合わせしたり、今日のように市川と福田とふたりでどちらかの個室に入って、というケースが増えた。

「今日の定食は天ぷら御膳《ごぜん》だ。あとは鰆《さわら》の西京焼き。俺は天ぷらにしよう」

「じゃあ私は、鰆をもらいます」

と市川はタッチパネルで注文をすませた。

だけどさ、アイスランドってのは例外だよ、世界全体を見れば、いまだに化石燃料に依存しているってのが現実なんだから、中谷さんも無茶なこと言うよなあ、などと元から自然エネルギーに懐疑的な福田が話していると、ドアが開いて、配膳ロボット〝セッター君〟が入ってきた。

「鰆の西京焼きの和風御膳を注文されたのはどちら様ですか」

とセッター君が訊いた。

「私です」

と市川は軽く手を挙げて応えた。

セッター君が胴体部のドアを開き、そこに収められていた定食のトレイを市川の前に上手に置いて、

「どうぞ、召し上がれ」

と言った。

市川は、うまく演技ができた犬に送るような拍手をした。

セッター君は同様に天ぷら御膳も無事に配膳して、

「注文は以上ですね。どうぞごゆっくりお料理をお楽しみくださいませ」

と声をかけて出て行った。

「おー、今日はうまくできたじゃないか。こないだは、最後にトレイをひっくり返して、味噌汁《みそしる》をぶっかけておいてから、『どうぞごゆっくりお楽しみください』だったからな」

市川は笑った。

「開発した社長に、せめて『ごめんなさい。ひっくり返しちゃいました』って言えるように修正しないとねって言ったら青くなってたけど、だいぶ改善されてきたな」

「発音もどんどん自然になってるね」

と箸を取りながら言って、その〝自然〟という語がまた気になった。

その頃、もう一台のセッター君がマスターズルームに入って行った。中では、岸見がそこに設《しつら》えられた巨大な液晶パネルを見ていた。通電していない黒い画面には自分の姿が淡くぼんやり反射している。仕事仲間には、自宅に大型テレビを置いている者が少なからずいて、大画面でないと映画鑑賞やスポーツ観戦した気にならないんだと言う。ただ、こいつはいくらなんでも大きすぎるぞと思って目の前のパネルを見ていると、いきなりドアが開いて、「お待たせしました、お料理をお持ちしました」とロボットが入って来た。

「どちらに置きましょうか」

と訊かれてドギマギしていると中谷が現れた。シャワーを浴び終えて、無地のセーターとチノパンに着替えている。

「いつものテーブルに」

ロボットは「かしこまりました」と言って、ミックスサンドとチキンナゲット、コールスロー、そしてコーヒーポットを置くと、「どうぞ召し上がれ」のひとことを残して去っていった。

「すごいですね。まほろばベンチャーが開発した製品なんですか」

「今年中には大手の家電メーカーに売り込みたいって言ってる」

中谷は両手に持ったマグカップのひとつを「これ使ってください」と岸見の前に置いた。

岸見は礼を言ってポットを傾け、ふたつのマグにコーヒーを注《つ》いだ。

「こんな軽食でいいの」

サンドイッチを片手に中谷が言う。

「ええ、ぜんぜん。いつも忙しいのでお昼はあまり食べないんです」

これは真っ赤な嘘《うそ》だ。ただ、中谷がミックスサンドとナゲットを注文するのに、「握りの松を」とは言いにくい。

「中谷さんこそ、身体《からだ》を動かした後なのにこのくらいでいいんですか」

「ああ、最近はあんまり食べないようにしてるんです。お昼に食べ過ぎると午後から頭が回らなくなるから。空手だって掛け声かけてるだけで、ハードに身体《からだ》を動かしてるわけじゃないしね」

「それで、どうして空手を?」

「馬鹿だから。僕に教えられるのは空手くらいなんですよ」

「空手って言ってもいろいろ流派があるんでしょう、オリンピックで一人で踊ってるようなのを見たんですけど、中谷さんはどんなのを？」

「あれは型《かた》と言って、僕がやっていたのとはちがいます」

「じゃあ、瓦《かわら》割るようなやつですか」

「いや、瓦は一枚も割ったことないんです。僕が出ていた大会には瓦割りの部門がなかったから。通っていた道場は実践空手ってやつで、先生が、人間よりも硬いもの殴っても拳を痛めるだけだって言って、サンドバッグか道場生しか殴らせてくれなかったんですよ」

　岸見は笑うべきかどうか迷った。

「通っていた道場では、ヘッドギアみたいなのをつけてバシバシ打ち合ってました」

「それはハードですね」

「かなりワイルドな部類に入ると思います。太ももに強い蹴りとかもらうと紫色に腫れ上がって倍ぐらいの太さになりますよ」

　思わず顔をしかめそうになった。こんな話は聞きたくなかったが、共通の話題がほとんどないのだからしようがない。

「さっき大会でいいとこまで行ったっておっしゃってましたけど、指導者として、教え子を優勝させたいなんて思われますか」

「いや、べつに強くたって弱くたってどっちでもいいよ、空手なんか」

「そうなんですか」

「うん、子供に教えてあげたいのはむしろ俺が空手で学べなかったことです」

「なんですかそれは」

「やさしさだね」

「え、空手でやさしさを？」

「やっぱりそう思うよね。競技となると相手を痛めつけるわけだし。実際、空手仲間には喧嘩《けんか》の相手を見つけに街を徘徊しているようなやつもいたからね」

「純粋に喧嘩をやるために……、カツアゲとかじゃなく?」

「地方でね、勉強が駄目で身体《からだ》が頑丈なやつらは、暴れたくてしょうがないんですよ。なーんもないんだから」

「中谷さんも不良だったんですか。喧嘩の相手を求めて街をうろついていたりとか」

これは、ちょっとした情報かも、と岸見はひそかに興奮し、どうして空手がやさしさにつながるのかを追及するのを忘れてしまった。

「売られたら買ったりはしてたけど、どちらかと言うと、仲間がやってるのを止めに入るクチでしたね」

「正義感が強かったわけですね」

「うーん。……というか、これは勝てるなと思う相手に喧嘩を売るのは卑怯《ひきょう》でしょ。——そういえば、僕がまほろばを作るきっかけになったのも、喧嘩の仲裁でしたよ」

岸見は思わず前のめりになった。

「仲裁って言ったらきれいごとすぎるかな、キツいの一発入れて、地面に転がしちゃったからね」

ぜんぜん、やさしくないじゃないか、と思いつつ、

「……でも暴力を振るわれている人を助けたんですよね。それはどこで」

「新国立競技場の建築現場です」

「助けた人は誰ですか」

「一緒に働いていたおじさんです、というかおっさん?」

「まほろばの創設者の杉原知聡さんですか? 〝資本主義をやり直す〟の?」

「そうです」

「その仲裁がどうしてまほろばのきっかけになったんですか」

「おっさんに誘われて僕はまほろばを作った。いや、おっさんに作らされたってのが正しい気がします。僕は選ばれただけなんですよ」

「ちょっと待ってください」

岸見はもう我慢できなくなって言った。

「あの、これ録画しちゃ駄目ですか」

思い切ってそう言うと、中谷はマグの縁に口をつけたまま、

「ん？　どうして」

「どうして……。それはもう中谷代表の話を映像として記録したいからですよ」

「記録してどうするのさ」

「いや、放送するかどうか……そこまではまだ」

中谷は、ああそうか、と思い出したように笑った。

「岸見さんってテレビの人でしたね。放送に使う可能性がゼロなものを録画するわけないや」

ええ、とためらいがちにうなずくしか岸見にはできなかった。

「いいですよ。でも、答えられないことは答えませんからね」

礼を言うと、すぐに鞄《かばん》からマイクとスタンドを取り出そうとしたが、

「まあ食べてからにしましょうよ」

と言われてしまった。

早くインタビューに取りかかりたい一心で、残ったサンドイッチを口の中に押し込んでコーヒーで流し込もうかと思ったけれど、皿の上にはまだ半分ほど残っていた。

「それでね」

と中谷が言った。

「ええ」

「やっぱり空手っていうのは――」

また空手の話？　それより、建築現場での喧嘩の仲裁からまほろば創設までをもっと詳しく。

「強くなればなるほど、相手に与えるダメージは大きくなるわけです」

「でしょうね、格闘技ですから」

「そう。でも強ければ正義ってわけじゃない」

まあそれはそうだ。『ドラえもん』のジャイアンが正義のわけがないもの。

「そこを教えてやりたいんだよね」

そこって？　岸見は妙に引っかかった。

「強くなれって指導しながらですか。つまり突きとか蹴りとかを教えながら？」

「そう」

「どうやって？」

「そこが問題なんです。強いってことは正義にあらず、なんて説教しても子供には伝わらない」

「ええ」

「だから、礼儀を教える。礼を徹底することで、空手を剝き出しの暴力にしない、礼によって暴力を飾ることのほうが大事なんだと教えてあげたいんです」

「暴力を飾る……」

「そう、礼をくり返すことによって、戦ってる相手も敬うべき仲間なんだってことを身体に染み込ませる」

「はあ」

「俺は馬鹿だからね、仲間を大切にしろ、人にはやさしくしろ、くらいしか教えられないんですよ、あはは」

　中谷が愉快そうに笑っているうちに、岸見はスマホにマイクを装着し、ひょろりとした三脚を組み立ててそのホルダーにはめ込み、レンズを中谷に向けた。

「それがカメラ？　昔はもうちょっと大きいので撮ってくれたよ。マイクも用意してつけてくれたし」

　岸見は思い出した。前のインタビュー時にも、親密な雰囲気の中でのほうがよいと役員から意見され、ひとりでここに出向いて、ピンマイクを中谷の胸に留め、自分でカメラを回したのだった。

「まさかお話が聞けるとは思ってなかったので」

　と岸見は言い訳した。

「でも、最近のスマホのカメラってすごく性能がいいので大丈夫です」

「そうなんだ。じゃあ、俺もそれでいこうかな」

「それでって？　なにか撮影する予定があるんですか」

「うん、まあちょっとね」

「なにを？」

「いや、まあそのうち相談するよ。でも、岸見さんの肩身が狭くなって、なんでもひとりでやれって言われてるわけじゃないのね」

「ご心配なく。出世はしてませんが、そこまで冷遇されてもいませんよ」

「出世しなよ」

「え」

「したくないの？」

「いや、したくないわけでもないのですが、どうしてですか」

「じゃあ、出世したいわけを教えてよ」

「え……変なこと聞きますね」

「会社員だから出世するのが当たり前っていうのはなしね。それから、給料が上がるから以外の理由があったら教えて欲しい。使える経費が増えるなんてのもこの部類に入るから、除外してね」

「えっと、そうだなやっぱり、自分で決められる幅が広がるような気がします」

「じゃあ、たとえば社長になったら岸見さんはなにがしたい？」

なんとなく、踏み絵が仕込まれていそうな質問だった。ここはかわしておいたほうがいい、と岸見は判断し、

「私が社長になったら中谷さんはなにをしてもらいたいですか」

と逆に訊き返した。

「真実を報道する。それにつきますね」

返ってきた答えの素朴さに、思わず緊張が解けると同時に岸見は落胆した。

ただ、向かいの男は自分の答えを味わうようにうなずきながら、こちらを見つめている。ちょっと気味悪くなったがこうなったら進むしかない、と思った。

「それはいまの日本のマスコミが真実を伝えていないということですね」

と岸見は言い、

「そういうお叱りはしょっちゅう受けておりますが」

と嫌みにならないよう気を配りつつ、それでも抗議の色合いは残るように、つけ加えた。

「伝えてないと思うね」

その穏やかだが遠慮のない言い方は、岸見の中の中谷像をすこし揺るがせた。

「いや、伝えてることが嘘ばかりとは言えないけど、本当に伝えなきゃいけないことを取り上げずに、本当に見なきゃいけないものから視聴者の目を逸《そ》らせてしまっているよね」

「どういう点がですか」

「じゃあひとつ聞くけど、どうして報道ナイト23ってスポーツや芸能のネタがあんなに長いの。あと天気予報も長い。報道番組というよりバラエティだよね」

「それだけですか」

すこしむっとした声色で言うと、サンドイッチを頬張っていた男は嬉しそうに笑った。

「じゃあもうちょっと言っちゃおうかな。いま福一《フクイチ》が処理水を海洋放出するのしないのって騒いでいるわけじゃない。あれに中国が反対しているよね。それはなぜだと思う」

「危険だからでしょう」

「中国の原発は海洋放出してないの」

調べたことはなかったが、この会話の流れからするとしているのだろう。ただ、下手なことは言わないほうがいいと思い、わかりません、と首を振った。

「二年ほど前に、浙江《せっこう》省と広東《カントン》省、それに福建《ふっけん》省の原発が処理水を海洋放出しました。そのトリチウム濃度は日本の六倍あった。中国は処理水を汚染水と呼んでいるけれど、中国が放出した水のほうがよっぽど汚染されていた。さて、TBCをはじめ各局はこのことを報道しませんでした。なぜだろうね。将棋の対戦中に棋士がランチになにを食べたかなんてことより、こちらのほうがよっぽど重要な案件だと思うけど」

これには返す言葉がなかった。

「それにロシアとウクライナの戦争の報道も通りいっぺんな気がするな」

「どの辺が、ですか」

と尋ねたら、

「岸見さんはどう思う」

逆に訊かれた。どうもうまく持っていかれてるような気がするが、しかたがない。

「国際情勢は勉強不足で」

「じゃあ勉強してください。ジャーナリストが勉強不足ですなんていうのは話にならない」

用心して謙遜気味に答えたのが仇《あだ》となった。

たしかに、各局ともロシアの大統領を頭のいかれた悪漢キャラにして（またいかにも酷薄そうな面構えをしているのだ）、お話を作っている気がしないでもない。

「まあ僕もバカなりに最近は勉強しているので、おたがいに頑張りましょう。ちょっと待って、いま片づけちゃいます」

中谷はサンドイッチが載っていた平皿を取って立ち上がり、流しに皿を置くと戻ってきて、

「ではどうぞ」

と言って居住まいを正した。

岸見が録画ボタンを押しながら、どこから攻略しようか迷っていると、

「財源のことについては話せませんよ」

といきなり出端《ではな》をくじいてきた。

「金融の技術を駆使しているということだけは伺ってますが」

岸見はそう言って探りを入れた。

「そうですね。いまのところは情報空間で金を増やしている。――あんまりよくないことだけど」

「よくないんですか」

「ええ」

「どうしてでしょう」

「格差を拡げることになるので」

「そうなんですか」

「はい。お金を増やすには、情報空間で金で金を売り買いするのが一番なんです。物を作って売ったりするような比じゃなくてね。そうして世の中は、情報操作でめちゃくちゃ儲《もう》ける人間と、せっせと働いてはいるけれど、なかなかお金を増やせない人間の差がどんどん開いちゃう。よくないでしょ、これは」

「でも株で損してる人だっているわけじゃないですか、リーマンショックなんかは。大手の証券会社？　投資銀行？　そんなのが潰れるくらいに」

「ですね。だけどそのときにも儲けてる人はいるわけです。バブルに浮かれないで、買うべきときに買って、売るべきときに売れば、どんなときだって儲かる。いまもあちこちで小さなバブルができてははじけ、できてははじけ、していますから」

「それはそうかもしれませんが、どうやってそのタイミングを知るんですか」

「うちは天からのお告げを聞いてます」

岸見は絶句した。

「実は一緒にまほろばを立ち上げた人はいまはもう天国にいるんです」

「亡くなられたんですよね、それは伺ってますが」

「ええ。ただ、もっと正確に言えば、天国にいるというより天になったって気がする」

「天になった？」

「そうです。で、とにかく天からお告げがくる。僕らが売り買いのタイミングを正しく知ることができるのは、予測じゃなくてお告げに従っているからなんです」

中谷はまた薄く笑った。こんな風にからかわれたことに憤懣《ふんまん》を覚えるよりもここに秘密があるのでは、と岸見は思った。

以前から中谷にはどこか宗教めいたものを感じていた。ただそれはときおり世間を騒がす新手の宗教団体が発するものとは別種のものだった。そもそも、まほろばは宗教団体ではない。霊界や先祖の祟《たた》りを持ち出して、信者から金を巻き上げたりはしていない。ただ、いま中谷が言ったのが比喩でないのなら、霊感によって儲けた金を、企業にばら撒いていることになる。だとしたら、やはりこれは宗教なのか。けれど、常識的に考えれば、そんなことなどあり得ない。

それに、まほろばがお告げに従って金融取引をおこなっていたとしても、それが問題だと言えるだろうか。鉛筆転がして答案用紙を埋めて百点取るのとどうちがうのか。それが問題なら、マークシート方式のペーパー試験や、売り買いの情報操作で金が儲かる金融市場のシステムを改めるしかないのでは。

「ごめんごめん」

中谷はこんどは声を上げて笑った。そして急に真面目《まじめ》になって、

「でも、まあ当たらずといえども遠からず、ですよ」

とまた気になることをつぶやいてから、

「それより、なにか訊きたいことがあったんじゃなかったっけ」

と尋ねてきた。そうなんです、と岸見は改まった。

「実は、まほろばの最終目的地を教えていただけたら、と前から思っていたんです。究極の目標といってもいいですけれど」

感心したように中谷は口をすぼめた。

「まほろばはいったいどんな社会を実現しようとしているのか、それを伺いたくて。資本主義をやり直すというのは社会がどうなれば、それが実現できたと言えるのでしょう」

中谷は、なるほどー、などと言っている。究極の目標かあ、とひとり言のようにつぶやいたりもした。けれど、答えは返ってこない。そうしてマグカップからコーヒーをふたくちみくち飲んだ後でようやく、

「それがわかれば苦労はしないんですが」

と言ってまた笑った。肩透かしを食らった岸見は、

「え、ないんですか目標」

と思わず訊き返す。

「ないってこともないんだけどなあ」

「あるのならぜひ」

「そうだな、やっぱり空手で子供に教えたいことと一緒になるんだろうな」

「と言いますと？」

「やさしさです。やっぱり人と人が互いに尊重し合えるような社会、仲間を大切にする社会、仲間じゃなくたって人にはなるたけやさしくできる社会なんだと思います」

そんな青臭い、という言葉を飲み込んで、岸見は黙った。

「でも、仲間を大事にしつつ、仲間じゃない人にもやさしくっていうのは、なかなか難しいんですよね。とは言え、やっぱりみんなどこかでつながっているわけだ。そのことを感じながら生きられるようにしたいし、少なくともまほろば自治区に住むマホロビアンは、たとえ飛び地のようにあちこち点在していたとしても、つながっていると感じられるよう、心を鍛えていかなきゃいけない。心を鍛えるってことが大事です。だから、空手は身体よりも心を鍛えるために教えているんですよ」

なんて幼稚な、なんてお目出度《めでた》い考えなんだ。

「だから、自治区はどんどん増やしていきたい。あちこちまほろば自治区だらけにしたい。まほろばをスタートさせた当初は、とにかくまほろばは、東北は、そして日本は、繁栄しなきゃだめだとばかり思ってた。けれど、最終目標はって訊かれたら、みんながちょっとずつ泣くってことを受け入れられる世界を作りたいってことになるんじゃないかな」

岸見は途方に暮れた。こんな回答にどう切り込んでいけばいいのかと。

「日本のＧＤＰを10％引き上げたいと思っています、みたいなことを言ったほうがよかったですか」

「そういうことは考えてはいないんですか」

「いや、結果としてそうなればいいとは思っています」

「まほろばはさまざまな会社に投資して、大株主になっているところが多いですね。会社の方針には口を出さないんですか」

「これまでは出さなかった。けれど、最近は出すこともあります」

「どんな注文をつけるんですか」

「こういうことはできないの、とか。できないのはなにが障壁なんですかって訊いたりはしてますよ」

「具体例を教えていただいてもいいですか」

「たとえば、ここに来る前にサンドッグの光村とすれ違ったでしょう」

「ああ、太陽光発電の」

「彼には発電力をキープしたまま、パネルの面積を八分の一にできないかって言いました」

「えっ、そんなことできるんですか」

「わからない。ただ、できないとまずいでしょう。自然エネルギーのシェアは伸び悩んでいるんですから」

「自然エネルギーの開発に注力しているのは、中谷さんが原発作業員だった経歴が関係しているのでしょうか」

「そう取ってもらってもかまいません。ただ、地球温暖化の原因は二酸化炭素で、温暖化を阻止するためには二酸化炭素の排出量を減らさなきゃいけないってことが国際的な合意になってますよね。地球温暖化の犯人が二酸化炭素かどうかはまだ疑わしいと言う意見もあるけれど、それをいったん横に置くと、自然エネルギーのシェアを増やすしかないってことになる。思い返せば、福一《フクイチ》の事故は自然エネルギー推進派にとっては千載一遇のチャンスだったはずです。だけど十年以上たっても、自然エネルギーのシェアはたいして伸びてない。世界のエネルギー需給は、相変わらず化石燃料に頼っていて、ロシアがへそを曲げて、

「もう天然ガスは売ってやらない」なんて言い出したら、『凍死しちゃうのでそれはやめてくれ』と言わなきゃならなくなるってのが現実じゃないですか」

　ええ、と岸見はうなずいた。

「こういう状況を打破するには、自然エネルギーの開発はもっとパワフルに進めなきゃいけない。ウラン235ってタイプのウラン1グラムから、石炭3トン、石油2000リットルぶんのエネルギーが生まれる。ほんのわずかな質量から膨大なエネルギーを生むのが原子力の強みです。だから、自然エネルギーで現代社会の電力を賄おうとするのなら、もっと出力を上げなきゃならないんですよ」

「できそうですか」

「やらなきゃ話にならない。SDGsに貢献してますって言い訳に終わっちゃ駄目なんです」

「うまくいっている事業について口を出すこともあるのでしょうか？」

「成功しても、給料をそんなに上げるなと言ってます」

「どうしてですか。成功したらそれなりにもらって当然じゃないですか」

「いいい、それなりにならオーケーです。景気よく上げるのが駄目なだけ」

「それはなぜ？」

「ボロ勝ちになるから」

「ボロ勝ち……駄目なんですか」

「駄目ですね。よくないんですよ、ボロ勝ちは。ボロ勝ちを言い換えると格差になります」

「はあ」

「まほろばは格差を許さない。もちろん完全にみんな一律の給料ってわけにはいかないから、儲かってるところはそれなりに取っていい。だけど、あんまり調子に乗るなってことは言います」

「でも、それだとやる気が出ないんじゃないですか」

「そんなことでやる気が出ないようなやつは、投資する価値のない人間です」

やはり変わったな、と岸見は思った。表面の言葉遣いや物腰は前よりずっと紳士的になったが、こんな冷酷なことを言う男ではなかった。

「自分の能力やアイディアをプレゼンし、起死回生の一発を狙って大勝ちできたらめでたいけれど、自分だけ高笑いしてるようなやつは駄目です。そんなのうちじゃ許されません」

「大株主のまほろばがそう指導して、投資先の経営者が反発するようなことはないんですか」

「幸いなことにというか悲しいことにというか、そこまで儲かっている会社ってあまりないからね。それでもゲームで一発当てた会社があって、それを機に社長がガッポリ取ろうとしたので、釘《くぎ》を刺したことはありました」

「なんて言ったんですか」

「いや、ただ、そんなに取ってどうするんだって訊いただけです」

「どうするんだ……ですか。――で、言われたほうは？」

「これでもほかの企業と比べると……なんて言ってたけど、ほかの企業がどうのこうのって言い訳はうちでは通用しません。まほろば自治区の会社なんだから、まほろばのルールに従ってもらいます」

「その、利益が出たからといって経営者が高給取っちゃいけませんというのは、まほろば自治区のルールとして最初から決まっていたんですか？」

「いや、途中で僕が気づいてそういうことにしたんです」

「一方的に？」

「一方的にというか、株主の要望として通達しました」

「そのゲーム会社の株式のまほろばの保有率は何％ぐらいなんですか」

「ほぼ１００％」

「だったら実質的には命令じゃないですか」

「言いたいことがあるなら聞くとは言いましたよ。そんなに取ってどうするんだって訊いたわけですから、その答えに納得すれば取ってもいいってことです」

「欧米の株主は、コストカットしてでも配当を増やせと言うようですが」

「そっちを減らしてこちらのリターンを増やせとは言ってない。ただ、社長や役員ががめつく取るなってことです」

「だけど、まほろばにリターンを戻すのでなければ、その金をどうしろと？　内部留保ですか」

「それは最悪のパターンですね」

「えっ、じゃあ、どこに渡せと」

「どこにも渡さなくていいんですよ。使えと言ったんです」

「……どういう意味ですか」

「どういう意味もなにも、次のプロジェクトにすぐ投資しろってことです」

「でも、次のプロジェクトがまだはっきり固まってない場合はどうするんです」

「ええ、社長はそう言って抵抗してました。で、この話の結論を言っちゃうと、その社長は希望した額面をもらったんですよ」

「ということは中谷さんが折れたんですか」

「いや、ひとつ条件をつけました」

「その条件ってなんですか」

「やっぱり、使えです。爆上げした給料から、前年の年収に20%上乗せした金額、僕はこれが彼が取っていい報酬だと思ったんですけど。これを差し引いた残り、つまり僕に言わせるともらいすぎの額になります。これを一年以内に使えって言いました」

「どういうこと」

「だからそのまんまですってば。貯金なんかするな、使え、です。ただし、少なくとも6割はまほろば自治区で使え、自治区なら、福島でも和歌山でも岩手でも鹿児島でも島根でもいい。あとの4割は日本国内。まほろば自治区が海外にあったらそこで使ってもかまわないと言ってやれたんですけどね」

「で、使ったんですか、彼は」

「うん。それはね、和歌山自治区の企業だったんだけど、幸いその自治区は熊野古道《くまのこどう》に近いところにあってね、高原《たかはら》って見晴らしのいい丘に豪邸建ててたんですよ」

中谷は笑った。

「うまく出し抜かれましたね」

「いや、結果としてはすごくよかった。あれは痛快だったな。建築用の木材は近くの木工所から仕入れたしね。棟上げ式でたくさんお餅撒いて、熊野牛のバーベキューも近所にふるまって」

そう言って中谷は、あれはよかったなあ、とつぶやいて遠い目をした。

「でも、ほかにそういうのは思いつかないな。おおって思うような記憶がないってことは……。もっとも最近は細かいところまでは見ないようになっちゃったけど」

「あの、細かいところは任せてるということでしょうか。中谷さんはもうまほろば運営の一線から退いているのではという噂も聞くんですが」

「いや、それは噂じゃないですね。というのは、ここまでまほろばが大きくなると、僕の頭では運営しきれないんですよ。僕はもうお飾りなの。お飾りとしては見栄《みば》えがしないってのがまた問題なんだけど」

そう言って中谷はスマホをちらと見た。時間を確認したな、と岸見は思った。そして、こうなったらもうひと思いに言ってしまおうと決心した。

「まほろばの財源がどこから来ているかについては答えていただけないということでしたが、カンロ経済圏がここまで膨らんでくれれば、現金の裏付けは必要なくて、まほろばが状況を見てカンロを発行すればいいだけでは。で、これは私の妄想ですが、まほろばには本当はリアルマネーはないんじゃないですか」

「……えっと、どういう意味ですか」

「中谷代表はもちろん信用創造って言葉をご存じですよね」

「シンヨーソーゾー？　どういう字を書くんです？」

「人を信用するの信用と物を創るの創造です」

「そいつがあればリアルマネーがいらないって話ですか」

「はい。というか、まほろばは信用創造しているのではないでしょうか。それなりにリアルマネーは持ってはいるでしょうけど、それ以上の額面をカンロで発行しているのではないかって」

中谷は三脚の上のスマホのレンズを見た。岸見は続けた。

「そう考えると、円やドルやユーロをカンロに換えることはできるけれどカンロからほかの通貨に戻すことはできないという設計も、リアルマネーに戻してくれと言われたときに、その準備がなくてカンロシステムが破綻するのを防ぐためだと思えてくるんです」

言い終わった時、岸見は中谷の冷たい視線をまともに浴びた。

「その質問、岸見さんが考えたんですか」

ちがうのだが、

「はい」と答えた。

「本当に？　誰かから訊いてみろって言われたんじゃなくて」

射抜くような視線に耐え、目を逸らさずにうなずく。

「じゃあ、その質問の意味わかってますか」

「……と言うと？」

「意味のない質問ですよ」

「どうして」

「本当はまほろばは十分なリアルマネーを持ってなくて、その信用だけで回しているのでは、という質問ですよね」

「その通りです」

「だったらこの質問の答えは、尋ねたときにすでに出てるじゃないですか」

わけがわからず、岸見は黙っていた。

「ちゃんと市場に流し込んだカンロに相当するだけのリアルマネーは基軸通貨で持っていますよ、というまほろばの公式発表が真実なら、答えは当然〈いいえ〉になります」

岸見はうなずきつつも、

「でも、詳細な数字は未発表なので――」

「――だから、そういう疑念が生まれる。わかります。じゃあね、真実は意外や意外、実はリアルマネーの後ろ盾なんかなくて、まほろばが適当にカンロという形でお金をばらまいていたとします、そのときに僕は、いやー実はそうなんですよ、なんて答えますか。それこそカンロマーケットがパニックを起こすじゃないですか。だからこのケースも答えは〈いいえ〉になるんです」

なんだか変だ。どうしてこんな勿体《もったい》ぶった言い方をするのだ、そう思ったときに突然、

「あはは、持ってますってば」

と急に、飾り気のない言葉を返された。その笑顔を見て、あ、これは昔の中谷だと岸見は懐かしく思った。

「さて、そろそろいいかな」

と中谷は視線を合わせたまま言った。また笑っている。いい笑いだ。声もいい。ラジオ番組でも持たせ

れば人気が出るのではないか。アシスタントは自分が務めようかしら。そうすれば、いまの話題だってもっと詳しく聞き出せる気がする。

それにしても変わったもんだ。

東京へ向かう特急ひたちの座席で、とっぷり暮れた窓の外を見ながら、岸見は中谷との会話を思い返した。人は変わる。そして、自分も変わらなきゃなと焦りもした。もっと勉強しなきゃいけない。頭はあまりいい方ではないが、この仕事に就いたのだからしかたがない。ウクライナ戦争のことを訊かれ、あんなことしか言えなかったのはまずかった。帰りに本屋に寄って、ロシアとウクライナの関係についての書物を買い込んでいこう。


市川が、何本も打ち合わせをこなして、自室に籠《こ》もって落ち着いて資料と向かい合えたのは七時を回ってからだった。彼女がいま見ているのは、まほろば特別自治区の次の候補地の資料である。

これまでは、自治区を誘致したすべての県で人口増という結果を残している。しかも、流入してきた人は総じて若く、アントレプレナーシップに溢《あふ》れた者が多かった。彼・彼女らは自治区内で起業し（あるいはこれまでの事業所を移転させ）、自治区内や県内で、投資されたカンロをふんだんに使った。これにより、県の生産性は向上した。いまや、うちにもまほろばを、という誘致の声は引きも切らない。

市川は次期候補地として、中谷の強い要望もあってまずは沖縄、そして自分では徳島、高知、青森をセレクトしていた。どれも総生産額が低い県ばかりだ。そして、県内でも過疎化と高齢化によって共同体の維持が困難になりつつある集落を選んで、ベンチャー企業の集積地として開発するプランを立て、そこで興すべき産業やビジネス特性を検討した。特区開発工事を請け負う候補として挙がっている建築会社・土木会社・内装業者の一覧をチェックし、カンロでの取引に応じるかどうかを再確認するようスタッフに指示するメールを送った。そのときふと、すこし前の中谷とのやり取りを思い出した。

「まだ考えているんだけど、北海道と沖縄は自治区の中でも特別なものにしたいんだ」

ランチミーティングの席で中谷が言った。

「特別とはなんでしょうか」

と市川が尋ねると、

「いま考えてる」

と肩をすくめた。

具体的なプランもないのに、北海道と沖縄にまほろばを開いて、とりわけ特別なものにしたいと考えるのはなぜだ。どちらも観光が盛んでインバウンドの拠点だけれど、中谷は観光事業にはあまりいい顔をしない。もしかして防衛？　北海道には自衛隊の北部方面隊が、沖縄には米軍基地がある。けれど、防衛関連事業にまほろばが投資したことはない。もっとも、目から鱗《うろこ》、コロンブスの卵のようなプランがあれば別かもしれないが。

スマホが鳴った。ディスプレイには福田の名前が浮かんでいた。

――そろそろ、ご馳走《ちそう》になりに行こうか。

承知して、切り、リップクリームを塗り直した。


一方、福田もスマホをポケットに戻し、見つめていたデスクトップの画面を閉じた。最近の福田は、これまでとはまたちがう金の使い方に頭を悩ませていた。リアルマネーを駆使したM＆Aだったり、海外企業の株式保有だったりだ。とにかく、うっかり口外できないほど金が有り余っているのが困る。

椅子の背もたれにかけてあったスーツの上着に袖を通し、廊下に出ると、隣のドアから市川も出てきた。

「なんの話だろうなあ」

とつぶやいてみたが、向こうも首をかしげただけだった。

「すき焼きかあ。あれは市川がまほろばに入る前だったっけ。俺はまだ財務省にいた。マスターズルームで、三人ですき焼きを囲んだことがあったんだ」

「三人って、まだ杉原さんがいた頃？」

「そう。そのときにちょっと揉《も》めてね、中谷さんから、まほろばが国民の幸せに寄与していると認めるのなら、公僕は国家機構じゃなくてこちらの味方をすべきだろうなんて迫られてさ」

「――で、なんて答えたの」

「官僚ってのは、自分たち組織の利益が国益だと考える生き物なんだって答えたよ」

苦笑する市川の横を、セッター君が音もなく追い越していった。

「いま振り返って、どう思う？　その時の自分を」

遠ざかってゆく人型ロボットの後ろ姿を見つめながら市川が尋ねると、福田は苦笑した。

「たしかにひどい答えだったよ。ただ、それはいまも事実だからさ」

セッター君が廊下の突き当たりで停まった。追いついたふたりは、MASTERS のプレートが貼られた重くてぶ厚いドアをロボットに開けてもらって、入室した。

「おや、白菜や葱《ねぎ》と一緒に来たね。――ああセッター君、いつものテーブルにセットして」

テーブルの上のコンロにすき焼き用の鍋を置きながら、中谷が言った。

セッター君は、具材が載った平皿を胴から取り出して、広いテーブルの上に載せると、どうぞごゆっくり云々《うんぬん》の台詞を残して出て行った。

「入室する時、セッター君にドアを開けてもらって、僕らも団子になって入ったんですけど、ひとりひとりきちんと認証するようにセキュリティを強化したほうがいいんじゃないですかね」

「いや、認証カメラは、セッター君と一緒にふたりが来たけど、通していいかって知らせてくれたよ」

福田は椅子の背もたれに上着をかけて、

「そうなんですか、それは取り越し苦労でした」

と言って、壁一面に張り巡らされている巨大な液晶パネルを見た。

昼間は黒一色だったパネルはベージュ色に光り、その上で夥《おびただ》しい図形と線がひっきりなしに結びつき互いの関係を変化させていた。カンロでの売り買いは、1カンロつまり1円単位まで刻々と記録され、この巨大パネル上に現れる。たとえ匿名アカウントであっても、カンロアプリをダウンロードしインストールすると同時に、位置情報も吸い上げられるから、追跡だって可能だ。

「2に切り替えてもいいですか」

と福田は尋ねた。

「もちろん。福田の声紋も登録してあるから、音声コマンドでオーケーだよ」

中谷は平鍋に牛脂を引きながら答えた。福田はうなずいてから息を吸い込み、

「FACE2」

と声を張った。

液晶パネルの画面が切り替わり、巨大なアルファベットとアラビア数字が画面を埋め尽くした。

福田はその数字を見つめて、小さくため息をついた。

まほろばのすさまじい資産の膨張は、金融市場の特徴をとことん利用したものだ。葡萄《ぶどう》酒の生産量は葡萄畑の面積に制限される。ゲーム機の生産量は工場のレーン数に制限される。けれど、金融市場は物理的な制限から自由だ。金融市場は買い手と売り手がいさえすれば、取引をいくらでも膨らませることができる。だから儲かるときはとてつもなく儲かる。それにしても、まほろばの勝ちっぷりは尋常ではなかった。

中谷はひとり勝ちを嫌うが、エアーは金融市場でひとり勝ちをしているに等しい。

「満足か」

中谷は、大皿に盛りつけた赤い肉を冷蔵庫から取ってきて、テーブルの上に置いた。

「すこぶる」

と答えたが、本当は怖《お》じ気《け》づいていた。福田は、画面を朝日に照らされたコロラド州の山脈に切り替えた。

「やりましょうか」

市川の声が聞こえた。中谷が割り下を鍋に垂らしているのを見て、手伝う意思を伝えている。

「いや市川さんはお酒担当。僕はノンアルにするけどね」

と中谷が言った。

市川は、冷蔵庫を開けて缶ストッカーに寝かしていたノンアルコールビールを取り出し、ドアポケットに収まっていたウォッカの瓶を眺めてから、扉を閉めると、上の戸棚を開けてワインのラベルを読み出した。

「そこの隣にウイスキーが入ってるよ。空手教室に来ている子の親御さんがくれた焼酎もあったんじゃないかな」

「あ、ほんとだ、米焼酎ですね。これはあとでいただきます。まずはビールにしよ」

と言って市川はもういちど冷蔵庫の扉を開けた。

「福田さんはどうします?」

「僕はこのあとがあるから、今日は呑まない」

「俺が忙しくさせてるんだよな。申し訳ない」

中谷は肉を鍋底に広げながら言った。たしかにこのところ、まほろばがあまりにも勝ち過ぎているので、政府からの呼び出しや問い合わせがうるさく、いろいろと難癖をつけられ煩《わずら》わしい。けれどそんな政府も、まほろばの勝ちっぷりを甘く見ている。実際に保有する資産総額や金塊の目方を知れば、その巨額さ、巨大さに腰を抜かすだろう。

三人で乾杯した。しばらくは美味《おい》しい以外の言葉は出なかった。市川がビールからワインに切り替えたときを見計らったように中谷が口を切った。

「ここのところ円安が進んでるのは、カンロに対する警戒心もあるのかな」

福田がうなずいた。

「海外の投資銀行が円を売って円安に誘導しています。カンロは日本円と紐《ひも》付いているので、円安に誘導してカンロが海外に出て行くのを抑えようとしているんでしょうね」

「そろそろ円を攻撃してもうちには大して効果がないってことを、教えてやったほうがいいんじゃないか」

「ええ。カンロを守るために、適切な時期を見計らってエアーがそうすると思います」

「資産の通貨別の保有率はどうなっているんだっけ。たとえば円は?」

「円での保有率はそのままです」

エアーは海外の金融市場で稼いだマネーを、世界の基軸通貨、ドルとユーロと円にわけて保有している。そのバランスは市況に応じて刻々と修正される。そしてカンロの信用の後ろ盾となっている日本円は、市場に出回っているカンロの流通量など取るに足りないくらいたっぷりある。この程度の円安なら、まほろばの資産が目減りすることはあまり心配しなくていい。それに、さらに激しく円安に誘導するのなら、エアーはドルを売って円を買い出すだろう。そのときは、日銀がアメリカのご機嫌を伺いながらやるような遠慮がちな介入とは比べ物にならないくらい過激なものになる。そう説明すると――、

「よくできてるなあ」

と中谷はつぶやき、

「どこまで頭いいんだ、おっさんは」

とエアーの生みの親である杉原知聡を讃《たた》えた。

「ただ、気になるのはドルの保有率を下げていることです」

「ドルで資産を持つのを控えはじめたってことか。――なぜだろう」

「まあ、アメリカの力が落ちていることはごまかしようがないですからね」

「世界通貨としてのドルの信用が揺らいでいるってわけね」

と市川が言った。

「昔と比べればかなり」

「ＢＲＩＣＳ《ブリックス》の揺さぶりも効いているんじゃないかな」

と市川はさらに自説を披露した。

「多少は」

とだけ福田は言った。口数が少ないのは、彼がこの状況を歓迎していないからだ。

十年近く前、ドル決済の強要を嫌って、ブラジル、ロシア、インド、中国、南アフリカらが「新開発銀行」、またの名を「ＢＲＩＣＳ銀行」という国際開発金融機関を設立した。

途上国のインフラ整備への融資のために作られたものだが、真の目的は、ドルを使わない国際取引の普及だ。設立時の資本金は５００億ドル。五ヵ国がそれぞれ１００億ドルずつ拠出しているのだが、この時、実はまほろばは各国に、銀行設立の祝い金（実質的には援助金）として10億ドルずつ、計50億ドルを渡している。

この案を中谷が出した時、福田は猛反対した。世界通貨ドルは覇権国家アメリカの生命線だ。アメリカが日本政府にプレッシャーをかければ、政府だってまほろばを放置しておくわけにはいかなくなる。

案の定、福田は政府に呼び出されて難詰された。なんとか矛を収めさせられたのは、まほろばから政府へ流している運用益を増額すると提案したからである。

「それから、あともう二つほど気になる点が」

と福田が言った。

「通貨の振り当てで?」

新しく割った卵を溶きながら、中谷が尋ねる。

「ええ、ルーブルを保有しはじめています」

「ルーブルを?　エアーが?　例の戦争で底値になってるはずなのに?」

中谷は素直に驚きを顔の上に表して言った。なんだか喜んでいるようにも見えた。

ロシアは今年二月に突如ウクライナに侵攻した。ロシアはあくまでも軍事作戦だと主張し、ウクライナやその背後にいるNATO西側諸国は侵略戦争だと激しく非難している。どちらにしてもエアーのルーブル買いは、戦争当事国の通貨は価値を失うという外国為替取引の常識に反している。

「たしかにいま、ルーブルを買う理由はわかりません」

「だけど、エアーがそう判断したんだとしたらそれは〝お告げ〟だものな」

「どんなお告げなんでしょうね」

と福田がつぶやく。

「ルーブルの下落を食い止めろ、なのかも」

中谷がそう言うと、副代表のふたりは笑い、なんとなく冗談にしてしまった。

「人民元は?」

と市川が訊いた。

「中国の一部の富裕層がカンロを買っているので、すこしは保有していますが、エアーが欧米の金融市場で稼いだマネーを人民元に換える動きはまだ見られませんね」

「警戒されるからだろ」

中谷はつぶやいて肉を頰張った。たしかに、中国政府は為替レートの調整に神経を尖《とが》らせ、積極的にコントロールしようとする。海外市場を睨《にら》んで輸出のために人民元安をキープしつつ、それでいて国内のインフレを起こさないよう監視している。大量に人民元を買えば、中国はなおいっそうまほろばに対して警戒を強めることはまちがいない。けれど、中谷はいつのまにこんなことをさらりと言えるようになったんだろう、と福田が意外に思っていると、

「気になる二つ目は？」

と市川に先を促された。

「先週から、通貨に加えて金《きん》、金地金《きんじがね》、ゴールドの買いをかなり加速させています」

「通貨じゃなく金塊《きんかい》という物《もの》で持ちはじめてるわけ。それって、すべての通貨が信用できない状態に陥る可能性があるってことなのかな」

と市川が言った。

「というか、さっきも言ったけど、ドルがヤバいってことだ。だいぶ前に、元ＦＲＢ議長も、金地金の相場はこれから長期的に上昇するって言ってた」

発言したのはアラン・グリーンスパンだ。債権金融システムを膨張させて、金融覇権体制を確立し、リーマンショックでこのシステムが崩壊する直前に退任するまで、アメリカ金融政策の総本山であるＦＲＢのトップをずっと務めてきた男が、ニューヨークの外交問題評議会でそう話したのだ。

「ただ、金《ゴールド》で資産を持とうとする勢いが強すぎる気がするんです」

と福田はつけ足した。

「だけど、エアーがそうしてるんだとしたら、それは適正な勢いだと判断すべきなんじゃないか」

と中谷が言ったので、

「ええ、お告げですからね」

と福田は調子を合わせてから、

「ただ、ここまでの量を買い集められるのが不思議なんです」

「どういうこと」

と市川が口を挟んだ。

「ひょっとしたらアメリカが金《きん》を放出しているのかもしれない、と」

「負けが込んでいるウォール街を支えるために金《きん》を売りに出しているってことだな」

と中谷が補足した。

「その通りです」

と福田がうなずく。

「しかも放出しているのはよその国から預かった金《きん》じゃないかと」

「よその国の金《きん》ってどういうことよ」

「たとえばドイツ」

と中谷が言った。

「ドイツの金《きん》は前の大戦で負けた時にアメリカに取り上げられちゃったんだけど、いちおう名目上は『預かっとく』ってことになっている。これは日本も同じ。その金《きん》をウォール街を支えるために売っている可能性があるってことです」

「そしてその金《きん》をエアーが買い集めてる。ドルじゃなくて金《きん》で持つ。ドルじゃなくてルーブルを買う。なんだかへん。それに面白い」

と市川は言ったが、福田はまったく面白くなかった。

エアーがやっていることは、ドル一強体制の崩壊を導く。価値の裏づけとしては最有力の金《ゴールド》を退蔵することで通貨の多極化を促している。本当にそんな意図があるのかどうかはわからないが、そのように受け取られるのはまちがいない。まほろばが退蔵している金《きん》の量を知れば、やつらは腰を抜かすだろう。ある筋はすぐさま日本政府にプレッシャーをかける。そこから強く言われたら、日本政府はまほろばの自治権を取り上げ、カンロを廃止に追い込まざるを得なくなる。それをさせないためにも福田は、永田町《ながたちょう》や霞《かすみ》ヶ関《せき》のご機嫌を伺い、みかじめ料をたっぷり納めているのだが、時と場合によっては、そんな努力も水の泡だ。


「お肉まだあるけどもうすこし焼く？」

と中谷が訊いたとき、いやもうお腹いっぱいですとふたりが断ると、じゃあ、ちょっと向こうで話そうか、と中谷が立ち上がった。

僕はコーヒーにします、と福田もマグカップを手にソファーに移動し、焼酎のグラスを持った市川と並んで中谷と向き合った。

「今日昼間にＴＢＣの岸見さんと会いました」

と中谷は切り出した。

「例の質問は出ましたか」

と市川が尋ねた。

「うん出たよ。岸見さんにはなんとなくぼやかして答えたんだけど、今晩ふたりと話したかったのはその件なんだ」

市川が焼酎を満たした平べったいロックグラスを口元に持っていきながら、それで？　と言った。その声はすこしアルコールに染まっていた。

「杉原のおっさんはエアーとカンロを残してくれた。なんのためかというと、ひとつは資本主義をやり直すためだ。エアーとカンロはそのための武器なんだ」

これには異論がなかったので、福田は黙っていた。

「それからもうひとつ――、民主主義を叩《たた》き直さなきゃならない」

「それはどういう意味ですか」

「よくわからない。ただ、これは道徳の問題のような気がする」

道徳？　市川が鸚鵡《おうむ》返しに小さくつぶやく。福田は、今晩は彼女に任せて俺は黙っていようと決めた。

「民主主義がまともに機能するためには、道徳が必要なんじゃないかな」

「道徳ってのは難しいですよ。よりよい選択肢を用意するほうが現実的だと思うんですけど」

「よりよい選択肢って？」

「民主制では、選挙に限らず、人々がなにかを選択する行為がくり返しおこなわれます。その選択肢が最悪なものばかりだと民主主義は最悪の制度になる。なので、なるべくよい選択肢を用意して、その中からさらによりよいものを選ぶように誘導していくほうが現実的ではないかと」

「でも、その選択肢は誰が用意するの。権力者だよね。そいつらが自分たちに都合のいいものだけ並べておいて、さらに自分たちに都合のいい方向へあたかもそれがみんなのためであるかのような雰囲気をつくりながら誘導していくことだってあるんじゃないですか」

「……あります。というか、いまおこなわれてるのはそれじゃないのかな」

市川はグラスを舐《な》めてから続けた。

「カンロってときどきビットコインと比較されて非難されることがあるんです。どちらも中央銀行を持たないってところが似てますからね。でも、ビットコインは公開されたルールに従って動いている。つまり、ここには支配者はいない。それに比べてカンロは中谷マネー、つまり、中谷王国の通貨だってことです。だってエアーは中谷さんの認証なしには動かないわけですから」

「認めるよ」

「だったら変。王様が民主主義を再起動させるなんて言うのは」

「じゃあ、べつに民主的でなくたっていい」

「いいんですか」

「民主主義が目指したものを実現できるのなら。それを実現したときに、これがまほろば的民主主義だと宣言する。そこには道徳の問題が絡んでくる。たぶん、民主主義を鍛えるってのはそういうことなんだと思うよ」

「い、い、い、い、まほろば的民主主義ですね」

「俺たちまほろばの住人、マホロビアンには守るべき道徳がある。法律じゃなくて道徳。マホロビアンはその道徳を身体《からだ》と心に染み込ませている。まほろばの民主主義はその道徳によって支えられる。まほろば特別自治区が拡大していくと、まほろば的民主主義がこの国を覆っていくことになる。日本が全部まほろばになればいいんだけどな」

福田は驚いた。これじゃ新しい民主主義を偽装したクーデターじゃないか。そんなことを政府が許すはずがない。ところが市川はなるほどなどと言ってうなずき、

「まほろば的民主主義ってのは、言ってみれば専制民主主義ですね。だとしたら、なによりもまず、中谷さんが道徳的でなければなりませんよ」

と楽しそうに言って、中谷も、うーん、……これはまずい展開だな、と苦笑している。

「で、中谷さんはどんな道徳でまほろばを覆いたいんですか。そこが肝心です」

「いや、それをふたりと話し合おうと思ったんだよ」

冗談じゃない、とむくれつつ、もう今夜はずっと口を閉じていようと福田は思った。

「道徳って昔は宗教だったんです。だから、中谷さんは〝まほろば教〟って宗教を作ろうって言ってることになる」

「そうなのか。じゃあ作ろう」

勘弁してくれ、と呆れつつ、福田は黙っていた。

「では、人間が人間として生きる上でなにがいちばん大事でしょうか」

「やさしさだよ。他人を思いやる気持ち」

「どうしてですか」

「自由な個人が努力して、自分の才能を磨いて大金を摑んだ。なら、それなりに贅沢《ぜいたく》すればいい。だけど、まわりが食うに困っている状況を知ったときには、なんだか決まり悪いなと思わなきゃいけない。それが人間だ。なにも恥じることはないぞ、これは自分の努力の賜物《たまもの》なのだから、なんて思うのはマホロビアンとして失格です。下劣だ。クズだ。だから俺は、カンロという形で、あるところからないところにマネーを移動させている。だからさ福田――」

いきなり呼ばれて背筋が伸びた。

「はい」

「民主主義と道徳の話はまた考えることにして、資本主義をやり直すってほうに話を戻したいんだけど」

「ええ」

「カンロを世界の基軸通貨にできないか」

驚きのあまり、できません！ と叫ぶことすらできなかった。

いまのところ、世界の金融マンの目には、カンロなどぽっと出の野良マネーに見えているはずだ。だが実は、カンロの後ろ盾になっているリアルマネーは、やがて基軸通貨のひとつになってもおかしくないくらいの勢いで膨れ上がっている。とにかくそのスピードが半端ない。まほろばがいま自治区や開発途上国に流し込んでいる量などほんの一部にすぎないのだ。ただ、ダムの水門を開くように、大量のマネーを一気に市場に流し込み、カンロ経済圏を急速に押し広げようものなら、まほろばはまちがいなくターゲットにされる。適当な理由がでっち上げられ、中谷は逮捕されるか、もしくは殺されるだろう。

「カンロの名前の由来って話したことあったっけ？」

と中谷は言い、福田が答えるより先に、

「中国古来の伝説の中に出てくる甘い雨だ。地上を治めている王がよい政治をおこなうと天が降らす甘い露のことなんだってさ」

　とつけ加えた。もちろん知っている。

「天ってのは杉原のおっさんのことだ」

　断定するように中谷が言った。なんか変だなと思ったが、ヘタな隠喩と擬人化なんだと思い、聞き流した。けれど、

「おっさんがもっと降らせろと言っている」

　と言われたときにはもうこれは黙っていられないなと身構えた。すると、先に市川が、すこしおかしくないですかと口を挟んだ。

「王が仁政をおこなえば、その結果を天が受けて与えてくれる恵みの雨がカンロなんですよね。いまカンロを降らせているのは中谷さんだから、中谷さんが天ってことになりませんか」

「いや、ちがう」

　と首を振って中谷はきっぱり言った。

「俺は選ばれただけだ」

　よし、言うぞと思い、福田は口を開いた。

「伝説では、よい政治をおこなった結果としてカンロが降る。だけど、我々はよい施策だと信じてカンロを降らせています。つまり、現実ではカンロは結果よりも先に降る。だからこそ我々は、カンロを降らせることがよい施策となるのかについて、細心の注意を払わなければならないんです」

「たしかにそれはそうだ」

「あまり激しくカンロを降らすと、思わしくない結果を招く可能性だってあります。実際、急進的な改革がよい結果をもたらした例なんてほとんどないんですよ」

「なるほど」

ペイマスターは、腕組みしてうつむいた。

「こんなこと言うのは失礼なんですが――」

と市川が声をかける。ふと上げた中谷の顔には微笑が浮かんでいた。

「失礼なことなんてないさ」

「――ひょっとして、健康が優れないとか」

あははと破顔する前に、中谷の顔が一瞬こわばった。

「頭のほうはポンコツだけど、身体《からだ》はいたって健康だよ」

たしかに、子供に空手を教えている同世代は、自分より健康そうだ。ただ、万が一でも、老い先が短いと知ってことを急いでいるのなら、なるべく早くエアーの認証権を譲ってもらわなければならない。エアーが止まれば万事休すだ。そんなことを思っていると、中谷が不意にこちらを見た。

「福田君の言っていることもわかるんだけど、急いだほうがいい気がするんだよ」

「どうしてですか」

「動きが遅いとじっくり照準を合わせて狙われるんじゃないかな。そうされる前に攻め込んじゃったほうがいいと思うんだ」

福田はぞっとした。まるで戦争しているような言い回しである。

「敵というのはなにを想定しているんですか」

「とにかく強欲な連中だよ。福田君だってわかってるじゃないか」

これは大変だ、と福田は焦った。

「であればなおさら、慎重に動くべきです」

中谷が敵として想定しているのは日本政府ではない。いや国ですらない。敵に回すと本当にヤバい連中だ。

「そうだな」

と中谷は言った。

「慎重に素早く進めよう。うん、それでちょっと思いついたことがあるので、今夜は聞いてほしくて来てもらったんだ」

まいったな、メインディッシュはこれから出てくるのか、と福田は思った。

「この世の中の状勢を大きく左右してるものはふたつあると思うんだ」

ふたつ？　ふたつならあれとあれだろう。いまの世は、あれとあれを牛耳ったものが勝つ。あれとあれの権益を押さえるために、中谷が敵と呼んだ連中はどんな手でも使う。

市川の空になったグラスに、中谷は氷を足して焼酎を注いだ。

「市川さんが酔っ払う前に話しておこう」

自分はマグカップを持ち上げ、コーヒーで唇を湿らせた。

そして、プランが発表された。

とてつもなく大胆で過激で危険なプランだった。

「どう思う？」

新しいカーペットの柄の感想を求めるような調子だった。

「……いや、どう思うと言われましても」

ととりあえず言って、この場をどう取り繕おうかを考えていると、

「ありだと思います」

と市川が言った。しまった呑ませすぎた、と悔やんだがもう遅い。

「福田君は？」

「かなり……刺激的ですね」

「刺激的か。確かに福田君の言うとおり、慎重にいくに越したことはないんだが、のんびりしすぎるとチャンスを逃しちゃう可能性もある。俺はいま動くべきだと思うんだ」

「動くと言われましても……」

「だよな。そっちも忙しいだろうし」

「ええ……。いろいろ案件が山積みでして」

「だから、行ってくる、俺が」

「え……行くってどこへ？」

「あちこちさ」

「なにをしに行かれるんですか」

「布石を打ちに」

「なんの」

「だから、あれとあれとあれのさ。このプランの」

「ひとりで？」

と市川が言った。

「うん。しばらく留守にする。まあ俺は引退したってことで」

「言葉はどうするんですか」

と市川が訊いた。

「まあ、なんとかするよ。どうしてもダメだったら市川さんに来てもらう」

ならば連れてってくれ。素面《しらふ》なら市川もその計画がどれだけ荒唐無稽か理解でき、暴走を止めてくれるだろう。

「なにか相談したいことがあったら連絡します。その時はよろしく」

もう止めても無駄だな、と福田は諦めた、最近の中谷は、いったん決めた後は聞く耳を持たない。だから、こう高を括《くく》ることにした。

どうせなにもできないだろう。英語もできない中谷が慣れない海外にひとりで出かけても、門前払いになるのがオチだ、と。


福田と市川を帰したあとでひとりになった中谷は、自分で鍋と食器を洗うと、セッター君を呼んで生ゴミを持って行かせた。

それから、マスターズルームの灯りを消して、続き部屋になっているプライベートスペースに引き取った。

以前はマスターズルームでの仕事を終えると、別の小さな部屋に移ってそこで寝起きしていた。けれど福田から、中谷・福田・市川の三人はセキュリティを強化した部屋に移して欲しい、と言われ、ワーキングスペースにプライベートスペースをくっつけた部屋を三つ作った。福田と市川の仕事場兼住居も、中谷のマスターズルームの隣にある。

中谷のプライベートスペースの正面奥の壁にも巨大な液晶パネルがはめ込まれている。このパネルを左右から挟むように壁に沿って本棚が並ぶ。フロアにはベッドと机があり、近くにソファーがあって、その向かいにオーディオセットが置かれている。

中谷は一時《いっとき》、東京の高級ホテルのスイートルームに杉原とともに寝起きし、まほろばの立ち上げを画策して、政府とのやり取りを続けていた（その時の窓口が福田だ）。先に杉原が福島に移住し、まほろばをスタートさせた。そのあと、すこし遅れて中谷がやって来た時、マスターズルームにはホテルと同じ調度品が置かれていた。わざわざ同じものを購入してここに運ばせたらしい。ホテルの部屋に運び入れていたオーク材の大きな机や本棚、杉原が中谷に読ませるためにホテルに届けさせた大量の本も移ってきていた。

しばらくして杉原は、不意にまほろばから姿を消し、アメリカのコロラド州で没した。それを知ったのはテレビのニュースだった。「おっさん」と呼んでいた杉原知聡の本名がチサト・ゴールドというアメリカ人で、ノーベル賞を受賞した数学者であり哲学者であることを知ったのもそのときだ。

中谷は、机に座り、PCを立ち上げた。まず、メールを確認した。今日は来ていない。中谷はあるアドレスから届くメールをいつも気にかけている。

差出人はChisato Sugihara（f.h.）。杉原知聡。つまり死者からのメールだ。アドレスは〝おっさん〟が生前に使っていたものと同一である。うしろについている（f.h.）をネットで調べてみたが、腑《ふ》に落ちるものはなかった。一通目を受け取ったのは約一年前だ。そこにはこうあった。

しかし、あなたがたは、敵を愛し、人によくしてやり、また何も当てにしないで貸してやれ。そうすれば受ける報いは大きく、あなたがたはいと高き者の子となるであろう。

新約聖書『ルカによる福音書』からの一節である。

まほろばを立ち上げる前のことだ。新国立競技場の建築現場を解雇された杉原を見送った中谷は、握手をしようと差し出した手にポケット版の『聖書』を持たされた。付箋が貼られたページを開くとこの文言があった。杉原に聖書をもらったことは何人かに話してある。けれど、この一節のことは誰にも打ち明けていないから、誰かのいたずらとは考えにくい。

Chisato Sugihara（f.h.）から最初のメールが届いた時、中谷はちょうど開発途上国へのカンロ借款の件で、福田や市川と揉めていた。しかし、このメールを読むとすぐに、

「やはりやる」

と中谷はふたりに告げた。

「まほろばが貸さないと、彼らはどこかから借りるしかない。そうなると借り手は貸し手のコントロール下に入る。借金させて相手をコントロール下に置くような金《かね》の使い方に待ったをかけるのが俺たちの役割だ」

福田は渋々ではあるが同意した。

それからメールはポツポツくるようになった。挨拶文などはなにもない。ただ、書名と著者名が示されていたり、ホームページのURLが記載されているだけのそっけないものだった。中谷は、書物はすぐに購入し、ホームページは閲覧し、場合によってはそのブロガーを支援するよう指示したりもした。

中谷はプライベートスペースには誰も入れなかった。掃除もロボットにやらせている。ロボットの手に余る拭き掃除は自分でやる。ここは中谷が杉原と交流する場となっていた。

そして、ひと月ほど前、Chisato Sugihara（f.h.）から届いたメールを読んだ中谷は、このときばかりは心底驚いた。たった一行だけのメールに、血の気が引き、足が震えた。

それから一ヵ月間、中谷は熟考を重ね、やっと今日、自分のプランを福田と市川に話したのである。


メールの着信音がした。Chisato Sugihara（f.h.）からだ。中谷はすぐに開いた。

たといまた、わたしに預言をする力があり、あらゆる奥義とあらゆる知識とに通じていても、また、山を移すほどの強い信仰があっても、もし愛がなければ、わたしは無に等しい。

新約聖書『コリントの信徒への手紙一《いち》』第十三章からの一節だ。思い出したようになんども送られてくる文言である。

「愛がなければ無に等しい、か」

と中谷はつぶやきながら、腰を上げ、本棚に挟まれた巨大な液晶パネルの前に立った。

「FACE3」

中谷の声に、液晶パネルが目覚め、おびただしい積乱雲のような渦を板の上に浮かび上がらせる。中谷はその上に手をかざし、かざした手で雲をかき分けるようにして広げた。

雲の向こうにもまた雲があり、さらにその雲をかき分ける。そんなふうに手を動かしていくと、やがて雲の中からいくつかの人影が現れた。まずは男。髪はきれいに七三《しちさん》に分けられ、覗いている額は広い。年《とし》恰好《かっこう》は六十前後で、眼鏡《めがね》の奥の細い目が優しそうに笑っていた。なんとなく会社の重役のようである。もうひとりは、おなじみの顔で、角張ったシャープな輪郭で頬骨はやや高く、高い鼻と灰褐色の鋭い瞳。三人目は四十代後半くらいに見える女性。短髪で卵形の輪郭に収まった切れ長の目。鼻筋は通っていて上唇に厚みがある。名前を確認すると知った名だった。このとき中谷はそれが女名《おんなな》だとはじめて知った。


あくる朝、中谷は、最後に本を一冊詰め込むとスーツケースを閉じ、まだ暗いうちからそれを引いてマスターズルームを出た。まほろばのエントランスをくぐり、マスコミが張り込んでいないのを確認してから、車に乗り込んだ。

常磐《じょうばん》自動車道はスムーズに流れていて、三時間足らずで成田《なりた》に到着した。空港近くのホテルの駐車場に車を入れ、カウンターでチェックインするときに、ルームサービスで軽食を注文し、この後すぐ部屋に運んで欲しいとリクエストした。

部屋に入ってほどなくルームサービスが来たので、窓辺のテーブルで食べた。フルーツサラダとオムレツとクロワッサンをひとつ食べ、オレンジジュースを半分ほど飲むと、ワゴンを部屋の外に出した。そしてコーヒーカップだけを窓辺のテーブルの上に残し、離着陸する機影を窓越しに眺めながら飲んだ。

コーヒーを飲むと、部屋の前の廊下にまだ残っていたワゴンの上にカップを載せ、ルームサービスに電話をして、食事がすんだことを伝えた。それから歯を磨き、壁を背にしてベッドにただ座っていた。

昼食も間食も摂《と》らなかった。窓から差し込んでくる日が翳《かげ》りだした頃、中谷はベッドを下りてリュックを背負い、スーツケースを引きながらドアを閉めると、エレベーターホールに向かった。フロントカウンターに行くと、チェックインしたときに応対したスタッフが、もうチェックアウトなさるのですかと驚いていた。部屋代は予約時に二泊ぶんをすでに決済していたので、ルームサービスの料金のみをカードで支払った。

ホテルの駐車場から車を出し、二分ほど走って成田空港の駐車場に停《と》めると、第二ターミナルに向かい、航空会社のカウンターでボーディングパスをもらった。出国ゲートをくぐり、売店でスマートフォンの充電機器やコード、岸見がインタビューで使っていた小さく収納できるスマホ用の三脚などを買い足してから、搭乗ゲートの近くのコーヒーショップに腰を下ろし、エスプレッソを飲みながら、搭乗開始のアナウンスを待った。

定刻通りに搭乗ゲートが開いた。ファーストクラスの客にしては珍しい、ジーンズに薄いパーカーといった恰好でボーディング・ブリッジを渡った。

ゆったりしたシートに身を沈めると、タブレットを取り出して Chisato Sugihara（f.h.）から昨日来たメールをもういちど読んだ。

たといまた、わたしに預言をする力があり、あらゆる奥義とあらゆる知識とに通じていても、また、山を移すほどの強い信仰があっても、もし愛がなければ、わたしは無に等しい。

機体が浮き上がった。水平飛行に入り、シートベルト着用のランプが消えると、リクライニングシートを倒した。丸窓の外を漂うあかね雲を見た時、ふいに（f.h.）の意味を了解した。from heaven だ。おっさんは天にいる、いや天になった、と中谷は思った。ブラインドを下ろし、目を閉じた。太平洋上空を飛ぶ機体の低いエンジン音を聞きながら、中谷はゆっくりと息を吸っては吐き、空の上から自分の心を世界につなごうとしていた。

2　自然に逆らう

中谷が車を出してまほろば本部を出発してから約三時間後、市川はBPM130前後のセットリストをペースメーカーに、コテージが建ち並ぶ、通称キャンパスの中をジョギングしていた。舗道を走っていると、ケミカル・ブラザーズが着信音に変わった。着信音の分類で福田だとわかったので、走りながら、イヤホンについている応答ボタンをタップした。

「もしもし、なにかあった？」

――本当に出かけたそうだ。明日、空港の駐車場に停めてある車をピックアップするよう、大楽《だいらく》にメッセージがあった。

「本気であんなことを……」

――君が酔っ払って加勢したからだよ。

「そんなことはないと思うけど……」

そう言ったものの、中谷案に対し、それも一案ですねくらいの寛容さは示したことは確かだろう。

――大丈夫か、北海道と沖縄。

新設が予定されているまほろば自治区に、あんな大胆な意図が隠されていたことを知った市川が、本来なら怖じ気づくべきはずが、焼酎の勢いも手伝って、ついついノリのいいところを見せてしまったのだ。

「たしかに、すごくハードに、そして繊細に対応しなきゃならなくなるわよね」

――まったくだ。それについてすこし話したいんだけど時間をとってくれないか。

市川はスマートウォッチをちらっと見た。

「あと十分走らせて。そのあとシャワー浴びるから、二十分後に食堂で」

わかった。福田の沈んだ声のあと、ケミカル・ブラザーズが戻ってきた。たしかに自分たちは難局を迎えることになるだろう。けれど、市川はどこかワクワクしていた。ランニング用のセットリストは、BPM150台に突入し、エアロスミスに変わった。市川はペースを上げた。


セッター君がフレンチトーストとサラダとコーヒーを置いて、市川の個室から出て行くと福田が言った。

「どう思う?」

「なにについて?」

「いや、正直言うと、俺もまだ整理がついてないんだが、まず、中谷さんがやろうとしてることの是非はいったん横に置いて、これが表沙汰になったとしたら、まほろばという組織が生き残れるかどうかをまず考えたいんだ」

「どういうことが起こると思っているの」

「いやとにかく、あの手この手で潰しにかかると思う」

「でも、中谷さんが巧妙に立ち回れば、そう簡単には潰せないかもしれないよね」

「なに言ってんだ、あの人にそんな器用な真似《まね》できっこないよ」

「そうかな」

と市川は言って、フレンチトーストを頬張った。市川は福田よりも中谷を高く評価することがまゝある。そんな自分を苦笑することも。そして、中谷を持ち上げる理由を、なにしろ杉原さんがエアーを託した人物だもの、という外の現象に見出《みいだ》し、自分の心を探ろうとはしなかった。

「ただ、やつらが本気を出せばエアーを止めるのなんて簡単だぜ」

福田がどことなく釘を刺すように言った。

「どういう意味?」

「エアーは定期的に中谷さんが認証しなければ停止する。ということは政府も知っている。だから取り上げはしない。自分たちに入ってくるみかじめ料が止まっちゃうからな。だけど止めようとすれば、中谷さんさえ押さえちゃえばいいんだから、簡単だってことだ」

「なるほど、でも、そこまでやるかしら」

「やるさ。実行するべき時が来れば実行するしかない。やつらはそう考えるよ」

これにも一理あると思い黙っていた。ただ、理はあるけれど、福田の言うことには現実感がなかった。福田は、まほろばの代表が現政権を激怒させることについてナーバスになっている。それは当然だ。市川は福田に同情さえしていた。昨夜、中谷から聞かされた計画が現実化すれば、現政権との調整役を任されている福田に批判の矛先が集中する。けれど、それがよきことならばそのときは全力で突破するしかない。けれど、あまりにも楽観主義的な見通しで、計画性のないまま突っ走り、取り返しのつかない事態になったら元も子もないという、福田の懸念も当然だと思った。それでも、なんとかなるんじゃないかと心のどこかで思っているのは、自分は中谷と似ているからではないか、とさえ考えた。ときどき中谷を、福田の鋭い舌鋒《ぜっぽう》から庇《かば》おうとするのは、自己愛なのかしら。そんなことを思っていると突然、福田がものすごいことを言った。

「市川さ、君も飛んで行って、現地で中谷さんと合流してくれないか」

「助手を務めろってこと？　というか助手の体裁で、暴走を止めろってこと？」

福田は首を振った。

「そんな器用なこと、君にできると思ってないさ。ただ、はっきり、よせと言って連れ帰ることはできるだろ」

なるほど、複雑な工作は無理でも単純作業なら、と言いたいわけだな。市川はすこしムッとした。

「だけど相手はまほろばの君主だよ。それがやると決めて飛行機に乗っていったんだから、追いかけていったってなにもできないよ」

「その通りだ、だけどさ、中谷さんが言うことを聞くとしたら、俺じゃなくて君だろう」

えっ、と軽い衝撃を受け、フォークの先端を口の端でくわえたまま、市川は黙った。

「あの人がいったん固めた決心を覆せるのは君しかいない、俺はそう思うんだ」

とりあえず市川は、

「どうして」

と恐る恐る訊いた。そして、返ってきた答えはまさしく彼女が恐れていたものだった。

「そりゃあ君のことが好きだからさ。——まあそんな顔するなよ。中谷さんがお前のことを気に入ってるってのは、最初にみんなで呑んだときから俺は感じてたし、あの時まわりにいた連中も似たような感想を持ったさ。わかりやすい人だからな。そういうことをさりげなく隠しておくような奥ゆかしさってものがないのがかえってよかった」

「どこがいいのよ」

「いや、とにかく俺が言いたいのは、やるべきことはやれる人間がやるってことさ。だからここは市川が止めなきゃいけない」

「はあ?」

「いいか。中谷祐喜が海外で長期勾留されただけでもエアーは止まる」

だけど、次の更新は一年後じゃないか。一年も海外で足止めを食らうなんて、と考えてから市川は、あるな、と思い直した。ありうる、確かに。そして、ぞっとした。けれど福田が、

「水入らずのふたりでじっくり話し合ってくれないか。で、できたら——」

と言ってからすうっと息を吸い込み、こんどはそれを吐き出すように、

「エアーの認証権を分譲してもらえるくらいに親密になってくれ」

と本心を吐露すると、

「なんだそれ！　冗談じゃないわよ！」

と怒鳴っていた。


放送局にはよくあることだが、岸見が出勤したのは、かろうじてまだ午前中という時分だった。

「勉強しなきゃ」と中谷に言われたことが気になって、八重洲《やえす》の本屋で買い込んだロシアとウクライナの関連本を朝方まで読んでいたので、まだ眠い。できれば午後からの出社にしたかったが、片づけなければならない用事があった。席につき、業務用のメールを確認すると、岸見はノートＰＣを小脇にフロアを出た。会議室に入り、テーブルに埋め込まれたコネクターパネルの端子にＰＣをつないでいると、部屋の隅の電話が鳴った。

――拝見できるかな。

報道ナイト23の統括プロデューサー道下智明《みちしたともあき》の声が聞こえた。

「ええ、ちょうどいま整いました」

「じゃあ、これからすぐ行くよ」

会議室のドアが開いて現れた上司の後ろには、西洋人の顔が突き出ていた。

道下は入ってくると、長身の連れに椅子をすすめ、岸見には、

「トーマスさんだ」

とだけ言った。そして、トーマスには、

「岸見伶羅だ。レイラのほうが君には呼びやすいだろう」

と英語で紹介した。トーマスは、ハイ、レイラと気安い調子で呼びかけて手を差し出してきた。

アメリカ人だな、と思いつつ、岸見もその手を握り返す。道下はトーマスの素性について説明を加えよ

うとしない。トーマスが名刺を出さないので、岸見も席に取りに行かなかった。道下は、

「中谷のインタビューを取って来たのは大手柄だ」

と褒めてから、

「じゃあ、見せてもらおうかな」

と腕組みをして足を組んだ。

どうやら、この西洋人を連れてきたのはインタビュー映像を見せるためらしい。そして、なぜだという疑問は胸の内にしまっておけということみたいだ。否応《いやおう》なしに、不審の念は増す。けれど、岸見は再生ボタンを押すしかなかった。

インタビューがはじまると道下は、トーマスの耳元で中谷の発言を訳しはじめた。まほろばの究極的な目的についてのQ＆Aのくだりに入ると、何度も停めてくれと要求し、慎重に訳した。さらに、岸見と中谷の応答が、まほろばは実は十分なリアルマネーを持っていないのではという部分に差し掛かると、やはり「停めてくれ」を連発した。

「カメラが回る前はなにを話してた」

映像を見終わると道下が尋ねた。

中谷は子供に空手を教えているのでそれについて雑談した、と言うと、トーマスが怪訝な顔になって、ホワイ？　と言った。

「空手を通じて、礼を教えたいのだそうです」

と岸見は言った。道下は「礼」に、サンクス《thanks》という訳語を充てていた。いいのだろうか、と思ったが、岸見にもわからない。

「まほろばをともに立ち上げた杉原という人物と知り合ったきっかけが空手だったと聞いています。新国立競技場の建築現場で起きた喧嘩に、中谷が空手で仲裁に入ったそうです」

とつけ加えると、トーマスは考え込んだ。道下は黙って放置していた。岸見はとりあえずノートパソコンに挿していたケーブルを抜いて蓋《ふた》をした。

トーマスはふと顔を上げ、道下に向かってうなずいた。これを合図にふたりは立ち上がり、トーマスは、サンキュー、レイラ、道下は、また連絡する、とひとことずつ残して出ていった。

会議室にひとり残された岸見は、道下があのとき話題にした「友人」はトーマスのことでは、と思った。そして、まちがいない、と結論した。けれど、その正体について考えようとすると、皆目見当がつかなくなった。

一年ほど前のことだ。呼び出された岸見は、道下の机の横に置いてあるパイプ椅子を引いて腰かけた。

「これは長期戦で考えてもらいたいんだが」

と報道ナイト23の統括プロデューサーは前置いて、

「まほろばの中谷を追ってくれないか」

と切り出した。

「追うとしたらどのあたりですか。地元の友人とか、高校時代の恋人や、原発作業員時代の同僚周辺は、もう掘り尽くされていて、大したネタは出てこないと思いますが」

「いや、そういうのは昼の情報番組に任せておけばいいさ。――調べて欲しいことはふたつある。まず、これはいつも話題に上ることなんだが、まほろばがどうしてあんな大盤振る舞いができるのか、資金をどのように調達しているのか、そいつを調べて欲しい」

「無理ですよ。財源に関しては徹底してノーコメントを貫くそうなので」

「もちろん知ってるさ。なのでまず、なるべく数多くの学者に取材して解説をかき集めるんだ」

「でも、それもひと通り出尽くした気が……」

「確かに、学者の意見を紹介していくだけだとそうなる。けれど、それらの意見から我々が仮説を立てちゃうことはできるだろう」

「ということは、道下さんの胸の内にはなんらかの筋書きがあるってことですか」

「そういうことだ。それも、かなり意表を突くものだよ」

「でも、あまり意表を突いて空振りするとまずいんじゃないですか」

「大丈夫さ、最後に、『～なのかもしれません』って締めれば」

番組の統括プロデューサーは、乱暴な、そして制作現場ではよくある手口を持ち出して、自嘲気味に笑った。

「まほろばの財源についてなにか思いつくことがあったんですか」

「うむ、経済に詳しい友人にちょっと気になることを言われてね」

「気になること？」

「そもそもまほろばには財源なんかないだろうって言うんだ。まあ、あくまでも酒の席での話なんだが」

「どういう意味ですか？　リスキーな投資をあれだけしてるんですよ。それに、海外にだって――」

「経済に詳しいんだっけ？」

「あまり……」

「信用創造ってわかるか？」

「わかりません」

「俺なんかが子供の頃は、サラリーマンの給料は、銀行振込じゃなかったんだ。給料日にはオヤジが茶封筒に入った現金を持ち帰って、はいこれ今月ぶんって母親に渡してた。で、オヤジが持ち帰ったお金をそのままタンスにしまって空き巣なんかに入られたらさっぱりわやだから、銀行に持っていくわけだ。銀行に預けておけば、頑丈な金庫に入れてくれるし、利子も付くからね。だから銀行には各家庭から集まった現金が山のように積み上がっている。ただ、銀行にとってそれらはあくまでも預かっているお金で、利子も付けて返さなきゃいけない。だから、そのままだと銀行にはなんの利益も出ない。そこでこれをもうちょい高い利率をつけて、お金が必要な人や企業に貸すわけだ。――ここまではわかるか」

「はい、わかります」

「実は、この理解はまちがいなんだとさ」

「えっ」

「引っ掛けたみたいで悪かったな」

「ちがうんですか……」

「ああ、ちがうらしい。銀行は顧客から預かった預金を貸し出しに回しているわけじゃない」

「じゃあ、銀行が貸してるお金はどこにあったものなんですか?」

「どこにもない。銀行が生み出したんだ」

「生み出す?　お金を、銀行が?」

「そうだ。それではあなたを信用して１００万円お貸ししましょう、と言ったあとで銀行がなにをするのかというと、その人その企業なりの口座に〝１００万円〟とテンキーで打ち込むだけだ。するとその口座に１００万円の預金が生まれる。借り手を信用して預金を生む。これが信用創造だ」

岸見は言葉を失った。

「ああ、実際に銀行は、預かっている量をはるかに上回る預金を貸し出している。まさしく創造してるんだ」

「だけど、銀行が生み出したお金といっても、お金はお金なんですよね、口座に記載されている限りは、それを窓口で現金に換えて引き出すことはできるわけでしょ。そうすると、どうなるんですか」

「建て前上はできるってことになっている。だけど、みんながそうするとできなくなる。できるはずのことができないわけだから、パニックになるわけさ」

銀行がパニックになるのは強盗が入った時くらいではと思っていた岸見は、呆然《ぼうぜん》とした。

「銀行の金庫には大した量の現生《げんなま》は入っていない。つまり、銀行が扱っているのは、金という情報なんだ」

呆気に取られながらも、岸見はふと我に返った。

「えっと、その信用創造をまほろばがやってるっておっしゃりたいんですか?」

「そうだ。だって、カンロってのはまほろばが作った金じゃないか。１００カンロ貨幣や1万カンロ札《さつ》を見た人は誰もいない。確認できている範囲では、カンロなんてのはまほろばが作り出した情報でしかないわけだ」

「だけど、まほろばの公式見解としては、カンロ発行ぶんのマネーは日本円やリアルマネーで持っているってことになってますよ」

「そう、そういうことになっているんだ。だけど、そのマネーを見た者はいない」

「ただ、〝カンロでの取引お断り〟の看板を掲げている会社からモノやサービスを買わなければならない事業所は、まほろばにカンロで払って、まほろばがその会社に日本円で支払うって流れもできていて、この場合はリアルマネーを使うんですけど、そういう場合にもお金がうまく流れなかったっていうことはないみたいですよ」

「つまり、カンロを信用しない相手には、まほろばが日本円で渡している。だから、まほろばには現生《げんなま》がある。――そう言いたいんだろ」

「そうです」

「だから、そのくらいは持っているんだよ。ただ、カンロでは受け取れないという企業や事業所はいまじゃずいぶん少なくなっているよな」

「それはもう、スタート当初に比べれば格段に」

「だから、まほろば自治区ではカンロでの売り買いがスムーズに行われている。カンロで払い、カンロで受け取る。これをくり返せばくり返すほど、カンロの信用は上がる」

「そうですね」

「で、ここが大事なところなんだが、1円を1カンロに換えるのは簡単だが、カンロから円に戻すことはできない。カンロの信用がぐらついても、円に戻してくれと言われることのない、まほろばにとって実に都合のいい構造になっている。つまりさっき言ったようなパニックは起きないんだ」

なるほど、と岸見は感心しつつも尋ねた。

「でも、いくら都合のいい構造だからといって、そういうことしていいんですか」

「そこさ。もちろんよくない。信用創造ってのは銀行にだけ与えられた特権だからな。まほろばが信用創造してることが明るみに出れば、これはもう大問題だ」

「でもそういう怪しさがあるのなら、金融庁あたりが監査に入ってなきゃおかしいと思うんですけど」

岸見がそう言うと、道下は、そうなんだよなあ、と急に間延びした声でつぶやいた。

「たしかに不思議だ。なので、そこんところも含めて、調べてみて欲しいんだ」

「だけど、『ない』と主張しているものをほじくり返して、『ありました』と報告することはできるかもしれませんが、ノーコメントで押し通しているものを『ありません』と証明するのは難しいと思うんです」

「だからまず、『実はないのでは』と斬り込んでみろ」

「そんな、素直に『ありません』なんて言うわけないじゃないですか」

「言わなくたっていい。リアクションの表情を絵で押さえるだけでも価値はある。それに、案外ってこともあるんじゃないか」

「どういうことですか」

「中谷代表も相手がお前なら油断するかもしれない、──なんて俺は期待してるんだ」

そういうことか。経済に強くない自分に白羽の矢が立った理由はここだ。

「リサーチして欲しいもうひとつの事柄ってなんですか?」

気を取り直して岸見は尋ねた。

「まほろばの目的だ」

「初期の頃は、福島、ひいては日本の復興を掲げていましたが」

「まほろばが株式会社ならその理由もわかるんだけどな」

「どういう意味ですか」

「派手なことをやる会社の常套《じょうとう》手段がそれなんだ。大風呂敷広げたパフォーマンスで株価を爆上げさせて、時価総額をでかくする」

「まほろばは一般財団法人ですよ」

「だから妙だって言ってるんだよ。それに派手な割には、職員の給料が国家公務員に毛が生えたくらいのものなのも変だ。代表の中谷が自家用ジェット持ってるとか、海外に土地を買って豪邸を建ててるなんて噂《うわさ》も聞かないだろ。一体なにがやりたいんだろう」

「資本主義をやり直す、と言ってますが」

「だからいったいそれはどういうことだ。そこも含めてもうすこし掘ってくれないか」

そんな経緯《いきさつ》で、じっくり取材してくれ、報道ナイト23のほかの取材は、随時無理のない範囲でやってくれればいいとまで言われた。

こうして岸見は、数多くの経済学者や経済ジャーナリストに会いに行っては、実はまほろばはリアルマネーを保有していないのでは、という問いを投げ続けた。

彼らは相変わらず、その可能性はあるが明確には言えない、という玉虫色の返事をくり返した。岸見の質問に、ぎょっとした顔つきになって、しばらく考え込んだ挙句に、最後には首を振って、たしかにそういうことも考えられますねと言うのが、せいぜいだった。

また、岸見はあちこちのまほろば自治区にまで足を延ばして、まほろばから投資を受けている実業家らに会った。カフェや食堂やバーでまほろば特区の住人と交わり、住み心地や、まほろば自治区ならではの決まりごとや、日常生活におけるカンロの使われ方などについても話を聞いた。

彼らがまず口にしたのは、財団法人まほろばへの感謝の言葉だった。住み心地について尋ねると、古くからそこに住んでいる人々はみな、自治区になってからだんぜん住みやすくなったと証言した。

カンロはシステムとして完璧だった。受け取れるはずのカンロが受け取れなかったなどの不具合があったという話も聞かない。決済はきわめてスピーディーで、クレジットカードをカードリーダーに挿入して待つよりも、カンロのアプリをセンサーに翳《かざ》すほうがよっぽど迅速だと誰もが言った。

それでもほんの時折、

「やっぱりちょっとは円でもらえるとありがたいな」

という者がいた。ただ、それを口にした人物はすぐに、

「でも、これは内緒にしてくださいよ」

とつけ足した。

「どうしてですか」

「酔っ払ってるんで、調子に乗ってつい口が滑っちゃったんですが、まほろばじゃ中谷代表の悪口は言ってもいいけど、カンロを悪く言うのはまずいんですよ」

「誰がそんなことを?」

「誰ってわけでもなくて、とにかくそういう雰囲気なんです。俺が不満をこぼしたってことがバレると、カンロがいやならよそで資金調達してくれってことになりかねないので、本当にここだけの話にしてくだ

さいね」

「でも、どうしてカンロじゃダメなんですか」

「いや、それがないんですよ、企業としては。ほとんどなんでも買えるし、結局まほろば本部に泣きつければ、なんの支払いにだって、充てられるわけですから」

「では、すこしは現金で欲しいという理由はなんですか」

相手はバツの悪そうな笑いを浮かべた。

「……まあ女性を前にして言いにくいことではあるんですが」

なんとなく察しがついた。けれど、明瞭な言葉で聞きたかった岸見は、遠慮しないで言ってくださいと詰め寄った。

「いやあ、こないだうちの若い連中がね、こんなところでも使えるようになったんだって騒いでいるんで、なに喜んでんだって訊いてみたら、近くの繁華街にカンロが使えるソープランドができたって言うんですよ。とにかく全財産がカンロだった場合、ああいうとこに行きたくなっても、まほろば本部に支払いを頼むわけにはいかないですからね」

〝若い連中〟を引き合いに出しているが、当人のケースにちがいない。それにしてもこれは、どのぐらい切実な問題なんだろう。この例はやはりすこしは日本円で持ちたいという気持ちの説明になっているのだろうか？

「ほかになにかありますか、カンロじゃなくて円のほうがいい理由って？」

という質問をくり返していると、ひとり面白いことを言った者がいた。

まほろば岩手で新しい画像認識のシステムを開発しているベンチャー企業の社長と、盛岡駅前のスナックで話していたときだった。まだ三十代の若い経営者は、地酒の猪口《ちょこ》をつまんで、すこし考えてから言った。

「まあ、まほろばは巨大組織だけど、日本のほうがもっとデカい、そういうことじゃないですか」

岸見は徳利の首をつまんで空になった相手の盃《さかずき》に注ぎ足し、ふたたび口が開くのを待った。

「デカいっていうのともちがうのかな。いまはほとんど現金を持ち歩かないんだけど、こないだたまたま財布に一万円札が一枚入っていたんでそれを広げてしげしげと眺めてみたら、なんだかありがたいって気持ちになったんです」

「ありがたい？」

意味がわからず、鸚鵡《おうむ》返しに岸見は尋ねた。けれど、わからないのは相手も同様だったらしい。

「なんて言ったらいいんだろうなあ、見れば見るほど、こんなに凝った印刷物だったのかって感心してね。きれいな字で『日本銀行券』って書いてある。そうか、ここに日本ってものがあるんだって感じがしたのよ。それから、俺は何人《なにじん》なんだろうかって考えた。まほろば特区の住人はマホロビアンなんて呼ばれてる。ボヘミアンをもじっているんだろうなあ。俺にもマホロビアンの自覚はあるんだ。いまは、あちこちにまほろば特区ができて、各特区のベンチャーどうしで交流会も開かれてる。まほろばの企業はなるべく連動しろって言われてるしね。うちは福島や和歌山のまほろばベンチャーと取引があるんで、そこのマホロビアンと呑んだりもするんだけど、やっぱり県をまたいでもマホロビアンどうしの仲間意識ってあるんだよね。だけど同時に我々はまちがいなく日本人でもあるわけだから、俺たちのアイデンティティってのはマホロビアンと日本人の二重構造になってる。それとも、日本人っていうでっかい自意識がマホロビアンってのを内側に抱え込んでいるのか、そこはよくわからないんだけれど、とにかくカンロしかないってことはちょっと寂しい。まあこれは、カンロだけだとなにが困るんだって質問への答えになっているのかあやしいんだけど」

取材を進めるとさらに謎は深まった。岸見は悩んだ。そして、悩みの大部分は、取材の方向性が決まらないことが原因だ、と思い当たった。まほろばを取材しはじめてからいままで、岸見はずっと方向性が決まらないままやってきた。

取材者に寄り添うと決めて取材を続けることは、やろうと思えばできるし、自分の性格からして、そちらのほうが向いていると思えた。けれど、まほろばに関して岸見は常に、かならず保険をかけるような、よく言えば中立な、実際のところは腰の据わらない、経済評論家のコメントのような、どっちつかずの報道を続けてきた。けれど実は、この方法を提案したのは、まほろばの副代表の市川だった。

岸見が市川とまほろば本部ではじめて会った日、岸見は中谷のインタビューを取りに、市川は入社試験の面接を受けに福島まで来ていた。ふたりは東京まで同じ上りに乗り、東京駅近くのバーのカウンターに並んで腰かけることになった。岸見がモヒートの中のミントをかき混ぜていると、

「どう、取材はうまくいった？」

と市川が尋ねた。

実は岸見は、まほろばを叩《たた》くための調査を上層部から言いつかっていた。つまりこの日の訪問は、まほろばバッシングのネタ探しのためだったのである。けれど岸見は、これといった材料を見つけられないまま、東京に戻った。どうすればいい？　落ち着かないまま座っていたときに市川からそう訊かれ、胸中を見透かされたようで決まりが悪かった。

「社に戻って整理してみないとよくわからない」

そんなことを岸見は言った。すると、市川は、そうね、じっくり考えたほうがいいわ、と同意し、

「こき下ろすにしても、もうすこし様子を見てからにしたらどうかしら」

と言った。岸見は、この提案の意味を摑みかね、と同時に、なぜまほろばバッシングの方針を先に固めているのがバレたのか、とぞっとした。それとも、まほろば本部にはすでに非難や苦情が多数寄せられているのか、と思い、市川に尋ねてみた。

「これからじゃないかしら」

とまだ入社もしていないのに市川は言った。

岸見が、なにか思い当たることがあってそう言うのかと問うと、

「特にはないけど、探せばなにかあるでしょう。そっちの方向に空気をいったん作ってしまえばあとは簡単だから」

それこそ局が企《たくら》んでいたことだった。しかも、市川はこんなことさえつけ加えた。もしも、オフィスに戻って素材を整理しても、これぞというネタを見つけられなかったとしたら、と前置いて、新しく目の前に置かれたグラスを摑んでぐいと呑み、

「両論併記ってこういうときに便利よ」

と言ったのである。

結局、岸見はこの案に乗った。この選択は正解だった。岸見は九死に一生を得、逆に〝まほろばスペシャリスト〟としての足がかりを摑んだ。

けれど、あれからもう何年も経つ。いまだに両論併記でいいのだろうか。そこで岸見は、あえて単純な二分法で自分に問いかけた。

お前はまほろばを応援したいのか、それとも、この組織の偽善を嗅ぎつけ、謀《はか》られている悪事を暴こうとしているのか。

前者の気持ちが強いとわかった。そして、道下はどうなのだろう、と考えた。じっくり腰を据えてまほろばを取材してみろと言ったあの上司は。

道下は、まほろばは後ろ盾のないままに通貨を発行しているという仮説を、あのトーマスから吹き込まれたんだろう。たしかに、まほろばはカンロを使わせることにこだわる。カンロはもはやまほろば自治区でのみ使える地域通貨の域を出て流通しはじめている。もしカンロが世界中で使える日が訪れるなら、まほろばは自分たちで好きなだけお金を作ることができ、テンキーを打ち込むだけで大金持ちになれる。つ

まり、まほろばはカンロという打出《うちで》の小槌《こづち》を勝手に作ったに等しい。そんなことがあっていいはずがない。あまりにも自己都合で「資本主義をやり直」そうとしているとしか思えない。

では、果たしてそれは事実なのか。まほろばは手前勝手な信用創造とやらをやっているのか。岸見には判断がつかなかった。

ただし道下は、大スクープをものにしたいという野心に動かされ、仮説どおりに現実を暴露できればと願っている。ジャーナリストとは、同業者が羨《うらや》む特ダネをものにするのを常に夢見る種族だ。そして岸見は、自分にも宿るこの性癖を怖れた。

成田を飛び立ってから約九時間後、バンクーバー空港の入国ゲートを通過した中谷は、到着ロビーの人ごみの中に、腕時計に視線を落としているアジア系男性を見つけ、蜷川《にながわ》君と声をかけた。近づいて、元気でやってますか、と手を差し出すと、ええ、日本にいたときよりだんぜん、と長身の男は笑ってその手を握った。

「長旅でお疲れではないですか」

「いやそうでもない。ところでいま何時ですか」

「十二時過ぎです。まずはホテルにチェックインしちゃいましょう」

「ここからの交通手段は」

「エスカレーターです」

蜷川は中谷のスーツケースの把手《とって》を摑んで、こちらへどうぞと歩き出した。空港からなるべく近くという中谷のリクエストに、空港施設と直結しているホテルに部屋を取ってくれたそうだ。

「ランチはどうしますか」

歩きながら蜷川が訊いた。

「僕はもう機内食をさんざん食べたんで腹は減ってない。でも蜷川君がまだならつきあうよ」

「僕もさっき食べちゃいました」

「なら、胃袋は夜まで休ませよう。先方と会うのはどこになるのかな」

「スイートルームを取ったので、部屋に来てもらってもいいし、ホテルの会議室も予約できるそうです」

「会議室にしよう」

「わかりました。ではそのように」

「ディール締結のあとはディナーだね。リクエストを聞いてレストランを予約しておいてくれませんか」

「ええ、でも決裂した場合はどうしましょうか」

「しないだろう。交渉のテーブルに着くくらいだから」

「でも自分たちに都合のいい条件を押しつけてきますよ」

「たしかにああいうものって値段があってないようなものだからな。でもまあ、なんとかなるさ」

　ホテルに到着した。フロントカウンターでチェックインをすませ、部屋までの案内を断って、ふたりでエレベーターに乗った。中谷がもうすこし話そうと言ったので、蜷川は自分の部屋に荷物を置いてから、スイートルームにやってきた。

「さっき話してた、交渉相手が言ってくる値段についてだけど」

　窓際の応接セットに腰を下ろして中谷が言った。

「相場ってものはあるんだろ」

「ええ、あるにはあるんですが、はじめての取引になるので、どのくらい本気か確認するために、向こうは乱暴な条件をぶつけて様子を見ると思うんです」

　中谷は、腕組みをしてすこし考え、

「金は問題じゃない」

「というのは？」

「向こうの言い値でディールをまとめるのはかまわない。ただそれが先方にとって、むしろ世界にとってよい結果をもたらすかどうか」

蜷川は難しい顔をしている。中谷は続けた。

「それから、向こうがこちらの素性について、あれこれ詮索するのはしょうがない。彼らにとって、まほろばなんてどこの馬の骨とも知れぬ団体だからな。けれどこっちだって、先方が取引相手として真っ当かどうか、慎重にならざるを得ない。蜷川君が推薦してくれたんだからあんまり心配してないけど、とかく問題の多い業界だから」

「ごもっともです。中谷代表が懸念されていた三点、現地からの富の搾取、労働者問題、環境問題、これらについてはいずれも大きなトラブルを起こしていません」

安心していいんだね。中谷がそう念を押すと、はい、と蜷川はうなずいた。

「じゃあ、よしとしよう。ところで、明日は現地に出発したいんだけど、行き方がいまいちわからないんだよな」

蜷川は驚きの表情で中谷を見返した。

「本当に行くんですか」

「ああ、せっかく来たんだし、現地や現物を見ておきたいじゃないか」

「現地ってのはわかるんですが、現物を見てどうするんですか」

「まあ、自然かどうかってのを確かめたいんだ」

「自然？」

「なにせ天然ものなんだろ」

「たしかにそうですけど」

「どうだ、君も行くかい」

「とんでもない」

蜷川は顔の前で激しく手を振った。

「一日ではとうてい無理ですよ。現地に行ってすぐ帰ってくるなんてできそうにないので、どこかに泊まらなければならないでしょうが、あんなところに宿泊施設なんかあるんですかね。少なくともこの手のホテルはありませんよ。でも、本当にどうやって行くんだろ。ちゃんと調べてみないとわからないな。交渉が成立したら訊いてみましょう」

蜷川はそう言った後で、彼らも行ったことはないとは思いますが行き方くらいならわかるでしょう、とつけ加え、

「では先方が到着したらお知らせします」

と言い置いて自分の部屋に引き取った。


クォンタム・ブラザーズとの商談は成立した。

先方はまほろばを上客として丁寧に取り扱ってくれた。そのことは、交渉のテーブルにジェームズ・オーウェン社長自らが着いたことにも表れていた。ウォール街では、儲けを独占しているのは、まほろばという日本の組織のようだという噂に触れて、

「逆にどうしてそんなに勝てるのかを教えていただきたいくらいですよ」

と社長が尋ねた。中谷は、お告げにしたがって投資をしているだけです、といつもの答えを返し、

「我々は、御社が取り扱っている商品について、安く買って高く売るつもりはありません。つまり、先物取引での利ざやには興味がない。あくまでも使用目的での購入だと思っていただきたい」

「先物取引ではなく使用目的での購入ということですが、我々が扱っている商品は特殊なものなので、予

期せぬ事態が生じて使えなくなるということもあり得ます。しかしそうなった場合でも引き取ってもらわないと困るんですが、そこは大丈夫でしょうか」

実務を取り仕切っているらしい貿易担当役員のホーキンスが言った。

「大丈夫です。そこに書いてあるように、これから産出される全体の20％を先払いで買い取るという条件で問題ありません」

「納品形態は」

「イエローケーキ」

「納品先は日本ですか」

「追って連絡いたします」

そして交渉はいよいよ取引価格に移った。

「御社としてはなるべく高い値で売りたい。それは当然でしょう。ただし、今回の交渉での値付けはその後の相場や交渉にも影響する。いちど価格がその周辺に固定されてしまうと、それを前提に経済システムができあがる。けれど、価格はいろんな要因で下がるときには下がる。あまり無理のある設定をしてしまうと、そんなときにシステム全体が崩壊することになりやしませんか。そのことをじっくり考えていただきたい。もちろん、現場の労働者の処遇や、現地への富の還元、環境への負荷などの改善のための値段設定なのだとしたら喜んでお支払いしましょう」

中谷は蜷川に助けてもらいながら、流麗な英語ではなかったが、ロジックがくっきり浮かび上がるよう、噛《か》みしめるように喋《しゃべ》った。これが先制のジャブとなったのか、売値は、蜷川に言わせれば、妥当な線に落ち着いた。

ディール締結を祝うため、ホテルのレストランに移動した。グラスを合わせた後に、中谷が蜷川を促して、

「中谷代表は現地を視察したいと言っているのですが」

と訊いてもらった。

社長は驚いたまなざしを中谷に向けた後でふふふと笑いだした。冗談だと思ったのだろう。一方、ホーキンスは心配そうに、

「サスカチュワン州の北部がどんなところかご存じですか」

と尋ねた。

「どんなところなんでしょう」

と中谷は訊き返した。

「アサバスカはワイルドなところです。ただ自然だけがある」

「なるほど、ならどうしても行かなきゃなりません」


レンタルしたバンを三日かけて運転して行くという過酷な方法が選択された。イエローヘッドハイウェイを西へ走り、昼はドーナツショップでハンバーガーとコーヒーで腹を満たした。

毛のように細くなだらかに延びている、両脇をエゾマツの森に挟まれた道を、北へと走り続けた。すれちがう車はほとんどなかった。二日目の夕飯は国道沿いにぽつんと建つドライブインで、長距離トラックの運転手らに混じってアルバータ牛のステーキを食べ、簡易宿泊所の、床も壁もエゾマツの板が張られた部屋で、枠がやはりエゾマツで組まれたベッドの上に横たわった。ガソリンが残り少なくなり、走れど走れどスタンドが見つからず、こんなところでガス切れでも起こしたらと焦りはじめたところで、やっと見つけて安堵《あんど》のため息をついたりもした。目的地がいよいよ間近になって、広大な原野を走っているときに、道を横切る立派な角を持ったヘラジカにも遭遇した。

そうしてようやく、カナダの内陸部にあるサスカチュワン州北部のアサバスカ堆積《たいせき》盆地にたどり着いた。

中谷は、ホーキンスが助言してくれたとおりダウンのジャケットを着込んでバンを降り、ひんやりした風が吹き渡る荒野に立った。

本当になにもないところだった。ただ自然だけがあった。自然、人間、そして私、この関係について中谷は考えた。

世界は自然であるべきだろうか？　人間は自然と調和を保ち、自然がはぐくむ大きな流れに身を委ねる生活様式に戻るべきなのだろうか。


一方、福島のまほろば本部の副代表室では、市川が執務に集中できなくて困っていた。ここ数日、彼女は不機嫌だった。福田はあの日、色仕掛けで中谷を籠絡《ろうらく》し、エアーの認証権を譲渡してもらうよう画策しろと言った。言ったも同然だった。馬鹿にしないでよ、私を誰だと思ってるの。そう単純に怒ったあとで、市川は心中で自分の言葉を反芻《はんすう》した。私を誰だと思ってるの。そうだ、かつて自分は福田の恋人だった。そう思うとまた腹が立った。

場を仕切り直して抗議することも考えたが、そこまでこ、と、を荒立てると、泥沼にハマる気もして、この愚劣なアイディアを元恋人が諦めるのを待つべきだと思い直していたときだ。

パソコンの右隅がポップアップし、メールの着信を知らせた。市川は、特定の者からのメールはこうなるよう設定していた。

〈俺の予想が甘かった〉

メッセージ欄にはこうあった。

どういうことだろう。その下にはＵＲＬが貼りつけられている。クリックしようとして市川はその手を止めた。福田の名を騙《かた》って誰かが送りつけたものだとしたら大変だ。また、これはあまり考えられないことだけれど、福田のＰＣが誰かにハッキングされて送られたものなら、これもまずい。市川は机の上のスマホを取った。

——もう見たのか？

出るなりいきなり福田は言った。

「ということはこれは福田さんが送ったメールでまちがいないのね」

——ああ、正真正銘、俺が送ったやつだよ。

「で、なんなのこれ」

——ＵＲＬのことか。ロゼンサンゴだとさ。

「ロゼンサンゴ？　なにそれ」

——まあ、見ればわかるよ。

「じゃあ『俺の予想が甘かった』ってどういうこと？」

——だから見ればわかる。とにかく見てくれよ、というか見ないとまずい。

「そりゃ見るけど。福田さんは見たわけね」

——見た。それでやっぱり市川に一肌脱いでもらわないと、と思ったんだ。

また頭に血がのぼった。忘れてやろうとしたのに向こうが蒸し返してきた。しかも、「一肌脱いで」なんて比喩の選び方も最低だ。

「どうしてそこにつながるわけ」

市川はほとんど怒鳴っていた。しかし、福田はたじろぐ様子も見せず、

——つながるよ。見ればわかる。これからどう対応しようかと思うと、俺は憂鬱《ゆううつ》だ。

と言ってため息をついた。市川の憤怒《ふんぬ》でさえ、それどころではないといった調子である。その異常さが市川を落ち着かせた。じゃあ、とりあえず見ます、と言って電話を切ったあとすぐにＵＲＬをクリックした。

広々と、ゴツゴツした、未舗装の大地が現れた。冷え冷えとした湿っぽく暗い大地の色合いから、空に太陽が出ていないのが窺《うかが》える。この動画が撮影されたばかりのものだとしたら、時節を考えると、かなり北に位置する場所らしい。

カメラがぐるりとまわり、フレームの中に中谷のクローズアップが現れた。自分で持ったカメラを自分に向けたような動きだ。スタッフは誰も連れていないのだろうか。わざわざこんななにもないところに来て、ひとりでなにしてるの。いやそもそもここはどこ？

「中谷祐喜です。記念すべき第一回ロゼンサンゴは、カナダの内陸部、サスカチュワン州の北部にあるアサバスカ盆地からお送りしております」

ロゼンサンゴ。なんだそれは。ロサンジェルスの聞きちがいか。いやカナダにいると言っていたから、それはない。アサバスカだって？　聞いたことのない地名だけど。サスカチュワンなんて州名さえ初耳だ。動画を見ながら、市川はスマホの上で素早く指を動かし検索をかけた。

「ロゼンサンゴは、僕が思っていること、世界はこういう風にあればいいなとか、こういう風に世界を見たほうがいいんじゃないかと感じていることを、悪い頭で考えながら喋っていきたいと思っています。で、一回目に考えたいのは自然とはなんだってことです」

アサバスカの検索結果を上から下に目で追っていた市川は愕然《がくぜん》とした。ＰＣ画面の中で中谷がカメラを自分に向けたまま歩き出す。

「僕は大自然の中を歩いています。ここに来る前にグーグルマップでストリートビューを見ようとしたけれど、できませんでした。ここには人は住んでいません。ここにあるのは僕以外は自然だけです。さて、まほろばは自然エネルギーの開発に力を入れてきました。そしてその方針は今後も変わりません。自然エネルギーは自然の恵みをなるべくそのままもらうという発想です。加工しない、そのまま受け入れる。これは、自然への忠誠というか、自然のままのほうがよいという考えに近いですね。だけど、自然エネルギーだって自然になんらかの手を加えているわけです」

中谷は立ち止まった。そしてカメラをまた原野に向けた。

「中国の古い思想家に荀子《じゅんし》という人がいます。荀子は自然をやみくもに称賛することは危険だと言ったそうです。善きことは、自然なままの状態ではなく、その外に求めるべきだ、と。自然に逆らうことなくそのままを受け入れていると、人間は人間的でなくなると彼は考えた。人間は自然なままでは生きられない。自然なままでは壊れてしまう。だからどこかで自然を超えなければならない。これを『性に反し、情に悖《もと》ること』と言ったそうです」

カメラがぐるりと回り、また中谷を捉える。人懐っこい照れくさそうな笑みが顔の上に浮かんでいる。

「まあ、あまり教養のない人間の言うことなので、話半分で聞いてくださいね。さて、いま僕が踏みしめている地面の下には、こいつが埋まっています。なんだかわかりますか」

中谷はポケットから黒い石を取り出した。

「――天然ウランです」

市川は心臓が締めつけられたような気持ちになった。

「天然ウランもまた自然です。だって天然なんていうくらいだから。僕は天然ウランをポケットに入れて持ち運ぶことができ、こうやって素手で持つことができます。この天然ウランという名の自然に働きかけ、荀子が言うように、天然ウランという名の自然に逆らって、何段階も加工をくわえ、巨大なエネルギーを取り出す。――これが原子力です」

中谷は黒い鉱石をポケットにしまい、またカメラを原野に向けた。

「この荒々しい自然の中に快適な居場所を見つけようとしても駄目なんです。自然との一体感なんてのは本当にやさしい自然にしか通用しない。僕らが課題にしなきゃならないのは、僕らが住むのにふさわしい世界をうまく作り出すことだと僕は思う」

カメラはなにもない荒くれの原野を撮り続けた。「さて」と中谷の声が聞こえた。

「さて、まほろばは、この鉱山を所有しているクォンタム・ブラザーズ社から、天然ウランの全採掘量の20％を購入する契約を締結しました」

ああ、と市川は思わず声に出して叫んだ。福田が頭を抱えるのも無理はない。

「僕は元は原発作業員でした。そして、約十年前のあの日、原発事故を経験し、それ以来、原子力というのはあまりにも自然に逆らった所業だったと考えを改めました。そして、いまふたたび意を翻《ひるがえ》し、安全な原子力エネルギーを自然から作り出そうと決心したのです」

中谷が沈黙したあとも、カメラは荒々しい原野を映し続けた。


コネクティングドアを開けて福田の部屋に抜けると、ちょうど見知った顔が福田に見送られて退室するところだった。市川は軽く会釈してから、ソファーに腰かけた。

「最悪のタイミングだよ」

たっぷりコーヒーが入ったマグを市川の前に置くと、福田は言った。

「経産省や内閣府から問い合わせの連絡はあるの」

「軽くね。経産省の堺の話だと、まだ様子見の段階らしいけど、中国を刺激するんじゃないかって心配しているようだ。中国は福一の処理水の海洋放出についてやたらと非難しているからな」

「中谷さんはどういう意図であんなことを」

「自分の子飼いの自然エネルギー開発チームが散々な体たらくで、ウンザリしたんじゃないの」

「さっき、サンドッグの光村君がいたけど、ロゼンサンゴを見て？」

「そういうことだ」

「なんて言いに来たの？」

「うちはもうお払い箱ですか、と」

「で、福田さんは？」

「そうならないように頑張るしかないぞ。――そのくらいしか言えなかったよ」

「なんの慰めにもなってないわね」

「慰めるつもりもないからさ。いまのところ結果が伴ってないんだから」

「中谷代表は長い目で見ると言っていたけれど、考えが変わったのかしら」

「あの人のことだから貸し剝がしみたいなことはしないさ。ただ、光村はリアルな展望を示せと詰められて冷や汗かいてはいる。もっとも、太陽光発電で発電力を飛躍的に上げろというのは、画期的なイノベーションがない限り、どだい無理な話なんだよな」

「ただ、光村君の場合は、画期的なイノベーションのアイディアを示したというよりも、これからは自然エネルギーでいきますという流れがあって、そこに中谷さんが乗ったからだよね。そういう意味じゃ、いまさらそんなことを言われるのは気の毒かも」

「俺もそう思う。中谷さんは変わったよ」

「その変化は悪いとは限らないんじゃない。福田さんも自然エネルギーが原子力発電にとって変わるという構想については悲観的だったじゃない」

「俺は最初からそう思ってた。ただ、最近は、無理なら、太陽光パネルの廃棄ビジネスに方向転換したらどうか、なんて言われてショックだったみたいだよ」

「まるで原発の廃炉ビジネスね」

福田は苦い笑いを口元に漂わせた。

「そういえば堺が言ってた、大学で原子力の勉強をして電力会社に入社する連中のほとんどが、廃炉プロジェクトに携わるつもりなんだそうだ。いまの日本の原発のほとんどは五十年くらい前に作られたものだから、原発を作った経験のある社員はみなもうすぐ定年を迎える。原発を作る技術はまもなく日本から消えるってわけさ」

「中谷代表がそこを補おうとしていると考えれば、ロゼンサンゴってへんな名前の動画で語ったことも、意味はあると思うんだけど」

福田は顔をしかめて、市川は代表に甘いなあ、とどこか恨みがましく言った。

「日本の原子力はアメリカ政権の意向でここまで進んできたんだ。そういう経緯をぜんぶすっ飛ばして、財団法人がこれからは俺たちががんばります、なんてやるのは厚かましすぎるんだよ」

「厚かましいっていうのはどこに？」

「もちろんアメリカ。ただ、中谷さんのあの発言は中国も刺激するだろう。中国が処理水の放出を批判するのは、中国産の原発を東南アジアに売りたいからだ。それなのに、入札コンペで一帯一路政策を散々邪魔したまほろばが、こんどは原子力を手がけるなんて言い出したんだから、これは看過できないだろう」

「だけど、原子力発電所なんて、いくらお金があったって、すぐに着工できるなんてことにはならないでしょ」

「まあそうだ。実際原発を建てているのは、うちとはまだ取引のないゼネコンだからな」

「ゼネコンでなくたって、うちから出資を受けてる原子力関連の企業ってどこかある？」

「それが、軽く調べてみたんだけど、それらしきものはないんだ」

「まったく？」

「たぶんね。うちが関与しているエネルギー関連事業を思いつくままにあげると、サンドッグ、ブルーウィンド、ジオサーマル・レボリューション、ヌーエコ・パワー、オーガニクス・エナジー。自然エネルギーを開発しますって意欲がにじみ出ている名前の会社ばかりだ」

「その中で事業規模が大きいのは？」

「洋上風力発電のブルーウィンドだね。ただ、例の台風で倒れた後はあまり元気がない。どうも日本の海はイギリスなんかとちがって難しいみたいなんだ」

最後に福田は、とにかく中谷さんに連絡を取ってみてくれないかと言った。俺より君がかけたほうがいいだろうという言い草は気に入らなかったが、とりあえず承知した。

部屋に戻り、中谷の携帯にかけた。通じなかった。切ってから、時差を考慮していなかったことに気がついた。まだカナダにいるのなら、いまは真夜中のはずだ。またあとでかけ直してみよう、と市川は思った。


そのころ中谷は、アルバータ州の森を貫く細い道の傍らにバンを停めて、仮眠をとっていた。路上に車を停めて寝ることは違法なのはわかっていたが、突如襲われた睡魔に、事故を起こすよりは警察に罰金を取られるほうがましだと開き直り、シートを倒して目を閉じた。ところが、中谷を起こしたのは州警察のパトロール警官ではなかった。警察官はいきなり車を揺らしたりしない。そう、中谷は窓をノックする音で目を覚ましたのではなかった。車体全体がゆっさゆっさと揺れていた。サイドウィンドウは黒い影で覆われ、息で白く曇っていた。窓の外にいるのがグリズリーベアであることは瞬時に理解できた。中谷が高校生の時、磐梯吾妻《ばんだいあがつま》国立公園をハイキング中に出くわしたツキノワグマの倍はありそうだった。これはまずいと思ったがどうすることもできない。停車中の車に乗っているところを熊に襲われたら、エンジンをかけて急発進させてはいけない、とクォンタム・ブラザーズのホーキンス貿易担当役員から注意されていた。中谷はただじっとして、十五分ほど、どことなく愛嬌のある丸い黒い瞳を見つめているしかなかった。

やがて、〝北の王〟は前足を車体から降ろし、森の中に戻っていった。中谷はため息をつくと、エンジンをかけ、車を動かした。

一時間ほど走って、キャンプ場にチェックインした。巨大なトレーラーに交ってバンを停め、コインシャワーを浴びた。腹が減っていたが、あたりに開《あ》いている店はなかったので、そのままバンの中で眠った。

翌朝、近くのファーストフード店のハンバーガーで腹を満たしたあと、ロッキー山脈を抜けてイエローヘッド峠を越え、リトルフォートの地元のダイナーでオムレツを食べて、小一時間バンの中で仮眠してからまた四時間ほど運転し、バンクーバーに戻った。ホテルの駐車場に車を停め、部屋に戻ったあとは、寝心地のいいベッドでぐっすり眠った。

——おかえりなさい。無事でなによりでした。

目を覚まし、ベッドの上から電話をかけると、蜷川は快活な声で言った。

——車は僕のほうで返却しておきます。それから明日の航空券を渡さなきゃいけないので、お部屋に伺ってもいいですか。

「悪かったね、秘書みたいなことをやらせて。夕飯はすませたの」

——いいえ、まだです。

「聞きたいこともあるから打ち合わせがてら一緒に食べよう」

——ぜひ。なにかリクエストありますか。

「ハンバーガー以外ならなんでもいいよ」

——中華も避けたほうがいいですよね。

「中華料理なら毎日だって大丈夫だ。ただ、蜷川君が食べたいものがあるのならそれにしよう」

できれば寿司を食べたいのですがと蜷川が言い、いいアイディアだけどこのホテルには和食のレストランはないみたいだ、と答えると、近くに評判のいい店がありますよ、ちょっと高価《たか》いんですが、とすかさず返してきた。調べておいたな、と中谷は笑い、一時間後にそこで会おうとつけ加えて電話を切った。

「いやあ、こんなにうまい寿司は日本でも滅多にありつけませんでした」

本店は銀座にあるという店が出したえびの握りをつまんで、蛉川が言った。

好きなだけ食ってくれ、と言って中谷は湯呑みに手を当て、

「日本を離れてどのくらいになるんだ」

と尋ねた。

「修士課程を終えてからなので、もう十年以上になりますね」

「三・一一が起きたときにはまだ学生だった？」

「はい、院に進んで二年目の春でした」

「それで、すぐに日本の電力会社に見切りをつけたのかい」

「いやそういうわけでもないんですよ。学生時代から新しい原子炉を作りたいと思っていたので、就職先には日本の電力会社は考えていませんでした」

「日本じゃ無理だと思ったってこと？」

「ええ、あの事故の報道を見てそう結論しました。廃炉技術に鞍替《くらが》えしたのもいたんですが、こうなったら日本を出てやれと思って」

「で、作れるの」

「ええ、技術的には大丈夫です」

「安全面は」

「どう考えても、いま稼働しているものよりははるかに」

蛉川はこんどはトロをつまんで、

「ただ、日本政府がこの技術で発電ビジネスをおこなうことを許すとは思えないんですが」

と言って口の中にほうり込んだ。

「まあそうだろうね」

「政府は大手電力会社を守りたいと思うだろうし、アメリカだって日本が独自にそんなことをやりだしたら、いい顔はしないでしょう」

「そこは俺が考えるよ」

「策はあるんですか」

「やってみないとわからないけど」

「そのための外遊ですか」

「そのためってわけじゃないなあ」

「ちがうんですか。ま、そうだと言われてもどういう作戦なのか皆目見当がつきませんが。――あ、そういえば忘れないうちに渡しておきます」

蜷川は一枚の紙を取り出した。キャセイパシフィック航空の電子チケットだった。行き先は北京《ペキン》。

「席のグレードを訊くのを忘れていたので、勝手にファーストにしておきました。香港まで十三時間もかかるので疲れるかと思いまして」

「渡した分で足りたのか」

「まだ余っています。精算はどうしましょうか」

「ヌーエコ・パワーの経費で使ってくれればいい」

蜷川は礼を言って、夜中の一時近くの出発なので、ギリギリまで部屋を使うことになると思って、延泊の手続きもしておきました、と言った。

いろいろと世話になったね、また連絡するからと言ってポケットに手を突っ込んだ。スマホが振動していた。見ると市川からだった。出ずに切った。そして、電子チケットの便名とフライトスケジュールをスマホでカシャリと撮ると、メールに添付してどこかに送信した。

「大学で第二外国語に中国語を選択したんですよ。まったくものにならなかったんですけどね」

蜷川が唐突にそう言った。中谷はカウンターに頬杖《ほおづえ》をつきながら続きを待った。

「二〇一一年に東日本大震災と並んで実は大きな変化が起きたんですが、なんだかわかりますか」

「いや、なんだろう」

「この年に中国が日本を抜いたんです、経済規模で」

「へえ。気がつかなかったな」

「その時、まだ学生だった俺は思ったんです。隣の強権的な大国が国力で日本を追い越し、これからその差はどんどん広がっていくみたいだ。なら、もっと上手《じょうず》にこの隣国とつきあう手立てを考えなきゃいけないんじゃないかって。上の世代はアメリカの後ろを着いていけばなんとかなったかもしれないけど、俺たち世代がその無策のツケを払わされることになるのは勘弁してほしいなと思ったんですよ」

「そんなことちゃんと考えるなんてえらいな。俺なんか福一《フクイチ》の事故で泡食ってただけだった」

「いや、事故現場にいたわけですからそれは当然なんですが、でも、代表の外遊ってこういう状況を踏まえてのものだと勝手に思ってるんです」

「そういうこと言われると、日沈みゆく国の遣唐使みたいな気分になるな」

「あはは。ただ、日本は沈んでいるけれどまほろばは躍進しているじゃないですか」

「いや、金を増やして配っているだけだ。金があれば国ができるってものでもない」

ペイマスターはそう言ってゆっくりと茶を飲んだ。

翌日は、電子書籍で仏教の本を読んだり、ホテルのジムで空手の型の練習をした。基本形から平安《へいあん》三段、指定型からは慈恩《じおん》を選んだ。すこし離れたところでバーベルを上げていた西洋人が、不思議そうな目つきで見ていた。

部屋に戻ってシャワーを浴び、バルコニーからフレーザー川を眺めたりして夜中まで過ごし、ホテルの車寄せで客待ちしていたタクシーで空港に向かった。

機内ではカンフー映画を立て続けに見た。さすがに香港《ホンコン》を拠点に置くエアラインだけあって、この手の作品はふんだんにあった。ジェット・リーの『少林寺』のデジタルリマスターがあり、ジャッキー・チェンが出ている『新少林寺』、サモ・ハン・キンポーが出ている『少林寺 怒りの鉄拳』、『少林寺 木人列伝』とか『少林寺 阿羅漢VS鬼神羅刹《きじんらせつ》』とかいろいろあって、気の向くままに見て、見るのに疲れたら本を読み、その間になんども食事が出て、半分ぐらい食べてまた見たり読んだりしていると、日付が変わって朝の五時半に香港で降ろされた。

トランジットの時間に余裕があったので、中谷はマッサージサロンに入って首と背中と足を揉んでもらい、九時前にふたたび搭乗ゲートをくぐって、北に向かって飛び立った。フライト時間は三時間三十分。機体はぶじ昼過ぎに北京国際空港に着陸した。

ずいぶん長い間会ってなかったこともあり、また高校時代の印象が強く焼き付けられてもいたので、予習していたにもかかわらず、到着ロビーに立っている女性が当人だと中谷はすぐに気づけなかった。けれど相手はちがったようだ。

「だって、全然変わってないんだもの」

張本苺子《はりもとまいこ》は言った。

「ははは。進歩がないってことだ」

「ないわけないはずなんだけどね。いまや有名人なんだから」

「有名人はそっちだろ。張苺心《チャンイーシン》で検索したらいろいろ出てきたぞ」

並んだ画像を機内で見て、そうかいまはこんなレディになっているのか、と驚いた。もっとも、口を開くとすぐ昔の面影が浮かびあがったけれど。

「だいぶ待ったか」

「そうでもなかったけど、なにかあったのかなとは思った」

「悪かったな。ちょっと多めに現金を持ってきたので申告書を書いたりしてたんだ」

なので先に銀行で口座を開設したいと言って、中谷は国有銀行の住所を告げた。復興門内大街《フーシンメンネイタージェ》か。じゃあホテルと同じ方角だと苺子が言い。ふたりはタクシーに乗った。

「両替なら、空港でもできたんだよ、レートはすこし悪くなるけど。それにこの銀行でなきゃいけないの？」

　タクシーの運転手に行き先を告げたあとで苺子が言った。まあ中国共産党が筆頭株主だからな、などとつぶやいて、中谷は理由を明らかにしなかった。

　タクシーは中国工商銀行本店に着いた。苺子の助けを借りながら、窓口で口座開設を申し込み、パスポートとビザを提示し、人民元を苺子から借りて口座開設の手数料を支払った。開いたばかりの口座に、中谷は十万ドルを人民元に両替して預金した。それから苺子の銀行口座に、中国滞在中のアテンド代と通訳料を振り込んでから、手持ちの現金として五万元を下ろし、札束をリュックの底に押し込んで、銀行の前でタクシーを拾うと、北京の電脳街「中関村《ちゅうかんそん》」に走らせた。

　中国のＳＩＭカード入りのスマホを買い、またタクシーに乗って、車中で、Alipay と WeChat Pay のアカウントをふたつ作り終えたときに、タクシーは立派なホテルの車寄せに停まった。

「苺子の父ちゃん、ここから店の名前を取ったのか」

　エントランスをくぐり、フロントカウンターに向かいながら、中谷が尋ねる。

「あはは、うちはたしかに〝北京飯店〟だったね。なにも考えないで適当につけたと思うよ」

「まだやっておられるんだよな」

「うん、やってる。前よりきれいになってるよ。福一の事故で帰還困難区域になったときには、もうこれは廃業しかないなって諦めてたけど、まほろばがカンロで補助金を出すって言ってくれたんで申し込んだら、思った以上に出してもらえて、古くなっていた厨房《ちゅうぼう》や内装なんかも新しくできてかえってよかったって喜んでたよ」

「そうか。また食いに行きたいな」

「行ってくれたら、中谷君なら当然タダだよ。すごく感謝してたから」

チェックインの手続きを終えて、苺子のことを中国滞在中の通訳兼アシスタントだと紹介し、一緒に部屋に上がった。

「あまり変わってないと思ったけど、やっぱり変わったんだよね、北京飯店のスイートになんか泊まっちゃって」

由緒あるホテルの豪華な部屋を見回しながら、苺子が言った。

「セキュリティ上やっぱりね。それに、撮影もするからさ」

「撮影？　映画でも撮るの」

苺子は不思議そうに、キャリーバッグの中から細い三脚を取り出す中谷を見ていた。

「まさか。ウエブラジオみたいなことはじめたんだ。映画の撮影は苺子のほうだろ。最近はなにに出たんだ」

苺子はすこし顔をしかめて、ソファーに座った。

「戦争映画に出たよ。日本軍の将校の妻役でね」

中谷はキャリーバッグをクローゼットにしまうと、苺子の前に腰を下ろした。

「回ってくるのは、日本人の役ばかりでさ」

「なんだよ、役不足で不満だったのか」

と中谷は笑った。

「まあ、中国映画で、特に戦争映画だと、日本人ってのはやっぱり悪人だからさ。そういう役ばっかりやっているとちょっと堪《こた》えるんだよ」

中谷は笑うのをやめて、そうか、とうなずいた。

「やっぱり私はどことなく日本人に見えるみたいなんだよね。もちろん日本人と思われるのが嫌なわけじゃない。だけど、わざわざ芸名だって中国名にしたのに、ここでもよそ者かよって気にはなるね。苺子《まいこ》も苺心《イーシン》もどっちも完璧にはなじめないんだよ」

そうか、とだけ中谷は言った。

「いちど、反日ブームが起こったころタクシーに乗っていてね、日本から電話がかかってきたんで車中で取って日本語で話してたんだ。そしたら、日本人なら降りてくれと言われたよ」

「それでどうしたんだ」

「降りた」

「中国人だと言ってもよかったじゃないか。嘘じゃないんだし」

苺子はそうなんだよとうなずいた。

「でも、その手は使いたくなかった。なんとなく中谷君らを裏切ることになっちゃうでしょ」

中谷は、すこし沈黙してから、不意に苺子の顔を見て、

「じゃあマホロビアンになるか」

と言った。

「なんだそれ」

「だって、お前の父ちゃんはれっきとした中国籍のマホロビアンだぞ」

面白くない冗談を聞かされたみたいに苺子は苦笑し、じゃあ、北京で役をもらえなくなったら、福島に帰って二号店でも出すか、その時は出店費用をお願いね、と言った。中谷は、苺子の父ちゃんの炒飯《チャーハン》は在

日中国人にしか出せない味で、北京で二号店を出しても人気爆発だよ、などと言ってから、べつに福島に戻って来なくたってマホロビアンにはなれるぞ、とつけ加え、苺子の顔に困惑の色を浮かびあがらせた。

それから、壁掛け時計の針を見て、腹が減ってきた、昼膳《ひるぜん》にしようと言って立った。

飲茶《ヤムチャ》の時間だった。ここが一番美味しいんだと苺子が言ってホテルの地下に連れて行かれ、老舗《しにせ》の店の大きな丸いテーブルに座った。

メニューを開くと、「点心套餐《とうさん》」と「点心単点《たんてん》」に別れているので、どうちがうんだと訊いたら、セットメニューかアラカルトのちがいだという、面倒なのでセットにしようと中谷は言ったが、アラカルトのほうがいいと苺子が言い、中谷が折れた。

店内は蒸籠《せいろう》を首から下げた女店員が、テーブルの合間を縫うように歩き、客に呼び止められると、中を見せ、欲しいと言われたらそれをテーブルに置いていくというシステムだった。

まず、赤褐色の陶器の茶壺《ちゃつぼ》と茶杯が運ばれてきた。蓋を取ると、中には緑色の茶葉が浮かんでいる。

「龍井茶《ロンジン》」

と苺子が言って注ぎ、緑茶の一種だけど、日本のものとは全然ちがうからとつけ加えた。

「……うん、すっきりしててうまいね」

「ね、美味しいでしょう、どんどん飲みなさい、私も北京に来てはまったんだ」

と言って苺子は茶杯に注ぎ足してくれた。それから、蒸籠を抱えた女店員を次々に呼び止めて、テーブルを蒸籠や皿でいっぱいにした。そして、あれこれと解説を加えながら、

「中谷君、これ美味しいよ。蟹《かに》肉入りのワンタン、こっちは、虾仁花生蒸《シャーレンファーシュンチョン》だから、日本語だとなんだっけ、エビと落花生入りの蒸し餃子《ギョーザ》かな」

「詳しいな。中華料理の勉強のためにこっちに来たのかよ」

「学生の時ここでバイトしてたんだ。ここの店員はうちの子が多いんだよ」

「へえ、だから美人ばっかりなんだ」

中谷は、店内を歩く女性店員たちを見渡しながら言った。

「でしょ。私は日本人観光客用に雇われたんだけど。美人が見たければあとで連れて行くから、気がすむまで見ればいいよ」

「中央戯劇学院《ちゅうおうぎげきがくいん》で勉強しようと思ったのはどうして」

「日本で所属していた事務所と反りが合わなくて」

苺子は、大学時代にスカウトされて入った芸能事務所がモデル業やＣＭ出演ばかりに熱心で、まともな芝居をする仕事を取ってきてくれなかったことが不満だったと話した。

「事務所を変わるって選択肢はなかったのか」

「芸能界ってのはいろいろしがらみがあってね。まあ中谷君が知ってもしょうがないよ」

そう言いながら、苺子は女店員を呼び止めて、茶壺に湯を注ぎ足すよう頼んだ。

「ただ、日本で鍛えられてないぶん、こっちに入学してからが大変だった。さすがは国立の演劇学校だよ」

「紹介状書いてくれる先生はなにか言ってたか」

「うーん自分が書いて大丈夫かなとは言ってたけど」

それから苺子は甘いものが食べたくなったなとつぶやき、通りかかった女店員を呼び止めて蒸籠の蓋を開け、これこれと言って、緑色の饅頭《まんじゅう》が入っているのを取り、

「抹茶の餡饅《あんまん》。日本じゃあんまり食べられないからどうぞ。――それで、紹介状の件だけど、まあ、うちとの関係を考えると、けんもほろろってことはないと思うよ」

苺子は微妙な請け合いかたをして、それからあとふたつ蒸籠を取った。訊いてもいないのに、撮影の予定がないからすこし太ったって大丈夫なんだと言って。中谷が満足かと訊き、苺子がうなずいたので、女

店員を呼んで勘定を頼み、それから、なにかお土産に持っていけるものがあれば買いたいのだと言った。苺子はそれを訳さずに、

「だったら、北京ダック饅頭だね」

と言って注文した。中谷は、両個《リヤン》と言いながら、店員にVサインを見せた。


お土産の紙袋を二袋《ふたふくろ》下げて店を出た。ホテルの前でタクシーに乗り込み、左右に樹木が茂る広い街道を走ると十分ほどで、中央戯劇学院の正門前に着いた。

多くの著名な俳優を排出した演劇大学の構内は華麗である。とにかく男女ともに学生たちが美しい。そしてその表情には未来を信じる明るさがあった。

苺子は中谷の前を歩きながらスマホを耳に当てて流暢《りゅうちょう》な中国語でなにか話していたが、ポケットにスマホをしまうとふり返り、王剛《ワンガン》先生はちょうどいま武道場にいるみたい、と言った。


板の間でジャージ姿で屈伸運動をしていた王剛先生は、中谷らを認めると立ち上がり、にこやかに手を差し伸べてきた。中谷の手をがっちり握った後で、苺子にひとことふたこと質問し、

「嵩山少林寺《すうざんしょうりんじ》に行く目的はなんですか」

と訊いてきた。

「少林寺は禅寺《ぜんでら》なので、禅と武術の関係についていくつか質問したいことがあるのです」

王剛先生はふむふむとうなずいて、苺子に向かってなにか言った。

「自分が紹介状を書けるのは、武術指導をしている方になるので、そのお坊さんからまたしかるべき人を紹介してもらうことになるが、それでいいかだって」

ご迷惑でなければよろしくお願いします、と中谷は頭を下げた。

紹介状に名前を入れるので漢字を教えてくれと言われ、中谷は日頃はほとんど使うことのない名刺を取りだした。そこには、「財団法人まほろば代表理事　中谷祐喜」とだけある。王先生は、電話番号もメールアドレスも住所も書いていない名刺を不思議そうに眺め、チョンクォ・ヤオチーと中国語の発音で姓と名を読み上げた。それから、いったん道場を出て、ほどなく白い封筒を手に戻ってきた。

それを中谷に渡すときに王剛先生はすこし喋り、それを苺子が日本語にした。

「王剛先生はここのアクション部門の教官なんだけど、嵩山少林寺で少林拳の修行をしたんだって。この紹介状の宛名は、そのとき教わった先生になっている。ただ、その人が中谷君の質問に対して満足のいく答えを出せるかどうかはわからないって。そうなったときにはどうぞ諦めてくださいって言ってる」

謝謝《シエシエ》と言って中谷は、北京ダック饅頭が入った紙袋をひとつ渡した。王剛先生は受け取って、大好物なんだと顔をほころばせた。中谷はもういちど礼を言って、苺子と一緒に道場を出た。

正門のほうに向かって構内を歩いていた時、中谷は手にしていた残ったもうひとつを苺子に渡した。

「えっ、これって私のぶんだったの？」

「なにも手土産なしでやってきたからな。本当は福島の薄皮饅頭を持ってきてやりたかったんだけど」

「いやあ、そっちの方はあんまり。てっきり中谷君が自分で食べるのを買ったんだって思ってたよ。美味しいよこれ。食べればいいのに」

「まあ、機会があれば」

「じゃあ、いまから私の部屋に行って食べる？」

「さっき散々食べたからもう腹に入らないよ」

「じゃあお茶でも飲んでいきなよ」

「この近くなのか」

「このすぐ北。歩いて十分くらい」

そう言って苺子は門を出ると、自分が指さした方向に足を向けた。

「学生時代から部屋は三度ほど移ったけどずっとこのへん。なんとなく居心地がいいんだ」

行き交う路地に沿ってこぢんまりした古めかしい家屋敷が並んでいる。そこには、北京空港や、同じ建築家が建てた卵形の建造物（ホテルに向かう途中で見た）の度肝を抜くような独創的なデザインから受けるものとはまったく異質の、アジアを旅する日本人が覚える懐かしさと異国情緒が漂っていた。

「この辺はね、胡同《フートン》って言うんだ。もともとはモンゴル語で井戸って意味なんだってさ。たぶん、井戸の周りにはかならず集落ができるから、そっちの意味もあるんだろうね。その中でもこのへんは南鑼鼓巷《ナンルオグーシャン》と言って人気のエリアなんだよ」

そう言って苺子は瀟洒な店舗が並ぶ旧市街をガイドしはじめた。ここはよく来る店だ、桂蘭《ケイラン》はいるかなとカフェバーを覗いたり、バイトしないかと誘われたんだけど日本人だとわかってNGになったと韓国レストランを指さしたり、学生時代にお金がなくなって日本から持ってきた服を売ったなあと古着屋を懐かしそうに眺めたり、龍井茶が気に入ったなら買っていけばいいよと専門店の前で薦めてちゃっかり自分のぶんまで買わせたり、もう通り過ぎちゃったけど、あっちの鈴木って日本料理屋さんが美味しいんだ、などと紹介したりした後で、表通りから一本奥に入った細い街路で立ち止まった。

「一瞬だけ待ってて、ちょっと片づけてくる」

と言い残し、門をくぐって中に消えると、五分ほどでまた現れた。

「隠蔽工作完了。さ、入って」

ベッドと本棚と勉強机があるだけの十畳ほどの部屋だった。窓辺に置いた鉢には、黄色や赤い花が咲いている。

中谷はお茶は淹《い》れなくていいからと断って、窓辺に置かれた勉強机の椅子を引いてかけ、そして、苺子さ、と呼びかけて、幼馴染《おさなな じ》みを自分のほうに振り向かせた。

「日本から俺のことでマスコミから連絡が来たりしなかったか」

苺子はやはりすこし驚いた表情になった。

「来てないよ、どうして？」

「俺のプライバシーってのはマスコミにとっては追いかける価値があるみたいなんだ。ただ、いまの俺はひたすら閉じこもっているから、マスコミも追いかけようがないんだよ。なので昔つきあいのあった連中のところを嗅ぎ廻ってるんだろう」

「ああ直美《なおみ》ちゃんが取材されてたよ」

中谷は首をかしげた。

「張本直美。三年のときはB組だったかな。覚えてない？」

こんどは首を振った。

「いきなり電話がかかってきて、おつきあいされてましたかって訊かれて、張本ちがいですって言ったんだって。ただ、中国までは来なかったね。来たとしても、ここじゃ張苺心《チャンイーシン》だから、北京で張本苺子を探し出すのは難しかったと思うよ。でも中谷君、なんで追いかけられてるの」

「たぶん、あら探しだね」

「なんで憎まれてるのよ。まあそれくらい有名になったってことか。でも、どうして私に連絡をくれたの。中国語の通訳ならいくらでもいるでしょ」

「それはやっぱり、苺子の代表作を見て、やっぱり苺子しかいないって思ったからだよ」

「え、なに」

「『中国　麺ロードを食らう』に決まってるじゃないか」

そう言うと苺子は、やれやれあのレポーターが私の代表作か、それにしてもだいぶ前の作品だな、とため息をついて、

「まあ、ありがたかったけどね。BS用の小さな番組だったけど、中国に来て貯金もほぼ底をつきかけたときだったから」

とふり返った。

「ただ、結構大変だったよ、コーディネーターみたいなこともやったし。自分の舌に合わないのも食べなきゃいけなかったし。とにかく、中国にはいろんな麺があるからさ」

「それこそ俺の通訳にはうってつけだ」

「それが理由なの？」

「いやもちろん冗談だ。本当の理由は信用しているからさ」

「なんだ信用か。まだ好きだから、——じゃないのか」

「お前が振ったんだろ、なに言ってんだ」

「ごめんごめん、若かったからね」

と苺子はペロリと舌を出して、

「で、信用ってどういうこと」

「俺を売らないってことだ」

「売るってどこに？」

「わからない。とにかくこれから俺は人と会って会話をする。そのときに通訳を頼むとしたら、苺子しか思い浮かばなかったってことさ」

ふーんと納得のいかない表情で聞いていた苺子だったが、

「ところで明日の待ち合わせ場所はどうする」と話題を変えた。

「俺はホテルからタクシーで行くから途中でピックアップしてやる」

「それはありがたいな。学校の正門前でどう？」

わかった、じゃあそろそろ行くよ、と中谷は腰をあげた。

「タクシーは大通りに出ると捕まえられるから」

「いや、歩く。ちょっとは北京も見ておきたいからさ」

中谷は外に出た。

景山《けいざん》公園や紫禁城《しきんじょう》が近いはずだったが、そちらには向かわず、細い道を縫うように南へと進んだ。途中、人だかりができているレストランの前で足を止め、匂いに誘われて一品買い求めた。「外帯《ワイダイ》」と苺子に習った通りに言うと、ちゃんとテイクアウト用に包んで持たせてくれた。

ホテルに戻ると、ベッドに寝転んで、電子書籍で仏教の解説を読み、夜になると、持ち帰ったジャージャー麺と鶏肉とピーナッツの唐辛子炒めを食べ、南鑼鼓巷《ナンルオグーシャン》で買った龍井茶を淹れて、飲んだ。

それから、部屋で空手の型を練習した。

中谷は高校時代から、また就職してからも組み手、拳と脚で相手を制する競技をやっていた。けれど彼が最近熱心に取り組んでいるのは型のほうだ。高校の部活で軽く教わった程度だったのを、ネットなどの映像で学び直し、競技ではなく、心の鍛錬として取り入れはじめた。

中谷は自分の動きを録画することにした。

インタビューされたときに岸見が使っていたような小さなマイクをスマホのコネクターに挿し込んで、本体を三脚のスタンドに取り付けた。それから、空手着を身につけると、画角を確認して録画ボタンを押した。

呼吸を整えてから、右足を一足ぶんだけ前に出し、出した右足のかかとと左足のつま先の間を直線が横切るように立つ。後ろ足はまっすぐ前に向け、前足はやや内側に向ける。下半身の力を体の中心軸にぐっと絞り込ませる。そして、両太ももの大腿二頭筋《だいたいにとうきん》と大臀筋《だいでんきん》に力を込める。と同時に腹筋と背筋にも力を入れる。足の指が床をつかむようにして立つ。

上半身を起こし、腰の上に自然に、胴体、クビ、頭の順で載るような感覚で立つ。自然と背筋が伸びる。両腕ともに中段受けに構える。これがいわゆる「サンチン立ち」だ。

広背筋《こうはいきん》、胴体の脇にある筋肉を意識し、腹式呼吸で息を吸ったり吐いたりしながら、呼吸に合わせて、引く、突く、受ける、引く、突く、とくり返す。

続いて平安《へいあん》初段と鉄騎《てっき》三段も演武した。終わって録画を確認すると、うまくない。特に、鉄騎三段はなっとらんと思い、削除した。

それから、シャワーを浴びて部屋着に着替え、龍井茶を淹れて、またスマホのレンズの前に椅子を持ってきて座り、ふたたび録画ボタンを押した。


翌朝、市川は意外な相手から、中谷の居所《いどころ》を聞いた。

「北京に？　三木《みき》さんに連絡があったの？」

中国語の早朝個人レッスンを終えたところだった。国際社会の中で中国の存在感が日々増していく中、市川は、早いうちに習得したほうがいいと思い、ネイティブレベルで話せる三木愛美《まなみ》を自分の助手にし、ひまを見つけては教わっていた。

「いや、大楽さんに頼まれて」

「頼まれてってなにを？」

「中谷代表のロゼンサンゴに中国語の字幕をつけてくれないかって」

ロゼンサンゴ。得体の知れないその言葉をつぶやき、ああ、カナダの原野でカメラを回しながら中谷がつぶやいていたなと思い出した。

「え、ロゼンサンゴって中国語なの」

「ちがいます。中国語なら、ロウチェンサンウェンなのかな。大楽さんが言うには、内田《うちだ》百閒《ひゃっけん》って小説家の短編から取った題じゃないかって」

三木はシャープペンシルをノックしてノートを開き、端っこに「炉前散語《ろぜんさんご》」と書いた。

「たぶん囲炉裏を前にしての気楽な四方山話《よもやまばなし》くらいの意味だと思います。第二回目から、漢字でタイトルもどんとつけるってことになったみたいです」

「えっ、第二回目がもう出てるの。中国語字幕つきで」

「いや、中国語字幕はこれからです。タイトルをデザインして、英語と中国語の字幕も入れて、見栄えをよくしてアップするよう、大楽さんが第一アドに発注しています。ただもう、すっぴんの状態では公開されてますよ。とにかく早く出せと代表から指示されたみたいです」

見なきゃと思いつつ市川は、

「で、わかるの？　漢字で書けば中国人にその『炉前散語』って意味が」と尋ねた。

「わかると思いますよ。調べてみたら、この小説はまんまのタイトルで中国語に翻訳されていました」


一方、福田は巨大ディスプレイの前に立って、資産状況の確認という毎朝のルーティンをおこなっていた。中谷がまほろばから姿を消した日から、エアーは以前にも増して金を増やし、その勢いは、こんなにあったって使い切れないぞ、と薄気味悪ささえ感じるほどだった。背後で着信音が鳴った。市川からのメールだとわかったので、福田は机に座り直し、それを開いた。「参考までに」とひとこと添えられ、ＵＲＬが貼りつけられていた。

中谷がいた。シノワズリーの高級な応接セットのソファーに座っている。キングサイズのベッドが画面の端に見えた。

「こんばんは。前回はカナダのサスカチュワン州のアサバスカ堆積盆地からお送りしました。今日は室内に移動して、この部屋でくつろぎながら話したいと思います。いまは一時間ほど日本よりも時間が遅く、夜の八時半ごろです」

日本よりも一時間の時差がある？

「第二回目の『炉前散語』は北京からお送りいたします」

よりによって、まほろばに対して神経を尖らせている専制君主国家にいるのか。それに、それをわざわざ告知してどうする。

「日本のほうが一時間早いということは、日本のほうが先に日が沈んだということです。かつては日本は『日出《ひい》づる処《ところ》の国』と自己紹介した手紙をもってここに来たわけですが、それから約１４００年、いっときは経済力で日本が上回っていた時もあったけれど、いまや中国に完全に抜かれてしまいました。もちろん中国の人口は日本よりもはるかに多いので、中国が経済成長をすれば逆転は避けられなかったと思います。日本の国力が中国を上回っていた時代は例外的な短期間に過ぎなかったと考えるほうが精神衛生上いいのかもしれません」

なにを言っているんだ。

「では日本は強大な中国に屈服し、属国として惨めな思いをしなければならないのでしょうか。僕はそんなことはないと思うんです。礼を尽くし誠実につきあっていれば、無茶な要求をされたりしないんじゃないのかなって」

甘い。福田は画面に向かってつぶやいた。

「日本は元《げん》王朝の蒙古《もうこ》騎馬軍に攻め込まれ、神風が吹いて九死に一生を得たなんてことになってますが、逆に向こうの要求を聞いて、飲めるところは飲み、こちらも、たとえばいざとなったら天下無双の蒙古騎馬軍団で守ってくれなんて安全保障条約を要求してもよかったんじゃないかな、なんて思います。――まあ、こういう四方山話を肩肘張らずにしていこうかと思うんです」

やめてくれよ。実に面白くない企画だと思った。

それから中谷はどういう風の吹き回しか、最近はまほろばで子供に空手を教えているんだけれど、自分では型を一からおさらいして学び直しています、と話しはじめた。

昔は、プログラムされた動きを徹底的に身体《からだ》に染み込ませ、勝手に動くくらいになるのが上達だと思っていたのだけれど、最近では、プログラムに則《のっと》って肉体を動かしている自分と、動いている肉体を、もうひとりの自分が観察している、そのような冴《さ》えた意識を持つこと、その冴えた意識で自分と自分の動きを刻々と観察し、体の声に耳を傾けること、それが空手における型の極意ではと考えるようになりました。つまり、空手は瞑想であり、禅である。でも、こういうことは、このあいだTBCの岸見さんにインタビューされたときには話せませんでした。喧嘩に明け暮れていた高校時代を打ち明けたあとでは、さすがにこんな大層なことを言うのは気が引けて。

どうでもいいよそんなことは、と福田は思い、この後で、突いたり蹴ったりする映像がはじまると、これ以上は見る必要もなさそうだと判断し、受話器を取り上げた。


「いったいなにがやりたいんだろうか」

――だから、空手でしょ。

その答えの味気なさに福田はすこし腹を立てた。

「資本主義をやり直すって言って出かけたんだぞ」

――そんなの一朝一夕にできるわけないじゃない。

「元寇《げんこう》のことだって、中国の属国になることをよしとしているみたいな言い草じゃないか。簡単に足元を掬《すく》われるようなことを言うの、謹んでもらいたいな」

――だけど実際、となりの朝鮮半島じゃ、高麗《こうらい》王朝はモンゴル軍の侵入を受け入れたけど、滅ぼされはしなかったよ。

大学受験で詰め込んだ知識をいつまでも覚えてるんじゃないよ、と福田は呆れた。

——それに、「炉前散語」って要するに雑談、世間話のことなんだから、すこしくらい羽目を外しても許される枠組みの中での発言だと思うな。

どうしてそんなに庇うんだ。ひょっとして、この暴走を喜んでいるのだろうか。いや、そんなはずはない、かつての恋人がそんな馬鹿であるはずがない。——福田は疑念の火種をもみ消そうとした。すると市川がまた変なことを言い出した。

——中谷さんが子供に空手を教えはじめた頃の話なんだけど、私も習ってみないかと言われたことがある。

「空手をやらせようとしたって？　なんでまた」

——バレエをやってたんだから身体《からだ》が柔らかいでしょ、足なんか高く上がるでしょ、とか言ってた。

なんてつまらない理由なんだ、と福田は思った。

——ただ、中谷さんが動画で言ってたことはわかる気がするな。

「えっ、空手は禅だって言ってたぞ。じゃあ、バレエも禅か」

——うん、理想的な身体《からだ》の動きを実現しようとする点では同じだよね、空手もバレエも。

「それで」

——自分の身体の動きを感じつつ観察することはバレエでも大事なんだ。それができると、心は別の境地に入る。激しい動きをしていても心はすごく静かになる。そうか、あれか。あれを禅と呼ぶんだ、なんてちょっと感動して聞いていたよ。

「で、この話はどこに落ち着くんだ」

ちょっといらいらしながら福田は言った。

——どこにも。ただそれだけの話よ。

「それだけだと困るな」

——なに怒ってるの。

「それを説明しなきゃいけないのかよ。でかいこと言って中国に渡ったのに、空手は禅だなんて妄言を吐かれちゃ腹も立つよ！」

市川からはなんの返事もなかった。沈黙が長く尾を引いたので、福田は、いや取り乱して悪かった、と言って切った。

一方、中谷はホテルの前からタクシーに乗って、中央戯劇学院の正門前で苺子をピックアップすると、北京の中心街を逆時計回りにぐるりと走ってもらい、北京西駅で降りた。

中国では、駅構内に入場するだけでも手荷物検査を受けなければならないし、国内の移動でも、外国人はパスポートの提示を求められる。中谷は苺子に助けてもらって高速鉄道の切符を買った。

駅のコンコースはとても広い。アメリカのファーストフード企業がたくさん店舗を出していて、改札が開くまで待機する待合のフロアもまるで空港のようだ。

約三十分前に改札が開いた。皆が立ち上がり、どやどやとホームへと移動しはじめる。改札の手前でいったん苺子と別れ、外国人専用の改札に回った。駅員の監視のもと、チケットを機械に通して読み取らせる。チケットはパスポートと紐づけられていると苺子から聞いていた。とても国内旅行とは思えない。

ふたりは先頭車両、「商務車」と呼ばれるビジネスクラスの車両に乗った。キャビンアテンダントらしき人もいる。

「こんな快適なのに乗っちゃうと自分で旅行するときに困る」

と言いながら苺子は楽しそうだった。定刻の二分前にドアが閉まり、車両が動き出した。中国ではときどきあるんだよ、と苺子が中谷に教えた。

発車からすこしの間は、カーブが多かったが、しばらくすると落ち着いて、揺れもほとんどなくなった。

時速三百キロ以上で走ってもあまりスピードを感じさせない平野と殺風景な町並みを見ながら、

「広いな」

と中谷は言った。

「なにせ中原《ちゅうげん》っていうくらいだからね」

「ああ、『中原に鹿を逐《お》う』だな」

「あら、いつの間にそんな教養人に」

「ちょっと勉強してきた。ただ、ここらへんは中華とも中国ともよばれてたんだよ」

「え、ここ以外は中国じゃないって？」

「ああ、それ以外は夷狄《いてき》だ」

苺子が首をかしげていたので、中谷はボールペンを取り出し、書くものがなかったので、自分の掌《てのひら》に漢字を書いた。ああ、イーディーか。苺子は中国語で発音した。

「中原も中国も中華もプライドを表す言葉だよ。自分たち漢民族が最も開花している民族で、自分たちのいる場所が世界の中心なんだって主張がこもっている」

「へえ、知らなかった」

「ついでに話しちゃうと、漢民族は周辺の野蛮人を同化させながら、中原の外枠《そとわく》を広げていった。そのうち河北全体を中原って呼ぶようになったし、中原は宋王朝の頃には福建・江西《こうせい》、明代に雲貴《うんき》・広西《こうせい》まで広がって、清代にはさらに満州やモンゴルの一部まで中国になった。んでもって、中華人民共和国の成立以来、その領土はすべて中国なのさ。——ただし台湾は除く、と」

弁当を載せたワゴンを女性乗務員が押してきたので、中谷は手を挙げて呼び止めた。すると彼女はギョッとした顔つきになった。苺子が笑った。

「そりゃ驚くよ。呼び止められた客の手に『野蛮人です』なんて書いてあったら」

中谷は手を握って〝夷狄〟の文字を隠し、コーヒーをと言った。苺子はクスクス笑い続けた。

二時間半後、鄭州東《ていしゅうひがし》駅という大きな駅でふたりは降りた。ちょうど昼時だったので、軽く食べよう、ご当地の麺があれば食べたい、と中谷が言うと、じゃあ燴麺《フォイミエン》に決まりだね、と苺子は確たる足取りで歩き出した。

駅構内の、伝承なんとか燴面という看板を出している店に入った。とりあえずスタンダードなやつを食べるよね、と質問なんだか命令なんだかわからない口調で苺子が言って、ふたつ注文した。

店員が麺を打ち出した。こねて平らにした楕円形の下生地を両手で広げて棒状にすると、さらにそれに指を入れて縦に割き、どんどん細くしていく。きしめんみたいに平たくなった麺を鍋にほうり込んで茹でたあと、寸胴《ずんどう》鍋で煮込んだ白濁スープの中に浮かせて木耳《きくらげ》やうずらの卵や香菜を添えて出してくれた。

「面白い味だな。こういうスープは飲んだことないや」

「大丈夫？　羊から出汁《だし》を取ってるから苦手な人もいるけど」

と言ってから苺子は、

「あー、『麺ロードを食らう』の頃に戻ったみたいだ」

と言って、あの頃は仕事なくてこの仕事で食いつないでたなあ、と嘆きながら麺をすすっていた。

駅前から二時間ほどかけてバスで移動することになった。バスは広い道路をビュンビュン走り、約二時間後、嵩山少林風景区《すうざんしょうりんふうけいく》というところに停車し、ここで乗客は全員降りた。

ここから先はチケットが必要だと言われて購入し、入場ゲートを通って中に入って少林寺はどこだと見回すと、そこからまたバスに五分乗るか、三十分ほど歩かなければいけないとわかった。当然バスだよ、と言って苺子は拝観料とセットのチケットを中谷に買わせた。

こんどは小さなバスに乗り、正門前に着いた。ここでもういちどチケットを見せて中に入る。その先がいよいよ少林寺である。

少林寺は禅寺だ。禅とは精神統一して無我の境地に入ること。だから、当然、落ち着いた幽遠な時と空間が広がっているはずである。けれど現実の少林寺は功夫《クンフー》のテーマパークだった。境内には、さまざまな土産物屋が並び、その前を多くの参詣者らが行き交い、少林拳の達人の銅像を真似て脚を高く上げたり、橙《だいだい》色の道着を着た拳士らと写真を撮ったり、近づいてくる商人《あきんど》らに買わないかと土産物を押しつけられそうになっていたり、写真を撮ってやると声をかけられたりしていた。

「ご感想は?」

中谷の心中を察したかのように、苺子がニヤニヤ笑っている。

「とりあえず常勝《チャンシェン》和尚と会おう」

と中谷は言った。苺子が観光客と記念写真に収まっていた拳士の中で一番年を食ってそうなのに近づき、手にした招待状を見せながら、話しかけた。

男はその封筒を借りて近くの建物の中に消え、すぐに戻って来ると苺子になにか伝えた。苺子はうんうんとうなずいて、中谷のところに戻ってきた。

「このあと、武術館で演武の公演をするので、それが終わったら会ってくれるって」

じゃあそれまでどこか見学していようということになり、すぐ近くに少林功夫伝習館《しょうりんクンフーでんしゅうかん》の看板を掲げた建物があったので、そこに入ろうと相談がまとまった。入るといきなり、功夫小坊主のフィギュアが置いてある。もちろん禅的な深遠さはまるでない。先に進むと、絵本や小説などの陳列コーナーがあり、こちらも功夫小坊主が主人公だ。茶目っ気と愛らしさが売りの、アニメ版「一休さん」の頓智《とんち》を功夫《クンフー》に置き換えたようなキャラクターだと言っていいだろう。先に進むと、この寺を訪問したお歴々の写真が飾られてあった。一番最初に出迎えてくれたのは、世界中から注目を集めている人物だった。

「来てたんだ」

隣に立って苺子が言った。

「空手じゃなくて柔道だったんじゃないの、この人」

「そうだ、柔道は確か講道館から六段をもらってたな」

中谷はロシアの大統領の険しい顔を見つめながら言った。

苺子がプレートの解説を読んで、

「プトロフ大統領は約二十年前に住職と一緒に少林拳の演武を見て、一時間半ほど滞在したって書いてある。このときの訪中スケジュールは全部で二日だから、ここでかなり時間を割いたんだね。北京から結構離れているし、鄭州《ていしゅう》新鄭《しんてい》国際空港からのアクセスだっていいとは言えないのに、どうしてわざわざこんなところまで来たんだろう」

「ひょっとして俺と同じ目的だったりして」

中谷は方丈《ほうじょう》と並んで少林拳の演武を見つめているロシア大統領を見ながらつぶやいた。

「は？　どういうこと？」

「ここにはつ、い、い、い、つながれるものがあるんじゃないかって期待したんじゃないかな」

「少林拳で？」

「うん、まあそう言ってもいいかな。すくなくとも俺は期待してるよ」


ふたりは少林功夫伝習館を出て、たしかこっちのほうだと苺子が指さす方角に歩きだした。十分ほど経って、少林寺武術館という建物を見つけた。

入ってすぐのところでまた例の功夫小坊主のフィギュアが売られていた。無視して会場に入る。見渡したところ、客席は三百席ほどで観客の入りはまだまばらである。その前方にある舞台は、床が腰の高さくらいまでの低いものだったが、奥行きは深かった。

ふたりは最前列の中央に腰を降ろし、開演を待った。すると、さっき苺子とやり取りしていた拳士が来て、苺子になにか伝えて去った。公演が終わったら、そのまま席に着いて待っていてくれと伝言しに来たそうだ。

来場者は徐々に増えた。客席の八割ほどが埋まったところで、客電《きゃくでん》がすうっと落ちて、マイクを持った女が舞台の中央に進み出ると、中国語で口上を述べはじめた。苺子が訳そうかと言ってくれたが、中谷はまあいいよ、と首を振った。

いよいよ演武がはじまった。功夫の動きを取り入れた群舞である。手を大きく回したり、突いたり、足を高く上げたりしながら、みなで舞う。空手よりもよっぽど派手な動きである。ときどき独舞《ソロ》が挟まれる。さっき苺子と話していた男だった。そしてまた群舞になった。子供の小坊主の拳士も演武し、拍手を浴びる。時には槍《やり》のような棒で突いたり、それを地面に叩きつけたり、模造刀をひらひらさせながら舞ったりもする。

ステージから小坊主が降りてきて中谷の手を引っ張った。最前列の中央に座っていたからだろう。中谷はステージに引っ張り上げられ、舞台の上で待っていた拳士に中央へ招かれた。拳士はマイクを使って中国語でなにか言ったが、中谷はきょとんとしている。相手はここでようやく外国人だと了解して、どこから来たかと英語で訊いた。フロム・ジャパンというと、拳士は「来自日本《ライツーリーベン》」と会場に伝え、拍手を求めた。拳士は英語でこれから自分と同じポーズをしてもらうと言った。功夫の難しさを知ってもらおうと、アマチュアを舞台に上げていじるアトラクションのようである。中谷が「明白《ミンバイ》」と答えるとさっきよりも大きな拍手が湧いた。

拳士がまず片方の腕を前に突き出しもう片方の腕をぐっと引いた。さらに、この弓を引くようなポーズを維持しながら、引いた腕と同じ足を蹴り出すように前に上げ、そのまま静止する。中谷は難なくこれを演じた。拳士が驚く。その他、妙なポーズからばったり床に伏せる動作も、問題なくこなした。でんぐり返りや側転も同様である。拳士は困ったなと苦笑いしていたが、それが面白いのか、会場からは大きな拍手が湧いた。

中谷が舞台を下りると、威勢のいい音楽がかかり、また群舞になって、最後は全員が舞台の上に登場し、掛け声とともにポーズを決め、三十分ほど続いた「ショー」は終わった。

灯りがついて皆が出口に向かう中、中谷と苺子はそのまま椅子に座っていた。客のすべてが出て行くと、五十がらみの男がやってきた。中谷を見ると、中国語で自己紹介して手を差しだした。

「常勝《チャンシュン》先生です」

と横から苺子が言って立ち上がった。

もちろん中谷も立ち上がり相手の手を握って我很高興見到你《お会いできてうれしい》と言った。相手は微笑んで、座ってくれ、と手を差し伸べた。若いのがパイプ椅子を持ってきて、常勝《チャンシュン》先生の尻の下で広げた。先生は腰を下ろして足を組み、中谷らと対面した。

「なにかやられてたのかね」

と相手は言った。

「あのポーズを取らせると普通はよろめいちゃうんだが」

「空手をやっています」

それは舞台に上げる客を間違えたな、と相手は苦笑した。それから本題に入った。少林拳について聞きたいということではるばる日本からおいでになったと聞いているが、いったいどういうことだろうか。少林寺と少林拳についてかくかくしかじかのことを知りたいのだ、と中谷は言った。

常勝《チャンシュン》は笑って頭をかいた。そして苺子のほうを向いてなにか言い、苺子がそれに答えた。苺子が中谷のほうを向いて日本語を話すまで、ふたりのやり取りはなんどか行ったり来たりした。苺子の説明によれば、どうやら常勝《チャンシュン》先生、完全に及び腰になっているのだそうだ。

「先生の専門は身体《からだ》の動きだけなんだって。いってみればアクション監督だよね。で、そんな自分が中谷君の質問に生半可な知識で答えるのはよろしくない、と。中谷君のこと、武道の研究家かなんかだと思ってて、わかりやすく言うとビビっちゃってる。さっき舞台に上がったときに、ツレなくして、空手をやってるなんて言ったのが仇になったね」

「その誤解は解いてくれよ」

「うん、実業家だと伝えておいたよ。お金持ちで気前のいい人だから、親切にしておくと寄付してくれるかもって言っといた」

「ああ、じゃあ、どこに振り込めばいいのか訊いてくれ」

苺子は常勝《チャンシュン》先生になにか伝えた。先生は腕組みをほどいて両手を膝の上に置き、中谷に礼をしてから苺子になにか喋った。

「中谷くんが聞きたいことを一番上手に説明できるのは釈霊一《シーリンイー》って和尚さんなんだって。ただ、いまは西《せい》安《あん》に講演に行っていて、明日にならないと戻ってこないみたい」

「お会いできるのなら明日また出直しますと答えてくれ」

と中谷は言った。


少林寺武術館を出たあとで、これからの段取りを相談したいと中谷がお茶に誘うと、苺子は先にホテルを決めてからにしよう、と言って三つほど候補を挙げた。名前が気に入ったと言って、中谷が大禅武《だいぜんぶ》ホテルを選んだ。ふたりは少林寺を出て、タクシーで向かった。

派手な外見の大きなホテルだった。カウンターでチェックインし、いったん荷物を置きにそれぞれの部屋に入った。

中谷は背負っていたリュックを降ろし、中国風の部屋を見回した。ベッドのヘッドボードの上には大きな水墨画がかけてある。赤い中華格子のベッドカバーも、備え付けの茶杯や茶壺もみんな唐《から》めいていた。部屋の電話が鳴った。苺子は、シャワーを浴びてからでいいかというので、かまわないと言って切ると、一分後にまた電話が鳴った。取ると中国語でなにか言われた。「不会说中文《プーホエショージョンウェン》」と言って切った。その十五分後にまた鳴った。こんどは苺子からだった。いまから下に下りると言ったので、承知して切った。


「びっくりしたよ」

ラウンジのティールームで向かい合うと苺子が言った。

「さっき、昨日《きのう》振り込んでくれたギャラを確認したんだけど、金額まちがえてない？」

「いや、合ってる。受け取ってくれ」

目の前にかざされたスマホの画面を見て、中谷は言った。けれど、

「そうなの。ありがとう。中谷君、本当にお金持ちになったんだね」

と言われたときには、

「いや、なってないよ」

と首を振った。

「俺は選ばれただけなんだ」

「選ばれたってなにに」

「だから、天から預かったお金を配る役にさ」

苺子は不思議そうに中谷を見つめ、

「ああ、やっぱり変わったんだね。前はそんなややこしいこと言わなかったもの」

とちょっとしみじみした調子になってから、

「でも、本当にこんなにもらっちゃっていいの」

　と再確認した。

「ああ、口止め料が入ってるからね。それと危険手当」

「どういうことよ、危険手当ってなに？」

「さっき部屋に妙な電話がかかってきた」

「妙な電話って」

「中国語だったからすぐに切った。おそらく俺にはもう尾行がついているだろう」

「え、どうして」

「中国を怒らせることをいろいろやってるからさ」

　苺子が黙っているので、中谷は続けた。

「空港の入国審査で俺の情報が当局に回った可能性があるし、党が筆頭株主の銀行の本店で口座を作った。昨夜泊まった北京飯店は昔から海外からの要人の定宿だったし、高鉄に乗る前にパスポートを提示した。少林寺のこのホテルだって半分は国営だ。もし俺が要注意人物のリストに載っていて、当局が網を張っていたなら、もうとっくに見つかっているはずさ。そして、そこから先、尾行しようと思えばすごく便利にこの国はできている」

　とたんに苺子の顔が曇った。

「ただ、俺は別に中国に喧嘩を売るつもりはないんだ」

　中谷はスマホを取り出して、あるサイトを開くと、苺子が見えるようにテーブルの上に置いた。

　昨夜、北京のホテルで収録した第二回目の「炉前散語」が、中国語と英語の字幕がつけられた状態でアップされていた。

「ほら、友好的だろ」

と中谷は言ったが、苺子はスマホを中谷のほうに押し返し、

「だったら、大使館に紹介してもらって政府のお偉いさんと面会したほうがいいんじゃないの」

と言った。

「ま、そのときがきたらそうするよ」

「でも、少林寺でお坊さんと禅問答してどうするの」

「そう思うだろうな、当然」

苺子は覗き込むように中谷を見た。

「てことは、それって狙いなの」

「まあね、俺を監視していれば当然考える、やつは少林寺なんかでなにやってるんだろうって」

「そりゃ考えるだろうけど、中央政府に興味をもたれたら、いろいろ厄介だよ」

「そのいろいろを好転させるのさ」

「しなかったら？」

中谷は茶杯の唐草模様を見つめていたが、

「させるさ」

と言った。


少林寺は禅寺である。仏僧は菜食である。少林寺のお膝元、大禅武《だいぜんぶ》ホテルのレストランのメニューには精進料理があった。ものは試しとばかり、中谷は苺子とともに、徹底したベジタリアンフードのディナーコースを体験することにした。

苺子が素揚げの蓮根《れんこん》を齧《かじ》ったあとで、

「明日はお肉にしようね」

と訴えたちょうどその頃、時計の針が一時間進んだ日本では、福田がとある人物に招かれ、会食場所に向かって車を走らせていた。

昼過ぎだった。スタッフとの午後のミーティングを一本終えた後、自室に引き取ってソファーに横になっているとスマホが鳴った。

福田は七回ほど着信音を聞いたあとで、テーブルに手を伸ばした。おそらく外務省の西村だ。昨日の「炉前散語」の件で詰問するつもりなんだろう。いま俺に話せることはなにもないぞ。無視を決め込むつもりで、福田はスマホの画面を見た。そして慌てて出た。

「福田でございます。お電話ありがとうございます」

――なにを堅苦しい挨拶してるんだ、どうだ元気か？　というか、元気そうでなによりだ。

「いや、それほどでは。政調会長はいかがでしょうか」

――お察しの通り、たいして元気でもないさ。あはは。

福田が財務省で事務次官補佐を務めていたときに財務大臣であり、なおかつ官房長官も兼務していた飯《いい》塚卓《づかすぐる》はカラカラと笑った。

財務大臣と官房長官を兼務していた飯塚は、不思議なことに、総裁選に出馬すると発表したあとで、急にそれを取り下げ、いまは政調会長に納まっている。もちろん政調会長は党三役のなかでも重要なポストではあるが、父親も首相を務めた血筋や、皇室ともつながりのある家柄や、政治家として大きな失策がないことを考えれば、この総裁選からの急な撤退は不自然に見えた。

――実は福島に来ててな。

「え、どちらに」

――いや、選挙で世話になった後援会に呼ばれて、挨拶するためだ。それでどうしてるかなと思って君のことを思い出した。

「恐れ入ります」

——どうだ飯でも食わんか。

断るわけにはいかない。

「喜んで、どちらにいたしましょう」

——福島のどこかで会ってやりたいんだが、ちょっと人目につきたくないんでね。悪いけどこっちに来てくれるか。

「赤坂《あかさか》の菊乃里《きくのさと》ですか」

——いや軽井沢《かるいざわ》だ。遠くて悪いが。

別荘に来いということは、よっぽど誰にも知られたくない、そしてそこまで来させてでも話したいことがあるということだ、福田はそう解釈した。

「伺います」

——呼びつけておいて申し訳ないが、七時に来られるかな。

「かしこまりました」

と言ったときには福田はもう立ち上がっていた。七時に向こうに着くためには、すぐに出なければならない。福島から軽井沢までのアクセスはいいとは言えない。電車だと間に合わないだろう。車で行くにしても、すぐに出たほうがいい。スーツの上着に腕を通し、福田は受話器を取った。今日のミーティングはとりあえず延期するので手配を頼む、それから車を一台用意してくれ、と助手の谷口に言った。

常磐自動車道と北関東自動車道をすっ飛ばし、約四時間後に長野県北佐久《きたさく》郡軽井沢町軽井沢、万平《まんぺい》ホテルにほど近い、別荘のなかでも超一等地に建つ、それでいて華美《かび》な印象を与えることのない屋敷の前に車を停めた。

バタンとドアを閉めると同時に、玄関から人影が現れた。若い秘書らしき男はなにも言わず、どうぞと中に手を差し伸べた。

中に入るとリビングには誰もいない。ソファーを勧められ福田は座って待った。梁組《はりぐみ》構造で組まれた無垢《むく》材のケヤキの梁や柱、レンガ造りの立派な暖炉などをぼんやり見ていると、

「おう、ご苦労さん」

上から飯塚の声がした。

二階の通路の手摺《てす》りに手をかけて、吹き抜けのフロアにいる福田を見下ろしている。遠いところをわざわざ来てもらって申し訳なかったと言いながら階段を下りてきて、向かいに座ることなく、さあ行こうと福田を奥に招いた。

「たいしたものは出せないんだ。弁当で勘弁してくれ」

大きなダイニングテーブルに向かって腰かけながら飯塚は言った。とんでもない。福田はそう返し、失礼しますとひとこと添えて向かいに腰を下ろした。よろしいでしょうか、と若い男が尋ね、ああ頼むと飯田が応える。

運ばれてきたのは折り詰め弁当ではなく、透明のプラスチックの容器にはいったサラダで、中身は、トマト、キュウリ、みずな、リーフレタスなどがちりばめられていた。

「美味しいですね」

ドレッシングはオリーブオイルとバルサミコ酢の組み合わせだった。

「そりゃよかった」

と飯塚は箸を使いながらうなずいた。

続いてゴールデンブラウンにこんがり焼かれたローストチキンが、こちらはちゃんと陶器の皿に載って出された。おそらく近くのホテルから取り寄せた仕出し料理を、別荘の皿に移し替えたのだろう。ハーブとスパイスで香りづけされていてジューシーで文句のない味だった。

「酒はどうする」

と飯塚が訊いた。

「車で来ておりますので」

「明日の朝、すっ飛ばして帰ったらどうだ」

飯塚は福田の返事も待たずにグラスを取り寄せ、ワインを注がせた。そして、面倒なことはよしにしようや、と言ってテイスティングを省略し、ステムを持った。福田も、では形だけと言い訳して、グラスを持ち上げた。

「再会とまほろばのますますの発展を祝って、かな」

杯を掲げ、飯塚は意外な言葉を口にした。福田は深々とお辞儀をしてこれを受け、グラスの縁に口をつけた。

「まほろばには世話になってるからな」

と飯塚はつけ足した。

とんでもないと福田は言ったが、確かにまほろばから政府へは巨額のマネーが渡っている。しかも政府がそれをまほろばからの〝みかじめ料〟だとは言えないことを鑑みて、「特別財源」「その他資産」「政府特別基金」「国家安全保障基金」「政府開発援助基金」「その他の特別税収」「政府収益の詳細非開示項目」「その他の政府資産」などの項目に分けやすいような名目をこしらえて渡している。それを調整するのが福田の仕事だ。

また、党の〝顔役〟である飯塚に対しては、政治活動を目的としない名目の財団、「平和と子供の人権を守る緑の会」「日中古代文化研究所」「和《なご》み　ヘルス・パートナーシップ」「青森文化財保護トラスト」「エナジェティックス・フロンティア研究所」などを通して献金していた。もちろんすべて飯塚が関与する組織である。なので、この程度のリップサービスではまだまだ足りないくらいだ。ただ、謝辞を述べるために福田をここに招待したとは思えなかった。

「どうなんだ、おたくの大将は」

と飯塚が言ったとき、来たなと福田は思った。

飯塚は中谷を嫌っていた。ようやく「大将」になったが、昔は「チンピラ」呼ばわりだった。たしかに、飯塚にとっては、工業高校卒で原発作業員を経て、日雇いの人足《にんそく》として建築現場で働いていた人間が政治の中央にしゃしゃり出るのはお門《かど》ちがいに感じただろう。中谷が誤認逮捕で捕まったときも、収監を解くなと警視庁に指示を出したこともあった。ただ、福田は飯塚のことが嫌いではなかった。愛甲《あこう》首相を説得して、政府がエアーを使用するよう持っていったのは飯塚だったし、官僚に対しての統率力も強く、日本政府を自分たちの都合のいいようにコントロールしようとするアメリカ勢に対しても強気であり、おまけに郷里も同じだったから。

「中谷ですか、元気ですよ。健康増進法として空手をやっている効果ですかね」

「そうみたいだな」

「えっ、ご存じなんですか」

「だって、見てくれとばかりにウェブにあげてるじゃないか」

見られたのか、と福田は冷や汗をかいた。

「どのくらいの腕前なんだ」

「どのくらいと言われてもわかりませんが、全国大会でかなりいいところまで行ったそうです」

「ふうん、それはたいしたもんだな。だけど、どうしてわざわざ中国で空手を披露してるんだ」

「羽を伸ばしたかったのでしょう、ずっと本部の中に閉じこもっていますので」

「まさか。アサバスカ堆積盆地なんて羽を伸ばすには最悪の場所だぞ」

どうやらカナダの動画も見られたらしい。

「まあ、いいさ。原子力は、エネルギーとちがって、ベンチャーや中小企業の手に負えるものじゃないからな。それに物騒だとわかれば、規制だってしやすい。そっちはそんなに心配してないよ」

陶器の皿に盛られた色とりどりのグリル野菜、バルサミコソースをかけられたズッキーニ、パプリカ、アスパラガスなどが出てきた。

「ところで、どうして『炉前散語』なんてタイトルになったんだ」

「さあ。そこは把握していないのですが」

「内田百閒《うちだひゃっけん》って小説家にそういうタイトルの短編があるんだそうだ」

福田にはその小説家の名前さえ初耳だった。

「よくご存じで」

「いや、教えてもらったんだけどな。ただ、炉前散語といえば調べてみてもそれしか出てこない。こりゃなんだかおかしいなと思ってね」

おかしい、とはどういうことだろう。

「ですが、タイトルからして、炉端でする気軽なお喋りってところでしょう」

「だったら、『中谷祐喜のナイトトーク』とかそういうものをつけそうじゃないか。それが『炉前散語』なんて爺《じじ》むさいタイトルをどうしてつけるんだよ」

空いた皿が下げられ、釜飯が運ばれてきた。蓋を取ると鶏肉、しめじ、にんじん、ごぼうが入った飯が茶色く炊き上がっている。とりあえず頬張り、うまいですねなどと感想を言って、福田はインターバルを取った。

すると、箸を動かしながら飯塚が、

「中国人にわかるようにそうしたんじゃないのか」

と言い、

「まあ、取り越し苦労ならいいんだが」

とつけ加えてから、飯をかき込んで箸を置き、

「ひょっとしてあれはファイアーサイド・チャットじゃないのかとも思ってな」

と言って湯呑み茶碗に手を掛けた。

ファイアーサイド・チャット。たしかに『炉前散語』を英訳すればそんな風になるだろう。

「知ってるか」

「え」

「ファイアーサイド・チャットを」

「いえ」

「馬鹿もん。ルーズベルトのラジオ番組だ」

「失礼しました。あの、ルーズベルトはフランクリンのほうでしょうか」

セオドアのほうならどうしようかと思いながら福田は尋ねた。飯塚はただうなずいた。

「あいつはラジオ番組を持ってたんだ。その番組名がファイアーサイド・チャット、つまり、暖炉の傍《そば》のおしゃべりさ。やつが大統領になったときのアメリカの状況は？」

「大恐慌の真っ只中でした」

「そうだ。それで、ラジオ番組を持つことを思いついた。その番組を通じて、不況に喘ぐ国民をやさしく励ます、人当たりのいいおじいちゃんみたいなキャラ作りに成功したわけさ。これはうまくいって、やつは人気が出た。その人気を利用してなにをやったと思う」

「ニューディール政策ですか」

「それもある。俺の質問は、ニューディール政策で得た人気と、自作自演した人当たりのいいキャラを掛け合わせてなにをやったか、だ」

「わかりません。教えていただけますか」

「アメリカ合衆国の路線変更だ」

「あ、参戦ですね」

「そうだ。当時のアメリカは孤立主義を唱えて、ヨーロッパの戦争に対して傍観者を決め込んでいた。そこを、ルーズベルトは、お隣りさんにホースを貸すことに譬《たと》えながら、まあいいんじゃないかって感じで、イギリスに武器を供与することにした。その土壌を作ったのがファイアーサイド・チャットだ」

ルーズベルトに譬えられるなんて「チンピラ」からずいぶん出世したものだ。ところが、飯塚はこうも続けた。

「とんだ食わせもんだぜ、ルーズベルトってのは。好々爺《こうこうや》を演じる一方で、チャーチルと手を組んで日本を戦争へと追い込んでいったんだからな。ところで、中谷ってのはあのまんまの男なのかね、それともあ見えてかなりの策士なのか」

質問の意図がわからないので、福田は迷った。あのまんまとはなんだ。

「何回か会っただけだが、俺の目にはやつは馬鹿に見えた、キレイゴトが好きなちょっとばかり正義感の強いお馬鹿さんだよ。おっと、福田くんの上司に当たる人物をこんな風に言うのは失礼だけど、わかりやすいほうがいいだろう」

フルーツが運ばれてきた。洋梨、葡萄《ぶどう》、柿、クランベリー。多彩な果物の色に染められたように、福田の心の色は定まらなかった。確かに、秀才ばかりの中で育ってきた福田の眼に中谷が聡明《そうめい》に映ったことはない。しかし、自分でも思いがけない言葉が口をついて出た。

「人は変わりますから」

シャインマスカットをつまみながら、飯塚が興味深げな視線を投げてきた。

「変わったのかい」

「ええ」

「どんなふうに」

「野心的になったとでも言いましょうか」

「それは前からだろう」

「かもしれませんが、より積極的に打って出ようという姿勢が濃厚に」

「それで中国に行かれちゃ、ちょっと心配だな」

墓穴を掘ったかなと思いつつ福田は、

「いろいろと勉強もしているようです」

と取り繕った。

「そうかい。まあそれはそれで立派だが、ああいうのが勉強したってたいしたことはあるまい」

さすがに失礼だろうと福田は鼻白んだが、飯塚はこんなことも言った。

「頭がいい奴といえば、チサト・ゴールドさんだろう」

まほろばの創始者、エアーの生みの親である杉原知聡の本名である。

「あの人は別格です」

「ただゴールドさんは、それを中谷に遺《のこ》したわけだ。困ったことに、中谷の生体認証なしにはエアーは動かない。頭のいいやつはゴマンといるのに、なぜなんだい」

ひとつ前のバージョン、エアー2・0が停止し、財団法人まほろばが廃業を余儀なくされたことがあった。福田も財務省を辞め、まほろばの最期《さいご》を見届けに福島に足を運んだ。

人の気配が消えたがらんとした本部で、市川と中谷と一緒に侘《わび》しくラーメンをすすっていると、急にエアーが、3・0となって再起動した。と同時に、生前の杉原が映し出され、中谷にエアーを遺すと遺言を残した。その理由もそのとき語られたように思うのだが、福田はエアーの復活に気が動転し、ほとんど聞いていなかった。

「愛を信じているからだとか、まあそういうことでしたが」

「だったら神父さんにでも残しそうなものじゃないか」

飯塚は笑ってから急に真面目になり、

「いやいや、あんなものバチカンなんかに残されたらたまったもんじゃなかったけどな」

と言った。

「市川もその場にいたので、彼女にも訊いてみます」

「ああ、あの別嬪《べっぴん》さんな」

と飯塚はつぶやき、

「結婚はしないのかい」

と言ってニヤリと笑った。

「ああいうのがいるのに、見合いを勧めたりしてとんだ失礼をしたな」

「いや、もうそういう間柄でもないんです」

コーヒーが運ばれてきた。話題を逸らしたいと思った福田は、

「ところで、総裁選に出馬されなかったのはどうしてですか」

と尋ねた。

マスコミは、前総理を後ろ盾にした一派が幹事長だった議員の支持に回ったことが原因だなどと解説していたが、福田は納得できなかった。飯塚は手に持ったカップをソーサーに戻し、

「それはあえてそう訊いているのか、素朴に疑問なのかどっちなんだ」

と言って福田の目を見た。

「いや、まさしく不思議だと思ったから言ったまでです」

そうか。飯塚は梨の切片に小さなフォークを突き立てた。

「そこがわからないようじゃ、ちょっと勘が鈍っているのかもしれないな」

これは福田にとって強烈な駄目出しだった。勘を研ぎ澄まし、周囲の状況を鋭敏に察知しながら、調整を施すのが最も重要なタスクだと彼自身が認めていたのだから。恥を忍んで、

「どういうことでしょうか」

と福田は尋ねた。

「どういうこともなにも、俺なんかを総理にしたら、なにをしでかすかわからないと心配している連中が多いってことさ」

福田は考えた。そして、党の派閥は関係ないなと推断した。

前総理の代から、総理官邸とその直轄組織である内閣府の力が強大になった。ということは、総理大臣の力も強くなったと解釈しては半分しか当たっていないことになる。官邸にも内閣府にも、外資の企業、早い話がアメリカ企業がどんどん侵入してきている。外資の大手コンサルタント会社が民間委託先として選定されている。選定せざるを得ないような力関係がアメリカと日本の間にはある。そして、アメリカのコンサルティング会社が、経済財政政策の立案や評価を行い、行政改革を推進し、社会保障制度の改革やデジタル化のプランを提案するという奇妙な現状は、異なる視点やノウハウを提供してもらい、幅広い分野で民間人材の活用を進めるためなどと説明されているが、こんなものは建て前にすぎない。要するに官邸がアメリカ資本に乗っ取られ、先方に都合のいい新自由主義を推進させられているからにすぎないのだ。

飯塚はこのようなアメリカ勢が官邸に出入りするのを嫌っていた。官邸ひいては内閣府の力は日に日に強くなっている。しかし、そこに出入りして意見を述べプランを出す人間は選挙で選ばれた政治家でもなければ、公務員ですらない。日本のためと言いながら、自分の所属企業の利益を誘導している連中が跋扈《ばっこ》していると疑う理由は腐るほどある。内閣府は米資本のコンサル会社に一銭も支払っていない。ならば彼

らは当然、自分たちの労力を回収するべく利潤を求めて活動する。そう考えるのは当然だ。

飯塚はどちらかといえば、ヨーロッパ志向の政治家だった。そしてアメリカについて、非公式の酒席などでは、

「自分たちに都合のいいイデオロギーや経済政策や政治制度を押しつけてきやがる。やっこさんのイメージに合わせて日本をリフォームしようとしているが、そうはいくかい」

などと毒づくこともあった。最近では、中国と融和的な政策を進めようとさえしていた。そんな飯塚が首相になれば、官邸や内閣府に大鉈《おおなた》を振るう可能性は大いにあった。飯塚が出馬を断念したのは、そちらの方面から鋭い横槍が入ったからではないだろうか。

「まあ俺もまだ殺されたくはないからな。もうちょっとなにかをやり遂げたあとでないと、死んでも死にきれないや」

飯塚は具体的なイメージをもたらす言葉をひとことも言わなかったが、福田にはじゅうぶん伝わった。そして福田は、まだ殺されたくないという冗談めかした台詞を理解した。たしかに連中はいざとなったら躊躇《ちゅうちょ》なく殺す。たいていは、頭のいかれた男を実行犯に仕立て上げて。いまやケネディ大統領を射殺した犯人がリー・ハーヴェイ・オズワルドだと思っている者はいない。リンカーンを射った役者のジョン・ウィルクス・ブースの背後に黒幕がいたことを疑う者も。南北戦争の資金を銀行から借りようとせず、グリーンバックスという政府発行の紙幣を刷ったり、公債で国民から金や銀を調達しようとしたリンカーンの政策に腹を立てた金融勢力が暗殺を仕掛けたという解釈は、すくなくとも福田のまわりでは常識である。

よく陰謀論などと言って陰謀を暴こうとする者を笑うのだが、陰謀なんてあるに決まってる。大量破壊兵器があると騒いで無理矢理はじめたイラク戦争、軍艦が攻撃を受けたと言いがかりをつけて本格的に介入したベトナム戦争を、陰謀なしに語ることはできない。

そういえば、と福田は思い出した。飯塚が総裁選に出馬すると目されていたとき、記者団の質問に答え

て、「なにはともあれジャパン・ファーストだよ」などと口にしていたのを思い出した。前アメリカ大統領の「アメリカ・ファースト」をもじったもので、記者団からは笑いが漏れていたが、福田は正直これはヤバいなと思った。「ジャパン・ファースト、アメリカ・セコンド」という意味に取られかねない。

「まあ俺のことはいいさ」

と飯塚は言い、

「大丈夫かね、おたくの大将は」

とまた話を中谷に戻した。

「なにせ、あちこちで商売の邪魔をしてるわけだからな」

ともつけ加えた。おやと思った福田が、

「ご心配していただき、ありがとうございます」

と言って探りを入れると、

「ところで、いったいなにが目的なんだ」

とこのところ頻繁に受けている質問を飯塚も投げてきた。

「資本主義をやり直す、かい。それから、民主主義にはこだわらないとか、先日の投資説明会であの別嬪さんが言ったんだろ」

「いや、世界的に見れば民主主義は普遍ではない、と言ったまでです」

「まあたいして変わらないさ。実際まほろばは中谷を皇帝とする組織じゃないか」

福田は黙って、コーヒーを飲んだ。

「中国共産党のトップも皇帝みたいなものだ。皇帝どうしで話し合えばうまくいく、なんて甘っちょろいことを期待してるんじゃないだろうな」

まさか、と福田は苦笑して見せた。

「いいか、大将は向こうの陣地にのこのこ出かけていった。相手は当然なんのために来たんだろうと考える。けれど、北京で怪しげな連中と会っているのならすぐにとっ捕まえるんだが、河南省でブルース・リーの真似事してるんだからよくわからない」

河南省に？　福田はまた驚いた。それにブルース・リーってなんだと思っていると飯塚が、

「これだと、飛んで火に入る夏の虫とばかりにひねり潰していいものなのか、それともなにか思惑があっての行動なのか、わからないから向こうも混乱してるんだろ。あんな田舎《いなか》でアチョーなんてやってるのは、まほろばがやっていることの大きさを考えれば、薄気味悪いんじゃないのかね」

と言ってひと息ついてから、

「福田よ」

と呼びかけた。

「お前たちがやってるのは、これはもう政治だろう」

否定できないので、福田は、はい、とうなずいた。

「だから気になるんだ、やつがただキレイゴトが好きなだけの馬鹿なのか、策士なのかって」

それは福田にとっても謎だった。

「先生はどのように見ていらっしゃいますか」

「だから馬鹿だと思ってたんだ、昔はな」

「ええ」

「だけど、あれだけの御仁がやつにエアーを残した。それはなぜだ。やつになにか可能性を見出したからだと考えるのが筋だろう。ただ、その筋がまったく見えないんだよ」

「では先生、中谷が見かけによらず、ずっと深くものを考える人間だと仮定してみてくれませんか」

「そうなんだ、俺がやつの立場だったらってことを考えると実に楽しい想像がいくらでもできるってわけ

だ」

「たとえばどんな」

「まずやらなきゃならないのは、相手が容易に手を出せないようにすることだ。いつだって潰せると思ってるんだが、実は潰しちゃまずいと思わせるようなものを相手に見せることだよ」

ゲーム理論だなとは思ったが、そんな便利なネタはなにも思いつかない。

「そう考えているのなら大したものだ。それに、いろんなところに〝恩〟を売ってるからな。下手に捕まえてぶち込んだりしたら、国際社会から非難を浴びるだろう。――さてと」

飯塚は秘書らしき人間を見て、腰を上げた。

「ゆっくりしていってくれ」

「え、先生はこれから東京へ」

驚いて福田は尋ねた。

「明日は早くに、家政婦が来る。だから朝飯食って帰ってくれ」

ならば自分も帰りますと言おうとしたが、飯塚に勧められてワインを三杯ほど呑んでしまっていた。

「ま、せっかくだからもうちょっと呑んで行けばいい、そこの戸棚にいろいろ入っている。二階の奥が客間になっているから」

そう言い残し、飯塚は秘書らしき男を連れて出ていった。


あくる朝、まだ暗いうちに目覚めた福田が、一階に下りていくと、ソファーに座って新聞を広げていた若い秘書らしき男が、立ち上がって、おはようございますと言った。

「先生は無事東京に着かれましたか」

「はい。道も空いていて二時間すこしでご自宅に着かれたそうです。朝食を差し上げるように言われています。パンでよろしいでしょうか」

すぐに出ると言おうとしたが、台所からパンを焼くいい臭いがしてきたのと、ここからまほろば本部までは、東京よりもずっとかかるのでどちらにしてもどこかでなにか腹に入れないと持たないと思い、ありがとうございます、と返事した。

「私もご一緒させていただきます」

卵料理とサラダとトーストを並べながら男は言った。もちろんです、と福田は応じ、相手が名刺を出すと、福田もポケットを探った。

——陳明《ちんあきら》　衆院議員　飯塚卓　政策担当秘書
驚いた。政策担当秘書は公設秘書のなかでもトップに位置する、議員の片腕ともいえるような存在だ。それにしては若い。まだ二十代ではないだろうか。

「原口《はらぐち》さんは？」

福田は自分が知っている政策担当秘書の名前を言った。

「去年お辞めになりました、体調を崩されて」

知らなかった。ということは後任である。

「僕は学生時代からボランティアをやっていたんです。その後、私設秘書になりまして、そのときに、事務所で福田さんを遠目に拝見したことがあります」

相手は、福田が訊く前に整理して教えてくれた。私設秘書から政策担当秘書にいきなりランクアップしたというのは通常では考えられない。それに、ボランティアをやっていた人間が私設秘書として雇われることはあるが、政策担当秘書になるには資格がいる。

「僕の場合は一年間お休みさせていただいて、その間に試験勉強してなんとか合格しました。取得したのは弁護士のほうですが」

なるほどと福田はうなずいた。司法試験の合格者には政策担当秘書の資格も付与される。次に福田が訊きたいと思ったのは、中国人らしき彼の名前についてだ。

「ルーツは中国ですか」

と福田は言った。

言わずもがなの質問だったが、帰化しているのですかなどと訊くのも野暮だ。国会議員の公設秘書ならばもちろんそうしていなければならないから。当然、はいそうです、という答えがあった。福田が本当に聞きたかったのは陳の血縁ネットワークについてだった。中国人は宗族《そうぞく》と呼ばれる父系血縁のネットワークを重んじる。そしてその相互関係は非常に強固で広範囲に及ぶ。たとえ彼が帰化しても、このネットワークの結節点のひとつとなっていることはじゅうぶん考えられた。ということは当然、陳を政策担当秘書として雇い入れれば、重要な機密が中国に渡ってしまう可能性を孕んでいる。もちろん飯塚もそんなことは百も承知なはずだ。

「台湾にご親戚が？」

という訊き方をすると、陳はこちらの意図を見てとったかのように薄く笑って、

「両方ですね」

と言った。ありえないことではない。そうですかと福田はうなずいた。

「陳家のルーツは福建省らしいんです。なので親戚はあのあたりに多いですね。ただ、第二次国共内戦で、共産党が勝って中華人民共和国を成立させたとき、一部が蔣介石《しょうかいせき》と一緒に台湾に渡ったんです」

「大陸と台湾とで宗族間の交流はあるんですか？」

「ありますよ。大陸の陳一族の人間が台湾に観光旅行に行くときには、親戚のところに泊めてもらったりしています」

「逆もまた？」

「ありそうなんですけど、台湾人は中国に観光しに行くよりも日本に来たがるので」

「大陸と台湾とでビジネスの連携をすることもあるんですか」

「ええ、台湾にある陳音響の工場は福建省にあります。そこでスピーカーを製造して、大陸で売ったりしているんです」

「なるほど、ところで、ご存じなら教えて欲しいのですが、飯塚先生はどうして中谷が中国に行ってることを知ったのでしょうか。もちろん、うちのホームページにいま中国にいますというメッセージの入った動画をアップしているのだから、それで知ったと言われればそれまでですが、飯塚先生があんなものを毎日チェックしているとは思えない」

「まほろばのホームページは私が毎日チェックしていますが、この件に関しては先生は外務省から聞かれたようです。私が報告したときにはすでにご存じでした」

「外務省がなぜ」

「中国大使館から連絡があったそうです」

「どんな連絡ですか」

「気をつけたほうがいいということです。それを福田さんにお伝えするために私がここに残ったのです」

「気をつけたほうがいい？　すくなくとも中谷は中国の政治や社会体制を批判するような発言はしておりません。むしろ、その逆ではないでしょうか」

「わかっています。ただ今回、中谷代表は観光ビザで中国に入国しておられますね」

「ええ」

「それで、ホテルであのような動画を撮ってまほろばのホームページにアップした。もちろん、課金をして閲覧させるわけではないのでビジネスではないと言えるかもしれない。ただ、難癖をつけようと思えばつけられますよ。動画のアップによって、中谷代表やまほろばの知名度が高まる可能性があると考え、これは商行為だと見なす。こういう理屈で、当局が取り締まる可能性はないではない。ただ、わざわざ知らせてきたということは、いまのところは警告なんだと思います」

「なるほど」

「とにかく、最大の商売敵が、ノコノコやってきて、仲良くしたいといけしゃあしゃあと言っている。そしてなにをするつもりなんだと思ったら、空手の型なんか披露しているわけですから、わけがわからない。だからとりあえず釘を刺しておこうと、連絡してきたんだと思います」

そうか、まほろばに戻ったらすぐ外務省の西村に確認しよう、と福田は思った。

「ただ、先生が福田さんに泊まって行けと言い、私とこのように朝食を共にするように差し向けたのは、私の意見を福田さんに聞いてもらうためです」

思わぬ展開になってきて福田は緊張した。

「陳さんの意見とは？」

「中谷代表が中国でなにをしようとしているかについて、私見を述べさせていただきたいのです」

自分の組織のトップの思惑を外部の人間から聞かされるというのは忸怩《じくじ》たるものがあったが、ぜひ聞かせてください、と福田は言わざるを得なかった。

「中谷代表が非常に思慮深くて戦略的な人間であれば――」

と陳は切り出した。昨夜《ゆうべ》の話の続きだ。福田は、ええ、とうなずいた。

「中谷代表は賭けるつもりで中国に乗り込んだんだと思います」

「賭ける？　賭けるとはなにに？」

「言ってみれば、中国人気質《かたぎ》にです」

解釈に悩む説明だった。

「福田さんは将棋やチェスをやられますか」

「どちらかと言うと、チェスですね」

というのは、市川はチェスが得意で、彼女とつきあっていた頃、よく盤を挟んで向かい合い、しょっちゅう負かされていたのだ。

「弱い駒を使って効果的な手を打つ。そこにポーンを打たれると、相手も慎重に次の手を考えなければならなくなる。つまり、中国はあまり粗雑に中谷代表を扱えなくなるってことです」

「つまり、観光ビザで入国したのに商行為をしてるじゃないかと難癖をつけて勾留するなんて乱暴はできなくなるってことですか」

「そうです。できなくはないが、やってもあまり得にならないと言ったほうがいいのかな。そういうところにポーンを打とうとしているのではないでしょうか」

福田は、

「まさか」

と苦笑した。

「ええ、先生もそんな感じで笑っておられました。そんなタマじゃないだろう、買い被《かぶ》るのは損だぞとおっしゃって。――『炉前散語』というタイトルについて、先生はなにかおっしゃっていましたか」

「ええ」

「実は私、法学部の出じゃないんですよ。文Ⅲです」

陳は突然、自分のほうに話題を向けた。

「ひょっとして、『炉前散語』が小説の題だと気づいて先生に知らせたのは陳さんですか」

「そうです」

飯塚は教えてもらったと言っていたが、情報源は陳だった。彼は文学部出身か。となると、たった一年間の勉強で司法試験に合格し、政策担当秘書の資格を得たことになる。たいしたものだ。

「ルーズベルトのファイアーサイド・チャットと比較したのも陳さんの助言があってのことですか」

「いや、私が『炉前散語』の意味を説明すると、先生がひょっとしたらこれを意識しているのかなと言って引き合いに出してこられました。さすがですね」

福田はうなずいてコーヒーを飲み、この先がまだあるにちがいないと思いながら、カップをソーサーに戻して尋ねた。

「『炉前散語』という言葉は中国人でもわかるというのは本当ですか」

「ええ、なんとなく通じると思います」

「ただ、中谷は日本語で喋っているので、中国人には理解できませんよね」

「でも、昨日の夕方に、中国語と英語の字幕がついて再掲載されていますよ」

福田は驚いた。

「フランクリン・ルーズベルトは人当たりのいい年寄りを装って自国民に語りかけていた。一方の中谷代表はひょっとしたら日本人よりもむしろ中国人に話しかけているのではないでしょうか。私はそう感じたのですが」

「でも、狙いはなんでしょう」

「それはわかりませんが、中谷さんは賭けるつもりなんじゃないかって私が先生に言ったんです」

ふたたび持ち出された〝賭ける〟という語を福田はうまく飲み込めないまま、

「先生はなんと」

と尋ねた。

「ですから、まさかと笑っておられました」

ほぼ同意見だったので、福田はうなずいた。

「ただ、こうもおっしゃった」

ソーセージにフォークを突き立てながら陳は言った。

「人間は変わるんだ、と。いや、大抵の人間は変わらないんだが、変わる人間もまれにいるんだ、と」

「そうですね」

「人の変化には敏感であれ、ともおっしゃってました。買い被るのはよくないが、人が変わったときに前と同じだと見くびると致命的なミスになる、と」

たしかに中谷は変わった。その変化を福田は苦々しく受け止め、市川はどちらかというと喜んでいるようだが。

「いま陳さんがおっしゃった、中国人気質に賭けるという点ですが、もうすこし詳しく教えていただけませんか」


福田が陳の講義を受けている頃、時の進みが一時間遅い中国の河南省で目を覚ました中谷は、助手の大楽にメールを打ち、少林寺への寄付の手筈《てはず》を整えた。ホテルのレストランで、海鮮粥《かいせんがゆ》と小籠包《しょうろんぽう》の朝食をすませると散歩に出かけ、「登封市《とうほうし》嵩山《すうざん》少林精武学校《しょうりんせいぶがっこう》」が旅行者の見学を許していたので十元払って入場し、少林拳の体験レッスンまで受けてきた。

生徒は中谷ひとり。現れた指導員は、昨日、武術館のステージで、中谷をうまくいじれずに頭をかいていた拳士だった。思わぬ再会に驚く指導員に、体操でもやっていたのか、と訊かれたので、空手だと言って、正拳を突いた。羅漢拳《らかんけん》と言われる基本中の基本の最初のほうを教わり、很好《ヘンハオ》と誉められて、ホテルに戻った。

十一時半過ぎ、中谷は内線電話で苺子にかけた。苺子から、先方から連絡が来て釈《シー》和尚との面会は本日の午後三時から、禅堂にて応対する旨の連絡があった、と教えられた。それはいい、禅堂なら最高だと中谷は喜んだ。じゃあ、もうひとつ喜びそうなことを教えてあげるわね、と苺子が言った。

「会ってくれる釈《シー》先生は少林寺禅堂の首座《しゅそ》なんだって。つまり禅堂で一番偉い人だよ」

それもいいニュースだと中谷は喜び、打ち合わせがしたいので、昼飯が終わったら部屋に来てくれないか、と言った。一緒に食べないのと訊かれ、朝たっぷり食べたので昼は抜く、苺子が食べるぶんは部屋につけておいてくれればいい、と伝えて受話器を置いた。

一時間後、中谷が日本から持ってきた『新しい天下と普遍』という中国人の学者が書いた本を読んでいると、インターホンが鳴った。

中谷は窓際のテーブルセットに苺子を座らせ、備えつけの茶葉とポットの湯で龍井茶《ロンジン》を淹れて出した。

「苺子の中国語は完璧だろうけど」

茶杯を口につけている苺子の前で、中谷は一枚の紙をテーブルの上に載せた。ホテルの便箋に日本語が手書きでびっしり書かれてある。

「釈和尚と会った時にはこういうことを訊こうと思っているので、目を通しておいてほしい。いくらなんでも急に訳せと言われても困るだろうから」

苺子はその紙を目の前に持ち上げて読んでいたが、

「マジですか」

と言って、テーブルに戻した。

「マジです」

苺子は紙を手に立ち上がった。

「じゃあ、いまから部屋に戻って勉強しなきゃ」

午後二時半にふたりはホテルの前からタクシーに乗り、少林寺の入り口でまた律儀に入場料を払って境内に入った。「大雄宝殿《たいゆうほうでん》」と書かれた本堂の前に出た。多くの人が参詣し、線香の匂いが漂っている。禅堂はこの裏手だ、と苺子が地図を確認して言った。

裏に回ると「蔵経閣《ぞうきょうかく》」と大きな扁額《へんがく》を掲げた建物が目に入る。ここに仏典が保管されているんだな、と中谷が言った。その横の建物には「禅堂」の扁額。

「ここだ」

とふたりは足を踏み入れた。中の床は石だった。一人の若い僧侶に会うと静かに咎《とが》めるような声を発した。苺子がふたことみこと伝えると、相手の態度は一変し、どうぞこちらへと手招きして先を歩き出した。前を行く若い僧侶の法衣《ほうえ》は、拳士が着ている黄色とはちがって鈍色《にびいろ》である。

招き入れられたのは、石の床の広間だった。周囲を木製の長椅子で囲んで、中央には仏壇がある。その仏像の顔立ちは日本人が親しんでいる柔和なものではなく、いかめしい髭面《ひげづら》で、どっしりと胡座《あぐら》をかき、手を腹の前で組んでいた。達磨《だるま》だ。この少林寺で壁に向かって九年間座禅を行った伝説の僧侶。仏壇に掛け軸などはなく、かわりに鐘がひとつ吊《つ》るされている。

堂の壁際にずらりとならんだ低い長椅子の上には座布団が敷き詰められていた。

「あそこで座禅を組むんだね」

案内をしてくれた僧侶が頭を下げて引っ込むと、苺子が言った。

「寒いね」

と苺子がまた言った。

「冬になるともっと冷えるよ。こんなところでじっと座って考えごとをするなんて、もの好きもいいところだ」

「いや、考えちゃいけないんだ」

「考えるんじゃないの、さっき貼り紙がしてあったよ。念佛是誰《ミイアンフォシシェイ》　仏とはだれでしょう？　題目が与えられてるんだから、考えなきゃいけないんじゃないの」

「まあ、そのへんは先生に聞いたほうがいいだろうけど、そういう問題の答えは考えたって出てこない。むしろ考えないことをやり遂げたほうが答えに近づくんだ。実際考えないってことをやってみると大変なんだよな」

「へえ、なんでそんなこと知ってんの」

「ちょっと勉強してきた。泥縄式に」

「へえ。私もちょっとしたんだけどね」

「なにを」

「ロシアのプトロフ大統領がここに来たことがあったでしょ。で、柔道六段の大統領が少林拳と戦ってみたいって言い出したんだって」

「冗談でだろ」

「本気だったんで、寺側も困っちゃった。少林拳と中国側にもメンツってものがあるから、そう簡単に投げ飛ばされてあげるわけにもいかないじゃない」

「かと言ってロシアの大統領に回し蹴りを食らわすこともできないだろ」

「そうなの。で、どうやって説得したかっていうと、そのとき隣にいた方丈、この寺の最高責任者ね、その人がこう言ったんだって。――大統領、少林寺最強の功夫の使い手は禅堂におりますよ、と」

うむ。苺子が冗談のつもりで言ったそのエピソードを腹に入れるかのように、中谷は低いうめき声を出した。そのとき、足音が聞こえた。それは三人ぶんほどが絡まりあって近づいてきて、ほどなく入り口に僧侶らが姿を現した。先頭の、やはり鈍色の法衣を着た僧侶が、中国語で挨拶した。

「禅堂首座の釈霊一《しゃくれいいち》先生。中国語読みだと、シー・リンイー」

苺子が日本語で紹介した。

禅堂の責任者だと聞いて、死者のように静かな佇《たたず》まいのお人が現れるのかと思ったが、明るい雰囲気をたたえた、五十手前くらいの人だった。

お辞儀をして、日本語で中谷祐喜と申しますと言った。

「この度は大変なご寄付をしていただき感謝申し上げます――だって」

と苺子が通訳した。

「とんでもございません。お役に立てたなら光栄です」

「ご提案していただいた件については、寺の最高責任者に問い合わせておりますので、お待ちくださいって言ってるけど。なんかオプションでもつけたの」

「どちらを選択するかはそちらにお任せします、と伝えてくれ」

そんな会話をしているうちに、後ろに従えていた僧侶が長くて低い椅子、椿発《チュンダァン》を、奥の壁に対して直角になるよう、向かい合わせにふたつ並べてその上に座布団を敷いた。

「ここに向かい合って喋りましょう」

壁に向かって左側を勧められ、靴を脱いで座ると、向かいで釈首座が、左右の足の甲をそれぞれ反対の股に載せ、足の裏が天井を向くように組んだ。結跏趺坐《けっかふざ》と呼ばれる坐禅の座り方である。中谷が真似をして同じように足を組むと、釈首座はかすかな笑みを口元に漂わせた。

苺子が壁際に寄せてある椿発《チュンダァン》に腰かけたのを見て、中谷はこう切り出した。

「ついさっき知ったところなのですが、プトロフ大統領が少林寺に来られたときに、少林拳と戦ってみたいとおっしゃられ、これを方丈がたしなめるにあたって、少林寺最強の功夫は禅堂にあるとおっしゃった、と」

首座は薄く笑っただけだった。

「少林寺は禅寺であります。そして坐禅の名手である達磨が少林拳を編み出した。となると、少林拳と禅は関係があるのではないか、いやきっとあるにちがいないと思うのです。それで、本日は少林拳という武術と仏教との関係、とりわけ動く禅としての少林拳についてご意見を伺いたいと思っております」

首座は軽くうなずいた。

「昨日は武術館で大変な技の数々を見せていただき、鍛錬によってあそこまでできるのかと感嘆いたしました」

今度は首座の口元が苦く歪《ゆが》んだ。

「実は私は空手をやっております。空手にも同じような傾向がありまして、野球のバッドを蹴り折ったり、積み重ねた瓦を割ったりいたします。私は空手もまた禅だと思っているわけなのですが、そう考えると、このような演武は外連味《けれんみ》に溢れてはいますが、それ自体は禅に通じるものではないと考えております」

首座は黙って中谷をじっと見た。

「禅僧が少林拳を産んだ。であるならば、少林拳は禅のはずです。禅がもっとも研ぎ澄まされている場所が、この禅堂であるならば、少林寺の本当の強さはここにあるということになります。つまり、方丈はとても正しいことをおっしゃった。少林拳が禅であるならば、それは坐禅に対して立禅あるいは動禅とでもいうべきものだと思います」

釈首座は満足そうにうなずき、

「その通り《メイ・ツオ》」

と言った。

「日本の武術の起源は戦国から江戸初期に遡ります。この頃は中国から伝わった禅宗が日本に広まった時期でもあります。古武術は禅と合わさり、肉体と精神の全体を鍛錬し、人間の本性を極めるといういわば哲学的意味を帯びたわざとなりました。このわざを絶え間なく実践することは、実践者を刷新する契機となり、社会を変えていく行為ともなる、そのように理解しております。そして、そのわざの源流を求めていけば、ここ少林寺の禅に到達するのではないか、と思うわけであります」

中谷は苺子を見た。苺子は慎重に訳している。中谷は続けた。

「アメリカで禅について講演した日本の仏僧に鈴木大拙《だいせつ》というのがおります。彼はアメリカ人に禅を説明するにあたって『平常心是道《びょうじょうしんぜどう》』という言葉を多用しました。これは大拙のオリジナルではなく、中国唐代の南泉普願《なんせんふがん》という禅僧の言葉であることはご存じでしょう」

「対《トウイ》」

と首座はうなずいた。

「この言葉に鈴木大拙はすこしアレンジを施しました。彼はこの言葉を『日常生活をあるがままに生きることこそが、禅の道である』という意味合いでも使ったのです」

釈首座がうなずくと、中谷は続けた。――ということを考えると、少林拳の目的は、アクロバティックな動きで見る人を圧倒することではなく、いまここにある肉体をしっかり意識すること、と同時に自分の肉体が置かれている空間の全方位にまんべんなく意識を向けること、肉体がここにあって動いていることを追究することであり、勝ち負け、生や死というあらゆる思考へのとらわれからの解放を目指すことなのではないか、ということを述べたあとで、

「そういう境地に達すれば、心と技がひとつに溶け合い、礼もまた自ずと身につき、中国のもうひとつの偉大な文化である儒教の教えにもつながっていくのではないでしょうか」

といういささか強引な論を展開し、

「くり返しになりますが、少林拳は禅である。ということは、武術である少林拳をやる人口が増えれば増えるほど禅的な思想がひろまり、世界が平和に向かって行くことになると考えることができます。いまロシアとウクライナで戦争が行われていますが、もし大統領が少林拳士に戦いを挑むのではなく、少林拳を習得したいとこの禅堂に来られたならば、この戦争は起こらなかったのかもしれません」

と思わぬところに話を落ち着けた。

時間は遡り、日本時間の午前十一時過ぎに福田はまほろば本部に到着し、自室から外務省の西村のスマホに電話した。西村がこの電話を取った時、後ろで幼い女の子が騒いでいる声がしたので、土曜日だと気がついた。

「ああ、たしかに昨日、中国は中谷さんが入国したことを伝えてきたよ」

電話口に出た西村の声に、切迫した様子はなかった。

「その電話をもらう前に、こちらも出国は把握していたけどね」

「本当なのか」

「もちろん、我が国の経済全体に影響を及ぼす機関の代表だからな。出国と入国に関しては、こちらに連絡が入るようになっている」

中国が、たとえば観光ビザでの入国で商行為をおこなったなどと難癖をつけ、中谷を逮捕するんじゃないかと心配しているんだ、と福田は告げた。

「まあ、ないとは言えないがそんなことをしたら、こっちだって抗議するだろうし、向こうも国際社会における世間体ってものが悪くなるだろ」

「それはそうだが」

「しかも、ＢＲＩＣＳ銀行設立に際しては、お祝い金を大盤振る舞いしているじゃないか、そこの代表をぶち込むなんて普通はやらないよ」

「ただ、あれは中国だけに渡した金じゃないからな。それに中国が、もらったぶんよりも損害のほうがでかいと判断することはあり得るぜ」

「いや、だからさ、中国だけじゃなくて、ＢＲＩＣＳ銀行を設立した五ヵ国、ブラジル、ロシア、インド、中国、南アフリカに10億ドルずつ渡したってことが肝心だ。中国の一存でそんなことやったら、ほかの国にどう説明するんだよ」

　そうかもな、と言って福田は考えた。このような五ヵ国に分散して均等に祝い金を渡すという提案は中谷から出たものだった。この事態を想定して中谷はそうしたのだろうか、だとしたらまさにゲーム理論的じゃないか。

「ていうか、いま中国はそんな粗暴なことを、もうちょっと正確に言うと民主的でないと思われるようなことを、したいと思ってないさ」

「なぜそう言える」

「だっていまはロシアがあれだけ非難を受けてるわけだろ。おそらく中国はロシアのウクライナへの侵攻を忌々しく思ってるよ」

　それは言える、と福田は思った。ウクライナと中国は友好的な間柄にある。今年の一月に国交樹立三十周年を迎え、中国の国家主席とウクライナの大統領は祝電を交換したばかりだった。両国間の輸入も輸出もここ近年でぐんぐん伸びてきていたのだ。

　それに、ウクライナは中国の一大プロジェクト「一帯一路」の拠点のひとつではないか。ソ連崩壊直後にウクライナから科学者を呼び込み、軍事技術のボトムアップを図った過去もある。だいたい中国ご自慢の空母遼寧《りょうねい》はウクライナから購入したものだ。

「だけど、ロシアがＮＡＴＯやアメリカに堂々と盾ついたのは立派だと思ってるだろう。そんなこんなで、中国はロシアをあからさまに非難したくない。つまり胸中はすごく複雑だってことだ」

「うん」

「だから、あからさまな政策批判をしなければ、中国が中谷さんに手を出すなんてことはないと思うよ。『炉前散語』だっけ？　一応見ておいたけど、問題ないんじゃないかな」

「じゃあ、政策批判で一番ヤバいのはなんだと思う」

「そうだなあ。民主的じゃないって類《たぐい》の批判はやめてもらいたいな」

「それはうちも言われてるから言わないだろ」

あははは、と西村は笑って、

「もうちょい具体的に想像すると、反政府運動をしている人間への弾圧とか、人権問題なんかを云々《うんぬん》すると面倒なことになりかねないね。それは俺たちに余計な仕事を増やすことになるから、やめてもらいたいな」

福田はヒヤリとした。中谷は、そういう実態を見たり聞いたりすれば、ひとこと言いたがるような性分ではないか。ただ西村が、まず問題ないだろうと保証してくれたのですこし安心した。福田は礼を言って、いったん受話器を置くと、すぐに取り上げ、こんどは内線をプッシュした。

──ひとりで運転して軽井沢まで往復したんじゃそれは疲れたわね。

市川はそう言って労《ねぎら》ってくれた。福田は礼を言ってから、「炉前散語」に中国語の字幕がついていることを知っているかと尋ねた。知っていると市川は答えた。福田はそれなら教えて欲しかったと不平を言った。一瞬の沈黙ののち、そうね、そうしたほうがよかったね、ごめんなさいと返事があった。福田はそれで満足した。すると市川は、じゃあこれはまだ知らないと思うから伝えておきます、と改まった。

──大楽さんに代表から、少林寺に寄付をするように指示があったんだって。

「少林寺って」

──少林寺は中国の少林寺。少林拳の少林寺。功夫発祥の地。

ああ、そうか、河南省にいるって先生は言ってたけど、少林寺だったのか、ブルース・リーがどうのこうのってのは、功夫に絡めてそう言ったんだな、と納得した。

「それにしても、そんなところで何やってんだ」

――私もそう思ったし、大楽君もそう訊いたんだけど、教えてくれなかったんだって。

「それで少林寺に寄付しろというのは、そのあたりの地方自治体にか？」

――いやお寺へ。つまりお布施ってことね。

聞くとかなりの大金だった。けれど、少林寺は中国の世界遺産だと聞かされ、ならば気前よく振り込んでおいたほうが身の安全のためにもいいと思い、福田が承知した旨を伝えたところ、だけど、と市川は続けた。

――ちょっとセンシティブなオプションをつけたので、そこが気になるね。

嫌な予感がした。

――もしもカンロで受け取ってもらえるならば、その倍を寄付しますと提案したんだって。

冷や汗が出た。

「どうしてそんなことを？」

――それはカンロ文化圏を中国に作ろうってことじゃないの。ほかになにかある？

「そんなことを中国が了解するわけないじゃないか。それにカンロなんてもらったって中国じゃ使えないだろう」

――だけど、カンロ決済に応じる日本から物を買うことはできるよね。相手は、考えさせてくださいという返事をよこしているよ。

まずい、と福田は焦った。

――でも、寄付でしょ。つまりこちらの好意だよね。その好意にケチをつけることはできるかしら。それに、人民元かカンロかの選択権は相手に渡してあるんだから、問題ない気もするけどな。

たしかにそう思えなくもなかった。それに、この案はもう先方に伝えてしまったというから、相手の出方を待つしかない。福田は、話題を変えようと、飯塚政調会長についた新しい政策担当秘書のことを話した。

——へえ。中国系の秘書なんだ。そういえば、飯塚先生はどちらかと言えば、親中派だったね。

「おそらく、出馬断念はそれが原因だよ。アメリカ側からクレームが入ったみたいだ」

——先生がそうおっしゃったの？

「言ったようなものだ。たしかに、国際情勢が刻々と変わり、アメリカ一国の覇権体制が崩れようとしている中で、アメリカにくっついていれば安心だと思うほど愚かなことはないからな。財政面でも日本はアメリカのいいように使われているだけじゃないか」

——あれ、福田さんはそのあたり慎重に発言する人だと思ったんだけど。

「いまはそういう気分なんだ。それで、飯塚先生は妙にうちの代表の動向を気にしてた」

——なんか文句言われたの？　飯塚先生は中谷さんのことをあまりよく思っていないからやりにくいって、よくこぼしてたじゃない。

「そうなんだけど、昨日のニュアンスはちょっとちがったんだ。別に掌を返したわけじゃないんだけどね、変わったのかもしれないなとはおっしゃってた」

——それはいい意味で？

「俺はそう感じた。ひょっとしたら新しい秘書がそういう解釈を先生に提案したんじゃないかと思ったんだよ」

——新しい解釈ってなに。

福田は陳秘書が言うところの〝中国人気質に賭ける〟戦略を市川に紹介し、

「どう思う」と尋ねた。

わからない。市川の答えはそっけなかった。そうか、と言って福田は切った。切ったあとで、もういちど市川に中国に行ってくれないか、と言うのを忘れたのを思い出した。

受話器を置いた市川はそのまま机に頬杖をついて考えていたが、ふと電話機に手を伸ばして内線ボタンを押し、出た相手に、手すきなら部屋に来てくれないか、と言った。中国語の家庭教師でもある助手の三木愛美がほどなく部屋に現れた。市川は、聞いたばかりの〝中国人気質に賭ける〟について三木に話し、こういう策ってのはあり得るんだろうか、と尋ねた。

「なくもない気はしますが」

と言う三木の曖昧な返答がかえって市川を混乱させた。

「おそらく中国史や文化史の研究者ならもっときちんと答えられるかもしれませんが、私の専門は改革・開放政策以降の社会主義市場経済だったので」

三木の弁明が、前に中谷と交わした会話を思い出させた。英語の勉強をはじめたと知り、トレーナーをつけましょうかと尋ねると、物理と東洋史にも詳しい人間にしてほしいという面倒なリクエストをされ、適当な人材が見つからなかったと報告すると、ならば独習すると言われた。

この件はそれっきりになってしまい、当人が本当に独学で取り組んだかどうか、市川は知らない。様子を尋ねてフォローすべきだったかもしれないな。中国の歴史や文化も勉強したのだろうか。そういえば、カナダのサスカチュワン州の原野では荀子を語っていた。また、妙な本も読んでいたな。『新しい天下と普遍』とかなんとかってタイトルだったと思う。著者は中国人だった。書名からしてスラスラ読める内容だとは思えない。

その中谷はいま河南省の少林寺にいる。政治的な工作をするにはこれほど向いてないところはない。なにしろ仏寺《ぶつじ》なのだ。出家でもするつもりか。と同時に、ここは中国拳法の発祥地でもある。中谷は空手をやる。これはひょっとしたら中国語を喋れる以上に武器になるのだろうか。すくなくとも、本人はそう思っているのか。

本当に〝賭ける〟つもりなのだろうか？

その日の夕刻、まほろばスタッフ全員に一斉メールが届いた。送信者は中谷の秘書を務める大楽。市川がそれを開くとほぼ同時に、机の上の電話が鳴った。福田からだった。「読んだか」と尋ねられ、「たったいま」と返す。

――まほろば通信でも告知されている。

市川は、メールの文字列「今晩、『炉前散語』のライブ配信を中国から行う」という文字列を見ながら、

「心配してもしょうがないよ。その〝賭ける〟って戦略を仕掛けているのかどうかを見極めるチャンスだと思ったほうがいいんじゃないの」

と言った。

そう思ってる。そう思うしかないとも思ってる。福田の声は元気がない。じゃあそうしましょうよ。市川はそう言って受話器を置いたあと、デスクチェアの背もたれに体重を預けて腕組みした。しばらくそのままの姿勢でいたが、腕組みを解くと、机の上に置いていたスマホに手を伸ばした。

つながらなかった。これで三度目だ。かけないほうがいいというサインかも、とほっとすると同時に、やはりすこし落胆した。

一方、福田も、市川との通話のあとで、ある疑問が胸をよぎり、一応確認しておこうと受話器を取り上げた。

――その件は心配だったので、僕も先ほど問い合わせました。

まさかＶＰＮを使って中国からライブ配信するつもりじゃなかろうな、と福田が尋ねると、まほろばのインターネットサーバーや通信の担当者はそう答えた。

ＶＰＮはインターネット上のセキュリティを向上させるまっとうな手段だ。しかし、インターネット上のやりとりに神経を尖らせ規制を強化している中国政府にとっては、ある種の「騙《だま》しのテクニック」にもなる。

　そもそも、インターネット上では、夥しいユーザーが適当なルートを使って通信していて、この適当さがインターネットの特徴なのだ。つまり、ネット上を情報が突き進んでいく途中のセキュリティは、実はあまり考慮されていない。そこで、特定の情報だけもうすこしセキュリティをアップした状態で走らせる技術がＶＰＮ、Virtual Private Networkである。なぜ仮想的《Virtual》の一語が付いているのかというと、仮想的なトンネルを作り、このプライベート空間の中で情報を走らせるからだ。中国のネット民は、禁止区域にアクセスするときには、ＶＰＮを使って中国政府の目をかいくぐろうとする。ただ、すでにもう当局の監視下にある中谷がこの技法を使えば、一発で見破られてしまうだろう。となると、中国国内で違法行為を行ったことが確定され、まちがいなく拘束される。

——いや、ＶＰＮは使わないんですって。僕も気になったので確認しましたが、今回の配信は中国側から許可が出ているんだそうです。

「え、ほんとうに？」

——代表がそう言うんだからそうじゃないですか。

「代表が都合よくそう解釈しているってことはないんだろうか。あの人、基本的に楽天的でおめでたい人だからな」

——いや、だけど、中国にも動画配信プラットフォームはありますよ。有名なのは「快身《クアイシン》」です。ご存じですか。

　知らない、と福田は言った。

——二〇〇九年に上海大学の学生が始めた民間企業です。この快身《クアイシン》に少林寺がアカウントを持っているので、そちらでライブ配信する手筈になってます。まほろばのサイトには快身《クァイシン》に保存されたものを、ダウンロードして、そいつをアップするように大楽さんから第一アドのほうに指示が出ています。

それならば問題ないか、と福田も納得した。

――ということで、残念ながら今回はオーロラの出番はありません。

オーロラ・プロジェクトの檀上宏《だんじょうひろし》は冗談まじりにそう言った。

「そのうちきっとあるだろう」

福田はそう言ってから、本州は急に寒くなってきたけれど北海道はどうだいと訊いた。上旬は暖かかったけれど急に冷え込んできました。じゃあ、本当にオーロラが見られそうだよな。見せて差し上げますよ。

――そんなやりとりのあと、はははと笑って福田は受話器を置いた。

それから、名刺入れにしまっていた一枚を取り出し、それを机の上に置いて、また受話器を取った。相手は一回目のコールで出た。

「いま私もまほろば通信を見て知って、先生にご報告したところです」

と陳明は言い、

「私の見立ての〝中国人気質に賭ける戦略〟を実行しているかどうか、とくと見極めさせていただきます」

と続けてくれた。自分の上司の思惑を外部の人間に尋ねるのは間抜けすぎるのだが、福田は、

「ぜひよろしくお願いします」

と言った。

そして岸見伶羅も、まほろば通信を見て、この夜の「炉前散語」のライブ配信を知り慌てていた。

岸見はデスクの上に広げていた『ロシアとウクライナの歴史』をいちど閉じ、席を立った。そして、番組統括プロデューサーの机の前に立って報告した。道下は驚きをあらわにして、本当かと確認してきた。

「はい、今夜八時からです」

と岸見は言った。

道下はポケットからスマホを取り出すと、画面をタップして耳に当てた。道下の口から漏れてきたのは英語だった。言わずと知れた相手だった。

「七時にはまだ在社してるよな」

電話を切った後、道下が言った。

もちろん、と岸見は答える。八時に帰宅する報道ナイト23のスタッフはいない。もっとも、岸見は別動隊なので取材があれば出かけるけれど。

「会議室を押さえよう。トーマスが来る」

どうしてわざわざ来るのだと思ったが、日本語をその場で英訳してほしいんだろう、と岸見は推し量った。

「炉前散語」のライブ配信に色めきたった報道関係者は、ＴＢＣだけではなかった。ミャンマーから手を引いたのはなぜかと質問した東日本新報の遠山も、タリバン政権に資金を拠出してもいいのかと問い質した朝陽放送局の前島も、あらためて財源について尋ねた中部新聞の坂上も、生放送を見るために退社時刻をずらしたり、呑み会の誘いを断って、まほろばのホームページを開き、配信がはじまるのを待った。国際政治の専門家やエコノミスト、バラエティ番組の大衆向けのネタを探すディレクター、スポーツ新聞の記者、総合雑誌の編集者やアンカーマンらも、八時開始のライブ配信まで待機していた。

中国時間の六時五十分、中国河南省嵩山少林寺のホテルの入り口で、中谷は釈首座《しゅそ》を出迎えた。首座はお供ふたりを従え、中谷と一緒にエレベーターに乗った。

遅れてすみません、と首座が英語で詫び、中谷は構いません、七時きっかりにはじめなければならないものでもないので、と言った。

「どうも無理なお願いを聞いていただいてありがとうございます。問題はなかったですか」

ホテルの部屋の椅子に丸いテーブルを挟んではす向かいに腰かけ、中谷はあらためて尋ね、苺子が、首座の前にお茶を置きながら、それを中国語に訳した。

「ええ、かなり例外的ではあるんですが、方丈に確認を取ったところ、大変高額なご寄付をいただけるということなので、昼間の対談の範囲を出なければ、ということになりました。結局、ご提案いただいたアイディア1のほうでお願いしたいということになりましたが」

「そうですか。カンロは中国の甘露《カンルー》の故事から命名したので、次回また機会があればご検討ください。では、今回は人民元にてお振込いたします。――はじめましょうか」

苺子は、細い三脚に取りつけられたスマホの録画ボタンを押した後で、中谷と首座の席とで正三角形になるように置かれた椅子に座った。

中国語で即将《まもなく》と苺子が言い、これからお話しする内容は、先ほどしたのとほぼ同じと考えていいんですね、と首座が確認した。苺子からこれを日本語で受け取った中谷が是的《そうです》と中国語で返した時、ちょうど七時になった。

「こんにちは日本の皆さんそしてニーハオ中国の皆様、財団法人まほろば代表の中谷祐喜です。前回は北京で録画したものをアーカイブに残しましたが、今日は生配信で、河南省の嵩山からお送りします。ちょっとした高地です。嵩山には何があるかというとお寺があります。禅寺です。その禅堂の最高責任者の釈霊一さんと第三回『炉前散語』をお送りしたいと思います」

苺子が訳し終えると、釈首座はカメラに向かってシャクデス、ドウゾヨロシクオネガイシマス、と手を合わせた。

「実はこの嵩山にあるお寺の名前は少林寺です。代表的な功夫、少林拳を生んだ少林寺。この間、北京からの配信で空手の型をお見せしましたが、僕はすこし空手をやります。そこで今日は、空手と少林寺そして禅というテーマで釈先生と語ってみたいと思います、釈先生どうぞよろしくお願いいたします」

そして、まず中谷が昼間と同じように、

「少林寺は禅寺ですね。であれば、達磨大師が創起した少林拳は禅と関係がありますよね」

と切り出した。さらに、

「禅は日本にも伝わりましたから、これは日中両文化の共通項と言えるのではないでしょうか」

と両国が同じ文化圏にあることに触れた。すると、すでに内容を把握している首座は、「ええ、私もそう思います」と同意した上で、

「では、中谷さん、空手も禅につながるとお考えですか」

と尋ねてくれた。もちろん中谷は、

「はい、空手もまた禅だと思います」

と答える。すると首座が、

「では少林拳も空手も、〝動禅〟とでも呼ぶべき瞑想だということになりますね」

と昼間中谷が言ったことを今回は自分の台詞にしてくれた。多額の寄付金が効いたのか、ロシアの大統領が少林拳士と戦いたいと言い出したエピソードも、首座のほうが口にした。

「それは困りましたね、どうしたのです」

「方丈が、『最強の少林拳は禅堂にあるのです』と言ったのです」

ふたりは、このエピソードをはじめて話題にしたように、笑った。

「素晴らしい回答です。戦いを回避しただけでなく、それがまさしく真実なのだから」

と中谷は賞賛したあとで、昼の対談では言わなかった文句を口にした。

「戦わずして勝つ。私は荀子を思い出しました。荀子には『兵不血刃《ひょうふけつじん》』という言葉がありますね。そう考えてみると儒教と仏教はつながっているように思えてきます。日本では仏教と神道がつながることを神仏《しんぶつ》習合《しゅうごう》というのですが、中国でも儒仏の道はどこかでつながっているのかもしれません」

パソコンのディスプレイやテレビの前に陣取っていた多くのジャーナリストの反応は鈍かった。とにかくこんな話では記事を書くことも番組にコーナーを設けることもできない、と皆は揃《そろ》って落胆した。

しかし、岸見伶羅だけは、中谷と首座との対話の内容の外に、思わぬネタを見出していた。ひとつは、中谷の声のよさとなかなか達者な話術を再確認できたことだった。ひとりで訥々《とつとつ》と語るのもいいが、話し相手がいるとその声のよさがより際立った。また、対談をはじめる前に中谷が、

「なお、通訳を担当してくれるのは、福島出身で中国で活躍する張苺心《チャンイーシン》さん、日本名は張本苺子さんです」

と言った時には、おや、と思った。まほろばが本格的に始動する前から中谷の周辺をずっと取材してきた岸見は、中谷の高校時代のガールフレンドに張本苺子という女性がいたことは、よそが嗅ぎ回って活字にしたのを読んで知っていた。そうか彼女は中国人だったのか、それにずいぶんと美人だなと思い、声もきれいなので、アナウンサーかしらと疑ったが、中国で女優をしていると聞いて、どうりでと感心した。女優ならば中国での彼女の住まいは北京か上海のはず。では、なぜ彼女はこの旅に同行して通訳などしているのか。ひょっとして、いまもつきあっているのだろうか。そんなことをいまさらネタにしたくはないが、気にはなった。しかしこのことは、いま自分の横で、少林拳は動く禅であるというおかしな意見を苦心しながら英語にしている道下と、渋い顔をしながら聞いているトーマスには言わなかった。

一方、福田のワーキングスペースでともに配信を見ていた市川みどりは、張本苺子を見てきれいだなと思ったが、それ以上の感情は抑制した。ただ、見終わってからはまた、あの通訳の女性は中谷とどういう関係にあるのだろうと考えた。自分の胸にわだかまるこの不審は、福田にも共有させるべきだろうかと迷

っていると、スマホが鳴って我に返った。

鳴っていたのは福田のスマホだった。福田は、ディスプレイで相手を確認すると、スピーカーモードにセットして、ふたりが座るソファーの前のローテーブルに置いた。

「お見事でした」

と福田がまず言った。

――あ、いえ。福田さんはどう見ましたか、いまの対談。

「ええ、陳さんの話を聞いていなかったら、気がつかなかったでしょうが、腑に落ちました、とても」

――僕も、自分の仮説は当たっているのではと感じました。中谷代表は中華文明の本質を理解して、あのような、言ってみれば〝戦法〟を取っているのではないか、と思うんです。

「中華文明と言ってもそれが発生してから長い年月が経っているわけですが、現在の中華人民共和国も本質的には変わらないと考えていいのでしょうか」

――そう思います。歴史が長いので、ときどき妙なことも起こるのですが、基本的に中国は宋朝の時代から変わっていません。

福田が市川のほうをちらと見た。

「陳さん、この通話は副代表の市川みどりにも聞かせています。今日はこれから彼女と話してもらってもいいですか。陳さんにとっては私にした話をもういちどくり返すことになるので迷惑かもしれませんが」

市川は、急に紹介されて戸惑いつつも、

「陳さんこんにちは、市川みどりと申します、どうぞよろしくお願いします」

とテーブルの上に明るい声を投げた。

――陳明と申します。どうぞよろしく。

「宋朝から中国は変わっていないというお話でしたが」

――はい、中華文明は宋朝から近代に入りました。これは僕が勝手にこしらえたトンデモ説ではなくて、内藤湖南《ないとうこなん》という大歴史学者が昔から言っていたことです。内藤は京都学派だったので、当時の東京大学の歴史学者らは賛成しなかったんですが、いまの歴史学では定説になっています。

市川は宋朝と聞いて、〝苦労ゼロ（960年）ほくそ（北宋）笑むのは御曹司〟という受験生時代の年号暗記術を思い出した。

「宋朝の創起は一〇世紀ですよね。ということは中国はヨーロッパよりも早く近代化したことになりますが」

――そうです。基本的にいまの中華人民共和国は宋朝の発展版です。宋朝は貴族制度を全廃して皇帝独裁政治をはじめました。そして科挙による官僚制度を確立し、中央集権を徹底した。その一方で、経済や社会の自由化を押し進めた。

市川は山川出版社の「詳説世界史」のページを思い出し、ああそうだったと懐かしがった。

――近代化のために大いに役だったのが宋銭という貨幣です。農民にも貨幣の使用を許可し、お金の味を知ってもらう。貨幣を持つことによって、農民は自由になる。マルクスが「貨幣は平等主義者だ」と言ったように。その代わり、政治の秩序は一極支配によって維持する。これは、商売はどんどん自由にやればいい、だけど党の悪口は言っちゃダメだよという、いまの体制と同じですよね。

「たしかに」

――時間がないので細かいところは端折《はしょ》りますが、宋代以降の中華文明って、資本や人員の流動性を最大限に高める新自由主義的な専制君主体制の共同体なんですよ。

「では、中国はイデオロギー的には社会主義でも、再分配して国が国民の面倒を見る傾向にはないということですか」

――はい、同じく専制君主体制を敷いているまほろばとはそこがちがいますね。中国はバラマキ政策をやらないんです。

　隣で福田が苦笑している。バラマキという言葉が決まり悪いのだろう。

――では、食っていけなくなったらどうするかというと、血縁のネットワークがセーフティネットの役割をはたすんです。

「宗族ですね。ただ行政権力が一ヵ所に集中してしまうと、その暴走をどのようにコントロールするんですか」

――それはもう道徳しかありません。

　道徳。陳の言葉は市川に、中谷がまほろばを出発する前夜の会を思い出させた。

「民主主義がまともに機能するためには、道徳が必要な気がする」

　と中谷が言い、それは現実的でないと思った自分が、

「道徳は無理じゃないかなあ」

　と返したあの夜を。

「では、その道徳というのはなんですか」

――儒学です。科挙の試験に受かりたければ儒学を徹底的に学ぶしかない。儒学とはなにかというと、政治を道徳化する理念です。つまり、科挙の合格は高い道徳を身につけた者の証《あかし》になり、頂点にいる君主は道徳理念の化身になる。高位にあるほど徳が高いという「政徳一致《せいとくいっち》」の建て前が中華文明にはあります。強大な行政権力の暴走を止めるには、この建て前、道徳に訴えるしかありません。

「つまり、こういうことですか。儒教は偉大な中華文明の普遍的理念だ。そして高い地位にいる者こそ儒教的道徳を身につけている。儒教的な理念に則った政治をおこなうものが国の最高責任者であるはずだ。いい、いい、いい、いい、だから愚かな真似はしませんよね、と」

――その通りです。たとえば中谷さんは荀子の「兵不血刃《ひょうふけつじん》」を持ち出しましたよね。これは毛沢東が好み、

いまの国家主席も好んで使う言葉です。

副代表のふたりは首をかしげた。まず陳は「兵隊の兵に——」という具合に四つの漢字を明らかにしてから、

——「血を流さずに勝つ」という意味です。ロシアの大統領の「戦いたい」という申し込みをうまくかわしたことについて、中谷代表は儒教的な観点からさすがだと感心してみせたわけです。この「兵不血刃《ひょうふけつじん》」って言葉には残酷な面もあるんですが、それはまた機会をあらためましょう。

道徳の教えをもっともよく修養した聖人君子であるあなたは馬鹿な真似などするはずがないと釘を刺す……。本当にそんな手が有効なんだろうか。かつてヒトラーの暴走を抑止するためにノーベル平和賞をやろうというアイディアがあったそうだが、それと同じかもしれない、と市川は思ったが、それは口に出さず、別の質問を投げた。

「ただ、私が気になるのは理解度です。中谷は少林拳は禅だと言いつつ、ロシアの大統領が無茶を言い出したときの方丈の機転を「兵不血刃《ひょうふけつじん》」という荀子の言葉で誉めたりしました。仏寺を讃えるのに際して儒教の言葉を持ち出す。あのような雑な言葉づかいは批判されたりしないのでしょうか」

——ええ、人によっては。ただ、中谷さんはそれを覚悟の上でやっている気がします。それに雑ではあるけれど、まるっきり的外れってわけではない。

「的外れじゃない？　ピンとこないのは、私が儒学と仏教ってものを理解できていないからでしょうね。仏教が中華文明にもたらしたものってなんだったのでしょうか」

——ひとことで言えば、心の内面の問題を取り扱ったことです。

「ああそうか。儒教の主たる関心は政治ですからね」

——そうです。儒教は個々人の心の問題にあまり関与してこなかった。死んだらどうなるのかとか、どうやったら救われるのかなんて問題にはほとんど関心を払わなかった。そこに、仏教がやってきた。仏教は

修行者が覚りに向かって心を徹底的に修練していくことで救済があると説きます。後漢の頃にインドからやってきた仏教に、中国人の多くが惹きつけられる。

「儒教はそれに対してどのような対抗策をとったんですか」

──仏教をどう乗り越えるかについて本腰を入れて考えたのが朱熹《しゅき》です。そしてこの場合の仏教がまさしく禅なんです。

「その禅仏教と対立関係にあった儒教とを混同するという無茶を中谷はしているわけですね」

──いや、だから無茶とも限らないと僕は思うんです、考えようによっては。なぜなら、仏教を乗り越えようとした儒教が逆に仏教に似てきちゃったってことも現に起こっていますから。

「対抗しようと頑張ると相手と似てくる？　そんなことがありますか？」

──じゃあ、ちょっとだけ説明しましょう。仏教に対抗するために、朱熹《しゅき》は心についての考察を深めました。心の問題こそが儒教の最優先課題だとしたのが朱子学です。で、朱子学について説明するにはどうしても「理《り》」と「気《き》」を理解してもらう必要があります。ごくごく簡単にいうと、気はバイタルな生命力を宿した物質、理は世界を貫いて調和を与える法則です。こう聞くと私なんか理ってのは仏教の法《ダルマ》と似てるなと思っちゃうんですが。

「それは陳さん独自の解釈ですよね」

──はい。専門家にそんなこと言ったら叱られます。理の超越性は、人間を越えていると同時に人の心の中にもある、超越的であり内在的なものだ、なんてお説教を食らうでしょう。だけど、私も中谷さんも、「同じだ」とは言ってない。「似てますね」と言ってるだけです。つまり、切り分けて分析しないでつなげようとしている。それに、理は仏教の華厳《けごん》にもそのような意味で出てくるし、朱熹本人が禅に耽溺していた時期もあったんだから、似ていたっておかしくはない。

「なるほど」

――で、いま朱子学は気と理の二元論だって言いましたが、大事なのは理のほうです。理がすべてに先立つ本質だから、理なくして気はない。だから、理を徹底的に窮《きわ》めなければならない。これを「窮理《きゅうり》」と呼びます。朱熹はこの窮理の実践において、心の中だけではなく、外的な物や事でも達成できるとした。つまり、〝心〟と〝心の外〟との二本立てで考えた。心の外へのアプローチが「格物窮理」ってやつです。

と言ってもこんな説明じゃよくわかりませんよね。

「ええ、まったくわかりません」

市川の声がすこし尖った。あまりにちんぷんかんぷんだったから。そしてすぐ、いけないいけないと自省し、すみませんとつけ足した。

――いえいえ、実際、わからんと言った人が明代になると出てきます。というか、やってみたけど無理だったと無理ゲー扱いした人がいた。それが王陽明です。

「王陽明。――陽明学の人でしたよね。知行合一でしたっけ」

――そうです。王陽明はその格物窮理ってのは無理だとバッサリ切り捨てた。つまり外部へのアプローチを断《た》ったわけです。するとどうなるか。

「まさか……、似てくるんですか、禅に？」

――その通り。実際、陽明学は姿を変えた禅じゃないかって批判はたくさんあります。だけど、王陽明は朱子学の原点に立ち返り、つまり心にこそ理があるのだから、心を正しくすれば、そのうち理が明らかになるはずだと腹を括った。内面だけを問題にし、孟子の性善説を継承して、誰でも聖人になる可能性があると言いました。「満街《まんがい》これ聖人」ってやつです。そしてこれを聞くと私なんか「衆生《しゅじょう》本来仏《ほとけ》なり　水と氷の如《ごと》くにて　水を離れて氷なく　衆生《しゅじょう》の外に仏《ほとけ》なし」という江戸時代の禅僧、白隠慧鶴《はくいんえかく》の教えを思い出してしまう。

「なるほど。まったくの的外れでないことはわかりました。ただ、あまりにも強引すぎやしないかって不安は残るんですが」

――リスクはあると思います。ただ、まさしくそこが中谷さんの狙いだとも思うのです。

「狙いというのは？」

――境界を曖昧にして乱暴につなぐことです。そういえば、日本の神仏習合も持ち出していましたね。こちらは神道と仏教がつながっている。

「とにかく切り分けるんじゃなくて、つなげるのが狙いだと？」

――そうです。西洋的な知は切り分けて分析するわけですが、それに対して類似性を見つけてリンクさせようとしているんじゃないでしょうか。

「そういう狙いを面白いとおっしゃいましたが、狙いの先にあるものはなんでしょう？」

――ですから、つなげること。つまり連帯です。

「連帯？　中国と？」

――はい。あれだけ怒らせておきながら連帯しようとしている。だからこそ、興味深いんです。もちろん、切り分けて分析する専門家は鼻で笑うでしょう。でも、このさいそんなことはどうでもいい。中谷さんは仏教と儒教をつなげて両方とも褒め讃え、さらに日本文化ともつなげようとしている。まるっきり的外れだとは言えないし、褒められているので無下には否定できない。だから、つながりは断ち切られないでとりあえず保持される。それは私の目には巧みな文化的外交戦術に見えるんです。

　本当だろうか。市川が知っている中谷はこんな手の込んだ交渉をする男ではなかった。だけど、ちょっと前には『新しい天下と普遍』なんていう難しげな本を小脇に抱えてもいた。どういう内容なんですかと訊くと、政治思想の本だと言った。儒教はまさしく道徳であると同時に政治哲学だ。あの本は儒教と関係があったのだろうか。

あくる日の日曜日からその次の日曜日までの約一週間、中谷は嵩山少林寺の近辺でひとりで無為に過ごしていた。なぜひとりかというと、苺子が、いちど戻らせてくれと言って、北京に帰ってしまったのだ。

「オーディションだって」

「うん、もうちょっと先かと思ってたんだけど」

「へえ。なんのオーディションなんだ。『中国 麵ロードを食らう パート2』か」

「馬鹿、ちゃんとした映画だよ。あんなの私の代表作にするな」

「でも、オーディションって一週間もかけてやるものなんだな、知らなかったよ」

するとと苺子はすこし言いにくそうに、

「まあ、彼氏ともちょっとあるんだ」

と言葉を濁した。

「彼氏いるんだ」

「いるでしょ、当然」

きつい顔で睨まれたので、ごめん、じゃあ彼氏によろしく、と言って中谷は首をすくめた。

それから八日間、中谷の一日はだいたい次のようなものになった。

朝、起きるとすぐ、〝空手禅〟と勝手に命名した型を練習する。それからホテルの食堂で朝飯を食べる。部屋に戻り、昼飯は抜いて、昼下がりまで本を読む。それから歩いて武術学院に行き、道場で少林拳の基礎を習う。ホテルに戻ると、シャワーを浴びてまた本を読んで過ごす。日が落ちると、夕飯を軽く食べる。店はホテルの中ですますこともあるが、周辺にある観光客向けのレストランに行ったり、地元の人が利用する食堂も利用した。それからまたホテルに戻ると、部屋で空手の型の練習をし、本を読んで寝る。

そしてこの八日間に、第四回・第五回の「炉前散語」を収録し、公開した。

第四回「炉前散語」は、ラーメンについてであった。ラーメンはもともとは日本が中国から教えてもらった食文化である。ラーメンは漢字では〝拉麺〟と書く、中国では拉面だ（タブレット上の手書き文字をカメラに向けた）。昔は、中華そば、あるいは支那《しな》そばと呼んでいた。支那は昔は差別語だと日本では言われていたけれど、本来はそうではない、と最近読んだ本に書いてあった。さて、ラーメンを〝中華そば〟と呼んだのに倣って、日本のそばを〝和そば〟と呼ぼう。そして、日本のそば市場における和《わ》・中《ちゅう》のシェアを比較すれば、完全に中華文化に市場を席巻《せっけん》されていると言わざるを得ない。けれど、日本人はべつに忸怩《じくじ》たる思いに駆られたりはしない。ラーメンは日本食だろと言って平然としている。事実、観光で来日する欧米人はラーメンを楽しみにしているではないか。また、中国だって、日本の「中華三昧」という即席ラーメンが「中国三千年の歴史」というキャッチコピーで売られているのを「我が国の長い歴史をインスタントにするな、文化盗用だ！」と抗議したなんて話も聞かない。

なぜだろうか。これは日本人が日本独自に中華そばを改良し、中国人もここまでやられたら日本食と言うしかないと諦めた結果なのか。それともひょっとしたら中国人は意外とやさしいのかもしれない。

そもそもラーメンが日本に伝わって、これほど愛されたのはやさしいからではないか。うまくて温かくてそして金を持っていない経済的弱者の胃袋をもやさしく満たしてくれるから、と考えることに無理はない。

いや本当に、やさしさってのはとても大事だと思う。まほろばの通貨であるカンロは中国語の甘露《カンルー》から来ている。甘露というのは、中国古来の伝説で、天子が仁政を行えば、天がその吉兆として降らす甘い雨のことだ。つまり、中国もまほろばも、天があり王がいる。中国には国家主席が、まほろばには、僭越《せんえつ》ながら、僕がその位置にくる。ともに上が下を管理する圧力が強い世界です。だからこそ、天からは甘い雨を降らせなきゃと僕は肝に銘じている。まほろばも中国も目指さなければいけないのは、「新しくてやさしい天下」ではないか。やさしさがあれば民主的でなくたってかまわない。中国が中華文化圏を拡大して東アジア運命共同体を作ろうとしているのならば、そこにはやさしさが必要になってくると僕は思っている。

で、ここ少林寺のある鄭州には燴麵《フォイミエン》という麵があって地元の人がよく食べている。これはうまい。せっかく中国に来たんだから、ほかのラーメンもどんどん食べてみたい。

第五回は、中国の印象について語ることからスタートした。

日本を出て二十日ほどになるけれど、海外にいると、日本人だという意識が日に日に深まってくるのを感じる。と同時にまた、まほろばの長だという自覚も育っている。自分はマホロビアンの幸せのために尽くしたい。さて、マホロビアンはどんなときに自分はマホロビアンだと実感するのだろう。マホロビアンは各地に散らばっているから、その土地ならではの麵を食べることではマホロビアンの自覚は生まれないだろうな。たぶん、まほろばにはまほろばの道徳みたいなものがあって、マホロビアンにとってのよきこと、を行うことによってマホロビアンはマホロビアンになるのではないか。

さて、中国人が自分が中国人だなあと自覚するのはどんな時なんだろう？　日本のラーメンよりも担々麵や上海焼きそばや雲南《うんなん》省の過橋米線《かきょうべいせん》をうまいと感じる時なのか。

話しているとついラーメンの話になってしまうが、いま一番食べてみたい中国麵は拌麵《バンメン》という焼きそばだ。写真を見て、これはうまいと確信している。近いうちに食べに行きたい、これです（タブレット端末で写真を見せる）。

実にどうでもいい話だ、と岸見伶羅は落胆した。ただ、やはり声はよかった。アナウンサーという職人のそれとは別種のよさが中谷の声にはあった。人を安心させる声音《こわね》で、どこか愛嬌のある話しかたをするので、無内容なのに長く聞いていられる。テレビに出せば人気が出るかもしれない。いやきっと出る。そんなことを考えた。

　一方、この配信を無内容だと思わない者もいた。第五回目が配信された日、福田のスマホが鳴った。

――まだ中谷代表は嵩山にいらっしゃるんですね。

「ええ、なにかありましたか」

――第一回の配信はカナダの天然ウランの鉱山からでしたよね。そこで新しい原子力エネルギーを開発すると宣言されました。

　忘れかけていた記憶が蒸し返され、福田はすこし不穏なものを感じた。

「そうでした。ただ、原子力はそれ以来とんと話題に上らなくなりました。まあ天然ウランを確保したところで、原発が作れるわけでもないので」

――それはそうですが、深読みするとちょっと面白いんです。

「面白いとは？」

――拌麵《バンメン》を食べてみたいと言ってたじゃないですか。

「ええ。どんな麵なんですか」

――中谷代表は焼きそばだと言ってましたが、あれはまちがいで本当は〝まぜそば〟と言うべきですね。肉と野菜を炒めたものを麵にかけてまぜて食べるんです。

「そうですか」

　と言いつつ、どうでもいい話だな、と福田は思った。

――もし中谷さんが拌麵《バンメン》を現地に食べに行くとすると、少林寺からだとまずは西に行って、陝西省《せんせいしょう》の西安《せいあん》に出ます。

「昔は長安《ちょうあん》と呼んだところですね」

――ええ、よくご存じで。で、注目点は、ここがシルクロードの東の端だってことです。

「ええ」

――そして本場の拌麵《バンメン》を食べに行きたければ、シルクロードを西に行くわけです。すると陝西省を出て甘《かん》粛《しゅく》省に入る。西北に細長く延びている省です。そこからさらに西に行くと、〝西域〟になります。ここは昔の中国人にとっては外国でした。

「はあ」

「そして、本場の拌麵《バンメン》にこだわるのなら、もっと西に行かなきゃならない。そして、現地ではもう拌麵《バンメン》とは呼びません、ラグメンですね」

福田は考えた。そしてあっと気がついて、陳がかけた謎の答えを言った。

――ご明察です。さすがですね。

と陳は笑ったが、福田にとっては笑いごとではなかった。

福田は内線をかけて市川に会えないかと言った。いまなら部屋に来てもらえれば話せると言われ、福田は二重にこしらえられた分厚いコネクティングドアを開けてもらって彼女の部屋に入った。

福田が事情を話すと、市川は顔を曇らせ、助手の大楽君に確認してみる、と言った。俺の推察が当たっていたら、と福田は渡航を促すニュアンスを含ませて言った。市川は首を振った。

「代表がそうしたいというのなら私にはどうすることもできない」

市川はそう答え、

「だって天子だもの」

とつけ加えた。

第二章　砂漠を西へ

3　麺ロードを行く

部屋の電話が鳴って、取ると苺子からだった。いま戻った、これからそっちに行くと言い、五分後にはやって来て、

「はいこれお土産」

と言って、小さな紙袋を突き出した。

オーディションはどうだったと尋ねると、訊くんじゃないと言って舌打ちされた。中谷は首をすくめて立ち上がり、茶壺に茶葉を入れて湯を注いだ。

「それより北京の雰囲気が物々しかった」

ソファーに座った苺子の前に茶杯を置いてやると、それを取って彼女が言った。

「なんだろうと思ったら、今日から党大会だったよ」

「物々しいってどんな具合に？」

お土産の袋を開封し、中からナツメグのカステラを取り出しながら中谷が尋ねる。

「街に立っている警官の数がいつもより増えてた。電車に乗るときの手荷物検査も厳重だった」

「そうか、大会はいつまでだったっけ」

「土曜日までかな。その翌日が一中全会《いっちゅうぜんかい》って中国の主要ポストが発表される日なので、それまではピリピリしてると思うね」

「そうか、じゃあいま北京に戻ってもしょうがないな、俺たちは西に行こう」

「え、なにしに西に？」

「拌麵《バンメン》を食うんだ」

「信用してるとか言ってたけど、結局、麵ロードに出てたから私を選んだんだな」

「いや、信用はしてるさ。だけど、ラーメンも大事だ」

「あのさあ、拌麵《バンメン》なら出す店は北京にもあると思うよ。調べてみようか」

「だめだめ、現地で食べなきゃ意味がない。麵ロードだって北京で食べてるところ撮ったって話にならないだろう」

「いつまでも麵ロードの話してるんじゃない。それに前に、うちの父ちゃんの炒飯のほうが本場の味より自分の舌に合うなんて言ってなかった？」

「自分の舌に合わないものも果敢に試してみようぜって企画だ、いまは多様性の時代なんだから」

「なにが多様性だよ。だいたいここから西に言ったら、北京語通じないよ」

「嘘つけ。れっきとした中華人民共和国の領土内だぞ」

「どうだろ。あの辺を中国と呼んでいいのかどうか」

「それ問題発言じゃないか。じゃあ外国旅行に行くつもりで行こう」

「ならもっと西、飛行機でヨーロッパに行こうよ、パリとかさ」

「フランス語できないだろ」

「……在日訛《なま》りの中国語で悪かったね。わかったよ、高鉄のルートを調べとく」

「いや、車で行くんだ」

「馬鹿。三千キロはあるよ」

「三蔵法師は歩いて行ったぜ」

「現在の三蔵法師はラーメン求めてシルクロードを車で行くのかよ。で、お供する私はお猿さんかい」

「三蔵法師のお供は孫悟空だぞ」

「孫悟空は猿だ。――あのさあ、本気で行くつもりなの」

「行く行く」

苺子はグズグズ言い続けたが、結局は承諾した。こうして、陳の予想は的中し、福田や市川の懸念は現実のものとなった。


翌日、苺子はレンタルしてきた新型SUVをホテルの車寄せに乗りつけた。舗装道路を走るのに、どうしてこんな車高の高い車を借りたんだと訊くと、西域に行くのならゴビ砂漠を走るつもりでいかなきゃと言って、頼もしそうにハンドルを叩いた。

九十分ほど一般道路を走ってから、高速道路に乗ったあとで苺子が言った。

「これが、G30連霍《れんかく》高速道路ってやつだよ。中国を東から西に貫いている。連霍の連は江蘇《こうそ》省の連雲港《れんうんこう》市の連。わかる？」

「江蘇省の位置がよくわからないけど、港の字が入っているのなら沿岸部だな」

「その通り。黄海《こうかい》に面してる。この道は東の連雲港からずーっと延びて、コルガスまで貫いてる。コルガスっていうのは中国の西の果て、そこから西はもうカザフスタン」

「コルガスを漢字に移すと、こんな字になるんだ、へえ」

タブレットでガイドブックを開きながら、中谷が言った。

「霍爾果斯《フォアーグォスー》だね。略して霍城《フォチァン》と呼ぶことが多いけど。そうだ先に言っとくけど、西に行けば標高が上がって寒くなってくると思うよ」

苺子の言葉を裏づけるように遠くに山の連なりが見えた。

西安でいちど車を停め、昼食も兼ねて休憩した。高速道路脇に建つメガスーパーといった面持ちの巨大な服務区《サービスエリア》は、食堂はもちろん、土産物を扱う店から、衣料品店や電化製品を売る店のほか、温泉までついていた。

「まあ、唐が都を置いたところだからね。百万人の国際都市だったんだから。空海が留学して密教を勉強したのもここだよ」

どこか自慢げに苺子は言い、とにかく食べようよとフードコートに足を向けた。

中谷が西安の麺を物色していると、ならこれだよと言って、あるテナントまで連れて行き、勝手に店員に注文してから、私はフライドチキンにするよと言い残して去った。

岐山臊子面《チーシャンサオズミエン》はラー油の入った酸味の強い紅いスープで、麺は細目の平麺、豚の挽肉や炒めたじゃがいも、にんじん、そして香菜が入っていた。

「よく麺ばっかり食べるよね」

食堂のテーブルで、手羽先をハーモニカのように持ちながら、呆れたように苺子が言った。

「ラーメンってのは俺の人生の要所要所で摂る食事だからな」

「たとえば？」

「ヤクザの事務所から逃走して、いったん落ち着こうと思って入ったのがラーメン屋だったし、冤罪《えんざい》で逮捕されたのもラーメン屋、まほろばが奇跡的に復活したときもラーメン食べてたんだ」

「だってそんなにしょっちゅう食べてれば、人生の要所要所のどこかには引っかかるよ」

苺子がそう指摘すると、なるほどそう言われればそうだなと中谷はうなずいた。

「でも、外資のファーストフードなんか食べなくたっていいだろう」

「わかってないな。甘粛省《かんしゅく》に入ったら、その先はお肉といえば羊《ひつじ》一辺倒になるよ」

「おう、のぞむところだ」

うんざりした顔で苺子はチキンの骨を紙箱に投げた。

西安からは中谷がハンドルを握った。左の窓に山が連なり、空が段々近くなってきた。

「これがシルクロードの天山《てんざん》山脈なのか」

と中谷が尋ねた。

「気が早い。これは秦嶺《しんれい》山脈」

「ああ、てことはあれは太白山《たいはくさん》？」

「そう、よく知ってるね。太白山は道教の聖地なんだってよ。だけど、そもそも私、道教ってのがわかんない、なんなの道教って？」

「それを俺に訊くのかよ」

「でも泥縄式に勉強してるじゃない」

「そうか、じゃあ答えてみるとだな、道教ってのは痛いいいいの湿布みたいなものだ」

「え、よくわからないよ」

「苺子は中学生の時、教室で占いの雑誌回し読みして、白魔女がどうしたこうしたって騒いでたじゃないか」

「『マイバースデイ』ね。読んでた読んでた」

「あれが道教だ」

「……ますますわからないぞ」

「じゃあ、問題です。儒教、仏教、道教はそれぞれなにを目指すでしょう」

「馬鹿。さっさと教えろ」

「いて。殴るな。じゃあ、正解。儒教が目指すのは君子、聖人だな。仏教が目指すのは、覚者《かくしゃ》、覚《さと》った人。そして道教が目指すのは仙人です」

「……あってるの、それ」

「だから、あまり当てにしちゃダメだって」

「つまり道教はオカルトってわけ？　だからマイバか」

「そうそう。たとえば儒教では、君子を目指して一生懸命勉強するけれど、その目安が科挙の試験なわけよ。だから我こそはと思う者はめちゃくちゃ勉強した。だけど全員が合格できるわけじゃないからね。落ちるやつは落ちる。それに儒教ってのは、人間性ってものを無視する傾向にあるんだ」

「どういうこと？」

「極端に言えば政治学、人の上に立って政治をやる人間が学ぶ学問だからさ。たとえば苺子がやってる映画や芝居とか芸術とか、そういう地位は低く見られがちなんだよ」

「嫌なこと言わないで」

「でも、中学や高校もそんな感じだっただろ。文化祭でいくら目立ったってそれは一瞬のことでさ。生徒の価値はテストの成績で判断されてた。それはキツいなと思って休憩時間につい占い雑誌なんか開いて魔女がどうしたこうしたって気持ちを紛らわしてたわけだろ」

「ああ、まあそうかも」

「あれと同じだ。道教は受験勉強で負け犬にされた人間がハマったオカルトだ」

苺子は笑った。

「じゃあ、そいつらはふて腐れて、踊ったり拳法やったりしてたの、それともお芝居？」

「詩人だ」

「詩人？」

「道教にハマると詩人になる。というか、生きるのが不器用な詩人が道教に傾倒するんだよ。陶淵明《とうえんめい》も李《り》白《はく》も出世できなかったし、蘇軾《そしょく》は科挙にも合格して敏腕だと言われてたのに、上と折り合いが悪くて左遷されちゃったしね。だから、道教ってのは儒教的な社会をうまく生きられない、芸術家や芸能人がすがるオカルトなんだ」

「それどこに書いてあるの」

「あれこれ読んで適当に俺が考えた。ただね、俺は道教っぽいものは必要だと思うよ」

「オカルトが必要だってこと。それは言わないほうがいいなあ。中国はホラー映画を禁止してるから。『ゴーストバスターズ』だって上映禁止になったんだよ」

「いや、俺が必要だと思ってる道教的なものってのはやさしさだよ」

「やさしさ」

「そう、ちょっとひねてるけど道教ってのはやさしいんだ。転んで体を打ったときの湿布薬さ」

「そうなんだ。なんだか太白山を見る目が変わっちゃいそうだよ」

「また別の見方もあるけどさ。太白山の地下にはすごいものがあるみたいだぜ」

「なに？」

「核弾頭」

「うそでしょ」

「いや、四百発くらい、地下の基地に保管されているんだってよ」

「そっちは全然やさしくないじゃない」

日が翳りだした頃、窓の外を見て苺子が、ひょっとしてあれがと言って中国語で何やら言った。中谷は運転しながら首をかしげた。

「麦積山石窟《ばくせきざんせっくつ》。日本語の発音で言えば。切り立った岩壁に仏様が彫られているの、あれが見えるってことはここは天水市《てんすい》だ。わたしらは陝西省《せんせい》を出て甘粛省《かんしゅく》に入ったんだよ」

その甘粛省の省都、蘭州《らんしゅう》で一泊することにした。安全第一で、と伝えて苺子に選ばせたら、ギリシャ神話の神の名がついているホテルをスマホで見つけ、デラックスツインをふたつ取った。

さすがにフランス資本の宿だけあって、完全に西洋風のホテルだった。荷物を下ろし、窓辺に寄って外を見ると、日はもう西に落ち、街の灯《あか》りがにぎやかに灯《とも》っていた。少林寺近辺の暗さとはまるでちがう。下を見ると、黒くて広い帯状のものが街灯を暗く映している。かすかな残照に照らされたそれは黄河の川面だった。

部屋の電話が鳴って、苺子が空腹を訴えてきた。じゃあ夕飯にしようと応じ、その前に黄河沿いにすこし散歩したいからつきあってくれと言った。川べりを歩いていると、大衆食堂があった。「西北食神」という看板にそそられて、ホテルのレストランで食べるとばかり思っていた苺子を説得し、なかば強引に入った。注文を聞きに来た店員に、お薦め料理を中谷が尋ね、これだねと教えてもらったものを頼んだ時、あーあ、いよいよ羊責めがはじまるのか、と苺子がため息交じりにつぶやいた。

中谷は、ならば、食レポして「炉前散語」で公開しようと言い出し、スマホのカメラを動画モードにして、一応店に許可をもらってくれないか、と苺子に頼んだ。

えーっと、今日は河南省の少林寺を出て来まして、西安で有名な陝西省《せんせい》を突っ切って、甘粛省《かんしゅく》に入り、今夜はその省都、蘭州に宿泊します。で、いまはここ、「西北食神」って名前のお店、こちらの発音ではなんだっけ？　ちょっと苺子、言ってみてよ。シーベイ・シーシェン。――に来ています。

中谷はそう言って自分に向けていたカメラを店内に振り向けた。どう見ても高級レストランには見えない。地元の人が平服で来る店だ。安全面を考慮して、ホテルのレストランで食べるか、ルームサービスでも取ってくれればいいのに、と福田は思った。そしてもうこのへんで北京に引き返してくれ、と念じた。料理がやって来た。片言の中国語でこれはなんですかと訊いて店員から返ってきた料理名をうまく発音できず、ちょっと苺子、また代わりに頼むよ、「麺ロードを行く」みたいな感じでさ、とねだるように言って、カメラのレンズを料理から持ち上げ、テーブルの向こうにいる同席者を映した。少林寺の首座との対談で通訳をしていた女性が映り、ちょっと撮らないで、それにその番組名言わないでよ、と抗議して、向けられていたスマホを取り上げて中谷に切り返す。羊肉泡餅《ヤンロウパオビン》と羊肉手抓飯《ヤンロウショウジュアファン》。ラーメンのスープにピザの生地みたいな餅と羊の肉と野菜を浮かせたもの、そっちは羊の肉の炊き込み御飯です。そう解説する女性の声とともに、フレームにほっそりした手が入ってきたと思ったら、中谷が握っているスプーンを取り上げ、羊肉手抓飯《ヤンロウショウジュアファン》は手でつまむようにして食べるのがこちらでは一般なのです、はい、やってみて、と女教師のような声が催促し、中谷が手で飯を頬張っているところをたっぷり映してから、ふふふと笑い声が重なって、次にレンズが、店の中の中国人客に向いたときには、そこではみんなスプーンを手にしていた。

　これには福田もかすかに口元を緩めはした。けれど、そのあとすぐ、どうしたものかと考え込んだ。ともかく、この第六回「炉前散語」によって、陳が予想した通り、中谷はシルクロードを西に移動していることが判明した。福田は、このままさらに西に行かれると面倒なことになると思い、受話器を取り上げた。

——行くつもりなんでしょう。そもそも羊肉手抓飯《ヤンロウショウジュアファン》ってのもそういう料理なんですよ。

　陳は探偵気取りでそう言ったが、食事にかこつけた謎解きを楽しむ余裕は福田にはなかった。

「どうなりますか」

　福田の問いは漠然としていたが、その焦点は、中谷の行動が中国にどのような反応を引き出すだろうか、にあった。

――すみません、当局の動きばかりは僕も予想できません。ただ、歓迎されないことは確かでしょう。

「急に、南進して四川料理でも食べに行ってくれるといいんですが」

陳は笑った。

「明日、午前中に外務省に連絡して相談してみます」

そうですか、と陳は言い、

――ただ、中谷さんに興味を持つ中国の知識人がやっぱり出はじめましたね。

「えっ？」

福田は思わず声を上げた。

――当然でしょう。中谷さんはいま、ウォール街の投資家を泣かせて莫大な利ざやを独り占めしている、なんて噂が立ってるほどなんですから。

それは大袈裟《おおげさ》ですよ、と福田は苦笑まじりに言ったが、そういう噂がもたらすトラブルは自分が対処することになるので、福田はまた気が重くなった。

――まほろばに泣かされているのはウォール街だけじゃなくて、中国もそうです。一帯一路政策にことごとく干渉されて、アジアの大国のメンツを潰されていますからね。ただ、どうしてこんなリターンを度外視するようなことをするんだろう、どういう行動原理で動いているんだろうか？　とインテリは考えるわけです。

それはそうだと思ったが、こちらに話題が進むのを好まなかった福田は、

「わかりにくいのは中国も同じじゃないでしょうか」

と返してみた。

――どういう風に？

「国益を重視して行動しているのか、それともイデオロギーで行動しているのか、よくわからないところがありますよね」

――たしかにそれはそうかもしれません。

「儒教は孝を重んじますよね。親孝行の孝を。なのに、文化大革命では子供に親を告発させたりしてこの道徳を壊してしまった。さらには、共産党の一党支配をそのままに、経済は資本主義で回すなんて曲芸をやっている」

――なので中国の知識人の中には、新しい思想やイデオロギーが必要だと主張する者もいます。ただ、中国側も似たような気分でまほろばを見ているんじゃないでしょうか。まほろばが国益、おっと、国じゃないから法人益か、これを重視して行動しているとは考えにくい。じゃあ、もう片方のイデオロギーはどうなっている、中谷はどんな思想の持ち主で、まほろばの究極の目的はいったいなんだ、ということが気になってくるのは当然ですね。

実は自分も気になっているんだ、とはさすがに言えなかった。

――そんなところに、これまで福島に閉じこもっていた中谷さんが突如乗り込んで来て、「炉前散語」なんて番組を配信しはじめた。しかも英語と中国語の字幕までつけ、仏教や儒教から怪しげな引用なんかしている。これは見ますよ。でも見たってやっぱり、よくわからない。北京じゃなくて西の端っこでうろちょろしているのも気になる。

参考になりました。ありがとうございました。そう言って電話を切ろうとすると、最後に陳が、

――いや、中国側も中谷さんの行動を理解しがたく感じているのではと申し上げましたが、中にはその意図をズバリ見抜いてるインテリがいるかもしれませんよ。

とつけ足した。まあこれは別れの挨拶にくっついた尻尾みたいなもんだなと思い、あまり深くは考えず、また連絡しますと言って切った。

福田はもういちど受話器を取り上げた。

できれば、すぐにでも渡航して、中谷の御目付役を担ってくれないかと福田はあらためて市川に伝えた。

彼女の反応は鈍かった。北海道と沖縄のまほろば特別自治区の件でいまとても忙しい。特に北海道で予定しているまほろばは、水産業の低迷と人口流出で苦しんでいる根室《ねむろ》に作る予定なのだが、地元もまほろばの進出を歓迎しているものの、国立公園が近くにあることから、環境省との詰めが必要だ。呑気《のんき》に海外旅行などしている場合じゃない、などと縷々《るる》述べられ、わかった今日のところはこれで引き下がるよ、と言って受話器を置いた。

一方、ＴＢＣのオフィスで「炉前散語」を見た岸見伶羅は、張本苺子がシルクロードの旅に同行していることを確認し、それを伝えるために道下のデスクの前に立った。

「そんなネタは昼のバラエティ班に任せておけばいい」

番組統括プロデューサーの反応は冷淡だった。

わかりました、といったん踵《きびす》を返しかけた岸見は、

「道下さんが狙っているスクープのイメージをいまいちど確認してもいいですか」

と尋ねた。

「なにを言ってるんだ、まほろばの究極の目的じゃないか」

「ですから、もしかして彼女が知っているかもしれないと思いまして」

すると道下は顎に手を当てて考え出した。

「中谷の遠征に同行している事実をどう捉えればいいんでしょう。彼女より中国語ができる通訳はいるはずなのに」

「ふむ。たしかに、元カノを連れて中国の砂漠を旅してるなんて変だよな。大体元カノなのか、ひょっと

して現役じゃないのか」

「かもしれません」

「だとしたら、噂になってなかったのは解せないな。フリーランスの連中は、中谷ネタだったらなんだって売れるだろうから、嗅ぎ廻っているはずなのに」

「これまでは没交渉で、最近また連絡を取り合う仲になったということも考えられます」

「うむ。で、中谷がその女に惚《ほ》れているんだとしたら、まわりの人間が知り得ないようなネタをピロートークで彼女に漏らしている可能性がある、そう言いたいんだな」

岸見は、はたして自分はそんなことを言いたかったんだろうかと思いながらも、

「ええ」

とうなずき、

「中谷さんは彼女を信頼している気がするんです。たとえ私たちが近づいても、なにも口外しないと信じている気が」

と言った。

「てことは、そうやすやすとは話してくれないってことじゃないか」

「そうなんですが……」

道下は視線を目の前のディスプレイに戻し、腕を組んだ。しばらくそのままの姿勢でじっとしていたが、ふと視線を岸見のほうに戻し、

「じゃあ、中国で彼女を直撃して、なんとか重い口を割らせてくれ。早いほうがいい」

と言った。

一方、福田のリクエストを退けた市川も、張本苺子について考えていた。福田の言うことには一理あっ

た。ただ、あのふたりの間に自分が介入していくのはどうも気がすすまなかった。もともと自分はそういう遠慮をしない性質《たち》なのに。

いちど、岸見伶羅が中谷から情報を取ろうと食堂で同席していたところに、いいですかなんて言いながら、割って入ったことがあった。どうぞ、と言いながらも岸見は明らかに迷惑そうだった。だが市川は平気だった。ただ、今回はそうすることがろくな結果にならない気がする。

言葉の問題だろうかとも思った。まだまだ拙い語学力で土地勘のない外国に乗り込んでいくのは分が悪いと思っているのか。だとしたら自分は張本苺子と競い合っていることになる。そう考えると、むしょうに不愉快だった。


時間はすこし遡る。蘭州の川べりの食堂で、羊肉泡餅《ヤンロウパオビン》と羊肉手抓飯《ヤンロウショウジュアファン》を平らげた中谷と苺子は、ヨーグルトの中に西瓜《すいか》やキウイやブルーベリーをトッピングした水果酸奶碗《スイーグォスアンナイワン》というデザートに取りかかり、明日の旅程を相談していた。

明日はどこまで走ろうかと相談していると、ゆっくり行こうと苺子が言った。

「中国の高速道路は三百キロ走るとかならずサービスエリアで休憩しなきゃいけないことになっているし、焦ってスピード違反で捕まったりして、日本人だととても面倒なことになるから」

中谷はわかったと言い、無理をせずに行けるところまで行ってそこで泊まることにしようと言った。

あくる朝、中谷の部屋の電話が鳴って、北京に連絡して話さなきゃならなくなったから出発を遅らせてほしい、と苺子が言ってきた。なにかトラブルでもあったのかと訊くと、まあそうなんだが、たいしたことはない、と苺子は言った。俺のことでなにか当局からそちらに連絡が行ったのならかならず教えてくれと念を押すと、いや中谷君には関係のないことだからと言われ、承知して、切った。ひとり部屋でルームサービスの朝食を食べ、サンチンを練習した。十時前に苺子から電話があり、出られると言ってきた。

ホテルから車を出したのは十時過ぎだった。中谷がハンドルを握り、三時間ほど走って武威《ぶい》という勇ましい地名の服務区《サービスエリア》で給油し、休憩した。朝ご飯を食べられなかったと言って、苺子はハンバーガーを買って食べた。疲れているのか苺子は静かだった。肘で突《つつ》いて、三蔵法師は天竺《てんじく》に行く途中でこの町にひと月滞在したみたいだぞと言っても、鈍い反応しか返ってこない。二時前に出発し、五時前に張掖《ちょうえき》という町に着き、服務区《サービスエリア》のイートインのカウンターでコーヒーを飲んだときも、苺子は隣で突っ伏して寝ていた。

苺子を起こして、また二時間半ほど走り、酒泉という町の服務区《サービスエリア》にピットインしたときには、日は沈んでいた。

「もう少し先まで走ってもいいかな」

と中谷がご当地の麵だという黄麵《ファンミエン》を食べながら訊いても苺子は、

「また、麵食べてんのー」

と言ってぼんやりしている。自分がいまどこの服務区《サービスエリア》で休憩しているのかも怪しげな苺子に、中谷は箸を置き、

「大丈夫か」

と尋ねた。

「うん、全然大丈夫。その代わりこの先も中谷君が運転してくれる？　私、お薬飲みたいんだ」

おい薬ってなんだ、どこか悪いのか、と中谷が尋ねると、苺子はポーチから薬を取り出し、いや、昨夜《ゆうべ》よく眠れなくてさ、今朝もいろいろあったから車の中で寝たいんだよ、と言い、これに中谷が、薬飲むんだったら、なにか食べてからにしろ、胃が荒れるぞと忠告しても、いやいや、黄麵《ファンミエン》なんか食べたくない、と言って錠剤を口にほうり込んでペットボトルから水を飲んだ。

「その薬、朝も飲んでただろ。てっきり酔い止めかなと思ったんだけど、じゃあ、もう今日はこの辺で宿

を探そう」

　と中谷は言った。

「いやいや、もうちょっと先まで行こうよ。車の中のほうがむしろ眠れるんだ。揺れとエンジン音が子守唄みたいな効果があるんだろうね。その代わり、中谷君もちゃんと休憩取らなきゃだめだよ。三百キロ走ったら、かならずね。それさえ守ってくれればゴビ砂漠の果てまで走っちゃってよ」

　本当にそのほうがいいのかと念を押しても、全然問題ないからと苺子は首を振り、走り出すとすぐに助手席の背もたれを深く倒し、薬が効きはじめたのか、ほどなく寝息を立て始めた。

　苺子はその後も、服務区《サービスエリア》で停車するたびに、トイレに行って戻ると、また助手席に身を埋《うず》めて眠りこけた。中谷は沈む太陽を追うように、車をひたすら西へと走らせた。そして、やがて日は落ちた。

　柳園鎮《りゅうえんちん》の服務区《サービスエリア》でコーヒーを買って車に戻る路上で、気温がぐっと下がってきたのを感じた。標高が高まり夜も深まったからだろう。車内に逃げ帰り、ヒーターの温度の設定を変え、西安の服務区《サービスエリア》で買ったダウンコートを苺子にかけてから、また走り出した。

　道は空《す》いていた。砂漠の中を突っ切る夜の高速道路では、ヘッドライトはすぐ目の前の地面しか照らさない。制限スピードを守りながら、中谷は慎重に運転した。

　やがて、目を覚ました苺子が、背もたれを起こし、自分の肩から下にかけられたダウンジャケットを不思議そうに眺めてから、フロントガラスの向こうに目を凝らし、そして左右のサイドウィンドウにも目をやった。もちろん、投げた視線の先にあるのは闇だけだ。

「どこ」

「ちょうどいいところで起きてくれた。ちょっとだけ運転を代わってくれないか」

　中谷はそろそろと減速し、暗い路肩に車を停めた。

「いいけど、ここはどこ?」

「もうすぐ料金所だ。ＩＤを求められるだろうから、苺子が運転してるほうがいいだろ」

「ああ、そういうことか」

苺子は、胸の上のダウンジャケットをはぐと、ドアを開けて外に出て、中谷と入れ代わるように運転席に移動し、車を出した。

「で、ここはどこ？」

苺子が言ったとき、突然、強烈な街灯の中に大きな料金所の関門が現れた。

そして、その上の文字を読んで苺子はあっと声を上げた。

「星星峡《シンシンシャ》⁉」

「そうだ、甘粛省ともいよいよお別れだ。長旅お疲れ様」

「ちょっといま何時」

「一時ちょっと前」

「なんでこんなところまで来ちゃったわけ」

「砂漠の果てまで突っ走れって言っただろ」

「言ってないよ、言うわけないでしょそんなこと」

と抗議したが、こういう状況でやるべきなのは、下手なことをせずに関門をつつがなく抜けることだけだった。苺子は料金所のブースの前で車を停め、サイドウィンドウを開けた。刺すような冷気が吹き込んできた。フードつきの分厚いダウンジャケットを着た係員がなにか言った。苺子は、レンタカーの契約書と運転免許証を差し出した。受け取ってそれを見た係員が中谷を見て、苺子になにか言った。苺子と係員との間で中国語の応答が続いた。

「パスポート見せて」

苺子が中谷に手を差し出した。中谷は赤い手帳をその手の上に載せた。苺子からパスポートを受け取った係員はそれをじっくり見たあとで、襟元に取りつけていた黒い無線機に口を近づけてなにか言った。

「まずい」

と苺子が言った。

新疆《しんきょう》ウイグル自治区のエリアからひとりこちらに向かってくる者があった。

「公安警察だよ、あれ」

係員の横に立つと、国境検問所の公安警官はかなりの巨体の持ち主だった。

中谷がダッシュボードの上に手を伸ばした。

「何するつもりなの、変なことしないでよ」

苺子の声は震えている。

目の前に現れた公安警察が、中谷の赤い手帳を受け取り、懐中電灯で中を照らしながら係員の言うことをふむふむ聞いている。そして、今度はふと視線を上げると、苺子に命令口調でなにか言った。苺子は半分だけ開けていたサイドウィンドウを全開にした。冷気とともに髭面の男の顔がぬっと侵入してきて、懐中電灯の光が白く激しく氾濫《はんらん》する。その光は中谷の顔を容赦なく照らし出した。


その頃福田は、副代表室に宛がわれたプライベートスペースのソファーにひとりぼんやり腰かけ、四日前の陳との通話を思い返していた。

「新疆ウイグル自治区。中谷はそこに行こうとしているとおっしゃりたいんですか」

——ご明察です。さすがですね。

と陳は笑っていた。もちろん、謎が解けた喜びなど福田にはない。

「陳さんはどうしてそう思われるんですか」

とりあえず福田はそう尋ねた。

――福田さんはもう答えがわかっているのに尋ねておられますね。

と陳がまた笑う。

――いいでしょう。ではこちらも愚直にお答えしましょう。新疆ウイグル自治区といえば、太陽光発電パネルの生産拠点です。

「そうですね」

と福田も愚直に反応した。

――まほろばも自然エネルギーには力を入れているじゃありませんか。

「ただ、事業の現状は惨澹《さんたん》たるものです。結局、太陽光発電については、中国の独り勝ちなんですよ」

――だから、こそ中谷さんが太陽光発電事業を〝見学〟しに新疆ウイグル自治区に行くことはあり得るんじゃないでしょうか。

「どうでしょう。中谷はペイマスター、つまり事業家に金を渡してやる人間で、プレイヤーではありませんから、彼が見学してもしかたがないと思いますが」

むしろ行くべきはサンドッグの光村じゃないか。そういえば、飯塚先生に呼び出されて、ミーティングをドタキャンさせたままになってるな、谷口に言ってリスケさせなければ。そう思って、福田は机の上のメモ用紙にボールペンを走らせた。

――だけど、見学していけないというわけでもないでしょう。脱炭素型エネルギーという点では、カナダのウラン鉱山からもつながりますよね。

太陽光エネルギーと原子力をセットで考えるというのは、かなり強引な気がしたが、中谷の素っ頓狂なところを考えると、陳の言うことも無視できない気がした。不意に日本を飛び立って、カナダの鉱山地帯で天然ウランを手にしたり、中国に渡って少林寺でカンフーの真似事をやる男である。そのまま糸が切れた凧《たこ》みたいにユーラシア大陸を西へ西へと飛んでいき、膨大な数の太陽光パネルが敷き詰められた砂漠に立って「炉前散語」を配信し、中国に負けないように頑張る、なんて宣言したりしかねない。ただ問題は、中谷が新疆ウイグル自治区に入ることを中国政府当局がどう考えるかだ。

——嫌がるでしょうね。ただでさえセンシティブな場所なのに、やってくるのが中谷さんときたら。

「観光だと言い張ったらどうなりますか、一応あのあたりにも観光地はありますよね」

——ええ、シルクロードの一部なので。行けば面白いと思います。本当にここは中国なのかなんて気持ちになれますよ。

「それも微妙だなあ。あのあたりは、ここは中国じゃないと言って独立運動が起こったりしてるでしょ。文化的にはイスラム圏ですよね」

——はい。それを中国当局が抑え込んでいる。中国の安全保障の大方針は、中国でないところを中国にしてしまうってことです。戦わずして勝つ。もともと漢民族って喧嘩には弱いので、戦わないほうを選ぶんです。

「喧嘩が弱いんですか」

——そう思うんですよ。弱いから万里の長城なんて作る。喧嘩に強いといったら蒙古でしょう。武力であんな大帝国を築いたんですから。日本に攻めてきたのも元だから蒙古族ですよね。実際、宋の時代は契丹《きったん》って蒙古族に手を焼いていた。ただ、宋朝は金《かね》があったから、もう攻めてこないでくれって絹なんか渡してたそうです。とにかく、血を流さないように色々考えるんですよ、中谷さんが言っていた兵不血刃《ひょうふけつじん》です。

「ただ、ウイグル自治区での中国の政策は決して平和的なものとは思われていませんよ。だからこそ国際社会から非難を浴びているのではないですか」

——はい。それにもともと兵不血刃《ビンブーシュエレン》って、毛沢東の〝農村を以《もっ》て都市を包囲する〟戦略の端緒にもなったもので、残酷で陰湿な戦法でもあるんです。戦争に負けた日本が満洲から撤退したあと、長春の都に国民党の軍が入った。それをあとから共産党が取り囲んで、食糧の供給を断《た》ったんです。そして、籠城している兵士にこっちに来たらお腹いっぱい食べられるよと食べ物を見せびらかして、陥落させた。

福田はこれを聞いて、中国は同じ手をいまも一帯一路政策で使っている、と思った。たしかにあからさまに非人道的な真似はしていないが、アジアやアフリカや南米で、インフラを整えたいならば貸しますよと言って金を見せびらかすのは、似たり寄ったりじゃないか。ということは中谷は、兵不血刃《ひょうふけつじん》を持ち上げつつその邪魔をする、という矛盾を冒していることになる。

「人権問題も気になるんですよ。この地方政府がウイグル族の人々を強制収容所に入れて、ひどい条件で働かせている、と欧米から非難されているでしょう」

福田は話題を戻した。

イギリスBBCのテレビ番組に出演した中国の駐英大使が、新疆ウイグル自治区でウイグル人が目隠しをされて列車に乗せられている様子を上空から捉えた映像を見せられ、難詰された上に、ウイグル人女性の不妊手術や妊娠中絶を強制しているのではないか、と問い質された。

国際舞台で赤っ恥をかかされた傷が癒えないうちに、今度はアメリカが追撃した。強制労働の疑いが濃厚だとして、ウイグル自治区で生産された綿製品やトマトを輸入しないと発表し、中国は民族大量虐殺《ジェノサイド》と人道に対する罪を犯していると認定したのである。

間髪容れずにこんどはBBCが、自治区内の収容所でウイグル人女性が組織的に強姦《ごうかん》され拷問されていると報じ、被害者女性や元職員の詳細な証言を紹介した。

福田は、それなりに醒《さ》めた男なので、報道に刺激されて中国けしからんと激昂するよりも、この連携プレイが、新しい覇権国家として日ごとに存在感を増す中国に対する、英米タッグチームからの牽制球《けんせいきゅう》ではと疑ってもいた。

「陳さん、これについて西側メディアが報じていることは、本当だと思いますか」

――ジェノサイドという言葉がふさわしいかどうかはわかりませんが、中国がやろうとしているのはウイグル民族の漢人化であることは確かでしょう。ウイグルが漢人になれば、民族問題なんてなくなるわけですから。

「つまり中国は、新疆《しんきょう》ウイグル自治区の住民がウイグル人であってはまずい、と思っているのですね」

――そうです。新疆の人たちの多くは漢民族ではなく、トルコ系の人たちです。だから顔がちがう、言葉もちがう、風習もちがう、宗教は、儒教や仏教ともちがい、イスラム教です。もう完全に外国人なんですよ。だけど、独立されては困る。歴史的にも、中国は、東と南は無血でうまくコントロールできてきたんですが、西と北には手こずって大量の血を流してきました。なので安全保障上、そこも中国にしてしまわないとまずいんです。

「中国でないところも中国にしてしまう……」

――そうです。拡張したくてしているわけではないってことです。そういう意味ではロシアと似てますね。ロシアの研究家が言ってましたよ、中国の政治家とロシアの政治家は馬が合うんじゃないかって。俺たちは大変だよお、ちょっと手綱を緩めると、あいつらすぐ独立したがるんだからあ、なんて言いながらウォッカ飲んだり白酒《バイジュウ》飲んだりして、肩叩きあったりしてるんじゃないかって。

とりあえず笑っておいた。

――だからこそ漢人になってもらわなくては、と中国は考える。言葉も信仰もいままでの考え方も洗い流して、中国語を教え、中国語で考えさせ、社会組織や就業の構造も中国化する。同じことは、内モンゴルでもやってます。モンゴルというのは北と南で分断されていて北はモンゴルという国になっていますが、南は内モンゴルとして中国の一部に取り込んでいる。内モンゴルのモンゴル系公立学校では、モンゴル語の授業を禁止し、中国語でおこなうよう決定しました。

「それは民族性を消すってことですか」

――ええ。ただナチがユダヤ人にやったように殺しはしませんけどね。

もう笑うことさえできなかった。

「……だけど、中国の少数民族の居住地域ってものすごく広いじゃないですか」

――そうなんですよ、漢民族の倍ぐらいあります。

「それをみんな中国にしてしまうなんて、かなり無理があるのでは」

――無理があってもやらないとまずい。安全保障上、国家の存亡にかかわることです。海に囲まれた島国に住んでいる日本人にはピンとこないかもしれませんが。

そう言われてしまうとそうかもしれませんと返すしかありませんね、と福田が苦笑交じりに言い、いや、失礼な言い方をしてこちらこそすいません、とにかく、私の勘が外れてくれればいいんですが、と陳が返した時、福田ははっとした。

「陳さん、最初に、太陽光発電がどうのこうのって話をされましたけど、ひょっとしてあれは建て前で、中谷がウイグル自治区に行く目的はほかにあるとおっしゃりたいのですか」

――ええ、本当の目的ってやつもまだよくわからないんですが、そんな気がするんです。だから中国の知識人も、中国政府がやっていることがすべて正しいとは思ってませんから、中谷さんの動向に注目してるわけです。

「でも危険じゃないですか、そんなことしたら」

――普通なら、すぐに拘束されるでしょうね。ただ中谷さんは、経済成長を遂げる中でいまの中国が見失いがちな古い思想、仏教や儒教に不思議な語り口で言及し、やたらと持ち上げたりしてくれる。これは中国にとっては、嬉しくもあり、みずからの現状を顧みると、いささか決まりの悪いことでもある。その戦略が私には面白いし、そう感じるインテリは中国にもいると思います。いや、この状況を面白いなんて言うのは、大変不謹慎で申し訳ないのですが。

冗談じゃない。中国は拘束するとなったら二年や三年は平気でやる。そうしたらエアーは停止し、まほろばは瓦解するだろう。

スマホが鳴った。福田は陳との通話の回想から、プライベートスペースのソファーの上に引き戻された。

――こんな時間にごめんなさい。

そう挨拶されて、時計を見ると夜中の三時前だった。遅くに市川からかかってくるのは、珍しくはないが、ここまで深い時間のコールははじめてだった。

「急用だな」

ええ、と市川の声は神妙だった。

――中谷代表が新疆ウイグル自治区に入りました。

覚悟していたとはいえ、福田は軽く衝撃を受けた。と同時に、市川はその情報をどこから手に入れたのだろう、と疑った。まず考えられるのは外務省だが、あまりにも時刻が深すぎる。それに、西村なら先にこちらに連絡を寄越すはずだ。

チンと鳴った。ソファーの前のローテーブルに置いていたノートPCのディスプレイの右端に、市川からのメールがポップアップした。そこにURLらしき文字列があった。その文字の並びから、それがまほろばのホームページのものであることがわかった。


甘粛省から新疆《しんきょう》ウイグル自治区に入る高速道路の料金所で、足止めを食らっていた中谷は、柔らかい声で係員に日本語で話しかけた。

「これを見てくれないかな」

中谷はダッシュボードから取り上げたタブレットを差しだした。ディスプレイ上には、中谷と鈍色の僧衣を着た男が向かい合って静かに微笑んでいる。第三回「炉前散語」の画面だ。公安警官がそこに視線を落としたちょうどその時、「嵩山少林寺　禅堂首座　釈霊一」のテロップが僧侶に被さるように出た。

これを見た苺子は、勢いこんで画面を指さし、公安警察の男に向かって喋りはじめた。嵩山少林寺は中国で最も有名な仏寺のひとつである。その高僧と対等に対談しているのであるから、この男は怪しい者であるはずはない。立派な人なのだ。手荒く取り扱ったりすると、あとで上から叱られるよ、くらいは言ってそうな勢いだった。

苺子のアピールをうるさそうに聞きながら、画面を見ていた男は、もういちど助手席に視線を投げ、懐中電灯でふたたび無遠慮に中谷の顔を照らした。まともに強い光をぶつけられ、目を細めながらも中谷は微笑んだ。男の視線は、タブレットの上と助手席の中谷の顔面と手元のパスポートの三ヵ所を一巡りした。その間、寒風は遠慮なく吹き込み、苺子の歯をカチカチ鳴らした。

ついに公安警官は、タブレットに、レンタカーの契約書と運転免許証とパスポートを重ねて苺子に突き返した。

「降りろ」

とは言わなかった。つまらなさそうに、なにかつぶやいて「行け」と言うように腕を振った。苺子はこぞとばかりにサイドウィンドウを閉め、アクセルを踏む。

車は、ついに省境線を越え、新疆ウイグル自治区に入った。

ふたりは同時に深いため息をついた。

「よし、晩飯にしよう」

と中谷は言った。

「え、ここで」

「そうだ、星星峡に入って新疆拌麵《バンメン》を食べるってのが定番コースだろう」

「こんなところに食堂なんか――」

ないよと言おうとした苺子に中谷は、道路脇に立つ土色の煤けたビルを指さした。一階のガラス戸から弱々しい灯りが漏れていて、配膳をする人影があった。

「えー、あんなとこで食べる気なの」

「ああいうところが意外にうまいんだよ」

「いやだよ私は」

「ただ、逆にこの先行くと哈密《ハミ》まで二時間走ることになる、その間はずっと砂漠だ」

「いいよ、たっぷり寝たから私が運転する」

中谷はスピードメーターの隅を指さした。矩形《くけい》のアイコンがオレンジ色に光っている。

「なにこれ」

「エンジン警告灯だ」

「え、故障してるの」

「その可能性があるぞって知らせてる」

「いつからついてるの、これ」

「三十分くらい前かな。オレンジ色だからすぐになんとかしなきゃいけないってわけでもなかったから、そのまま走ってきた」

「じゃあ、哈密《ハミ》までは持つんじゃないの」

「排気ガスの酸素濃度のセンサーがエラーを起こしてるだけかもしれないけど、ウルムまでの二百キロの間で車が停まる可能性もじゅうぶんある。そうしたら砂漠の真ん中で立ち往生だ。警察に発見されたら、またまずいことになるぞ」

苺子は黙り込んだ。

「とりあえず飯を食って修理しよう」

中谷はそう言った。観念したように苺子は車を動かしハンドルを切った。

ふたりはダウンジャケットを着てから車外に出た。冷たい外気に身震いしながら、小石の混じった地面をじゃりじゃり言わせて歩く。遠くで野犬のような遠吠《とおぼ》えが聞こえる。中谷は空を見上げた。満天の星だったが、

「当たり前だよね、ここまでなにもなけりゃ、星ぐらいきれいじゃないと」

と苺子が先回りするように言って、仄《ほの》かな灯りをともす暗い建物のほうへ歩いていく。

土色の三階建ての建物の一角だけに灯りがついていた。店の上の壁に「大疆拌麵館《だいきょうバンメンかん》」の文字。メニューがべたべた貼られたガラス窓の隙間から、屈《かが》み込んで飯をかき込んでいる人影が見える。

十月とは信じられないくらいに冷たい風に顔をしかめ、苺子はガラス戸を押し開けた。

作業着姿の男たちが五人、バラバラに腰かけ、無言で食べている。

「トラックの運ちゃんかな」

そう言いながら中谷は、空いているテーブルに腰かけ、水を持ってきた店員に、壁の張り紙を指さして注文した。

ほどなく、野菜と一緒に炒めた羊肉をかけた麵が出てきた。

「ほら、お待ちかねの拌麵《バンメン》だよ」

つまらなさそうに苺子が言った。

続いて肉の串焼き（羊肉串《ヤンロウチャン》）とパン（肉と野菜を詰めて焼いた烤包子《カオバオツー》）が出てきた。物憂げに箸を取って食べようとした苺子に、

「疲れているところ悪いけど」

と中谷は言って、自分のスマホを突き出す。苺子の手に渡ったスマホはカメラが起動され、ビデオモードになっていた。

「えー、また食レポするの」

と呆れながらも、苺子がカメラを向けると中谷は、

「どもー、ここは甘粛省から新疆ウイグル自治区に入ったところにある星星峡《せいせいきょう》——」

とはじめた。

それから、まもなく、福島県のまほろば本部では、まず最初に市川が、これはたまたまではあるが、まほろばのホームページで、まほろば北海道の紹介文のテキストを確認していたときに、アップされたばかりの「炉前散語」に気がつき、閲覧後すぐに福田にメールで知らせたのであった。その後は、福田をはじめとして、まほろばのスタッフが次々と、第七回「炉前散語」を見た。


どもー、ここは甘粛省から新疆ウイグル自治区に入ったところにある星星峡《せいせいきょう》、さっき張本苺子さんは中国読みでシンシンシャって発音していましたが、夜空に輝く星をふたつ重ねて峡《はざま》ですね。まあそう言ってもわかりにくいとは思うので、あとでスタッフがこのあたりにテロップを入れてくれると思います、よろしく。ロマンチックな名前の場所なんですけど、本当になにもない。たしかに星はきれいだけど、このあたりはどこに行っても満天の星が見えるので、星くらいじゃあまり自慢にならない。そして、ここは標高約二千メートルもあって外に出て星空を見上げるには、十月下旬でも寒すぎるんです。

この店の名前は「大疆拌麵館《だいきょうバンメンかん》」。——ここもテロップつけといてね。あとでテキスト送っとくから。で、拌麵《バンメン》っていうのはこの新疆ウイグル自治区の麵です。ここに来たらなんとしても拌麵《バンメン》を食べなきゃいけない、というか、拌麵《バンメン》を食べるためにここまでやってきたというか、まあそういうことなんで、いや、どういうことなのかわからないけど、せっかくだから食レポさせていただきます。

……うん、うん、うまい。この麵、うどんに似ているけど、もうちょっとコシがある感じですね。汁なしそばなので焼きそばに見えるけど、茹《ゆ》でた麵を湯切りしただけ。具のほうは炒めてある。玉葱《たまねぎ》・ピーマ

ン・トマトそして人参、それからニンニクも入っているみたいだな。独特の風味があっておいしい。

くり返しになるけれど、拌麵《バンメン》は新疆ウイグル自治区の麵です。新疆ウイグル自治区っていうのは、中国なんだけれども、中国人にとっても異国情緒溢れる外国みたいなところです。顔なんかも中国人に見えない。苺子、ちょっとあのおじさん撮ってよ。あ、手を振ってくれてる。ね、実はウイグル人ってトルコ系なんです。ウイグルの人はこの麵を拌麵《バンメン》とは呼ばない。ラグメンです。三蔵法師はここを歩いて天竺《てんじく》つまりインドに行ったんですが、ここらへんはソグドってイラン系の人に道案内をしてもらっています。三蔵法師がラグメンを食べたのかどうかは、よくわからない。食べたら、お、これはなんだ、奇妙な味だがうまいぞって言ったんじゃないかな。……なに笑ってんだよ。味もいわゆる中華風とはかなりちがっているから。僕は日本のラーメンが一番うまいと思うけども、ラグメンも捨てたもんじゃない。捨てたもんじゃないって表現は変だけど、面白い。つまり、捨てたもんじゃないってのは、なんとか合格ラインをクリアしてる状態を言ってるわけではなくて、魅力的なので大事にしたいってことなんです。

僕らが中国からラーメンを教えてもらったように、中国もその周辺の異民族からいろいろ教えてもらって、なんじゃこりゃって思いながらも大事にしてきた。その最たるものが仏教です。仏教に魅せられた三蔵法師は、こんなヤバい道を何年もかかってインドまで歩いて行った。コブラとかサソリなんかもいそうだなあ。そういえばさっきウオォォォォンって遠吠えが聞こえてたけど、あれはなんだろう。

えっとなんの話をしてたんだっけ。そうだ、拌麵《バンメン》ってのは捨てたもんじゃないって話だった。捨てたもんじゃないものが、西から東に伝わってそして最果ての日本まで来たと。つまり中国の中心部だけが発信源じゃないし、外から入って来たものを捨てないでいることで豊かになっていくってことを忘れちゃいけない。

〝捨てたもんじゃない〟ものが中国に入ってくるのは、昔はもっぱら西からだったんですが、いまは東からも入っているんじゃないか。東の果ての列島で暮らしてた僕らは、受け取るばかりだったけど、それもだんだん変わってきている。たとえば韓国からはダンスや映画、日本からはアニメが。ラーメンやダンスやアニメには万里の長城は必要ない。韓と日を合わせて〝七族協和〟でいい。そのうちここにベトナムやラオスも加わって〝九族協和〟になるかもしれない。あはは。

だけど、絶対に捨てるべきものが入って来ることもあります。インドをイギリスが支配するようになると、イギリスは、中国の絹やお茶や陶器などが欲しくて、だけど、中国人が欲しがるものをなにも持ってなかったんで、阿片《あへん》をインドから中国に持ち込みました。ひどい話だ。阿片なんてさっさと捨てたほうがいいわけで、実際、林則徐《りんそくじょ》って役人が捨てちゃったんですが、そうしたらイギリスが怒って、戦争をしかけてきた。向こうは産業革命で軍隊も近代化していたので、負けちゃったんだけど、これはどう考えてもイギリスが悪い。そういえば、イギリスからの阿片をみんな捨てちゃった林則徐は、イギリスに脅された政府によって、この新疆に左遷されました。林則徐も拌麵《バンメン》を食べてたのかもしれませんね。ん？ あそうか、こうやって撮影してると、苺子が食べられないんだよな。じゃあ、今日の「炉前散語」はこのへんで。新疆ウイグル自治区の星星峡からお送りしました。

番組を見終わると、市川は立ち上がって執務室を出、自分のプライベートエリアに引き取った。市川と福田の副代表のふたりは、中谷と同じようにまほろば本部内で寝起きしている。執務室の隣に私的な居住空間がある。これは中谷の部屋と同じだが、ふたりの副代表のワーキングスペースは二重の分厚いコネクティングドアでつながり、その外側に、それぞれのプライベートエリアが翼のように広がっている。執務室というワーキングスペースをひとつのブロックとして、ここから両サイドにそれぞれの私的空間が接続されているのである。

市川はスーツを脱ぎ、ブラウスも取り、ブラジャーも外して部屋着に着替えた。そして台所の戸棚から、中谷が持たせてくれた焼酎の瓶を取り出し、ロックグラスに注《そそ》ぐと、ソファーに座ってひとくち呑んだ。

電話が鳴った。福田からだったのですこし無理して取った。

——どう思った。

「『炉前散語』のこと？」

——それ以外になにがある。

「拌麵《バンメン》ってのは、あまり美味しそうじゃないね」

——……それは比喩的な表現なのか。

「いや、まんまの感想」

——で、この番組の狙いはいったいなんだと思う？

「それは陳さんに訊いてみればいいんじゃないかな」

——もちろん訊くさ。ただ君はどう思う。

「問題にされるようなことは言ってなかったと思うけど。クレームが来るとしたら中国じゃなくてイギリスからかも。でも、まあ、事実を歪曲《わいきょく》してるってわけじゃないからね」

——ほかには？

「楽しそうだった、中谷さん」

——まあ美人と旅行しているからな。

市川はグラスを傾けた。中の氷が転がり、かちんと鳴った。それをスマホのマイクが拾ったのだろう。

——呑んでるのか。

「一杯だけ」

——ひさしぶりに一緒に呑もうか。

市川はぐいとグラスを傾けて空にした。

「いや、今日はこれだけにしてもう寝る」

——わかった。陳さんには、もう遅いので、明日訊くことにするよ。おやすみ。

おやすみなさいと言って市川は切った。けれど、また注ぎ足して、結局あと二杯呑んだ。


そのすこし前、星星峡の荒野では、中谷と苺子は予期せぬ事態に当惑していた。ガソリンスタンドに車を持っていき、給油すると同時にエンジン警告灯の点検を依頼したが、担当者がいないと言うのである。

「どうする、騙し騙しこのまま哈密《ハミ》まで走る？」

中谷は首を振った。

「いまはオレンジ色だけどいつ赤く変わるかわからない。そうなったらただちに車を停めなきゃならない。砂漠のど真ん中までレッカー車は来てくれるのかな」

苺子は弱々しく首を振った。

「それに電話は通じるのか」

こんどは返事をせずに黙った。

「ここに泊まるしかない」

「ここに？　ホテルなんかないよ」

「旅館くらいはあるだろうから訊いてみよう。ひと晩の辛抱だ。明日の朝には修理できるって言ってたんだろ」

期待は外れた。この辺に旅館はないと思う、とガソリンスタンドの従業員は首を振った。長距離トラックの運転手が宿泊するようなところでもかまわないと重ねて訊くと、運転手はたいていトラックの中で寝るんだと言う。ふたりの困り顔を見て、ウイグル人の店員は、あそこで相談してみろと言って、大疆拌《だいきょうバン》麺館《メンかん》を指さした。

店に戻ると、ちょうど客がはけたところらしく誰もいなかった。三人の店員がテーブルを囲んで手づかみで賄いの抓飯《ツァーファン》を食っていた。うちふたりがトルコ系の顔立ちでふたりとも彫りが深く、ひとりは濃い顎《あご》鬚《ひげ》を蓄えたオヤジ、もうひとりは若者で、濃い眉と灰色の瞳をしていた。残りのひとりは蒙古系の細い目をした老人で、白いやぎひげを垂らしていた。

苺子が中国語でなにか言った。けれど、誰も反応しない。みな無言で飯をつまんで口に運んでいる。こんどはもっと鋭い声で苺子がまたひとこと発すると、濃い顎鬚のトルコ系のオヤジがおもむろに立ち上がり、店の奥に引っ込んでダウンジャケットを着て戻ってきた。手袋をはめた手には鍵の束と懐中電灯が握られている。

オヤジは無言で店を出た。ついてこいとは言われなかったが、無論ふたりはそうした。

冷たい風が吹く中を、オヤジは懐中電灯で足元を照らしながら、砂漠の奥へと歩いて行く。歩を進めるにつれ、背にした料金所から届く光は弱まり、懐中電灯が作る光の輪の外の闇が濃くなった。

「こっちに宿なんかあるの」

と苺子が言った。当然の疑問だった。なにかの遠吠えが聞こえる。それほど遠くにいるとは思えない大きさで、吠え声は低く長く尾を引いていた。あれはなにかな、と中谷がつぶやくと、苺子はその疑問を中国語で叫ぶようにオヤジに投げた。

ゆっくりと噛みしめるようにオヤジは言った。

「ジャッカル」

「狼《おおかみ》じゃないのっ！」

思わず苺子は声を荒げる。オヤジが立ち止まった。砂漠の中に大きな四角い土の塊があった。天から伸びてきた大きな手がそこに置いていったような感じで。扉が三枚並んでいた。

「まさかここ?」

と苺子がつぶやくと、オヤジはドアの鍵穴に鍵を差し込んだ。ドアは開いた。中に向けられた懐中電灯の光が照らし出した床は土だった。

オヤジはポケットから、粗末なライターを取り出すと、部屋の隅に吊り下げられているアルコールランプをふたつ灯した。四方に拡散された薄い光の中に朧《おぼろ》げに浮かび上がった室内には、シングルベッドと低い荷物置き用の粗末なテーブルがあるだけだった。窓もない。デスクもない。椅子もない。ただ、薪ストーブはあった。オヤジはその前に屈むと薪を入れて火を熾《おこ》した。

「ちょっと、お手洗いはどこ」

と苺子が言った。

なぜかオヤジはその日本語に反応し、扉を開け、懐中電灯を外に向けた。

「外面《ワイミャン》っ⁉」

苺子はもう叫んでいた。

オヤジの持っている懐中電灯はやたらと強烈な光を発し、荒野にポツンと建つ小屋を白く浮かび上がらせた。それがまたいかにも小さく見えた。

「遠いじゃない！」

オヤジはまた苺子の日本語を察してなにか言った。なんだって？　と中谷が通訳を促すと、

「近くだと匂いがきついんだってさ」

と苺子は顔をしかめた。

中谷はオヤジに向かって人さし指と中指を突き立て、中国語で「両人《リャンレン》、多少銭《トゥオシャオチァン》」と言った。オヤジもまた指を二本立てた。中谷はポケットを探って、百元紙幣を四枚渡したが、そのうち二枚は返ってきた。

ふたりぶんで二百元なんだ、ラッキーと中谷は言ったが苺子は、

「高っ！　なんだそれ！」

とオヤジを睨みつけた。

その視線から逃げるように、オヤジは部屋を出て隣の扉を開け、同じようにランプを灯し、ストーブに薪を焼《く》べると、部屋の鍵とトイレの鍵を中谷に渡して、そそくさと帰っていった。

「たぶん倉庫かなにかで使っていたところにベッドを持ち込んだんじゃないのかな」

あらためて部屋を見回し、苺子がつぶやいた。

「車の中で寝るよりは暖かいだろ」

慰めるつもりで中谷は言った。

「どっちで寝る？」

「どっちでも同じでしょ」

「まあそうだよな、じゃあ俺は隣で」

出て行こうとすると、ちょっと待って、と苺子に引きとめられた。

「お手洗いまでついてきてよ」

「ああ、気がつかないで悪かった」

ふたりは一応ドアに鍵をかけ、ランプをそれぞれひとつ手に持って歩いて行った。ザクザクザクと地面を鳴らして歩いていたが、ふと中谷が立ち止まった。

「なにしてるの」

寒さに苛立《いらだ》ちながら苺子がふり返る。

「いや、これだけ見えるのなら、もしかしてと思って」

「なによ。星が見えるくらいじゃあまり自慢にならないってさっき言ってたでしょ」

「いや、オーロラ」

「オーロラが見たきゃ黒龍江省《こくりゅうこう》だよ、バカ」

「じゃなくて、オーロラってのはうちが投資した通信――」

「とにかく！」

苺子の叫びがその先を遮った。

「トイレに行きたいって品のない悩みを打ち明けてんだから、オーロラなんてロマンチックな話題を出すな！」

そう言い捨てて、また先を歩き出した。

トイレはなんの飾り気もないコンクリートの箱で、角がボロボロに崩れ、壁はところどころ剝がれて、ドアも傾き半分壊れかけていた。

「俺がここで見張っているから」

苺子は恐る恐る扉を開けランプをかざして、中を覗き込んだ。その瞬間異様な臭いが漂ってきた。すぐに扉を閉め、

「無理」

と苺子は首を振った。

「え、でも、大丈夫なのか」

「大丈夫なわけないでしょ」

言い捨てて苺子は歩き出した。

そして、結構な距離を歩いて、店じまいをしている大《だい》彊《きょう》拌《バン》麵《メン》館《かん》に入っていった。声をかけてきた眉の濃い若者を叱りつけるような調子で苺子がなにか言い、勝手にトイレに消えた。突っ立っていると、苺子になにか言われた若いのがこちらを見てニヤニヤしている。苺子は出てくると、中谷にも行ってこいと命令口調で言った。そうだなと言って中谷も入り、用をすませて出てくると、苺子がオヤジを捕まえてトイレの鍵を返しながらつんけんした口調でなにか言っていた。若いのはまたニヤニヤ笑っている。

そうしてふたりは店を出た。ジャッカルの遠吠えを聞き、白い息を吐きながら戻った。苺子が部屋の中に入るのを見届け、中谷も自分の部屋に入る。トイレに行って帰るまでの間に、部屋はずいぶん暖まっていた。中谷は燃料室に薪をあと三本入れ、スウェットの上下に着替え、ランプをひとつ消して、ベッドに潜り込むと、石の粉のような匂いのする布団にくるまって体を丸めた。ジャッカルの鳴き声に連霍《れんかく》高速道路を走る車の走行音がかすかに混じっている。すると突然、どんどんどんと激しいノックの音がした。

「開けろ、公安警察だ」

日本語だったのでこんどはなんだと思いながら扉を開けると、苺子が突入してきた。

そして、寒い寒いと言いながら、なぜかダウンジャケットを脱ぎ、セーターとジーンズ姿のままベッドに潜り込んだ。中谷はこの展開の意味がわからず、ベッドの傍らで見下ろしていた。

「無理。怖すぎてひとりで寝るのは」

と説明してもまだ突っ立っている中谷を見て苺子が、

「ここまで言わなきゃわからない？」

と怒りをにじませながらつけ加えた。その時、ジャッカルの吠え声がひときわ近くなった。

「ま、そういうことなら」

と中谷は言い、ベッドに入り苺子の横で仰向いた。すると、隣でなにかゴソゴソやりだした。苺子はジーンズから足を抜き、脱いだジーンズを布団の上に置いた。セーターも布団の上に移動した。さらにブラジャーまで布団の中から出てきた。そしてついに、裸の足が絡みついてきた。

「まずいんじゃないの」

「しょうがないでしょう、こういう状況なんだから。ほら、ジャッカルが吠えてる」

確かに吠えていた。

「怖い怖い。怖いし寒い」

「だけどさあ」

「なに、そんなに身ぎれいにしていなきゃいけないの、まほろば代表は」

「そうなんだよ。俺の軽率な行動ですべてを台無しにするわけにはいかないからな。……ちょっと、なにしてるんだ」

「軽率な行動を促しております」

「やめろって」

「軽率が取り得みたいなやつだったじゃない。中谷祐喜から軽率を取ったらなにが残るの」

「いまは色々と残るんだよ……あ」

「なんならいまからライブ配信する？　第八回『炉前散語』は、ゴビ砂漠のベッドの中から日中友好条約締結の模様をお届けします」

「おい、ちょっと冗談はやめろ。ダメだマジでそれは、やめろって、——ああっ」

4　好きな人

翌朝、ふたりは朝八時に大疆拌麵館《だいきょうバンメンかん》に行った。昨夜のオヤジがいて、もうひとりのウイグル人と開店の準備をしていた。厨房からは羊肉が焼ける匂いがしている。苺子は鍵を返すときにオヤジになにか言った。オヤジは薄く笑った。

すぐに店を出て、車を動かし、ガソリンスタンドに乗り付け、車内で修理ができるスタッフが来るのを待った。九時に細面の漢族の中年男がまだ眠そうな顔つきでやって来て、事情を話すと、すこし時間をくれと言われていったん追い払われたので、結局またふたりは大疆拌麵館に戻った。

店の真ん中に陣取ると、苺子は壁に貼られたメニューを眺めながら、いまは麵も串もごはんも食べたくないと日本語で言い、こんどは中国語でオヤジになにか言った。オヤジは無言でうなずいて厨房に消え、ほどなくボウルに入ったミルクティーを両手に出てきた。ちょっと塩気があって美味しいよ、と苺子は言ってひとくち飲んだあとで、

「今日はもう哈密《ハミ》までしか行かないからね」

と釘を刺すように言った。

「昨夜《ゆうべ》はシャワーも浴びられなかったし。とにかくまともなベッドで寝直すんだから」

オヤジが揚げパンが載った皿を持ってきた。これをまた苺子が鋭い視線で睨みつける。

オヤジは皿をテーブルの上に置くと、おどけたようになにか言って笑いながら去って行った。苺子は相変わらずの仏頂面である。

揚げパンを口の中に押し込んでいると、苺子のスマホが鳴った。耳に当てるとすぐにしまって、修理ができた、行こう、と言い、先に立ち上がって店を出た。勘定を払おうとすると、オヤジは広げた両手を前

に出して「いいんだ」というような仕草をした。どうやら苺子になにか言われてサービスすることにしたらしい。ただ、脅されたにしてはやたらとニヤニヤしていた。

修理をしてくれたガソリンスタンドの整備士は、警告灯がついたのは単にセンサーの接触不良だったと説明した。だったら、そのまま走ればよかったじゃないの、と文句を言われた中谷は、それはあくまでも結果論だよ、と言ってなだめた。

星星峡《せいせいきょう》から哈密《ハミ》の市街地までは約二百キロだから、これから走れば午前中には着くことになる。車中でスマホ片手に苺子が一番高いホテルを選び、電話で予約した。

オアシス都市である哈密《ハミ》には、ここまで見てきた砂漠の光景がまるで嘘だったかのように、巨大なビルが立ち並んでいた。星星峡を出て約二時間半後、ふたりは無事、哈密《ハミ》国際大酒店に到着した。

ところが、チェックイン時のホテルの対応は、これまでとは打って変わって厳しくなった。手荷物はX線で検査され、パスポートやIDはもちろん、運転免許証やレンタカーの契約書の提示まで要求された。さらに、顔写真を撮ると言われて別室に連れて行かれ、逮捕者みたいに白い壁の前に立たされた。三脚の上に載った小さなデジタルカメラで従業員が写真を撮る間、制服を着た警官が横で立ち会っていた。

撮影がすむと、その警官が、すこし質問をしたいので別室に来いと中谷を指さして言った。通訳を同席させてもいいかと英語で尋ねると、相手もあまり英語が得意でないらしく、黙ってうなずいた。

別室まで歩いている最中にもうひとり警官が増えた。なにもない殺風景な部屋にテーブルを挟んで警官ふたりと向かい合った。

取り調べは、写真撮影に立ち会っていたでっぷりとした警官の、

「なんの目的で来たんだ」

という質問からはじまった。

「観光です」

と中谷は英語で言った。

この答えに警官らは満足していないようだった。

苺子が、タブレット端末をテーブルの上に載せ、少林寺の首座との対談の動画を再生した。でっぷりした警官は腕組みをしたまま一瞥《いちべつ》し、なにかひとこと言った。

苺子の顔がこわばった。

「見てるんだな」

察して中谷が言うと、苺子はうなずいた。首座との対談では払拭できない嫌疑がかかっていることを知って苺子の声は震えた。

「本当の目的はどこだって訊いてる」

「烏魯木斉《ウルムチ》です」

中谷は六百キロ先にある新疆ウイグル自治区でもっとも大きな都市の名を言った。

「烏魯木斉《ウルムチ》になんの用があるんだ」

「新疆国際大バザールを見に行きます」

「あんなのただの市場《いちば》じゃないか。本当の目的はなんだ」

「黄麺《ファンミエン》カワプを食べる」

「なんだって」

「それから、丁丁炒麺《ディンディンチャオミエン》も。一日観光したら、烏魯木斉《ウルムチ》国際空港には日本のうどんのような日式冬鳥　麺《リーシートンニァオミエン》もあると聞いたので、それを食べて出国しようと思います」

目の前ふたりの警官の口はへの字に結ばれたままだ。

急に部屋の電気が落ちた。苺子がきゃっと叫び、取り調べ室のような窓のない室内は、テーブルの上のタブレット端末から発せられる光だけになった。

「心配するな停電だよ、この辺はよくあるって書いてあった」

と中谷は言った。ティンティエンという落ち着いた警官の声もした。

電気は間もなくついた。

「早いな。高級ホテルだからバックアップ電源を備えているんだろう」

のんびりした調子で中谷は言った。ふたりの警官にも慌てた様子はない。

この停電がブレイクタイムになったのか、警官ふたりの態度からこわばりがすこし消えた。中谷は口を開き、

「なにか疑いを抱いているのなら率直に言ってもらいたい。私もできる限り率直に答えましょう。そのほうがお互い手間が省けてよい」

と正面突破を試みた。ためらいがちに苺子がそれを訳す。中国語でこの質問を聞いた警官ふたりは不意を突かれたような表情になって黙り、ややあってから、細面のほうがはじめて口を開いた。

「当局はあなたのことを警戒して、行動を監視しろと言っている。ただその理由を俺たちは知らない」

すると中谷は、うなずいて、

「あなたたちが警戒すべき人間は、まずはテロリスト、そしてジャーナリストではないか」

と言った。ふたりは否定も肯定もせずに黙っている。

「私はそのどちらでもありません。観光を楽しんでいる旅行者だ。もしあなたがたが心配されるのならば、いま電話をしてくれれば、上の人間と私が話してもいい」

中谷はそう言って部屋の隅に置いてある電話機を指さした。けれど彼らはそこに近づこうとはしなかった。

「たぶんこの人らの上司だってなにも知らされてないいんだよ」

と苺子が言った。

「だろうな。そして監視しろとは言われているが、拘束しろとは言われていない。このふたり、下手なことして藪蛇になったらどうしようかと迷っているんだろ」

中谷がそんな不敵なことを口にしたので、苺子は慎むよう人さし指を唇に当てた。

目の前では細面がでっぷりした男の耳元に口を近づけてぼそぼそなにか言っていた。そして細面の口が離れると、ふたりは目を合わせて、うなずいた。そして、細面がなにか言い、苺子は短い返事を返した。

警官らはうなずいて立ち上がり、ふたりに行ってよいという仕草をした。

「明日、哈密《ハミ》を出るのかって言うから、朝すぐに出ると言っといた」

殺風景な廊下を引き返しながら、苺子が言った。

「要するに自分たちの管轄からいなくなってくれればそれでいいってことだよね」

ホテルのラウンジに戻ると、ベルマンがいたわるような、また申し訳なさそうな笑みを湛《たた》え、おつかれさまでした、ではどうぞお部屋にと荷物を持って案内してくれた。

乗り込んだエレベーターのドアが閉まった時、苺子が深いため息をついた。

「夕方まで休むから、ほうっておいて」

それから今夜は羊も麺もやだよ。というか中華以外のものを食べるからね、絶対。そうだお寿司がいい。

そう勝手に決めて、ベルマンに中国語でなにか尋ね、返された返事に満足そうにうなずいた。

哈密《ハミ》国際大酒店は英語名がグランド・インターナショナル・ホテル・ハミというだけあって、部屋はアメリカの西海岸にいると思えばそのままそう信じられるくらいに垢抜《あかぬ》けた、そしてある意味無個性でつまらない部屋だった。

昨夜《ゆうべ》ほとんど眠れなかった中谷は、すぐベッドに潜り込んだ。目を閉じると、昨夜の苺子との一問着《ひともんちゃく》が思い返されたが、重く硬く冷たかった綿布団《わたぶとん》とは比べものにならないくらいに軽く柔らかく暖かな羽毛布《うもうぶ》団《とん》のおかげで、眠りはほどなく訪れた。

目が覚めたときには日が翳っていた。空手着に着替えてサンチンの練習をしていたら、電話が鳴った。それがやたらと大きく響いて、中谷はギョッとした。

「お寿司を食べに行くよ」

耳に当てた受話器から苺子の声が聞こえた。

——今日はちょっとバタバタしておりまして。炉前散語も先ほど先生と見たばかりです。ディスプレイの中で陳は、連絡が遅くなったことを詫びてからそう言った。

「飯塚先生にまで見ていただいて恐縮です」

福田はとりあえず笑顔を作り、軽く頭を下げた。

——先生も面白がっておられましたよ。

「ほお。どのあたりを?」

——ルーズベルトを気取ってやがる。そう言って笑ってました。

「陳さんの見解も先生と同じだと理解してよろしいですか」

——ええ。ただ僕は先生よりもすこし深読みしていますが。そのほうが面白いですし。

内心では、もう面白い面白くないで意見を言うのは勘弁してもらいたいな、と鼻白みつつ、「陳さんの深読み、ぜひお聞かせください。ではまず、おふたりの所見の一致するところを教えていただけますか」

と切り出した。

——わかりました。まず、中谷さんはラーメンにかこつけて中華文明の多様性を称賛しました。が、これには裏があって、中国が新疆でウイグル人を漢人にしてしまう政策の強引さを批判しているとも取れます。しかし直接そうは言っていない。ここが微妙なところです。

「ええ、ただ、中谷はなぜそんなまわりくどいふるまいをするのでしょうか」

こと陳に対しては、自分の組織の長の行動原理を外部の人間に尋ねる恥ずかしさを福田はほとんど感じなくなっていた。

――そこなんですが、まず、中国政府はそんな非人道的で悪辣《あくらつ》なことはしていないと発表しています。

「建て前ではね」

――その建て前が大事なんです。中谷さんは韓国と日本民族を合わせて七族協和だと言っていました。これは、日本と韓国が中華文明圏に入ることも考えられると言ってるわけですよ。

個人的にはとんでもない意見だと思いつつ福田は、ですねと言った。

――中谷さんが言った〝七族協和〟は、孫文《そんぶん》らが唱えた〝五族共和〟をもじったものですね。ここに中谷さんの絶妙な戦略があると僕は見ているんです。これをご理解いただくには、日清戦争後あたりから説明させてもらうのがいいのですが。

「よろしくお願いします」

――日清戦争で敗北した中国は賠償金の工面のために列強各国からお金を借りなければなりませんでした。つまり、中国は武器で痛めつけられたあとで、こんどは借金に苦しめられた。相手を自分の思うように動かしたいときに借金ほど強烈なものはありません。債権者の列強各国は借金のかたに利権を奪い、口実を作っては派兵して脅し、瓜《うり》を切るように土地と利権を奪っていきました。これを中国では――、

「〝瓜分《かぶん》〟ですね」

――よくご存じですね。まあこの西洋列強の中に唯一アジアの国である日本が入っているのが後々《あとあと》めんどうなことになるんですが、その話はいまはいったん横に置きましょう。とにかく、みんなで中国を食い物

にしようとした。こういう事態に対して中国も列強各国に対抗しようとするのですが、簡単にはいかない。そうすると庶民の中から外国人を排斥しようという運動が起きる。扶清滅洋《ふしんめつよう》ってわかりますか？

「〝清を助け西洋を排除せよ〟。義和団《ぎわだん》って集団が掲げたスローガンですね。彼らは義和団事件という大きな暴動を起こす」

――その通りです。では福田さんは、この義和団が少林拳みたいな武術を使う集団だったってのはご存じですか？

「えっ、義和団って武術集団だったんですか」

――そうなんです。義和拳というんですが、この武術を身につければ、空を飛び弾丸を跳ね返す神通力も身につくなんて謳《うた》っていました。少林拳もおでこで鋼の板なんか割ったりするから、似てなくもない。

驚きのあまり、福田は黙っていた。

――それにこの義和団、中谷さんがよく引き合いに出す、仏教や道教の影響を受けています。扶清滅洋の背後に〝仏教最高！〟って考えがあるんですよ。

「ますます似てるじゃないですか」

――ですよね。それで、この義和団の暴動に励まされたのが西太后《せいたいこう》です。この勢いに乗って列強に宣戦布告した。けれど、逆にボコボコにされて、北京議定書を結ばされる。これで中国はほとんど植民地になってしまうんです。当時の王朝は清でしたが、清の統治では国の態《てい》を為してないような状態になっちゃった。

「国の態を為してないというのは、具体的には？」

――陝西省《せんせいしょう》などが反乱を起こして独立を宣言しはじめるんです。こうなったらもう革命しかないってことになり、ここから革命運動が本格的にはじまります。このような各省が独立に向けて動きをはじめたことを、アメリカで知った孫文は帰国して、革命臨時政府の臨時大統領になります。ただ孫文は中谷さんとちがって金がなかった。なので袁世凱《えんせいがい》と取引をして、清朝の溥儀《ふぎ》を退位させて共和制に賛成してくれるのなら、大統領の座を譲ってもいいと言ったんです。

「ああ、そうでしたね」

——そして、溥儀は退位し、中華民国が建国されて、孫文は約束を守るんですが、袁世凱は大統領の椅子に座ったとたんに、中央集権的な政治を行いだして、共和制を敷くという孫文との約束を破る。孫文は台湾経由で日本に逃げて、中華革命党を結成して巻き返しをはかろうとするんですが、そのあいだに袁世凱はますます横暴になっていった。だけどここで第一次大戦が勃発する。これが反日感情の発火点となったんです。

「第一次大戦から中国人は反日感情をもつようになったってことですか？　日清戦争からじゃなくて？」

——そうです。それまでは日本は、アジアの中でうまく近代化に成功したよいお手本だというような意識も中国人の中には強かった。ところが第一次大戦が勃発すると、ヨーロッパ列強が中国大陸支配の手綱をちょっと緩めちゃうんです。

「ああ、そうか。第一次世界大戦の主戦場はヨーロッパでしたからね。欧米列強は中国にかまけている場合じゃなくなったわけだ。その隙を狙って日本はドイツが租借していた山東省《さんとう》を占領し、袁世凱に二十一カ条要求を突きつけた」

と福田は先回りして要約し、陳の解説を待った。

——そうです。そしてその態度が高圧的だったんですね。そこが中国の反日感情の原点です。二十一カ条要求を泣く泣く受諾した五月七日と九日は中国人にとっては国辱記念日になっています。さらに、第一次世界大戦後のパリ講和会議に二十一カ条要求は無効だ、山東を返せと訴えたんですが、結局ヴェルサイユ条約でこの要求は却下される。ここから急速に、反日運動が全国に広がっていくわけです。

「五四《ごし》運動ですね」

——ええ、それで、この間《かん》、日本に逃げていた孫文は、中華革命党を中国国民党に替えて、「三民主義」

を列強と戦うための指導理論として強調するんです。

「民族主義、民権主義、民生主義、――でしたっけ」

――はい。で、民権主義ってのは主権在民ですね。民生主義ってのは早い話が社会主義です。民主主義的な中央集権政党となることです。なんだかまほろばに似てませんか。

「似てますかね」

とりあえず福田は軽くかわし、

「で、最初の民族主義なんですが、これは、中華民族、中国国民は団結して帝国列強と戦わなければならないってことでね」

――その通りなんですが、ここであらためて、じゃあ中国人ってなんだよって問題が出てくるわけです。中国には満洲人も、モンゴル人も、回族も、チベット人もいる。その数はばかにならない。その土地も広いので漢人だけで中国国民を代表するわけにはいかない。そもそも、国民なんて言葉はそのときの中国にはなかったんですよ。

「え、本当ですか?」

――国民ってのは日本が作った漢語です。国を構成する人々という意味を込めて英語のネイションの訳語として作った言葉です。元々ラテン語の natio に由来し、特定の地域や国家に属する人々という意味です。それまでは、広島の人は「俺は広島もんじゃけえ」とか、大阪の人は「わいはなにわ男子やで」とか思ってて、日本人だというアイデンティティは希薄だった。それを天皇という装置と国民という言葉で束ねようとしたんですね。ただ、日本が「俺たちみんな日本人」ってアイデンティティを培うのは中国よりはずっと楽だったと思います。こちらは日本のようにはいかないだろうということは孫文もわかってたんでしょう、彼が五族共和というスローガンを作るのはこのときです。五つの民族はみな平等だ、ともに協力し、共和国を建設しよう、こういう風に力説しなければならなかった。

「最近はもう五族共和なんて言われないんですか」

――あまり聞かれないんだけど、三民主義は否定されたわけじゃないし、民族の平等は折に触れて謳われます。だから、中谷さんが中華文明の多様性を褒め讃えたことに対しては、中国としても否定できないんです。

「つまり中谷があの大衆食堂から配信したことは、処罰の対象にはならない」

――うーん、とはいえ、警戒はするでしょう。飯塚先生は痛快だと言って喜んでおられましたが、ものすごく強烈な嫌みではあるので。

「それで、陳さんがさらに思うところはなんですか」

――僕は嫌みじゃなくて中国政府に呼びかけてるんじゃないかと思いました。

「呼びかけている？　――なにを？」

――連帯しよう、そして、ともに戦おうって。

「え。なんでそういう意味になるんですか。それに戦うというのはどこと？」

――だから、欧米を筆頭とする西側諸国です。まあ、現状ではアメリカとイギリスになるでしょう。だからこそ林則徐を持ち出した。中国政府は戦略的に反日感情を煽ったり、また民衆のガス抜きをするために日本にキビしい態度で迫ることがあるけれど、考えてみてくれよ、もっとひどいのは欧米のほうじゃないか、と暗に語りかけているのでは、と。

「そのような裏のメッセージは中国に伝わりますかね」

――それにはふたつの見方があります。まずひとつ目は、日本よりも欧米のほうがひどい、これは中国人も内心そう思っていると思います。ふたつ目として考えられるのは、中谷さんは、日本とまほろばはそもそも方針がちがうんだ、一緒にしないでくれと表明しているとも受け取れる。ここでＢＲＩＣＳ銀行にお祝い金を渡したことが絶妙に効いてくる。口先だけじゃないよということです。たとえ日本政府が米英に尻尾を振っても、まほろばはちがう、いつまでも欧米諸国に世界を支配させないぞと覚悟を決めつつある中国の味方だ、という宣言をじっくりじんわり語りかけているのでは、と思うんですね。

──可能性はないわけではないと思います。

「そのように中国当局は理解するんでしょうかね」

「ただ」

ところまでずっと福田の横で聞いていた市川が口を開いた。

「麺の多様性を七族協和につなげて連帯を促すってパフォーマンスを、多様性を無視して漢人化政策をやっている新疆《しんきょう》ウイグル自治区でやることの意味がわからないんですが。だって矛盾してるし、説得力がないじゃないですか」

すると陳はその質問を待っていたかのように薄く笑ってうなずき、あくまでも私の想像なんですが、と前置きした。

──そこは不問に付すということを暗に強調したいからではないか、と。

「暗に強調する？　それに、なにを不問に付そうとしているんですか」

──はい。新疆ウイグル自治区は国際的な問題となっていて、当局が神経を尖らせている。そこに入って、麺がうまいと言い、麺やアニメはいいけれど阿片《あへん》はダメだと言って、人権問題には一切触れようとしないのは、そのことはいまは問題にしないということを暗に強調したいからなのではと思ったんです。

福田は首をかしげ、さらに説明を促した。

──すごく妙な例えですが、イタリア人のジャーナリストが広島の原爆ドームをバックに広島風お好み焼きを立ち食いしながら、イタリアのピザとどうちがうか、大阪にも同じようなものがあって、そのバリエーションも興味深い、おそらくイタリアと日本の食文化の共通点はお好み焼きにある、などと語っていたら？　いまはあえて原爆投下の問題について触れるつもりはありません、というメッセージになりませんか？

「なるかも」

と福田が笑いながらそう言うと、市川は頬杖をついていた顔をおもむろに上げ、

「両方じゃダメなんですか」

と尋ねた。

——両方とは？

「まほろばは欧米列強に対抗しようとする中国を支持する。けれど、ウイグルで行っているような漢人化政策はよろしくない。中国の支持者であることはやぶさかではないが、ぜひともそこは改めて、孫文の五族共和の精神に戻ってもらいたい、——そういうメッセージをこれから徐々に濃厚にしていこうとしているのなら、どうなりますか？」

こんどは陳が黙り、声の調子をすこし落として、

——それはかなり危険なことです。

と言った。

——一番触れてもらいたくないところなので。

ええ。市川は相槌を打ち、そうだろうなと思った。

——逆に市川さんにお訊きしたいのですが、中谷さんがそうする可能性があると考えておられるのですか。

市川は首を振った。陳がほっとしたように顔をほころばせる。しかし、

「わかりません。その可能性があるのかないのかが」

と続けると、顔を曇らせた。

「それを愚直にやれば中国を怒らせるだけだ、くらいはわかる人間です」

——でしょうね。

「だけど、人権侵害が行われている地域にいながら、それを不問に付してただ相手を褒めそやす人だとも思えないのです」

陳の顔に複雑な笑みが広がった。

――それは困りましたね。

「まあ、いま市川が言ったことは曲芸に近いよな」

と福田が割って入った。

「相手を怒らせないで、相手が一番嫌がることをするってことなので」

市川は首を振った。

「怒らせてもいい。ただ相手がそれに対してあからさまに怒ったりできないように楔《くさび》は打ち込んでおく。はらわたが煮えくり返っているのに『おっしゃる通り』とうなずくしかないようにしむける。それもまた〝中国人気質に賭ける〟ということではないでしょうか」

なるほど。陳は神妙にうなずいた。

――では、妙な質問ですが、なにを得ようとして、そこまで危険な賭けをするのでしょう？

「具体的にはわかりませんが、相手の認識を変え、行動を変えさせたいのでしょうね」

――中国に行動の変化を促すということですか？

「はい。さっき陳さんは、中谷が『炉前散語』で語りかけている相手は中国だという見立てを示してくれました。その通りだと私も思います。ただ、仲良くしたいと言いたいだけではないと思うんです。我々は連帯するべきだ、だから連帯できるように変わってほしい、そんなメッセージを、中国びいきの馬鹿を演じつつ、これから発していくつもりなのではないでしょうか」

陳は市川の言葉を味わうようにうなずいてから、

――面白いなあ。

とつぶやいた。

だから面白いとか言ってる場合じゃないんだよ、それに市川も市川だ、そこまで分析できるなら、すぐ中国に飛んで無謀な賭けをやめさせてくれ、と福田は苦い思いを嚙みしめた。

一方、市川は、あてずっぽうで言った見立てを、陳が一笑に付すことなくむしろ敏感に反応したことに驚いていた。

ひょっとすると中谷はそんな賭けを本気で画策しているのだろうか。相手は超大国だ。しかもまほろばは、先方の経済圏拡張計画になんども横槍を入れ、痛い目に遭わせている。これらをＢＲＩＣＳ銀行のお祝い金で埋め合わせられるだろうか。それは甘い、と市川は思い、そして、中谷もそう考えているはずだ、とも思った。そして、中国の行動を変えさせたい、と言った自分の推察で、中谷がやりそうな具体案を思い浮かべてみた。するとふと、あるアイディアに思い至った。

面白い。面白いじゃないか。こんなことを面白がるのはまったくもって不謹慎だと思いつつ、市川はそう思った。ひょっとしたら自分と中谷は似ているのだろうか。同じように馬鹿なのか。

哈密《ハミ》。新疆《しんきょう》ウイグル自治区東部に位置するハミ盆地のオアシス都市。星星峡からここまで見えたのはほとんど砂漠だけだった。苺子があらためて、

「今晩はお寿司を食べるよ」

と宣言したときに中谷は、

「不味《まず》いと思うけどなあ。だいたい、こんな場所でどうやってネタを仕入れるんだ？」

と不安と疑問を口にしたのは当然と言えた。

「大丈夫だよ」

と苺子は請けあった。その理由を訊くと、ここが四つ星の高級ホテルだからの一点張りである。ただ中

谷は、それ以上抵抗しようとはせず、苺子に続いて暖簾《のれん》をくぐり、カウンターに並んで腰を下ろした。

「うん、問題ないね」

盛り合わせの皿からまずはヒラメをつまんだ苺子は、満足そうにつぶやいて徳利を持ち上げ、自分の猪口に日本酒を満たした。バンクーバーを離れる前の夜、向こうで世話してくれた人間と食事しようってことになってね、と中谷が言った。

「そしたら、向こうが寿司をリクエストしたんだ」

「ああ、バンクーバーなら海が近いからネタも新鮮だろうね」

「――で、彼が選んだ店に入った。超高級店だった。――本店は銀座にあるんだってさ」

中谷は鯵《あじ》を口の中に入れて、ゆっくり味わってから、

「そいつも、こんなうまい寿司は日本でも食べたことがないと言って喜んでた。けれど、俺には、その時食った鯵と、この店の鯵のちがいがよくわからない。どちらもうまい。こんな風にちがいがわからないってことは、いいことなんだろうか、それともダメなんだろうか」

と言った。すると苺子はふと物憂い表情になって、

「ちがいってなに」

とつぶやいた。

「だからさ、たんに値段の差なんじゃないかな、って俺は言いたかったんだ」

と中谷が言うと、いや、それだと困るよ、と苺子は決然とした調子で首を振った。

「ちがいが値段の差を作るんだ。言うでしょ、ものがちがうって」

「うん、そんな台詞は聞くけど、実質的な差なんてないのではって話をしてるんだ」

「だとしたらやりきれない」

「やりきれないってのは？」

「……たとえばさ、私はなぜ選ばれないのかって話だよ」

中谷は湯呑みにゆっくり口をつけてから、

「……駄目だったのか、オーディション」

と言い、苺子の返事が返ってくるより先に、

「気にするな、また次がある」

と慰めるように言って、幼馴染みの肩を軽く叩いた。

「………演技はね、下手じゃないと思う。いや、これは日本育ち特有の控えめな言い方でさ、かなり上手《うま》いんだよ。中国語だって、二十歳《はたち》過ぎまで日本で育ったとは思えないくらいに上達した。でもなんで？やっぱりホントの中国人じゃないから？　ウイグル人みたいに思われてるのかな、あはは」

中谷は間を取るように、ウイグル人の板前に鮪《まぐろ》を頼んで、

「正直頭に来たよ」

と憤慨している苺子をなだめるようにうなずいたけれど、

「中谷君にもね」

と思わぬひとことをつけ加えられ、寿司下駄《げた》に伸ばした箸を止めて、苺子の顔をまじまじと見た。

「昨夜《ゆうべ》のことだよ」

といじけたように苺子は言った。

いつのまにか話題が切り替わっていた。

「ああ」

中谷の口から驚きと戸惑いの混じった小さな声が漏れた。

「おかげで今朝、大疆拌麵館《だいきょうバンメンかん》のオジサンに八つ当たりしちゃったよ」

「……だけど、あの件に関してはオヤジは無罪だろ」

「言ってやったんだ、部屋があまりに汚いからムードが出なくてできなかったって。それなのに、ニヤニヤ笑っちゃってさ」

中谷も笑いかけたが、苺子の鋭い視線を感じてやめた。

「どうしてしなかったの」

「ていうか、彼氏がいるんだろ、北京に戻るくらいに大切な」

「いや、会って直接話さないと埒《らち》が明かないから行っただけだよ」

中谷がその言葉の意味を考えてから、

「別れるために戻ったってことか」

と言うと、苺子はうなずいた。

「私からは前からなんども言ってた。でも向こうがどうしてももういちど会って話したいって言うから、ガツンと言いに行ったんだよ、それでも説得するのに一週間もかかって、昨日も朝っぱらからかけてこられてなかなか切らせてもらえなかった。ごめん、出発遅らせちゃって」

「だけど、なんで別れる必要があったんだ」

そこだよね、とうなずいて苺子は間八《カンパチ》の刺身を箸でつまんだ。

「腐っていくような気がしてさ、選ばれないどうしでつきあっていると」

「選ばれなきゃいけないのか」

と中谷が言うと、苺子は苦く笑いながら首を振って、

「選ばれなきゃ話にならないの。ふたりとも役者だからね。それに、でかいこと言ってるくせに、あいつの選ばれなさってのは私以上だからさ。性格も歪むんだよ」

そう言ってから、あーあと言って苺子はマグロの切り身をつまんで、

「本当に一昨日《おととい》の深夜からずっと最悪だった。オーディションには落ちるわ、三行半《みくだりはん》突きつけたのに泥

酔して電話されるわ、最後は、あんなベッドでまたオーディションに落ちた。なんだよ、昔はさ、せ、て、く、れ、って頭下げて頼んだくせに」

　と横目で中谷を見てから猪口を呷った。

「やめろよ、こんなところでそんなこと言うの」

「いいじゃない、日本語わかるのは私たちしかいないんだから」

「で、なにが言いたいんだ」

「少林寺で中谷君、自分は選ばれただけだ、選ばれてお金を配っているんだ、みたいなことを言ってたでしょ。で、私は選ばれなかった。そのちがいはなに？」

　そう言って、苺子はカウンターの上の自分の猪口を中谷のほうに滑らせた。中谷は、徳利を取って注《つ》ぎ足してやりながら、

「選ばれてから、俺もそのちがいについては考えるようになったよ」

　と言った。苺子が盃を口に運びながら、目で先を促す。

「俺が選ばれた理由はわからない。それから、苺子がオーディションに落ちた理由も俺には知りようがない」

　苺子はため息をついた。

「だけど、心配するな、俺が選んでやる」

「なに言ってんのよ、昨夜《ゆうべ》はそうしなかったじゃない」

「そっちの話じゃない。だからお前はもう選ばれるのを待つのをやめろ」

「え、なんの話をしてるの」

「まほろばに映画制作の企画を出せ」

「私が。私、女優なんですけど」

「女優が映画作っちゃいけないのか。オーディションに落とされて口惜しいのなら、自分で脚本書いて監督しろ」

「そんな、できるわけないじゃん」

「勉強するんだ。無理なら、できそうなやつをお前が選んだっていい。制作費は出す」

「いくら出してくれるの」

「必要な額を」

「そんないい加減なお金の配り方でいいわけ？」

「それで怒られてる。ただ、苺子が作る映画が日本と中国のよりよい関係につながるのなら、損したって出す価値がある」

「よりよい関係ってなによ」

「それを考えるためにここに来てるんだ。お前も考えろ」

「本当に出してくれるの」

「出すって言ってるだろ」

「本当に？」

「本当さ。ただ、そのときにもう一度ちがいがなにかを見つめ直さなきゃなんないぞ」

「どういうこと」

「ちがいなんかなかったのに、たまたま選ばれなかっただけなのか、それとも、あらためて見るとちがいはちゃんとあったのか、そこのところは確認したほうがいい」

「厳しいこと言うね」

「厳しくたってしょうがない。ほかの人間とのちがいを見せて勝者となって大金稼ぐやつはどうしてもいる。だけどチャンスはなるべくみんなに回してやりたい。完璧にはできないけど気持ちとしてはそう思ってる。絶対に阻止しなきゃならないのは、勝者総取りってやつだ」

「どうしてよ」

「そういう世界はやさしくないだろ」

「厳しくたってしょうがないっていま言ったばかりじゃない」

「厳しいと同時にやさしくなきゃいけないんだ。俺が空手で教えたいのはそれだ。たまに組み手をやらせることもあるけれど、勝って雄叫《おたけ》びなんかあげたりガッツポーズしたりすると俺は怒る。勝者はやさしくなきゃいけない。勝った者がみんなぶんどるってのが帝国主義だ。そして日本も中国に対してそれをやった。しかも当然だという態度を取った。日本と中国との関係はそこからこじれだした。日本が武士道の精神で、中国語でいえば仁を以て接していれば、ずっとマシだったと俺は思う。仁のやさしさが形となって現れたのが礼だ。逆もまたしかりだよ。礼をくり返すことによって、仁が生まれる」

「だけど、試合して負けた子にはなんて言うのよ」

「負けるなんてどうってことないんだと言う、そしてこの先ずっと負けっぱなしなわけないさって励ますよ」

「本当にそうなのかな」

「そう思えるような世の中を作んなきゃいけないのさ」

「じゃあ、その人は中谷君のそういう考え方に共鳴してくれてるわけ？」

「うん？　その人って誰だ」

「君が選んだ人だよ」

　ああ、と中谷は理解したみたいだったが、その先の言葉はなかった。

「どうなのよ、心に決めた人がいるからって言ってたじゃない。それとも、あれは私としないための言い訳？」

困ったように笑って、中谷はカウンターに穴子《あなご》と声をかけた。板前はその日本語を理解しなかったので、苺子は中国語に直してやった。そして、

「ま、あんまり追及するとかわいそうだな、武士の情け、これもまた仁なり、だよ」

と言ってから、酌をしろとばかりに猪口を突き出した。中谷は徳利を持ち上げて注ぎ、ところでさ苺子、と親しみを込めた声音《こわね》で言った。

「まほろばって漢字で書くとどうなる?」

「んーっと、桃源郷《タウユエンシャン》、いや烏托邦《ウートウォバン》かな」

ほんのり頬を赤く染めながら苺子は言った。

「そうじゃなくてさ、中国人がその漢字を発音したときに〝まほろば〟に近い音になるように漢字を当てるとどうなるかって話」

「ああ、それは難しいな。じっさい、いま中国はまほろばを表記するときはどんな字を当ててるの」

「ローマ字だね、いまのところは。考えてみてくれないか。ぜいたく言わせてもらえば、その漢字表記は、言葉の意味がそれとなく伝わるようなものがいいな」

猪口をいじりながら苺子は考え、

「すぐには思いつかないけど、考えとくよ」

と請け合った。


あくる朝、市川はいつもより早く、窓の外がまだ暗いうちに起きてランニングウェアに着替え、プライベートスペースの床にヨガマットを敷くと、ストレッチをはじめた。気温がすこし低くなってきたので、アナスタシア先生に言われたことを思い出した。——練習に入る前には丁寧にストレッチをしなさい、寒い季節には特に念入りに。

足首や膝や腰、肩、首などの関節を動かして暖める。床に足を伸ばし、開脚、前屈、後屈、側屈などで筋肉をほぐす。続いて、腹筋、背筋、肩甲骨まわりの筋肉を稼働させ、体幹を安定させる。それから、もういちど開脚して入念にストレッチし、股関節を柔らかくする。

立ち上がって、パッセを試みた。片脚の膝を曲げてつま先をもう片方の脚の膝あたりにつける。完璧だ。よしと思い、欲を出し、片脚で立ち、上げた脚をまっすぐ後方へ伸ばしてみた。ひさしぶりだったが、アラベスクもぴたりと決まった。

そういえば中谷が子供に空手を教えだしたので、どうしてそんなことを、と尋ねると、市川さんもやりませんか、バレエやってたんだから体も柔らかいだろうし、足も高く上がるでしょう、と誘われた。

「えっ、私が空手なんか上達してどうするんですか」

と訊き返すと、

「市川さんの回し蹴りたぶんきれいだと思うな」

と理解に苦しむ返答があった。

ただ、親の仕事の都合でモスクワに暮らした少女時代に、熱心にバレエ教室に通い、バレエダンサーをひそかに夢見ていた彼女にとって、空手は禅であるという話は、それほど荒唐無稽なものではなかった。バレエダンサーは自分の身体《からだ》の動きを正確にコントロールしつつ、優美で美しい姿勢を取ろうとする。

「そのためには心を観察しなきゃ駄目、自分の身体だけじゃなく、自分の心も観察するの」

とよくアナスタシア先生に言われたものである。ところが先生は、

「でも観察しすぎても駄目よ、動けなくなっちゃうから」

とも言い、

「自分の身体を感じながら、感じている自分を観察するの」

と、幼い少女にはなかなか理解しがたい注文を出した。一緒に習っていたソフィアやエレーナも、

「感じながら観察するの、観察しながら感じるの」

と先生の口真似《くちまね》をして笑っていた。たぶん彼女たちにもちんぷんかんぷんだったのだろう。

けれど、父のモスクワ赴任期間が終わって日本に帰国したあと、やっぱりバレエは続けたくて、また教室通いをはじめ、勘を取り戻そうと、なんどもパッセなどの基礎ポーズをくり返し練習していたときに、アナスタシア先生の声が聞こえて、その声を意識しながらなんどもなんども身体の動きと一緒に感覚を上書きしていると、できた。

興奮はなく、心は湖面のように静かだった。世界と触れ合っているような感覚があった。あれを禅と呼ぶのだろうか。空手着を着るのは気が進まないけれど、座禅ならばと思った。市川はスマホをジャージのポケットに収め、イヤホンを耳に入れて部屋を出て、廊下を歩いた。その時、着信があった。音の種類とかけてきた時刻で、福田だなと思って出た。

「もしもし」

——中谷です。ちょっと早すぎちゃったかな。

「えっ、代表？　いまどちらに」

——一昨日の「炉前散語」は見てくれました？

「ええ、もちろん」

——あそこから二百キロくらい西に行ったところ、哈密《ハミ》って町にいます。

「あ、なんだ、まだ中国なんですね。日本に戻られたのかと。——どうかしましたか」

——いや、ちょっと前に電話くれたでしょ、いまさらなんだけど。

本当にいまさらだな、とすこし呆れながら、

「ええ、なんとなくどうしてるのかなと思ってかけただけです」と市川は言った。

——なんだそうか。軽はずみなことを言っちゃ駄目って叱られるのかと思って出なかった。

「そういうわけでは。——で、この電話は？」

——俺もそうなんだ。

「ん？　というのは？」

——なんとなくどうしてるのかなと思って。

「あ、そうなんですか？」

——それと、まだ捕まったりしてないよ、という報告です。

「なんですかそれ。変なこと言わないでくださいよ」

——で、いちばん新しい「炉前散語」、あれに中国語字幕がつくのはいつですか？

「星星峡のやつですよね。ジョギングのあとで、三木に訊いときます」

ああ、とだけ言って中谷は黙った。沈黙が訪れ、それは長引き、緊張を孕んでいった。市川はかつては校庭だったいまはインキュベーションオフィスのコテージが並ぶ、通称キャンパスと呼ばれる野外へ出た。

「あの、三木愛美が、通訳の人の北京語とてもきれいだって褒めてましたよ」

——ああ、それはよかった。いいやつなんだよ、あいつ。

さほど不自然な返答でもなかったが、なぜか返す言葉に迷いが出た。

「ああいうきれいな人がそばにいると、中国当局もハニートラップを仕掛けられないですね」

言ったとたんに、おかしなことを口走ってしまったと決まりが悪くなり、市川は走り出した。ところが、中谷の返答もまたおかしかった。

——ああ、あぶなかった。

「え、しかけられたんですか」

——いや、別にあれはトラップじゃないか。でもとにかく、ハニートラップは大丈夫だ。

「どうしてですか」

するとまた黙った。市川は腕に巻いたスマートウォッチを見た。時速12キロで走っていることに気がついて、足を緩めてペースダウンした。視野を広く取り、視界の全体を意識しながら前を向く。バレエをやっていた時、瞬時に緊張を柔らげようとしなければならないときにそうしろとアナスタシア先生が言っていた。

コテージのほとんどに灯りがついていた。みんな働き者だな、と思った。あるバルコニーに人影があった。デッキチェアに背中を預けて座り、頭部を西の暗い空に傾けていた。どうして東を見ないのだろう、これから朝日が昇るのに。

「あれ」

——ん？　どうかした？

「光村さんだ」

——サンドッグの？

「ええ、バルコニーに出てて——」

市川はその先を言い淀んだ。光村はグラスを手にしていた。なぜかその中身がアルコールであるとわかった。市川は不吉なものに炙《あぶ》られたみたいな心持ちになって、話題を変えた。

「いつ帰って来られるんですか」

——今日は吐魯番《トルファン》を越えて烏魯木斉《ウルムチ》までの予定です。勝負は明日だね。

「勝負？　なにを勝負するんです」

——それは言えないんだ。ほら、この国はいろいろあるからさ。

盗聴されてるのを知っていてかけているな、と市川は驚いた。じゃあ、そうまでしてかけてきたこの電話の用件はなんだ。それを感知しようと頭をフル回転させようとしたとき、

——福田君はどうしてる？

と中谷の声がした。

「あ、相変わらずですよ」

――そうか。彼にはいろいろ迷惑かけてると思うんだ。よろしく頼むと言ってくれ。

どういう意味だ。

「あの飯塚先生が――、飯塚先生はわかりますよね」

――わかるよ、もちろん。

「『炉前散語』を面白いっておっしゃってたそうです」

――へえ、どんなところが？

市川は陳の台詞を飯塚のものにして、

「賭けるつもりなんじゃないかって」

と言った。

――へえ、面白いな。僕がなにに賭けようとしてるとおっしゃってるの？

「そこは、あまり具体的ではないんです。ただ、〝中国人気質に賭ける〟と」

中谷の笑い声が聞こえた。

――で、賭けてなにをしようとしているのかって話は出なかったの。

「それは謎だねって話してました」

中谷はまた笑った。

「でも、私はひとつ思いついたんです」

――へえ。

「でも、その答え合わせはここでやらないほうがいいですね」

――さすがわかってるね。

「ただ、こちらでバックアップできることがあったら言ってください」

――じゃあ祈ってもらおうかな。

「祈る」

――僕が賭けに勝つことを。

「それはもちろん」

――もしこの賭けに勝ったら、その次はいよいよ市川さんの出番だよ。

えっ、どういう意味ですか、と問い返す前に、じゃあまたねのひとことが残され、通話は切れた。


苺子がホテルのコスメショップで保湿液を買いたいと言い出し、出発がすこし遅れた。

「空気が乾燥していて、肌が痛いくらい。ここから先はずっとこんな感じだから」

店が開《あ》くまで、ふたりは、ホテル内の朝食ビュッフェでゆっくり食事を摂りながら待つことにした。ビュッフェ台に賑《にぎ》やかに並んだフルーツはここがゴビ砂漠の盆地に位置する都市だということを忘れさせた。中谷が哈密《ハミ》の特産品はメロンだから、たくさん食べろと言い、苺子がひとくち口に入れて、ほんとだすごく甘いと言った。

買い物をすませ、チェックアウトして、ホテルを出る時、昨夜の警官ふたりが車に乗るところまでついてきた。

運転席に中谷が座ることについて、咎め立てはなかった。エンジンをかけて窓を開け、別れの挨拶に軽く手をあげると、

「一路平安《イルーピンアン》」

とでっぷりした男が言った。さようなら、道中ご無事で、を意味する中国語だった。

「一路平安か。ここから先の道中でことを荒立てるようなことはするなよって言ってるみたいだ」

とシートベルトをしながら苺子が言った。

中谷はサイドウィンドウを閉めながら、ブールーフゥシュエ、ブードゥアフゥズとつぶやいて、車を出した。

「変なこと言わないで。聞こえたらどうすんのよ」

「あはは、発音大丈夫だったか？」

「上手だとは言えなかったけど、かえってよかった」

「じゃあ先生が見本を見せてくれ」

苺子は中谷がさっき口ずさんだ句をもういちどなめらかな北京語でやり直し、

「これ、日本語ではなんて言ったっけ」

と尋ねた。

「虎穴《こけつ》に入らずんば虎児《こじ》を得ず、だ」

と中谷は言い、だからそういう物騒なこと言っちゃいけないんだって、とたしなめる苺子に、これを言ったのは、物騒な土地だった新疆に派遣された軍人だってさ、と足して平気でいた。

車内の気温が上がってきた。太陽が高くなり、高度も下がってきたからだ。二時間ほど走って、苺子にカーナビで調べてもらうと、この先の道路沿いに崑崙好客《コンロンハオクー》という小さなスーパーがあるとわかった。そこで車を停め、薄着に着替えてコーヒーを飲もう、と相談がまとまった。店まであと二キロというところでスマホが鳴った。

中谷はディスプレイを見て、ちょっと迷ってから、苺子にスマホを突き出した。

「出てくれ」

「え、誰？」

「ＴＢＣの番組制作者だ。岸見伶羅」

「あ、あのアナウンサーだった？　でもどうして私が」

「挨拶ぐらいしとけ」

「いいよ、どうせまた元カノとして追いかけられるだけだから」

「そんなの適当にいなしとけ。中国ロケのコーディネーターの仕事があるかもしれないぞ」

「なんだよ、映画を作れって言ってたくせに」

「ＴＢＣは映画も作ってる。日中合作の企画でも出してみたらどうだ」

「部門がちがうんじゃないの」

「アナウンサー部から報道に来てるんだから、次は映画ってことがないとも限らない」

それでも苺子が取ろうとしなかったので、

「いいから出てくれ。出ておいたほうがいいと思うんだ」

苺子はしぶしぶ、差し出されたスマホを取って、耳に当てた。

「岸見さん、すみません、中谷はただいま運転しております。少々お待ちください、ちょっといまセットしますので」

苺子は、ダッシュボードの専用ホルダーにスマホを嚙ませて、スピーカーモードにした。

――ああ、すみません。

岸見の声が聞こえた。

「ああ岸見さん、中谷です。ちょっと外のノイズがうるさいかもしれませんが」

――いえ、よく聴こえています。

「それならよかった。で、なんでしょう」

――いや、今回の中国旅行の目的についてお伺いできればな、と。

ほんと、私も伺いたいよ、と苺子が小声でつぶやいた。

「ははは、てことは、取材ですかこれは」

――いえ、取材のアポを取らせてもらえないかと。まほろばにスケジュールを問い合わせてもわからなかったもので。ちなみに移動中とおっしゃいましたが、いまはどちらに？

「ああ、今日は連霍《れんかく》高速道路で烏魯木斉《ウルムチ》まで行きます。いまは吐魯蕃《トルファン》の手前です」

間《ま》があった。地名だけ聞いたって見当がつかないから、ネットで調べてるんだよ、と苺子が隣でささやいた。

――その後は北京に戻るんですか。

「わからないな、明後日《あさって》次第です。明後日が勝負なので」

隣で苺子が、えっ、そうなのと驚いている。

――勝負ってなんの？

「賭けるんですよ」

――賭けるって、中国はギャンブルできるんですか。

「どうかなあ。――どうなの」

中谷が苺子を見た。苺子は首を振って、駱駝《らくだ》レースはあるけど、と言った。

「できないみたいですよ。でも、レースはあるみたいなので、張本苺子から説明させていただきます」

苺子は苦笑混じりにため息をつき、

「通訳の張です」

とスマホに向かって声を出した。

――はじめまして。岸見と申します。

「烏魯木斉《ウルムチ》では駱駝レースがあって人気なんですが、やっぱりレースを楽しむだけみたいです」

——……あ、そうなんですか。……では、中谷さんの賭けはそういう賭け事じゃないんですね。

右手奥にそれらしき店が見えてきた。中谷はウインカーを出してハンドルを切った。

「いや、ちがう。ただ俺はなにかに賭けるって話」

——その賭けに勝ったり負けたりすることでなにがどう変わるんですか。

「どうなるんだろうなあ」

車をスーパーの駐車場に入れると、そこに立っていた警官がここに停めろと指示を出すのが見えた。例によって身元の確認である。

——もしもし、聞こえてますか。

中谷はパスポートと国際免許証を取り出しながら、苺子に応対してくれと目で合図する。

「すみません。張です」

——あ、はい。

「ちょっといま公安に止められちゃったので、いちど切らせてください」

——大丈夫ですか。

「たぶん。定期検査みたいなものです。では失礼します」

と言って切った。

ロードサイドの小さなスーパーの駐車場で張っていた公安警察にパスポートと国際免許証を見せ、観光で烏魯木斉《ウルムチ》に行くのだと言うと、このときはあっさり放免してくれた。

ちょうど昼時《ひるどき》だったけど、苺子がイートインのコーナーでカップ麺を食べるのはいやだというので、眠気覚ましのガムとチョコレートとコーヒーだけ買ってまた出発した。

砂漠を貫く一本道を、ラジオから中国語のポップスを聴きながら走り、吐魯蕃《トルファン》のサービスエリアで車を停めたときには、三時を回っていた。

手抓羊肉麺《てつまみようにくめん》だって？　と中谷は我流に読み、これはなんだ、まだ食べてないぞ、と言って「吐魯番《トルファン》羊肉麺館」という看板を指さした。苺子はもう勘弁してと手を振り、中谷を残し、ピザハットに歩いていった。

手抓羊肉麺《ショウチャヤアヤンロウミエン》は、肉汁と脂が麺に絡んだ濃厚な味わいで、骨付きの羊肉は手づかみで食べるのが流儀というワイルドな麺だった。食べ終わり、フルーツショップの店先で葡萄ジュースを立ち飲みしていると、苺子がやってきた。哈密《ハミ》がメロンなら吐魯蕃《トルファン》は葡萄だよ、と苺子が言うので、皮ごと食べられる薄緑色のをたくさん買って、ふたりで屋上に上がった。

ちょうどいい陽気だった。暖かいね、星星峡で震えてたのが嘘みたい。ベンチに座ると、苺子が言った。

「盆地だし高度も低いし、ここは新疆の中でも暖かいみたい。夏は四十度は軽く越えるんだって。そんなに暑いんじゃ、頭おかしくなっちゃいそう。目の前は見ているだけで火傷《やけど》しそうな火焔山《かえんざん》だし」

ふたりの正面には燃える焔のような文様を持つ山肌があった。怒りに燃え狂っているかのような丘陵が続いている。

「メロンとか葡萄って栽培するのにあんまり水がいらないのかな」

「そんなことないだろう。両方ともたっぷり水分を含んでるんだから」

「だけど、哈密《ハミ》も吐魯蕃《トルファン》もゴビ砂漠にある都市《まち》だよ」

「カレーズ。天山山脈の雪解け水を利用した配水システムだ。長い地下水路を作って、雪解け水をそこに流れ込むようにして、遠くの集落や耕地にまで引っ張っていってから地上に持ち上げて配水してる。発祥はイランだそうだ」

中谷がそう言うと、苺子は不思議そうな顔を向けた。

「なんでそんなこと知ってんの」

「実は、まほろばは、アフガニスタンでカレーズを建設する事業を支援しているんだ。仲村鉄さんのカブール会って知ってるかい」

「あの、前の政権のときに武装勢力に襲われた？」

「そうだ。外国人が自分たちの国に手を突っ込んでいるのが許せなかったんだろうけど、とんだ勘違いだった」

苺子は、薄緑色の果実をつまんで口元に持っていき、

「『吐魯蕃《トルファン》の葡萄が熟した』って曲があるんだ」

と言った。

「二胡《にこ》で演奏するための曲らしいから、中国の曲なんだなと思って聴いてたけど、中央アジアっぽい旋律のようにも聞こえるから不思議だよね」

「うん、二胡って楽器はもともとそういうものだからな」

「ん？　そういうものって？」

「西から伝わってきた楽器なんだ」

「え、そうなの、私は純然たる中国の楽器だと思ってた」

「ちがうみたいだ。二胡の〝胡〟ってのは辺境の異民族のことだよ。原形となった楽器はこのシルクロードをたどって西からやってきたんだ」

「変なこと知ってるなあ」

「せっかくだからと思ってあれこれ調べたから。別に二胡のことが知りたかったわけじゃなかったんだけど」

「へえ、じゃあ本当はなにを調べてたの」

「ウラン」

「え、核爆弾に使うやつ」

「ああ、この辺はウランが採れる。それから核実験も新疆《しんきょう》でおこなっているよ、ロプノールってところだ。このへんは、癌の発生率が高いって説があるんだ」

「え、本当？」

「本当かどうかは確認してない。けれど、そういう主張をするドキュメンタリー番組が作られた」

「え、中国で？」

「馬鹿言うな。制作したのはＢＢＣだ。クルーは先天性奇形や癌に苦しむ村人たちに会って、カメラを回してインタビューした。ほとんどがまだ子供だったから、衝撃的な映像になった。一行は医療機関にも潜入して、論文や内部文書を入手し、九十年代の新疆地域では、中国のほかの内陸都市と比べて、リンパ腫瘍の比率が突出して高い、これは、この近くで行われた核実験のせいだって告発したんだ」

「正しいのかな」

「かもしれない。なにせ四十六回も核実験をやってるんだから」

「そんなに……」

「中国が公式に認めている回数のみでだ」

「ひどい話じゃない」

「ひどいな、たしかに。だけど、もっとひどいのはどっちなんだって話もしたい」

「どういう意味？」

「その実験を、市街地のど真ん中に落としてやったのがアメリカだ。しかも二発。大量殺人兵器になることを確認したあとも、もう一発落とした。──どうしてかわかるか」

　呆気に取られたまま、苺子は首を振った。

「広島と長崎じゃタイプがちがうから、もう片方も落としてみないとその威力がわからないじゃないかって意見が出たからなんだってさ」

苺子はまさかという顔をした。

「もし、そのとき広島や長崎でカメラを回していたら、その地獄図は、ＢＢＣのドキュメンタリー番組の比じゃないさ」

燃えさかるような山肌を見つめてそう言った中谷の顔を、苺子はまじまじと見つめた。

「だ、だけど、中谷君、原爆を落としたのはアメリカで、ＢＢＣはイギリスの国営放送だよ」

中谷は笑った。

「じゃあどうしてＢＢＣはアメリカの非道を告発するドキュメンタリー番組を作らないんだ。原爆を落とすことになった経緯を内部文書を手に入れて、告発しないのはなぜなんだ」

「どうして。どうしてだと中谷君は思ってるの」

「アメリカとイギリスはタッグを組んでいるからだって思っちゃうね、どうしても」

どういうこと。苺子が怪訝な表情で中谷を見た。

「中国が台頭してきて覇権国家の地位が奪われるのをアメリカが畏れるなら、イギリスが中国の暗部を暴いて援護射撃しましょうってことで、情報戦で斬り込んで行く。だから、中国の核実験の負の部分は暴くけれど、アメリカが、南太平洋でおこなった水爆実験で〝死の灰〟を浴びた第五福竜丸《だいごふくりゅうまる》については、見過ごしてやろうってわけさ、〝身内の犯罪〟だからな」

苺子は口をもごもごさせた。でも、だったら、新疆であんまりヘタなことしちゃいけないってことにならない？　なるなる、と中谷は笑う。

「観光で来ましたって言っても納得してくれないのはそういうことがあるからさ。なにせＢＢＣのクルーは、観光客とガイドのふりをして新疆に入って、内緒で撮影してたって言うんだから、無理ないや。それに、中国から見れば日本なんてアメリカの手先だからな」

苺子はすこし考えてから、

「福一《フクイチ》の原発事故の汚染水を海に流すのを中国があんなに非難するのは、そういうことなの？　日本がアメリカ陣営だから」

「それもあるけど、また別の理由もあるんだ」

「ひょっとして、やっぱりあぶないの？　海洋投棄は」

「いや、いちおう原発で働いていた人間なんで、そのへんはほかの人よりは多少は詳しいんだけど、安全だと俺は思うね」

「本当？」

「ああ、マスコミはＩＡＥＡっていう国際原子力機関がオーケーしたから安全だっていうのは原子力業界の出来レースじゃないかって言ってるけど、ＩＣＲＰって機関の数字も基準としている。ここの基準はめちゃくちゃ厳しいんだ。一年間の被曝限度となる放射線量は平常時で1ミリシーベルト以下って決めて、俺たちが暮らしてたあたりが帰還困難区域となって廃市になりかかったのもここの数字のせいだ。つまり、忖度《そんたく》なしの値《あたい》だってことさ。フランスなんかはＩＣＲＰの基準を無視して、再処理施設から濃い廃液を海に流してるぞ」

「そんなこと許されるの」

「ＩＣＲＰは民間の学術組織だからな。軍の管轄下にあるフランスの再処理施設はそれに従う必要がないって決めてかかってる」

「でも、問題ないわけね」

「あるって話は聞かない。あるのかもしれないけれど」

「じゃあ、問題ないの？　中国じゃ日本が海を汚染するので塩の買い占めとかが起こってたよ」

「ガイガーカウンターがバカ売れしたんだろ」

「そうそう。買った魚が安全かどうかを調べなきゃって、私の友達も買ったよ」

「お魚を計ったら基準値を超える数字が出たって話は聞いたかい」

苺子は首を振った。

「だろ」

「まあ、よかったなとは思ったよ」

「ただ、いいことばかりじゃないぞ。この話は知ってるか。上海の家で、ガイガーカウンターのスイッチをオンにしてたら、家の中でピーピー鳴り出した。なんだろうと思って調べたら、家の建築資材が基準値以上の放射線を出してたんだってさ」

中谷はマスカットをひとつぶ口に入れ、薄く笑ってみせた。

「どこの情報?」

苺子の顔は凍りついている。

「台湾のメディア。まずいよな。ただでさえ中国の不動産業界はバブルがはじけてヒイヒイ言ってるのに、おまけに過去に建てた建築物から放射線が大量に出てるなんて笑い話にもならないぜ」

「そうかあ。それでいつのまにかガイガーカウンターの販売が中止になったのか。測った放射線量もSNSなんかにアップするのはやめろっていう御触《おふ》れも出たんだよ」

「日本が海に流した水は汚染されててヤバいって世論は中国当局が作ったものだ。中国だって本心じゃヤバいなんて思っちゃいない。だけどここは日本を叩いておきたいんだよ」

「なぜ」

「中国の原発を世界に売るためさ」

「え、本当?」

「トンデモ説に聞こえるだろ、マスコミはこういうことをまったく報道してくれないからな」

「正しいかどうかわからないけど、ひとつの意見としては伝えるべきじゃないの」

「そこが問題さ。知っててあえて口をつぐんでいるのか、それともただ勉強不足なだけなのか、俺にはよくわからない。とにかく、マスコミにはもっとしっかりしてもらいたいと思うね」


しっかりしなきゃ、と岸見は自責の念に苛まれていた。

岸見が出したビザ申請に対して、中国大使館から発行できないと通達された時、やってしまったと思った。理不尽に憤るよりも、自分の迂闊《うかつ》を恥じた。ばつの悪い思いで廊下を歩き、ある扉の前で立ち止まってノックした。名を名乗り、どうぞと言われ、失礼しますと言って開け、中に入った。

会議室では、道下が例のトーマスとはす向かいに腰かけていた。

まあ座れ、どうしたと言われ、岸見はひとつ席をおいてトーマスの隣にかけた。

ビザの申請が却下されたことを報告してから、岸見はすいませんと頭を下げた。

「取材の目的があやふやだったのでそこを突っ込まれたみたいです」

トーマスがなんの話だ、と道下に尋ね、取材のために中国にビザ申請をしたら下りなかったんだ、と説明した。これに対してトーマスがなにか言ったが、それは聞き取れなかった。

「ひょっとして、直接新疆ウイグル自治区に飛ぼうとしていたのか」

と道下が日本語で言った。

「ええ、時間がないので。そのほうが捕まえやすいと思いまして」

「まずかったな。あのあたりは昔BBCにこっぴどく痛めつけられたんで、マスコミに入られるのを嫌がってるんだ。党大会の開催中だしな、余計にピリピリしているのさ」

配慮が足りませんでした、と言って同意するしかなかった。

トーマスが英語で岸見に向かって、観光客として入国すればよかったのに、と言った。岸見は「Maybe《そうかも》」とだけ返し、この男はいったい誰だ、という疑念が抑えきれなくなって、道下のほうを向いて、

「ご紹介していただけますか」

とすこし抗議するような調子で言った。

お、まだだったか、これは失礼。道下は驚いた顔を向けた。それはすこし芝居がかって見えた。

「クリス・トーマスさん。ＢＢＣのプロデューサーだ」

同業者だったのか。けれど、ＢＢＣのプロデューサーがうちの局に熱心に入り浸ってなにをしようとしているんだ。

「トーマスさんと大きな企画を動かせないかと相談してる。そのひとつがまほろばだ」

すんなり納得できる返答とは言い難かった。ここでするべき質問ではないとは思いつつ、

「うち単独の取材では難しいということでしょうか」

と岸見は尋ねた。

「まあ俺も経済はあまり強くないからな、そっちの方はトーマスさんに頼りきりになっている。ＬＳＥ、ロンドン・スクール・オブ・エコノミクスの出身なんだ」

トーマスはもういちど岸見に握手の手を差し出した。岸見はその手を握ったあとで、ジャケットのポケットから名刺入れを取り出し、一枚抜くとトーマスに差しだした。トーマスはサンキューと言って受け取ったが向こうの名刺は出てこない。

「じゃあ新疆で突撃取材するのは無理だな」

と道下が話題を戻した。

「だけどあんなところにいつまでもいるはずがない。中谷はこのあとどうするつもりなんだ」

「さあ、まほろば本部に問い合わせても、助手もプライベートのスケジュールまでは把握していないと言うので」

「だけど、カナダで原子力をやると言ったり、少林寺の坊主と対談なんかしてるんだから、プライベート

とは言い難いよな」

　岸見もそう思う。けれど、まほろば側の公式見解としてはそうなっているのだからしかたがない。

「北京には戻らないのかねえ」

　質問なんだか、自問なんだかわからない道下の口調に、憮然《ぶぜん》として黙っていると、トーマスが岸見を見た。なんなんだこいつはと思って見返すと、トーマスは岸見に向って英語で言った。

「電話してみれば」

　意表を突かれ、彼女は言葉を忘れた。

「まあその手もあるな」

　と道下が前のめりに座り直し、

「なにせ直接コンタクトのとれる唯一のジャーナリストだからな」

　と言って岸見を見てうなずいた。おそらく出ないと思いますが、と言いながら手にしたスマホの連絡先から中谷を選んだ。トーマスが机の上を指す。お前は私の上司じゃないんだから命令するなと思いつつ、岸見はスピーカーモードにして、指された机の上にスマホを置いた。コール音はしていた。ただし出なかった。——と思ったら、出た。けれど、スピーカーから流れてきたのは女の声だった。

——岸見さん、すみません、中谷はただいま運転しております。少々お待ちください、ちょっといまセットしますので。

「ああ、すみません」

——ああ岸見さん、中谷です。ちょっと外のノイズがうるさいかもしれませんが。

「いえ、よく聴こえています」

——それならよかった。で、なんでしょう。

「いや、今回の中国旅行の目的についてお伺いできればな、と」

――ははは、てことは、取材ですかこれは。

道下が首を振った。

「いえ、取材のアポを取らせてもらえないかと。まほろばにスケジュールを問い合わせてもわからなかったもので。ちなみに移動中とおっしゃいましたが、いまはどちらに」

――ああ、今日は連霍《れんかく》高速道路で烏魯木斉《ウルムチ》まで行きます。いまは吐魯蕃《トルファン》の手前です。

道下が自分のノートパソコンでGoogle マップを開き、素早く作業してから、画面を岸見とトーマスのほうに向けた。ユーラシア大陸の西のほうに建てられたフラッグから、中谷が西へ西へと移動しているのが確認できた。

「その後は北京に戻るんですか」

――わからないな、明後日次第です。明後日が勝負なので。

「勝負ってなんの?」

――賭けるんですよ。

「賭けるって、中国はギャンブルできるんですか」

――どうかなあ。――どうなの。…………できないみたいですよ。でも、レースはあるみたいなので、張本苺子から説明させていただきます…………通訳の張《ちょう》です。

声がいきなり女のものになった。

「はじめまして、岸見と申します」

――烏魯木斉《ウルムチ》では駱駝レースがあって人気なんですが、やっぱりレースを楽しむだけみたいです。

そう言われて、あ、そうなんですか、ととりあえず返し、

「では、中谷さんの賭けはそういう賭け事じゃないんですね」

とさらに尋ねた。

——いや、ちがう。ただ俺はなにかに賭けるって話。

「その賭けに勝ったり負けたりすることでなにがどう変わるんですか」

——どうなるんだろうなあ。

沈黙があった。

もしもし、聞こえてますか、と言っても返事がない。

——すみません。張です。

「あ、はい」

——ちょっといま公安に止められちゃったので、いちど切らせてください。

「大丈夫ですか」

——たぶん。定期検査みたいなものです。では失礼します。

切れた。

「さすがだ」

感心したように道下が言った。

「出るとは思わなかったよ。やっぱりお前がかけるとちがうんだな」

そのことは岸見にも意外だった。

「明後日《あさって》、賭けに出ると言ってたがなんだかわかるか」

やはり道下は訊いてきた。

「まったく」

と岸見は首を振った。

ノックの音がして扉が開き、報道ナイト23のスタッフが顔を出して、いいですかと言った。うん、いま終わったところだと道下が答えると、ぞろぞろと入って来た。ああ、定例の企画会議の時刻だな、と岸見は気づいた。

まほろばに張りつけと道下から言われ、単独行動を許されていたので、この会議へは出たり出なかったりの状態が続いていた。それでも、ときどき顔を出すのは、まほろば関連の情報を提供したり、稀には逆に岸見も他のスタッフからもらうことがあるからだ。この日は、なりゆきでそのまま出席することになった。

「おや、めずらしい」

ノートパソコンを小脇に抱えた、飛田美千香《とびたみちか》が岸見を見つけると頰を緩め、長方形のテーブルの短辺、つまり議長席に座った。

「最近はどうしてるの、特殊部隊長は」

そばに座る岸見に、飛田はすこし声を落として話しかけた。

「うーん、まあなかなか鉄のカーテンが突破できなくて」

新人研修でも世話になった五つ上の先輩は、単独行動を命じられ、番組チーム内で孤立しがちな岸見に折りを見て声をかけてくれる。そうか、じゃあまた今度ご飯行こうよ。ええ、ぜひお願いします。新大久保でコリアンどう？　最近ハマっちゃってさ、韓ドラ。ああ、イケメン多いですからね、と先輩と他愛《たわい》もない会話を続けながらも、トーマスがそのまま会議室に残っていることが気になった。そして、そのことをスタッフらが気にしていないようなのも。すでにトーマスをパートナーとして紹介されているのだろうか？

飛田が腕時計を見て、ではじめますよ、と言った。

議題は今年の二月にロシアがウクライナにミサイルを撃ち込み、地上部隊を侵攻させて開戦したウクライナ戦争、ロシアの呼称では、ウクライナ特別軍事作戦をどう報道していくか、であった。トップニュースで扱う際に、どのような切り口があり得るだろうか、各々考えてくるようにという宿題が前の会議で出され、今回それを検討する流れになっているようだった。

「当てるのめんどくさいから、じゃんじゃん言っちゃって」

飛田が空気をなごませてそう言い、スタッフは〝持ちネタ〟を次々投げていった。

□　モスクワで起こる反戦デモをインタビューを中心にまとめ、ロシア国民も戦争を望んでいるわけではないという主張を盛り込む。また、ロシア軍兵士の士気の低下も伝える。

□　ロシア大統領の映像を専門家に見せ、健康状態、精神状態を検証させる。

□　この戦争は、長期政権が続く現ロシア大統領帝国の〝終わりの始まり〟と解釈し、この方針で意見をくれそうな評論家にインタビューする。

□　生物・化学兵器が使用されるおそれがないのかを専門家の意見をもとに検証する。

□　ロシア兵に息子を殺されたウクライナ人の母親の悲痛な叫びを映像に収め、戦争の悲惨さを世論に訴える。

□　経済制裁で疲弊するロシア経済の状況をスーパーマーケットの棚の映像とともに市民の声を拾い、これに専門家の意見を交えていく。

□　ロシア軍のミサイル攻撃によって破壊された街の様子や支援物資を受け取る住民の様子などを伝える。

□　経済政策の中、裏でロシアを支える中国の思惑《おもわく》を、現地の映像資料（街角のインタビュー）とともに専門家に解説してもらう。

□　ロシアの言論統制と戦うウクライナのインターネットメディア「ウクライナ・プラウダⅡ」編集長に聞く。

□　国営テレビの夜のニュース番組の生放送中、原稿を読むアナウンサーの後ろに躍り出て、「戦争反対。戦争をやめろ。プロパガンダを信じないで。ここの人たちは皆さんに嘘をついている」と書かれたプラカードを掲げ、「戦争反対！　戦争をやめて！」と叫んだ女性プロデューサーのその後を追う。

□　ロシア軍が撤退したあとで数百人の遺体が見つかった村を訪ね、住民に残る深い心の傷や、警察が戦争犯罪として捜査を続けている模様をインタビューで構成する。

「子供を扱うものはないのかな」

と道下が言った。

「子供は効くんだ」

すぐに次のようなネタが投げられた。

□　戦争で親を亡くした子供たちの心のケアの問題にも焦点を当て、専門家に意見を聞く。
□　ミサイルによって破壊された小学校を探して撮り、教師や子供たちにインタビューする。

飛田はホワイトボードにそれぞれのネタを分類していった。

戦況と被害
ウクライナはいま　ウクライナの訴え
ロシアのねらい
ロシア国内の動き　反戦を中心として
国外避難

軍事支援
経済制裁
国際社会の対応　米の対応　日本の対応　中国の動き
日本国内の反応
今後の見通し
その他

ネタのすべてが、ロシアが悪であることを前提にしたものだった。

ロシアはウクライナに侵攻した。まさかこの時代に、大国がミサイルと戦車で隣国に攻め込むなんて、岸見も思ってなかった。前の世紀に悲惨な戦争を体験し、なんとか生き残った人類は、これからは平和な時代を築いていくものと信じていた。それなのにロシアは、悪夢を呼び起こした。だからロシアが悪い。専制国家ロシアと戦うウクライナを応援しなければならない——そんな風に岸見も考えていた。そう考えるとわかりやすかったからだ。わかりやすいものを視聴者は望む。そして、ニュース番組は視聴者が望むものを見せなければ数字が取れない時代になっていた。今日もまた、

「それは数字が見えないいな」

と飛田にコメントされた企画があった。

あるスタッフが、ウクライナ東部の紛争地域におけるロシア語話者の多さに着目し、その地域が帰属する国家は本来、ウクライナなのか、それともロシアであるべきなのかを歴史的な視点から検証する、という案に、飛田は渋い顔を見せた。

「じゃあ、これはどうですか」

と若手の男性スタッフが手を挙げた。

「アメリカ大統領の息子がウクライナから多額の報酬を受け取っていますよね」

三浦《みうら》という若手スタッフが言うには、アメリカのアーデン大統領の息子ハンター・アーデンには、ウクライナで最大手の天然ガス資源開発会社のブリマス・ホールディングスの取締役だった過去がある。この息子はエネルギーのスペシャリストでもなければ、どこかで勉強したという実績もない。それなのに同社の取締役として、五年間、月五万ドルという破格の報酬を受け取っていた。これは動かしようのない事実だ。


一方、父親であるアメリカのジョン・アーデン大統領は、副大統領時代からウクライナに深く関与していた。バカ息子の就職は父親の〝縁故採用〟ではないかという噂はずっと燻《くす》ぶっている。そもそも、ブリマス社にも脱税や資金洗浄の疑いがあり、ウクライナ検察当局が捜査していた。けれど、当時副大統領だったアーデンは、当時のウクライナ大統領を、検事総長を解任しないなら、ウクライナへの融資を撤回するぞと脅した。検事総長は解任され、その後、自分が馘首《くび》になったのはジョン・アーデンが圧力をかけてきたからだ、とメディアで告発している。


提案した三浦は、英文の資料も配って説明したが、

「よそうや」

と道下は資料の紙を指でつまむように持ち上げて言った。

「俺たちが扱う問題じゃないと思うね」

そして、不満顔の三浦に向かって、

「基本的にうちの方針は、自由と民主主義を守る、だよ」

とつけ加えた。

自由と民主主義陣営は叩くな、悪事を暴くのはロシア側だけにしろということだ。報道は中立であるべしという常識からすれば、言語道断だが、ジャーナリズム業界においては、完全な中立性などないという

のが〝ウラ常識〟になっている。

三浦に肩入れしたい気持ちを抑え、岸見は黙っていた。彼が持ち出したこの件は、岸見がいま読み漁《あさ》っている数冊でも触れられていたが、TBCでこの問題を報道するなら、アメリカの大手マスコミが取り上げてから、その情報を横流しにする形しかないだろうというような「分別」が身についてしまっていた。

それでも、

「下手すると番組自体が潰されちゃうからな」

と道下が真偽の不確かな、どことなく脅し文句のような台詞を添えると、たまらなく嫌な気分になった。

一方で、岸見は怖がりだった。芸能番組のアナウンサーから報道部に異動してきたこともあって、彼女は自分の無教養をいつもひそかに怯《おび》えていた。

それに岸見は抽象思考が苦手だった。経済が苦手なのは、生活に密着しているはずなのに、それを抽象的に考えるからだ。

岸見には感情をともなった無数のキャラクターの行動として世界を見ようとする癖があった。〝正義の味方〟と〝悪漢〟のキャラが登場する戦況図として世界を眺めた場合、自由と民主主義を旗印に掲げている国々が〝正義の味方キャラ〟だ。なぜなら、自由と民主主義は疑いようもなく正しいからである。いや、自由と民主主義は疑いようもなく正しいのだという色眼鏡で、彼女は世界を見ていた。

一方、宗教国家や国王を元首に頂く国、つまり自由と民主主義と人権を尊重する国家へと発展する途上にある国は、ときどき粗暴なふるまいをするから、〝悪漢キャラ〟である。こうして眺めれば、だいたい常識と符合する。アメリカの政治家や外交官が、北朝鮮やイラクを呼ぶ〝ならず者国家〟は〝悪漢キャラ〟の別名だ。

しかし、本当にそうなのだろうか、という思いが胸にわだかまりはじめたきっかけが、アラブの春だった。

「アラブの春」は結局よいことだったのか、それとも悪《あ》しきことだったのかが皆目わからないのだ。アラブの春は民主化だった。民主化はよいこと。だから民主化したらよくなるに決まっている。ところが現実は、チェニジアくらいしかそうなっていない。なぜだ。そもそも、アラブの人たちは本当に民主化したかったのか。いったん忘れていたこの疑問は、今年の春、ウクライナにロシア軍が侵攻したときにふたたび頭をもたげはじめた。〝正義の味方〟キャラなどいない、そう考えたほうが現実に近いのではないか。

「三浦はまだ若いから、無理ないんだけどな」

と道下が前置いて、

「俺たちテレビマンに一番大事なのは感情を揺さぶることだ。感動を与えることだよ」

とまで言った時、

「あの、いいですか」

と岸見は手を挙げた。

「もちろん。道下さんなんか気にせず、とりあえずなんでも言っちゃって」

飛田の冗談めかした口ぶりには、発言者を楽にさせようとする気遣いが感じられた。

「今回のウクライナへの侵攻については、NATOが、というよりもアメリカ？ ――が約束を守らなかったからだと解説する人が少なからずいますよね」

「約束ってなに」

と飛田が訊いた。

「私も最近知ったことなんですが、ベルリンの壁が崩壊してドイツがひとつになって、ドイツをNATOに加盟させるって話になった段階で、当然ロシアは東ドイツだった部分だけNATOが自分たちの陣地に拡大してくることが脅威だった。そこを、当時のアメリカ大統領が、NATOはこれ以上東方には1インチたりとも勢力図を拡大しませんよと約束したので、ロシアもこの案を飲んで、ワルシャワ条約機構も解散させたって話がありますね。この約束をずっとＮＡＴＯ側が反古《ほご》にしてきたことが、今回の侵攻につながったという見解です。テレビのニュースではほとんど報道されることはありませんが、ロシアのプトロフ大統領はなんどもくり返し言ってますよね」

ノー。トーマスの声だった。

「フェイクニュース。そんな約束などない」

「ええ、文書には残っていません。ただ、このことで言った言わないの水掛け論になっています。そこで実際に言ったのか言ってないのかを検証するという企画はどうでしょうか」

トーマスはうつむきながら、耳元でささやかれる道下の英語を聞いていた。そして、顔を上げるや、岸見をまっすぐ見つめて口を開き、通訳が不要なようにゆっくりと喋った。

「そういうフェイクニュースをまともに取り扱うこと自体がロシアを利することになるんだ。こういう見解もあるというでたらめにしか過ぎない物言いを世の中に紹介して〝どっちもどっち論《Bothsidesing》〟をばらまくことになる。そもそも、そんな約束などないんだ」

なんだこれは。それを調べるために取材しようと提案してるんじゃないか。ただ、この約束について、岸見自身、あったのかなかったのかについては、いくら取材してもあったという確証は摑めないだろうとは思っていた。それに所詮は口約束。文書が残っていないのなら、時間が経てば反古にされることもあるだろう。そんな口約束を当てにして行動するのは軽率すぎやしないか。だけど、これはまさしく、中谷が言った、伝えてることが嘘ばかりとは言えないけど、本当に伝えなきゃいけないことを取り上げず、視聴者の目を逸らしてしまっている事態ではないか、と岸見は考えた。

「そういう約束がなかったにせよ、たとえばシカゴ大学のジョン・ミアシャイマー教授は、ＮＡＴＯがどんどん東に勢力を拡大し続ければ、追い詰められたロシアは牙を向く、とはっきり言っていました。実際そのような事態になったわけです。ミアシャイマー教授は、ウクライナ戦争を引き起こした責任は西側諸国、とりわけアメリカにあると明言しています」

　エマニュエル・トッドも同じことを言ってますね。先ほどアメリカ現職大統領の息子の〝ウクライナ疑惑〟を提案して却下された三浦の声だった。この声に励まされ、岸見は続けた。

「では、この企画はどうでしょうか、ロシア大統領は、今回の侵攻は、東ウクライナに住むロシア系住人が迫害されているので、彼らを救出するための軍事作戦だと言ってます。実際、ウクライナ東部はロシア語を話すロシア系住人がすごく多いみたいです。それに対して、ウクライナ西部はガリツィアを中心にウクライナ民族主義が色濃く、宗教もロシア正教ではなくカトリック。マイダン革命というクーデターを経て、ウクライナに反ロシア的政権が樹立したことによって、東ウクライナのロシア系住民に対する迫害も起こっている。これがロシアの言い分です。その主張は正しいのか、それともでたらめなのか。このことはきちんと検証したほうがいいと思うのです。さらに、もっと言えば、ロシアはこの戦争をネオナチとの戦いだと言っています」

　耳元で道下の英語を聞いていたトーマスの表情が強張り、話をいったん止めようと、掌を岸見に向けた。

「いまのウクライナの大統領はユダヤ人だぞ。ユダヤ人がナチだって言うのか」

「ええ、それが決定的な反論になると思ってる人も多いですね。でも、本当にいまのウクライナ政権にネオナチがいないのでしょうか。国民のほとんどは、頭のおかしいロシアの大統領がでたらめを言っていると思っているでしょうが、実際、親露政権を倒したクーデターには、ネオナチ的な民族急進派が参加しました。ロシア研究家の下斗米《しもとまい》伸夫《のぶお》先生がそうおっしゃっています」

　そして、ひと呼吸置いたあと、この際だから言ってしまおうと岸見は覚悟した。

「いまのウクライナ政権にネオナチの影響があるのかないのか、このことを考えるのに面白いエピソードがありますよ。いまから八年前、クーデターによって親露政権が倒れ、これに脅威を感じたロシアはクリミア半島を併合しました。クリミアは、歴史的・民族的・文化的にはロシア圏でした。しかも、黒海にアクセスするのに重要な軍港セヴァストポリもあった。なのにどうしてクリミアはロシア領でなくなったのか。ソ連という大きな枠組みがあるので、ロシアのものみたいなものだろうと考え、プレゼントのつもりでウクライナに編入させていた。要するにソ連って枠組みがあったからこそ成立した取引だった。だからウクライナも、ソ連解体後もロシアがセヴァストポリを軍港として使用することを認めていた。けれど、クーデターが起こり反露政権が成立したので、ロシアもここを併合せざるを得なくなった。でも、それではあまりにも暴力的なので、一応クリミア自治政府がロシアとの統合を目指して住民投票を実施し、その結果を受けてロシアが併合した。つまり、『ウクライナは嫌だ、ロシアがいい』と言った住民が大多数だったので、『よし、こうなったらうちに来い。もともとそうだったのだから』って感じで迎え入れたって筋書きですね。これはまちがっていますか」

「岸見」

トーマスに通訳していた道下が、それをいったん中断して、呼びかけた。

「その住民投票は、国連総会で無効とみなされているんだぞ」

「もちろん知っています。そのことを話そうとしていたのです」

岸見は息を吸い、道下が通訳し終わるのを待った。

「その国連の採決の場で、イスラエルは棄権しています。いつもならアメリカと足並みを揃えるはずのイスラエルが、このときに限ってそうはしなかった。なぜでしょうか。それは、ウクライナ政権内にネオナチが入り込んでいるのを知っていたからではないか。第二次世界大戦中にナチスドイツがウクライナを占領した際、多くのユダヤ人が犠牲になりましたが、この虐殺にウクライナの民族派が加担したことや、これらユダヤ人を解放したのがソ連赤軍と親ソ派パルチザンだったこと、一九四五年には、クリミア半島にユダヤ人国家を作る話さえ出ていたそうですが、このような事実が、イスラエルに棄権を選択させたのではないか、そのように下斗米《しもとまい》教授は分析しておられます」

笑い声が起きた。だが、笑うところをまちがえたと察知して、笑いの主は慌てて真顔を作った。三浦だった。

トーマスがやれやれと苦笑いを浮かべて首を振ったのを見て、馬鹿にするなよ、と岸見は憤《いきどお》った。だいたい、日本のテレビ局の番組制作になぜＢＢＣがここまで首を突っ込んでくるんだ。それにこいつの態度はまるでこちらを監督しているみたいじゃないか。自由と民主主義を建て前に、アメリカが他国の政治に干渉するのと似てる気がする。そういえば、かき集めた〝ロシア・ウクライナ〟本では、ウクライナの親露政権を打倒したクーデター、いわゆるマイダン革命にアメリカが手を貸していたという見方は、常識だった。その常識すら、我々はきちんと報道していない。

「話があまり広がると二十分枠のコーナーでは処理しきれなくなるけれど、ウクライナの西部と東部の歴史的な経緯をかいつまんで説明して、ナチ的な行為、在宇ロシア系住民に対するウクライナ民族派による迫害があったかどうかを検証するのはありかもね」

飛田は援護射撃気味にそう言ってくれ、これに三浦がうなずいたくらいで、これに続く賛同の声はなかった。

「まあ、数字は取れなさそうだよな」

道下が言った。

「それよりも、まほろばの中谷代表に、どうしてウクライナに寄付をしないのか訊いてみるのはどうだ」

「それは数字になるんですか」

と岸見は言った。

「なる気がするけどな」

「ウクライナに対しても支援はしていますよ」

「少額じゃないか。タリバン政権に出している額に比べるとさ。しないわけではないですよって言い訳するための数字に見えるんだ。それに、こないだの投資説明会でも市川副代表が、民主主義ならよいという判断はしないと言ってたじゃないか。まほろばは、自分たちが民主的な組織ではないことを部分的に認めている」

言いがかりだと思った。それが顔に出たのだろう、道下は続けた。

「まあそういう企画も考えてみたらどうかって話だ。中谷が思わず、その通りですよなんて言うのを押さえられたら、これは数字になると思うね。なにせいまやまほろばは、与党政権と拮抗《きっこう》できるくらいの権力を持っていると目されているのだから。それにさ、うちはこのあいだモスクワの支局を閉めて特派員も呼び戻しちゃったんだから、そんな企画は無理だね」

吐魯番《トルファン》を出てからは、道が山間を縫うように延びていた。標高が高くなるにつれて山肌が間近に見え、車内の温度が下がり、太陽が山脈の向こうに落ちると、中谷はヒーターをつけた。

「見えてきたね。お待ちかねの天山山脈。これは東の端っこだけど」

と苺子が言った。

「てことはいよいよ烏魯木斉《ウルムチ》だな」

「ホテルは私が決めちゃっていいの」

「どうぞ。最後だから好きなところにしてください」

「スイートでも?」

「ベッドルームがふたつあれば」

「そう警戒することないでしょ」

「いやまあ……うんスイートのほうがいい、今晩は『炉前散語』を配信したいから」

「わかった。……あれ、いま最後だって言った?」

「ああ、明日は烏魯木斉《ウルムチ》空港から北京に戻ってくれ」

「中谷君はどうするの」

「俺は残る」

「どうして」

「なにか訊かれるようなことがあれば、通訳のバイトを頼まれただけだって答えろ」

「誰になにを訊かれるって言うのよ。なにかヤバいことしようとしてるの？」

「勝負だからな、リスクがないわけじゃない」

「新疆ウイグル自治区でリスク取っちゃだめだよ。北京でさえ日本の商社マンがスパイの嫌疑をかけられて捕まっているのに」

「俺はスパイをするわけじゃない」

「だけど、日本に帰れなくなったらどうするの」

「ま、なんとかなるだろう。だからさ、ホテルは苺子の好きなところでいいけれど、レンタカー会社と契約を結んでいるところ、つまりこの車を乗り捨てられるところにして欲しい、それから、あとふたつほど頼まれてほしいことがある」

烏魯木斉《ウルムチ》ホテル シルクロードは外資系のホテルで、公安警察の人間がロビーをうろうろしていることと、連なって天井から下がっている中華提灯《ちょうちん》をのぞけば、ゴビ砂漠の真ん中にいることを忘れさせる近代的な内装だった。パスポートチェックは、哈密《ハミ》と比べれば比較的マイルドで、横で立ち会っている公安の怪訝なまなざしは相変わらずだったが、別室に連れて行かれるようなことはなかった。
ただ、フロントマンが困ったように笑いながら、今晩は工事のためインターネットが使えなくなりますと告げた。それは困るんじゃないの、今日配信するんでしょ、別のホテルにする？　と苺子が中谷に尋ねた。

「たぶんよそのホテルに行っても同じだよ」

「え、どういうこと」

「つまり先手を打たれたってことだ」

中谷はそう言って公安警官にふり返り、

「だよね」

と笑いかけた。


部屋に入ると、苺子はレンタカーを返す手続きのためフロントに電話した。それから、中谷が書いた日本語を中国語にしてから、国際電話を一本かけた。

中谷は助手の大楽に電話をして、今晩の「炉前散語」のために準備を整えるよう指示を出した。

先に中谷が電話を切り、茶を淹れようと立った。部屋に備えつけられた茶葉の中から碧螺春《へきらしゅん》を選んで茶壺に入れた。苺子の電話が終わるのを待って湯を注ぎ、茶杯に注いで出した。それからふたりで夕飯の相談をした。苺子の好きなものでいい、と中谷は言った。イタリアンがいいなと苺子が言った。ホテルにはイタリアンの専門店はなかったが、近くにいい店があると、まだ通じていたインターネットで苺子が調べ、そこで食べようと相談がまとまった。


ねえ、岸見、ちょっといい？　飛田美千香に声をかけられ、局の近くの喫茶店に連れ出された。

近くの雑居ビルの細い階段を地下に降りたところにある、炭火焙煎《ばいせん》が売りの「薔薇《ばら》」という喫茶店の隅のボックス席で、誰々はどの部署に異動した、誰それは結婚して辞めた、いまの社長はあと一年で、後釜は銀行からやってくるのでは、などと話しながら、コーヒーとモンブランが運ばれてくるのを待った。

「でも、なにかおかしいよね」

フォークで切り崩した茶色いスポンジケーキを口に運びながら飛田がそう言った時、なにを言おうとしているのか、岸見はすぐ察知した。

「トーマスさんは、いつもああやって会議に顔を出してるんですか」

「いつもってわけじゃないけれど、めったにないってわけでもないよね」

「彼、道下さんが連れて来たんですよね」

「私もそう思ってたんだけどさ」

「ちがうんですか」

「どうやら上から下りてきたみたいよ」

同業者が羨《うらや》む大スクープをものするという野心で動いているとばかり思っていた岸見は驚いた。

「えっ、じゃあ道下さんもいやいやつきあってるんですか」

「うーん、道下さん自身はこれは乗っておいたほうが得だって思ってるんじゃないかな」

「得って言うのは？」

「出世のチャンスだってこと」

「どうしてトーマスとくっついてると出世できるんですか」

なんとなく癪《しゃく》に障《さわ》っていたので、さんは取ってしまった。飛田は咎《とが》めもせずに、

「それは逆を考えるとわかりやすいよ」

「逆って？」

「うちみたいな局はあまり過激な政権批判をするような人間は出世できないでしょ。というかそういう人は報道から外されちゃうよね。そういう報道がしたければ、インディペンデントのメディアに行ってくれってことになる」

うん、と岸見はうなずく。

「で、うちは穏当なところに落ち着かせて締めるってのが基本姿勢なわけよ」

まあそうだけど、と受けて、

「穏当ってなんだろ」

と岸見はつぶやいた。

「それはね私もよく考えるんだ」

相槌《あいづち》だけ打って岸見は待つ。

「ひとつはヒューマニズムだって」

そうでしょうね、と岸見は答えておきながら、そうなのかしら、とも思う。

「みんなが同意できるところで事件を解釈するとしたらそれしかないんだって」

「ヒューマニズムってなんだか実態がつかめないような言葉ですよね」

「そうなんだよ。なんとなく人間らしさ、人間であることっていうのは素晴らしいんだから、それを大事にしなきゃいけないってお茶を濁してる」

「でも、それは悪いことなんでしょうか」

「とりたてて害はないよね、それが問題だっていうのよ」

「てのは？」

「みんなが見たいものだけ見せてるんじゃ、報道じゃなくてエンターテイメントだよ。まあ、こういうこと言うと岸見はほら芸能畑から来たから怒るかもしれないけれど」

いやむしろ同感ですと伝えるために、岸見は首を振った。

「害がなくて悪いことじゃないもの、ヒューマニズムに合致してるものだけを見せておいて、本当のことから目を逸らしておくのが狙いなんだって」

「あれ、同じことをまほろばの中谷代表に言われましたよ、こないだ取材した時」

「え、ほんとう？　それって収録されてるの、動画に」

「いや、カメラを回す前に」

「じゃあ、道下・トーマスコンビは見てないわけね、そこんとこ」

岸見は首を振って、気になりますかと尋ねた。ここだけの話だよ、と飛田は声をひそめ、

「スパイじゃないかって」

「……トーマスが」

「英米のジャーナリストが国の情報機関に協力してスパイの役割を果たしたり、その国のジャーナリストに協力してもらって、都合のいい世論形成をするってことはあるんだって。で、そのときになにを使うかって言うと――」

「ヒューマニズムに訴えるわけですか？」

「そう、それに絡めて、民主主義とか、人権とか、疑いようもなく正しいってことになってるものに紐づけながらやるんだって言うの」

人間はなぜ尊いのか、人権というものは本当に揺るぎないものなのか、これらを徹底的に考え抜いた人間はほとんどいない。それは証明なしで正しいとみなす公理のようなものだと考えて多くの人たちは生きている。けれど、ジャーナリズムもそれでいいのだろうか――ということを議論する前に、岸見は気になっていた疑念を先に晴らしてしまいたかった。

「あの先輩、さっきから誰かにアドバイスをもらってるみたいな口ぶりですけれど」

うん。飛田は予期していたようにうなずいた。

「同居人から」

飛田は結婚していないはずだ。とすると同棲相手ということになる。

「ジャーナリストですか」

　岸見は、他局のテレビマンとできているが、ライバル企業の同業者との結婚はいろいろと不都合があるので、内縁という形を取っているのではという解釈を質問の中に込めたつもりだった。飛田は有田焼のコーヒーカップの暗く碧《あお》い肌に浮かぶ、窯変による白い文様を見つめながら、どこかしみじみと、

「まあそうとも言えるかな」

　と言い、

「でも、弟は、引きこもりなんだよね」

　などとつけ足し、ばつが悪そうに黙った。弟⁉　引きこもりのジャーナリスト⁉　これはもう続きを喋ってもらうまで待つしかないと思い、岸見はカップを口につけた。

「精神的にちょっと問題があってね、世間に出て普通に働くということができないんだ」

　それで姉が面倒を見ているわけか。それは大変だ。ひきこもりの家庭を取材したことのある岸見は素直に同情した。

「ただね、やつにもすごいところがあって」

　ええ、と相槌を打ちながら、この子だってやればできると身内が信じ、だけど当人はいつまでも引きこもっているだけというケースがほとんどなのを岸見は知っていた。

「頭なんか私よりはるかにいいんだよ」

　まさか、飛田は東大出だぞ、と思いつつ、また、ええ、と相槌を打つ。

「さっきジャーナリストとも言えるって言っちゃったけど、弟はね、会員制のブログをやっていて、記事を配信している」

「いわゆるブロガーってやつですか」

「世間から見ればそうなんだけど、弟は私なんかよりも自分のほうがジャーナリストだって言ってる」

「弟さんが書いているのはどんな記事ですか」

「うーん。それを説明するのは難しいんだけど、あえて言えば国際政治かな。アメリカの政治の動向。それと日本との関係。そして弟は非米という言葉を使うけど、中国を中心とする反アメリカ勢力の動向について よく書いている」

「あの……、弟さんは引きこもりなんですよね」

「うん。ただ、企業で働けないだけだよ。こないだ招かれて海外にも行ったよ」

「招かれてってどこに?」

「HSEって知ってる?」

「いえ」

「だよね。私も知らなかった。大学だって。ロシア国立研究大学経済高等学院ってとこなんだけど、そこの国際会議に招かれたのよ」

「それは権威のある機関なんですか」

「みたいだよ、弟が言うには」

「あの、大変失礼な物言いなんですが、そのロシアの権威ある機関がどうして国立大学の教授じゃなくて、ブロガーを招待するんですか」

「そこだよね。うん。弟に言わせるとそういう疑問を持つのは、なにも考えていないからだってことになる」

「どういうことですか」

「だから、あくまでも弟に言わせるとよ、大学の〝ロシア屋さん〟はみんな頓珍漢《とんちんかん》で話にならんと思っているから、HSEは弟を招待したんだってさ」

　思わず笑いそうになるのを岸見はこらえた。その顔を見て飛田も笑った。

「まあね。ただささ、私たちはコメンテーターが欲しいときに、大学の先生から探すよね」

「ええ」

「で、そのときにその先生の書いたものを読んでいないときさえある。たとえば中東情勢ではこの人が第一人者だってことを聞いて、電話をして出演依頼をするなんてことはある」

　実際なんどもそうしていた。

「だからお前らは馬鹿なんだって、弟は言うわけ。そういう肩書きを信じて内容を直視していない馬鹿だ。日本をダメにしているのはお前たちマスコミだって言うわけ」

　飛田の弟は相当気性が荒いらしい。

「でさ、弟の言い分を信じるかどうかはともかくとして、あいつがそのカンファレンスに招かれて行ったことは確かよ。資料をどっさり持って帰ってきたからね。弟が言うには、招待者の発表はあんまり面白くなかったけれど、ＨＳＥ大学がロシア政府に提出したレポート、たしか、世界の多数派のためのなんとか、マルチポーラーがどうしたこうしたってタイトルだったかな、ちょっと待ってよ」

　飛田は英題を思い出そうとして口の中で早口で英語を転がしたが、幼少期をニューヨークで過ごしたバリバリの帰国子女の英語は、岸見には聞き取れなかった。

「ま、なんとなく、『世界の多数派のために　ロシアからの提言』みたいな感じのタイトルだったと思うけど、それを出席者全員に配ったのをもらえたのが収穫だったたって言ってた」

「どんな内容なんですか」

「それがさ、読んでないんだ」

　と言ってから飛田は、

「なにせ忙しいからさあ」

　とペロリと舌を出した。

先輩に舌まで出されたら、ええ、と相槌を打つしかない。

「ただ、たいていは家にいる。コンビニぐらいは行くけどね」

「取材しないで記事を書いてるんですか」

「うん、スパイの手法を使って調べて書くんだって言ってる。やつに言わせると、スパイとジャーナリストは似てるんだって」

「トーマスがスパイじゃないかって言ったのはひょっとして弟さんですか」

飛田がうなずき、驚いた？　引きこもりの言うことを真に受けてこんなこと言うなんて、と笑ってコーヒーカップを持ち上げる。思わず岸見は、いいえ、と言ってしまう。

「弟はオシントって捜査方法を使って記事を書いてる。ま、本人がそう言ってるってことだけど」

カップをソーサーに戻して飛田が言った。

「オシント？」

「オープン・ソース・インテリジェンス。公開されている膨大な資料に目を通して、そこから真実を見抜く。弟の強みは大量の文字資料を読めることなんだ。英語はもちろん中国語、ロシア語、フランス語、ドイツ語、アラビア語もできる」

「ええっ、そんなに？」

「といっても話すのはてんでダメで、書くのも英語とドイツ語、フランス語ぐらいなんだけど、読むのはできるんだ」

それだけできれば十分だ、と岸見は思った。

「弟に言わせると、言語っていうのは本質的にはひとつなんだってさ。それが枝分かれしていろんな言語になっているだけだって言うの。信じられないでしょ。私も信じられなかった。アフリカ単一起源説を知らないのってさんざん馬鹿にされたけど。コーカソイド、モンゴロイド、ネグロイドって人種があって、それぞれみんなずいぶんちがうなって感じることもあるけれど、みんな同じ祖先をアフリカに持っているでしょって。まあそんな話はどうでもいいか。――それから数学も得意でね。まあこちらはお金にするのは難しいみたいだけど、そんなこんなで、引きこもりつつも、いちおう自分で食べている」

「それで生活していけるんですか」

「うん、結構売れてるんだよ、弟の記事は」

「購読しているのはどんな人ですか」

「いい質問だね。当然そういうことに興味のある人たちだけど。実はプロも買っている。国際政治の専門家、ジャーナリストなんかもね。それから官僚、政治家、政治家の秘書。そして、まほろば」

「まほろばが⁉」

「まほろばはね、寄付もくれた。これからも頑張ってください、あまり多額の寄付をしたら、活動するのが馬鹿馬鹿しくなってやめられると困るので、このくらいにしておきますなんて粋なコメント付きで、結構な額をくれたらしいよ」

「てことは中谷代表も読んでるってことですか」

「そこまではわからない。ただ、弟のブログってまほろばのサーバーにあるんだ」

間接的とはいえ、まほろばと飛田の意外なつながりに、岸見の心はざわついた。

「それまでは安いサーバーをレンタルして公開してたんだけど、記事の内容があれなんで――」

「あれなんで、とは？」

「私たちが報道できない物騒なものだってこと。だから、セキュリティ的に堅牢なほうがいいでしょう、うちで面倒見ますよってまほろばから誘いがあって、そっちに移したみたい」

飛田はコーヒーをひとくち飲んで、店の中を見渡した。黒留袖《くろとめそで》姿の女性ふたりが立ち上がってレジに向かった。近くの日枝《ひえ》神社での挙式の帰りだろうか。岸見もドアの鈴を鳴らして出て行く和装の婦人を見送った。店内には岸見と飛田ふたりだけになった。飛田の視線がこちらに戻る。

「それで弟にね、トーマスのことを話したんだ」

トーマスになんらかの不信感を抱《いだ》いた上でのことだなと思いつつ、岸見は、ええ、と相槌を打つ。

「弟はね、トーマスはまほろばを潰すために送り込まれた要員だろうって言ってた」

「それはなんのために？　イギリスの国益のためですか」

「英米両国のね、というかむしろアメリカの。アメリカがあり、イギリスがあって、ヨーロッパ諸国があり、さらに日本と韓国が追従している。これらがアメリカ陣営の構成員だよね。もっともヨーロッパ大陸の諸国は、アメリカはあまりに独善的だし、こちらの伝統を無視して自分たちの流儀を押しつけてくると言ってときどき反発するけど。これに対する陣営は、中国、ロシア、インド、南米、中東ら。これを弟は〝非米〟って呼んでる」

「で、そこにまほろばはどう絡むんですか？」

「まほろばは日本の自治区なので、アメリカ陣営に位置づけられるはず。はずなんだけど弟はそうじゃないっていうわけ」

「どうしてですか」

「ひとつはＢＲＩＣＳ銀行にああいう献金をするってことは、モロに非米側についていることになる。なにせＢＲＩＣＳ銀行ってのはドルの支配を崩壊させようとしているわけだから。たとえばロシアがウクライナに攻めて行ったときに、アメリカ陣営は、ロシアにＳＷＩＦＴ制裁というソフトパワーで屈服させようとしたわけ」

「たしかにその時、うちの番組でもエコノミストに来てもらって、これはロシアにとってかなり大きな痛手だなんて解説してもらいましたけど、それによってロシアの動きが急に鈍ったなんてことは――」

「――ないのよ。ＢＲＩＣＳ銀行はドル支配からの脱出が目的だけど、決済システムでもそういう準備を着々と進めてきた。ロシアのＳＰＦＳ、中国のＣＩＰＳなんていうシステムがロシアを支えている。まほろばのカンロ経済圏が大きくなっていくと、これだってＳＷＩＦＴに対抗するための決済手段になりうるわけ」

「ということは、間接的にしろ、まほろばはロシアを支援しているってことですか」

「そこまで言っていいのかはわからない。でも、まほろばはとにかく、めちゃくちゃに金を持ってる。どのぐらい持ってるかよくわからないくらいだっていうんだから呆れるよね。だから非米側につかれると、アメリカ陣営にとっては脅威になるわけ」

「だけど、まほろばは国ではありませんよね。マホロビアンはあくまで日本人ですよ。自分の所得を日本円で欲しがるぐらいに」

「そうなんだけど、そういうアイデンティティもどんどん多重化していくだろうって弟は言ってる。マホロビアンって言葉があるでしょ。実際、まほろばから投資を受けたい人は引きも切らない状態、そういう人はマホロビアンとしてまほろばに住まなきゃいけない。で、そうなったときの融資や投資は、すべてカンロによってなされるわけでしょ。まほろばに来て、マホロビアンになって、カンロでの投資や融資を受けてハッピーになっている人は確実にいる。俺もそうなりたいっていう候補者も。投資や融資を受けなくても、とにかくまほろばに住みたいって人さえ増えている。まほろば自治区ができると、かならずその土地の人口は増える。そしてまほろば自治区は、日本円ではなくてカンロでの決済を猛烈にプッシュする。カンロは欲しいけれどすこしは日本円で持っておきたいって人もいるって言ってたけど、それこそ、日本人でありまたマホロビアンでもあるってことなんじゃないの。これが弟が言っているアイデンティティの多重化だよね」

「でもそんなことをアメリカやイギリスが心配する必要があるんですか」

「私もそう思うんだけど、弟はちょっと抽象的に考えてからそれを問題にしてる。マホロビアンは日本人であると同時にマホロビアンとしての自覚を持っているってことは、まほろばは、日本という国民国家のシステムからほんのすこしだけ遊離しているって考えるわけ」

「ああ、なるほど。日本っていう国民国家からの離脱というのはアメリカ陣営からの離脱だという風に捉えられるわけですね」

「弟の見立てでは。そういう動きがあるならなんとしてでも封じ込めなきゃいけない。それにはまほろばのパワーの源であるカンロの欠陥を見つけるのが一番だってことよね」

「だけど飛田さん、アメリカが心配しているのはまほろばが日本という国家から遊離してまほろばだけ非米側に着くって筋書きですよね」

「そうだね」

「確かにまほろばはBRICS銀行に献金はしたでしょうが、同時に中国の一帯一路政策の邪魔をしてますよ。中国首脳部はまほろばに対してそうとうにお冠《かんむり》みたいですが」

「だから外交に出たんじゃないかって」

それはないだろう。元カノとイチャイチャしながら、空手を披露したり、文化人を気取って禅や儒教について怪しげな蘊蓄《うんちく》を傾けたり、ラーメンにかこつけた中国論をぶったりするのが外交のわけがない。第一、政治家や官僚と接触した形跡がないじゃないか。

岸見がそう説明しようとした時、テーブルの上でスマホが震えた。ディスプレイに浮かぶ文字列の＋86という先頭の文字は、発信者が中国にいることを告げていた。一緒に見つめていた飛田が顔を上げ、岸見に出ろと目で合図した。失礼。岸見はスマホを摑むと、店外に出て、電波が途切れないよう、地上まで階段を駆け上がった。

「もしもし」

――岸見様。先ほどは失礼いたしました。通訳の張苺心《チャンイーシン》です。

「あ、わざわざお電話いただいてありがとうございます。大丈夫だったでしょうか」

岸見は勤務先の局からそう遠くはない街路に立ち、スマホを耳に当てている。

――ええ、このあたりではよくあることなので。

「いまはどちらに？」

――あれから吐魯番《トルファン》に行って、いまは烏魯木斉《ウルムチ》にいます。今日はこちらで宿泊です。すみませんすぐに連絡しなくて。

「そうですか。あの、明後日が勝負だとおっしゃってましたよね」

――ええ、そんな話をしている途中でした。ただ、その中身についてはお答えできないとのことでした。

そう言われると、ますます気になる。

――それで、中谷から言付かっているんですが。

なんでしょうか、と訊き返す岸見の前を、勤務が終わった局員らしき人の群れが駅のほうに流れている。

――今晩、「炉前散語」っていうネット配信をライブでやるんですけれども、ご存じですか。

「ええ、もちろん。収録じゃなくてライブで？」

――はい。それで、中谷が岸見さんと話したいと言っているんですが。

人流の中に、道下と一緒に歩くトーマスの姿があった。肩を並べているのに、トーマスが道下を連れているように見えた。

「え、私が？」

はっとして岸見は訊き返す。

――はいそうです。もしよろしければ、なんですが。

「あの、どうして私なのでしょう」

かすかな笑い声が岸見の耳をくすぐった。

——たぶんそう訊いてくるだろうって中谷が言っていました。

「ああ」

——まほろばを一番最初に取材してくれたからだと伝えてくれって言われています。

ありがたい言葉ではあった。ただ、その大当たりだけで、なんとかジャーナリストを名乗っている自分の現状には、忸怩《じくじ》たるものがあったのだが。

——それから、これは私の個人的な感想ですが、岸見さんを信頼しているからでは？　信頼。そんな仕事を自分は中谷にしたことがあっただろうか。

「話の内容はどういったものに？」

——「炉前散語」というタイトル通り、軽い雑談だと思っていただければ結構です。逆に、岸見さんが中谷に訊きたいことがあれば訊いていただいてかまわないそうです。

「財源のことでも？」

——ええ。ただ、答えたくないこと、答えられないことは答えないとは言っておりました。それから、中谷のほうから岸見さんに質問することがあるかもしれません。もしＮＧ項目があれば教えておいてください。

とっさに思いつかなかったので、いえ特には、と言った。

——いかがでしょうか。ライブ配信は夜の十時、日本時間では十一時からになります。

出ます、と岸見は言った。ありがとうございます。中谷も喜ぶと思います。後ほどまほろばのスタッフから連絡がありますので、よろしくお願いします。そのようなやりとりをへて、通話は終わった。

岸見は階段を駆け下り、飛田の前に座り直すと、苺子とのやり取りをかいつまんで話した。飛田は、すごいじゃない！　と驚き、いや、さすがだね、と感心した。

「それで、道下さんに出演の許可をもらわなきゃとは思うんですけど」

「ん？　それは出すでしょ、当然」

「だけど、もう退社してるんです。電話してるときにトーマスと駅に向かって歩いているのが見えました」

飛田が残りのコーヒーを飲み干し、岸見をじっと見つめて、

「いま道下さんの携帯に電話して、この件を報告したくないって顔してる」

と言った。岸見はうなずく。

「なぜ？」

察していながら訊いているのは明らかだった。

「道下さんやトーマスの指示に沿う形で中谷さんと話をするのが嫌なんです」

「だよね。じゃあ私が許可を出したということにしよう」

思った通りの展開になったうれしさを隠し、岸見は驚いたような表情をつくり、

「いいんですか」

と言った。そんな岸見の小芝居を見て、飛田はくすりと笑ってスマホを取り出し、発信してすぐに切った。

「これでアリバイができた。電話したけど出なかったんだから。実際、赤坂から地下鉄に乗ったところじゃないかな。道下さん退社後に岸見から私が連絡を受け、確認のために連絡を入れたけど不通だった。だから私がゴーサインを出した。――これでいこう」

「地上に出た後、道下さんが着信履歴を確認して、コールバックするんじゃないですか」

「だから、私はこれから局に戻ってこの社用スマホを置き忘れて退社する」

「退社？　今日の報道ナイトの本番は？」

「なに言ってんの。そこまでボケちゃダメよ」

「あ、なにかありましたか」

「今日はお休みでしょ。でなきゃ道下さんもこんな時間に帰るはずないって」

岸見はあっと声を上げ、別班が作った特番の放送日だったのを思い出した。

いま中国で開催中の党大会とそれに続く一中全会についての特別番組放送のため、報道ナイト23は三日間お休みすることになっていた。

この番組編成は、当初、番組のメインキャスターを務めている古田寛満《ふるたひろみつ》が、ここ最近体調を崩し気味で、すこし休みたいと言って取られた処置だった。とはいえ、この党大会で現国家主席の続投が決まり、さらに常務委員会の七人、いわゆるチャイナ7《セブン》の面子が揃えば、これからの中国が日本にどのような態度に出るかが見えてくる。――そのように番組プロデューサーが社内でさかんに宣伝した効果もあって、意外と視聴率を取るんじゃないかと注目を集めていた。

あ、そうでしたすみません、岸見が恥ずかしそうに頭を下げると、ずっと単独で行動してるからね、と飛田は笑ってすませてくれた。それから、おかわりしようか、と言ってカウンターの中のスタッフに手を挙げた。

「インタビューは局の会議室なんかでやんないほうがいいね。ライブ配信見た誰かが押しかけてきて、岸見の応答に茶々を入れる可能性があるから。それが局長や役員なんかだと、私も庇いきれないからね」

「じゃあ、どこかの会議室を借りますか」

「それだとわざとらしくなるし。それに万が一でも落ちるとまずいので、ネット環境は充実してるところがいいね」

「そうかあ。うちのマンションはすぐに落ちるんです」

飛田はすこし迷ってから、

「じゃあ、私ん家《ち》でやる?」

「え、飛田さんところで?」

「うん、うちはすごいんだよ、なんか知らないけれど」

「どうすごいんですか」

「うちの弟、まほろばのサーバーを借りてるって言ったじゃない」

「ええ」

「通信もまほろば仕様なんだよね」

「どういうことですか」

「わかんないけど、すごいみたい、なんか」

そう言われてしまうと、それ以上の追及は不可能だった。

「だけど問題は弟くんだよ」

「使わせてくれないってことですか」

「いや、それは私が言えばなんとでもなるんだけど、弟はねちょっと癖のあるやつなのよ」

もちろん、さっきから聞いていて岸見もそう感じてはいた。

「――どういう風に？」

「口が悪い。私のことなんかもボロクソに言うわけ」

なんだよ引きこもりのくせに、という言葉を飲み込んで、

「でも、姉さんと一緒に住んで、姉さんがいろいろ面倒見てあげてるわけですよね」

と言ってみた。

「そうそう。にもかかわらずってやつよ。だけどまあ、なんと言っても、姉と弟だからね、マスゴミとか、CNNの下請け屑《くず》テレビ、人権と民主主義さえ唱えていればいいと思っている思考停止の豚とか、ずっと癒やしの猫動画でも流しとけこの糞《くそ》メディア、とか言われても、ああそうですかと聞き流せるんだけど」

いやいや、聞き流せるようなレベルじゃないわこりゃ、と岸見は思ったが、

「平気ですよ私」

という言葉が口をついて出た。

飛田と一緒にいったん局に戻った。飛田は社用のスマホを机の引き出しにしまい、岸見はノートPCをカバンに入れた。それから別々に局を出て、赤坂《あかさか》通りをすこし乃木坂《のぎざか》のほうに移動したところで落ち合った。

やってきたタクシーに、飛田は躊躇なく手を上げた。近いんですか、と訊くと、電車だと結構かかるんだよねえ、と言いながら腰をかがめて後部座席に乗り込み、千駄ヶ谷《せんだや》までと告げた。

「局までどうやって来てるんですか」

走り出してから岸見が訊いた。

「電車の場合は、北参道《きたさんどう》から副都心線に乗るんだ。で、明治神宮《めいじじんぐう》前で、千代田《ちよだ》線に乗り換えて赤坂に出るルートが最短で、これだと三十分切る」

「すごく便利ですね、羨ましい」

「だけどタクシーだと、混んでないときは十分かからないから楽ちんすぎてつい乗っちゃうんだ」

と飛田が言った通り、すぐにタクシーは地味だが瀟洒《しょうしゃ》な二階建てのアパートの前で停まった。

「悪いけど階段登ってねー」

と言いながら飛田は先を行き、インターホンを押してから鍵穴にキーを差し込んでドアを開け、先に入ると、岸見のためにドアが閉まらないよう手で押さえておいてくれた。

「ちょっと、そこに座って待ってて」

飛田は岸見をダイニングテーブルの椅子にかけさせると、奥に消えた。ノックの音。おーい、帰ったぞー。ドアの開閉音。そして沈黙。

広めのリビングと台所を見回していると、岸見のスマホが鳴った。まほろばの通信担当者からだった。「炉前散語」へのご出演ありがとうございます、どうぞよろしくお願いしますという丁寧な礼と挨拶の後で、ＵＲＬとパスワード、それから接続方法の注意書きを送りたいので、メアドを教えてもらいたいと言われた。

岸見が口頭でそれを伝えて電話を切ると、飛田が戻ってきて、

「ごめん、ひとりだけ着替えちゃって」

と言い、なにも作る気になれないからさ、とひとり言のように言い訳して、てんやもののメニューの束をどさりとテーブルの上に置き、

「弟は天丼にするって言ってるから私もそうしようかなと思ってるんだけど」

と暗に岸見にもそうするよう促す言葉をつけ足した。

私はなんでも大丈夫ですと言うと、あっそう、じゃあ決めちゃうよと飛田はスマホを耳に当て、飛田です、いつものやつをみっつ、うん今日はふたつじゃなくてみっつね、と念を押してから切った。苗字だけで住所を告げなかったところや、注文のしかたから、得意客であることがわかった。

岸見は、天丼が来るまで、メールをチェックしようと思い、ＰＣを取り出した。まほろば担当者からのメールはすでに来ていた。かなり長いもので、読み終わらないうちに天丼が到着した。はい、こちら上天《じょう》丼みっつですね、いつもありがとうございます。出前持ちの声を聞きながら、岸見は担当者が送ってきた説明書きに首をひねった。こちらのネット環境などを確認しなければならないらしいが、なにせ他所《よそ》様にお邪魔している身なのでよくわからない。飛田がプラスチックの容器に入った天丼を三つ抱えて戻ってきた。尋ねると、メールの画面を覗き込み、それはあいつに訊くしかないなとつぶやいて、テーブルの上に天丼を置いてスマホを取り上げた。

「いま来たから食べちゃって。それから訊きたいことがあるから、こっちで食べてよ」

この家《うち》はご飯だよと呼ぶのにスマホを使うのかと驚いていると、奥の扉が開く音がして、足音が近づき、暗い目つきの四十過ぎくらいのひょろりとした男が現れた。

「圭一《けいいち》、岸見さん、後輩。岸見、弟の圭一。圭一、ちょっとそれ見てあげて」

とケトルをコンロにかけながら飛田がふり返る。

圭一は、黙って岸見のＰＣを自分のほうに向け、

「ああ、まほろばじゃん」

と言って、岸見の斜め向かいに腰をおろすと、ＰＣを引き寄せ、勝手にパチパチ打ち出した。おいおいと思っているうちにエンターキーをパチンと叩いた。送信してしまったらしい。呆気に取られているうちに、着信音が鳴り、圭一がポケットからスマホを取り出し、耳に当てた。

「あー、うん。うちで……。……なんでかは知らない。うん、オーロラでやっちゃおうよ。そのほうがいいでしょ。うんもう来てるよ、豚屑《ぶたくず》マスゴミの一員が」


その頃、まほろば本部でもスタッフがライブ配信の準備に追われていた。中国側のインターネット回線が使えない状況下で配信するので、急遽《きゅうきょ》、北海道から専門スタッフが飛んできていた。さらにそれを中国政府公認の動画プラットフォーム快身《クァイシン》でも閲覧できるようにという中谷からの指示を受け、スタッフは快《クァイ》身《シン》内にアカウントを作ったりして忙しかった。もうひとつ、まほろば陣営が慌てたのは通訳の手配だった。中谷のトークは同行している張苺心《チャンイーシン》が訳す。岸見伶羅の通訳は別に手配するように言われている、と中谷の助手の大楽から相談を受けた市川は、三木愛美に依頼したところ、いやそれはプロの通訳を使うほうがいいでしょうと言われたので、三木が推薦した専門家を福島まで呼び寄せたりしていた。さらに、中国の動画プラットフォーム快身《クァイシン》では必ず中国語の音声が前に出るように調整して公開するべしという面倒な注文もあり、技術スタッフはこのリクエストに応えるべく動いていた。

一方、中谷と苺子はのんびりと「イタリアの味覚を満喫するコース」を堪能していた。カルパッチョ、パスタ、メインディッシュはタリアータというトマトソースやバジルソースをかけて食べる牛フィレ肉の薄切り、デザートにはティラミス。

「全然いけちゃってるよね」

パスタを口に運んだあとで苺子がうなずく。砂漠の真ん中のオアシス都市で魚介ソースのパスタを食べるというリスキーな選択だったが、

「ま、賭けに勝ったってことで」

と中谷も満足そうにうなずいていた。

「あのさ、吐魯蕃《トルファン》のサービスエリアで、マスコミは勉強不足だとか言ってたじゃない」

苺子が急に話題を変えた。

「ああ、言ったな」

「岸見さんって人はちゃんと勉強しているの」

「いや、そこはあまり期待できないね。――でもどうして？」

「さっき電話した時、どうして私なんですかって言ってたからさ。もちろん最初に取材してくれた人だからって答えといたけど」

「事実だよ」

「でも、本人が納得していないようだったので、信頼してるからじゃないですかって、勝手につけ加えといた」

「ああ、それでいいさ」

「てことは信頼してるの」

「うーん、多少はね」

「どこが」

「よくあろうとしているから、かな」

「よくあろうとしてるって変な日本語だよ。ん、文法的には合ってるのか」

「まあ、よりよい自分に変わろうとしてるってことだよ。いまの自分に満足してるわけじゃないってことさ」

「なんでそんなことがわかるのよ」

中谷はパスタを巻き上げながら、まあ幼馴染みだから恥をしのんで言っちゃうか、と前置いて、

「俺、好きだったんだよ、昔」

「え、昔っていつの話?」

「あの人が『決戦　お笑いバトル』って番組の司会やってた頃」

「え、あの、めちゃくちゃなクイズ出して、まちがった芸人にひどい罰ゲームやらせるやつ?」

「うん、正月はあれを見ないとはじまらないって感じだった。番組もだけど、岸見伶羅が」

「なんだよ、それで指名してんの」

「まあそうなんだけど、俺はね人を見る目には自信があるんだ」

「それは単なる依怙贔屓《えこひいき》じゃないの」

「じゃないと思うんだけどな。そこそこの大学出て、いい給料をもらって、タレントみたいに扱われて、休日に友達と会って美味い飯を食ったりしてれば、まあ、これでいいやって気になってくる。そういうポジションをもらってたと思うんだ。だけど、彼女は報道に移ってまほろばに取材に来てくれた。俺はそれを評価したいんだ」

「じゃあ、報道人として彼女はその後、中谷君の目に留まるような活躍をしたの?」

「いや、そこまではいってないな、まだ」

「だったらやっぱり依怙贔屓じゃない。甘いなあ、ユーキも。元カノとか、昔好きだったアイドル使ってうまくまとめようとするなんてさ。いや、こっちはその甘っちょろい考えのおかげで、大変助かってるんだけど」

「だけど、それだけじゃ不満なんだろ、苺子も」

「えっ」

「小金で懐がすこし暖まったくらいじゃ満足できないんだろ。選ばれたいって言ってたじゃないか。だったら、人のこと言ってないで苺子も変われ」

「変わるって？」

「すくなくとも俺は苺子を選んだ。星星峡の夜の話じゃないぞ。この旅の同行者として選んだんだ。だから、選ばれないことについてもう不満を言うな。選んでやれなかった者もいるんだ。だからお前は、選ばれたことに責任を感じて努力しろ」

「努力って……どういう風に？」

「それは知らない。自分から仕掛けて映画でもなんでも作れ。ぼーっとしてちゃだめだ。勉強しろ」

　苺子は、勉強！　と驚いたようにつぶやいてから、

「はあ、私のノートから宿題写してたユーキに、勉強しろなんて言われる日が来るとは思わなかったよ」

　と言って苦笑した。


　部屋に戻って、カメラをセッティングしたあと、中谷はキャリーバッグの蓋のファスナーを開けて中から薄い金属板を取り出した。なによそれという苺子の問いかけを、いまにわかるさと受け流して、サイズちがいの似た板をもう一枚、それから角柱も取り出し、これら三つの部位を合わせて、「エ」の字を逆さ

にしたような、土台が狭い小さなテーブルを組んだ。それから上に来た広いほうの板を傾《かし》がせたので、その「エ」の字みたいな物体は、「イ」と「二」を組み合わせて、下の「二」を短くしたような形になった。

「それで完成？　まだわかんない、なにそれ」

「アンテナだ」

「アンテナ？」

「ネット回線が使えないので、ここから衛星に電波を飛ばして、日本に落としてもらう」

中谷はそう言ってアンテナをバルコニーに出し、スマホのアプリで方向を確認しながら天板の向きと傾きを調整した。やがて、よしと言って、スマホを耳に当てた。

「ああ、つながった。檀上《だんじょう》君、ひさしぶりだね。……この通話すでにオーロラ経由になってるの？……おお、すごい。じゃあ、これからカメラの映像を送るから、確認してみて。で、東京のほうは準備万端かな？」


一方、飛田のマンションでは、圭一の部屋に足を踏み入れた岸見が、饐《す》えたような匂いを嗅いで、催《もよお》されれた不快感が顔に出ないように気を配っていたけれど、それはすぐ飛田に察知され、

「臭《くさ》いでしょ」

と言われてしまった。

「トイレに行く以外はずっとこもってるんだよ。ここでラーメン作って食べたりするなって言ってるんだけど。いや、せめて窓ぐらいは開けてほしいんだけどね、このありさまよ」

本箱は壁だけでなく窓も覆い、光を遮り、空気を淀ませていた。壁に並ぶだけでは足りず、床のあちこちに本の小山ができている。山の下に目当ての本が埋もれている場合はどうするんだろう、と岸見はいらぬ心配をした。

大きなデスクの上にはディスプレイが何枚も掲げられ、数えたら六枚あった。なんだか、トレーダーのような机まわりである。画面には英語やロシア語やアラビア語のニュースサイトが掲示されていた。部屋の主《あるじ》がワークチェアに座り、卓上マイクに話しかけている。

「中国からはもうデータ来てんの？」

——いやまだ準備中らしいです。東京はイゴールさんのシステムを使わせていただくという形でいいんですか。

スタッフの声は、デスクの上に置かれた小さなスピーカーから聞こえている。

「まあ、そのほうが安心でしょ」

——ええ、断然。あ、来ましたよ。

中央下段のディスプレイに、椅子に座る女性が現れた。張苺心、張本苺子だ。部屋はホテルのスイートルームらしい。

——いま彼女が座っている位置に代表が来るんですよね。

誰に向かっての問いかけなのかわからず。訝《いぶか》しく思ったが、

〈そういうこと。スマホのカメラってフォーカスとかないからこれでいいんだよな〉

すぐに中谷の声が聞こえた。

——ええ、大丈夫です。画角はこれでいいんですか。

〈もうすこし寄ったほうがいいかな。こんな感じでどうだろう〉

苺子像はすこし大きくなり、バストアップサイズになった。

——こちらのほうが座りがいい気がしますね。

〈じゃあこれでいこう〉

ディスプレイの中で苺子が立ち上がり、画面の外に出た。入れちがいに中谷がソファーに座った。と同

時に、岸見の目の前でワークチェアが回転し、圭一も立った。

「座って」

と調子はやはりぶっきらぼうである。飛田に促され、岸見は腰を下ろし、ディスプレイに正対した。

――岸見さん、マイクに向かってなにか喋ってくれますか。

ひさしぶりにアナウンサー時代の発声法を思い出し、

「岸見です。どうぞよろしくお願いします」

と声を出した。


副代表室の巨大なディスプレイは二分割され、右側にはホテルのソファーでくつろぐ中谷が、左側には本箱を背にしてワークチェアに座っている岸見伶羅がおさまっていた。

「さすがによく通る声をお持ちだね」

福田は冗談めかして言ってから隣を見たが、市川はその視線を断ち切るように、

「通信速度でいえば、いまウクライナが例の会社から借りてるのとどっちが速いの」

と、ソファーからすこし離れたところで、ワークチェアに腰かけている男性スタッフに低い声で言った。ウクライナは戦争で破壊された通信網を再構築したい、さらには軍事目的でも使いたいと言って、アメリカに本社を置く通信企業から協力を得ていた。

「打ち上げている衛星の数は向こうが多いんですが、速度だけならうちの勝ちです」

稚内《わっかない》から駆けつけたオーロラ・プロジェクトの檀上宏《ひろし》はすこし得意そうに言った。

手洗いから岸見が戻ると、書類や本やメモに埋もれた机の上にマグカップが置かれ湯気が立っていた。飛田が淹れておいてくれたらしい。

――岸見さんこんばんは。

腰を下ろすと、いきなり中谷の声が聞こえたので驚いた。顔を上げると微笑んでこちらに手を振っている。テレビの番組とはちがい、10秒前ですなどという掛け声はないようだ。

「とんでもない。こちらこそありがとうございます」

――出国前に岸見さんにインタビューされたときの真似をして、三脚に持たせたスマホで撮ってます。

岸見はちょっと戸惑い気味に、ああ、お役に立てたのなら幸いです、その三脚は私のと同《おんな》じですよね、と言い、中谷は、そうかも、日本を出る前に空港で買ったんです、とはにかんだように笑った。ご自宅ですか。あ、いえ。知人宅にお邪魔しているんです。そうなんだ。たくさん本があるので、岸見さんも勉強家なんだなと感心してたんだけど、などと言われ、おや、これは嫌みなのかなと思いつつ、頑張りますと答えた。

「いかがですか中国は」

と岸見はまず尋ねた。

――広いね。

思わず笑った。そりゃそうだろう。

――それにいろんな人間がいて、いろんな文化がある。ラーメンを食べていてもそれは感じますね。

「あの、前の『炉前散語』で拝見したんですけど、本当に新疆《しんきょう》のあの麺って美味《おい》しいんですか。あまりそうは見えなかったんですけど」

当たり障りのない話題をいじって、ちょっと挑発的な質問をしてみた。

――まあ僕の舌には日本のラーメンが一番合うね。だけどそれは僕が日本人だからってことだけで、ウイグルの人に言わせればやっぱり麺は拌麺《バンメン》に限るってことになると思う。

真っ当だがよくある意見だと思いながら、ええ、と岸見はうなずいた。

――ただ、ラーメンひとつ取ってみても、いろいろと土地柄が濃厚に残る中国をひとつの国としてまとめるのはこりゃ大変だな、って思いました。

岸見は、そうですか、と調子を合わせながらも、これもまたどうってことない意見だなと思った。すると中谷が突然、

――もっと言っちゃえば、中国って国なのかなって疑問さえ湧くくらいにね。

と変なことまで言い出した。

「……中国が国じゃないって言うんですか」

――いや、もちろん国なんだけどさ。西洋的なルールでの国であるのは、中国にとってはしんどいとは思う。

「うーん、ちょっとよくわからないんですけど」

――つまり、国民国家を作るってことは、西洋社会にとって都合のいい世界の分業体制に組み込まれる、不利な役割分担を担わされるってことなんですよ。

ラーメンからいきなり七面倒くさい話につなげられて戸惑った岸見は、

「なんかすごく素敵なお部屋が見えてるんですけど、そういうホテルがあるってことは烏魯木斉《ウルムチ》って大都会なんですか」

と言っていったん逃げを打つことにした。

――そうですね、北京くらいとまでは言えないけれど、甘粛省《かんしゅくしょう》の蘭州《らんしゅう》と同じくらいには都会じゃないかな。

「観光業も活発なんですか」

――だと思います。なにせシルクロードの天山北路《てんざんほくろ》の中継地点だから、見どころはたくさんある。中国人にとっても異国情緒のあるところだろうし。ただ、警官がやたらとウロウロしてるのは興ざめだけどね。

「そんなこと言っていいんですか」

——このくらいはいいでしょう、一旅行者の感想なんだから。

「ほかにはなんの投資が活発なんでしょう」

——まだ見学してないけど、やっぱりエネルギーですよね。

「え、石油が採れたりも」

——やだなあ岸見さん、ウイグル自治区といえば、世界最大の太陽光パネルの生産地ですよ。

「あ、失礼しました。太陽光発電はまほろばも力を入れてますね」

——あまりうまくいってませんが。

「では中国は？」

——ええ、ある意味うまくいっているのではないかと。

「うまくいっているのは、技術的にすぐれているからですか」

——いや、温暖化というテーマで、うまく利権を奪うことに成功したからだと思います。

ひひひ。下卑《げび》た笑いが聞こえ、思わず視線が一瞬それた。圭一が床に胡座《あぐら》をかいて、ペットボトルからコーラをラッパ飲みしている。

——地球温暖化の本質は、科学じゃないんです。

意外な言葉に、あわてて岸見はディスプレイに視線を戻した。

「だとしたらなんですか」

——政治と経済。「排出権」なんてのは温暖化を経済にするための政治の手口なんです。わかりますか。

岸見は首を振った。

——先進諸国の経済成長が頭打ちになったときに、中国やインドなどの新興市場や発展途上国からなにか毟《むし》り取れるものはないかと思い、二酸化炭素を出すなら罰金を払わせるってアイディアを思いついた。

うなずくことさえ後々《あとあと》問題になると思い、岸見はただ黙って聞くことにした。

――そして、それを商品化する。あいつらは商品化が得意でね、なんでも商品にしちゃう。で、「排出権」ってのをこしらえた。排出量が少ない先進諸国の企業は、発展途上国に排出権を買わせようとした。なにもしないでも金がじゃぶじゃぶ入って来るシステム。とても頭のいい、そしてすんごく汚いやり口だ。得意なんだよねこういうの、あいつらは。

汚い、本当に汚い。視界の片隅で、圭一が頭を振りながら憎々しげにそう言っている。

とてもじゃないが、報道ナイト23では放映できない内容だ。

――ところが、欧米先進諸国は、この排出権の市場をうまくコントロールできなかった。おまけにCO_2をゼロにしようなんて威勢よく宣言したのが仇《あだ》となって、自分たちも行き詰まっちゃった。それで嫌んなって、もうやめようかなって雰囲気にだんだんなっていった。岸見さん、CO_2を温暖化の犯人だとしたのは冤罪なのかもよ。

とりあえず苦笑しておいた。

――ところが、ここで、中国は見事な立ち回りを見せたんです。中国はいちおう途上国扱いなので、温暖化対策の構図の中では毟《むし》り取られる側の筆頭だった。だから、排出削減に目標値を設定されるのを嫌がってた。なにせ世界の二酸化炭素排出の25%を占める排出大国だったんだから。それに、CO_2削減がキツくなってきた先進諸国は、なにかというと中国を言い訳に使った。これは、プライドを重んじる中国にとっては気に入らない。

「言い訳ってなんですか」

――とにかく中国が大量に出してるんだから、まず中国から絞ってくれよ、俺たちはそのあとだって態度をアメリカとかカナダが取ってた。日本もこのイジメに参加していた。

飛田がかすかに首を振った。反応するなよというサインだと思い、黙っていた。

――ところが、中国は、突如、態度を変えた。上等じゃねえか、だったらやってやるよって感じで。

「どういうことですか」

――二〇一六年から二〇二〇年までの五ヵ年計画に、二酸化炭素排出量をどんどん削減する目標を盛り込み、さらには二〇一五年にパリで開催された国連の気候変動会議で、設定された削減目標値にも賛成した。もちろん、岸見さんにこんなことを言うのは、釈迦に説法ですが。

いえいえ、と言いつつ、岸見は飛田を垣間見た。飛田はうなずいた。正しいらしい。

「でも、どうして、中国は積極策に転じたのですか？」

――そこで経験がものを言ったんですよ。

「経験って？」

――中国は欧米に騙されてきた歴史が日本よりも長い。だからCO_2の削減が地球温暖化防止につながるって説は、発展途上国からピンハネしようとする先進諸国の脅迫だってことを見抜いていたんです。だったらこれを逆手にとってやれと考えた。この中国の方針転換は世界の温暖化対策の流れを劇的に変えた。

「どういうことでしょうか」

――主役の座の交代です。「まずは中国から」とさんざん言われていじめられていた中国は、「では、私たちが先陣を切りますから、ついてきてください」てな感じで主役の座を奪った。これに答えてＢＲＩＣＳの一員のブラジルも、「では私どもも」と積極的な態度に転換した。ついに去年はロシアまで、二〇六〇年までにカーボンニュートラルを達成するなんて言い出した。これは中国だけでなくＢＲＩＣＳ全体で戦略を転換して、先進国が途上国から毟り取る構図を、途上国がリードして先進国から支援させる構図へ書き換えたってことです。

なるほど。岸見は感心していたが、声にするのはこらえた。

「中谷さんは、中国が国際的な詐欺の構図にあえて乗り、その勢力図を書き換えたとおっしゃりたいんですか」

——そういうことです。

「でも、詐欺は詐欺ですよね。——もちろん詐欺だとしたらの話ですが」

——そう。詐欺は詐欺。温暖化対策としては、風力発電や太陽光発電が国際的なブームになったんですが、中国では、風力発電機や充電池、ソーラーパネルのメーカーが乱立してバブル状態となってしまい、その結果、風力発電機市場でシェアトップだった金風技研《ゴールデン・ウインド》は経営破綻寸前だということです。

「どうしてですか」

——大きな原因は、補助金を絞られたからですね。これはうちが出資している企業も一緒で、カンロの拠出を絞っちゃうと、自然エネルギー関連企業のほとんどは立ち行かなくなります。

「ということはまほろばも詐欺なんですか」

——いや、僕らは中国よりも頭が悪かった。当時は詐欺の構造を見抜けなかった。なぜだかわかりますか。

「いえ」

——あの福一《フクイチ》の原発事故があったからです。とにかくなにがなんでも自然エネルギーを開発しなければと素朴に僕は思った。ここがちがいです。詐欺なんかやれるほど頭がよくなかった。詐欺の構図に乗っかって裏をかくなんて芸当は、思いも寄らなかった。

圭一の笑い声が聞こえた。

「では、まほろばはこれから自然エネルギーの開発はどうするんですか」

——なんとかしないといけないんですが、悩んでます。

「中国はどうなると思いますか」

——ちょっと詐欺の構図に悪乗りしすぎたんじゃないかとも思います。ひょっとしたら、方針転換するかもしれませんね。

「どういう意味ですか」

——確かに、国際政治の主導権を欧米から奪ったことはよかった。ただこの構図にも無理があるので、別の道を模索していかなきゃならないと僕は思っています。それは、まほろばも自然エネルギーに力を入れていて、太陽光発電にも積極的に投資しているからこそわかるんですけれど、それはまたこんど話しましょう。

詐欺詐欺。そう言って楽しそうに笑う弟を、姉が鋭い小声でたしなめる。

——ただ、新疆《しんきょう》への投資はほかの製造業でも活発に行われています。中国は格差の問題が日本よりも深刻なんです。昔は北と南で大きかったんだけど、いまは湾岸部の都市は栄えて、内陸部に行くほど貧しい。それをなんとかしなければ、と思っているからじゃないかなと。

「中央政府は本当にそのように思って、内陸部つまり西部を開拓しようとしているのですか」

——ええ、ただ開発をするときに貧富の差が広がらないようにしないといけないんですけど、それはこれからの課題ですね。

「ということは、できていないと」

——中国の伝統は徳治主義。天下というものは、法律でガチガチに縛るよりも、徳の高い人間が仁政を敷くことで安定するのだと考えるのが中国人です。そういう現実や理想を表した鼓腹撃壌《こふくげきじょう》なんて四文字熟語もある。だけど、いまの中国は西洋の悪い面を導入して、それをデジタル技術で強化して民衆を押さえ込もうとしている。こんなことをしていると民衆の心が中国を離れます。実際、財産を持って中国を出ていく富裕層が出はじめている。中国人が日本の不動産を買いたがるのはその兆候です。でも、外国に逃げられない貧しい人々は暴動を起こすしかないと思いはじめる。中国の暴動って日本の農民一揆なんかとは桁がちがう。太平天国の乱なんて二十五万人くらいの大群が南京《ナンキン》に押し寄せて新政権を建ててしまった。現政権はこんなことを望んでいないはずです。

「では、中谷さんがいまの中国政府にアドバイスをするとしたらどんなものになりますか。いま新疆ウイグル自治区では、ウイグル人の人権――」

トントン。音のほうに視線を向けると、飛田は、スケッチブックを抱え、〈相手が中国にいることを忘れないように〉と走り書きした文字を油性ペンの先で指していた。

たしかに、こちらの質問に、度を超した中国批判を含んだ返答をすれば、拘束されかねない。ただ、中谷が寄こしたのは、

――やっぱり、やさしさかなあ。

という茫漠《ぼうばく》とした返事だった。

「やさしさ、――ですか」

――うん。大国に必要なのはやさしさ、中国古来の言葉で言えば「仁」ですよ。「中華」なんて言って威張ってないでもっとやさしくならなくちゃ。中華が拡大すれば天下になるなんて発想は捨てるべきです。仁を以《もっ》て西側諸国と対抗するなら、まほろばは中国を応援したいと思います。

飛田が目配せをしてかすかに顎を動かした。次の話題に移れというサインだと解釈し、

「やさしくない事態の最たるものが戦争ですよね。ロシアがウクライナではじめた戦争は、短期決戦でカタがつくというロシア側の当初の思惑が外れ、双方にとってやさしくない状況を作り出してしまっているんじゃないでしょうか」

――たしかにね。

「日本政府は、ウクライナ支持を鮮明にして、ウクライナを経済的に援助しようとしていますが、中谷代表は日本政府の対応をどう見ておられますか」

――まず、戦争で人が死ぬのは好ましい状態ではないので、一刻も早い停戦を望んでいます。

なんにも言っていないに等しいじゃないか、と落胆するくらい凡庸な意見に思えた。

「では、停戦に向けて、具体的なアクションを起こす計画はありませんか」

——それについては、いろいろと考えていますが、妙案は出せていません。

「では、この戦争を開始したプトロフ大統領になにか伝えたいメッセージはありませんか」

——たくさんあります。できるなら膝を交えて話し合いたいくらいに。で、岸見さんの質問は、ウクライナ戦争についてですか。

「はい。この流れで、北方領土の返還や、キャビア価格の高騰についてコメントされても困るので」

あははは面白い。中谷は声に出して笑った。

——やさしくあれ。プトロフ大統領へのメッセージもこれです。

またかよ。岸見はすこしげんなりした。

「では、ゼレーニーリッチ大統領には？」

——うん？　どうしてウクライナ大統領に僕がなにか言わなきゃいけないんですか？

「どうしてって、戦っているのはロシアとウクライナなので、双方に言いたいことをお聞きしているだけなのですが」

——ああ。でも、僕はこの戦争をロシアとウクライナとの戦いだとは思っていないので、ゼレーニーリッチ大統領になにか言ってもしょうがないと考えています。

「えっ、では、ロシアはどこと戦っているんですか？」

——アメリカとイギリスですよ。西側諸国全体と戦っているようにも見えません。正直言ってヨーロッパ大陸の諸国は、もう勘弁してくれよと思っているんじゃないですか。すくなくともそういう人が増えていると思います。

なるほど。こういう意見はいま読み漁っている本の中にもあった。米英が強引にウクライナをNATOに誘ってロシアを刺激したので、こんな戦争が起きてしまったという不満がヨーロッパ大陸に生まれつつあるのだという。イタリアなどは、お前たちは海の向こうにいるから平気だろうが、天然ガスを完全にストップされたら、この冬をどうやって過ごせばいいんだ、などと抗議の声を上げはじめているらしい。ん？　これもまたエネルギー問題か？

「だから、まほろばはウクライナをあまり支援してないんですか」

道下にしろと言われた質問を、気がつかないうちに岸見はしていた。

──していないことはないですよ。

「ただ、まほろばにしては渋いかな、と」

──たしかに、ウクライナに勝って欲しいという気持ちはありません。

岸見は軽く衝撃を受けた。

「だとしたら、ロシアの勝利を望んでいるわけですよね」

──いや、望んでいるのは、あくまでも停戦です。

「では、ウクライナに勝って欲しくないのはなぜでしょうか」

──それだと、アメリカのマネー主義者の思う壺だからです。この戦争をはじめたのはロシアだとテレビ局は報道しているでしょうが、地ならしをしたのは米英でしょうし、誘い込んだのはアメリカのアーデン大統領だと僕は考えている。そしてウクライナの次に同じような目に遭わされるのは日本かもしれないからです。

「え、日本が第二のウクライナに？　どういう意味ですか」

──どういう意味って、NATOが東京に事務所を置きたがっているのは知っていますよね。

冷や汗が出た。事務所の件ではなく、それを知らない自分にだ。助けを求めるように飛田を見たが、小さく首を振っている。知りません、と岸見は言った。マスゴミ。屑メディア。圭一が言った。こら。飛田がたしなめる。

──知らないの。やばいなあ。

「でも、日本は西側諸国の一員だし、今回の戦争でもはっきりとウクライナ支持を表明しているのですから、東京に事務所があるのは不思議じゃない気もするんですけど」

——馬鹿。

「え」

——NATOの正式名称は？

「えっと、北大西洋条約機構……」

と言ってから横目で飛田を見たらうなずいていた。岸見はほっとした。

——じゃあ、日本列島は七つの海のどこに浮かんでいますか。

「……太平洋」

——でしょ。だったら北大西洋なんか関係ないじゃないですか。

揚げ足とるなよと思いながら、岸見は返答につまった。

——オフィスを置くってことはNATOがそこに出張《でば》っていることの象徴です。

「まあそうでしょうけど」

——だったら、それを中国がどう思うか考えてください。

あ。ロシアと同じか。

——当然、中国は日本に対して威圧的になる。そうすると日本政府はどう反応しますか。「安全保障の現実がかつてなく切迫してきた」、なんて騒いで、「防衛費を増額する」と言い出します。現にもう言ってますよね。増額した防衛費はどこに行くのかというと、日本を離れてアメリカに行くんです。そして、F15などの戦闘機やトマホークみたいなミサイルに化けて帰ってくる。この構造はウクライナとロシアの間で起こっていることと同じじゃないですか。実際アメリカは武器だけ送って、棺桶《かんおけ》に入って帰国した兵士《ボーイズ》の母親《ママ》らが悲しみに暮れて反戦運動など起こさないよう、戦争はよそにやってもらい、でもちゃんと戦争で金儲けはする。この戦争で軍需産業がどれだけ儲けてるか、いちどきちんと取材したほうがいいですよ。向こうはそれで濡《ぬ》れ手で粟《あわ》だろうけど、日本としては、血税を軍需産業に吸い上げられた挙句に、本来は仲良くやらなければならない隣国との間に緊張を生じさせられる。当然、中国は、漁船に対して日本海域でちょっと暴れてこいと言うだろうし、日本製商品の輸入を規制するでしょう。日本が処理水を海洋放出すれば、自国のトリチウム濃度は棚に上げて騒ぐでしょう。

「あの、ということは、総理がウクライナ支持を鮮明にしたこともまちがっていたとお考えですか」

——まちがっていたと思いますね。

ここまではっきり言うとは思わなかったので、岸見は驚いた。

「では、どうしたらよかったと?」

——「どっちもどっち」論を言って馬鹿にされてればよかったんですよ。

一瞬絶句し、だけどそんなことしたら、と言う前に、中谷が口を開いた。

——ええ、当然アメリカからは雷を落とされます。国民からもバカにされる。報道ナイト23の古田さんには「自由と民主主義を標榜《ひょうぼう》する先進諸国の一員として、このような侵略に対しては旗幟《きし》鮮明な態度を取るべきではないでしょうか」なんて苦言を言われたりするでしょうね。

いかにも言いそうだと思い、岸見は苦笑した。視界の片隅で飛田も苦笑いを浮かべている。

——アメリカから怒鳴られ、セレブから馬鹿にされても、そうするべきだったと思うんです。アメリカからの叱責には、「いやあ口がすべってつい」とか「ロシアも近隣諸国のひとつなので」などと言ってごまかして、国民やマスコミからは馬鹿にされてればいい。かっこ悪くて、さらにはタフさも求められる損な役回りかもしれませんが、長い目で見ればこれが絶対に正しい。よその国で戦争を起こして、儲ける汚い手口を封じるためには、馬鹿にされるぐらいどうってことない、内閣支持率なんて下がってもいいと思わなきゃいけない。

やっぱりいい声してる。岸見はふと、関係のない感想に気を取られてしまった。聞いているうちに、ひょっとしてそうかもなんて思ってしまうのはこの声のせいかもと考え、危ない危ない、と気を引き締めた。するとと中谷はまた、猛烈なことを言い出した。

――それから、アメリカ陣営は、自由と民主主義を普遍的な価値としてよそに押しつけようとしていますけど、そんなもの本家本元《ほんけほんもと》にだってないと僕は思っているんです。

「え、ちょっと待ってください。アメリカには民主主義がないっておっしゃっているんですか」

――ないでしょそんなもの。あるのはマネー主義です。マネーをコントロールできるやつらが政治をコントロールしている。民主主義なんてコントロールのための方便、ネタです。

「どうしてそんなことが中谷さんにわかるんですか」

岸見は声に抗議の色をすこし染めて言った。このとき彼女は、最近では影をひそめた中谷の茶目っ気がふと顔をのぞかせ、いやもちろんそれは勘だよ、なんて言うのかと予期していた。けれど、ちがった。これに対する中谷の答えは、きっぱりとしたものだった。

――それはね、僕もまたマネーを持ってしまったからです。

この言葉の意味を岸見はとらえかねた。莫大な金を持つとわかるもの？　それはいったいなに？　道下が言っていた信用創造ってやつの快感？

――正確には、マネーを持つ技術を授けられたからです。まほろばに来てくれたときにも言ったけど、僕は馬鹿だけど、天の声を聞くことができる。天はどうしたらマネーを増やせるかを教えてくれる。その通りにやると、マネーが増え、まほろばの財源になる。それを僕はカンロという形でばらまいている。マネーがあるから、人は僕に会いたがる。会うと先方はいろんなことを言ってくるけど、ものすごくシンプルに言ってしまえばマネーが欲しいってことです。マネーと軍事的なパワーさえあれば、たいていの相手は服従させられる。つまり奴隷にすることができる。奴隷っていうのは自由の反対です。マルクスはマネーは平等主義者だと言った。なるほどなと思う。奴隷だってマネーさえあればそのマネーに見合ったものが買えるんだから。だけど、と同時にマネーは、買ったり、借金を負わせることによって、見えない奴隷制度を作ることもできるんです。

ちょっと話が抽象的な方向に行き過ぎてる気がして、岸見は口を挟んだ。

「買うことが奴隷制を作る？　その具体的な例を示してもらえませんか」

突然、圭一が噴き出した。

——奴隷じゃないとしたら自由ってことですよね。

そうなのかなと思いつつも、ええ、と岸見は言った。

——では、岸見さんのＴＢＣは自由な報道ができていますか。できていなければどこかの奴隷だってことです。

罠《トラップ》が仕掛けられている気はしたが、

「もちろん、じゅうぶんできているとは言えませんが、そのように心がけています」

と当たり障りのないところを口にした。

——では、僕のここまでの話はそのままオンエアできますか。

岸見は絶句した。

——相手の話を聞きたいから取材の申し込みをした。けれど、その内容は放送できない。これじゃ、どこかで自由じゃないってことですよ。自由じゃないのを奴隷状態と呼ぶとすれば、日本のテレビ局は奴隷です。奴隷にはご主人様がいます。株式会社の場合は株主。たとえば中外薬品は、会社は日本企業っぽい名前だけど、外国の株主が70％以上、新日本オラクルなんて、社名に日本って入っているのに90％を外国の株主が持っている。ところで、岸見さんが勤めておられるＴＢＣの外国の株式保有率はどのくらいか知ってますか。

詳しくは知らなかったが、

「15％くらいでは」

と岸見は答えた。

――いや、もうちょっと多い。かろうじて20パーセントを切るぐらい。

ギリじゃないか。公共インフラや国家の主権に密接に関わる産業には、外国資本の出資に規制がかけられている。放送局は外国資本の株主は全体の五分の一を上回ってはならないと電波法だか放送法だかでなっていたはずだが、もうちょっとで溢れそうだ。

――ただ、これは表向きな数字でね、実態は30％ぐらい買われちゃってますよ。

「どういうことですか」

――そんなの抜け道なんていくらでもあるんだから。

反論できるならしたいと思い、岸見は飛田を見たが、頼りの知恵袋も首をかしげている。

――話が逸れちゃったので元に戻しましょうか。中国に来てから細かくニュースをチェックする暇がないんですけれど、ウクライナの戦況はどうなっているんですか。

「ロシアの大統領が核を使うんじゃないかという不安がひろがっています」

――使わないと思いますよ。

「どうしてですか」

――中国が釘を刺したんです。使ってはいけません、と。

「いつそんなことを」

――岸見さんと僕がまほろばで会った日、あれいつでしたっけ。

「日付は覚えてませんが、まほろばの投資説明会の日でした」

――そうそう。その前日、上海協力機構の首脳会議が開かれたでしょ。

うっすらと覚えていた。行きの電車の中で新聞を貸してくれたときに「悪党どもが陰謀を巡らせてるよ」と後藤が言ってたあれだ。

——そのときにロシアの大統領と中国の国家主席が会談したじゃないですか。たぶんそのとき国家主席が注意したんだと思います。いまロシアを支えてるのは中国ですからね。中国の言うことならロシアもそう簡単に無視はできない。

「どうしてそう思うのですか」

——ロシアの大統領が少林寺を訪問したときに、ちょっと組み手をやりたいと言い出したって話、前の「炉前散語」でしたんですけど、見てもらえました？

「もちろん。少林寺の本当の強さは禅堂にある、と言って回避したんですよね」

——それと同じ理屈です。

「まさか」

中谷は薄く笑って、目の前の茶杯を取った。

——信じられませんか？

「すこし」

——でも、すくなくともロシアはまだ核を使っていない。

「そうですけど」

——でも、アメリカは躊躇なく日本に落としましたよ。一九四五年に。

どう反応していいかわからず、岸見は黙っていた。

——すこし前に、当時の大統領オボムが被爆地の広島に来た。現職大統領として初めてのことだと盛り上がってましたね。当然ＴＢＣも大きく取り上げたんでしょ。

「ええ、原爆死没者慰霊碑に献花するところは生放送しました」

――だけどオボムは、こんな市街地のど真ん中に核爆弾なんか落としてごめんなさいとは言わなかった。「空から死が降ってきた」なんて文学的表現でごまかしやがって。まず謝れよ、そうは思いませんでしたか。

「あの、ここでの私の発言は、私個人のものであって――」

――TBCや報道ナイト23を代表するものではないってことですよね。それはわかってます。

「それは謝罪っていうものについての重みが西洋と日本ではちがうからではないですか」

――謝っちゃうと、どこまでもその責任を追及されるってことですね。

「そう教わりました、欧米人には軽々しく謝っちゃいけないと」

――でも日本人は謝られると許す気になれる民族ですよね。心から詫びてる人間にそれ以上攻撃を加えるのは潔しとしないという文化がこちらにはあるんだから、こちらのことをちゃんと研究して、まずは謝れバカヤロウ、とは思いませんか。

「でも、原爆では被害者ですが、日本は中国や韓国に対しては加害者ですよ」

――あいたた。そうなんです。そこがツラいところです。

「中谷さんは謝りますか、中国や韓国で日本がしたことを」

――謝ります。

「謝ると損をしても」

――すればいいでしょう、ある程度は。

「とことん損をしたらどうするんですか」

――そんなことはないと思います。

「なぜですか」

――アジアには慈悲の心があるから。

「はあ。マジで言ってますか？」

――マジですよ。

「それって、さっきからおっしゃってるや、さ、し、さ、ですか」

ちょっと揶揄《やゆ》するように岸見は言った。

――そうです。やさしさでつながる。やさしさで連帯する。別に中華はひとつなんて言わなくたっていい。帝国なんて一民族一国家でなければいけないってわけじゃない。「中華民族の偉大な復興」なんて目標も矛盾してるでしょ。「復興」が目標なら、復興前のいま、中華民族はどんな状態なんですか、復興前のいまは中華民族ってものはないのか。いや、僕が言いたいのは、復興なんかしなさんな、バラバラでいけってことです。ウイグル自治区は、僕の目には中国には見えない。たぶんチベットに行ったって、蒙古自治区に行ったって同じ感想を持つでしょう。だけど、ちがっていても、やさしさでつながれる。アホな意見だと思いますか。

いいえ、とつい言いそうになってしまった。

「かなり楽天的だとは感じますが」

――そうかもしれない。ただ、中国人の中にはそんな風に考える人がきっといると思います。なぜかというと、中国には「仁」を中心に置く儒教の伝統があるから。やさしい大東亜共栄圏を作れるのは中国しかない。日本はいちどトライして失敗したから、チャンスはしばらく回ってこない。なので、ここは中国に頑張ってもらうしかない。そのためにも中国には日本の失敗を学んでもらいたい。日本にはやさしさが足りなかった。辛亥《しんがい》革命を指導し、「革命の父」と呼ばれる孫文は、一九二四年に神戸の女子高で講演をして、「日本は西洋の手先になって東洋をいじめるのか、それとも東洋の最後の牙城《がじょう》になって西洋から守るのか」と呼びかけました。僕も同じことを中国に言いたい。「中国は西洋の手口を真似して東洋をいじめるのか、それとも〝東アジアやさしさ連合〟のチェアマンになるのか」と。後者であるならもっとやさしくなれ。やさしくないリーダーなんてクズだ。あれ、なんかやさしくないこと言ってるな。これは失礼。

あははは。

第八回「炉前散語」の配信は終了した。通信システム監督の任務を終え、では私はこれで、と部屋を出て行くオーロラ・プロジェクトの檀上に、市川と福田は、お疲れ様でしたと声をかけ、そのあとしばらく黙り込んだ。

「福田さんのところはお酒置いてあるの？」

ふと市川が言った。

「いまはビールしかないけど」

酒豪は、じゃあ私の部屋に行こうか、中谷さんにもらった焼酎がすこし残ってるからと立ち上がる。福田は、いいけど、あまり呑むなよ、そのうち身体《からだ》壊すぞ、と言ってコネクティングドアを開け、市川の後をついて行った。

「まず考えなきゃいけないのは――」

と福田が切り出した。ソファーに座った彼の手には、薄い水割りのグラスがある。

「――中谷さんの意見を中国がどう評価するかだ」

「中国を賞賛していた、かなりね」

グラスの中でロックアイスを転がしながら市川が言った。

「だけど、耳の痛いことも言ってたぞ。新疆《しんきょう》ウイグル自治区での発言としてはかなりリスキーだったと思うね」

市川はうなずいた。おまけに中国の一帯一路構想をことあるごとに妨害しているまほろば代表の発言とあっては、聞き流すわけにはいかないと考えるかもしれない。また、もっとやさしくあるべしという意見は、中国が他の発展途上国にしかけている「債務の罠《わな》」に絡めているのは確実だ。借金をさせて返せなかったらその国の利権を奪うというやり口、かつては中国が西洋列強と日本にやられた手法をこんどは中国が踏襲している、そんなことはやめて、儒教の仁、仏教の慈悲に還れ、それが本来の中国の姿だというメッセージ。中国はこれを、誉《ほ》め言葉と受け取るか、それとも嫌みたっぷりの皮肉と解釈するか。

「もちろん両方の可能性があるよね」

と市川が言った。

「中谷さんの賭けはそこにあるんじゃないのかな」

「でも、それが賭けだとしたら、勝って得るものはいったいなんだ？　つまり、もし誉め言葉として受け取られても、その先をどう展開しようとしているのかが、俺には見えてこない」

「じゃあ、陳さんに訊いてみるのはどう？」

と市川が言った。

そうだな。福田はスマホを取り出し耳に当てたが、相手は出なかった。またかけてみるよと言って市川を見ると、

「だけど、見事だったね」

と市川はグラスを舐めながらサイドテーブルに置いてあった木彫りの熊の頭を撫《な》でていた。

「わかりやすい言い方をしてたけど、内容はなかなか高度だった」

ああ、と福田も相槌を打つ。

「一生懸命勉強してたんだね」

まるで生徒を誉める女教師みたいな口ぶりだった。ただ、その見解に異を唱えるつもりはなかった。実は福田もちょっと驚いていた。

ＮＡＴＯの東京事務所開設は、ウクライナのようなポジションに日本を追い詰めかねない、という意見にはそれなりに説得力がある。国際会議で議題に上がればヨーロッパのどこか、たとえばフランスが、中

国を刺激するのでよそうと反対しそうだ。ただ、感心しつつも福田は、

「中谷さんには、いまたいした仕事がないからな。毎日いろんな本をひっくり返してりゃ、あのぐらいの知識はたまるさ」

と言い、またそのあとで、どうして俺は素直に誉めないんだ、とちょっとした自己嫌悪にもかられた。

「だけど、大丈夫なのかな」

福田が視線を上げると、市川はまた木彫りの熊の頭を撫でながら言った。

「中谷さんは地球温暖化問題とCO_2削減に言及して、あれは利権の構造にすぎないって明言しちゃったわけよね」

「まともな意見だろ。すくなくともそういう面があるのは否定できないよ」

「だけど、まほろばの自然エネルギー事業は中谷さんの意向で進めているでしょ」

「ただ、ここにきて、原子力にも興味を示しはじめた。この方向転換には俺は賛成だよ」

「うん。でも自然エネルギー事業関係者は不安になるよね。地熱の件もそうだし太陽光もそうだけど、リアルな展望を見せてくれと言い出してる」

「いいじゃないか、それで」

「まあ、いいんだけど」

「なにか気になることでもあるのか」

いいや、と市川は首を振ったが、このとき彼女は、今朝、ランニングの途中で見たサンドッグの光村の姿を思い出していた。

一方、千駄ヶ谷のアパートでは、岸見が第八回「炉前散語」での中谷とのやりとりをふり返り、

「どうでしたか」

と先輩の飛田に評価を求めていた。

「大成功だったと思うよ。出たとこ勝負で、あそこまで引き出せたんだから」

「あそこまでってどのあたりですか」

飛田はすこし考えて、

「まほろばの危うさが、前よりも鮮明になった気がしたな」

「どういう点が」

「まず、まほろばの非民主的なところが顕著になったね。中谷は、ロシアや中国に対してシンパシーが強いってことが明白になった」

「苦言も強く言ってたと思うんですが」

「かもしれないけど、リベラル知識人はああいう発言はしないよね」

「リベラルでなきゃいけないんですか」

飛田は、雑誌なんかだとまた別かもしれないけど、と複雑に笑ってから、

「テレビや新聞では、リベラルが前提。民主主義なんかろくなもんじゃないという人はうちの番組には出せない」

「なにも考えないバカを育てるのが民主主義だよ」

いきなり圭一が口を挟んできた。

「お前なんか絶対出さないから、ブログ書いてな」

「なんだと、テレビがえらいような口利いてんじゃねえよ。くだらねえ情報ばかり垂れ流してるくせに」

「うるさい。ちょっと向こうに行ってな」

「えっ、ここは俺の部屋だぞ」

「じゃあ黙ってろ」

「なんで、そこで、じゃあなんだよ」

　飛田は無視して岸見のほうを見た。

「でね、要するにまほろばはどっち側なのかって話なの」

「どっち側かってのは？」

「リベラルを標榜する西側諸国か、それに反発している非米側か」

「非米側に決まってるだろ」

「うるさいな」

「お前ら大手マスコミはなにも考えないでリベラルな欧米が正しいと思ってるんだ」

「黙ってろって」

「バカだからそう思うんだ」

「バカバカ言うなバカ」

「逆の立場で考えてみろ。歴史的に欧米が侵略者だってことは紛れもない事実だぞ。南米を侵略して文明を破壊し銀を奪ったり、アフリカから金《きん》やダイヤモンドをぶんどったり、奴隷にしたり、二枚舌三枚舌で中東を混乱させて石油を牛耳ったり、嘘や言いがかりで戦争を仕掛けたりしてきたんだ。やられてきた側が、自由と民主主義が素晴らしいなんて簡単に思えるか。だいたい人口を考えて見ろ、非米側のほうが圧倒的多数なんだ」

「あの、圭一さんの言うことにも一理あるとは思うんですが」

「一理じゃねーよ、バーカ」

「だから、『一理ある』くらいにしておかないと収拾つかなくなるでしょ」

「でも、まほろばがアンチ民主主義だとしても、まほろばに住みたい人は増えていますよね。北朝鮮に移民したい人はいないけど、まほろばができれば、限界集落だった場所にでも人はゾロゾロ移動してマホロビアンになる。そして、まほろばから出ていく人はほとんどいない。それはマホロビアンのほうが幸せだからじゃないですか」

「でも、それってカンロの力によるものでしょう。そのカンロには、イカサマの嫌疑がかけられたままになっている。マホロビアンが幸せなのは、カンロという違法薬物、いわば麻薬を射たれているからじゃないかって疑惑は残っているわけよ」

「つまり、ここでまた財源問題に戻るわけですね」

「そうなの。まほろばが投資している事業はたいしたことない。だけど、まほろばは湯水のごとく金を使っている。これはどう考えたっておかしい。その秘密はカンロにあるんじゃないか」

「同じことを道下さんも言ってました。ある程度は持ってるだろうけど、それを見せ金にして大量のカンロをばらまいているだけなんじゃないかって」

「そんなのどこの銀行でもやってることじゃないか」

とまた圭一が口を挟む。

「まほろばは銀行じゃないだろ。──で、マスコミはどこかで、功績を称《たた》えながらも、尻尾を摑みたいと思ってる。もちろんスクープになるからだけど、と同時に、なんか危ないな、とは思ってるわけ」

「通貨なんてもうとっくの昔からイカサマなんだよ」

「黙れって言ってんの」

「道下さんは今日の動画を見てどう反応すると思いますか」

「ますます危険視すると思う。天の声を聞いてお金を増やしているってのもイカサマ説を補強するだろうね。ひょっとしたら、次のステップに行くかも」

「次のステップってなんですか」

「あ、聞いてないの？」

「なにも」

「つまり、取りつけ騒ぎと似た現象を起こしてカンロにダメージを負わせる。あの銀行が危ないって噂を流すと、預金を引き出そうとする人が窓口に殺到してその銀行が潰れるなんてことはあるでしょ」

「え、ということは、カンロの後ろにはリアルマネーがないって噂を流すんですか」

「ないのではって説を強く紹介する。——正確に言えばね」

「でも、まほろばを潰してなにかいいことあるんですか」

「あるわけねーだろ。半導体も作れず、AIも駄目、インフラのプログラムもポンコツ、いまだに自動車産業に寄っかかってるのを、カンロの力でなんとか没落を食い止めてんだ」

「うるさいなあ、お前は。——ただ、あそこまでボロクソ言われたアメリカやイギリスがプレッシャーかけてきたら、野放しにできないかもしれない」

「あの、そういえば、うちの外国人保有率が20%を超えてるって言ってましたよね」

「うん、あれは気になるね。調べてみるよ」

飛田はそう言って黙っていたが、急に、

「圭一、お前もちょっとは協力しろよ、でないと叩き出すからな」

と言って弟を睨みつけた。


烏魯木斉《ウルムチ》ホテルシルクロードで、中谷はスマホを耳に当てていた。

苺子がなにか叫んでいるのが聞こえた。

「もう死ぬかと思ったよー。柄にもなく難しいことベラベラ喋っちゃってさ。岸見伶羅側の通訳のほうがぜんぜん楽だったじゃない。——ちょっと聞いてんのっ⁉」

さっきダイビングしたベッドにうつ伏せになったまま、そんなことを訴えていたが、ちょうど、もしもしと大楽が出たので、労いの言葉をかけるタイミングを逃してしまった。

「快身《クァイシン》でも、打ち切られることなく、最後まで流れたか」

——はい。大丈夫でした。ライブ配信後もアーカイブとして残したので、当局から削除依頼がない限り、中国でも引き続き見ることができます。もちろん同時通訳をボイスオーヴァーした状態で全尺残ってます。

「中国語字幕版をすぐに作成して大至急まほろばのサイトにアップしてくれ。そのときは同時通訳の音声はミュートでたのむ」

——大至急というのは？　どのぐらいをイメージしてますか？

「明日の午前中」

助手は電話の向こうで一瞬黙り込み、けれどすぐ、わかりましたやってみますという答えを返した。

電話を切ると、ベッドの上に突っ伏している苺子のそばに行って肩をゆすった。

「すこし休んだら、出発の準備だ」

苺子は驚いた顔をこちらにねじ向けた。

「朝一番の北京行きに乗ってくれ」

「なぜ」

「ちょっと調子に乗って口が滑った。もう苺子は別行動を取ったほうがいい」

「中谷君はどうするの」

「俺はもうすこしここに残る」

中谷は苺子に支度をさせたあと、すこし寝てろと言って寝室に行かせ、自分はリビングでサンチンを一時間、シャワーを浴びたあと、少林寺の釈首座に教わったやり方で座禅を一時間した。苺子を起こし、シャワーを浴びて着替えと化粧が終わるまで待ち、フロントに降りて、チェックアウトしてくれと言ったのは午前六時半だった。

「中谷君までチェックアウトするの。ここに残るって言ってたじゃない」

「おそらくもう烏魯木斉《ウルムチ》には帰ってこない。先に行っててくれ」

「え、じゃあやっぱり北京には戻るわけ」

「運がよければ」

ホテルの前で客待ちしていたタクシーに乗り込んだときも、烏魯木斉地窩堡《ウルムチちかほう》国際空港に着いた七時前でもあたりはまだ暗かった。

フライトスケジュールを調べ、八時発の中国国際航空の北京行きに空席があったので、それに乗せることにした。

中谷君はどうするの。苺子はしつこく尋ねたが、目的地だけ教え、そんなところでなにするの、なにもないところだよ、という追及は適当にあしらい、映画の企画は考えとけよ、と言いつけて、保安検査場へ送り出した。

ところが苺子は、金属探知機をくぐる手前で引き返して来た。

「そうだ、これ渡しとく」

とポケットの中から一枚の紙片を取り出して、中谷に差し出した。開くと、ボールペンで書かれた青い尖った文字が目に飛び込んできた。

摩好洛巴。

「まほろば。マァホゥルォバになっちゃうけど。今朝シャワーを浴びてるときに思いついたんだ。どう？」

中谷は微笑みながら紙片をポケットにしまい、

「いいね。——ありがとう」

苺子が保安検査をすませるのを見届けて、中谷は踵《きびす》を返した。こちらをじっと見つめている公安警察がいたので、笑いかけてみた。もちろん相手からはなんの反応も返ってこない。

空港を出てタクシーを捕まえ、運転手にスマホの地図アプリを見せた。本当にここに行くのかと言いたげな顔をしてなにかブツブツつぶやきながら車を出した。

車はまたもや連霍《れんこう》高速道路に乗って、さらに西に向かった。九十分ほど走ると、運転手が道路脇に立っている「石河子」と書かれた看板を指さした。軍によって開発された市街はよく整備されていて、戦車や軍人の銅像のモニュメントがあちこちで目についた。さらに西に走り、山間部に入る。何台ものトラックとすれ違い、大型車両が巻き上げる土埃の中を、タクシーは進んだ。

「新疆新天煤炭有限責任公司石河子煤田」と書かれた看板を抜けたあたりで、運転手は車を停め、ここから先には行けないんだ、と身振り手振りで説明した。中谷は、すぐに戻るので待っていてくれと運転手に言って降りた。

歩いて行くと、その先は、すり鉢状に落ち込んだ窪地《くぼち》になっていた。その底では、掘削機やショベルカーが動き、地下に伸びているベルトコンベアが採掘した石塊《いしくれ》を運んでいるのが見えた。隅のほうには、採掘場や選炭場や運搬場の施設が立ち並んでいる。巨大な炭鉱だった。中谷が立っている対岸、窪地の向こうには何本もの高い煙突が白煙を吐き出し、その下には巨大なタンクと鉄筋コンクリートの施設が続いている。

中谷がスマホを取り出して構えた時、怒号がした。警備員らしき男がこちらにのしのし近づきながら、怒鳴り声を上げ、追い払うように手を振り回している。わかったと手で答え、中谷は引き返した。すると、すでにタクシーが公安警察三人に取り囲まれていた。

中のひとりが手を差しだした。パスポートを載せると、それを見ながら無線でどこかと話し、いちど切ってから中谷に視線を戻して、なにをしに来たんだと英語で言った。観光《クァンクオ》。中国語で言った。男の無線機が鳴り、うなずくとすぐに切って、こっちへ来いと中谷の腕を取った。

ちょっと待ってくれと断って、真っ青になっている運転手に、往復の料金に心付けを足して支払い、座席から荷物を取り出して、公安警官についていくと、警察車両に乗せられた。

隣に座る警官にスマホを見せ、ワンコールだけだと許可を求めてからかけ、逮捕されたと大楽に伝えた。

第三章　世界をまほろば化しよう

5　どちらの側に立つか

中谷は石河子《シーホーツー》市の警察に連れて行かれ、手荷物はすべて没収された。所持品が点検され、いちいち説明を求められた。当然、オーロラのアンテナが出てきたときには、なんだこれはと訊かれ、中谷が正直に答えると、メモを取っていたでっぷりした警官はギョッとした顔つきになった。

「これはお前だな」

警官にそう言われ、快身《クァイシン》で昨日配信した「炉前散語」の映像をノートPCで見せられた。イエスとうなずき、いい男だろと英語で言って笑って見せたが、相手にしてもらえないどころか、脇に立っていた細くて若い警官は慌てて部屋を出て行った。

「これはなんだ」

警官が、テーブルの上の書物『新しい天下と普遍』を指さして言った。

「こいつは中国人だろ」

「そうだ」

「どんなやつなんだ」

「通訳を呼んでくれ。でないと難しくて説明できない」

顔をしかめた警官に、じゃあそれまで待ってろと言われ、毛布を持たされ留置房に連れて行かれた。

先客が四人いた。全員が中央アジア特有の彫りの深い顔立ちの男だった。中谷が入っていくと黙ってこちらを見ていた。中谷はやあと陽気に手を挙げて、「日本人だ《リーベンレン》」と訊かれる前に言って、空いているベッドに腰かけた。

顎鬚を長く垂らした男がなにか言った。男の言葉は中国語にさえ聞こえなかった。もっとも中国語で訊かれたとしても中谷にはわからなかっただろう。ただ、このような状況では、どうして日本人がこんなところに食らい込んでるんだ以外の質問は考えにくい。中谷は誤認逮捕《ミステーク・アレスト》だと言った。反応はまったくなかった。こうなったら筆談だと思い、起き上がって壁に向かってゆっくり指で漢字を書いた。ふり返ると、一番若そうなのが理解してくれたらしく、それを残る三人に説明した。男たちはそうかそうかと大きくうなずいて、殴られなかったのかとか訊いた（英語と身振りを交えて説明した）。なんとなく逮捕された者どうしの連帯が生じて、房はすこしにぎやかになった。ただ、なにを言っているのかわからない。適当に質問を想定し、拌麵《バンメン》を食べに来たと言って麵をすする仕草をし、少林寺で功夫《クンフー》を習ったと言って立ち上がり、武術学院で習った型を披露した。おおー、と感嘆の声が上がる。カラテという声が聞こえたので、いやちがうカラテはこれだと言って、サンチンを見せていると、やってきた警備に怒鳴られた。それから、ぞんざいな仕草で出ろと指示された。

もういちど取調室に戻され、これから烏魯木斉《ウルムチ》に移動させると伝えられた。日本語の通訳が用意できないからだそうだ。

手錠をかけられ、黒いボディの横腹に白く「特警」と書かれた特殊警備車の横乗りの席に座らされた。向かい側には銃を腰に提げた警官が座っている。窓はなく外は見えない。

連霍《れんこう》高速道路を使って東に走ったなら走行時間は一時間半ぐらいだと思われたが、時計がなかったのでそれより長く感じられた。石河子市警よりもよっぽど大きな建物の前で降ろされた時には、暮れかかっていた。別室に連れて行かれ、写真を撮られた。入れられたのは独房だった。

看守に、飯は出ないのかと尋ねたら、今日はもう終わったと言われた。中谷は一日なにも口にせずに寝ることになった。


中谷逮捕の一報は、もちろん大楽からすぐ福田に伝えられた。このとき東日本は激しい豪雨に見舞われていた。窓ガラスを叩きつける雨を見ながら福田は、このことはまだ誰にも言うなと箝口令を敷く。市川さんにはどうしますかと大楽が訊いたので、彼女は例外だと言い、切るとすぐに外務省の西村にかけた。

すぐに確認する、と西村は請け合った。もし逮捕が事実ならば、中国駐日大使に連絡を取って解放してもらうよう要請するとも言ってはくれた。だが、福田は不安だった。

「このまま勾留され続けることはあるだろうか」

――こうなると読めないのが中国なんだ。日中の架け橋になって尽力していた親中派の人物でさえ帰国直前に空港で逮捕して五年の実刑を課したことがあった。

「タイミングとしていまはどうなんだ、そういうことが起こりそうな雲行きなのか」

――うん。悪い要素は多い。今年の夏に、アメリカの下院議長が台湾を電撃的に表敬訪問しただろ。そのとばっちりが日本にも来ている。

とにかくなにかわかったら連絡をと言って福田は電話を切り、こんどは陳にかけたが出なかった。昨日からなんどかかけているが、すべて空振りだ。中谷が逮捕され、現在は情報を収集している最中だ、もしそちらでなにかわかるようなことがあればすぐに連絡が欲しい、とメッセージを残して切った。

それから、助手の谷口から内線があって、サンドッグの光村が折り入って相談したいことがあるそうだと伝えてきた。おそらく昨夜《ゆうべ》の「炉前散語」を見たのだろう。出資元の代表に、自然エネルギー、とりわけ中国における太陽光発電事業は詐欺の構造を前提にした利権争いに過ぎない、などと言われたのだから、心配になるのは当然だ。

けれど、これについては同意見だった福田は、いま光村を慰めている時間はないと考えた。なので、喫緊に対応しなければならない案件があるので、それが終わってからにしてくれと光村に伝えるよう指示して切った。

それから、ワークチェアを窓辺に転がして、大きな窓から見える雨に濡れた福島の山々を見ながら、中国政府を動かせそうな人物を頭の中でリストアップした。約一年前に就任した菱田《ひしだ》首相は、いままで以上に対米追従路線が濃厚で、中国にはすこぶる評判が悪い。外務大臣に直接連絡してみようかとも思ったが、事務次官経由でカンボジアの大臣が面会を求めたのに、福田が応じなかったことでお冠だと聞いていた。中国に強いと言えばデジタル大臣と行革担当大臣を兼任している河本《こうもと》議員だが、これはもとから福田と折り合いが悪かった。こうなったらしかたがない、と福田は思った。

――どうした。めずらしいな。かけてくるなんて。

飯塚政調会長はワンコール目で出てくれた。

「お忙しいところ恐れ入ります。いま三分ほどよろしいでしょうか」

――福田くんなら五分やろう。あはは。冗談だ。いま車の中なので大丈夫だぞ。

飯塚がそう言った後、受話器の向こうで雨音が一段と高くなった。スマホを耳に当てている飯塚の横の車窓を雨がさかんに叩いている絵が福田の脳裡に浮かんだ。

――「炉前散語」でなにかあったのか。

「いや、原因があの配信なのかはわからないんですが、逮捕されたんです」

――そうか。まあしょうがないだろ。賭けに出たんだから。

賭けという言葉は陳と飯塚の間でも共有されているらしい。しかし、しようがないですまされては困る。

「だとすれば、完全に裏目に出たみたいです。なんとかしないと」

――もちろん、我が国の財政にも影響する大問題だ。

その割には飯塚の声はのんびりしていた。

「そこで、先生のお力を借りられないかと思いまして」

――愛甲《あこう》さんが生きていたらなあ。

飯塚は突然、前首相の名を言った。エアーの存在を認め、2・0時代に政府が利用する契約を結んだその首相は、一年半前に心不全で突如不可解な死を遂げていた。

――みんな馬鹿にしてたけど、外交はあの人には敵《かな》わなかったね。

それから、その点いまの総理大臣はまったく芸がないよな、と愚図愚図《ぐずぐず》言った。相談する相手をまちがえたと思った福田は、失礼しましたと言って切ろうとした。すると飯塚が、

――しょうがないんだよ、賭けに出たんだから。

と同じ台詞をくり返した。福田は、しかし、そもそも賭けたりなどするべきではなかったんだ、と思った。それに、賭けだとしたらいったいなんの賭けだったのか。

――落ち着け。まほろばの代表が日本に戻ってこないなんてのは、台湾海峡で有事が発生するのと同じくらいの大問題だ。そんなときにナンバー2が浮き足立ってどうする。

結局、官僚時代のように活を入れられ、マスコミには漏らさないようにしろよ、と忠告されただけで終わってしまった。


中谷逮捕の事実を知らない岸見伶羅は、「炉前散語」出演の事後承諾を道下に得るため、午前十時に出社した。けれど、道下が報道ナイト23のフロアに現れるのは、午後三時以降になると知った。

「かえってよかったよ、私も部屋を貸した手前、同席すべきだと思っていたから」

と珍しく午前中に出社してきた飛田が言った。彼女も午後イチの会議が終わるまでは、体が空かないら

しい。

「じゃあ私は総務課に行って、調べてみます」

飛田はすぐに理解して、ああ、わかったら教えて、と言い残し、書類とノートPCを抱えてミーティングルームに消えた。

十分後に岸見は、総務の窓口に行き、株主構成表を見せてくれと依頼して、一枚の用紙を受け取った。その書類によれば、外国人直接保有比率は19・8パーセントだった。いちおう放送法で規定されている20パーセント以内には収まっている。とりあえずほっとしたものの、その数字のきわどさが気がかりだったし、抜け道はあると中谷が言っていたので、居心地は悪いままだった。

「もうちょっと細かいのはありませんか」

窓口に座っている担当の女子社員に岸見は声をかけた。

「それは社内サーバには置いていないので、証券会社のサイトに行かないと見られなくなっています」

担当社員はそう言った後で、

「でも、そこまで細かいのを見せてもいいのかな」

とひとり言のようにつぶやいた。

「私も一応株主なので」

と岸見は言ってみた。TBCは全社員に自社株の購入を勧めている。岸見も、持っといたほうが絶対得だとも言われ、「持ち株会」なるものに入っているのだ。

「そうですね。ただ、そういう要望を承ったことがないので」

「見せてもらえるのなら、見たいんだけど」

「では上に確認させてください。ただ、今日は一日中外に出て直帰するようなので、明日また来てもらえますか？」

わかりましたとうなずいて、岸見はもういちど株主構成表に目を落とす。そして、窓口のカウンターに置いて、ねえこれ、と言って一番下の欄を指さした。

「ここの〝その他〟って株主はどんな業種の人なの？」

窓口担当の社員は首をかしげながらその指先を見ている。

「〝その他〟って書いてあるくらいだから、いろいろなんだろうけど——」

と岸見が言うと、担当社員は自分の目の前のモニターを覗いてから、あ、わかったと声を上げた。

「株主名簿に記載することを拒否した株式をまとめて〝その他〟としているようです」

「記載を拒否？　どうして？」

「さあ、それを私に訊かれても」

「だとしたら、明日証券会社のサーバーに入って見せてもらっても、その人たちが誰だかわからないわけね」

「たぶん、一株主としての閲覧権限としてはそうなるのではないかと」

「……え、え、ちょっといいですか。そこの外国人直接保有比率の19・8パーセントってのは〝その他〟の株式を含んで計算した数字なんですか？」

窓口に座る社員はマウスを何度かクリックして画面を切り替えたあとで、

「入っていないみたいです」

「……んーと、だとすれば、〝その他〟の中に外国人の株主がいたとして、その数字を加味してもういちど計算し直したとしたら、20パーセントを超えちゃうかもってこと？」

「なにが？」

「だから外国人直接保有比率が」

「ああ、まあいまが19・8だからそうなってもおかしくはないですよね。ただ、超えるとなにか問題でも？」

「………あの、証券会社のサイトは見せてもらわなくて結構です」

「え、いいんですか」

「はい。だから私が閲覧しに来たってことも上司に言う必要はありませんから」

「わかりました。でも、なぜですか？」

岸見は、個人情報がどうしたこうしたと適当な言葉を置いて立ち去った。


社員食堂で鶏《とり》の照り焼き定食を食べながら考えていると、向かいの席に海鮮丼を載せたトレイが置かれ、飛田が座った。

「行ってきたの？　総務課？」

「あ、……ええ」

「19・8だった？」

驚いたが、ああそうかと思い、

「あ、先輩も寄ってきたんですか、総務？」

と尋ねたが、飛田は首を振った。そして、さりげなくあたりを見回し、

「あいつ」

とひとことだけ言った。

弟さんですねと言葉にするのは控えた。とにかく飛田は、ブロガーの弟から自分が勤務する会社の外国人株保有率を正確に教えられたと言いたいらしいが、そんなことってあるのだろうか。

「あいつはね、ああ見えて頭がいいんだ、私なんかよりずっと」

ええ、と一応うなずいたが、岸見の目にあの弟は、俺は偉くてお前たちは馬鹿だと必死にアピールして

いる馬鹿に見えていた。ただ、そこはやはり姉弟の関係を慮《おもんぱか》って、

「わかってます」

と取り繕ったけれど。

「だけど、本当は30％の後半いっちゃってるらしいよ」

唐突にそう言われ戸惑った岸見は、それが〝その他〟の部分を含めた外国人株式保有比率だと思い当たり、とてつもない数字じゃないかと戦慄した。しかし、その数字って信じていいのか。だいたい圭一はどうやってそれを突き止めたのだろう。

「その企業じゃなくて、株主の側を調べるんだって」

またいきなり飛田が言った。なんのことか分からない、と岸見は視線で訴えた。

「あいつが注目している投資グループがあってさ」

それはあっても不思議じゃない。

「その投資グループとライバルが投資した金の流れを追いながら、市況全体やその特定の業界のマーケットの変化をつぶさに観察して、綿密に計算していくと、ほぼほぼ小数点以下の誤差で当てられるんだってよ」

なにを言ってるのかほとんど理解できなかったが、要するに、手に入る情報だけでも、必死で計算すれば、ほぼ正確な数字をはじき出せるということのようである。

「でも、どうやってその数字が正確なものであるということがわかったんですか」

「実験と答え合わせをして」

実験？　答え合わせ？

「プレゼンしたんだってよ――」

プレゼン？　いったいなにを言ってるんだ。

「ある日本の製薬会社の株がどのくらい海外の投資家に買われているかを、公開情報だけで計算して出す。そんなゲームをやってみませんかってプレゼンしたんだって」

「えっと、それって昨日話してくれたオ、オなんとか――」

「――オシント。オープン・ソース・インテリジェンス。そう、まさしくそれ。で、ややこしい計算を頑張ってすれば、投資家の行動を可視化できるはず、レッツプレイ。――これがあいつのプレゼンだった」

「じゃあ、そのプレゼンに乗った相手がいたってことですよね」

「うん、面白いからやってみようって」

「えっと、それは誰が？」

飛田は茶を飲んでから、声を出さず、唇だけを大きく動かした。ま・ほ・ろ・ば、としか読めないその動きに、岸見は息を飲み、ゆっくりとうなずいた。

「もちろん、そこまでやるのはやつひとりの手に余るので、チームを作ってもらってフォローアップしてもらったんだってさ」

「へえ」

「ちょっと後戻りになるけど、具体名で説明しなおそうか。もちろん仮名だけどさ。日本の製薬会社、仮にロト製薬としよう。この製薬会社の情報が欲しいアメリカの投資グループがいる。こっちはシャドウにするか。シャドウはロトの株を買い集めてる。もちろん、その動きはヴェールの向こうでよく見えない。ロトも株主構成を非公開にしているから、どこまで買われちゃってるのか外からは把握できない。けれど、そこをなんとかして突き止めたい。これがゲームの目的。この目的に対して、オープンにされている情報を的確に拾い上げて計算しまくり、なんとか近似値まで持っていく。これがやつのアプローチ。さっき話したよね。――ここまではいいかな？」

岸見はうなずいた。

「で、計算した、と。そして、とにかく答えは出した。問題は、出した数字が正確かどうかだよね。――それを訊いてるんでしょ」

岸見はまたうなずいた。

「まほろばがロトを買っちゃったんだって」

飛田の口からこぼれたこの言葉は自分の疑問の解消にどうつながるのだろうか、と岸見はまた面食らった。

「買っちゃったって……どういうことですか」

「だから、まほろばが公開株式買い付けでロト製薬の株をいくらの値段で買いますよという広告を出した。それが現行の市場価格よりもかなり高い値段に設定されていたから、あっという間に50％以上買い占めちゃったんだって」

「つまり買収した？」

「そういうこと。オーナーになれば当然、株主構成表なんて自由に見られるわけよね」

またすごいことをやるもんだ。それにしても乱暴すぎやしないか。

「で、開けてみたら、あいつの予想はほぼバッチリ合ってたってわけ。あいつもほっと胸をなでおろしたらしいよ」

「どういうことですか」

「実際、ゲームをはじめる前にロトの株はヤバいところまでシャドウに買い占められていたからさ」

「それって、シャドウに買収されるくらいなら、まほろばに買収されるほうがいいってことですか」

飛田はうなずいた。

「実はあいつ、ロトの薬を飲んでるんだ。だから、やさしさを連呼する中谷さんに買ってもらいたくて、プレゼンしたのかもしれない」

「それ以降、あの……」

弟さんという言葉を口にしそうになって岸見は飲み込み、どう呼ぼうか迷った。さすがに「あいつ」とか「やつ」なんて呼べない。

「いごーる」

「え」

「イゴール。あいつのペンネーム。イゴール・トビタ。これからはそう呼んでやって」

変な名前だなと思いつつ、岸見は先を急いだ。

「それ以降、イゴールさんはさっきみたいな調査をして、まほろばと提携関係を結んでいるんですか。あの、ひょっとしてイゴールさんはまほろばの金融部門に雇われているとか」

「いや、まほろばはあくまでもブロガーとしてのあいつの読者なんだよね。ちょっと変則的ではあるけれど」

「変則的とは？」

「特別コース、ハイパー・プレミアム・コースとか言ってたかな、そういう高額コースで購読してもらってるんだって。ただ、イゴールの方からなにか特典をつけてるってわけじゃないから、実質的にはカンパだよね」

「けれど、どうしてまほろばは、ブロガーとしてのイゴールさんじゃなくて、市場分析官としてのイゴールさんに投資して、それを活用しようとしないのでしょうか」

「そういうのは要《い》らないんだってさ」

それは、まほろばの中谷の部屋で初めて一対一でインタビューしたときも言っていた。金をいじくって金を増やすなんてのは、たぶん俺たちのほうがうまくやれる。それでも岸見は、だけど、と食い下がった。

「まほろばが市場を読むことによって稼いだ金をこんどは投資に振り向けていることは、中谷代表も認めてます。イゴールさんの能力は絶対欲しいはずなんですが」

「あのね」

　と飛田は改まった。

「イゴールはいまも心療内科に通っているし、薬も飲んでいる。ときどき情緒不安定になって泣いたりもする、そういうやつなんだ。だからさ、これも半信半疑で聞いてほしいんだけど――」

　言われなくても、岸見の心は半信半疑以上に疑問の色が濃かった。

「その実験の時、まほろばも予想値を出したんだってさ。当然、どちらがより近い数字を予測したかって競走になるよね。開けてびっくり玉手箱、まほろばは寸分の狂いもなく的中させたんだって」

　岸見はすこし考え、あえて言ってみた。

「なんかズルしてたんじゃないですか。裏から手を回して数字を引っ張ったとか、イゴールさんのデータを微調整して精度を高めたとか」

「私もそう思った。でもそうじゃないみたいだよ」

「どうしてそう思われるんですか」

「イゴールが素直に負けを認めているから。あいつがそんな健気《けなげ》な態度を取るなんて普通じゃありえないから」

　おかしな納得のしかただが、姉の言うことだけに説得力があった。

「ただ、まほろばは感心はしてくれた。逆に、執筆に必要な数字が欲しければ用意するとまで言ってくれたんだってさ」

「誰が言ったんですか」

「中谷代表」

統括プロデューサーの道下は、三時頃になってようやく報道ナイト23のフロアに姿を現したが、またすぐに打ち合わせだと言って姿を消し、飛田と一緒に、「炉前散語」の件を会議室に報告しに行ったときには、雨に混じって雷鳴が轟《とどろ》きはじめた夕刻だった。

部屋に入ってまず飛田が、

「お電話したのですが、お出にならなかったので」

と断り、岸見の出演は自分が承諾した上でのことだ、と説明した。

「わかった。それはいい」

ひっきりなしに雨粒を垂らすガラス窓に背を向けて座っていた道下がうなずいて、

「ただ、もうすこし突っ込んで欲しかったね」

と言ったので、すでに「炉前散語」を見ていることが明らかになった。

「どのあたりがでしょうか」

と岸見は尋ねた。

「地球温暖化の話題になったときに、排出権取引なんて詐欺だという話が出たじゃないか。ではカンロは詐欺ではないんですか、とか斬り込んでもよかったな」

それはあまりにも強引すぎて警戒されるだろうと岸見は思った。

「あとは、民主主義なんてどこにもないと言ったあとがチャンスだった」

「天の声を聞いてマネーを増やしているってところですか」

「そうだ。天の声を聞くことができ、天はどうしたらマネーを増やせるかを教えてくれるなんて言う人間はまともじゃない」

「まともじゃないとは?」

「頭がおかしいってことだ」

道下の反応は昨夜《ゆうべ》飛田が予想した通りだった。隣に座る飛田の無表情は、ほら言ったとおりでしょと語っていた。

「天の声というのは、自分の直感を比喩として表現しただけでは。詩人は〝言葉が降りてくる、、、〟なんて言うじゃないですか」

と岸見は弁護めいた言葉を口にした。道下は、へえ、そんなこと言うのか。俺は文学部出身じゃないんでわからないや、と笑い、

「とにかく詐欺の疑惑は深まった」

とぴしゃりと言った。

「詐欺？」

「個人の直感能力で、東南アジアで鉄道を敷いたり、中東の砂漠地帯に水道施設をこしらえるだけの大金を作るなんて無理な話だ。だとしたら、あるように見せているだけだってことになる」

あるように見せているだけ、か。道下はいよいよ、カンロは張り子の虎だと主張する気らしい。ただ、ヴェールの向こうの株式保有率をドンピシャで当てた市場分析能力を金融市場での売りと買いに応用して、莫大な金を稼いだ（「儲かるときにはうんと儲かる」と中谷は言っていた）可能性を本当に捨ててしまって大丈夫だろうか。

「そして、まほろばのアンチリベラルな部分を引き出せたのも収穫だった」

これもまた飛田が予想した展開だった。

「ただ、中谷さんは別にリベラルでなくたっていいと言いそうですけれど」

「それでいいさ。そのほうがこっちも次の手を打ちやすくなるからな」

「どうしてですか」

「リベラルってなんだって正確な話を横に置いてあえて雑に言えば、リベラルってのはやさしさだよ」

「やさしさ、ですか」

「すくなくとも大衆にとってはそうだ。だって、リベラルは、福祉を手厚くしましょうとか、戦争反対とか、持続可能な社会とか、専制的であるよりも民主的であるとかって言うじゃないか」

「まあ、そうですが」

「だから、大衆はリベラルってのはやさしさの思想だと思っている」

「はあ」

「だったら、この戦争でウクライナを応援しないようなのはアンチリベラルだろ。民主主義にケチをつけるのもアンチリベラル、地球温暖化対策に水を差すのもアンチリベラルだ。しつこいくらいにやさしさを言うくせに、アンチリベラルだなんて詐欺だよ」

この駒の進め方はいくらなんでも強引すぎないか。

「これはアキレス腱《けん》になるかもしれない。ただ、具体的なピースがなにか欲しいな」

窓ガラスが稲妻で水色に染まる。道下は続けた。

「あの口ぶりだと、まほろばは自然エネルギー事業に見切りをつけたいんだろうな」

ますますもって飛田の予想通りだった。

「中谷が言うやさしさなんてまやかしだ、と斬り込むってのはどうだ」

窓を叩く雨粒を見ながら道下が言い、

「わかるか」

とこんどは岸見を見た。

「いえ」

「自然エネルギーは地球にやさしい」

ええ、と岸見は言った。なんだそりゃと思いつつ。

「中谷はやさしさが大事だと言っているくせに自然エネルギーを捨てようとしている。だから中谷のやさしさなんて欺瞞《ぎまん》だ」

「……そこを突けと」

「そうだ。この戦法を補強するネタを探してくれ」

「あの、まほろば批判が規定路線なんですか」

「……いま気がついたのか」

「なぜ、まほろばを叩いて埃を出さなきゃいけないんですか」

「だって怪しいだろ。怪しいのなら叩いて埃が出るかどうか確認すべきだ」

「別によそから言われてやっているわけじゃないんですよね」

「よそ？　よそってのは？」

ＢＢＣ。あるいはうちの株主で、ウォール街でまほろばに苦杯を舐《な》めさせられた投資家。いや、さすがにこれは露骨すぎる。

「まほろばには本当に財源があるのか、まほろばの究極の目的とはなにか、このふたつについて調査をしろという指示だと思ってやってきていましたので」

「それを調べていけばまほろばの正体が露見すると想定して頼んだわけさ。実際、まほろばの財源はますます怪しくなった。そしてあとちょっとで、まほろばの正体は〝やさしさを唱えるやさしくない専制〟だってことを証明できそうじゃないか。とにかく、やさしくないことを立証する具体的なピースが欲しい」

激しい雷雨と落雷は続いていた。エレベーターホールの西側の大きな窓の前に立って、岸見は、轟音とともに東京の空を縦に引き裂く稲光《いなびかり》を見つめていた。

風力とか、水力とか、地熱もあるけど、雷ってのもすごいエネルギーだろうなあ。あ、いまのすごく光った。ああいうエネルギーはどこにいっちゃうんだろう。上手に呼び寄せて、溜めておけるといいのにな。そういう事業計画を書いて提出したらまほろばは投資してくれるだろうか。さすがにこれは自然エネルギーのなかでもとりわけ見込みのないものとして扱われるだろうな。

それでも、このアイディアを誰かに話したくなった岸見は、何気なくスマホを取り出して、確かアドレス帳に登録していたはずだと思い、検索をかけてみたら、あった。

コール音はなんどもくり返され、あきらめかけた頃に途切れて、低い声がした。

――もしもし。

「あの、覚えておいでですか。TBCの岸見です」

――はい、この間も、キャンパスですれちがいましたよね。

「ええ、第一回の投資説明会のときにも話を聞かせてもらいましたが」

――覚えてます。ああ、すごい音だな。

「光ってから音がするまでが短いので近くですね……、福島はどうですか?」

――こちらも激しく降ってますし、落雷もすごいです。――で、どうしたんですか。

「いや、つまんない話なんですが、そういえば落雷ってのも自然エネルギーだなあなんて考えて」

――ああ。でもどうしてそれを僕に?

「私がまほろばの自然エネルギー関連事業ではじめて知ったのが光村さんだったので」

光村は黙っている。たしかに電話の向こうでも雷鳴が轟いていた。

「光村さんに、まほろばの自然エネルギーの状況について…………もしもし」

――ええ。

「現状と展望とか」

――はあ。

「お話を伺えればと」

――ええ。

「駄目でしょうか」

――駄目なわけではないんですが、残念ながら、いい話ができそうにないんですよ。

「別にオンエア用になにか収録したいってわけじゃなくて、ただ単に雑談できればなと」

――いつですか。

「急ですが、今晩うかがうのは？」

――あはは、この落雷で常磐線は停まってますよ。

「そうなんですか。知らなかった」

――ＴＢＣのニュースでやってました。

「……では、明日は？」

――明日？　明日は大事なミーティングが入っているので、ほかの予定は入れたくないんです。

「そうなんですね。じゃあ明後日は」

――日曜日ですけど。

「光村さんさえよければ私は大丈夫です。土日つぶして取材なんてよくあることですし」

――そうですか。まあぶっちゃけ僕も話したいことがないわけではないので、来てもらおうかな。気が変わらないうちにと思い、日曜日の午後一に約束をして岸見は電話を切った。


あくる日。場所は中国新疆《しんきょう》ウイグル自治区烏魯木斉《ウルムチ》の公安警察。独房で一夜明かした中谷は、朝食に出された粗末な粥を啜《すす》り終わると、すぐに取調室に呼ばれた。警官の隣には、平服の華奢《きゃしゃ》な漢人の若者が完全に畏縮して座っている。

「李《リー》と申します。よろしくお願いします」

四人に対するには丁寧すぎる物腰で向こうが先に頭を下げた。このあたりの公安警察が取る態度としては異例ともいえる。案の定、烏魯木斉《ウルムチ》大学の日本語科の学生だそうで、日本のアニメが好きなんですと言った。柔らかい物腰で接してくれているのは、日本のサブカルチャーのおかげかもしれない。

ところが、李君はまだ一年生とあって、取り調べの通訳を務めるには、まだまだ勉強が必要だった。

「あそこでなにをしていましたか」

という質問に対して、中谷が自分もエネルギー事業をやっているので、興味があって見学していた、という答えを理解するのにもかなり手間取った。『新しい天下と普遍』の内容など話そうものなら尻に帆をかけて逃げるしかなかったろう。

どうしてここでこの通訳をすることになったの、と尋ねると、金曜日にたまたま学校の図書館に行ったら、日本語の通訳を探していた警察に見つかって連れてこられた、と言った。

「じゃあ、俺がここから出られるように答えておいてよ。アニメの話でもしよう」

中谷はそう言ってのんびり構えていたが、李君は中谷が口を開くごとに隣の警官に逐一内容を伝えなければならず、かと言ってそのまま訳すとろくなことにはならないと察してもいて、言い訳がましいことをくどくどと述べているようだった。

「時期が悪いのです」

と李君は言った。

「いま党大会ね。明日はジェンカイあります」

「全会」、中国共産党中央委員会の全体会議、一中全会のことを李君はそう言った。

「国家主席はまた選出されるんだろうね」

と中谷が言っても、李君は要領を得ない顔をしている。

そんなこんなでまったく進まないまま午前の取り調べは終わり、昼飯を食えと言われた。ところどころニンジンの赤いカケラが散見されるほとんど具のない炒飯を独房で食べ終わると、また取調室に戻された。

取り調べは、再開されたものの、なにしろ李君の質問が意味不明で、また答えたところで、それを理解するのに李君が四苦八苦していたので、遅々として進まなかった。そうして、三十分ほど経った時、唐突に扉が開いて若い警官が現れ、隣に座って李君を難詰している警官に耳打ちして外に連れ出した。李君とふたりきりになったので、日本のアニメのどこが好きなの、などとたわいもない質問をしてみた。李君はしばらくうつむいて一生懸命考えたあとで、ふと顔を上げ、弱々しくてやさしいところだと言った。

警官はひとりで戻ってきて、李君の肩を叩いてなにか言った。李君の顔はとたんに晴れやかになり、

「ありがとごじゃました。これで失礼します」

と言い残して出て行った。

戻ってきた警官は、もといた席に腰を下ろした。こうなったら自分が英語で取り調べをしてやる、と覚悟を決めたようにも見えた。ところが、また扉が開いて、新顔が登場し、警官の隣に座った。自分と同じくらいの年格好の男は警官の制服ではなくスーツを着ていた。

「お待たせしました。中谷祐喜さんですね」

その日本語はとてもなめらかだった。

「いま手続きをしていますので少々お待ちください」

と男は続けた。

「手続きというのは、なんの？」

「ここから出るためのものに決まってるでしょう。いま最終確認をしています」

「お、出られるのか」

ええ、と言って男はポケットから名刺入れを取り出し、いちまい抜いて机の上に置くと、中谷の前に滑

らせた。

――陳明《ちんあきら》　衆院議員　飯塚卓　政策担当秘書
「飯塚先生の――？　ということは日本から？」

「ええ」

「飯塚先生が陳さんを寄越してくれたんですか」

「そうです、僕が先生に提案して来るようにしました」

「それはまたどうして」

「一昨日《おとつい》の夜『炉前散語』を見て。昨日の朝、直行便で北京。そこから後は省略させてください」

「意外だなあ」

「そうでもないでしょう」

中谷が不思議そうな顔をすると、

「飯塚先生や僕の名前は予想外だったかもしれませんが、こういう展開は織り込み済みだったのではないですか」

中谷が苦笑しか返せないでいると、また先ほどの若い警官が現れて、陳の隣に座る警官に耳打ちした。その警官が陳に向かってなにか言うと、陳は中谷に向き直り、行きましょうと立ち上がった。

退出する際、長いリストの下にサインして、没収された所持品を返してもらった。パスポートや財布やPCやスマホや三脚、さらにオーロラのアンテナ。それらと一緒に、『新しい天下と普遍』をキャリーバッグに詰め込んでいると、横に立っていた陳が薄い笑みを浮かべていた。

外は晴れていた。太陽を仰ぎ見て目を細めて立っていると、タクシーを呼び停めた陳が、乗ってくださいと声をかける。

「ぶじに釈放されたことをまほろばに連絡してください」

発進すると陳が言った。

「福田さんには一本かけたら僕から話します。烏魯木斉《ウルムチ》に着いたら福田さんから伝言が入っていて、なんとかできないかとずいぶん心配そうな声でした」

「福田と知り合いなんですか」

と訊き返したときには、陳はすでにスマホを耳に当てて中国語で誰かと話していた。中谷は自分のスマホの電源を入れ、大楽にかけたが、着信音を一回鳴らしただけですぐに切り、アドレス帳から別の名前を選んでかけ直した。

中谷のスマホから発信された通信情報は、中国の砂漠地帯を飛び、上海に到達すると東シナ海の海底ケーブルを潜って福岡に上陸し、そこから光ファイバーケーブルに乗り換え、福島まで進んで、まほろば近くの基地局からは電波信号となって、本部内のスマホを振動させた。


中谷逮捕の速報を知らされた市川は、まずその事実にショックを受け、それから、やはり自分が中国に飛べばこんなことにはならなかったのだろうか、と自責の念に苛《さいな》まれた。激しい雷雨を聞きながら眠れない一夜を過ごした市川は、それでもいつもの時刻に目を覚ました。カーテンを開けると、雨は止んでいて、いつもより山の緑が色濃い。心のほうは晴れ晴れとはしなかったが、膨大な業務に向き合って忘れようと決めた。

カフェオレとクロワッサンの朝食をすますと机にかじりついて午前中を過ごした。昼食を摂ろうと食堂に行き、空席が目立っているのを見て、はじめて土曜日だと気がついた。この日は、みんなと同じテーブルの列に座って鮭のムニエル定食を食べていたが、副代表の市川のそばにトレイを置くものはいなかった。

食堂から自室に戻って歯を磨き、土曜日なのですこしジョギングしようと思い、トレーニングウェアに着替えて床でストレッチをはじめた。すると突然、中谷の逮捕が市川の心を重苦しく占拠した。心を落ち着かせようと立ち上がり、バレエの基本形であるパッセをやった。不必要なまでに心を蝕《むしば》まれないよう、いまは自分の身体《からだ》の動きだけを観察しようとしたのである。

突然、デスクの上で震えだしたスマホがその集中を無残に破壊した。呪うような気持ちで、上げていた足を下ろし、デスクに歩み寄り、スマホに手を伸ばした市川は、ディスプレイに浮かぶ名前に目を奪われた。彼女は大慌てでスマホを耳に当てた。

——ああ、市川さん、中谷です。

「ええっ、いまどこですか」

自分の耳を疑いつつ市川は尋ねた。

——烏魯木斉《ウルムチ》です。とりあえず釈放されたので連絡してます。

市川はワークチェアに腰を下ろし、深いため息をついた。

——大楽にかけたんだけど、出なかったので。

よかった。市川はそれだけをまず言った。

「無事ですか」

——ええ、ピンピンしてます。

「いったい何があったんです？」

——それはまだ僕もちゃんと把握してないんですよ。

「どういうことです」

——ただまあいけるかな、と。

「いけるってなにが？」

——詳しく話している暇はないんだけど。たぶん僕はこれから北京に行きます。

「北京へ？　とにかくいったん日本に帰ってきてください」

──ほんとは帰りたいんだけどね。日本を出てからもう一ヵ月近く経ってるからホームシックにもなってる。こんなに長いこと外国にいたのもはじめてなんです。でも、やらなきゃいけないことがまだ残ってるからもうちょっと頑張ってみますね。じゃあ。

切れた。

スマホをポケットにしまって中谷が車窓から外を眺めていると、昨日チェックアウトしたホテルが見えてきて、タクシーは車寄せに停車した。

「今日はもう烏魯木斉《ウルムチ》からの北京行きはないので」

陳はそう言って先に降りた。中谷もキャリーバッグを引いてエントランスエリアに入って行った。昨日送り出してくれたドアマンが不思議そうな目を中谷に向けている。

フロントに連れて行かれ、スイートを取ってください、さっき調べたらベッドルームが三つあるタイプがあったのでそちらをお願いします、と陳に言われた。そのように手続きしていると、先に部屋に上がっておくようにとまた陳が中谷に言い、自分はエスカレーターに乗って、ひとつ上のレストランフロアへ消えていった。

中谷がひとりで部屋に入り、ソファーに身を投げ、昨夜《ゆうべ》の硬いベッドのせいでこわばっていた背中の筋肉をほぐしていると、インターホンが鳴った。

ドアを開けると、短髪の中年女性が立っていた。卵形の輪郭に収まった切れ長の目と上唇にすこし厚みのあるその顔には見覚えがあった。

ああ、ついに会えたぞ、と中谷は思った。

中谷の釈放を市川が福田に通知しようとしたのにできなかったのは、福田が同じ内容の電話をよそから受けていたからだった。

「本当ですか」

と思わず福田は訊き返した。

――ああ、いま陳から連絡が来たよ。烏魯木斉《ウルムチ》にいるそうだ。

飯塚は、こうなることを見越していたような、のんびりした口調で言った。

「陳さん？　陳さんが中国に？」

福田は思わず前のめりになる。

――ああ、二日前の夜に「炉前散語」を見たらやたらと慌て出してな、翌朝まだ暗いうちに羽田に向かったよ。

中谷が逮捕されたあと、陳に相談しようとかけても通じなかった理由はこれだ、と腑に落ちた。

「恐れ入ります。ぜひお礼にお伺いしたいのですが」

――まあ、釈放に尽力したのは俺じゃないけどな。

「いえいえ、もしお時間を取って頂ければ」

――礼には及ばんが、話したいこともあるんだ。今晩は空いてるかい？

「今日の夜ですか」

――ああ、七時にあの料亭はどうだ。昔、君に見合いを勧めて顰蹙《ひんしゅく》を買ったとこだ。

「今日は土曜日ですが」

――あそこは土曜も開けてるんだ。どうだ来られるか。

承知して、切った。それから、助手の谷口を呼んで、車と運転手の手配を頼んだ。

「わかりました。すぐに出ますか」

「ああ、相手が相手だけに遅刻はできないからな」

「では、今日のミーティングはすべてキャンセルですね」

「そうしてくれ。土曜日だからたいしたものは入ってないだろ」

「ただ、サンドッグの光村社長との面会はどうしましょう」

「またリスケだな、悪いけど」

「もう二度ドタキャンして、土曜日なら大丈夫かと思ってねじ込んだんですが」

「これぱっかりはしょうがない。ただ、よく謝っておいてくれ」


　足音が近づいてきたので、座布団をよけて正座して待った。

「おいよせよ、まほろばの副代表にそんなことされたら、かえって恐縮するよ」

　障子を開けて入って来た飯塚は、福田を見るなり笑いながらそう言って、正面に腰を下ろし、胡坐《あぐら》をかいた。別に食えないものもなかったよな。ええ、まったく。なにか食いたいものは。いえ、とくには。短いやりとりのあとで、飯塚が手を叩き、仲居を呼んで、ま、適当にと言い、福田には、車かい、と尋ねた。そうですが、今日は運転してもらって来ました。じゃあ、すこしだけつきあってもらおうか。仲居に注がせると、いつものようにあとはこっちでやるから、と言って下がらせた。

「この度はいろいろお世話になりました」

　口をつけただけで猪口を置き、福田はあらためて頭を下げた。

「どうだい、儲かってるのかい」

　料理が運ばれてきて、卓の上がにぎやかになった頃、飯塚が言った。ええ、と福田はうなずいた。さほどでもありませんと謙虚にしてもしかたがないと判断して。

「羨ましい話だよなあ。こっちはせっせとパー券売ったりなんかしているのに。で、ここに来てなにかい、市場を見通す能力がまた上がってるのかい」

「それは私にもわかりませんが、資産は増えてはいますね」

「ウォール街が騒いでるのは知ってるだろ」

福田は首を振って、空にした猪口に飯塚が注ぎ足そうとするのを断り、徳利を奪って相手の盃を満たした。

「どういう意味でしょう」

「いくらなんでも勝ち過ぎだと騒ぎ出してるみたいだぞ」

「本当ですか」

「まほろばがそこまで勝ってるってことは、ほかは負けてるってことだからな」

そんなこと言われても、これはある種の勝負なのだから、困る。

「なぜうちが勝っているのかについてはバレてはいないのですか」

「エアーみたいな化け物を使ってるとは思ってないだろうな」

使う、という言葉に福田は違和感を感じた。我々はエアーを使うことはできない。中谷がいみじくも言ったように、お告げを聞くだけだ。

「ただ、心配なのは中谷さんだよ」

飯塚の口から敬称つきで中谷の名が呼ばれたのははじめてだった。

「『炉前散語』だけど、ひとつ前までは他愛ないお喋りとして聞けなくもなかった。ただ、前回のＴＢＣ記者とやったあれはまずいね。ニューヨークは心穏やかじゃないだろう」

「どういう風にですか」

「どういう風に、か。逆に君はどう思う」

「いや、恥ずかしながら、おっしゃったことがいまひとつ腑に落ちていませんので、ご教示願えればと」

「だめだなあ、金のことばかり考えてるんだろう」

笑い混じりのこの叱責も、意味がよくわからなかった。

「アメリカのアーデン大統領の背後に控えて政権を牛耳ってる連中は、グランプさんのときとはまったくちがうんだよ」

そうですね、と福田は言った。いちどまほろばを訪問して中谷と一緒にステーキを食べた前大統領はモンロー主義者だった。彼が唱えるアメリカ第一主義は、アメリカ大陸のこと以外は関わらないことを基本姿勢としていた。いつまでも日米安保の世話になっているのもおかしいだろう、核武装でもして自立したらどうだ、世界のあちこちに米軍基地を置いておくのも金がかかって困る。——本気か冗談かわからない口調でそんなことを言ったりした。ところが、アーデン政権に替わってからは、「デモクラシー・ユニバーサリズム、民主主義こそが唯一の普遍的な価値である」「民主主義は、世界中の諸国で採用されるべき普遍性を持ったイデオロギーだ」という価値観を世界各地に押しつけようとしている。

たしかに日本では、非民主的な国が民主化するのはよいことだ、と考えられている。民主主義はよいものだ、と日本人は信じて疑わない。けれどそれは、そのような教育を四六時中受けているからだとは言えないだろうか。

「ロシアのプトロフ大統領がさ、愛甲さんに言ったんだってよ。よくまあ見事に手なずけられたもんだな、こりゃ俺たちもアメリカを見習わないと、って」

愛甲さんはプトロフ大統領と本当に仲がよかったよ、と外務省の西村から聞かされていた。首相が急死したとき、真っ先に哀悼の意を表すメッセージを送ってきたのもプトロフ大統領だったらしい。けれど、そんな愛甲首相の悲願だった北方領土返還は、日米安保の前に苦杯を嘗《な》めさせられた。

けれど、この交渉の障害になったのは、日本の領土のどこにでも基地を置けることをアメリカに約束した日米地位協定だということは、すこし事情に詳しい人なら誰でも知っている。愛甲首相が手土産に持っていった裏金（そのほとんどを福田が用意した）にプトロフ大統領が手をつけなかったのは、北方領土が返還されれば、そこにも米軍基地が置かれかねないからだ。そうなると、ウクライナがＮＡＴＯに加盟して米軍基地が置かれるのと同じ脅威が東側からも起きることになる。もっとも、そんなロシア側の懸念も知りつつ、愛甲前首相はことを進めていたはずだ。

「まあ、あのときはグランプさんの時代だったので、愛甲さんとの関係もよかったし、やるとしたら彼の任期中しかない、と思い切ったんだろう。ただ、ふり返ってみるとやはり甘かったな。おまけにことあるごとにあの文句を持ち出して、馬鹿にされただろ」

「ああ、駆けて、駆けてってやつですか」

「そう、君と僕は同じ夢を見てるってやつ。さすがにあそこまで言って空振りしたのは恥ずかしいが、ここが勝負だと思ってたんだよ」

三年前の九月、ロシアで開かれた経済フォーラムの会合で、愛甲首相は北方領土問題の解決に向けて、「君と僕は同じ未来を見ている。ゴールまでふたりの力で駆けて、駆けて、駆け抜けようではないか！」とプトロフ大統領に呼びかけ、袖にされた。だからマスコミはことあるごとにこの演説を揶揄《やゆ》し、バカにする。

「愛甲さんもさすがにウンザリして、こうなったら中国との関係を大幅に修正していかなきゃと頑張ってさ、習和平さんを国賓として招こうとしたりして、そいつが仇となっちまった」

驚いた。まるで一服盛られたような物言いである。

「いいか、福田君」

と飯塚がすこし前のめりになり、改まった。

「愛甲さんがいなくなって、日本はしばらくおとなしくしていると向こうは高を括っているだろう。なにせ、愛甲さんのあとを継いだ菱田は尻尾を振らなきゃはじまらないと思っているんだからな」

ええ、と福田はうなずいた。飯塚が徳利を持って福田の盃を満たし、ただな、と続けた。

「連中にとって、まほろばは実に厄介な存在だ」

福田は盃に口をつけて続きを待った。

「俺は〝飛び地作戦〟と呼んでるんだが――」

飛び地作戦？　なんだそれは。そもそも、なにを指して飛び地と呼んでいるのだろう。

「もちろん、まほろばのことさ。かなり高度な自治権を認められ、日本ではあるんだが中谷さんの専制君主特区なわけだ。そうだろ」

「ええ」

「そんなまほろばが飛び地のように日本のあちこちにできて、だんだん無視できないスケールになっている」

たしかに、と言いながら、福田は猪口を置いた。

「ですが、まほろばはまぎれもなく日本の領土内にあります。まほろばを豊かにすることは日本の豊かさにつながります。実際まほろばの生産高は日本のＧＤＰの一部になっています」

「そうだ。まったくありがたいことだから、政府もなんだかんだ言いながら、これを認めているわけさ」

「ええ」

「ただ、やつらはどう思うかね」

「どう思うとは？」

「ウォール街という賭場でまほろばにコテンパンにやられて泣いてる連中の腹の中を読めってことだ。やつらはこう考える。日本は手なずけたが、まほろばは激しく抵抗して、こちらの勢力圏からの離脱を企てている。そういう風に見られてないと思うかね」

飯塚は、福田が日ごろ懸念していることを言い当てた。連中に恨みを買うことをなにより福田は恐れていた。もうこのへんでよしてくれと祈りたいほどに。けれど、エアーは、まるで怒り狂ったかのように、手心を加えず勝ち続けている。福田は、徳利を取り上げ、先方の猪口に酒を注いだ。飯塚がくいと呑んでそれを卓に置くと、カツンと乾いた音を立てた。

「だったら外交は日本政府に任せておけばいいじゃないか。中谷先生はどうして中国なんかでうろうろしてるんだ」

外交？　どうしてそんな言葉が出るんだ、と違和感を感じつつ、

「いやいや、あれは気晴らしの旅行ですよ」

とかわし、さっきから訊きたいと思っていたほうへ話題を向けた。

「そういえば、陳さんはどうして急に中国に行くことを決心されたんですか」

「ああ、中谷さんが『炉前散語』で語りかけていた人物が確定したと言ってな。陳はたまたまハーバードに留学していたときに、その先生に教わる機会があったんだそうだ」

「え、学者に会いに行ったんですか」

福田はちょっと拍子抜けして言った。政治を動かす力は学者にはないはずだ。ただ、陳が飯塚の名前を出しただけで、中谷が釈放されたという筋書きも、相手が相手だけに変だと思っていた。だとしたら陳はやはりその学者の力を借りたのか。いったいどんな学者なんだ。

「だめだな福田くん、金ばかり計算しているとそんな風に考えてしまう。政治を動かすには理念がいるんだ」

はい。福田は素直に頭《こうべ》を垂れた。

「中谷さんが『炉前散語』で喋ってることがさ、似てるなとは思ってたらしいよ、陳は」

「中谷のトークがその学者の意見に、ですか？」

「そうだよ。ルーズベルト大統領はアメリカ市民の同意を得るためにラジオを利用したわけだが、中谷まほろば代表は、ある政治学者に向かってインターネットで動画配信をやっていたわけだ。あなたはこうい

う理念で中国を再生したいんじゃないですかと、それに私は賛成しますよ、というメッセージを送っていたってことだ」

「そのことに陳さんはうすうすは気がついていた、と」

「そのうすうすが確信に変わったのが、ＴＢＣの記者とやった回だ。と同時に、こりゃ拘束されるぞと慌てて飛んで行ったたってわけさ。まあ、実際そうなったんだから、お見それしましたってもんだ」

「で、その政治哲学の先生にコンタクトを取って、中谷が拘束されていることを伝え、その先生の力を借りて釈放にこぎつけた、そういうストーリーですか」

「まあ、そういうことなんだろうな」

信じられなかった。高名な学者なのかもしれないが、どうしてそんな政治力を持ち得るんだ。ましてや、中国だぞ。

「なにせ、上海市委員会書記のアドバイザーだからな」

なんだって。

「というか、愛人らしいぞ」

と飯塚は笑った。

「そして明日は一中全会だろ。いまからチャイナ７の顔触れが楽しみだな」

チャイナ７だって⁉　つまり、中央政治局常務委員会委員に入る可能性があるのか。だとしたら中谷の釈放などわけはない。

さて、その上海市委員会書記と親しい学者と、中谷は烏魯木斉《ウルムチ》の高級ホテルのスイートルームで相対《あいたい》していた。

陳は部屋の電話で誰かと中国語で話している。コーヒーという単語が聞こえる。陳は受話器を戻し、こちらにやってきて、すこし間隔を空けて隣に座った。

「こんなところまで来ていただいてありがとうございます、許紀琳《きょきりん》先生」

許紀琳《シューチーリン》と中国語の発音に直して陳は訳した。

「これは『炉前散語』じゃないのね」

そう言って、『新しい天下と普遍』の著者は笑う。

中谷は恐縮した。

「見ていただいたんですね」

「見ないわけにはいかないでしょう。まほろばの代表が、私の意見を代弁して、わざわざ中国語の字幕まで入れているんだもの。それに、私の周辺でも、あれは君のシンパだろうなんて言う人が結構いてね」

「会いたいというメールをもらっていたのに返信もせずに申し訳ありませんでした。ここのところ忙殺されていたもので」

「忙しかったのは、明日の大会で？」

「ええ。もっとも所詮は学者ですので、どれだけ実際の政治に影響力を持てるかははなはだ心もとないのですが」

「許先生と陳さんとは師弟関係でしょうか」

訳し終え、そうですと陳が言って、うなずいた。

「北京大学で？」

「いえ、先生がハーバードで研究されていたときに、私が日本から留学していて、そこからおつきあいがはじまりました」

と陳が言った。

「先生は、日本にいる中国人の目からいまの中国がどう見えるかを私に尋ねられました」

「陳さんはなんと？」

「中谷さんがおっしゃったのと似たようなことを言ったと思いますよ」

「──つまり、寛容さが必要だと。それで、先生はなんとおっしゃったんですか」

「正しいけれど、それをどのように社会の中に醸成して、政治に実装するかが難しい、そういうことをおっしゃったと思います」

陳はここまでのやりとりを許教授に伝えると、教授はふと中谷のほうを見て、

「あなたのやり方は空海《くうかい》のようですね」

と笑った。中谷は陳の顔を見返したが、いや僕もわからないので、と陳は教授に解説を求めた。

「空海は、国費留学生ではなく、私費留学生として中国にやってきました。密教を勉強したくて、高僧の恵果阿闍梨《けいかあじゃり》に会いに行ったけど、私費留学生なので推薦状も持ってない。結局、門前払いを食らってしまった。でね、ここからが面白いんだけれど、それで空海がなにをしたかというと、地方でぶらぶらしながらインドから来ているお坊さんについて、サンスクリット語の勉強をはじめたんです。サンスクリット語は難しいので有名なんだけど、習得するそのスピードがずば抜けていたので、空海ってのはすごいよって評判が立った。そういう噂をじゅうぶん広めておいてから、もういちど恵果阿闍梨に会いに行く。高僧はよくぞ来た、お前が来るのを今か今かと待っていた、と言って歓迎し、そして空海の優秀さに惚れ込んで、真言密教のすべてを彼に授けたというお話。──聞いたことありませんか」

存じませんでした。日本人なのにお恥ずかしい限りです、と中谷は言った。

「噂を立てて、会えるまで待つというところは似てますね」

訳し終えてから陳が口を挟んだ。

「でも、中谷さんは空海を凌《しの》ぐことをやっているかもしれない。空海はもういちど都に上って恵果阿闍梨に会ったけど、中谷さんは西域まで呼び寄せたんだから」

と言って、また陳は素早くそれを許教授に通訳して笑わせたあとでもういちど中谷に向き直り、

「ただ、どうして炭鉱なんかに行ったんですか。太陽光発電パネルの工場に行くならわかるんですが」

と尋ねた。

「太陽光パネルってほとんどシリコンでできてるんです」

ええ、と許教授がうなずく。

「この工業用のシリコンを作るには、莫大《ばくだい》なエネルギーがいる。新疆《しんきょう》ウイグル自治区ってのは石炭の埋蔵量が半端ないので、これを利用しない手はない。炭鉱の隣には、火力発電所が立っていました。その隣にはシリコン工場らしき建物も。つまり、石炭を燃やし、二酸化炭素を出しまくって、太陽光発電パネルを作っているわけです」

「詐欺の構図に乗っかると、そうなっちゃうわよね」

許教授がそう言うと、インターホンが鳴った。

「世界で生産される工業用シリコンの約六割が中国産ですし、日本はすでに工業用シリコンの生産をやめ、中国から輸入している。つまり、やはり僕らも詐欺の構図に乗っかっているんです。もっとも中国のように稼げていないところがさらに悲しいんですが」

言い終わると中谷は、立ち上がってドア口まで行き、ルームサービス係からワゴンを受け取ると、それを押して戻った。カップをローテーブルに移すと、ポットを傾けてそこにコーヒーを注ぎ、まだ中にかなり入っているのを確かめてから、ウェルカムチョコレートが盛られたガラスのボウルの横に置いた。

「それにしても、どうして私に会おうとしたんですか」

コーヒーカップを持ち上げて、許は言った。

「それは先生に私の考えを話したかったからです」

「私だけにですか」

「……見抜いていらっしゃるわけですね」

と中谷は持って回った返答をしてから、

「李傑氏《リージェ》はこの一中全会で党中央政治局常務委員に選出されるでしょう」

陳の目が丸くなり、中国語で聞いた後《あと》、許教授の頬も驚きで硬くなった。

「李傑氏《リージェ》は、親米的な姿勢を打ち出しがちな上海を北京のコントロール下に置きましたし、新疆ウイグル自治区の漢人化政策にブレーキをかけるよう国家主席に進言しました。でも、そのように李氏を動かしたのは、許先生でしょう」

「……まあ、じゅうぶんにできたとは思っておりませんが」

と許教授は複雑な笑いを浮かべてから、

「空海が一風変わったやり方で恵果阿闍梨との面会にこぎつけたように、中谷さんが李氏に会えたなら、なにを話したいですか」

と言った。

「さきほど、先生が難しいと言われていた〝やさしさの実装〟についてです」

「それはぜひお伺いしたいな。私が李氏だと思って話してくれますか」

では、多少失礼なことも言うかもしれませんが、と中谷は断ってコーヒーで口を湿らせた。

「中国の有名な故事は、このままでは中華人民共和国は混乱すると警告しているように私には思われます」

ふたりはなんの反応も示さずにその先を待った。

「先生はもちろん項羽《こうう》と劉邦《りゅうほう》の話を知っておられますよね」

と中谷は続けた。

「ええ、ただ、中谷さんの解釈を知りたいので話していただけますか」

「よろこんで。中国の最初の統一王朝　秦《しん》の初代皇帝であった始皇帝は、徹底的に法律で民衆を縛って、儒家を弾圧しました。道徳ではなく権威と暴力でこの世を治めた。しかし、始皇帝が死ぬと、つまり、権威が弱体化すると、また天下は不安定になった。このような時代にふたりの武将が台頭してきた。項羽と劉邦です」

中国人にとっては言わずもがなの説明だったが、中谷はそ知らぬ顔で続け、

「項羽は楚《そ》の将軍を祖父に持つ、貴族の出、つまりサラブレッドです。勇猛果敢《ゆうもうかかん》で戦《いくさ》が上手、圧倒的な兵力を持っていたけれど、残忍で、攻め落とした城の兵を全員生き埋めにしたり、自分を批判した者を釜茹《かまゆ》でにしたりしていた。諸侯の処遇も功績ではなく、自分に従順かどうかで決めていた」

陳もこれをていねいに訳し、許教授はうなずきながら聞いていた。

「ライバルの劉邦にはそういう毛並みの良さはない。若い頃は、勉強もせず、読み書きもできないまま、それでいて大風呂敷を広げるのが大好きという性格だった。だけど、遊び人として憎めない性格はヤクザの親分には向いていたのでしょう。酒と女が好きだったと同時に情に厚かった。そんな、劉邦のもとには貧しい者や与太者が大勢集まってきました。また、おっちょこちょいな自分の欠点を諫《いさ》めてくれる参謀を大事にした。対照的なこのふたりは、秦を倒すという同じ目的で関中《かんちゅう》にやって来ました。結局、劉邦が先に関所を突破して関中に入り、秦王朝を倒しました。なぜ、劉邦が先に攻め入ることができたのかというと、劉邦に攻め入れられたほうがまだいい、項羽に降伏すれば皆殺しの目にあうと秦の側が判断したからだと言われています。実際、劉邦は秦王を殺さなかった」

「なるほど、寛容ですね」

「ところが、あとから関中に入ってきた項羽のほうが軍力は圧倒的だったので、劉邦も項羽相手ではとても勝てないと判断して、配下に下る姿勢を見せた」

ふたりはふんふんと聞いて、

「その後、劉邦は漢水《かんすい》の上流、少林寺あたりでくすぶっていた。このときに、少林拳を体得していると面

白いんですが、これは時代が合わない。残念です」

と中谷が言うと、まず陳が笑い、中国語で聞いてから教授も口元を緩めた。

「ともあれ劉邦は、この地域を足がかりに、ふたたび項羽を撃とうとする。ただ、強大な項羽の軍の前に、劉邦はなんどもくじけそうになる。そこを、有能な家臣に助けられ、ついに劉邦が勝利するんです」

「なるほど、劉邦から私たちが学ばなければならないのは、寛容だとおっしゃるのですね。面白い」

と許教授は言った。すると陳が、

「たしかにいまの中国では、法による縛りが、デジタル技術や監視カメラによって補強されていますが、それはまほろばも同じではないでしょうか」

と尋ねた。

「はい。私たちもデジタル技術による監視や組織運営を強化しています。ただ、やはりそこにはやさしさが必要だと私は信じます」

そう言ったあとで中谷は、

「劉邦から学ぶべきもうひとつは、統治者が馬鹿をやったときに諫《いさ》めてくれる参謀が大事だということです。李傑《リージエ》氏が党中央政治局常務委員になられたら、新しい天下は新しい儒学の精神で覆うべきだと首唱する許先生の存在はますます重要になってくると思います」

とつけ加えた。

「たしかに、法と権威と暴力で統治するには、中国は広すぎると僕も思います」

と陳が口を挟んだ。

「私も、権威主義によって、この国の広大な領土に住む人民すべてを漢人化する政策には反対です。本音を語らせれば、おそらくどの政治家もそんなことは望んでいないと言うでしょうし、やさしさが大事だと言えば、賛成してくれるでしょう。だけど、それを統治の手段としてどのように使うのかについての具体策がなければ、話はそこで終わりです」

中谷はコーヒーカップに手を伸ばし唇を湿らせたあとで、まさしくそこが肝心なのですがと断ってから、

「どうでしょう、やさしさを私に担当させてはくれませんかね」

と言った。

許教授は怪訝《けげん》な顔つきになり、これを訳した陳も首をかしげた。

中谷は上着のポケットから一枚の紙片を取り出して、テーブルの上に置いた。

摩好洛巴。苺子の青い文字がそこにあった。

「マァホゥルォバ？」

許教授が読み上げるのを聞いて中谷はうなずき、

「新疆《しんきょう》ウイグル自治区にまほろばを作れませんか」

と言った。

陳は驚きのあまり、通訳するのを忘れ、許教授に催促された。

「香港みたいに一国二制度を新疆ウイグル自治区でやるということですか」

と教授が訊き返した。

「そうです。本来なら中国は一国多制度が得意なはずでしょう」

得意？　と陳は怪訝な顔つきになった。

「では、中谷さんは香港の現状をどう見てるんですか」

「あれは失敗です。原因はやさしさが足りなかったからでしょう」

許教授がうなずいた。

「とにかく、まほろば自治区を、新疆ウイグル自治区内に作りたい。新疆という乾燥地帯に、まほろばという新しいオアシス都市を作る」

「水や電気はどうするんですか。いくら資金を投下してオフィスを作っても、人がそこで暮らすからにはインフラ設備が」

「電気はあとで話すことにして、まず水の話をしましょう。乾燥地帯の治水技術についてはお隣のアフガニスタンから持ってこようと思っています」

「アフガニスタンも大変な乾燥地帯ですよ」

「ええ、ただ、三年前に亡くなった仲村鉄さんが率いていたカブール会というＮＧＯがいまも積極的に活動して、カレーズという伝統的な地下水路を建造しています。このカブール会のスタッフに指導してもらい、天山山脈の雪解け水をフル活用した大規模なカレーズを敷設しようと考えています」

「できるのですか」

「できるもなにも、新疆ウイグル自治区には哈密《ハミ》や吐魯蕃《トルファン》にすでにあるじゃないですか。それを新疆ウイグル自治区のあちこちに作って新しいオアシスを出現させ、そこをまほろばにしようという計画です。資金はまほろばが調達します。中国の開発業者がこの工事を請け負うのもいいでしょう。ただし、カブール会の指導に従って伝統的なカレーズを作ること。山あいに大規模なダムを作ったりするのはＮＧです」

「なるほど。それで、新疆ウイグル自治区に首尾よくオアシスを作ることができ、そこにまほろばを置いたとして、どのように産業を活性化しようとするんですか」

　と陳が言った。

「カンロを降らせます」

「つまりカンロを使えるようにしろと」

「ええ、デジタル人民元とカンロの併用にしてもらう。これも実は中国は得意なはずです。明《みん》から清《しん》にかけては、銀と銅の二つの貨幣を各地で併存して流通させていました」

「中谷さん、それはすこし先走ったものの見方ですよ」

釘を刺すように許教授が言ったとき、その調子は素人の意見を指南する研究者の声になっていた。

「たしかに明の時代から清にかけて銀と銅の貨幣が併存していました。けれど、それは、海外との遠隔輸送が避けられなくなっていたり、農業が復興して農作物が豊富に世の中に出回りだしたり、繊維産業が興って、江南デルタあたりで特産品が作られたりしていた、つまり、商取引の時代になって、民間の間で貨幣の需要が高まっていた。にもかかわらず、中央政府は現物でのやり取りに固執して、貨幣システムを管理しなかった。どうしてかというと、それをやる力がなかったからです。もっと言ってしまえば、明王朝は、商取引なんてあまり盛んになってほしくはなかった。ところが時代の趨勢《すうせい》を止めることはできないし、商取引にはどうしても貨幣が必要です。動こうとしない政府を見て、商人たちは勝手に貨幣システムを構築しはじめた。けれど、銀の流通量は、政府に握られている。そこで商人たちは、宋代から大量に残っていた銅銭を鋳直《いなお》して勝手に使い出した。この状況は清にも引き継がれます」

「つまり、中央政府が弱体化しているからこそ現れた現象であって、現代中国には当てはまらないとおっしゃるわけですね」

と陳が補足した。

「であれば、僕は現在の政府に言いたい。弱くあれ、と」

「それは無理な相談でしょう」

通訳する前に陳が答え、失礼しましたと慌てて付け足し、許教授に向かって中国語を言い終わると、中谷はふたたび口を開いた。

「強い中国を標榜して隅々まで統治しないほうがいい、一色に塗りつぶさないほうが身のためだ、というのが僕の意見です」

「強さを過信するなということですね」

と許教授がうなずいた。

「因俗而治《いんぞくじち》や羈縻《きび》政策を見直してもいいのではないかと思います。つまり、一色に塗りつぶすのではなく、色の変化を、断絶ではなく連続として捉えて、そういうものだとしてほうっておく」

「では周縁部に対する中央政府の役割はどのようなものになるとお考えですか？」

「再分配です。世界平和は再分配によってもたらされる。中国の平和な統治も再分配によってもたらされる」

　中谷はそう言ってから、コーヒーを飲んで一息つき、ふたたび口を開いた。

「たしかに中国はＧＤＰ世界第二位の経済大国になりました。日本人の多くが、中国人は自分たちよりもお金持ちになったと羨んでいる。けれど、国内の格差を表すジニ係数を見ると、中国は０・４を越えています。この数字が表している格差はかなり強烈です。中国国家統計局も、『所得格差が過度に拡大している状態』であると認めているほどです。中国は、経済大国であると同時に、ブラジル、インド、南アフリカなどの新興国と同じく、格差大国なのです。このような状況が国民の不満につながらないはずはない。暴動が起こる可能性だってないとは言えない。そのために、恵みの雨、つまり甘露《カンルー》を降らせていきませんかというのが私の提案です。カンロのインバウンドと思っていただければいい」

「わかりました。では、カンロを流通させることができるかどうかはわかりませんが、そこでどのような産業を興そうとおっしゃるのですか」

「それは中国人、ここではウイグル人などを含めてそう言ってますが、新疆《しんきょう》ウイグル自治区のまほろばに定住して、こういう商売をやりたいと言えば、審査して惜しみなく投資していきます。特に若者のアイディアに投資していきたい。その選定委員のひとりに許先生も、李傑氏には委員長になっていただきたいと勝手に考えております」

「なるほど」

「ただ、私からはぜひともやってみたい事業があります」

「なんでしょうか」

「新型の原発事業をウイグル自治区でやりたい」

「えっ」

と陳が驚き、

「原発は中国も開発していますよ」

と許教授も注意した。

「ええ、その通りです。自分たちがよりトリチウム濃度の高い処理水を海洋投棄しているのにもかかわらず、福一《フクイチ》の処理水を〝汚染水〟と呼んで非難しているのは、中国産の原発を一帯一路政策で売っていきたいからですよね」

ふたりは黙った。

「新型原発を新疆ウイグル自治区で発電し、まずは工業用シリコンの製造過程で使う。つまりこれで名実ともにCO_2削減ができたことになります。完璧ではありませんが詐欺の構図がすこし薄くなる。それに太陽光発電パネルの生産地として有名な新疆ウイグル自治区ですが、送電網は完璧ではありませんね。実際、哈密《ハミ》のホテルで警察官に取り調べを受けているときに停電にあった。おそらく送電網の問題だと思われます。砂漠は送電線を敷くのが難しい。けれど、それもこの新型原発で解決できるのでは」

「で、その新型の原発というのは？」

「低出力の超小型原子炉です」

とたんに許教授はがっかりした表情になった。

「ああ、それなら日本よりもむしろ中国のほうが技術的に先を走っていますよ」

「はい、私が申し上げているのはまさしくそれです。先日、ＩＡＥＡの認可を受けた中国製超小型原子炉麗龍《リンロン》一号のことです」

「……ということは、中国の超小型原子炉をまほろばが使うとおっしゃるんですか」

「はい、購入させていただいた上で、新疆のまほろば自治区に設置いたします。中国にとっては、よそに買わせたものを国内で使えるので、これほどお得なことはないでしょう」

「たしかに。ただそれではまったくまほろばに旨味《うまみ》がないではないですか」

「そんなことはどうでもいい」

　中谷が首を振ってそう言うと、陳は驚きつつそれを訳した。続けますよ。そうひとこと言って、中谷はふたたび口を開いた。

「逆に中国の旨味はほかにもあります。構造上、麗龍《リンロン》一号は従来の原子炉よりも安全ですが、一般大衆とマスコミは、新しいものはリスクがあると考えようとするでしょう。さらに、中国は過去に核実験を新疆ウイグル自治区で頻繁におこない、そのリスクを同地に取らせてきました。これは事実ですが、中国を叩きたい側がこれを利用して、また同じようなことをするのかと、同自治区の人権問題とセットにして、国際問題に発展させる可能性があります。しかし、このリスクは中央政府が押しつけたのではなく、まほろばが、麗龍《リンロン》一号を使いたいので積極的に取ったのだ、ということにすれば、非難の矛先をかなり鈍らせることができます」

「それはたしかにそうなるかもしれませんが、なぜまほろばがそのリスクを取るのかについては、どう説明するんです」

「それが、まほろばだからです」

　中谷がそう言うとふたりの中国人の顔はますます怪訝なものとなった。

「最初のまほろばは、事故を起こした福島第一原発に隣接する帰還困難区域に作りました。年間の被曝量を1ミリシーベルト以下とする文部科学省と厚生労働省が共同で定めた〝放射線防護指針〟に基づく基準の埒外《らちがい》にしてもらい、そこを居住空間に戻して経済を回しはじめたんです。たしかに、その頃はまほろばのあちこちで、1ミリシーベルトを超えるところがありました。ただ、そもそもこの基準は、ICRP、国際放射線防護委員会が作ったものですが、もともと広東省の陽江市《ようこう》などは、自然放射線の被曝量が6ミリシーベルトくらいある。でも、陽江市のがん死亡率が他所《よそ》より高いという報告はありません。すこし話が逸れましたが、まほろばは、あるのかないのかわからないリスクを取るところからスタートしたんです」

「リスクを取るのは、リスク以上のメリットを期待してのことでしょうが、今回の場合、そのメリットは誰にもたらされるのですか、ウイグル自治区にできた摩好洛巴《まほろば》の住人にですか、それともまほろばの主催者である財団法人まほろばにですか」

「マホロビアンと中国政府、そして財団法人まほろばに、です。まほろば自治区ができれば、そこに移住したいという人間が増え、その地区の生産性はトータルでかならず上がります。これは、いままでのまほろば自治区すべてでそうなっています。カンロを大量に投下して新しい事業を立ち上げるのですから、活性化しないわけがない」

まあそうでしょうね。そんな顔をして許教授は、ローテーブルに置いてあるチョコレートが盛られたガラスボウルに手を延ばし、飴《あめ》のようにくるんでいたセロファンを剝《む》きはじめた。

「これはマホロビアンにとっていいことであると同時に、中国政府にとっても悪いはずがないんです」

「確かに。では、財団法人まほろばにとってのメリットとはいったいなんでしょう、目的といってもいいのですが」

「カンロを流通させることです。我々はとにかくカンロを流通させることをなによりも優先させます。金を貸してリターンを得るなどはどうでもいい」

「それはどうしてですか」

「天がそうしろとおっしゃっているからです」

許教授が絶句したので、中谷はポットを取って傾け、自分のカップに注ぎ足した。

「いいですか、続けますよ。まず、まほろば自治区を中国の新疆ウイグル自治区に作る。我々にとっては国外にはじめて作るまほろばです。さらに、東南アジアや西アジアにも進出していくつもりです。そしてアフリカや、南米にも」

「まるで、まほろばの『一帯一路』戦略ですね」

「なるほど。たしかにそうかもしれない。ただ、まほろばには中華思想のような中心がない。マホロビアンは日本人であらねばならないという発想をしない。マホロビアンであり国籍としてはタジキスタン人であり、民族としてはタタール人である、というような二重三重のアイデンティティを認めます」

タジキスタン、そんなところにもまほろばを？　陳は驚いている。はい、いずれ国境や民族性は残したまま、この地上をすべてまほろばにしたい。中谷はそう言ってコーヒーカップに口をつけた。

「そのときに、購入した麗龍《リンロン》一号を手土産に渡して使ってもらいます。特に、中央アジアやアフリカの乾燥地帯に送電線を敷くのはとても困難なので、超小型原子炉をあちこちに配備して配電できるようにすれば、大規模な送電システムも要らずに、喜ばれるでしょう」

「その費用もまほろばが持つということですか」

「ええ、先方が借款にしてくれと言われればそうしますし、欲しいと言われれば差し上げます」

「ずいぶん気前がいいんですね、借款の場合は中国から直接借款することもありえるでしょうが」

「それはないでしょう。中国からだと『債務の罠』にハマるかもしれないが、まほろばだとその心配がない、つまり、まほろばのほうがやさしい。このことは、もうかなり広く知られた事実ですから。ただ、中国はまほろばに事業を奪われるということはない。まほろばは中国のものを買って、それを向こうに貸したり、あげたりするわけだから」

陳の中国語を聞き終わると、許教授は不思議そうな顔を中谷に向けたまま黙っていた。かわりに陳が問うた。

「くり返しになるかもしれませんが、なぜそんな一銭の得にもならないことをするんですか」

「資本主義をやり直すためです。まほろば流の資本主義をやってみせたい。中国は社会主義市場経済の旗を掲げていますが、我々はまた別の資本主義にトライしたい。まほろば新疆《しんきょう》は中国ではある。けれど、そこには別種の経済活動が営まれている。まさしく一国二制度です。そのためには、カンロを流通させなければはじまらない。許先生の新天下主義を実現するためには、カンロがどうしても必要なんです。カンロが新しい儒教と政治をもういちどつなぎ直すのです」

中谷は、陳の中国語を聞く許教授の硬い表情を見つめていた。陳がしゃべり終わると教授は目をとじて、考え込んでしまった。困惑しているのか、驚いているのか、それとも完全に呆れられたか。目を開けて教授は口を開いた。

「哲学者というのは経済が苦手な者が多く、私もそのひとりなんですが」

と言って、そこで言葉を切り、

「そこまでしてこの国の人民にカンロを使わせようとする魂胆《こんたん》がわからない限り、容易に賛成できませんね」

と苦い笑いを浮かべた。

「カンロの使用はマホロビアンであることの証明です。まほろば自治区における通行権のようなものだと考えてください。まほろばに住みたいのなら、カンロを使ってもらいたい。逆もまた然《しか》り。カンロはまほろばに降る恵みの雨です。それを受け取るためにはまほろばに来なければならない」

「経済を活性化しようとすればその勢いに見合うだけのマネーが必要だってことはわかります。先ほど中谷さんが挙げた、明朝時代の商人が宋銭を勝手に鋳直《いなお》して使ったのはいい例でしょう。ただ、マネーを共同体に流し込めば、かならず経済は活発になるのでしょうか。ケインズはそう言っているようですが、貨幣の流通量を増やしても、流通速度が上がらなければ共同体全体の所得は上がらないでしょう。つまり恵みの雨として降らせたカンロは余剰貨幣となって、人々の財布に貯まるだけという具合にならない保証は、どこにあるのでしょう」

「すごく重要な点です。その問題については、すこしカンロに工夫を施してアニマル・スピリットに訴えるつもりです」

「アニマル・スピリット？　どういう意味でその言葉を使っておられますか。私の理解では、経営者の野心や意欲を表現したケインズの言葉なんですが」

「そうですね。ただ私の場合はすこしちがう、使わなければ損、という気持ちです」

「使わなければ損？　どういう意味でしょうか」

「うちはカンロを使って面白い事業を起こすのであれば、リターンや返済などとうるさいことを言わないで、貸したり、投資したりします。ただし、これからはひとつ条件をつけたいと思います。先ほど先生がおっしゃられたように、こちらが投資したマネーが投資先の財布の中に貯まっていてもらっちゃ困る。財産を分与したわけではないので、受け取ったらなるべく早く使ってもらいたい。そこで、これからは投資先のアニマル・スピリットに火をつけるための工夫を施すことにしました」

そこまで一気に喋ったあとで、中谷は、ガラスボウルに手を入れてひとつ取り、セロファンを剝いた。

その工夫の正体を知りたいふたりは口を閉じて待っている。

「投資したカンロは相手が受け取ってから、徐々に目減りしていき、一定期間が経つと半分になります」

と言って中谷はチョコを口にほうり込んだ。

まず陳が驚き、それを訳すと許教授もボウルに延ばした手を思わず止めた。

「半分に……減るわけですか」

「ええ、そうです。なので財布を膨らませておくよりも、早く使ったほうが得なんです」

なるほど。経営者のアニマル・スピリットに火をつけるというのはそういうことなのか。ならまちがい

なく、流通速度は上がるでしょう。許はそう言ったあとで、

「ところで中谷さん」

と呼びかけた。

「あなたが『新しい天下と普遍』を読もうと思ったきっかけはなんだったのでしょう。あれは一応専門書の部類に入る本ですが……」

彼女の前にまたセロファンが広げられ、二枚になったそれらが天井灯を鈍く反射させた。

「ある人に推薦してもらったんです」

と中谷は答えた。

「もともと僕は読書などしないタイプの人間でした。だけど、まほろばを立ち上げる前に、その人が用意してくれた本を片っ端から読んで、読書の習慣がついたのです」

「その方は学者ですか」

「ええ、だけど、僕にとっては天です」

「天？」

「ええ、ときどき天からメールが来る。許先生の御著書を読むように勧められた僕は、まほろばの未来について先生に意見を聞いてもらいたいと思い、ここにやってきたのです」


あくる日、福田は、中谷の突然の釈放についての飯塚の見解（とある学者を経由して中国のトップクラスの政治家に働きかけた）を、ランチの席で市川に話した。そうか今回の旅行は、中国に人的ネットワークを広げるためのものだったのか、と市川は解釈し、ならばそろそろ日本に戻ってくるだろう、やはり自分の出番はなかったな、となぜかすこし気落ちしながら箸を動かしていた。

その頃、ＴＢＣの岸見は、サンドッグの光村との面会のため、特別自治区まほろば駅の改札を出た。駅

前の通りに手頃な食堂を探し、とある町中華の店の引き戸を開けた。その上には「北京飯店」の看板が掲げられていた。

　北京で中谷が泊まったホテルと同名のこの店は、苺子の実家だった。けれど岸見は、幼い少女と少年が同じテーブルで炒飯を食べている写真が店の壁に飾られているのを見ても、それが苺子と中谷だとは気づかなかった。青椒肉絲《チンジャオロースー》定食で腹を満たすと店を出て、斜め向かいのカフェに腰を落ち着け、エスプレッソを飲みながら、どのように光村と会話を進めようかと、頭の中でシミュレーションした。それから、手洗いで歯を磨き、駅前まで戻ってタクシーに乗って、まほろば本部に向かった。車中で腕時計を見て、そういえば北京では昨日で党大会が終了し、今日は一中全会というシメの会議があったな、と思い出した。担当スタッフも、月曜日の放送に備えて、北京にいる記者とやりとりするため、出勤すると言っていた。


　その頃、まほろば本部の福田の部屋では、昼食を終えた副代表ふたりが大きなテレビの前のソファーに並んで腰かけていた。画面に映っているのは、中国の動画配信プラットフォーム、快身《クァイシン》のライブ映像である。北京で開かれている、中国共産党中央委員会第一回全体会議、一中全会の午前の部が終わったあとに、まほろばにとって重大な発表があるので見てください、快身《クァイシン》でも尤酷《ユーク》でも微微博《ウェイウェイボー》でも哔哩哔哩《ビリビリ》でも配信されます、という連絡を、陳から受け取った福田は、大急ぎで全マホロビアンにメールを送付し、まほろば通信でも知らせるよう、谷口に指示した。

　食い入るように画面を見つめる市川と福田が背にした窓の下に、タクシーが停まり、ドアが開いた。開いたドアから、岸見の足が出てきて、駐車場のコンクリートを踏む。

　タクシーを降りた岸見は、そんなライブ配信があることなど知らない。光村から送ってもらったQRコードをスマホのディスプレイに表示させて入館する。「いま着きました」とショートメールを送り、かつては校舎だったが、その面影も希薄になった本社の建物を抜けて、キャンパスへ、かつては校庭だった、まほろばから投資を受けているベンチャー企業のコテージが建ち並ぶ、まるで住宅展示場のような区画はいまはそう呼ばれているのだが、そこへ抜けた。光村からの応答はないが、岸見は気にしなかった。街路はひっそりしている。

人通りが少なかったのは、本部のマホロビアンらが各自部屋にこもって、ライブ配信を見つめていたからである。もちろん、岸見だって知っていたなら光村に連絡し、面会時間をずらしてもらって、北京飯店の斜め向かいのカフェでノートPCを開き、食い入るように見たことだろう。けれど岸見は、今日はずいぶん人が少ないなと思いはしたが、そうか日曜日だからな、と納得し、サンドッグのコテージを目指した。

「なるほど鼓腹撃壌《ゴウフウチーラン》ですか。あなたは中国人でも知らないような単語を知っていますね」

と黒いスーツに身を包んだ男が微笑む。

つい先ほど党の政治局常務委員、いわゆるチャイナ7に登用され、しかも序列二位に置かれた、前上海市委員会書記の李傑《リージェ》である。中谷もこの日はきちんとスーツを着て、いつもよりだいぶ人品がいい。ふたりは立派な応接間のソファーで、はす向かいに対面している。

チャイナ7のひとりが一中全会の休憩時間に、日本からの来客と会って話すなどというのは異例で、しかもそれを生配信するというのだから、これに政治的な意図がないはずがない。中国側が中谷に会うことにしたのは、中谷がある種の〝手打ち〟を持ちかけたからだ、と市川は考えた。一方、福田は、中国の動機は金《かね》にちがいないと確信し、いったい中国にいくら渡すつもりなんだろうと怯えていた。金の多寡《たか》が問題なのではない。中国にまほろばの金が渡ることについて、日本政府が、ひいてはアメリカがどう思うか、あるいはその後ろにいて中国がこれ以上強大になると世界を意のままに操られなくなりつつあることを面白くないと思っているあの連中がどう思うか、だ。

「ええ、中国の故事には学ぶべき事がたくさんあると思います」

と中谷はにこやかにうなずく。

「私たちアジア人は、西洋に新しい普遍的な価値観を提案できると考える勇気を持てずにきましたが、これからはちがう。そしてそれができるのは中国しかないと私は考えています」

コテージが建ち並ぶ間《あいだ》を縫うように伸びる街路を歩きながら、岸見はあれれどこだったっけとコテージの前に掲げられたアドレスを確認する。S‐12の隣がどうしてS‐10になっているんだろう。おかしいな。あ、この列は偶数しか並んでないのか。じゃあS‐19はどこだ？「すみません、ちょっと迷っています」と岸見は光村にとりあえずショートメールを送る。

「中国を褒めていただいてありがたいのですが、それが日本にはできない理由をどう考えているのですか」

「日本は、残念ながら、前の戦争で〝脱亜入欧〟という大きなミスを犯してしまいました。なので、世界に向けて新しい普遍的価値を発信する役割を担うにはふさわしくありません」

中谷のきっぱりした物言いに、市川が驚いていた頃、岸見はようやく奇数の列を見つけて安堵し、19という番号が掲げられているコテージを探して、さらに歩を進めていた。

「と同時に李先生にお願いしたいのは、中国に日本と同じ轍《てつ》を踏ませないでくださいということです」

「なるほど。では中谷さんから我々がそうならないようにアドバイスをいただけますか」

あった！　S‐19。サンドッグという標識もちゃんと出ている。ここでまちがいない。岸見はふうとため息をつき、コテージのドアまで続く短い階段を上って、ドアの横の壁につけられたインターホンを押した。

「中国よ、やさしくあれ、と私は言いたい」

「やさしくあれ」

李は複雑な笑みを浮かべながら復唱した。

「中国は強くなろうとしてきました。そして強くなった。まもなく世界一の強国になることも約束されています。だけど、これからはやさしくならねばなりません。やさしさこそ中国が世界に発信するメッセージになります。やさしさの上に、異なる正義が多様に構成されて新しい普遍的な価値が生まれると信じるべきです。ウイグル族の価値観も満州族の価値観も回族の価値観もイ族の価値観もモンゴル族の価値観も朝鮮族の価値観もダウ族の価値観も壮族の価値観をも包み込むもっとも大きな価値観がやさしさです」

中谷は変わった。市川はそう確信した。

返事がないので、岸見はドアノブを回した。

「すみません、遅れちゃって」

恐る恐る、中に足を一歩踏み入れた。灯りはついていた。奥のほうから音楽が聞こえる。日本語の男性ボーカル。忌野清志郎《いまわのきよしろう》? RCサクセションの昔の曲だ。音楽で着信音が聞こえなかったのかしら。よしそれでは、と腹に力を入れて、声を張った。

「岸見です。いま着きました!」

「ユーラシア共同体と東アジア共同体を足したものを〝一帯一路共同体〟と呼びましょうか、そのいちばん深いところにやさしさという地層を持たなければ、〝一帯一路〟という中国の夢は、他民族にとっては悪夢となってしまいますよ」

きわどいことを中谷はしれっと笑いながら言った。李も笑っているので、市川はほっとする。

「たしかにやさしさは大事ですね。と同時に、制度という肉体もまた必要です」

と李が言う。

「おっしゃる通りです。やさしい一帯一路は、たんなる国家間が同盟するだけでは構築できないんです。国民国家を超えた平等な連盟が必要ではないかと考えます」

「面白いですね。そういう意味では、国家ではないまほろばと私たちの連盟がもし実現すれば、新しい地平がそこに広がるかもしれませんね」

「とりあえず、まほろばを沖縄に作ることが決まっているので、まほろば沖縄を拠点としてぜひ交流させてください」

市川は衝撃を受けた。そうだったのか！　そうだったのか！

「光村さん！」

岸見はさらに声を張って山小屋風の洒落たオフィスを奥へと進んだ。

忌野清志郎の声が大きくなる。

玄関に置かれた木製の衝立《ついたて》を回り込んでも、岸見を出迎える者はいなかった。ただ、奥の扉が薄く開いて、その向こうに光村らしき左肩が見えた。ああ、いたいた、それにしても妙な体勢でいるなと思い、先に進もうとしてふと立ち止まる。なんだか変。なにが変なのだろう。清志郎が歌っている。

――誰もやさしくなんかない　なんかない

思いちがい　ひとりよがりの

「中国にもまほろばを作らせてください。新疆《しんきょう》ウイグル自治区に〝まほろば新疆〟をぜひ」

中谷がこう言うと、快身《クァイシン》のコメント欄には、「来了」や「出現了!」というコメントが溢れた。日本のネット民が使う「キター!」に相当するもののようだね、と副代表ふたりはささやきあった。

「カンロを中国に降らせようと言うんですか」

冗談まじりに李は言う。

「ええ、存分に」

と中谷もうなずく。

中国のナンバー2とまほろばの代表が対談し、それが生配信されるとならば、事前打ち合わせなしで出たとこ勝負ということはありえない。つまり、新疆ウイグル自治区にまほろばを作るというアイディアは、対談前に中谷から李傑《リージェ》に伝えられている。そして、対談中にこの話題が持ち出されたということは、すくなくとも中国側はこのアイディアを完全に否定してはいないと解釈していい。つまり、まほろば制定とカンロ使用を検討する用意があるということだ。——このように福田と市川は理解して、市川は感嘆し、福田は恐怖した。

さらに中谷は、中国がアジアのリーダーになるべきだという観点から、これまでさんざん中国の邪魔をしてきた東南アジアやアフリカでのインフラ構築事業から手を引くことを匂わせ、

「さらにユーラシアや東南アジア、アフリカ、南米などにもまほろばを作り、そこにもカンロを降らせて、〝やさしい一帯一路〟政策に貢献できればと思います」

と言って、その代わりまほろば進出については邪魔をしてくれるなよと牽制したあとで、しかし、東南アジアが〝債務の罠〟(もちろんこの言葉は李の前では使わなかったが)に陥ることのないよう、まほろばが債務の保証をしたり、一部を肩代わりするというような発言もした。

こうなると中国は、借金を負わせて相手を意のままにコントロールするという目論見《もくろみ》は諦めざるを得ない。ただ、別の角度から考えれば、取りっぱぐれの心配がなくなる上に、インフラ事業を自国の企業に請け負わせられるのが魅力だ。その見返りに、まほろば自治区を中国国内に作ること、また開発途上国にまほろばを作ることやカンロの流通を許すという条件を飲まなければならないが、総合的見地から見て、じゅうぶん検討に値する案ではある。中国の富裕層がカンロを買っていることに対して、中国がどう動くのかを副代表ふたりは心配していたのだが、中谷は、敵陣に飛び込み、香港ドルのようにカンロを認めさせようとしていた。

奥の扉のドアノブにかけられているの、あれはロープだよね。それがどうして上へ伸びてるんだろう。さらにそれが上框《うわがまち》の向こうに消えているのはなぜ。

岸見は足を前に出した。清志郎の声が大きくなる。

——僕はやさしくなんかない
　　ずるい人だ　きみは

「ところで、デジタル人民元ではダメなんですか」

微笑みながら李傑《リージェ》が言う。

「駄目です」

と中谷も笑う。そんなにはっきり否定しちゃっていいの。相手は中国共産党のナンバー2だよ、と市川は不安になる。

「デジタル人民元にはやさしさが足りません」

――誰もやさしくなんかない

君と同じさ

いやらしいのさ

ドアの隙間から、半身だけ左肩あたりから縦に見えている人影は、うなだれていた。そしてピクリとも動かなかった。

「デジタル人民元もカンロも、誰が誰にいくら払ったか、誰が誰からいくら受け取ったかは正確にわかります。だけど、カンロの可視化はあくまでも、マーケットの規模に適した流通量を把握し、調整するためのものです」

スマホが鳴った。誰だろうこんなときに。岸見？　うわ。この会見を見てさっそく取材を申し込んできたんだ。迷わずに切り、やさしさを語り続ける中谷の声を、いいなと思いながら聞いている市川は、同じ敷地内でマホロビアンがひとり縊死《いし》したことを知らない。

救急車のサイレンが近づいてきた。

岸見が奥のドアに近づいて、ドアの隙間から垂れ下がっている光村の左手に触れたとき、それはすでに冷たかった。恐る恐る手首に指を当てたが、脈も停まっていた。岸見は取り出したスマホを見つめてすこし考え、まず市川に電話をした。なぜそうしたのか、それは岸見にもわからない。そうしないと市川が、そして中谷が困る気がした。けれど、呼び出し音は途中で遮断された。岸見に残された選択肢は119番しかなくなった。

救急車はまほろばのスタッフが開けた緊急ゲートから、キャンパスへと入ってきた。

救急隊員は光村の顎に手を当て、硬直がはじまっていることを確認した。身体《からだ》を降ろし、バイタルサインがないことも確かめたが、とりあえずといった感じで、胸骨圧迫による蘇生活動をはじめた。隊員のひとりが、ＲＣサクセションの「やさしさ」を大音量でリピート再生していたＣＤプレーヤーの停止ボタンを押して、警察に通報した。

救急車がまほろばを出ようとする頃、騒ぎに気づいた市川が現場に駆けつけ、岸見の姿を見て驚いた。

岸見が事情を話すと電話に出なかったことを詫び、

「例の生配信を見ていたので」

と言い訳したが、岸見にはなんのことかわからなかった。

岸見は臨場した警官から事情聴取を受けた。市川がそばに立って一緒に聞いていた。それは、自分も事情を聞きたいからなのか、岸見が不都合なことを喋ったりしないよう監視しているのか、よくわからなかった。もっとも岸見にも、話すことはあまりなかった。ただ、１１９番する前に市川に架電したことは黙っていた。

現場に遺書などが残されていなかったことは、警官から教えてもらった。

連絡を受けてサンドッグのスタッフがひとり駆けつけていた。光村と同じくらいの年格好の男は、警察に身分を訊かれ、高嶺《たかみね》だと名乗り、一緒にサンドッグを立ち上げた者ですと答えた。

高嶺が、光村が事業の展望が見えないことを苦に病んでいたことを警官に話した。

「もともと、ちょっとしたことで塞ぎ込む性格ではあったので」

高嶺の言葉から、臨場した警官も事件性はないものと判断した。高嶺のスマホが鳴った。搬送先の病院で光村の死亡が確認されたそうです。高嶺はスマホをポケットにしまうと、誰に言うともなくそうつぶやいて、ちょっと泣いた。

「岸見さんはどういう意図でサンドッグの光村さんを取材しようと思ったのですか」

事情聴取から解放されたあとで、岸見は市川からそう訊かれた。

「中谷さんが原発へと方針を転換し、自然エネルギーを見捨てようとしているという噂があったので、現場の意見を聞いてみたいと思いました」

「見捨てたつもりはありません。投資は続けていました」

いつのまにかやってきていた福田が横から口を挟んだ。

「サンドッグの業績はたしかに低迷していましたが、それに対して過度なプレッシャーを与えたことはありませんし、パワハラもなかったはずです」

福田がそう言い足すと、高嶺もうなずいていた。

救急隊員が去った後、岸見は高嶺に取材を申し込んだ。その際、隣にいた市川に、いいですかと断りを入れた。もちろん、と市川は言った。各企業の取材についてはうちは管理しておりませんので。ただ、差し支えなければ私も立ち会わせてもらっていいですか、別に質問を遮るなどはいたしません、副代表として聞いておきたいだけなので。岸見さんと私と個別にというのでは高嶺さんもたいへんでしょうし。

すこし待ってもらえるなら、と高嶺は言った。光村の家族に、彼は独身なので熊本にいる両親に連絡を取った上でほかのスタッフにも知らせなければならないので、と事情を話した。当然だと思い、まほろば内のカフェで待つことにした。市川もいったん自分の部屋に戻ってからあとで合流すると言っていちど消えたので、岸見はひとりでカフェに向かった。

日曜日だからか、店内に客は誰もいなかった。岸見はココアを注文し、日当たりのいい窓辺に席をとり、心を落ち着けようとした。

市川が高嶺と一緒にやってきて、カウンターの中にいる店員に、カフェオレをふたつ注文し、岸見のココアも含めてカンロで支払ってから、岸見が払ったぶんを戻すように言った。そんな面倒な指示をされた店員を岸見は気の毒がっていたが、すぐに岸見のスマホがちんと鳴り、見るとウォレットに４００カンロが戻されていた。

「ちょうどそこで会ったから」

ふたり並んで腰を下ろすと市川が言った。こういうことは言うなよ、と道すがら注意したわけではないとでも言いたいのだろうか、と岸見は勘ぐった。

もらった名刺を見ると、肩書きは専務取締役になっていた。光村とは大学時代からの友人なんです、と高嶺は言い添えた。

「先ほど、光村さんは鬱屈する傾向にあるとおっしゃってましたが」

「ええ、この二年ほど心療内科に通ったりもしていました」

「こうなった原因としてなにか思い当たることはありますか」

「いえ、仕事のプレッシャーだろうとは思いますが」

「どういったことを気に病んでいたんですか」

「どういったことというか、ただ自分たちが甘かったんではと、ウジウジ悩んでいたんですよ」

「というのは？」

「3・11のときに福島第一原発の事故があって、もう原子力はだめだ、かといって化石燃料もこれ以上は増やせない。となると自然エネルギーだということで、太陽光発電に目をつけてたまたままほろばの事業者募集に応募したら、たくさん投資を受けられることになったんです。正直言うと、僕らには、これからは自然エネルギーだという意気込みはあったけど、それをビジネスにする事業計画はまだちゃんとできていなかった。穴だらけのもので通っちゃったんですよ」

市川がかすかにうなずくのを岸見は見た。元原発作業員の中谷は、福一《フクイチ》の事故を契機に脱原発に舵《かじ》を切らなければという気持ちが強く、自然エネルギー事業ならなんでもホイホイ出すという噂もあった。

「いざやってみると、なかなか難しかったということでしょうか」

「ぼくらの目算とちがったのは——」

「ええ」

「中谷代表が本気だったということです」

「本気というのは」

「もうかなり昔になりますけれど、まほろばが消滅するかもって時期があったでしょう」

あった。市川は思い出した。あれは巨大隕石が福島に落ちた直後だった。まるで、その隕石に直撃されたかのように、まほろばは活動停止の発表を突如おこなった。

「その直後だったかな、自然エネルギー事業をやっている連中が急に集められたんです。そのときにはね、曲がりなりにも電力を出してるのは、まほろばではうちだけだったんですよ」

ええ、と岸見はうなずいた。まほろばが投資していた洋上風力発電は台風で倒壊してそのまま頓挫しているし、地熱発電はこのあいだやっと九州の温泉村で蒸気を使った発電に成功したばかりだ。

「そのときにね、もっと出力を上げろと迫られた」

「どういう調子で言われたんですか」

「僕はそこにいなかったので、本当のところはわからないんですが、光村に言わせればかなり強い調子、というか焦っていた、と」

岸見は市川を見た。

市川は当時のことを思い出していた。世間では「まほろば第一期」、内々の呼び方では「2・0時代」と呼ばれる時代を。この頃、莫大《ばくだい》なマネーを産みだす人工知能エアーは、原子力発電所の電力によって動いていた。その原発が巨大隕石の直撃によって停止し、まほろばへの資金供給が止まった。エアーは、まほろば共同体にカンロという血を流し込む心臓だった。まほろばが活動を続けていくためには、エアーを動かすしかなく、中谷は自然エネルギー事業に携わる人間を集めて心臓マッサージをやらせようとした。けれど、そのことを岸見に言うわけにはいかない。

「そういう時期もありましたね」

とだけ市川は言った。

それから、高嶺のほうを向き、そのときの中谷の焦りを岸見が追及しないよう、

「それで光村さんはどう答えたんですか」

と話題を変えようとした。

「光村は、そんな出力、原発でなきゃ無理だと言ったそうです。それからこれからは電力をじゃんじゃん使うスタイルそのものを改めていかないと、結局原発に依存しなきゃいけなくなるって持論を語った」

「中谷さんの反応は？」

と岸見が尋ね、市川の誘導は成功した。

「はっきり否定されたそうです。電気はじゃんじゃん使わなきゃ駄目なんだと言われて」

「それに対して光村さんは不満を抱いていたんですか」

「いや、ちがいますね。その後まもなく、まほろばが活動を停止すると発表したので、繊細な光村は、自分が期待に応えられなかったことでまほろばが消滅するんだと考えて、くよくよしていました」

「その後、まほろば第二期に入ってから中谷さんの態度はどうなりましたか」

「中谷さんは、自然エネルギーがきれいごとに収まってるだけじゃ駄目なんだ、と言うようになり、それは光村にとってはプレッシャーになっていたでしょうね」

「なるほど。それはかなりきつく言われたんでしょうか、先ほど福田副代表はパワハラなどはなかったとおっしゃっていましたが」

「いや、本気でやってくれよと気合をかけられましたが、怒鳴られたりはしていないと思います。光村は中谷さんに言われたそうです。無理なら無理でしょうがない、と。大きな期待をしたこちらも悪かった、とも。急に資金を切り上げるようなことはしないから、太陽光発電パネルの廃棄ビジネスを研究したらど

うか、と」

「廃棄ビジネス？」

「ええ、あのパネルって大体二十年くらいしか持たないんですよ。それに廃棄がめんどうな物質が混じっているので、これからそれが問題になってくると思います。ただ光村にとってはキツいひとことだったでしょうね」

「光村さんは、その中谷さんのアドバイスにどう答えたんですか」

「それがあいつのややこしいところで、素直にそうですねと言わず、大出力の画期的なソーラーパネルを開発して見せます、と見得を切ったんです」

「できるんですか」

高嶺は苦笑交じりに首を振った。

「発電効率を目一杯上げても、無理なものは無理なんです」

「でも、中谷さんには言ったわけですね、画期的なソーラーパネルを開発して見せると」

「ええ」

「それを聞いて中谷さんは？」

「じゃあ頑張れ」

「じゃあ頑張れ……？」

「そう言ったみたいです」

「あのね」

と市川が口を挟んだ。

「そんなの無理に決まってるじゃないかって鋭く突っ込まれて、ダメ出しされたほうが楽だったってことはある？」

高嶺はすこし考えてから、

「あいつはキャンプが好きで」

と急に見当ちがいの方向に話を進めた。

「福島に来てからはよく磐梯山《ばんだいさん》にキャンプして、薪で火を熾《おこ》して飯を炊いて食べたりしては、これが本来の人間の生き方だなんて言ってました」

ふたりの女は黙って続きを待った。

「自然との調和を保つとか、自然に逆らわないことがよいことだと思っていた。やつのそういう性格が太陽光発電に向かわせた。それは僕にもそんなところがあるから、わかるんです」

「それなのに中谷さんが、荀子を引き合いに出し『自然に逆らえ』なんて言ったのは――」

と岸見が言うと、

「自分を否定されたように感じたでしょうね」

と高嶺はあとを足した。

「それに、あいつは単純で純粋なところがあって、この事業をはじめたときには、きれいな地球を保全するんだとか言っていた。でも、事業をやるうちに、本格的に電力供給をするとなると、日本中をソーラーパネルで埋め尽くさなければならなくなることがわかってきて、自分たちは地球を汚しているんじゃないかって落ち込みはじめたんですよ」

「それは中谷代表には打ち明けましたか」

と市川が尋ねた。

「代表には自分の悩みを隠していたと思います。なんだか、もっと効率のいい太陽光パネルを作りますとか言ってごまかしてたんですが、そういうものを作れるような技術はサンドッグにはないんです」

「中谷さんが原発の可能性をもういちど検証するということを『炉前散語』で発表した時、光村さんはどういう反応を示していましたか」

「……やっぱりなあって言ってましたけど」

「やっぱりなあ。――どういう意味で言ったのかしら」

「さあ、それがよくわからなかったんです」

岸見の質問はそれから十分ほど続き、途切れたところを見計らったように市川が、

「もういいでしょうか」

と尋ねた。

パートナーの話からは、純粋だが精神的に脆《もろ》い青年実業家が、事業に行き詰まり、屈折したプライドを抱えていたがゆえに、SOSを発信することもできずに自死した、という筋書きしか浮かんでこなかった。けれど、それならばそれでしようがない。ええ、と岸見は応じた。

「事件性はないと思われますが」

高嶺が去ったあとで市川が言った。

「けれど、まほろば本部の区画で勤務中にその代表が自殺をしたわけですから」

と岸見は言ってみた。

「ええ。ただ、まほろばとサンドッグの関係は株主と経営者の関係です。しかも、光村社長が亡くなったのは、社内ではなく自室です」

「自室？　どういう意味でしょう」

「光村さんは、あのコテージに寝起きしていました。奥の扉から手前がインキュベーションオフィス、扉から向こうが彼のプライベート空間、つまり自宅スペースです。彼はドアの向こう、つまり自宅で亡くなったということになります」

そうかもしれないが、彼の首に巻き付いたロープは、オフィス側のドアノブに引っ掛けられていたじゃ

ないか。

一方、市川としては、光村の自殺が世間に公表されるのは避けたかった。仕事に行き詰まっての経営者の自死は痛ましいことではあるが、時として起きる。そして、これらすべてが報道されるわけでもない。たしかに大企業の社長ならニュースになるだろうが、光村はそうではない。岸見さん。なるべく親愛の情が声に表れるように（しかし、わざとらしくならないよう注意して）、市川は呼びかけた。

「この件を取り上げるおつもりですか」

「迷ってます」

「この件を報道することに、どのような社会的価値があるのでしょう」

市川の目の前で、ジャーナリストは考え込んだ。昔、市川がまほろばの試験を受けにやって来たとき、岸見は取材に来ていて、同じ電車で東京に帰り、東京駅の近くのバーで一緒に呑んだ。この人はまほろばの粗《あら》を見つけて番組のネタにするつもりだ。――そう察知した市川は、すくなくとも両論併記の構えを取ったほうがいいとお為《ため》ごかしのアドバイスをした。これが効いたのか、まほろばを誹謗《ひぼう》するような報道は出なかったし、それ以降も見なかった。ふと、うつむいていた岸見が顔を上げた。

「中谷さんは、このあいだ『炉前散語』でお話しさせていただいた時、やさしさが必要なんだとおっしゃってました」

「言ってましたね」

「中谷代表がやさしさを連呼するまほろばで、自殺者が出たんです」

「ええ」

「なので、これは、じっくり検証するに値する事実では、と私は思います」

「うん？　その理屈、ちょっとうまく飲み込めないんですが」

「『やさしさ』って曲が流れていたし」

「え？」

「私がサンドッグのオフィスに入った時、向こうの部屋から、ＲＣサクセションの」

市川はその曲もバンド名さえ知らなかった。けれど、言わんとするところは汲み取れたので、

「我々にやさしさがなかったと、そうおっしゃりたいんでしょうか」

「やさしさがなかったわけではないとは思います」

「では、足りなかった？」

岸見は黙っている。

「岸見さん、ＴＢＣの社員で自殺した人間はいますか」

岸見はいちど黙ってから、います、と答えた。

「報道して検証しましたか」

岸見が首を振るのを見た市川は、ＴＢＣなんてやさしいはずないじゃないか、と思った。テレビ局はＮＨＫをはじめ、大手芸能プロダクションの事務所社長が少年たちに性加害を加えているのをうすうす知りながら黙認していた。しかも数十年に亘って。それを暴くどころか、隠しきれなくなって認めただけだ。けれどジャーナリストは、自分たちのことはいくらでも棚に上げて、叩けるネタがあれば叩く。市川は思いきって路線変更することにした。

「岸見さん、この件、報道したければどうぞ報道してください」

岸見は驚いた表情を市川に向けた。

「私たちが道半ばであることは認めます」

「道半ば……とは？」

「やさしさが染み渡るまでまだ時間が必要だった、と考えています」

「どういうことですか」

「マホロビアンが食い詰めるようなことがあってはならない、たとえ事業計画がにっちもさっちも行かなくなっても、とりあえず食べられるようにはするんだ、と中谷は言ってました」

　と市川は言い、

「ただし、これについては副代表の私たちと意見が食いちがう部分がありました」

　とつけ足すと、岸見が首をかしげた。

「簡単に言えば、それではもう資本主義ではなくなってしまうんじゃないかということです」

　岸見の顔に困惑の色が広がるのを市川は認めた。

「自由競争という資本主義の原理を損ねているのでは、と福田は言ってましたし、私も、無利子の貸し付けは問題だと言って反対したことがあります」

　と口走った時、ああそうだったのか、と市川は突如として気がつき、理解した。そもそも中谷は感覚的にはこれを知っていたのだ。けれど、表現する言葉を見つけられずにいただけだった。市川はテーブルの上に肘をついて身を乗り出し、

「岸見さん」

　と言って相手の目をじっと見た。同年代の女は戸惑い気味に見つめ返してくる。

「まほろばの究極の目的はなにかとお尋ねになってましたね」

「ええ」

「その答えを言いましょうか」

「え」

「まほろばの究極の目的は、資本主義のまほろば化です」

　資本主義のまほろば化と鸚鵡《おうむ》返しにつぶやきながら、言葉を吟味しようとしているのか、岸見の目が泳ぐ。岸見さん、と市川はもういちど呼びかけた。

「資本主義も民主主義も、西側諸国がアジアに押しつけてきたものです」

「そうですけど――」

と目の前のジャーナリストは困惑気味につぶやく。

「ええ、そう言われても困りますよね」

と市川は笑ってみせた。

「押しつけられたからって、完全に拒否なんてもうできないわけ。アメリカはもともとネイティブ・アメリカンのものだから、後からやってきた白人には出て行ってもらおうという理屈が成り立たないのと一緒よね」

半ば自分に語りかけているうちに、市川の口調はすこしぞんざいになる。

「だけど、資本主義をまほろば化することはできるんじゃないか。そのほうが格差もなくなり、やさしいコミュニティが作られる。中谷が中国に行ったのは、中国が旗印に掲げている社会資本主義ってまほろば資本主義じゃないか、と問いかけるため、もっと極端に言えば中国をまほろば化するためだったのです」

そう言ってから、市川は自分の言葉に深くうなずいた。

「そして、まほろば化のエッセンスがやさしさです。カンロとほかの通貨のちがいはやさしさです。資本主義は金融というものを生み出しました。金融とはお金を融通することです。本来はやさしさだった。けれど、この金融というものが相手をコントロールする力を持ってしまったことで、人類の不幸は膨れ上がっていった。まほろば的な金融、つまりカンロは、相手の自由と潜在能力を最大限にまで高めるためのマネーなんです」

岸見が返す言葉を失って呆然としているその時、テーブルの上に置いていた市川の携帯が激しく振動した。ふたりの女の瞳はディスプレイに浮かぶ文字に釘づけになった。

――中谷祐喜

　この場でこの電話を取っていいものかどうか、市川は迷った。いや、取るべきだと思い、けれどちょっと失礼と言って岸見に声が聞こえないところまで行ってから話すのもちがう気がした。結局、市川はその場でスマホを耳に当てた。

「もしもし」

――ああ、見てました?

「はい、でも最後のところがちょっと欠けちゃいました」

――そうなんだ。なにかあったの?

「ええ、そのことについてもお話ししなければならないんですが、あらためます」

――そうか、急ぎじゃないのなら、会ってから聞こうか。

「ええ、今日はまだ北京から羽田か成田に向かう便はありますか。迎えをやらせます」

――いや、まだ日本には戻らないよ。

「……どうしてでしょう」

　市川は、向こうの声が漏れないようスマホをしっかり耳に密着させ、声をひそめて話している。これを見て岸見は、スピーカーフォンにしてくれればいいのにケチ、と忌々しく思いながら、耳をそばだて、会話の内容を類推しようとした。

「……えっ、……いや、ここしばらくは使ってないです。……バレエよりはまだましかな。……本当ですか。……いや、反対はしませんけど……それは、正直びっくりしました……大丈夫ですか……そちらはいつ?……では、こちらもなるべく早く動きます。……ええ……彼のほうは私のほうから……ええ、なんとかします……」

言葉数を少なくして、会話の内容をこちらに悟らせないようにしている。使ってないってなんのこと？　それにバレエってなに？　バレーボール？　まさか。じゃなくてもちろんダンスのバレエだよね。市川さん、バレエやってたの？　そう言われても不思議じゃない体形だけど。実は、私もやってた。でも、どうしてここでバレエの話が？　あれ、鳴ってる。私のスマホ？

岸見の視線は、やはりテーブルの上に置いていたスマホのディスプレイに吸い寄せられた。

――飛田美千香（報道ナイト23）

先輩が？　なんの用だろう。今日は日曜日だ。よっぽどの急用なのか。光村の自死が公表されたってことはある？　――瞬時にそれだけのことを考えて、岸見はディスプレイを見つめていた。ふと前を見ると、市川も、ええ、とか、わかりました、などと応対しながら、目はしっかり、スマホの上で光る文字を見つめている。その視線を断ち切るように、岸見はスマホを掴み上げた。

「もしもし」

――いまどこ？

「いまですか。まほろばです」

――もう駆けつけたの、早いわね。

なんのことだ。

――なにか収穫ある？

「えっと、どういうことでしょう？」

――そうか、いくらなんでも早すぎるか。配信が終わったのついさっきだし。

「配信って……」

――えっ、見てないの。なのに、どうして、まほろばにいるわけ？

「取材です。金曜日にブックしたんです」

――金曜日？　雷がすごかった日。道下さんに「炉前散語」の報告に行った日だよね。

「ええ、報告したあとで予定を入れました」

――取材先は？　中谷さんはいないでしょ。

「企業の社長に。初期からまほろばから投資を受けていて、私が最初にインタビューしたまほろばの関係者です」

――そう。で、この電話に出てるってことはもう終わったの。

「終わったというか……」

と一瞬岸見は言い淀み、

「いまは副代表の市川さんと一緒にいます」

――え、いま？

「ええ、いま私の目の前で、中谷さんからの電話を受けています」

――ね、岸見、よく聞いて。そして、市川さんに悟られないようにしてね。

「ああ、はい」

ちらと市川を見ると、向こうはもうスマホをテーブルの上に置いて逆にこちらの会話に聞き耳を立てている。

――いま、スタッフに緊急招集がかかった。月曜日の放送でまほろばがらみで三十分の特集を組む。

「ええ」

と驚きが声や顔に出ないよう注意しながら、岸見は答えた。

――BBCとの連携で。ノーベル賞を取ったカナダの学者がまほろばの資産はせいぜいこのくらいしかないはずだという数字を出したんだって。マイロン・ショアって聞いたことない？

「マイロン・ショア？　いえ勉強不足ですみません」

——謝られると逆に困る、私も知らなかったから。ま、とにかく有名らしいの。それを日本の経済学者に見せながら、まほろばがやっていることは非常に怪しくて危険だとプッシュする。

ようするに、英国と日本で同時にまほろばを叩こうって魂胆だ。

——それで、岸見がこれまで取材した中で、この話に乗りそうなエコノミストが誰かいたら教えて欲しいのと、そのとき撮った素材も見たい。申し訳ないけど、一段落したらすぐにこちらに戻ってきてくれないかな。

わかりました、と岸見は答えた。

——それから、道下さんが、まほろばの不協和音のネタが欲しいって。中谷代表の専制的な態度に対する不満とかさ。

一方、市川は、中谷との通話を終え、中谷に告げられた〝次の一手〟の衝撃にやや呆然となりながらも、岸見と番組スタッフとの通話の内容を探ろうと聞き耳を立てていた。

「ええ、ないことはないですが。…………はい、当たってみます。…………そうですか。ナンバー2《ツー》？　…………チャイナ7？　…………えっと、それは日本でも見られるんですか。快身《クァイシン》？　いや知りません。ビリビリ？　さあ。…………アーカイブにまだ…………じゃあ、あとで必ず見ておきます」

ははあ、なるほど、と市川は得心した。岸見は李傑《リージェ》と中谷との対談の配信を見ていないのだ。それが行われたこともいま会社からの電話で知った。で、どうやらＴＢＣはあの放送を見て、まほろば叩きを決めたようだ。ずいぶん慌てているな。

ところで、問題はその切り口だ。たぶん光村の自死がネタのひとつとして使われるのはこれで確定的となった。中谷代表はやたらとやさしさを振り回すが、やさしさが育《はぐく》まれているはずのまほろばで、どうして自殺者が出たのか。まほろばが唱えるやさしさなんて欺瞞だ。——そんな風に斬って捨てるつもりなのだろう。それはしかたがないと諦め、やりたきゃどうぞやってくれと覚悟を決めるしかない。問題はこれになにをブレンドして「これも嘘っぱち」「あれも嘘っぱち」と唱えてくるかだ。

さっき、マイロン・ショアって名前が出てたな。なんか聞き覚えがあるぞ。調べてみよう。――ああ、こいつか。マネタリズム系の経済学者だ。ははあ、ノーベル賞をもらっているんだ。ノーベル経済学賞なんて、スウェーデンの国立銀行がごり押しして作ったまがい物なんだけど、ノーベル賞を受賞していればマスコミは使いやすい。ニュースの解説に大学教授を使うのと一緒だ。馬鹿なマスコミ。

「えっ……………そうなんですか。わかりました。…………常磐線に乗ったら、ショートメールでお知らせします」

岸見はスマホを置いた。

「なにか大事件でも？」

と市川が尋ねる。

「ええ、すこし」

「急ぎますか」

「はい。社に戻らなければならなくなりました」

「うちの件ですよね」

と見透かしたように市川が笑った。

岸見は迷った。どうせ月曜日の放送を見られればバレる。それでもこの場では、いえいえそんなことはありません、などと嘘をつくことなど、岸見の商売では日常茶飯事なのだが、このときの岸見にはそれができず、かと言って、そうだとも言えずにただ黙っていた。ところが市川は、こうなったらなにか言うまでいつまでも待ってやる、とでも言うかのように口を閉じている。岸見は思い切って、

「中谷代表はどういう要件で？」

と逆に問い返した。

市川の口元に意味ありげな笑いが浮かんだ。

「私もびっくりしました」

「なにが」

「岸見さんは、まだ中谷と、いま北京で開かれている全会で政治局常務委員に選ばれた李傑《リージェ》との対談を見てないんですよね」

「ええ」

と岸見は答えるしかなかった。

「ぜひ見てください。私がさっき言った資本主義のまほろば化、中国のまほろば化が語られています。番組でうちを取り上げるときに大いに参考になると思います」

うまくかわされたと思った。それから市川はすこし身を乗り出してこちらの目をじっと見つめ、

「もしよかったら」

と言った。

「私の部屋に来ませんか」

「市川さんの部屋に？」

「ええ、本当は一緒にビールを呑みたいところだけど、これから仕事だからもう一杯コーヒーかお茶でも」

こんなチャンスは滅多にないので、断るわけにはいかなかった。こちらの返事を待たずに市川が、

「お茶ですかコーヒーですか」

と尋ねてきた。

「じゃあ、ミルクティーを」

「甘いものもいただきませんか？」

「ええ、……はい」

市川が、スタッフを呼び止め、コーヒーとミルクティーを頼んで、ケーキはなにが出せるかを尋ねた。ピスタチオのケーキはいかがでしょうというスタッフの返事を市川が目で岸見にパスした。いただきますと答えると、じゃあそれをふたつ、飲み物と一緒に私の部屋に届けてくださいと言って、カンロで払って立った。

長い廊下を市川の後ろをついて歩く。後ろからセッター君とか呼ばれていた、配膳ロボットが近づいてきて追い越して行った。

市川が指紋を認証させて分厚いドアを開け、どうぞと先に岸見を通し、セッター君を従えてあとから入って来ると、

「セッター君、ソファーのローテーブルに置いてちょうだい」

と指示し、

「さて、ちゃんとできるかな」

と言ってから、執務室を見回している岸見に、

「どうぞソファーに座ってください」

と呼びかけ、散らかっててごめんなさいね、と言い添えた。

「広くてすごく立派ですね」

ソファーに腰を下ろし、岸見は言った。目の前ではセッター君が上手に飲み物とケーキをローテーブルに載せている。

「広さだけはね。一応、ここでミーティングやったりなんかもするので。――あ、セッター君、いまドア開けるから出て行って」

市川がセッター君を退場させた後、

「どうぞお先に、冷めないうちに」

と岸見にお茶とケーキを勧め、木製の立派なデスクに向かってキーボードを叩きはじめた。

人を部屋に誘っておきながら自分は仕事をするなんてどういうつもりなんだろう、と思って見ていると、デスクの横の巨大なレーザープリンターが動き出して、数枚の紙を吐き出し、それを摑むと、黒い油性ペンで何ヵ所か塗りつぶしてから、ソファーにやってきた。

「二時半の上りに乗りたいわよね」

と市川が言って、コーヒーカップを持ち上げた。

「はい、でも場合によっては、遅らせてもかまいません」

と岸見は言った。すると市川が微笑んでひとくち飲んだあと、

「いいネタは集まった？」

と尋ねてきた。

「と言いますと」

と岸見ははぐらかす。

「たしかに組織なんてものは叩けばなにか出てきます。サンドッグの光村社長の件も、責任はまほろばにあると報道しようと思えばできるでしょうね」

「そうですね」

デジャヴ感。岸見は、あの日の東京駅近くのバーにいるような気持ちになった。

「両論併記すべきだとおっしゃりたいんですか」

「いや、うちを叩きたければ叩けばいいでしょう。今日の配信を見て、慌てて月曜日に特集を組もうとしているのなら、両論併記でいきましょうなんて岸見さんが言っても、こんどはそんな暢気《のんき》なこと言ってる場合かって、怒鳴られるに決まってますよ」

「そうなんですか」

「ただ、岸見さんは距離を取っていたほうがいい」

「どうして……」

……どうして、か。市川は膝の上に肘を置いて頬杖を突き、その先の言葉を探していたが、

「あ、どうぞ食べてください、私も食べるから」

と急に岸見に声をかけた。岸見は黄緑色のケーキにフォークを入れたまま手を止めていた。

「財源についての質問には答えないことになっていますけど」

市川がケーキの端をフォークで切り取り、

「岸見さんには特別にすこし話しちゃいましょう」

と言って、すこし口に頬張ってから、

「マイロン・ショアがなにを言ったのかはだいたい想像がつきます」

と切り出した。不意を突かれた岸見は、さっき聞いたばかりの外国人が誰なのか一瞬わからなくなった。

「言ってたわよね。マイロン・ショア。ノーベル経済学賞を受賞した学者ですよね」

「――ああ、そうです」

「あの人は統計経済学が専門だから、あれこれ計算したらまほろばの財源はだいたいこのぐらいだという見当をつけたんじゃないのかしら。要するにまほろばの財源はとても小さいことを計算によって突き止めたって言ってるんじゃないの」

図星だったが、

「まだ詳しいことを聞いていないので、わかりません」

と答えることにした。

「よかった」

と市川が微笑む。

「えっ」

「会社がこの路線でまほろばを叩こうとしたら、距離を取っておいたほうがいい」

「どうしてですか」

「いいかな、局がマイロン・ショアに言及させようとしているのは、まほろばの財源問題ですよね。ここだけは答えてくれる？」

一瞬迷ったが、岸見はうなずいた。

「ありがとう。で、マイロンが言いたいのは、ない袖は振れないはずなのに、まほろばはあるように見せかけて振っているってことなんじゃないの。つまり、まほろばは財源がないのにカンロを大量に発行している って。これはけしからんことであって、こんなことを許していると、カンロ経済圏はいつか崩壊して、各方面に甚大な被害を及ぼす、――こういう筋立てだよね」

沈黙を返すと、市川がうなずき、続けた。

「でもね、ノーベル経済学賞なんて案外あてにならないのよ」

そうなの？　なぜ？　岸見は心の中でつぶやいた。

「嘘だと思うなら調べてみたら。いや、岸見さんの労を省くためにさっき私がスマホで調べたことだけ伝えておきます。このマイロン・ショア、やっぱりノーベル経済学賞を受賞したもうひとりの学者とヘッジファンドを立ち上げたの。金融工学を利用すれば、絶対に儲かるという触れ込みで大金集めて、ものすごくレバレッジを効かせて、ゼロリスク・ローリターンを、ゼロリスク・ハイリターンにしてみせると言ってたんだけど、結局その四年後、このファンドは破綻しました」

えっ？　ノーベル経済学賞ふたりが立ち上げたヘッジファンドが破綻したって？

「こういうことは珍しくない。リーマン・ショックの時には名うての経済学者が揃って、このローンが破綻することはありえないなんて公言していたんだから」

半信半疑でいる岸見の目の前に、市川が先ほどプリントアウトした紙を目の前に広げて見せた。英文だった。

「なんだかわかる？」

「なんて読むんですか、これ」

Julius Bär & Co. AGという文字を指さし、岸見が言った。

「ジュリアス・ベアでいいと思う。こっちはボーディエでこれはバウマンだよね」

「なんなんですか、これ」

「知らない？　スイスのプライベートバンク」

「あの、プライベートバンクっていうのはいったいどういう銀行なんでしたっけ」

「最低預入金額が設定されている銀行。顧客の秘密保持を第一とするので」

「ここにまほろばの預金が書かれているってことですか」

「いや、これは金地金《きんじがね》の預かり証。うちが預けている金塊の量がここでわかる。ちょっと説明しようか。これが銀行名。ジュリアス・ベアだね。Gold Bullion Receiptってのは〝金塊受領書〟って意味。これは日付。で、顧客情報。Mahoroba Foundation　まほろば財団。うちのことね。ここに口座番号が書かれてるんだけど、黒塗りさせてもらいました。ここからが金塊の情報の項目になります。金《きん》の種類はバー。重量は80トン。純度は99・99パーセント。純金ってことです。で、ここに資産額がドルと日本円で記載されている」

「80トンって……、えっと、純金の価格って目方の単位はなんですか」

「国際標準ではトロイオンス。でも、うちは面倒だからグラムで計算してもらっている」

「でもトンってものすごく重い単位じゃないですか……1トンって何グラムでしたっけ」

ふふふと市川が笑う。

「一トンは千キロだよね。で、千キロをグラムに直すとさらにゼロを三つ足すことになるから」

「百万グラム……ですか。80トンだと8000万グラム……。いま純金1グラムはいくらなんですか」

「今日のレートだと8700円くらい」

「8700円に8000万をかけると、――うわすごい数字出た」

「7000億弱だね」

岸見は思わず息を飲む。

「ジュリアス・ベア一社だけで金《きん》を80トン預けてるわけですか」

「そうだね。ちなみに80トンっていうのは、バチカンの保有量がそのくらいだって言われている」

なぜここでバチカンが出てくるのかわからなかった。

「全部でいくらあるんですか」

「ジュリアス・ベアで80、ボーディエで92、バウマンで73、ピクテで88、ロンバード・オディエで66、ミラボで97。足すといくらだ」

「496トン。――500トン弱だ。円換算でいくらですか」

「4・3兆円くらい。ただ、これはほうっておいてもどんどん増えると思うよ」

「どうしてですか」

「ひとつはドルの信頼性が揺らいでいるから」

「揺らいでいるんですか、ドルの信頼性って」

「揺さぶりをかけていると言ってもいいけど」

「どこがですか」

「え」

「揺さぶりをかけているのは?」

「ああ、メインのプレイヤーは中国とロシア。世界の基軸通貨のドルの信頼が揺らげば、ゴールドという実体が求められるようになる。ちょっと前に、ドルの覇権を推し進めていた時代にＦＲＢ議長を長く勤めていたアラン・グリーンスパンが『金地金はいまだに最も重要な通貨だ。これを使えと国から強制されて使っているような通貨は、ドルだってなんだって金《きん》にはかなわない』って言ってたよ」

驚いた。ＦＲＢってアメリカの中央銀行みたいなものでしょ。そこの元トップがドルを貶《おとし》めるようなことを言っていいんだろうか。

「うちの福田は、一年後にはグラム１万円を超えてるんじゃないかって言っている」

「あの、因《ちな》みにそうなるとまほろばが預けている金地金での資産の総額はいくらですか？」

「計算してみる。……ほぼ５兆円になるんじゃないかな」

開いた口が塞がらなかった。因みにＴＢＣの総資産額は約７５００億円だ。岸見は書類の上のほうに置かれたプライベートバンクのロゴと下のほうに書かれた署名を見た。

「本当かどうかを疑っているわけね」

こちらを射抜くように見つめて市川が言った。

岸見はうなずいた。疑うこともジャーナリストとしての仕事だと肝に銘じつつ。

「ついでに言っとくと、これはスイスに預けてあるものだけだからね。あとルクセンブルクとシンガポールにもある。もちろんすべての資産を金塊に変えてるわけじゃない。ドルとユーロと円でも保有している。その額は金塊よりももっともっと大きい」

「一体いくらあるんですか」

「さあ、そこは福田の管轄だからね。彼はこれ以上増えてもらっても投資先を見つけられないと言って泣きべそかいてる。あはは」

なにを言ってるのか意味がわからないまま、

「だったら、増やさなきゃいいじゃないですか」

と言ってみた。

「そうね。だけど、うちはそういうわけにはいかない」

これも意味がわからなかったので、

「あの、じゃあ資産を公開して、うちにはこれだけの資金があるのだから、これだけのカンロを発行するのは問題じゃないって声明を出すのは」

と迫った。

「そうできればいいんだけど」

「どうしてできないんですか」

「説明がつかないから」

「どういうことですか」

「なぜうちが先進国の国家予算を超えるような資産を持っているのかは、説明できない、――あまりにもスゴすぎて」

なにを言ってるんだこの人は、と岸見は呆然とした。

「そんなことをしたら、奪われるか、潰されるか、……とにかく碌《ろく》なことにはならないから。――さて、財源について私から話せるのはここまで。――それでね、岸見さん」

と呼びかけられ、岸見は顔を上げた。

「ジャーナリストは取材先の言うことを鵜《う》呑《の》みにできない。それはわかってる」

こちらの胸の内を見透かした言葉だった。

「だから、どこまで信じるかはあなた次第。私のアドバイスはただひとつ、慎重にいけってことだけ」

「慎重に?」

「そう。別にまほろばを庇わなくてもいい。ただ、財源なんてない、まほろばがやってることは詐欺同然なんだから叩いてやれって方針が出たら、なるべく距離を取って傍観者の位置にいろってこと。『大丈夫ですか、それで』って念を押せればなおいい。――さ、これで言いたいことは終わり。味わって食べて」

はい、とぼんやり言って、岸見はフォークを口に運び、ピスタチオケーキと一緒に市川の言葉を味わい、そしてますます混乱した。

「それからもうひとつ」

顔を上げると、市川もケーキを頬張りながらこちらを見つめていた。

「まだクイーンが残ってるよ」

岸見は考え、このクイーンは「ボヘミアン・ラプソディ」を十八番《おはこ》にするロックバンドのことじゃなくて、チェスになぞらえた比喩だなと思った。

「どんな手ですか」

と岸見は尋ねた。

「キラームーブになる」

と市川が言い、

「チェックメイトまでは持っていけないだろうけど、かなり有利なポジションを作れると信じてます」

とあくまでもチェスになぞらえた。けれど、具体的になにを言おうとしていたのか、岸見にはわからない。

「……今日の北京の次があるってことですか」

と尋ねると、なぜか嬉しそうに、そう、だからね、と市川は笑って、

「パスポートの有効期限は確認しておいて」

とまるで旅行に誘うみたいに言った。

渡航しろってこと？　また中国でなにかあるの。いちおうビザは取り直したけど。実際うちのスタッフだって党大会と一中全会の取材ではちゃんとビザが下りてるんだから。そんなことを思ってると、市川がまるでチェスボードを挟んでいるかのように、見えない盤の上から駒をつまみ上げ、そこから岸見の手前に置くしぐさをして、

「シャフ」

と言った。

なにかある。岸見は思った。チェスの比喩にこだわって、それをこちらに印象づけようとしている。だけどシャフってなんだ。いまの仕草だと「王手」のことだと思うけど、英語だと「王手」は「チェック」だからこれはちがう。中国語？　中国語だって「王手」は「王手」だろう。うちのスタッフに中国人の王《ワン》雨《ユイ》って子がいる。なので「王手」はワンなんとか、「ワンシュ」とかになるはずだ。そうだ、王ちゃんに初めて会ったときに握手して、握手って中国語でなんて言うのと尋ねたら「握手《ウオーショー》」って言ってた。だったら「王手」は「王手《ワンショー》」だよ。じゃあ、シャフってなんだ。そもそも、チェスが盛んな国ってどこだ。あっ――、

頭に浮かんだ言葉がそのまま岸見の口からこぼれた時、市川がコーヒーカップを口に当て、こちらを上目遣いに見ながら微笑んでいた。

6　変化を促そう

一方、福田は中国にいる陳と電話で話していた。お見事でした、と陳は称賛してくれたが、打った手のきわどさを考えると、福田は気が滅入った。そのあと飯塚にもかけた。

、、、、

——たしかにあそこまでやるとは思わなかったなあ。

現職の政治家らしく、飯塚のほうは陳よりすこし慎重だった。

——ただ、たいしたものだよ。実に上手におだてつつ苦情を持ち込んでたじゃないか。

「そんな風に評価してくれるのは飯塚先生くらいですよ」

——ふむ、どうする？　俺の助言を聞く気があるのならもうすこし話すが。

「もちろん聞かせてください」

——確かに、左からは、中国の人権問題をスルーしすぎだって非難されるだろうし、反共の右からは、完全に敵扱いされるよ。テレビではそういうコメントが多く出ると思うね。

「まあそれは慣れっこなので大丈夫です。僕が心配しているのは内閣府。というか——」

——ジャパン・ハンドラーズかい。

露骨な言葉を使ったな、と思った。ジャパン・ハンドラーズ。日本を専門に扱うアメリカの政治・軍事関係者、自由貿易主義者、ロビイスト、日本研究の学者たちのことをそう呼ぶのだが、飯塚はそんなソフトな意味じゃなく、日本の政治・経済・社会などをアメリカの国益に合致するように指導・管理しようとする連中を指して言っていた。中には日本語を話してマスコミなどに登場する「知日派」「親日派」もいて、日本人は日本のことを思って発言してくれていると思いがちだが、彼らは、アメリカの国益にかなうように日本を利用することしか考えていない。

――そりゃあ、言ってくるだろう。日本は中国と手を組むつもりなのかって。ただ、民間団体のやったことを、政府が無下によせとは言えないんだって言っときゃいいさ。

「その理屈は通りますかね」

――とりあえずは。ただ、正直言って微妙だ。財団法人まほろばはとりわけ高い自治権を持つ〝まほろば特別自治区〟を運営している。行政区を持っているようなものだ。前大統領のグランプさんが「ディープ・ステート」って言葉を使ったことがあっただろう。まほろばは「オルト・ステート」だよ、言ってみりゃな。

オルト・ステート。もうひとつの国。

「お話を伺っていると、ますますまずい気がするんですけど」

――でも、はじめちまったんだから、しょうがないじゃないか。

そういうことか。亡くなった愛甲さんもそうだったが、飯塚はアメリカの介入を嫌っている。

――ものは考えようかもしれないぞ。まほろば沖縄ができて、中国と友好関係を結ぶ。ただの姉妹都市じゃなくてもっと固い絆《きずな》を作る。本島から中国人の優秀な若い連中がまほろばの支援でスタートアップしようとやってくる。となると、さすがに中国も沖縄の米軍基地にミサイルを打ち込むなんてできなくなるだろ。

本気とも冗談とも取れる調子で飯塚はそう言って笑った。わかったぞ、と福田は思った。飯塚は、まほろばを盾として使おうとしている。自分が矢面に立つと、ロシアや中国との関係を是正しようと積極外交に打って出た愛甲さんの二の舞になる。飯塚があれほどのキャリアを持ちながら、総裁選に立候補しなかったのはそれを恐れたからだ。

――できるだけ穏便にすませるよう、俺も努力するよ。その代わり今後ともよろしくな。

政治資金の無心が最後の挨拶になった。こんどは内線が鳴り、市川がいまからそちらに行って話したい、と言ってきた。もちろんと答えて受話器を置くと、ほどなく厚いコネクティングドアが開いた。市川はソファーに座ると、なにもいらないからと飲み物を断り、福田はそのまま彼女の向かい側に座った。いまＴＢＣの岸見さんが帰っていったわと市川が言い、福田は、ふたりの会話の内容をかいつまんで知らされた。まほろば本部の敷地内で、サンドッグの光村が縊死したのをジャーナリストに発見された不都合を、福田は思い出した。

「そもそも、なんの成果もあげていないサンドッグに、どうしてＴＢＣは取材を申し込んだんだろう」

福田がそう言うと、市川はすこし考えたあとで、

「彼女はね、先に私に電話をしてきたの、――１１９番する前に。だけど私が出なかった、北京の動画に夢中になっていたから」

と言った。岸見の選択も、市川がそれを自分に伝えることの意味も、福田にはわからなかった。

「それで、この件を彼女はどうするつもりなんだ」

「詳しいことはわからないけど、サンドッグの低迷は、うちの負の部分にライトを当てることになる。そんなネタを見つけろと上から言われている気はしたな。でも、今日ここで起きた件に関して、彼女はこれをどう扱うべきか迷ってるみたいだった」

「そうか、上はさらに上から、その上は外からプレッシャーがかかっているのかも。日本の放送局ってかなりの部分がもう海外に買われているからな」

ついさっきジャパン・ハンドラーズのことを話していた福田はそう言った。すると市川が突然、

「岸見さんにうちの資産の一部を見せたんだ」

と言った。福田は耳を疑った。

「見せたってなにを？」

「金地金の預かり証。――全部じゃないけど。私も賭けようと思って」

「賭けるってなにを？」

「ジャーナリストとしての彼女に」

「……そんなに気概のある人なのか」

「わからないけど、立ち上げの時から代表やうちをずっと取材してきたし」

「それはたまたまそうだったってことにすぎないんじゃないのか」

「それに中谷代表も好きみたいだから」

「好きって……。そんないい加減な理由で賭けたりしたら、かえって危険だろ」

「賭けなんだからリスクはある。それに大手マスコミの中にひとりくらい、うちのやろうとしていることを正確に伝えてくれる人が欲しい。でもそれをクレバーな人間に期待するのは無理だと思う。エアーを極秘にしている限り、お利口さんが疑心暗鬼の目で見るのは無理ないよ」

　いやしかし、と福田が言おうとする前に、

「それで、光村社長の件なんだけど」

　と市川は急に話題を変えた。

「追い込んじゃったのかな」

　福田は、相談があると言われていたものの、それに応対できなかったことを思い出し、

「たしかにちゃんと話を聞いてやれなかったのは悪かったな」

　と言ってから、なんどもドタキャンしたことを話した。

「ただ、そんなにヤワだと困るんだ。まほろばは明日の日本を背負っていく起業家たちに投資するってのが建て前なんだから」

　と福田はつけ加え、まあそうだけど、と市川はつぶやくように言ってからふと、

「さっき中谷さんから電話があった」

「北京から？」

「うん。だけど光村さんのことは話せなかった。どう反応するのか予想がつかなくて」

「そうか、意外と、クールに受け止める気もするけどな」

「どうして？」

「自然エネルギー事業の停滞については、中谷さんもシビアになってただろ」

「ただ、それを苦にして自殺したと知ったらどうかな」

「そのくらいで死なれたりしたら、正論が吐けなくなるじゃないか。ヤワなんだったらもっと楽なポジションにいるべきだよ。――俺、まちがったこと言ってるか」

「いや、福田さんのように中谷さんが反応してくれればいいと思ってる」

「むしろ市川が代表のことを気にしすぎてると思うな」

「私が？」

「ああ、そんなことでいちいち動揺するような人であっちゃ困るぜ」

市川は考え、まあそうなんだけど、と言ってから、

「でもそんな人だからエアーを残されたって気もするんだ」

福田は真顔になってちょっと考えていたが、やれやれというように首を振った。

「俺にはさっぱりわかんないな」

「そうなの。じゃあいい。なるべくその方向に話を落ち着けてみるよ」

「え、市川が伝えてくれるのか」

ドタキャンの件もあったので、自分が伝えなきゃと思っていた福田はほっとしたが、

「だってふたり揃ってここを留守にするわけにもいかないでしょ」

と市川が続けたときには、

「……ん、どういうこと」

と問い返した。

「あ、そうか、ごめん、まだ話してなかったんだった。中谷さんから電話がかかってきたって言ってたでしょ」

「そうだった。——で、用件はなんだったんだ」

「こっちに来てアシストしてくれって」

「こっちって、北京に？」

「私が北京に行っても、你好《ニィハオ》くらいしか喋れないじゃない」

「えっ、ロシアかよ！」

その大声に市川は顔をしかめ、やっぱりなんか呑もう、と立ち上がった。

「ビールある？」

「ああ、缶でよければ冷蔵庫に」

「福田さんは？」

思わず興奮したことが恥ずかしく、日曜だし、さらに光村の件を忘れたいという気持ちも手伝って、じゃあもらおうかと言った。

「そうか。住んでたんだよな」

タブを引いて福田が言った。

「ただ、もうずいぶん昔の話だからね。専門用語もインプットしないと。でも、まさかロシアで功夫《クンフー》や儒学や仏教のことなんか喋らないよね」

福田はただ笑うだけにした。そして、こういう洒落にうまく調子を合わせられないのは、自分の弱点かもしれない、中谷ならなんて返すだろう、と思った。

「福田さんに行け行けと言われて渋っていたけれど、ついに行くことになったね」

と市川が言った。

「ところで、ビザは下りるのか。いまはまだ戦争の真っ最中だぞ」

「そこは手配済みだって言ってた」

手配済み？　すでにロシア側に話をつけてあるってことか。ひょっとして中国がアシストしてくれたのだろうか？　だとしたら――、

「隠し球があるんだな」

と福田は言った。中国のナンバー2と会った中谷がロシアで会う人間はそれ相応の人物のはずだ。手ぶらで会うことなどできない。市川がうなずき、福田の腋《わき》の下には汗が滲んだ。

「私はいいと思うんだけど」

と市川はビールを呷ってから話しはじめた。その計画の大胆さに福田は言葉を失った。

ふり返ってみれば、エアーを駆動させ、福島を、東北を、さらには日本を復興させようという計画を飯塚に、そして愛甲首相に提案したのは自分だった。そして、エアーを使って、長く低迷している日本経済が多少なりとも上向きになれば上出来だくらいのつもりだった。もっとも、口では仲間とともに意気盛んなことを言って気を吐いていた。戦後民主主義は欺瞞だとか、真の独立国家になるべきだとか、既得権益を打破して抜本的に日本を改革するべきだとか。こちらの提言を聞き入れない政治家を陰で無能呼ばわりすることもあった。ただ、実際ここまでラディカルな改革、言ってみれば、近代そのものに挑戦状を突きつけるなどとは夢にも思っていなかった。

「私はいいと思うんだけどな」

もういちど市川が言った。

福田は考え込んだ。たしかに無下に否定できない案ではあった。

「ただ、その手を打って、その先どう転ぶのかがちょっと見通せないな」

「それはそうかもしれない」

「ウクライナ戦争の出口がまるで見えない中、そんなことをやれば、日本は西側諸国の中で孤立するんじゃないか」

「たしかにね、ただ、長い目で見れば、このままなにもしないでおくと、東アジアやユーラシアにおける日本の孤立はどんどん深まっていくことも確かよね」

「だから、もっとゆっくり慎重に進めるべきだと俺は思う。それに、これは前にも話したことだけど、中谷代表はどうしてそんなに急ぐんだろう」

　市川は黙っている。

「前に中谷さんの部屋で呑んだとき、君が健康のことを心配してただろ」

「そうだったね。即座に否定されたけど」

「ただあの時、中谷さんは一瞬ぎょっとした顔つきになったぜ」

「調べてみたけど、健康診断はクリーンだったよ」

「健康診断がカバーしていない検査で大きなバッテンがついたかもしれないじゃないか」

「だけど、そもそも医者にかかった形跡がないもの」

「そうか……じゃあこの話はここまでにしよう。とにかく気をつけて行ってきてくれ」

「うん。それと、やっぱり私も気になるから、福田さんがこのあいだ言ってた件は打診してみるよ」

　なんのことだろうと思ったが、

「もちろん変なギミックなしに率直にね。そんなことやっても意味ないから」

　とつけ足したのでわかった。

　認証権のことにちがいなかった。ありがたい、と福田は市川に感謝した。

岸見は常磐線の中で、快身《クァイシン》という中国の動画プラットフォームに残った李傑《リージェ》と中谷の対談（飛田がURLを送ってくれた）を見て、これはひと波乱ありそうだ、と思った。

六時前に東京駅に着き、二重橋前《にじゅうばしまえ》駅まで歩いてそこから千代田線に乗った。赤坂の社屋に入り、エレベータに乗り込んで腕時計を見ると、六時をすこし回ったところだった。薄暗い十二階のフロアに一画だけ電気がついていて、そこが報道ナイト23のブロックだった。日曜日なので会議室が使えないのだろう、飛田の机を囲むようにしてスタッフが立ってメモを取っていた。それを見守るようにすこし離れて道下が見ている。

スタッフの輪の外に立ち、岸見はこのミーティングを観察した。

飛田が中心になって、スポットを当てるトピックを整理していた。

まほろばは人権問題などを棚上げにして不用意に中国と接近しようとしている。まほろばはいまも中谷の専制下にあり、中国やロシアと同じ体質を持った危険な組織だ。一時は、市川や福田が前面に出ていたが、これはカムフラージュである。さらに、まほろばは中国の朝貢体制下に入ろうともしている。これは中国の日本への進出を容易にするだろう。

さらに問題なのは、まほろばが発行しているカンロのいかがわしさだ。まほろばに莫大な資産があるとは考えにくい。まほろばは、中欧やバルト三国、それにバルカン半島のクロアチアの国家予算くらいの資金を持っていなければできないはずのことをやっている。けれど、まほろばが投資している企業群に大きな収益を上げているものはない。いや、それどころかほとんどが赤字なのだ。

このような疑念に対して、金融市場で資産を増やし、それを投下しているというまほろば側の説明も説得力に欠ける。そんな巧みな錬金術ができる人材がいるのなら、ヘッジファンドでチームを組めば、数百万ドル、場合によっては数億ドルの年収が得られる。なのに、まほろばのスタッフの給与水準は、高いものでも特別職の公務員程度だ。そんなスーパーチームがまほろばで燻《くすぶ》っているわけがない。

では、まほろばが投資を続けている現実をどう考えればいいのか。考えられるこの先のストーリーはふたつ。そう遠くない将来、カンロは破綻する。カンロに不安を感じた誰かが、「カンロでの決済はお断り」と言い出せば雪崩《なだれ》を打ったようにカンロシステムは崩壊する。おまけにカンロはリアルマネーに戻せない。単にデジタルディスプレイ上の数字となったカンロの所有者はパニックに陥るだろう。

もうひとつ、中国が密《ひそ》かにまほろばに金を流しているという可能性もある。中国はまほろばを利用し、時にはまほろばに負けたふりまでして、一帯一路政策を押し進め、日本にも中華帝国の領土を広げるつもりなのではないか。

——もの凄いことを話しているな、と岸見は思った。このミーティングのまとめ役は飛田だが、統括プロデューサーの道下から出された方針に従っているのは疑いようがなかった。その道下と目があった。指を手前にくいと折り曲げて、来いという仕草をした。

そばに寄ると、まほろばに行ってたんだって、と言われ、岸見は、取材に出向いた相手が縊死《いし》していたことを話した。道下は驚き、詳しいことを話せと岸見をせっついた。隠してもしようがないと観念して、訊かれるままに答えた。

「それは特ダネじゃないか」

と統括プロデューサーは興奮した。

「これはいい。カンロのシステムがどうのこうのと言っても、そんなややこしい話はわからないという視聴者だっている、というかそっちが大多数だ。それよりも自殺のほうが感情に訴えられるぞ。——遺書はなかったのか」

「ですから、さっきも言ったように、ありませんでした」

「そうか、それは残念だな。これについては、まほろば側はなんと言っている」

「亡くなった光村社長はこのところ塞ぎ気味だったと専務は言っていました」

「過労死の可能性は？」

「今日の取材ではなにも」

と岸見は首を振り、道下の悔しそうな顔に、

「ただ、たとえ過労死だったとしても、まほろばはあくまでも投資者ですから」

と続けた。

「いや、大事なのは視聴者の印象だ。それにマホロビアンなんて言葉が使われだしてるじゃないか。死んだ社長はマホロビアンだ。だったらマホロビアンの自死の責任はまほろばにあるってことにならないか。とにかく、あるように思わせられればいい。法的な問題じゃなく、あくまでも視聴者に与える印象としてだ」

「そのことについては、副代表の市川さんと話ができました」

「市川副代表に取材できたのか」

「ええ、短い時間ですが」

驚くと同時に道下は、さすがだな、と感心し、映像はと訊いた。

「いえ、今日の訪問はサンドッグの光村社長と話そうと思っていただけなので」

「だけど、スマホのカメラだって回せただろう」

「向こうの口がかえって重くなってしまうのではと判断しました」

それはそうかもな、とここは道下が一歩退《ひ》いた。

「ただ、やさしさを標榜しているまほろばのお膝元で、自殺者が出たことをどう受け止めているのか、とは訊きました」

岸見が言うと、道下はフロアの片隅にある応接セットを指さして立ち上がった。岸見はその後《あと》について

言った。

「いい質問だ」

ソファーに腰を下ろすと、道下が言った。

「で、市川はなんと？」

これはすこし私の解釈が入りますがいいですか、と岸見が前置くと、言ってみろ、とうなずいた。

「えっと、『タフでなければ生きてゆけない。優しくなければ生きる資格がない』って誰が言ったんでしたっけ」

「フィリップ・マーロウだろ。レイモンド・チャンドラーが書いた小説の探偵だ」

「――でしたっけ。で、逆もまた然りですよね」

「というと？」

「やさしくなければ生きる資格がないけれど、タフでなければ生きられない」

道下は難しい顔をこしらえ、それで？　と先を促した。

「まほろば発足当時の目標は福島の復興でした。俺が立ち直らせてやるという意気込みを持った強者《つわもの》が集まったわけです。だからみんなタフであろうとしていた。それで、こういうことがやりたいです、とまほろばにプレゼンし、じゃあやってみてください、とまほろばがカンロを渡した。ところが中にはヘタレがいたって話です」

道下は怪訝な顔つきのまま、黙って聞いていた。

「うちの入社試験でも、ハードワークなんかへっちゃらですと答える人間はざらにいます。でも、精神的に追い込まれて休職する社員はどうしても出るし、自殺した者もいました。そういった人に、もういいよちょっと休めと声をかけるタイミングはとても難しい。それにこのとき中谷は日本にいなかった。それもまたタイミングが悪かったと考えるべきではと」

「本当にそんなことを副代表の市川が言ったのか」

こんどは不思議そうな表情を浮かべて道下が言った。

「私はそう受け止めました」

「それはごまかしだね、俺に言わせれば」

「ごまかし？」

「発足当初、まほろばは自然エネルギー事業に大盤振る舞いしていた。ところがいまは超小型原発などと言いはじめた。これはまほろばから投資を受けて自然エネルギー事業に勤《いそ》しむ者らにとっては裏切り行為だろ」

「でも、まほろばは自然エネルギーへの投資をストップしていません。ただ、原子力ももういちど見直し——」

「いやいや岸見、エネルギー事業ってのはちょっとちがうんだよ」

「ちがうってのは」

「もうすでにまほろばは金融のほうをひっかき回しているだろ」

「金融のほう？　それに引っかき回してるっていうのは？」

「いまのウォール街には、これまでの常連を泣かせて勝ちまくっている一群がある。それがまほろばだという噂で持ちきりだ」

「あら。まほろばが金融で資金を膨らませているという説明は嘘っぱちだって方向で番組を作るんじゃないんですか」

「その可能性はあるって話だ。逆もまたしかりってわけさ」

「だったら、まほろばには十分な資金がある可能性を紹介しない理由は？」

「それだと、叩けないじゃないか」

「なら、報道の中立性はどうなるんです」

「おい岸見、野暮はよそうぜ」

「さきほど、金融のほう、とおっしゃいましたが、ほかにはなにが？」

「それがエネルギーだ。金融とエネルギー、世界をコントロールしようとする者がまず押さえなきゃならないのが、このふたつ。そしてこれらは密接に絡み合っている。ドルが基軸通貨として君臨できたのは、ドルでしか石油が買えなかったからだ。いいか岸見、まほろばがやろうとしていることは、自由と民主主義にとってきわめて危険なんだ」

　心の中で苦笑しつつ岸見は、

「ええ、それを見極めるために、追いかけようと思います。ただ、私が一番コンタクトを取りやすいのは市川副代表なんですが、彼女、海外に出ようとしているようです」

「海外？　どこだ」

「そこは答えてくれなかったんですが、中谷と合流する可能性があるのではないかと」

「なんだって」

「あくまでも私の勘ですが。それが的中したとわかったらすぐに追いかけたいんです」

「もちろん。そのために別班にしてるんだ。それに、海外のほうが接近しやすいかもな」

「たしかに、要塞の中に閉じこもっていられると手も足も出ないので、ホテルだとどんな高級ホテルでもロビーで出待ちすることはできます」

「そうだな。ところで海外ってどこなんだ」

「ロシアではないかと」

　道下がこわばった表情のまま黙っているので、

「それで、先に日付を空《から》のまま出張命令書を書いてもらってもいいですか」

と岸見は言った。

あくる日の月曜日。北京の朝、中谷が苺子に電話した時、苺子は快身《クァイシン》などの動画プラットフォームで中谷と李傑《リージェ》の対談が配信されたことを知らなかった。電話で告げるとすぐに見ると言い、早めのランチに呼び出したフランス料理店にやって来ると、

「いや、おどろいた」

と呆然としていた。石河子《シーホーツー》市で捕まって拘束され、烏魯木斉《ウルムチ》の警察署で一夜を過ごしたこと、取り締まりを受けたけれど、なんとか出してもらえたことを中谷が話すと、なんだかもうわけがわかんないよ、とつぶやいた。

「それで次はロシアなんだ」

「ああ、今日の午後の便で発《た》つ」

「で、ロシア語はどうするの」

「日本から呼んだ」

すると、苺子は驚くべき直感で、中谷の心を射抜いた。

「ああ、彼女はロシア語ができるんだ」

「彼女って？」

「君の意中の人だよ。…………ほうら黙った。あはは」

中谷はパンにバターを塗ってやり過ごそうとした。

「元カノに中国語、昔好きだったアイドルに取材、次はいよいよ現役の本命がロシア語で登場か」

「なんだそれ」

「ねえ、モスクワで寝ちゃえば」

「なに言ってんのお前」

「だってなんか、不自然だからさ」

「不自然でいいんだ。自然に逆らっているんだ。そういうことにうつつを抜かしている場合じゃないんだ、俺たちは」

「なんだそれ」

と言って苺子はまた笑った。


見送ってあげる。苺子がそう言って聞かないので、北京首都国際空港まで一緒にタクシーで行った。中谷は、中国国際航空のチケットカウンターで手荷物を預けたあと、保安検査場に向かおうとして立ち止まり、ふり返って苺子を見て、言った。

「そういえば、あれは正式に採用されたぞ。ほら漢字のまほろばだよ、考えてもらっただろ」

「——ああ」

「中国にまほろばができたら、あの漢字でいくよ」

そう言って軽く苺子の肩を叩いて、また歩き出した。

金属探知機をくぐり、X線検査装置から出てきたボディバッグを取り上げ、出国ロビーに振り返ったとき、苺子はまだそこにいて視線が合うとまた手を振った。


午後二時前に、中谷を乗せて北京首都国際空港を飛びたったCA909便は、弱まった偏西風の影響で、予定時刻より早く、午後四時三十分にモスクワのシェレメーチエヴォ国際空港に着陸した。スマホの時計がモスクワ時間になっていることを確認し、持っていた人民元をルーブルに両替して外に出ると、外気は思ったより冷たかったので、空港の中へ逃げ戻り、ダウンジャケットを引っ張り出して着た。

タクシーを捕まえて乗り込むと、赤の広場にほど近い老舗ホテルの名を言った。車中でスマホの地図アプリを起動させようとしたが、こちらの位置情報を認識してくれない。いまは政府がストップさせてるんだ、と運転手に言われ、この国が戦時下にあることを思い出した。車窓から見る限り、町の表情は穏やかだったけれど。

メトロポール・ホテルに到着した頃には日は落ちていた。スイートルームに案内され、ベルボーイが出て行くと、すぐにまたインターホンが鳴った。ドアの向こうに立っていた男はベルボーイの制服ではなく、ぱりっとしたスーツを着ていた。

「ようこそモスクワへ、ミスター中谷」

男は英語でそう言うと、手にしていた封筒を恭《うやうや》しく差し出し、それが中谷の手に渡ると、一歩後ろに下がってから、踵を返し、長い廊下の向こうに歩き去った。

部屋に戻って封筒を見た。片隅には、型押しされた双頭の鷲《わし》が浮き出ている。封を切ると、厚めの紙にロシア語と英語で書かれてあった。

キャリーバッグから、部品を引っ張り出してオーロラのアンテナを組み立て、窓辺に置いた。それから、便箋をテーブルの上に丁寧に広げて、スマホのカメラで文面を撮り、メールに添付して、オーロラ経由で送信した。時計を見ると五時四十五分。まもなく日本は日付が変わる頃だなと思いつつ、中谷は暗い窓の外を見た。そして、ダウンジャケットを着込むと、フロントに降りて行き、トロイカカード（交通系のＩＣカード）を購入し、モスクワ市街地の地図と地下鉄路線図をもらって街に飛び出した。

羽田空港の第三ターミナルを歩いていた市川のスマホが鳴った。着信音で、中谷からのメールだとわかったが、搭乗時間が迫っていたので先を急ぐことにした。アナウンスが聞こえる。二十三時五十五分発カタール航空ＱＲ８１３便モスクワ行きにご搭乗のお客様は搭乗ゲート１０３番までお急ぎください。

座席に着き、スマホを取り出して機内モードに設定してから、もらったメールを開く。件名は「気をつけて」、本文は「待っている」。そして添付ファイルがあったのでそれを開いた。画像ファイルで、便箋が写っていた。ロシアの大統領府のエンブレムが見える。ロシア語で読んだ。そして、いくらなんでもスニーカーではまずい、なんとかしなくちゃと考えた。それから、福田と助手の三木、また岸見伶羅にも添付ファイルを転送した。

市川からのメールを受け取った時、岸見は自宅にいてテレビで見ていた。報道ナイト23は後半に入り、まほろばバッシングのコーナーがはじまったところだったが、岸見はメールを読むと、番組そっちのけで旅の支度に取り掛かった。着替えとPCと小さなカメラとマイクを詰め込み、始発に乗ると、羽田空港に向かった。カウンターで、モスクワ行きの一番早い便の搭乗券を受け取ってから、飛田に電話した。

――モスクワ？　え、岸見、いまどこなの？

飛田は寝惚《ねぼ》けた声で電話に出た。

「中谷代表と市川副代表がモスクワで合流して、向こうのお偉いさんと会うみたいです」

――で、それを追いかけるってわけ？

「ええ、八時三十分発の中国国際航空が取れたのでそれで」

――中国国際航空？　どこかで乗り継ぐの？

「ええ、北京で。直行便で行ければいいんですが、ないんですよ。たぶん戦争が影響してるんでしょうね」

――そうなんだ。でも、ビザはどうしたの？

「それがロシアのほうが問題で」

――えっ、ビザなしなの？　それはまずいよ。いまは日本に対する印象が最悪だから。

「なので、イチかバチかなんですが。それでひとつ頼みが――」

市川が乗ったカタール航空機を追って約八時間後に羽田を飛び立った岸見の中国国際航空機は、市川がまだペルシャ湾上を飛行中に、先に北京国際空港に着陸した。現地時間で午前十一時三十五分。そして、その約十五分後、カタール時間の六時五十分に市川も、ドーハのハマド国際空港に降り立った。

こうして、市川と岸見は空港で、モスクワ行きの便に乗り換えるため、約二時間の乗り継ぎ時間を西と東で過ごすことになる。

市川は、ターミナル・ラウンジに抜けると、二十四時間営業のドルチェ&ガッバーナに飛び込み、ベージュ色のスカートスーツとヒール付きパンプスを買った。

一方、岸見は、空港内のカフェでノートPCを開き、自分のパスポートナンバーを飛田に送った。そして、市川には、いま自分が北京にいて、十三時四十分の便でモスクワに向かう旨を書き送った。

その時、まだドーハのハマド国際空港では、市川もまたカフェのテーブルでPCに向かっていた。

中国の李傑《リージェ》の秘書から英語のメールが来ていて、まほろば沖縄についてもうすこし詳しい情報が欲しいと連絡してきた。文面から、外交辞令ではなく本格的に検討したいという意識が感じられた。まず李傑の秘書に、なるべく早く対応するのですこし待ってほしい旨のメールを礼を添えて返し、助手の三木には、まほろば沖縄の資料のいくつかを指定し、プレゼンの流れを説明して、それに沿って整えるよう指示した。ふと思いついて、まほろば北海道のいくつかの資料も別途用意しておくようにと書き加えた時、岸見が北京から送ったメールが着信する。そうか追いかけてきたか、とこれを読んだ市川は忍び笑いを漏らす。

岸見が北京を飛び立ち、ユーラシア大陸を西へと渡りはじめた頃には、市川もまた搭乗ゲートをくぐって、エアバスに乗り込んだ。

機中、ほとんど寝ていなかった岸見は、シートベルトを外し、背もたれを倒して目を閉じる。一方、席に着いた市川はシートベルトを締めると、ノートPCを取り出して、機内ワイファイに接続し、まほろばのホームページを確認する。やはり。「炉前散語」の新しい動画がアップされていた。

こんばんは中谷です。モスクワの赤の広場に来ています。いや、とにかく寒い。さっき測ったら二度でした。まだ氷点下になっていないから、こちらの人にとっては序の口みたいだけど。寒くて耳が痛いので、なんていうのかな、名前は知らないんだけど、ほらあるでしょ、ロシアの人がよく被っている耳当てつきの帽子、あれを買いに行こうと思います。あっちに大きな百貨店があるので行ってみましょう。

中谷のアップショットで映像がいったん途切れ、ふたたび登場したときにはグレーのウシャンカを被っていた。中谷は赤の広場の元いた場所に立っていて、これは暖かいぞ、最強だ、などと言ってサムズアップしている。なかなか似合ってるじゃない、と市川は思う。さあモスクワめぐりをしよう、と中谷は言い、ユーチューバーのビデオブロガーみたいに、スマホを自分に向け、自撮りしながら歩き出す。背後に、レーニン廟《びょう》の黒い影がかすかに見える。

地下鉄に乗ります、あそこが入り口だな、と言い、下りていく。テアトラリナヤ駅の構内はたくさんの彫像で有名だ。兵士と犬の彫像と、その犬の鼻を撫でていく人を撮影して、どうしてみんな鼻を撫でてるのかわからないけど、などと言って、真似して撫でる中谷の手が画面《フレーム》に入ってくる。

これを皮切りに、中谷はモスクワの地下鉄を乗り回し、地下鉄構内を巡る旅に出る。モスクワにはじめて来た観光客は、地下鉄構内の絢爛《けんらん》な装飾と、駅ごとに異なるデザインに興奮する。中谷も例に洩れず、カメラを回しながら、思いつくままに乗っては降り、構内を歩き回ってはまた乗って、感興のおもむくまま言葉にしていった。

化学者メンデレーエフ（元素の周期律を発見し、周期表を作成）の名にちなんだメンデレーエフスカヤ駅では、高い天井にぶら下がっている蛍光灯を撮りながら、

「分子モデルの配置を表しているみたいです」

と言い、パルク・ポベーディ駅の地下八十四メートルにまで延びる下りエスカレーターの上では、

「それにしてもこのエスカレーター速すぎじゃないの」

とはしゃいだ声を出し、アルバーツカヤ駅のドーム型の天井に連なるシャンデリアに、

「まるで宮殿みたいだ」

と感嘆し、ノヴォクズネツカヤ駅のモザイク画を見上げた時には、

「こちらは教会みたい」

とため息を漏らしたりし、改札をくぐると、

「ロシアの地下鉄は乗車した距離に関係なく、みんな一律の値段みたいですね」

などと、旅系ユーチューバーみたいなコメントをしたりしていた。

それから、トラムに乗るときに、顔認証システムがうまくいかずに立ち往生し、結局トロイカカードで支払いして、

「カンロならこんなことはないのになあ」

などとさりげなく宣伝したり、ウクライナへの侵攻以降、フランチャイズ契約を解除されたあとでも営業を続けているマクドナルドもどきの店で、

「うん。ま、問題ないと思うね」

とハンバーガーを頬張り、丸亀製麺もどきの店では、

「これは正真正銘まずいや」

と言ってため息をつきながら箸を置いたのを見て、市川は笑った。

モスクワ地下鉄の路線図を頭の中に思い描きながら、2号線から7号線に乗り換えたなとか、環状線の外まで来ているじゃないのなどと思い、一緒にモスクワの街を彷徨《さまよ》っている気分になった。動画を見終わると、このあとはゆっくり眠っただろうか、モスクワはそろそろ朝だななどと思い、するとこんどはふと

岸見のことが心に浮かんで、彼女はいまどの辺《あた》りを飛んでいるのだろう、と考えた。光村の縊死《いし》を、彼女は会社に報告しただろうか。

市川はノートPCをたたむと、背もたれを倒し、窓の外の青い空と白い雲を見た。中谷は光村の件をどう受け止めるだろう。大胆なことを口にしてさらりと実行する豪胆さを持ち合わせている一方で、殻《から》を失ったヤドカリみたいに、柔らかく傷つきやすい部分も併せ持った男である。――いや、これは自分の早まった診断にすぎないのだろうか。ただ、私たちはこれからが正念場だ。大勝負を目前に控えたいま、動揺を与えかねない情報はなるべく入れたくない。それに、中谷に言わなければならないことはまだある。エアーの認証権のことだ。重要度からすれば、こちらが優先されるべきだろう。そして、重要であるがゆえに、やはりタイミングには慎重を期すべきだ、と市川は思った。

岸見と市川がそれぞれモスクワに向かって飛んでいる頃、目を覚ました中谷はホテルを出た。ボリショイ劇場を通過してそのまま北へと歩き、脇道に入ったところに見つけたカフェの窓ぎわに席を取って、黒パンとオムレツとコーヒーの朝食を摂った。

ホテルに戻り、釈首座に手ほどきしてもらった要領で四十分ほど坐禅をし、空手着に着替えて、サンチンを練習した。

お茶を飲みたくなってポットを探し、金属の壺のようなものを見つけて、これで淹れるのだなと見当をつけたけれど、使い方がわからず諦めて、ティーパックでこしらえた。昼食は、部屋に備えつけのビスケットと紅茶ですませ、読書をしていたら昼過ぎになったので、フロントに電話してタクシーを手配してもらった。

午後二時四十分、市川の乗ったカタール航空機は、モスクワのシェレメーチエヴォ国際空港に着陸した。入国審査のカウンターでビザ免除書類の代わりに、中谷にもらった大統領府からの招待状の画像を見せ、自分の名前とパスポートの名前が一致していることを確認させたが、係員はどこかに電話をかけ、別の担当者を呼んだ。ホテル名を訊かれ、メトロポールだ、先に着いた中谷がすでに宿泊している、と言い添え、その場でホテルに電話してもらって、なんとか通してもらった。

　手荷物受取所《バゲージ・クレイム》に向かいながら、フライトボードを見上げ、岸見が乗っている北京発の中国国際航空機の到着時間を確認しながら、キャリーバッグを引いて外に出ると、中谷が立っていた。動画で見たウシャンカを被って笑っている。

「すごい荷物だな」

　中谷は市川の手からキャリーバッグとドルチェ&ガッバーナの紙袋を奪って歩きだした。

「子供の頃に住んでいたのはどのあたりだったの」

　タクシーに乗ると中谷が言った。

「ああ、クレムリンからすこし西のアルバート通り。集会やデモが多いところ。スターバックスや、ハードロックカフェなんかもあったけど、戦争でもう撤退してるだろうね。いろいろ変わっていくよ。いま走ってるこの道だって、私が住んでいる頃にはなかったし」

　チェックインしたあと、ベルボーイが連れて行ってくれたのは、豪華なスイートルームだった。

「中谷さんの部屋は?」

　市川が訊くと、

「この上」

　と言って、天井を指さした。

「そこもスイートなんでしょ」

「うん、アンバサダースイートだっけ、一番高いところを取った。まあ、今回はそれなりにかっこつけないと、おさまりがつかないからさ」

「こっちはプレミアスイートね。だけどスイートひとつでもよかったのに」

「いや、このホテル、どのスイートも寝室がひとつで、そこに大きなベッドがひとつあるタイプだけなんだ」

ふーん、と市川はつぶやいて、ちょっとそっちの部屋も見たいなと言い、ああ、好きなほうを使ってくれてかまわないからと中谷が応じて、ふたりで上の階に移動した。

「なるほど」

部屋を見て回ると市川は言った。

「だけど、ホテルにもうひとつベッド入れてくれと言ったらやってくれるんじゃない」

「でも、もうチェックインしちゃったし」

「キャンセルできるんじゃないかな。だって打ち合わせのたびに上と下を行き来するのは面倒でしょ」

「そんなに面倒かな……」

「面倒でしょ。だから、同じ部屋を使ってたんでしょ、彼女と中国で」

少林寺の禅堂の首座を招いて「炉前散語」を収録した部屋が、スイートに見えたのでそう言ってみただけだった。ところが、意外なほど濃く、中谷の顔が狼狽《ろうばい》の色に染まった。

「彼女？」

「張莓心《チャンイーシン》さん」

「どのホテルで」

「どのホテルでって……、ああ、場所によるわけね」

中谷は黙っている。これはもう、旅のどこかで、あの美人の通訳と同室で夜を過ごしたのはまちがいないと思い、と同時に、そんなことにこだわっている自分が嫌になって、

「まあいいです」

と言い、けれど、それだけでは気が収まらず、

「気が進まないのなら。えっちらおっちら階段を登ってきますよ」

と嫌みまで吐いてしまい、ますますやりきれなくなって、

「あ、ここからボリショイが見えるんだ」

と、窓の外を見た。

「なにをやってるのかなあ、いま」

「くるみ割り人形」

「え、ほんとうですか」

「うん。市川さんが見たがるんじゃないかと思って、朝ご飯食べに出てた時に、確認したよ。終わったら、見に行けばいい」

市川はちょっと機嫌を直した。

「あらサモワールがある、お茶でも飲みましょう」

部屋を見回し、中谷が使うのを諦めた金属の壺を見つけて言った。

「え、使い方わかるんですか」

「本物は、ここの穴から石炭を入れて屋外でお茶を淹れるために使ってたの。それが電化製品になって生き延びてるってわけ。形がきれいだからだよね、きっと。――使ってみますか?」

せっかくなのでと中谷は言った。市川は、金属の壺の中にミネラルウォーターを注いで、壺から延びるコードを壁のコンセントに挿してスイッチを入れた。湯が湧くと、壺についている蛇口のコックをひねって、茶葉を入れたポットに注いだ。

茶が染み出す間に、市川はジャムの小瓶を見つけて、小皿に移した。ジャムを舐めながら紅茶を飲むのがロシア流と教え、中谷が昼食代わりに囓《かじ》ったビスケットを出してくると、赤ちゃんのイラストのパッケ

ージを懐かしいと言って眺めた。

「このあと、岸見さんが来ます」

ビスケットを囓りながら市川は報告した。中谷が不思議そうな顔をこちらに向ける。市川は、

「このゲームの最後の一手は、ロシアで打つことを仄めかしておきました」

と言ってから、

「中谷さんの意向を汲んで」

と足したが、相手が複雑な笑みを浮かべて黙っているので、

「岸見さんに賭けたわけですよね」

と念を入れると、チェックメイトに追い込んでいるような気になり、

「このゲームの成果をちゃんと表現してくれそうな人として岸見さんを選んだわけでしょう。そうでなきゃ、『炉前散語』の対談相手に岸見さんを選ぶはずないもの。わかっていてくれそうなジャーナリストとして岸見さんに賭けたわけですよね」

と詰めていくと、中谷がうなずいたので、すかさず、

「その前にファンだったそうだけど」

と付け足した。

中谷は、また小さくうなずいて、ジャムを舐めた。


飛行機が着陸態勢に入ると、岸見は緊張しはじめた。飛田に協力してもらって整えた手筈を冷静に眺めてみると、やはり弱い。ボーディング・ブリッジを渡って、到着ロビーに出て、入国審査場が近づくにつれて、この手がハマるとは思えなくなった。だが手持ちの札はこれしかない。

入国審査の順番が回ってきた。パスポートを出す。それを見た係員が、ビザを出せ、と言って人さし指

を手前に折り曲げた時、

「これがビザの代わりです」

と手にしていたタブレット端末の画面を係員に向けた。顎の尖った係員は眉間にしわを寄せてそれを覗いた。そこには、飛田の弟、イゴール・トビタが自己紹介とともに岸見伶羅の入国を促している。

自分は日本の国際政治研究家である。私は日本を代表してHSE、ロシア国立研究大学経済高等学院の国際会議に招かれ、まほろばのカンロの可能性について講演をした。その時の原稿を添付する。彼女はまほろばの経済活動を初期の頃から追っているジャーナリストであり、まほろば代表の中谷は現在モスクワにいる。中谷は、現在ロシアが行っている軍事作戦（西側諸国での呼称では「ウクライナ戦争」）を、一般的な日本人とは異なった角度から見て、理解しようとしている。さらに岸見伶羅は、私がHSEの国際カンファレンスで招かれたときに同大学から受け取ったレポート、『A Russian Perspective on a Multipolar World for the Global Majority』を丹念に読んでおり（実はそんなもの読んでいない）、彼女がCNNやMSNBCとはまったく異なった報道をすることはまちがいないだろう。

係員はディスプレイから目を上げた。その灰色の瞳を見た時、岸見は答えを予測した。

「ニェート」

と係員は首を振った。やはり駄目か。と思った時、ポケットの中でスマホが震えた。心配した飛田がかけてきたのだろう。日本はいま何時だろうか、ひょっとしてもう日付が変わったのかもしれない。もしもし、と係員の前で岸見はスマホを耳に当てた。

――いま、どこにいらっしゃいます？

「いや、やっぱり駄目みたいです」

――ビザがないからですよね。

ええ、と答えてから、この違和感はなんんだ、と思い、

「もしもし、この声はひょっとして市川さん?」

と言った。

――あらごめんなさい。名乗ってませんでしたね。

「いえ、ディスプレイも見ずに出たものですから」

――で、状況としては足止めを食らっているわけですか。

「はい、日本に追い返されそうな状況です」

――じゃあ、いまから言うロシア語を担当者に向かって言ってみて。そのあとで岸見さんのスマホを係員に渡してください。

市川が発語したロシア語はかなり長いものだった。覚えきれないぞ、と焦ったが、ここが正念場だと思い集中した。エスリ ヴィ ニェ ラズリシチィエ……、もう一回お願いします。なんどでも言うから落ち着いて。エスリ ヴィ ニェ ラズリシチィエ ミニェ ヴィェハチィ ヴ ストラヌ、ウト プリヴィディト……。もう一回。なんどかくり返し、係員に向かって言おうと顔を上げた時、相手は薄い唇を歪めて首を振って、

「聞いたよ」

と英語で言い、またしても、そして前よりも強い調子で、

「ニェート」

と首を振った。

だめか。と思いつつ、とにもかくにもスマホを係員に突き出した。

相手は苦笑しながら受け取って耳に当てた。しばらくすると彼の表情から、苦い笑いが潮が引くように消えていった。そしてロシア語でのやり取りがしばらく続き、相手はスマホを耳から離して、しかしそれを岸見のほうには戻さずに手元に置いたまま、壁にかかった電話機から受話器を取ってどこかと話しはじ

めた。そしてまた受話器を戻し、スマホを取り上げ、やり取りを再開した。係員が話すより、聞いている時間のほうが長かった。やがて、もうひとり別の係員がやってきた。背が高くどっしりした、つるりときれいに禿《は》げた頭を持つ男だった。カウンターに座っていた顎の尖った男からスマホを奪うと大きな声で話しはじめた。だが、その声もしだいに小さくなった。そして突然、スマホを岸見につき返した。

「もしもし」

とりあえず岸見は言った。

――私がメールで送った添付ファイル、それを開いて彼らに見せてあげてくれる？

「あ、あの招待状ですか。でも私の名前は入ってませんけど」

――もちろん。とにかく見せてみて。それからこの電話はまだ切らないで、先方に戻してください。

岸見は、失礼と日本語で言って、カウンターからタブレット端末を取り戻し、市川からもらったメール（中谷から受け取ったものを市川が転送した）を見つけて、添付ファイルを開封し、スマホと一緒にふたたびカウンターに戻した。

尖った顎とどっしりの二人の係員はそれをしばらく眺めていた。どっしりしたほうが、ため息をひとつついてスマホを取り上げ、ふたたび市川と話しだした。その声は、最初とは比べ物にならないほど、穏やかなものになっていた。

市川に注意を促されてのことだろうか、彼らはもういちどタブレットの上の文字列を点検するように見直した。そしてどっしりが、

「ハラショー」

と言って岸見にスマホをつき返した。耳に当てたがすでに切れていた。尖った顎がパスポートにスタンプを押して突き返した。

「スパシーバ」

と岸見が言うと、ふたりの係員はつまらなそうにふんと笑った。気の変わらないうちにと、そそくさと向こう側に抜け、キャリーバッグを引いて、税関を通過し、到着ロビーに抜けた。

出迎える人の群れに中谷と市川の姿があった。ふたりは似合いのカップルみたいに立っていた。

「おお、やっと出てきたよ」

放飼場《ほうしじょう》にパンダが現れるのを待っていた動物園の客みたいに中谷が言い、

「よかったですね。まる一日かけてやってきたのに、そのまま日本に帰れなんて言われたら、たまらないもの」

と市川に言われ、岸見ははっとして、

「本当にありがとうございました」

と頭を下げた。

「私がビザなしなのはわかっていたんですね」

「うん、私がロシア行きを匂わせたのは日曜だから、月曜日に申請しても出るのは早くて週の後半でしょ、だから、そういうことではないかと」

「どうやって説得したんですか」

「それはあとで。長旅で疲れてるだろうからとりあえず行きましょう」

と市川が言い、中谷が岸見の荷物を持とうとして、いや大丈夫ですと断ろうとすると、

「持たせてあげて。叱られちゃうから」

と注意した。

「え、叱られるってだれに」

「ごくふつうに通りかかったおばさん《チョーチャ》に見られるとそうなる。どうしてあなたは荷物を持ってあげないの、あなたが荷物を持ってあげるまで私はここを通さないわよ、きぃっ！　なんてね」

「それは勘弁してもらいたいな」

　と中谷が言って岸見の手からキャリーバッグを奪い、先を歩きだす。岸見は市川と肩を並べてその後ろを歩いた。ロシア語もできるんですね、ドイツ語ができることは知っていたけれど。ドイツ語？　ええ、昔、まほろばから東京に帰る常磐線の中でドイツ語でなにか読んでましたよ。そうかなんだったんだろ。ロシアは詳しいんですか？　いや父の仕事の都合でちょっと住んでいただけ。――などと話しているうちに、いつのまにか中谷を挟んでタクシーの後部座席に座っていた。

「それでいまからどこに」

「お腹空いてますか」

　と中谷が尋ねた。

「いや、毎度毎度きっちり機内食を食べていたので」

「だったら夕飯は後にしよう」

　と中谷が言った。三人で一緒に食べるつもりらしい。これはよくない。取材者の自分と取材の対象との距離が近すぎる。――のではあるが、中谷と市川が一緒のところに同席できるチャンスなんてそうそうあるもんじゃない。この近さをキープしつつ先に進むほうが得策のような気もする。道下なら絶対そうしろと言うだろう。飛田も同じだ。ただ、道下が望んでいるのは、まほろばの瓦解というこの二人にとってのバッドエンドなのだが。もちろん、彼女や中谷の行いが非難に値するのならしかたがない。けれど、どうなのだろう。

　たしかに、中谷が中国に打った手については、「中国に媚びてみせただけだ」という批判は出そうだ。だけど、現実的に日中関係を穏やかなものにし、中国にも改善を呼びかけたと前向きに捉えることもできる。さて、どっちだ。わからない。わからないまま、呼び寄せられるように私はロシアに来た。このふたりはいったいここでなにをしようとしているのだろう。

まだクイーンが残ってる。自分を自室に招いたときに市川はそう言った。中国で使ったのはルークで、ロシアではクイーンを動かすってことなのか。中国と同じくらいの、あるいはそれ以上の強烈な手でロシアに迫るつもりなのか。それがありうることなのは、市川が送ってくれた添付ファイルの文面からも想像できた。

では、それはなんだ？

まさか、戦費の補助？

いや、そうなったら異議を唱えるしかない。ウクライナに侵攻したロシア側の主張にも耳を傾けるべきだ、くらいまではオーケーだけど、侵攻を肯定するのはまずい。戦争で人が死ぬことは容認できない。どちら側の人間の死なら見過ごせる、なんて発想は駄目だ、絶対に。

「着きましたよ」

クラシカルで優美なホテルの前に停まったタクシーから降りて、エントランスをくぐるとすぐに、宮殿を思わせる大理石の階段があった。どう見ても高級ホテルじゃないの。まあまほろばの代表と副代表が宿泊しているのなら、当然だ。岸見のキャリーバッグを持って先にフロントカウンターまで行き着いた中谷に、岸見が追いつくと、

「パスポートを出してください」

と言われた。岸見は戸惑う。てっきりティーラウンジで話を聞かせてもらえるものと思っていたのだ。それに、こんなホテルの宿泊費を経費で落とそうとすれば怒鳴られる。庶民的なホテルだって近くにあるはずだから、そこに泊まりますと言おうとしたとき、

「さ、早く。理由はあとで説明しますから」

と言われ、とりあえず出した。

市川がやってきて、フロントクラークと話し出す。先方は神妙にうなずき、品のいい笑顔とともに電子

キーを差し出す。市川が受け取り、笑顔を残してカウンターを離れる。と同時にベルボーイが近づいてきて、エレベーターの前で追いつき、中谷の手からキャリーバッグを受け取ろうとするが、それを制するかのように市川がロシア語でなにか言って、ベルボーイは手を引っ込める。そのベルボーイの手に中谷がルーブル紙幣を押しつけた。このやりとりを市川が、エレベーターのボタンを押しながら、横目で見ている。エレベーターが来た。三人で乗り込み、中谷はベルボーイに「じゅうぶん仕事はしてもらった」と英語で言って微笑みかける。笑顔になったベルボーイの前で扉が閉まる。なにもかもが興味深くて、岸見はこの状況の中で、今晩自分がどこに泊まるのかを考える余裕を失っている。

ドアが開いた。市川が降りて、岸見がそれを追ったあとも、中谷は箱の中に残っていた。

「じゃああとで」

と上を指さす中谷の姿を、閉じる扉が隠してしまう。岸見のキャリーバッグはいつのまにか市川の手に渡っていた。

ここです、と市川が鍵を挿し込みドアを開いた向こうは、広々とした間取りのリビングだった。

「とりあえず、どうぞ」

市川がソファーに腰を下ろし、向かいの席を勧め、岸見もええと言って腰を下ろす。

「スイートですね」

と言った時、まだ自分がこのホテルの名前さえ知らないことに気がついた。メトロポール。帝政ロシア時代から続くホテル、日本で言うと帝国ホテル？　もちろん、まほろばの代表と副代表のふたりの宿泊先としては不思議はない。問題はなぜここに自分がいるかだ。

「ここに泊まってもらわないと困るの。私と同室で申し訳ないけど」

「申し訳なくなんかないですけど、でも、それってどうして？」

「そうしないと岸見さんを入国させられなかったから」

そこで岸見は市川の助けを借りてなんとか入国できたことをまた思い出し、

「でも、どうして私はビザなしで入国できたんですか」

「まず、岸見さんに脅してもらった」

「え」

「品《ひん》のないこと言ってもらって」

「あ、ロシア語。私なんて言ったんですか」

「ここを通さないと、あなたにとって由々しき事態が起きるだろう。——みたいな感じかな」

たしかに脅し文句だけれど、あの顎の尖った係員は薄笑いを浮かべていた。拙いロシア語なので子供が虚勢を張っているようにしか聞こえなかったのだろう。

「そのあとで、私が送った書類を係員に見せてもらったでしょ」

と市川が続ける。

「ええ、でもそこに私の名前はなかったはずですが」

「だから、密着取材してもらっているんだって説明したわけ」

いい、いい、いい、いい
してもらっているという言い方だと、まほろばの御用ジャーナリストみたいになる。岸見は決まりが悪くなった。

「岸見さん、入国審査の係員が、ちょっと怪しいな、と思った人間にとりあえず訊くことはなに?」

「あ、そうか。宿泊先ですね」

「そう。岸見さんのホテルはもうブックしていたんですか」

「いえ。入国できるかどうかもわからなかったので」

「それは都合がよかった。密着取材だから私と一緒にこのホテルに泊まっていると言った。それから、私が岸見さんに添付で送ったあのファイルを向こうに見せてもらったでしょ？　あれ読んだ？」

「ええ、でも招待状なんですよね、あれは」

「そう、私たちは明日クレムリンの人たちと会うことになっている。で、出席者の中にＦＳＢの局長がいる。ＦＳＢってわかりますか？」

えっと、と思い出すのに手間取っていると、

「ロシア連邦保安庁。ソ連時代のＫＧＢを引き継いだ情報機関。いまの大統領はＫＧＢ出身で、元ＦＳＢ長官だった。――でね、前置きが長くなったけど、入国審査のカウンターで業務にあたっているのは、ＦＳＢの国境警備隊職員なの。だから私は言った。彼女を不用意に追い返したりしたら、私はそれをＦＳＢ長官に言いつけますよ、と」

なるほど。係員の顔から笑いが消えて、そのあと凍りついた理由《わけ》はこれだったのか。

「だから、明日の会談は密室で行われるんだけど、もし話がうまくまとまって、そのあと共同発表をするような事態になれば、代表は岸見さんのインタビューに答えたいと言っています。――ていうか、まあそういうことにしちゃったんだよね」

岸見の胸中で興奮と逡巡《しゅんじゅん》が攪拌《かくはん》されて渦巻いた。市川のアイディアは非常に魅力的だった。と同時に、まほろばに取り込まれたジャーナリストとして縛られてしまいかねない危険も孕んでいた。市川はついと立ち上がり、冷蔵庫の中からボトルをふたつ持って戻り、

「ごめんなさい、飲み物も出さないで。無粋だけど、そのまま飲んで」

と言ってキャップをひねってボトルに直接口をつけた。飲んでみると想像した味とあまりにもちがったので、岸見は思わず顔を歪めた。

「あ、コーラだと思って飲んだ？」

「なんですかこれは」

「クワスです。裸麦から作るロシアの炭酸飲料。福田さんは麦茶だと思って飲んで吹き出してたけど」

思わぬところで、もうひとりの副代表の名前が出た。彼は市川とロシアに来たことがあったのだろうか。それはいつ？　つきあってた頃？　いまもつきあってる？　いや、だめだめ、そっちに頭を使っている場合じゃないよ、と自分を戒めていると、

「それから中谷からの伝言です」

と市川が岸見の注意を引き戻した。

「密着取材は岸見さんを入国させるための建て前なので、自由に報道してもらっていいそうです」

叩きたいなら叩けってこと？　そんなわけないでしょ、と問い返したい気持ちを抑え、

「中谷代表はどこに泊まってるんですか」

「上の階のアンバサダースイートに。──もしよければそちらで寝ますか」

思いがけない問いかけを苦笑で受け止めた岸見は、

「逆の選択肢はないんですか」

と問い返した。相手は笑いもせずに小首をかしげ、クワスをひとくち飲んでから、

「逆って？」

と神妙な声でつぶやく。


中谷は、ベッドの横の床に、尻に枕を敷いて足を半跏趺坐《はんかふざ》に組んで座り、目を閉じていた。すると、インターホンが鳴った。

ドアを開けると、市川が入って来た。手はキャリーケースの把手を握っている。ソファーにどさりと身を投げると、前の席を指さしたので、中谷は腰を下ろした。

「悪いけど私もここで」

と市川が言い、驚いた中谷は黙っていた。

「どうして？　――くらいは訊いたほうがいいんじゃないですか」

中谷は、ああ、そうですね、とうなずいた。

「私と同室ってのは具合が悪いんですって。中谷さんの部屋に行くのはどうですか、とも言ったんだけど。――まあね、昔はファンだったって公言されているので、そこは私も気を使ったわけです。ただ残念ながら彼女としては、それもまったくもって駄目だと。つまり、ジャーナリストとしては取材の対象者とはある一定の距離を保ちたい。――正論ではありますが」

市川は、ここまで一気に喋ってから、

「ということで、追い出されちゃったので、ここで寝させてください、よろしくお願いします」

と宣言するように言った。

「だけど。妙なこと報道されちゃうんじゃないか」

「妙なことって」

「つまり僕と市川さんが、事実婚の状態にあるとかなんとか」

「ああ、そのことなら大丈夫ですよ。私が立ち退きに応じる条件として、そういうことは報道しないと約束してもらいましたから。それに、彼女もそんなことには興味はないみたいです。中谷さんもジャーナリストとしての彼女を信頼してるんじゃなかったんですか」

中谷が決まり悪そうにうなずくと、

「それにどうでもいいでしょ、そんなこと。私たちのやろうとしているのは、そんなゴシップで毀損《きそん》されるようなものなのかしら」

と注意さえした。

その頃、一階下のプレミアスイートでは、市川が送ってくれた添付ファイルを岸見がじっくり読んでいた。

招待状

二〇二二年十月二十四日

日本国　財団法人まほろば　代表　中谷祐喜　副代表　市川みどり

謹啓

貴殿の、我が国への政策提言を拝受いたしました。

ウクライナ東部紛争を巡り、日本とロシアの関係は必ずしも良好とは言えません。しかし、様々な問題を抱えながらも、貴国を重要な隣国と認識する我々は、民間レベルでのコミュニケーションの継続を望んでいます。

中華人民共和国国務院から受け取った貴殿の提言を、極めて興味深く拝読いたしました。つきましては、提言内容について詳細を伺いたいと考えております。

日時　二〇二二年十月二十六日（水）午前九時

場所：クレムリン　カトリーヌホール

出席予定者

ウラジミール・プトロフ　大統領
ミハイル・ミシュスキー　首相
セルゲイ・シロフ　国防相
セルゲイ・ラヴレンチェフ　外相
ニコライ・パヴロフ　安全保障会議書記
アレクサンドル・ボルトヴィチ　連邦保安庁局長
キリル・ペトロフ　モスクワ総主教

二〇二二年十月二十六日午前八時三十分、ホテルにお迎えの車を用意いたします。

この顔ぶれはなんだよ。文面からすると、中谷は中国国務院経由でロシアに接見を申し込んだようだ。だとしたら、ロシア側はごくごく最近にそれを受け取ったことになる。これだけの大物たちが二日かそこいらで時間調整して会おうというのだから大事《おおごと》だ。提言とはいったいなんだ。そういえばと思い出し、飛田に電話した。すぐに出た。まず入国できたことを知らせ、詳細は省かせてくれと断り、いまは中谷と市川と同じホテルにいるのだが、とにかくこの先が大事だからと言って、不可解な状況についての質問を防止し、中谷と市川が明日クレムリンに行って要人と会う予定であることを報告してから、プトロフ大統領以下、その錚々《そうそう》たるメンバーを読み上げた。

——マジ？

このひとことが返ってくるまで、ちょっとした沈黙があった。

「招待状が偽モノでなければ」とだけ岸見は返した。

飛田はまたしばらく沈黙し、他局の動きは？　と訊いてきた。他局もなにも、ビザなしでモスクワまでやってきて、市川の力を借りてなんとか空港の入国審査エリアから抜け出し、ふたりと同じホテルに泊まっているこの経緯《いきさつ》を考えると、そんな動きなど考えられないのだが、それは一口では説明できないので、

「いやまったく」

と答えた。すると、だとしたらこれは大スクープになるよ、と飛田が興奮し、

――カメラは持って行ったの。

「ええ、ソニーの小《ち》っこいの、後藤さんが推薦してくれて」

――PXWZ90Vってやつかな。問題ないと思うよ。

「たぶんそれなんですが。ただ、私、メカに弱いのでちゃんと扱えるかどうか」

――いやいや、番組としてはどうしても絵は欲しいよ。中谷氏に赤の広場に立ってもらってクレムリンをバックにインタビューしてよ。

「となると、私ひとりじゃ心細いなあ。後藤さんが、あんまり暗いとすこしノイズが乗っちゃうかもって言ってたし。こうなるとモスクワ支局を閉めちゃったのは痛いですね」

――だけど、今それを言ってもしょうがないよ。

そう飛田が言ったのは、自分が責められたと感じたからかもしれない。モスクワ支局が政府当局に嫌がらせめいたことをされ、局員の安全を考慮して閉めたのは、報道ナイト23が他局よりかなり強い調子でロシアを批判したからだった。

「ただ、うちのモスクワ支局の局員って、二名だけでしょう。技術スタッフは取材のたびに現地で調達してたんじゃないんですか」

――うん、うちはどこの支局でもそうしてる。現地スタッフを雇ったほうが、言葉の面とか、風習の面とかで有利だから。

「だったら日本に戻っている元支局員に訊いて、信頼できる現地カメラマンを紹介して、寄越してもらえませんか」

――いいアイディアだけど、間に合わないよ。――いまそっちは何時？

もうすぐ七時。ということは日本は夜中の一時か。元支局員の連絡先を調べて叩き起こし、モスクワに電話させてスタッフをここまで派遣してもらうには無理のあるスケジュールだ。

――カメラマンが必要だと思われるのはどのタイミングかな。

「必要かどうかもよくわからないんです。市川さんが言うには、もしうまくいった場合、共同声明を発表するかもしれないということです」

――共同声明⁉

飛田の声が裏返った。

――まるで国家元首どうしの会談じゃないの。

「そうなんです。そのときに記者席で私がカメラを持っているのもおかしいので、やっぱり後方から撮《う》って欲しいんですけど」

――そうしないと駄目。それに、岸見の顔入りの現場レポートの絵も欲しいし。困ったな。他局がちゃんとしたカメラ回しているのに、ネタを摑んだうちがスマホで自撮りってのはありえないよ。こうなったら、道下さんに相談するしかない。この件なら、真夜中でもすぐ飛び起きて、打てる手はすべて打ってくれるよ。そのくらいの大ネタだから。

「……でも、道下さんに相談したらどうなるんですか」

――そりゃトーマスに話すでしょう。

「ＢＢＣですか」

――うん。ＢＢＣは古くからモスクワ支局を置いている。局員だって多い。彼らを動かすことができればカメラマンのひとりぐらいわけないよ。

あまり気乗りのしない提案に岸見が黙り込んでいると、

――トーマス＝道下チームに、取材の方向性を固められちゃうのが嫌なんでしょ。

「ええ」

――たしかにね。でも岸見さ、うちはもう、まほろばを賞賛することはできないよ。

「どうしてですか」

――どうしてって、そうか、見てないの、月曜の放送？

そうだった。特集コーナーがはじまってすぐに、市川からロシアに移動しているというメールが来て、慌てて旅の支度に取り掛かったので、見ていないに等しい。

――まほろばは財源のない張り子の虎だって言っちゃったからね。

やはり誤爆につながる一撃を放ってしまったようだ。財源はある。たとえ政府がカンロを強制終了させても、あれだけの金塊を持っていて、さらにリアルマネーも保有していると言うのだから。

「番組の反響は？」

――わからない。いま取りまとめてる。

「李氏との対談がきっかけで、本格的なバッシングに踏み切ったんですね。あれのどこがいけなかったんですか」

――どこがっていうか、中国とくっつくことそのものね。

「別に中国にべったりってわけでもなかったと思うんですが。覇者たるもの、もっとやさしくあれと苦言を呈していましたし。いくら嫌ったってつきあわざるを得ないんだから、まほろばなりに模索しているんだと思うんです」

――それはわかる、個人的にはね。だからその意見、ギリギリオーケーだとしよう。けれど、これにロシアが加わると、それは通用しなくなる。あのね、視聴者は複雑な議論についてこられないって道下さんが言ってたでしょ。言い方はアレだけど、それが現実だよ。その現実に引きずられて、ジャーナリストもどんどんバカになっているってイゴールには言われるんだけど。とにかくさ、もともとウクライナの東部はロシア領だったとか、NATOが挑発しすぎたとか、マイダン革命はCIAの工作で起きたとか、ミンスク合意はどうなったんだとか、そういうややこしい経緯《いきさつ》よりも、プトロフ大統領は一方的に戦車とミサイルで隣国を侵略した悪い奴ってことが、うちの視聴者が摂取できる情報のほぼすべてだよ。

「でも私たちが思っているそんな〝真実〟っていうのは日々書き換えられていくものだし、そのことを前提にジャーナリズムも仕事をしなきゃいけないんじゃないですか」

——だから岸見、ここは両論併記よ。

両論併記。数年前にも、まほろばバッシングの方向が固められ、その時、市川みどりが提案したごまかしの技法だ。でも、数日前に岸見は、またこの手でお茶を濁そうかと考えをめぐらせていたとき、今回はただひたすら傍観者でいろと市川から注意された。そのとき凍結したこの偽装作戦を、今またこんどは飛田が推奨してきている。

——こんな時期にプトロフ大統領と握手する自治体の首長《くびちょう》は褒められない、それが現実。ただ、よき面もあるということだけはつけ足しておく。そして、それを最後につける。前半ではたっぷり懸念を表明しておいて最後にちょっとだけ長所を見つけてコメントする。両論併記というにはアンバランスだけど、これが限界だね。

「よき面ですか」

——そう、ただ、お金をあげるから仲良くしましょうってことだけだと駄目だよ。それが戦費に回る可能性だってあるわけだから。だからなにか考えなきゃ。あ、もうちょっと話していたいけど、カメラマンの件を早いとこ道下さんに相談したほうがいいから、もう切る。寒いだろうから風邪《かぜ》ひかないようにね。じやあ。

切れた。

すこし前、まほろば本部の副代表室のワーキングスペースで、福田はセッター君に運んでもらったカレーライスを頬張りながら、報道ナイト23を見ていた。

散々なことを言われていた。内容は大きくふたつ。中国の帝国主義的な一帯一路政策を手助けするなんてけしからん。そして、そもそもまほろばのカンロというのはとても怪しいシロモノだということだった。

ずいぶん大胆な見切り発車だな、と福田は思った。まほろばと中国が連携することに脅威を感じて、カンロを貶《おとし》め、利用者や世間に不信を抱《いだ》かせ、システムの崩壊を狙っていることは明白だった。ただ、さほど証拠を揃えないでここまで言い切ったことに、焦りが見え隠れしていた。第一、カンロが張り子の虎の野良マネーだと中国が思っているのなら、あんな風にもてなしはしない。たぶん中谷はすこしばかり見せてやったのだろう、市川が岸見に金塊の預かり証を見せたように。

福田はセッター君を呼んで、皿と水を下げてもらい、時計を見た。零時《れいじ》三十分。備え付けのコーヒーマシンでエスプレッソを淹れ、まほろばの資産状況をみようと、巨大な液晶パネルを起動させた。ニューヨークのウォール街ではそろそろ朝の取引開始からの激しい動きがいったん落ち着く頃だ。それに伴ってまほろばの資産も大きく変動する。もっとも、完璧な市場予測をするエアーは減らすようなことはないのだが。

福田はデミタスカップから立ち上る濃い香りをかぎながら、

「FACE2」

と言って腰掛け、そして、えっと思わず声を上げた。

ちょっとこれはいくらなんでも、と福田は思った。資産がないどころではない、増えすぎているのだ。

このところ、エアーの〝勝ちすぎ〟に福田は頭を抱えている。それが昨日今日はさらに猛烈だった。ということは、そのぶんボロ負けしている連中がわんさかいることになる。

これはまずい。

なにより恐ろしいのは、怨嗟《えんさ》だ。まほろばは金はあるが権力はない。まほろばを潰そうと権力側に腹を決められれば、ひとたまりもなくやられる。ただ、まほろばを潰してしまえば、自分たちの実入りもなくなるので、踏ん切りがつかないだけだ。その気持ちを上手に刺激しながら福田は立ち回っている。ただ、権力は日本政府だけとは限らないし、国という形を取らないものもある。特にウォール街のグローバリストたちはさまざまなロビー活動を通じて、ワシントンの権力をコントロールしているので、事実上の権力だ。もちろん、まほろばの勝ちっぷりについては、複雑な金融商品を用いて、実際の収益を見えなくしたり、匿名のアカウントを使ったり、取引の一部だけを公開したりして、なるべく知られないよう工夫を凝らしている。ただ、それでも、これだけのボロ勝ちは隠しようがない。もうこれ以上金を増やして欲しくないというのが福田の正直な気持ちだった。これを踏まえて、ロシアにいるふたりには慎重に動いてもらいたいと思い、スマホを取り出し、時計を見て時差を計算した。


「そうなのか。…………うーん、たしかに、岸見さんが中立性にこだわるのなら、同席は嫌かもだけど。

……えっ、……ああ、別の理由なのね。…………そう。じゃあ、そういうことならしかたがないか。

…………代表はさみしがるだろうけど」

ソファーで市川はホテルの客室電話で話している。そして、では、そのようにと言って受話器を台座に戻すと、

「残念でした」

とすこし離れたテーブルの椅子に掛けている中谷にふり返った。

「岸見さん、夜は誰かと会うんですって」

「誰かって」

「詳しいことは聞かなかったけど、カメラマンと合流するみたい」

「でも、ＴＢＣはモスクワ支局を閉じたんじゃなかったっけ」

と中谷が言った。そういえばそうだ。けれど市川はそれには答えず、

「岸見さんが来なくてさみしいですか」

中谷はすっと立って、

「いや、まあ」

とだけ言ってから、

「市川さんとふたりでご飯食べるのってこれまでにあったっけな」

と自問するようにつぶやいた。

市川は首をかしげた。

「はじめて？」

「だよね。だからちょっと緊張してる」

市川の顔にうっすらと笑みが浮かぶ。そして、余計なことは言わないことにして、無言で立ち上がる。

ふたりが下りのエレベーターに乗ると、箱はひとつ下の階でいちど停まってドアが開いた。岸見が立っていた。彼女は、中の乗客を見てちょっと驚き、戸惑いがちに乗って来た。そして、くるりと振り向いて、中谷の横で肩を並べた。

「これから打ち合わせですか」

と中谷が尋ねる。

「ええ」

会話はそれ以上は続かない。長く思えた沈黙をドアが開く音が破る。三人は降りる。ホテルを出たところで、岸見が市川に振り返った。

「すみません、方向だけ教えてくれますか。アプリが使えなくて」

岸見はスマホの画面を市川に向けた。手書きの地図とロシア語があった。

「ボリショイ・オルディンカ通りなら、あっちだね」

とワシリイ大聖堂のある方角を指さして、

「で、なんだって。ああ、〝カラヴァエフ兄弟の店〟か。赤の広場を突っ切ってまっすぐ行くと川があるからそれを渡って、もうすこし先に行くとまた橋があります。それも渡ってもうちょっと行ったところです。二十五分ぐらい歩くけど、地下鉄に乗って、方向感覚がわからなくなったりすると大変だから、歩いたほうが確実かな」

岸見は礼を言って立ち去った。


逆方向に踵を返した中谷と市川は、やはり三十分ほど歩いて、ロシアの有名作家の名前が冠《かん》されたレストランに入った。

入り口でコートを預け、ああ、寒かった、やっぱりこっちの寒さはまたちがうね、と市川は窓際の席に微笑みながら着くと、ウエイターからメニューを受け取った。これにしませんか、と言って市川はロシア語を指す。これって言われても。「大家さんの台所の宝物」と市川が日本語にする。美味しそうだ。メインはお肉かお魚かを選べるけど。じゃあ、僕はお肉で。じゃあ、私はお魚。市川が給仕係を呼んで注文しているあいだ、中谷は窓から大通りを見ている。行き交う人の口からこぼれた白い息が、暗い街を霊気のように漂う。

中谷の横顔を見て、市川は宿題を思い出す。この席で光村のことをあえてさらりと報告してみようかと考え、すぐに、いやよしたほうがいいと取り下げる。忙しさにかまけて、光村の通夜や葬儀がどうなったのかも問い合わせていなかった。アポをなんどもドタキャンした福田も、さっきかけてきた電話口で、報道ナイト23がまほろばバッシングをはじめてね、まほろばにはほとんど資産がない、なんて某エコノミストがしたり顔で言ってたけど、実際は増えすぎて困ってんだよ、などと嘆いたりしていたものの、光村のことには一切触れなかった。これはまずい。

中谷は、まほろば内での冠婚葬祭はもちろん、棟上げ式などにも拘《こだわ》り、自《みずか》ら建築中の二階から餅を撒いたり、マホロビアンはこのような場には顔を出すべきだ、と熱心に説いて、「いまどきそこまでやる？」という声が出るほどだった。市川たちの淡白さと中谷の執着とのギャップの調整は、また時と場所を改めてやろうと市川は判断した。

なら、ここでエアーの〝認証権〟をさりげなく持ち出すのはどうだろう。こちらのほうがむしろ話しやすい気がする。と同時に、これはいま話題にしなければならない事柄でもない気がした。今夜は明日の会談に集中するべきだ。この結論に彼女は満足した。けれど実は、ささくれだった話題を持ち込むことなく、この夕餉《ゆうげ》をできるだけ楽しいものにしたい、という気持ちがなにより勝《まさ》っていたのである。

一方、岸見は、迷うことなく〝カラヴァエフ兄弟の店〟にたどり着いた。店の雰囲気は、カフェとレストランの中間である。入って店内を見回すと、壁際のテーブルに座っていた四十歳くらいの白人男性が手を挙げた。

「レイラかい」

イエスと言って、向かいに座り、レイラ・キシミ。レイラでいいと手を差しだす。

「ラリー・ホワイト、ラリーだ」

ラリーはカジュアルなスーツを着てネクタイをしていた。

「あなたが回してくれるの？」

「いや、カメラマンはいま手配している」

岸見は名刺入れからいちまい抜いて、

「あなたのビジネスカードももらえないかしら」

と言いながら渡す。

「申し訳ないがいま持っていない。まず携帯電話の番号を交換しよう、君のナンバーを教えてくれ」

番号を言って、最初に81の国番号をつけてかけてと言うと、ラリーはうなずいて岸見のスマホを鳴らしてから、これでよし、と言った。

「手配中ってどういうこと？」

「カメラマンは、明日の朝までに君の部屋に派遣するよ。約束する」

「彼はロシア人？　ＢＢＣに所属しているの？」

「カメラマンはＢＢＣが雇っているロシア人だ。ロシア語が喋れないと現場で苦労するからね。もちろん英語も喋れるので心配はいらない」

「で、あなたはＢＢＣの職員なわけね」

「みたいなものだ」

「その、みたいなものってどういうこと」

と岸見は追いつめるように言って、

「――うん？　僕はなにか疑われるようなことを言ったかな」

となだめるように笑われた時、なんだか躍起になって食いついているな、とは感じた。

「あなたの英語がアメリカ人っぽく聞こえたから」

名刺をくれなかったことに合わせて、子音のｒやｔの音が聞こえなかったのがなんとなく気になっていた。

「ああ、僕はペンシルバニア州出身だ」

「アメリカ人なのね」

「ＢＢＣではアドバイザーをしている」

「なんの？」

「国際政治。――シンプルに言えば」

「もうすこし詳しく教えてくれるかな」

「オーケー。テレビスタッフってのは、国際政治のゲームのルールや意味をちゃんと理解してないことが多い。自分たちが見聞きしたものが、どういう意味を孕んでいるかを見通せないことはザラだ。それを読み解き、噛み砕いて、解説するのが僕の仕事だ」

なるほどと心中ではうなずいたが、やはりトーマスが寄越した人物だという先入観が心模様をザラつかせ、

「じゃあ、この打ち合わせはいったいなんのためのもの？」

と思わず岸見は訊き返していた。ちょうどこの時、クルーが注文を取りに来た。

「食事はしたかい」

岸見のつっけんどんな態度をなだめるように、ラリーがまた微笑んだ。

「まだだけど、そんなにお腹は減っていないからいい。テイクアウトができるなら、帰り際になにか買って、ホテルの部屋で食べたいけど」

岸見はカフェラテを注文しながら、口調をすこし柔らげた。

「なら、この店はパンとケーキが美味しいから、デザートも買っていきなよ」

とラリーは笑顔を崩さない。

「で、君は、まほろばが受け取った大統領府からの招待状の写しを持っているんだね」

「いや、見せてもらっただけ」

岸見は嘘をついた。

「大統領が出席することはまちがいないのか」

「出席者の筆頭に名前があったからね」

「ほかの名前も思い出せる限り教えて欲しい」

「忘れたけど、ＦＳＢの局長はあった」

「外相は？」

「さあ」

ラテが来た。岸見はひとくち飲んで、

「ああ、暖まる」

と日本語で言って間《ま》を取った。

「シロフ国防相の名前は入ってたかい」

「あった気がする。で、彼らの出席が気になる理由は？」

ラリーはそばを通りかかったクルーを呼び止め、自分の目の前の空いたカップを下げさせて、カフェラテを注文し、

「僕も飲みたくなった」

と言ってまた微笑みかけた。はぐらかすつもりだな、と岸見は警戒を解かなかった。

「君の宿泊先はメトロポールだったね」

岸見が黙っていると、

「どうしたんだい、カメラクルーを向かわせなきゃいけないだろ」

と言ってまた笑う。そりゃそうだなと思い、うなずいた。

「まほろばの代表と副代表もメトロポールに泊まっているんだね」

「国際政治ゲームの解読に宿泊先は大事なんですか」

「いや、これは君への質問だ。君がどれぐらいまほろばのふたりと親密なのかを確認したい。君はまほろばに最も近いジャーナリストだって聞いているよ。プライベートでも親しくて、ナカタニはアナウンサー時代の君のファンだったってこともね」

なんだそりゃ。カメラマンの手配のためにそんな情報を伝える必要はないはずだ。

「ことさら個人的なつきあいはありませんよ」

「だけど、ミドリとは呑んだことがあるって言うじゃないか」

取材の対象とは一定の距離を保つことにしていると言おうとして、英語がうまく出てこなかった。いいんだいいんだ、とラリーはなだめるようにうなずいた。

「ジャーナリストのガイドラインを持ち出すつもりはない。政治にコミットしつつ素晴らしい記事を書いたウォルター・リップマンの例もあるしね」

誰だよそいつは？　と思いつつも、無愛想な自分の態度も大人げないなと思っていると、

「じゃあ正直に言うよ」

とラリーが改まった。

「会見が終わったあと、君は中谷代表に単独インタビューするんだろ」

「会談がうまくいけばという条件があるけれど」

「それこそジャーナリズムの精神に反するじゃないか。うまくいってもいかなくても、現状とその原因を公衆に知らしめるのがジャーナリストだろ」

それはそうだ。

「とにかく、僕は君のモスクワでの取材を全面的にバックアップするから、インタビューにはなんとかこぎつけてくれ。インタビュアーは君ひとりでかまわない。ただし映像と音声の素材はこちらにも渡してほしいんだ」

と上手に交渉し、小さな手帳を取り出して、

「君の上司はミチシタだね。彼からもよろしくと言われている。疑うのなら、東京に電話して確認してくれ」

たしかに、カメラマンの手配だけを彼やＢＢＣに手伝わせるのもアンフェアな気がして、

「ええ、道下が了解しているのなら――」

と岸見は言った。

「じゃあ、クレムリンをバックにナカタニを立たせて君がインタビューすることにしよう。そのほうが歴史的な会談を終えたばかりという雰囲気が出ていいだろ」

それからラリーは、大統領とともにこの会談に臨むであろうメンバーを予想した。それは、モスクワ総主教を除いて完璧に招待状の面々と一致していた（いや、正確にはもうひとりいるのだが）。

ミーティングが終わり、勘定場でテイクアウト用の軽食を待っている間に、横でスマホをいじっていたラリーが、

「出たよ」

と嬉しそうに画面を岸見に向けた。

「たったいまだ。大統領府から発表があった。政府首脳は訪露中のまほろば代表と明日の午前中に会見をおこない、午後に共同声明を発表する予定である――だってさ」

岸見は、中から暖かさが伝わる紙袋を受け取りながら、そうか、本当に会談するんだな、とこの状況をすこしずつリアルに感じはじめていた。

「危ないから送るよ」

店を出るとラリーは言った。場所にもよるだろうけど、モスクワが観光客にとってそんなに物騒だとは聞かないし、このあたりなら心配いらないのでは、と思って断った。けれど、もう九時を回っているし、とラリーが言い、あまり意固地になるのもよくないな、と思い直して、じゃあお願いと言った。

道中、ラリーはすこしはしゃぎ気味だった。支社を閉じたTBCに一番いいところを持っていかれて、他局は悔しがるだろうな。――などと話し、ラリーのポケットの中でスマホがバイブする音が聞こえても、出るのを忘れて喋り続けていた。

なにごともなくホテルに着いたちょうどその時、逆方向から見覚えのある人影がふたつ近づいてきた。

「こんばんは。打ち合わせはうまくいきましたか」

市川の表情も声も、柔和で晴れやかだった。よい晩餐《ばんさん》だったんだろう。岸見は、ええ、と言って、ラリー、ナカタニ、イチカワと名前だけの紹介をした。ふたりを前にしてラリーが急に意気込みやしないかと心配したが、軽く握手をかわし、岸見にじゃあと目配せして、来た道を引き返して行った。

「僕らも行こう」

と中谷が言い、ふたりがホテルのエントランスに足を向けたときもまだ、岸見の視線はラリーの背中を追っていた。彼が二十メートルほど先でポケットからスマホを取り出し耳に当てるのが見えた。

「薄着じゃないか、早く入りなよ」

また中谷の声が聞こえた。ええ、と言って岸見も踵を返す。

三人でエレベーターに乗った。提げている袋に気づいた中谷が、

「なに買ったの」

と尋ねてきた。

「ピロシキとペルメニです、それとオリヴィエサラダ」

「そうか、食べる暇がないくらいに忙しかったんだね」

ドアが開いた。会釈して、岸見が箱の外に出る時、

「こんど一緒に」

と中谷が言い、

「岸見さんさえよければ」

とまた声が続いて、背後でドアが閉まった。


部屋に戻った中谷と市川は、浴室と寝室に分かれて部屋着に着替えたあと、ノートPCを持ち寄って、リビングの丸テーブルで打ち合わせをはじめた。

まずふたりは、明日出席する面々の顔と名前を再確認した。

モスクワ総主教が出席しているのはどうしてかな、と中谷が尋ねた。さあ、ちょっとよくわからないけれど、まあ一応って感じじゃないのかな、大統領とは仲がいいみたいだし、と市川は受け流した。中谷はそうだろうかと首をかしげている。それよりも、注意しなければならないのは、セルゲイ・シロフ国防相とセルゲイ・ラヴレンチェフ外相のふたりですよ、と市川は注意した。彼らは反日的と呼んでもよく、特に、シロフ国防省は、菱田首相について「アメリカの犬」などと表現したことがあるくらいだから。――そう市川が説明しても、中谷は、そういう役割分担なんだろう、と暢気《のんき》に構え、オーロラリンクのネットワーク機能を使って、市川のPCに自分の画面を共有させると、

「じゃあ、これを読んでみてくれますか」

とある文書を開いた。市川が前にしているPCの画面に英文が広がる。

「A Russian Perspective on a Multipolar World for the Global Majority ――なんですかこれ」

「HSEっていうロシア国立研究大学経済高等学院が主催した国際会議で、主催者側が配った資料です」

「どうしてこれを?」

「イゴール飛田ってうちがバックアップしている在野の研究者がくれた。知らないかな」

「あ、中谷さんが薦めてるブロガーですね。なかなか読めていないので申し訳ないんですが。——中谷さんはどうして知ったんでしたっけ」

「変なことを言うようだけど」

「ええ」

「ときどき、おっさんからメールが来るんだ」

「杉原さんから?」

中谷がPCを操作すると、市川の目の前の画面が切り替わり、まほろばで使っているメールアプリが現れた。中谷が動かすカーソルが一通のメールを選択した。

差出人は「Chisato Sugihara (f.h.)」

「この(f.h.)ってのは?」

「フロム・ヘブン、だろうね」

半信半疑のまま、市川は本文に目をやったが、そこにはURLが載っているだけだった。クリックすると、「イゴール飛田のサーバーは移転しました」という文言があり、その下のURLをまたクリックすると、こんどはまほろばのサイトに飛んだ。

最初のURLで、ブロガーの存在を教えてもらった中谷が、まほろばでバックアップすることを決定して、まほろばのサイトに引っ越しさせたのだろう。では、イゴール飛田を中谷に教えたのは本当に杉原なのか? そんなわけはないと思いつつ、メアドを確認すると、ドメインはまほろばのもので、生前杉原が使っていたものにちがいなかった。

市川は中谷の顔を見た。

「ひょっとして、中谷さんはこう考えている？　誰かが杉原さんを騙《かた》ってメールを送りつけているのではなくて――」

「――ではなくて」

「杉原さんが天国からメールを出してくれているって」

中谷はうなずいた。

「おっさんはエアーの中に生きている。――そうとも言える」

信じ方を変えてみれば信じられることではあった。

エアーはありとあらゆる情報、この世に漂う空気のようなもの、情報にすらならないようなものまで、情報として読み込み、処理し、すべてを解読してしまう。ということは、すべてを観察しているということだ。当然、エアーは中谷をウォッチするだろう。彼の状況を把握し、必要な情報を提供することなど、エアーにとっては朝飯前なのかもしれない。そして、これを受け取る側の中谷が「おっさんはエアーの中で生きている」と感じることも、的外れだとは思えなかった。

「この話はいずれしよう」

と中谷が言った。

「とても大事なことが書かれたメールがあってね。折を見て市川さんや福田に話しておかなきゃって思ってたんだけど――」

そこで中谷が押し黙ったので、

「――いまは明日の会談に集中しましょうか」

と市川はその先を足した。

「そうだね。じゃあ、イゴールからもらった資料に話を戻そう。これを読むとロシアがこれからの世界をどう見てるかがわかるし、シロフ国防相が菱田さんをそこまで悪《あ》し様《ざま》に言うのも理解できる気がするよ」

「あとでじっくり読みますが、内容をかいつまんで説明してもらえますか」

「グローバリゼーションは止まるだろうと言っている」

「では、ナショナリズムが復活すると」

「イエス。ナショナリズムは世界中で復活する。彼らがそう望んでるってこともあるんだろうけど」

「なるほど」

「だけど彼らは、ほかの国と同じように日本を見ていない。たとえ日本でナショナリズムが息を吹き返し、アメリカの核の傘から抜け出そうとする気運が高まったとしても、日本のナショナリズムは中国やロシアに敵対的なものになるだろうって書かれている。つまり、日本は自分たちの仲間にはならないだろうってことだ。僕たちがまず理解しなければならないのは、ロシアはそういう目で日本を見てるってことさ」

「中谷さんがこれをこの場で取り上げるってことは、明日の会談は物別れに終わると踏んでいるってこと？」

「いやむしろ逆。チャンスになると思ってる」

「というのは？」

「ロシアは東を開拓したがっている。ロシアも中国と同じぐらい広大な土地を持つ国だけれど、東の湾岸部が栄えて西の大陸部が開発途上にある中国とは逆なんだ。ロシアは東の開発がとても遅れている」

「そうですね。大統領は〝東シフト政策〟を明言していますし、シベリア・極東の開発を二十一世紀全体を通じての国家的プロジェクトだと位置づけています。また、シベリアと極東をアジア太平洋ビジネスの中心にするべきだとも言っている」

「〝脱亜入欧〟の逆、〝脱欧入亜〟だね。それなのによき隣国にならなければならないはずの日本となかなかうまくやれない」

「アメリカとの安全保障条約がありますから」

「それはわかる。でも、菱田さんは戦争がはじまったら真っ先に反ロシアの旗を掲げた。まあそうするしかないってことはわかってるだろうけれど、ロシアからしたら腹は立つだろう」

「シロフ国防相の暴言が役割分担だって言うのはそういうことなんですか」

「そう、おあいこってことさ。だけどさ、僕らはまほろばであって日本じゃない。だけどアジアではある」

「つまり、プトロフ大統領はヨーロッパとのつきあいに嫌気がさしている、と代表は判断してるんですか」

「だね。ロシアが東側、つまり日本をどう見ているかを知る上で、さっきのＨＳＥの資料は重要だった。次は、ロシアが西側をどう見ているかだ。これについては、プトロフ大統領の演説が参考になる。先月、ロシアはウクライナ東部の四つの州を併合するって一方的に宣言しただろう」

「国連ですぐに無効だって扱いになりましたね」

「うん、ただその時にプトロフ大統領がクレムリンで演説した。それはチェックしてる？」

市川は首を振り、すみません、と言った。

「ＮＨＫが全文を日本語に訳してくれている。それに僕が手を加えて、段落を設けたのがこれ」

市川の目の前のディスプレイに日本語の文面が現れた。

「これを読むとロシアの西に対する見方がわかる。いまのロシア政権がどのように西側を見ているかがわかるし、また、明日の僕らとの会談に、モスクワ総主教が出席している理由もわかる気がするんだな」

「じゃあ、いま読ませてもらっていいですか」

「市川さんならロシア語で読めばいいよ。用意しておいた」

目の前の画面がキリル文字で覆われた。市川は文字を追った。

「たしかに人が死ぬのは嫌だ。ひとりひとりの死を考えるといたたまれなくなるよ」

読み終わって画面から視線を上げると、中谷はぽつりと言った。

「だけど、そこに書かれている気持ちはわかる」

市川はうなずいた。

「これは僕が騙されやすいってことなんだろうか」

それはある。他人の気持ちがわかるという傾向は、彼の個性を作っているだろう。中谷が大事にしようとするやさしさは、侵攻する側の憤りと、それによって傷つく人間の悲痛の両方に向けられる。それはともかく、と市川は言った。

「紛争や戦争を起こさない努力は続けるべきです」

中谷はただ黙ってうなずいた。

「あともうひとつ。ここにロシアの本音があるという代表の見方は正しいと思います。私もこの気持ちはわかります。だからといってロシアのやりかたを全面的に肯定するわけにもいきません」

「だからね、まほろばがやらなきゃいけないことはもう決まっているんだ」

「どういうことですか」

「中国に対してやっていることと同じだ。変化を促すことだ。やさしさにもっと目を向けさせることだよ」


時計が二時を回った頃、もうよそう、明日頭が回らなくなるといけないから、と中谷が言って、ふたりはシャワーを浴びて寝ることにした。先に浴室を使ってと市川は言い、言われた中谷は、おお一番風呂、旦那様みたいだ、と冗談を飛ばしてリビングを出て行く。市川はその間、部屋にあったチェスボードに駒を並べてひとりで遊んでいた。クイーンを動かして、シャフと言って、明日のミーティングに向かって気合いを入れようとしていた。

先に寝ちゃうよー、と声がした。寝室に移動する気配がしたので、はーいと答え、市川は浴室に入る。白の基板に墨《すみ》を滴《したた》らせたような模様の大理石で設《しつら》えられた壁と床。浴室には、前の主《あるじ》の暖かい湿り気が漂っていた。濡れた大理石の上にも熱が残っている。湯を張った浴槽の中で手足を伸ばした時、バスタブの縁《ふち》に置かれた石鹸《せっけん》の小さな泡が、ここにいたことと不在を同時に印象づけた。

シルクのパジャマに着替え、髪を乾かして寝室に入る。中谷はキングサイズのベッドの端っこでうつ伏せになって寝ていた。遠慮がちに、ブランケットの逆の端を持ち上げて忍び込んだとき、ともねの相手は上はTシャツを着て下はコットンのスウェットパンツを穿いていた。

まだ国交省にいた頃、財務省の福田が主催していた勉強会に参加していたときだった。「面白いことが起こりそうだ、絶対に秘密にするなら」と言われて、エアーのことを知らされ、その〝所有者〟だと言われる人物に東北の小さな町の老舗旅館で仲間と一緒に引き合わされた。目の前に座った重要人物は、驚くほど若く、暢気で無頓着で気の置けないふわふわした、石鹸の泡のような雰囲気の男だった。とても、首相や官房長官と渡り合って、政府と大きな取引を成立させた傑物には見えなかった。やがて、「ねえねえ」と調子よく隣の席から声をかけてくる同級生のように、こちらに気があることも隠さなくなった。さらにこの男は、市川の恋人だと見せかけて、政府の首脳陣に芝居を打つという妙ちくりんなアイディアまで思いつき、しかも、あろうことか逮捕され、この公演を勝手にぶち壊した。共演者の市川にもさまざまな面倒が降りかかり、彼女は国交省を辞めた。

しばらくして、釈放された本人から連絡があった。怨嗟の言葉を吐きかけるべきだったのだが、彼女はなぜかそんな気持ちになれず、自分があの猿芝居に乗った理由をこんな言葉で説明した。


金を使って金以外のことを目指している、そんな気がしたから。


この言葉に、吐き出した当人が驚いた。そして、まほろばが新規スタッフの募集をかけると、受験者として福島に出かけ、中谷と再会した。

一緒に働くにつれ、中谷はあのとき市川が思わず口走った指針を固く守って行動している気がしてならなくなった。彼女の中谷に対する評価は、口からこぼれる言葉とは裏腹に、しだいに高くなった。けれど、中谷からは、暢気さと明るさと快活さはすこしずつ影をひそめていき、こちらに接する態度も、かつての気さくで心やすいものから、いささか形式ばったものに変化した。市川はそれを成長と受け止めようとしたが、心のどこかで寂しさも感じていた。西域で撮影された「炉前散語」でのかつてのガールフレンドとの飾らない気さくなやりとりは、意外なほど市川の心をかき乱した。

そして、いま自分はロシアにいる。この男を追いかけてきたような気もする。なんだか不思議だ。市川は、毛布からすこしはみ出ている男の肩をちょんと突《つつ》いてみた。反応はなく、聞こえるのは静かな寝息だけだった。

翌朝六時、ひとつ下の階のプレミアスイートで電話が鳴った。フロントからだった。来客がラウンジで待っていると告げられ、岸見はソニーのカメラとマイクを持って下りた。

エントランスのソファーにそれらしき男がいた。目が合うと、粗い目のタートルネックのセーターを着て、前屈《まえかが》みになって座っていた男が腰を上げた。

「イヴァンだ。イヴァン・ヴォルコフ」

立ち上がるとひときわ体格のよさが目立つロシア人は、スラブ人っぽい訛りが混じった、けれど文法はしっかりした英語を話した。

「岸見伶羅。日本のTBCというテレビ局で働いている。レイラと呼んで」

握手を交わし、ふたりは腰を下ろした。

「それが日本から持ってきたカメラかな」

「ええ、いつも組んでるカメラマンが、軽くて画質もいいからと推薦してくれたの。これで撮ってもらえれば、データのやり取りなんかしなくていいから楽なんだけど」

イヴァンは首を振った。

「自分のを使う。最後は屋外で撮影するって聞いてるからね」

「暗いとノイズが乗るかもってこと？　でも、そこまで暗いところの撮影なんてある？」

「首脳部が海外のゲストとミーティングをして、午後一番に共同発表なんだろ。ただこの手の会議は、よく後ろにずれ込むからね。細部が潰れた画《え》で納品すると、カメラマンとしては命取りになりかねない」

たしかにそれは言えた。後藤がていねいに露出計で測っているので、早くしてよと急《せ》かしたら、いや、下手なことしたらこっちの商売に差し障りが出る、と跳ねつけられたことがある。

「それに、そのカメラは無駄にはならないよ」

とイヴァンは続けた。

「僕が撮影《シュート》するのは記者会見会場と、スパスカヤ塔のインタビューだけだ」

「だからどうだって言うの」

「君は対象者と個人的に親しいんだろ。そのカメラで、臨機応変に撮ればいい。そのほうが大きなカメラを持って僕が近づいていくよりも、リアルなものが撮れると思うな」

スマホのカメラで岸見が撮った中谷のインタビューがまさにそれだった。

「マイクはそいつだね」

「うん。だけど別にこだわりはないから、カメラと相性のいいものを用意してくれればそれを使うけど」

「いや、それでいいよ。延長コードはこちらで用意しておく」

それからイヴァンは、プレスセンターが九時に開くのでそこでまた会おうと言った。受付はクレムリン正面の第一入り口に設営される。君の名前は、取材陣のリストに載せられているから、パスポートと記者証を持っていけばいい。長い待機時間になるけど、食べ物や飲み物の持ち込みは、入り口の所持品検査で引っかかると、やっかいなことになるからよしたほうがいい。プレスセンターの近くにカフェがあるから、サンドイッチやコーヒーならそこで買える。そんなことまでイヴァンは丁寧に説明してくれた。愛想がいいとは言えないが、それでいて気配りしてくれるのは後藤と似ている、と岸見は思った。これで腕が確かなら申し分ない。

六階のアンバサダースイートでは、先に目を覚ました中谷がそっとベッドを抜け出し、トイレに行って放尿し、英語で〝朝の薪《モーニング・ウッド》〟と呼ばれるそれを固い状態から通常に戻すと、フリースを羽織ってリビングに移動し、PCを起こして、メールをチェックした。

Chisato Sugihara（f.h.）から一通来ていた。

すぐに開いて読んだ。

たといまた、わたしに預言をする力があり、あらゆる奥義とあらゆる知識とに通じていても、また、山を移すほどの強い信仰があっても、もし愛がなければ、わたしは無に等しい。1 Cor 13:2

この文言もときどき届く。

そして、あの衝撃の一文がまた添えられていた。忘れるなということらしい。

中谷は立ち上がった。窓辺に立ち、赤の広場を見下ろしながら、伝統空手の基本形、サンチンを開始した。突く、引く、をただひたすらくり返し、自分の身体の動きだけを意識することによって、心を空洞にし、デフォルト状態に戻す。敵はいない。敵はいない。

寝室で、すこし遅れて市川が目を覚ます。自分の隣が空だとわかると、時刻を確認し、寝過ごしてはいないことにほっとして、半身を起こす。ベッドから下りるとパジャマのままリビングに出て行った。中谷の背中が見えた。コットン生地の部屋着を着て、赤の広場が見える窓に向かって左右の拳を交互に突き出している。華麗な動きではなかったが、無心さは伝わった。声をかけずにバスルームに移動する。

洗顔し、フェイスパックしたままリビングに出て行くと、ルームメイトはまだこちらに背を向けたままクレムリンに拳を突き出していた。忍び足で寝室に行き、パックをしたまま、ドレッシングルームに入って、ドーハの空港で買ったドルチェ＆ガッバーナのスーツに着替え、化粧台に座るとパックを剝がして、薄く化粧をした。

リビングに戻ると中谷の姿はなかった。シャワーを使っているのだなと思い、コーヒーマシンを動かしていたら、ガウン姿で出てきて、寝室のほうに消え、今度はスーツ姿でまた現れて、濡れた髪のままテーブルに着いた。コーヒー飲むよねと訊くと、うなずいた。

「眠れた？」

中谷の前にカップを置いて、市川が言う。

「ほどほどには」

「そうなの、ぐっすり眠ってるみたいだったけど」

「ふりをしてた」

「え、どうして」

男はなにも言わずに、カップを持ち上げる。それからふたりは朝ご飯はどうするかを相談し、部屋にあるビスケットですまそうと話がまとまる。

黙ってセロハンを剝いてビスケットを三枚ずつ食べ、コーヒーを飲み終わったとき、部屋の電話が鳴って、迎えの車が来ていることをフロントから知らされた。

部屋の外にはスーツ姿の男がふたり立っていた。彼らと一緒にエレベーターに乗り、ホテルのエントランスホールを突っ切って、カーペットが敷かれた階段を下りていくと、車寄せにリムジンが停まっていた。

ちょうどその頃、昼下がりのまほろば本部の副代表室では、エアーがたらふく貪った結果を液晶パネル上に眺めていた福田は、ひょっとしてこの数字はまちがいではないか、と疑いさえ抱きはじめていた。

電話が鳴った。

——聞いているか。

外務省の西村はいきなりこう切り出した。

「なにを」

——ロシア大統領府が、中谷さんと市川をクレムリンに招待した。大統領が応対するそうだ。どうして知らせてくれなかったんだ。ロシア局の連中はかんかんだぞ。

「うっかりした。ただ、モスクワの日本大使館から連絡が来たんだろ」

——ああ、向こうはいま朝で、早めに出勤した職員が知って、泡食って電話してきた。

「メンツをつぶした形になって申し訳なかったな。ただ、なにを心配しているんだ」

——聞きたいのはこっちだ。相手は戦争当事国の大統領だぞ。いったいなにを話すつもりなんだ。なにせ、北京であれだけのことをやってくれたんで、ロシア屋は戦々恐々としてる。

そうかもしれないが、福田だってなにも聞かされていないのだ。ただ、なんとなく想像はついた。あれかい、とあれ、エネルギーと金融はかならず俎上《そじょう》に載る。けれどこのことはまだ北米局第二部の西村には言わないほうがいい。

「お隣どうし、仲良くやっていきましょうってことだろう、中国とだって、なにが決まったってわけじゃなかったじゃないか」

——ただ、今回は大統領みずから会うと言っている。

「まあそうだけど」

——それに、ロシアは決めるとなると早いぞ。ことと場合によっては、なにかをこの機会に決定する可能性があるって、ロシア局の人間は焦ってる。

かもしれない。インテリジェンスにしたって、中国はTikTokのような動画アプリを流行《はや》らせ、それを通じてじっくり情報収集する粘りと狡猾《こうかつ》さが持ち味だが、ロシアは突如現地に現れ、猛毒を撒いて殺害したりする。ロシアはいきなり襲いかかる。まさしく今回のウクライナへの侵攻がそうだった。とにかくなにかわかったら連絡するよ、と福田はお茶を濁して電話を切った。

中谷と市川はホテルのエントランスを出て、リムジンに乗り込む。市川を先に乗せた中谷が、腰をかがめようとした時、すこし離れたところから、岸見がカメラを構えていたのを見て、これに軽く手を上げた。ドアが閉まると車は音もなく発進した。リムジンは赤の広場をそのまま突っ切らずに迂回《うかい》して、モスクワ川に沿って大回りをしたあと、城壁のところどころに建つ、赤い星を頂上に戴いた時計塔の前で停車した。

中谷が先に降りた。市川は、腰をかがめて片方の足を地面に着けたとき、中谷に手を差しだした。そのほうがこの場においては自然だろうと思った。中谷がその手を取ったとき、完璧なカップルの絵ができあがり、ショートカットで突っ切ってきた岸見が、制服を着た警官に邪険にされながらも、ムーヴィーカメラのレンズをふたりに向けていた。中谷が薄く笑う。

ゲートをくぐると目の前には、歴史的建造群が待ち受けていた。聖堂広場だね、と市川はつぶやく。あの建物でロシア皇帝の戴冠式が行われたんだよ。ウスペンスキー大聖堂。そう言って正面に聳《そび》える金色の玉葱ドームをいくつも載せた教会を指さすと、中谷は、

「てことは、神の信任を得られなければ皇帝になれなかったってことか。そしていまも大統領官邸のお隣に、こんな大きな教会があるんだなあ」

と感慨深げにつぶやいた。

「復活したんだね。宗教が禁止されてたソ連時代は博物館にされちゃってたみたいだけど」

衛兵は大統領府とはちがう方向にふたりを導いた。どのくらい歩かされるのかな、おろしたてのパンプスだから足が痛くならないうちに到着してほしい、と思っていると、立ち止まった。大きな建物の玄関口の前だった。ふたりに向き直り、どうぞこちらにとでも言うように中へ手を差し延べた。

「宮殿じゃない、ここ」

市川は呆気にとられて、白亜の壁とアーチ状の窓をもつ、荘厳な建物を見上げ、

「クレムリン大宮殿だよ。国賓なんかが招かれる」

と言って隣を見た。中谷は、ふうん、といちおう感心はしたが、では、参りましょうぞ、姫、と澄ました顔で市川を促した。

金色の手摺りと豪華なシャンデリアで飾られた大理石の階段を登る。華やかな宮殿の内装に気圧《けお》されつつ二階に到着すると、広間に出た。たぶんここ、勲章授与式で使われる部屋だ、と市川は言った。衛兵が手を延ばした方向に歩を進める。突然、豪華絢爛にしておごそか、光まばゆいあの世とこの世の境のような空間が現れた。ドーム状の天井からは金色の巨大なシャンデリアが吊り下がり、色合いの異なる木材で巧みに組まれた寄木造《よせぎづく》りの床はあの世につながっているようだった。突き当たりまで行くと、また衛兵が立って、右へと手を差し延べる。壁には凝りに凝った紋章や、近寄ってじっくり見てみたいイコンが飾れていたりする。柱には魅惑的な金細工が施され、床に敷き詰められた寄木細工もコーナーを曲がる度にパターンが変化し、すべてが壮大で、厳格で、重厚感に満ちていて、圧倒的だった。歩きながら中谷が、

「ああ、これは天国を模しているのかな」

などとつぶやく。

もういちど右に曲がり、白を基調とした大広間に入ると、その奥にもうひとつ部屋があるらしく、扉の前に衛兵がやはりふたり立っている。近づくとひとりが扉の把手に手を掛けた。

扉が開かれる。まず大統領の姿が現れた。そして左右にこの会議に臨む面々がずらりと並んで楕円形のテーブルを囲んでいた。

7　愛がなければ無に等しい

大統領が立ち上がり、無表情のまま手を差し出した。中谷がまずその手を握り、これを皮切りにふたりは首脳陣らと順々に握手を交わした。相手はロシア人らしくしかめっ面をしているのに、中谷が薄い笑いを口元に漂わせていたので、市川もそうすることにした。ふたりは、次々と差し出された手を握り、最後に、細かい刺繍《ししゅう》が施され金色に縁取りされた青いストールを首から聖衣《カソック》の上にかけた総主教と握手してから、腰を下ろした。市川はあらためて部屋を見回し、ここは大ホールに隣接して設けられたドローイングルームだなと思った。

ようこそ、クレムリンへ。大統領がぼそりと英語で言って、さて、通訳は不要だと聞いているんだが、と前置きしてから市川のほうを向き、君がロシア語を話すのかね、と尋ねた。市川は、ずいぶん錆《さ》び付いていましたが、大急ぎで錆《さび》を落としてきました、ともちろんここはロシア語で返事をする。すると、大統領は、ザミェチャテーリナ！　と言って、握りこぶしで机をコツンと叩いた。

「では、はじめようか。まずは礼を言わなければならないな、ＢＲＩＣＳ銀行設立の折には多額の祝い金を頂戴した。心より礼を申し上げる」

と大統領が言い、

「そこで、まずふたつ質問をさせてくれ。ひょっとしたら三つ目の質問があるかもしれないが、それは君の答え次第だ」

と身を乗り出した。

「なんでもお尋ねください」

中谷は英語で言った。

「ではひとつ目。君はどうしてそんなに金を持っているんだね」

すこし考えてから、中谷は日本語に切り替えた。

「本当のところを言うと、持ってはいません」

「ふむ。では、どこかから借りたのか」

「借りるというのは最悪の手段ですね。大統領が戦っているのは、貸すことによって権力を握った連中ではないですか」

「おお、うまく誤魔化されたな。では、持っているわけではなく、借りたわけでもないのに、どうしてあんな大金をポンと出せるんだ」

「あれは授かりものです」

「ちょっと君」

と、長い顔をした男が、口をへの字に曲げて言った。

「大統領はそんな詭弁《きべん》を聞きたいわけじゃないよ」

訳しながら、市川がさりげなく、ふたりの手元に置いていた小さなカードを指さす。セルゲイ・ラヴレンチェフ外相。最近は、国連の安保理事会で非難を浴びているところが頻繁に映し出され、日本でも顔が知られるようになった。カードには、反日的な傾向が強いことを示す★がつけられている。

まあ聞こうじゃないか、という風に大統領が手で制し、
と言った。

「では、どこから授かったんだ」

「〝人間を超えるもの〟から」

市川は一瞬考え込んだ。超越的な存在を中谷がこう呼ぶことは、ファイナンシャル定期説明会のあとで福田からも聞かされていた。ただ、これをそのままロシア語に訳してその意が相手に伝わるかどうかは不

安だった。とはいえ、ここで電子辞書を叩いて悩む時間はない。市川は〝至高なるもの〟の意を加味し、それにふさわしいと思えるロシア語をあてがって訳した。

テーブルを囲んでいた、いかめしい顔つきの男たちは、さらに重々しく顔を曇らせた。

「それは〝神〟ですね、私たちの言葉で言えば」

総主教の発言だった。

「そう捉えていただいてかまいません」

座に、かすかなどよめきが起きる。

「端的に質問し直そう」

大統領が言った。

「まほろばは金融市場で荒稼ぎをしている。そうだね」

「はい」

「つまり君の言葉を翻訳すれば、神が君らを勝たせてるということになる」

「その通りです。お告げにしたがって投資をしていると、勝ちます。まちがいなく」

〝お告げ〟という言葉を中谷の意に沿った形で伝えるために市川は、英語では〝メッセージ〟に相当するロシア語を重々しく発音した。

大統領は、右手人さし指を曲げ、その第二関節を唇に当てながら、

「君は北京でも同じ質問を受けたはずだ。そのときはどう答えたんだ。あいつらにその言葉は通用したのかね」

と尋ねた。

「通用しました。言葉は変えましたが」

「なんて言葉を使ったんだ」

すると、中谷が市川を見た。頼むから通訳を悩ませるような難しいことは言わないで、という心の声が顔に浮かんでいたのか、男は微笑んで、こちらの顔を見つめたままスーツの襟の中に手を入れた。壁際で立哨《りっしょう》していた衛兵が一瞬動こうとして、踏みとどまった。中谷の手が抜かれた時、そこには万年筆が握られていた。中谷は水のグラスの下に敷かれていた紙のコースターを底から抜いて裏返し、その丸く白い面にペンを走らせて、ロイヤルブルーのインキを滲ませた。

「なんて読むんだ」

不思議そうに見つめていた大統領が、顔を上げて言った。

「テン。中国語ではティェン」

――「天」という文字を見ながら訳した市川は、なるほど、と思った。

「同じ意味なのかね」

「〝人間を超える大きなもの〟という意味では。中国の天、あなたがたの神《ボフ》、そしてまほろばの〝大きなもの〟。これらはひとつ、という三位一体説を僕は唱えているのです」

これは冗談なのかしら。だとしたら完全に空振りだ。誰もクスリともしないもの。特に総主教は、このこじつけを苦々しく思っているだろう。クレムリンの赤い城壁に建ついちばん高い塔が、トロイツカヤ《三位一体》塔なんて名前なのもよくない気がする。これだけのことを一瞬に考えて、やはり市川は訳すしかないと思い、そうした。

「中国人や日本人は宗教にはまるで関心がないと聞いているが」

軍服を着た男が言った。市川は質問を訳しながら、★のついたセルゲイ・シロフ国防相と書かれた手元のカードをさりげなく指さした。

「そう言われていますね。なんの宗教も信仰していないと答える日本人は多いし、答えた当人も嘘をついているつもりはないでしょう。けれど、なにかを信じているくせに、信じていないと思い込んでるだけだと思います。人間はそう簡単に〝信じる〟ってことと手を切れない。あなたがたロシア人だって、ソ連時代にもう要らないやと捨てたつもりになって、あとで慌てたじゃないですか」

　最後のところはハラハラしながら訳した。

「ワザアリ」

　大統領が仏頂面で言った。そんなロシア語知らないぞと焦ったときに、笑いながら中谷が、

「イッポンにあらず《not ippon》ですね」

　と英語で返したので、武道に譬《たと》えたジョークなんだとわかった。

「そういえばと思い出すのは、亡くなった愛甲に、大統領、この件はヒキワケにしましょうよと持ちかけられたことだ。私も、そうだな一方だけに利があってはのちに遺恨を残すことになるからな、と応じて彼の案を聞いてみたんだが、おいおい、それはイッポンだよ、審判の手は日本に上がっているじゃないかって文句を言ったことがあった」

　中谷だけが笑ったので、市川はヒヤヒヤした。

「大統領、私の狙いはイッポンではありません。いや、そもそも戦う気がないのです」

「戦う気がない？　そういえば、君はカラテをやるんだな。ネットで君が型を演じているところを見たぞ。君のカラテは戦うものじゃないってことか」

「まさしく」

「うむ。そういえば昔、少林寺に行ったときも似たようなことを言われてごまかされたがね。そんな武術がなんの役に立つんだ」

「大統領、それこそが我々にとって大事なものなのです。大統領が嗜《たしな》まれている柔道も本来の姿に戻れば、しかりです」

「よしわかった、それはあとで聞くことにしよう。ではふたつ目の質問だ。こちらのほうがむしろ重要だ

から先にさせてくれ」

大統領はテーブルに肘を突いてすこし身を乗り出した。

「君は、預かった金でなにをしようとしているんだ。つまり究極の目的を知りたい」

岸見伶羅から発せられた質問がいまロシア大統領に受け継がれた。

中谷は淡々として答えた。

「金があってもできないことを」

「ほう。神から預かった金で、金があってもできないことをやろうとする。面白い。で、なんだ、それは」

「国を作るのです」

中谷みずからゆっくりと英語で言った。〝国〟には〝カントリー〟が充てられていた。

「国？　国ならあるだろ、国連に加盟し、G７で議長も務めたことのある立派な国が。日本人が十九世紀のユダヤ人みたいなことを言う必要がどこにあるんだ」

きわどいジョークめいた質問を大統領は真面目な顔で言った。

「私が欲しいのは、もうひとつの国です」

「ますますわからん。どういう意味だ」

「ホームランド。ロシア語ならロジーナ。それを私たちはまほろばと呼んでいます。今日はその提案に参ったのです」

なるほどね《パニートナ》。大統領はまた右手人さし指の第二関節を唇に当ててつぶやいた。

「それでこの提案か」

とうなずいてはいるが、納得したようには見えない。

「じゃあ、そろそろ本題に入ろう」

「では、市川のほうから申し上げます」

ここで、昨夜打ち合わせをした通り、メインスピーカーのお鉢が回ってきた。僕の日本語をいちいち市川さんがロシア語に直してたら、相手にとっても聞き苦しいだろ。市川さんはまほろばの顔なんだから、市川さんが話せばいい、と中谷は言った。市川は手元のグラスから水を飲んだ。ミネラルが多量に含まれたロシアの硬水は重かった。

「先ほど、中谷が国を作ると発言しましたが、あらためて私どもの提案を申し上げます。ロシア国内にまほろば自治区を作らせていただきたいのです」

と言って市川は参加者の顔を見た。このことはすでに文書にて相手に知らせているので、誰も驚きはしない。

「経済発展が停滞している場所にまほろばを作り、そこにカンロというマネーを流し込んで、産業を活発化させ、人口を流入させる。われわれはこの手法でこれまで、日本のまほろば自治区すべてにおいて生産高を向上させ、人口増・出生率の増加を達成してまいりました。さらには先日は北京に赴き、中国にもぜひまほろば自治区をという交渉をいたしましたが、このとき中国側から前向きな姿勢を示していただいたのも、これらの実績を評価してくださった故だと思います」

これも周知の事実なのでみな黙って聞いている。おそらく問題は次だ。

「続けて我々は、北海道と沖縄にもまほろば自治区を作ることを決定しております。さらに中国にまほろばができた暁には、まほろば沖縄は中国のまほろばと緊密な連携を図るつもりでおります。そして、もし、ロシア領土内にまほろばを作らせて頂けるのならば、まほろば北海道と緊密な連携を促すことで、なおいっそうの発展が見込めると考えております」

「で、我が国のどこにそいつを作りたいというのだね」

当然の質問である。発したのは、広い額《ひたい》の下に落ちくぼんだ目と大きな鼻、そして薄い唇を持ったニコライ・パヴロフ安全保障会議書記だった。中谷が手元のカードに視線を落として★を確認しているのが見えた。

「サハリン州クリル地区のイトゥルップ島《とう》、日本での呼び名では択捉島《えとろふとう》、さらに南クリル地区の国後島《くなしりとう》、色丹島《しこたんとう》、歯舞群島《はぼまいぐんとう》にぜひ作らせて頂ければと」

深く重苦しい沈黙ののちに、いいかねイチカワサン、と安全保障会議書記が気勢を削《そ》ぐような暗い調子で言った。

「日本と我が国の間に領土問題などないんだよ」

市川は笑みをたたえたまま、ゆっくりと首を振った。

「私たちは、領土問題を議論するつもりでここにやってきたのではありません。いえ、政治家でも公務員でもない私たちには、そもそもそのような資格はないのです」

ロシア人たちは不可解な表情を浮かべた。大きなテーブルの中央に目に見えないクエスチョンマークが浮かんでいるようだった。大統領、と中谷が呼びかけた。

「愛甲首相のヒキワケの提案が大統領にとってはイッポン負けを意味するとおっしゃったのはこの領土問題ですね。しかし、私たちは、返してくれとは言っておりませんし、言わない。ただし、それは私たちが返してほしいと願っていないかというとまた別の問題ではあるのですが。ともかく言わない。言いません。つまり、棚上げにするということです」

「だけど、まほろばクリルを作った暁には、そこに元の島民を帰すつもりなんだろ」

横から安全保障会議書記が口を挟んだ。

「もちろん。ただ、まほろばクリルに住むのは元島民といま住んでいるロシア人だけでなく、そこで新しい人生をはじめたい人間もやって来ます。最初のまほろばは福島第一原発事故で帰還困難区域となった場所に作りました。そのときに我々は帰宅を望む人は帰ってきてください、と呼びかけた。もちろん帰ってきたくない人がそうしないのは自由です。ただ、帰ってくれば、店舗の修理やリフォームや当面の生活費など、再スタートの支援はします。さらに、この場所をよくする事業のアイディアを持っているならば、元住民であろうがニューカマーであろうが、ふんだんに投資しますよと言ったんです。ただし投資を受ける人間は、そこに住まなければならない。登記だけその場所にして、自分は東京のマンションに住んでいるのが発覚したら、厳しく指導します。私はそういう皇帝まがいの顔を持っていて、ときどきそれが槍玉に上がります。ただ、今回もそれを踏襲したいと思っております」

「しかし、いまあそこには、ロシア人だってかなりの数いるんだぞ。そこに日本人が戻ってきてみろ、文化的な衝突が起きることはまちがいない」

アレクサンドル・ボルトヴィチ連邦保安庁局長が言った。

「それは起きるでしょう。けれど、それを高めないように双方が工夫するべきです」

「ふむ。ただ、工夫というからには、なにか具体的なアイディアが欲しいな」

と大統領が言った。

「礼儀を尽くす、――これにつきます」

わからないな、というように大統領が首を振った。

「大統領は、日本人と柔道で試合をしたことがおありですね」

「もちろん」

「では、戦う前に礼をしたはずです。試合終了後は、たとえ悔しい負けを喫したときでも礼をし、握手をしましたね。儀礼は、身体的動作をくり返すことによって、憎悪を洗い流し、相手の立場を慮《おもんぱか》る心をはぐくむためにあるのです」

肩透かしを食ったようなふやけた笑いが座に漂った。けれど、大統領と総主教は笑ってはいなかった。

「それともうひとつ、まほろばに住む者はロシア人であり、中国人であり、日本人であるとともに、マホロビアンであるということです。いまのところ、まほろばの法律はない。ロシアのマホロビアンは、ロシアの法律の下に生きることになる。しかし、マホロビアンには大切にしなければならない道徳がある。その道徳を儀礼によってくり返しくり返し体に染み込ませていくのです。柔道家が一本背負いの打ち込みをして体得したように」

「その道徳とはなんだね。といっても、複雑なものを長々と述べられてもかなわないから、肝所《キモ》だけ教えてくれ」

　ここではじめて口を開いたミハイル・ミシュスキー首相に中谷はうなずき、

「だとしたら、それは愛でしょう」

と言った。中谷は「愛」を「リュボーフィ」とロシア語で発音していた。前もってこの質問が出ると用意していたのだろう。また笑い声が起きる。ただ大統領は総主教に視線を送り、かすかに指を動かした。サインを受け取った総主教は指を立てて背後に立っている衛兵を呼び、かがみこんだ衛兵の耳元でなにかつぶやいた。衛兵は身体《からだ》を起こすとすぐに部屋を出て行った。

　嘲笑めいた笑いを聞きながら、中谷は平然と、またコースターをこんどは市川のグラスの底から抜き取り、裏返すとそこにペン先を走らせた。

「中国の儒学では仁《じん》、仏教では慈悲、そして私がよく使う言葉ではヤサシサです」

　中谷は白く丸い厚紙の上の碧《あお》く滲んだ「仁」の文字を指さして言った。市川は、〝やさしさ〟はそのまま発音してから、ドブロタ《Доброта》というロシア語を追加した。

「儀礼をくり返しおこなうことで、やさしさをはぐくんでいきたいと思っています。たしかに文化的な衝突はあるでしょう。けれど戦後すぐの二年間、日本人とソ連人は共同生活を営んでいましたよ。日本人とソ連人は一緒に漁業コルホーズを運営して沿岸漁業を行いました。そのときに日本人の漁師がソ連側漁民に知恵や漁獲法、特に鮭・ますの定置網や調理や保存法を教えた。――こう書いているのは国後《くなしり》の地元紙『ナ・ルベジェー』です。我々に都合よく歴史を改竄《かいざん》しているわけではありません」

出席者の顔からはすでに笑いは消えていた。

「大統領、いちどはすくなくとも二島は日本に返したほうが得策だと判断されましたね。それは日本の経済援助を期待してのことだったと思います。でも、できなかった。なぜか？　日本の領土になったとたん、そこに米軍基地を置かれる危険を背負い込むことになるからです。日本はアメリカと、日本のどこでも基地を置ける条約を含んだ日米地位協定を結んでいる。もし択捉に基地を置かれれば、あなたがたロシアは、西はウクライナ、東は北方領土から、挟み撃ちにされることになる。けれど、ご安心ください。まほろばは領土権を主張しない。マホロビアンがそこに住み、仕事をする自由と権利を主張するだけなのです」

「で、なにをするつもりなんだ」

ニコライ・パヴロフ安全保障会議書記が言った。

「まず、クリル社会経済発展計画をお手伝いさせて欲しい」

「計画は順調に推移しているよ」

首相がそう言うと大統領は首を振って、

「おい、今年は色丹の水産加工コンビナートに出稼ぎに行ってる女性から給料未払いを訴えられたし、国後の住民からは外にトイレがある現状をなんとかしてくれと泣き言を言われたぞ」

と苦言を呈した。

これはおそらく、毎年四月に大統領自ら出演しておこなわれる「大統領と話そう」というテレビショーでの一幕だな、と推察し、計画は停滞気味らしいというコメントを添えて訳した。

「では、もっともっと発展させましょうよ」

と中谷は言った。

「インフラの整備はさらに強化すべきです。択捉島はかなり進んだと聞きましたが、国後と色丹はまだまだでしょう。歯舞群島は、住んでいた日本人を追い出したあと、無人群島になってしまった。ここもどんどん開発して人口を増やしましょう。日本人がロシアの領土でマネーを使えば、ロシアの景気は良くなるはずです。なぜなら、景気がいいというのは、マネーがぐるぐる回ることにほかならないからです」

首相が言った。

「だけど、カンロというデジタル通貨を使うんだろう」

「はい」

「なぜだ」

「ひとつはマネーを使う人、マネーを使う法人に我々が直接渡したいからです」

「どういう意味だ」

「嫌われることを承知の上で申し上げると、政府にどんどん渡して、ごっそり中抜《なかぬ》きされるのが嫌でそう申し上げています。本当にそれを必要としている人に届く前にどこかに消えてしまうのが嫌なのです」

「おい、失礼だぞ」

「いいえ、現実問題、アメリカが戦費としてウクライナに渡した金だってかなりの部分が溶けて追跡できなくなっているようです。それはそうでしょう。ウクライナは汚職が盛んな国として有名で、汚職度を調査する国際機関・トランスペアレンシー・インターナショナルが出している腐敗認識指数では、180国中で116位。これでは安心して金は渡せない。実際、五月には、アメリカの有名な政治ニュースサイトが、ウクライナへの軍事援助のかなりの部分が、ウクライナ政府の腐りきった官僚らの懐に入っていると報じましたし、イギリスでは四月、最も権威のある経済誌が同様の懸念を表明しています。ただし、ロシアの腐敗認識指数はウクライナのさらに下の137位。金を出す側としてはなおいっそう不安な順位です。中国がデジタル人民元を導入した動機は国民の監視ですが、と同時に金の流れを透明化して汚職をなくしたかったのでしょう、その気持ちはよくわかります」

ここまで話して官僚たちの顔を見回した時、みな厳《いか》めしく黙り込んでいた。中谷はまた口を開いた。

「もうひとつ、デジタル通貨はどこにマネーが偏在しているかを明確にできます。現在、ロシアのジニ係数は０・４。ＯＥＣＤ加盟国の平均よりもかなり悪い。つまり格差が大きい。詳しいことを申し上げる時間がありませんが、これはソ連の崩壊であなたがたが抱えることになった病《やまい》です。格差というのはマネーがどこかに偏って動かない、マネーの動脈硬化のことです。クリル社会経済発展計画は順調だとおっしゃいましたが、庶民の生活水準は向上しているでしょうか。『南クリルの帝王』の異名を取る、色丹を牛耳る水産加工コンビナート会社ギドロストリム社長は、フォーブスの『二〇一七年版ロシア富豪二百人』に188位でランクインしていますが、色丹島に住む人々の生活水準は、イトゥルップや国後よりもさらに低いままです」

これを訳した後、市川は手元の資料をひっくり返し、

「二〇二〇年のロシア連邦統計局の調査によると、色丹島の平均月額収入は約三万五千ルーブルで、択捉島の約五万五千ルーブル、国後島の約四万五千ルーブルよりもかなり下回っています。さらにこれらの島民が癌に罹《かか》った場合、治療ができる大きな病院は択捉島にしかありません」

と勝手に補足すると、中谷がすぐ、

「いま思いついた例ですが、カンロはさらさらの健康的な血液だと思っていただきたい。社会の血管を滞りなく流れていく。カンロなんて野良マネーを誰が使うものかという懸念もわかりますが、まほろばができるたびにカンロシステムが自治体に根付くまでの時間はどんどん短くなっています。あとで証拠となる書類をお見せしますが、我々はかなりの量のルーブルを保有しています。カンロシステムが信頼を勝ち得るまでは、ルーブルでの取引をまほろばが代行するので、ブレイクダウンする心配もありません。マネーがまほろばクリルをさらさらと流れ出すまでそれほど時間はかからないでしょう。そして、マネーがさらさらと共同体をめぐる状況を好景気と呼ぶのです」

と足した。

「わかった。ただクリル諸島計画を後押しするだけじゃつまらないだろう、もっとほかに面白いことを提案してくれよ」

「そうですね、では大統領、世界をコントロールしようと思う連中がふたつ押さえにかかるとしたら、それはなんでしょう、ただし軍事は除きます」

「まずはマネーだろう」

「ですね。金融です。ですから、ドルの支配に対抗するためにＢＲＩＣＳ銀行を作った。それをまほろばは支援したいと思ったのです。では、もうひとつのほうを」

「エネルギー」

大統領はあっさり答えた。

「さすがです」

「石油と天然ガスを売りつけている国の大統領がこれを誤答するわけにはいかんよ」

「失礼しました。ただ、やはり化石燃料は、脱炭素化ゲームでいささか分が悪いことも確かです」

「クリル諸島は風力発電をやるのには向いてるぞ」

中谷は首を振った。

「いや大統領、原子力です」

「ああ、中国の麗龍《リンロン》一号をうちに持ってきてくれるって言うのか」

「いや、ロシア製を作るのです、まほろばと一緒に。すでにロシアがＳＭＲ《超小型原子炉》を開発していることは存じております。ただ、経済制裁の影響で資金調達が困難になり、さらに官民連携体制が弱いという国の体質もあって、貴国は遅れを取っています。でも、これから巻き返しましょう。資金はこちらでご用意します」

「技術はどうするんだ」

「実はそちらも整えてあるのです。まほろばから出資を受けているヌーエコパワーという会社がその技術を確立しています。社長の蜷川はとても優秀で、アメリカのポートランドにあるヌースケール・エナジーの技術主査を務めていました。麗龍《リンロン》一号を開発したのは、当時の彼の同僚です。中国は南アジアに、そしてロシアは、東欧に持っていくのです。それともうひとつ原子力について提案があります」

会談がはじまった頃にはすこし見られたこわばりもすっかり解け、中谷は前のめりになって話していた。その表情は楽しそうでさえあった。けれど、原子力への方針転換を気に病んでマホロビアンがひとり死んだことを、彼は知らない。

「原子力電池も開発しませんか。蜷川によると、中国は来年か再来年にスマホの充電が不要になる原子力電池を市場に出す計画があるそうです。我々は、もうすこしスケールアップして、給油なしでモスクワからウラジオストクまで走れる自動運転の電気自動車を開発しましょう。ウランはロシアにもあるでしょうが、足りなければカナダのウラン鉱山の購買権を確保してあります」

ロシア大統領はふと顔を曇らせ、

「けれどナカタニよ、これらを進めると君は日本で売国奴扱いされるぞ」

と注意した。

「択捉《イトゥルップ》、国後、色丹、歯舞にまほろばを作ってそこが栄えてみろ、我々は絶対に日本に島を返さない。返還を熱望している愛国者は怒り狂う。当然だ。そして君は返還を遠ざけた張本人として下手すりゃ、愛甲の二の舞になるぞ」

そのことは市川も心配していた。ただ中谷は平然としている。

「ですが大統領、そこに住む人がその大地を国《ロジーナ》だと思えることがなによりも大事ではないでしょうか。西洋は国民国家というゲームをしかけた。国民国家にこだわるということは西洋のゲームのルールに則って試合をするということです。そしてトップランナーたちは、すでに国民国家のゲームを終了して、グローバリゼーションという新しいゲームをしかけている。必要なのは、地球《グローブ》ではなく世界《ワールド》。ユーラシア世界です。国民国家ではなくロジーナ、ま､ほ､ろ､ば､なのです。これを統治するのは〝やさしい帝国〟であるべきです」

大統領が呆れた視線を中谷に向けている時、先ほど退室した衛兵が戻ってきた。幼い少年を連れている。小学校に上がるか上がらないかくらいの年格好だ。総主教の横に椅子が置かれ、座った男の子の肩から上だけがテーブルの上に出た。総主教が中谷に視線を注いだまま、男の子の耳元になにかささやくと、男の子はうなずいて中谷をじっと見つめた。

何者なの？　市川は当然そう思ったが、男の子は誰からも紹介されずに、この場ちがいな席に座っていた。いいかね、と大統領の声がした。

「最後にもうひとつ、三つ目の質問をしなきゃならなくなった」

そう言って大統領が了解を求めたのは、中谷ではなく総主教にだった。総主教が男の子になにかささやいてからこんどは大統領にうなずき、大統領はこれを合図に中谷に視線を戻す。

「君はなぜこんなことをしているんだ」

その問いかけの素朴さと単刀直入な鋭さに、市川は通訳の役割を一瞬忘れた。

「動機といってもいい。君は莫大な金を使えるのに、自家用ジェットさえ持たないでなぜこんなことをしている」

中谷が静かにうなずいて、手元のグラスを取ってひとくち飲んでから口を開いた時、市川はこぼれ出る答えをすでに知っていた。

「それは選ばれてしまったからです」

「だれに」

中谷はすこし考え、万年筆のキャップを外しながら、

「人間を超える大きなものが金を増やす方法を教えてくれる。その言葉は僕だけが受け取れる。ただ、そ

れだけではない。僕にもっとも頻繁に届けられるのは次の言葉です」

と言ってから、コースターに書いた。

――1 Cor 13:2
市川は、新約聖書『コリントの信徒への手紙一《いち》』第十三章第二節のことだと察知し、手元のスマホでシノド訳を選んで参考にしつつ、そこに真意がこもるようにと願いながら言葉を発した。

「たといまた、わたしに預言をする力があり、あらゆる奥義とあらゆる知識とに通じていたとしても、また、山を移すほどの強い信仰があっても、もし愛がなければ、わたしは無に等しい」


ふと、中谷に注がれていた大統領の視線がまた総主教に向かった。総主教は体を傾け、隣に座る男の子の口元に自分の耳を近づけた。

男の子はじっと中谷を見つめていた。

突然、市川の脳裡に、聖堂広場に足を踏み入れたときの光景がよみがえった。戴冠式が行われたところだよとウスペンスキー大聖堂を指さしたときに、中谷が、皇帝になるには神の信任がいるんだなと言った。まさしくこれは信任のテストではないか。三つ目の質問は信任のために取っておかれたものだったのだ。

この子がここに呼ばれたのは、中谷の中のなにかを見極めるためにちがいない。

クレムリンは、最後に、政策ではなく、心の査定をするつもりだ。そして、市川は、ロシアらしいな、と思わず笑いそうになり、こんなときにいけないいけない、と自分を戒めた。

男の子の唇が動く。聞き取る必要はなかった、市川にはそれがわかったから。

総主教は、男の子に傾けていた身体を起こすと、大統領に向かって小さくうなずいた。

たちまち、大統領の顔に衝撃が稲妻のように走った。

そうして、密かにため息をつき、また右手人さし指の第二関節を唇に当て、

「そうか、そういうことなんだな」

とつぶやいた。そしてこの時、市川もまた、

「そうか、そういうことなんだ」

と理解した。

なぜ中谷が選ばれたのか。つまり、なぜ信任されたのか。市川はいま理解できた。予知能力があり、すべてを見通すことのできるエアーを持っていたとしても、愛がなければ無に等しいのだ。

市川は思い出した、エアー3・0が起動した日のことを。突如、エアーが再起動し、巨大な液晶パネルがつくと、そこに現れた杉原知聡はこう言った。

「エアー3・0は計算可能性のある領域をすべて計算してしまう。それは世界の隅々までを記号で覆ってしまう。つまり、エアー3・0が起動したのちには愛やロマンの居場所はない。だからこそ、愚かで不合理で愛を信じる中谷祐喜に私の遺産としてこれを残そうと思う。世界には計算不可能な愛の領域があることを信じて」

愛、仁、慈悲、やさしさを信じる愚か者にエアーは託された。

そういうことなのだ！

プレスルームの椅子でうつらうつらしていた岸見は、肩を揺すられ目を覚ました。

「聞いていたか」

とラリーに言われたが、なんのことかわからない。岸見は首を振った。

「午後から共同声明を出すそうだ」

「うん？　それは、どう理解すればいいんですか」

岸見はまた首を振った。こんどは眠気を振り払うために。

「まとまったんだ。つまり、まほろばとロシアとでなにかプロジェクトを前進させる合意に達したってことだ。共同声明の会場に選んだのはクレムリン大宮殿のアレクサンドルホール。ここを使うってことは、本気だってことを意味する。おそらくいま共同声明の原稿を作っている最中だろう。それが終わったらランチ、午後に発表、そういう段取りだ」

眠気が吹っ飛んだ。腕時計を見ると十一時。まわりを見回すと、朝ここに来たときには閑散としていたプレスルームは、大勢の記者であふれ、空席が見当たらなくなっていた。

「イヴァンは？」

「カメラの最終チェックに行ってる。共同声明だけで質疑応答はなしってことになっているみたいだから、画《え》はなるべくいいものをこしらえたいだろ」

そうか、それにしてもずいぶん気が早い。ラリーは、これでますます君のインタビューが貴重なものになるぞ、と岸見の肩を叩いて、まだ眠そうだな、コーヒーを取ってきてやろう、と言って立ち上がり、ドリンクを提供するカウンターのほうに歩いて行った。

岸見はスマホを取り出して、とりあえず飛田に連絡を入れようとしたが、あいにく出なかった。日本は夕方の五時。ちょうど忙しい時間帯だ。岸見は、スマホをポケットにしまおうとして、ふとその手を止め、着信履歴からひとつ選んで、そこにかけた。

――ウェイ。

声に怪訝な気持ちをすこし滲ませて相手は出た。

「あ、もしもし、張本さんの携帯でしょうか」

――あら、ひょっとして岸見さん？

「覚えていてくださったんですね」

――プロの声だからさ。――それに中谷君からいろいろ聞いてるし。

「え」

――いや、後ろのほうは忘れてください。で、なにか？

「ええ、たいしたことではないんですけど、ちょっと思い出してかけてみました」

――ん、と言いますと？

「私いまモスクワにいるんです」

――あ、はい。え？　モスクワ？　あ、ということはいま中谷君、いや中谷代表と？

「いえ、代表はいま大統領と一緒です」

沈黙の後、電話の向こうから、忍び笑いが漏れた。

――なにもかもが謎すぎだ。あはは。

「午後に発表があります。ひょっとしたら、その様子がネットで見られるかもしれないので、一応お知らせしとこうと思って」

――そのために？　わざわざありがとうございます。でも、あいつ、じゃなかった、中谷さんはロシア語どうしたんですか。

「副代表の市川さんが堪能なので、彼女が通訳しているんだと思います」

――でた。ポスト岸見。

「え」

――いや、なんでもありません。どうもありがとうございます。ロシアのニュースは北京でも見られると思いますので、調べて、見ます、必ず。

ちょうどその頃、日が翳り出したまほろば本部に奇妙な客が訪れた。

「驚きました。後援会のついででしょうか？」

慌てて応接室に駆けつけた福田は、飯塚の前に腰を下ろした。

「いやいや、今日は俺のほうから挨拶に来させてもらったんだ。忙しいところ申し訳ない」

細かい気配りはするものの、表向きは横柄に徹している飯塚に下手《したて》に出られて、福田はかえって緊張した。

「ロシアに行ってるんだって」

「あ、ご存じでしたか」

「外務省が騒いでるからな」

午後に共同発表があるとは聞いていたが、福田は、ええ、とだけ言った。

「俺の勘だと、やっこさんは見かけによらず上手くやったみたいだな」

ひょっとして、情報を仕入れに来たのかと思った福田は、

「そうなんですかね、内容についてはまだなにも」

と言った。市川からは、いま詰めてる最中だけど、いい結果を出せるかもしれないという報告は受けていた。ただ、そのあとで、

「福田さんは大変だろうけど」

と付け足されたのが、気にはなっていたけれど。

「まあ、クレムリンが世界に向けて発表しようってんだから、それなりのものではあるはずだよ」

と飯塚はそれ以上は追及してこないで、

「それでな」

と改まった。

「たぶん、いまの政権はもたんよ」

「プトロフ政権がですか」

福田は耳を疑った。

「馬鹿、ロシアは盤石《ばんじゃく》だ。問題は我が国だろうが」

ああ、と納得して、

「まあそうかもしれません」

とうなずいた。とにかく現政権の支持率にはぞっとさせられる。この物価高に国民が喘《あえ》いでいる中、増税してアメリカから戦闘機を買うなどと言い、おまけに閣僚がいろいろと不始末をやらかすもんだから、不人気なのは当然なのだが。

「まあ、そろそろ俺も腹を決めようかと思ってね」

「どういうことでしょうか」

「次の選挙が散々《さんざん》な結果になることは目に見えてる。過半数を割ることも覚悟しなきゃならんだろうな。だからもう俺は行くよ」

いまの首相を下ろして、次の総裁戦に名乗りを上げる、それ以外に受け取りようのない言葉だった。

「ひとつ気合いを入れてみようと思ってな。総裁になるのは、一年じっくり準備すれば難しくないだろう。問題はむしろなってからだ。命あっての物種《ものだね》と思っていたんだが、大将が頑張っているのを見て、俺も政治家なんだからと思い直したよ」

午後一時過ぎに、中谷と市川は昼餉《ひるげ》のテーブルを大統領とともにした。

その席で中谷は、思いがけない追加のアイディアを出した。

「大統領、すこし先になってもいいんですが、ウラジオストックにもまほろばを作らせてもらえませんか」

赤いスープを掬った大統領の手が止まった。

「なにか提案でもあるのかい」

「ええ、ちょっと変わったアイディアなんですが」

「ふむ。とりあえず聞こうか」

「映画スタジオを作りませんか」

「映画？」

「ええ、日本と中国とロシアで映画を作って交流するんです。日本のスタジオは北海道と沖縄に作ります。沖縄は中国と、北海道はロシアと交流しつつ――」

「面白いが、またどうしてそんなこと思いついたんだ」

「我々には物語が必要です。ユーラシアの物語が。物語をいちばんダイナミックに伝えられるのは映画ではないでしょうか」

するとと、大統領は英語からロシア語に切り替え、演説めいた口調で話しはじめ、市川がそれを訳した。

「映画は、我々にとって最も重要な芸術だ。最も大衆的な芸術であり、最も理解しやすい芸術であり、ゆえに最も効果的な芸術なのだ」

市川の日本語が途切れたところを見計らって、大統領が英語でつけ足した。

「レーニンの言葉だよ」

あれからちょうど百年だな、と感慨深げに大統領はつけ足した。これを中谷に訳した後で市川は言った。

「ソ連は映画大国でしたね。私は大学の授業で、エイゼンシュテインの『戦艦ポチョムキン』を見ました。あの乳母車が階段を落ちるシーンは見事ですね」

そのシーンは「オデッサの階段」と呼ばれていた。ただ、日本ではいま、この黒海への玄関口、穀物輸出の拠点、クリミア半島と東部ドンバス地方を結ぶ港町は「オデーサ」とウクライナ語の発音に改められている。

「だろ。当時、チャップリンが見て大変感動したそうだ。フランスにアベル・ガンスって大監督がいるが、彼にいろんな技術を教えたのもロシア人だぞ。ロシア人の協力がなければ、傑作『ナポレオン』は生まれなかった。もっとも、ロシア遠征に失敗するところが描かれていないのが癪《しゃく》に障《さわ》るがな」

大統領は自慢げに言ったあと、

「うん、おもしろいじゃないか、先延ばしにする必要もない。すぐやろう」

とうなずいた。

「ソ連が崩壊してから、政府は映画を助成する力がなくなってしまった。老朽化した設備も手当できず、優秀な映画人が国外に出るのを引き止めることもできなかった。けれど、たしかに映画は重要だ。映画はいい。中国やまほろばほど我々は金は持っていないが、映画や音楽の技量じゃ負けやしないぞ」

そんなことを言って満足そうにうなずく大統領に向かって市川は、

「それとバレエもですわ」

と言って微笑んだ。


プレスルームでは、共同声明を開始するまでもうすこし待てというアナウンスが流れた。

「なにかあったのかしら」

「共同声明の修正だろう。追加項目が出たのかもしれないな」

ラリーはそう答え、すこし出てくると言っていなくなった。

「あなたの言う通りになったね」

と目の前でカメラの確認をしているイヴァンに向かって言ったが、カメラマンはいまは話しかけてくれるなとでも言うように手で制し、機材の点検に余念がなかった。まあ熱心で結構だと岸見は思いながら、スマホを取り出した。三度目の発信音の途中で、相手は出た。

——すごいじゃない！

飛田はほとんど叫んでいた。

——ぜひ単独インタビューを成功させてね。

「頑張ります。ところで、月曜日の放送の反響はいかがでしたか」

完全にまほろばバッシングに舵を切った番組を月曜に放送し、昨日その反響を尋ねたら、まだわからないということだったので、岸見はここでまたあらためて訊いた。

——まあ微妙だね。

どうやら、狙ったような〝カンロショック〟は引き起こせなかったようだ。

「カンロを持っている人が、日本円に戻せないのかって、騒いだりしてないんですか」

——ネット上では見かけるね、ただ、騒いでた本人がカンロを持っていなかったりして、いまいちぱっとしないんだ。

「騒いでるのに持ってない？　それって仕込み？」

——もしくは、ノリで騒ぎたいから騒いでるだけってことなんじゃないかな。

「あの、ちょっと考えすぎかもしれないんですが」

——なに？　言ってみてよ、私もなんだか解せないからさ。

「ひょっとして、誘い込まれたってことはありませんか」

——罠《トラップ》ってこと？

「ええ、いちどもろに質問したことがあるんです。財源なんてないのではって」

——でも、そりゃ〈ある〉って言うでしょ。

「ええ、わかった上で道下さんは、答え方とか、ぎょっとした顔つきになったりしなかったかとか、その辺りを探りたいから、とにかく訊けって」

――ふうん。で、どうだったの？

「なんか変だった、言い方が」

――どういうこと？

「そんな質問には意味がない、あってもなくても、答えは〈ある〉になるでしょって」

――ん？　ちょっとよくわからないな。代表がそういう言い方をしたことを、岸見はどう読み解いたの。つまり、岸見はなにが言いたいの。

「疑いをわざと晴らさなかった。私たちにさらに疑わせるようにした。――そんな気がしてきたんです」

――ますますわからないな。それって、まほろばにとって、なにもいいことないじゃない。

この件に関してはとにかく傍観者でいろ、と市川に言われたことも不気味な思いを加速させ、岸見は自分でも思いがけないことを口走っていた。

「私たちテレビ局が、ある権力だけに都合のいいことばかり報道しているってことを思い知らせるためです」

――中谷代表は岸見との「炉前散語」でもそんなこと言ってたね、だけど、だとしたら財源があることをまほろば側が証明しなきゃいけなくなるよ。すくなくとも、まだできてないよね。

それは言える。ただ、市川の手前、金塊の預かり証を見せてもらったことは言えない。もしかしたら市川は自分がそれを漏らすことすら想定していたのかもという疑いも湧いてきたのだが。もちろん、あの書類が本物かどうかもわからない。だけど――。突然、プレスルームに椅子が鳴る音が満ち、みなが立ち上がったので、岸見も慌てて立って、

「すみませんはじまるみたいなので、続きはまたこんど」

と断って切った。

発表までもうすこしかかるが、取りあえず、クレムリン大宮殿二階のアレクサンドルホールに移動しろというアナウンスがロシア語と英語で流れた。

記者たちに混じって、ぞろぞろ会場へと流れていった。豪華絢爛な空間を抜ける短い旅を終えて、椅子が並ぶホールにたどり着き、部屋の装飾の豪華さに心を奪われそうになりながらも、まずはよい席をと最後のほうは駆け足になった。ほぼ中央の前から五列目を確保し、後ろを振り向くと、イヴァンもほぼ中央に三脚を立てているので、ほっとする。

前方には演台がふたつ。その両方の脇にロシアの国旗が掲げられていたので違和感があったが、そうか、中谷と市川が代表しているのは、まほろばであって日本ではないものな、と納得した。前の列からプレスリリースが回ってきたので受け取った。ロシア語と英語と日本語で、これから発表される内容の骨子が記されていた。驚愕した。まわりのジャーナリストも同様で、電話をかけ、早口でまくし立てはじめる者や、スマホで文書の写真を撮って伝送する者、バッテリー駆動の携帯用スキャナーで電子ファイル化する者が続出していた。

三時、報道官が出てきた。右側の演台の前で、これから共同声明を発表する旨をロシア語で伝え、それは影マイクの女性の声で英語に直された。報道官はすぐに引っ込み、こんどは大統領が出て来て、右側の演台の前に立つと、マイクの位置をすこし直してから口を開いた。まほろばを紹介する。ＢＲＩＣＳ銀行設立以来、交流が続いているが、さらなる友好関係を築くために、代表と副代表をモスクワに招待した。

中谷と市川が出てきた。ふたりがリムジンから降りたときにも思ったことだが、中谷のスーツ姿は板についていない、一方、市川の着こなしは見事だ。左側の演台の前にふたりは立つ。左右ふたつの演台は幅がちがっていて、左側はすこし広くなっているので、ふたりが並んで立っても、窮屈さは感じられなかった。それぞれの演台はやや内側に向いて置かれ、互いが斜め向かいになるよう配置されていた。

プトロフ大統領の口から、プレスリリース通りの驚愕の内容が、滔々《とうとう》と語られた。

まほろばにロシアに進出してもらう。しかも、北方領土四島に、樺太《サハリン》に、そしてウラジオストクに。ロシアはこれを歓迎したい。まほろばロシアではカンロという電子マネーを使う。また、ここモスクワでもカンロでの決済を奨励していく。我が国がウクライナ東部の親ロシア派住民を保護するために軍事作戦を開始して以降、西側は国際銀行間通信協会から我々を閉め出したのみならず、クレジットカード会社までもが決済を停止したり、ロシアにおける新規カード発行を取りやめたり、Apple Pay、PayPal、Google Pay、Samsungら電子マネーもが西へと撤退した。しかし、心配することはない。代わりに東方から、より強力な電子マネー、カンロがやってくるからだ。一部から、カンロシステムを危険視する声が上がっているようだが、我々はまほろばの資産を特別に確認させてもらい、万にひとつも、そのような可能性がないことを確信した。

来た！　と岸見は思った。まほろばに財源があることがいまロシア大統領の口から明言されたわけだ。飛田は驚愕していることだろう、そして道下は腰を抜かしているかもしれない。

こんどは中谷が口を開いた。ロシアにまほろば自治区、〈まほろばクリル〉を作らせていただけることに、とても感謝し、また興奮しています。この日本語を市川がロシア語に訳し、さらに影マイクの女性の声が英語で補う。中谷は続ける。ロシアのまほろばを豊かな場所にすることによって、まほろばがそこに住む人々のもうひとつの故郷、ロジーナとなることを目指します。我々は経済と技術の両面から、まずは〈まほろばクリル〉を豊かな土地にしていき、ロシアを富ませたいと願います。〈まほろばクリル〉での事業プランに積極的に投資いたします。まほろばに住むロシア人、日本人の生活の質を向上させるために、カンロというマネーを大量に投入するつもりです。

大統領がこれを引き取ってまた話しはじめた。我々はまほろばと手を携え、ソ連解体時の混乱期にロシアの財産を二束三文でせしめ、濡れ手で粟のボロ儲けをし、オルガルヒと呼ばれるようになった大富豪の一部や、銀行、それを操っているアメリカやヨーロッパの金融家たちには金輪際《こんりんざい》ロシアの政治に指一本触れさせないことを約束する。

これからは東方を発展させ、新たな漁業、新たな農業、新たな原子力産業を筆頭に、エネルギー産業を栄えさせ、カンロという恵みの雨を降らせてロシアの大地を潤し、新たな芸術、新たな文学、新たな映画、新たな音楽をはぐくみたい。アメリカやヨーロッパ人らが、これらに憧れ、模倣さえするような時代を築いていこう。中谷サン、市川サン、君たちと私は同じ夢を見ている。ゴールまで駆けて、駆けて、駆け抜けようではないか！

会見が終わるとすぐに携帯が振動した。飛田が興奮しているのは、共同声明の内容だけではなく、岸見がこれから中谷に単独インタビューを行うアポを取っていることにもあるらしかった。岸見は逆に心配になり、ただ月曜日の報道が大統領に完全に否定された格好になったことは大丈夫か、と言うと、軌道修正の特集を組むしかない、いやだからこそ、ここで起死回生の一発を決めてほしいのよ、だからなんとかインタビューを成功させてお願い、とやはり興奮していた。

岸見は他局のモスクワ支局の同業者に挨拶され、どこでどう聞き及んだのか、中谷さんにインタビューするときはうちも加えてもらえませんかなどと言われたりした。どういう状況になるかわからないので、といったん断り、ラリーを探したが見つけられなかったので、イヴァンだけ連れてプレスルームを出て、スパスカヤ塔の外で待機することにした。

クレムリン大宮殿の一階に下りると、大統領はふと立ち止まり、ここで失礼する、と言って中谷に手を差し出して、こんどカラテを教えてもらおう、と言った。それから市川の手を握ったときには、バレエが好きならボリショイ劇場で見ていきたまえ、と言い残して去った。

ふたりは、衛兵に付き添われ、聖堂広場を時計塔の出入り口に向かった。バイブ音がかすかに聞こえ、中谷は上着の内ポケットに手を入れてスマホを取り出し、耳に当てた。

「ああ、見てたのか。………北京はいま何時？　………ははは。あんなこと言っちゃったんだから、ちゃんとした企画をプレゼンしてくれないと、俺が困るぞ」

電話の相手は推して知るべしだった。ああ、また連絡するよ、そっちが日本に帰るタイミングがあれば福島で会おう、いちど実家にお邪魔して炒飯でも食おうかな、やっぱり日本の中華が一番だよな。

くだらないことをと思い、市川は三歩ほど前に出た。

スパスカヤ塔を出たとたんに、フラッシュの光が溢れ、シャッターの音が沸き立ち、待ち構えていた報道陣から一斉に声がかかった。ロシア語と英語、日本語も混じっていた。岸見伶羅までまたあの小さなカメラを構えてこちらに手を振っている。

岸見は、待機しているうちにどんどん膨れ上がる報道陣の数を見ながら、この状態では落ち着いて話など聞けそうもないと判断し、インタビューはあらためてホテルの部屋でしたほうがいいと言ったが、イヴァンが激しく首を振った。それだと俺のギャラが減るじゃないか、と抵抗し、君にとってもよくないぞと言った。なにがよくないのと訊き返すと、はっきり言わずに、インタビューはともかく、画《え》だけでも撮ろうと主張した。たしかに飛田だって、イヴァンに賛成するだろう。岸見が迷っていると、市川が現れ、続いて中谷がスマホを耳に当てたまま出てきた。

市川は岸見と視線を合わせ、ホテルに帰ってからあらためて話を聞くからということを身振りで伝えた。岸見は一応うなずいたが、門の前で画《え》だけ撮らせてください、と声を張り上げた。元アナウンサーだけに、その声はよく通った。

市川は気が進まなかった。ただ、約束したんだし、そのくらいはいいんじゃないのと言う中谷に、ほら、市川さんも一緒に、と言って肩を引き寄せられた。

こちらに向かう夥《おびただ》しい数のレンズをぼんやり見つめながら、今晩、食事するときに光村の件を話さなきゃと思った。そんなに気に病むことはない、ということをどう言えば納得してもらえるだろうか。それから、認証権のことは言わない。これは私から福田に説明しよう、とひとりで決めた。

鈍い音が聞こえた。なんだろうと思っていると音はもういちど起きた。こんどはどよめきが続いた。

すぐそばで大きな音がしたので、岸見はなんだと思って横を見た。イヴァンのカメラが白煙を上げていた。故障？　なぜ。あんなに点検してたのに？　そして、またカメラが鈍い音を立てて白煙を吹き上げ、記者団が激しくざわめいた。前を向くと中谷が、映画のスローモーションのように仰向けに倒れていく。その傍らに市川が屈み込む。悲鳴。

石畳の上で空を見上げて倒れている中谷の白いシャツがみるみるうちに赤く染まっていった。

「救急車を！」

と叫んだとき、あまりにも動転していて、口をついて出たのは日本語だった。

「撃たれたのか、俺」

なぜか口元に笑みをたたえながら中谷が言った。

「大丈夫。すぐに救急車が来るから」

うろたえながらも、励まさないと、と市川は思った。

「そうか、撃たれちゃったか。困ったな、話しておかなきゃいけないことがあったんだ」

「私もあるの、言わなきゃいけないことが。だけど、いまはよして」

「いや、いまだ」

「だめだよ、やめて」

「――なぜだかわからないんだけど……うるさいな、聞こえてる？」

市川がちらと目をやると、衛兵らがいっせいにカメラマンのひとりに飛びかかり、組み伏せていた。そばに転がっているムービーカメラから白煙が立ち上っている。

「ねえ市川さん」

と言う声で視線を中谷に戻す。

「だから、あとで聞くって」

「……なぜだかわからないが、選ばれたのは俺だ」

「……そうね」

「俺だけなんだ。福田が不満に思ってたのは知ってたんだけど」

市川は力強くうなずいた。

「だから認証権はやれない」

「わかった」

と市川は言った。

「私もそう思ったもの」

「そう思った？　市川さんが」

「うん。それに、きっとあの男の子もそう思って、伝えたんだよ、総主教に」

「わかんないな」

それから中谷は、まあ、いいやと苦笑した。

「それでさ、次が大事だ。よく聞いてくれ」

報道陣がすぐ近くまで押し寄せてカメラを回しはじめている。点滅するフラッシュがまぶしく、次々に切られるシャッター音がうるさかった。市川は叫んだ。こんどはロシア語で。

「救急車はまだなのっ⁉」

その声にはっとした岸見は、自分も小型カメラを手にしていることに気づく。そして、ほとんどなにも考えないままに、前に押し寄せる報道陣の波に乗って、自分もまた前に出た。倒れている中谷の腕が持ち上がり、それは市川を抱き寄せるように彼女の首に回った。


市川は、背中に中谷の腕が巻き付き、引き寄せられるのを感じた。中谷の唇が動く。

「金《かね》はもう十分できたろう」

「……そうね」

「そもそもよくないんだ、ああいうやり方で増やすのは」

「そうだけど……」

「金《かね》がそのまままほろばになるわけでもないし」

「うんうん」

すぐそばまで接近してきた報道陣の気配を感じ、市川は抗議をこめたキツいまなざしを送ったが、大群はひるまない。岸見までがあの小さなカメラで、こちらに迫っている。

「市川さん」

と呼ばれて視線を戻した。中谷の唇がまた動く。

「おっさんからメールで言われたんだけどさ」

「……ええ」

「エアーはあと一年で停止するんだって」

その時、近づいてきた救急車のサイレンが、この声をかき消した。

岸見は、蒼白になった市川の顔にレンズを向けながら、中谷がなんと言ったかを想像したがわからなかった。そして、この騒音じゃ、このカメラのマイクでは拾えなかっただろうな、と思った。

この物語はフィクションです。
実在の人物・団体・事件とは一切関係ありません。

参考文献

『中国哲学史』（中島隆博　中公新書）
『普遍的価値を求める　中国現代思想の新潮流』（許紀霖著　中島隆博訳／王前監訳　及川淳子訳　徐行訳　藤井嘉章訳　法政大学出版局）
『ハロー、ユーラシア　21世紀「中華」圏の政治思想』（福嶋亮大　講談社）
『ハーバードの人生が変わる東洋哲学　悩めるエリートを熱狂させた超人気講義』（マイケル・ピュエット&クリスティーン・グロス＝ロー　熊谷淳子訳　早川書房）
【新装版】小室直樹の中国原論』（小室直樹　徳間書店）
『空手と禅　身体心理学で武道を解明！』（湯川進太郎　ＢＡＢジャパン）
『「気」とはなにか』（湯浅泰雄　ＮＨＫブックス）
『中国「反日」の源流』（岡本隆司　講談社選書メチエ）
『世界史とつなげて学ぶ中国全史』（岡本隆司　東洋経済新報社）
『中国史とつなげて学ぶ日本全史』（岡本隆司　東洋経済新報社）
『中国の論理』（岡本隆司　中公新書）
『中国近現代史』（岡本隆司　新星出版社）
『悪党たちの中華帝国』（岡本隆司　新潮選書）
『近代中国史』（岡本隆司　ちくま新書）
『中国化する日本　日中「文明の衝突」一千年史』（與那覇潤　文藝春秋）
『中国の少数民族問題と経済格差』（大西広編著　京都大学学術出版会）
『新疆ウイグル自治区　中国共産党支配の70年』（熊倉潤　中公新書）

『ウイグル人に何が起きているのか』（福島香織　PHP新書）
『中国共産党帝国とウイグル』（橋爪大三郎　中田考　集英社新書）
『誰も知らない中国拉麺之路　日本ラーメンの源流を探る』（坂本一敏　小学館101新書）
『習近平が狙う「米一極から多極化へ」』（遠藤誉　ビジネス社）
『習近平三期目の狙いと新チャイナ・セブン』（遠藤誉　PHP新書）
『朱子学と陽明学』（島田虔次　岩波新書）
『朱子学と陽明学』（小島毅　ちくま学芸文庫）
『入門　朱子学と陽明学』（小倉紀蔵　ちくま新書）
『プーチン戦争の論理』（下斗米伸夫　インターナショナル新書）
『プーチンはアジアをめざす　激変する国際政治』（下斗米伸夫　NHK出版新書）
『「帝国」ロシアの地政学「勢力圏」で読むユーラシア戦略』（小泉悠　東京堂出版）
『ウクライナ戦争』（小泉悠　ちくま新書）
『ロシア点描　まちかどから見るプーチン帝国の素顔』（小泉悠　PHP研究所）
『ロシアの政治と外交』（横手慎二　放送大学教育振興会）
『北方領土の謎』（名越健郎　海竜社）
『北方領土はなぜ還ってこないのか安倍・プーチン日露外交の誤算』（名越健郎　海竜社）
『ウクライナ戦争における中国の対ロシア戦略』（遠藤誉　PHP新書）
『現代ロシアの軍事戦略』（小泉悠　ちくま新書）
『問題はロシアより、むしろアメリカだ　第三次世界大戦に突入した世界』（エマニュエル・トッド　池上彰　朝日新書）
『ロシアと中国反米の戦略』（廣瀬陽子　ちくま新書）

『超小型原子炉の教室』（苫米地英人　ＣＹＺＯ）
『遺言　私が見た原子力と放射能の真実』（服部禎男　かざひの文庫）
『希望の一滴　中村哲、アフガン最期の言葉』（中村哲　西日本新聞社）
『医者　井戸を掘る―アフガン旱魃との闘い』（中村哲　石風社）
『一語の事典　自然』（伊東俊太郎　三省堂）

『エアー２・０』から本作まで、長時間の閑談につきあってくれた重枝義樹氏に本書を捧げる。

本書は書き下ろしです。

榎本憲男（えのもと・のりお）

小説家。和歌山県出身。映画会社に勤務後、福島の帰還困難区域に経済自由圏を建設する近未来小説『エアー2・0』（小学館）でデビュー、大藪春彦賞候補となる。以後、エンターテインメント性あふれるストーリーに思索的考察を加えた異色の小説「巡査長 真行寺弘道」シリーズ（中公文庫）や「DASPA吉良大介」シリーズ（小学館文庫）を発表。最新作『サイケデリック・マウンテン』（早川書房）は、「オール讀物」（文藝春秋）が主催する第1回「ミステリー通書店員が選ぶ大人の推理小説大賞」にノミネートされる。

編集 稲垣伸寿
富岡 薫

エアー3・0

二〇二四年九月三十日 初版第一刷発行

著者 榎本憲男
発行者 庄野 樹
発行所 株式会社小学館
〒一〇一-八〇〇一 東京都千代田区一ツ橋二-三-一
編集 〇三-三二三〇-五九五九 販売 〇三-五二八一-三五五五
DTP 株式会社昭和ブライト
印刷所 萩原印刷株式会社
製本所 株式会社若林製本工場

©Norio Enomoto 2024 Printed in Japan ISBN 978-4-09-386738-2
JASRAC 出 2405126-401